清代雜劇敘錄

袁世碩題

中卷

杜桂萍 魏洪洲 編著

時代出版傳媒股份有限公司
安徽教育出版社

徐㷆《寫心雜劇》

遊梅遇仙

正宮調

吳江種緣子撰

（淨扮鐵拐李上）閬苑瑤池日影遲，閒遊花下遇良醫。豈知玉洞神仙客，戲向塵寰扮乞兒。

俺鐵拐李是也。岩穴修真，早年聞道三百年。前日赴老君華山之會，俺囑徒弟我有魄毋此，倘遊魂七日不返，你可火化不想徒弟，病欲歸把我六日便化，俺竟七日而返竟失

徐燉《游梅遇仙》

【末上】秦少游安興養志翻戲綵齊呼樂只韓湘子亮笛獻曲演絃歌自討筅爾八洞仙尾來鶯序

五花封飛下鳳鸁進玉笋紫朱三壽出丹砂蒼赤一喜

〔向內拱介〕來者勾漏仙翁是也〔下扮仙翁綵服持塵尾二仙童隨上〕〔仙翁〕

〔賞花時〕記得迎仙手共炰紛的筵開正菊

潘炤《千秋慶·獻壽》

琵琶行傳奇

小筑江三髯夫評點

琴齋趙大獸子填詞

正目

設祖饋表故人心　　茶商婦夢少年事

白司馬琴現在歡　　彈琵琶傷遷客意

第一折

〔正末冠帶扮白樂天上〕青筇竹杖白紗巾香
爐峯兩渡江頭送暮春春去已共身心要約定懷禮

赵式曾《琵琶行》

桂香雲影樂府

秋綠詞人填譜

赴試

越調

【引子】【祝英臺近】（小生上）賦淩雲思破浪懷抱共鴻長往可容我軒軒霞舉

【鷓鴣天】風日晴和翰墨香碧芸窗下燕飛誰語酒地花天消受少年處羨他紫燕高騫孤忙紅橋綠野濃陰滿錯認他鄉是故鄉攜

仙降

[場面] 內吹細樂 [旦] 扮玉帝昭儀、捧吉侍女持旌節羽扇隨上 作伏地
[八仙暗上] [旦白] 玉帝 八仙跪聽科
[八仙旁立] [旦白] 有旨
天目星官查奏八洞神仙於三月三日王母蟠桃會上酗醉失儀有干仙律著罰降凡間去者 [下] [八仙拜呼聖壽]
[雜扮朵雲十六人吹打遠場八仙高排正面朵雲護前
[八仙唱]

和瑛《草堂寱》

雁門秋

第一齣 小生上塞遊

【北仙呂(點絳唇)】落魄襟懷悲歌慷慨愁無奈離卻金臺來到胭脂塞

花開花落恨如何歲上春風能幾多燕市狗屠人已去腰間長鋏幾摩挲小生邁詠表字有孚江南姑孰人也胸羅萬卷筆掃千軍跌宕於舞衫歌扇無非彭澤閒情縱橫於吟社驥壇不讓文通彩筆匡余上魏闕空調李子之裘載酒江湖疇買相如之賦正是時宜渾不合天命竟何如今有故人紀錦文觀察雁

賣花奴同途說艷　真文

〔丑扮花奴持各種花籃上〕如夢令、寶蕾瓊枝厮稱。綠意紅情添韻珠市串東風。解識百花心性持贈。持贈春上鏡光釵影俺東花園裏一個賣花的吳小郎便是解種植之方擅澆灌之術奇葩異卉每從花市搜求瑤草瓊枝日趁香閨購買且喜賺錢不少近來走的人家都是有聲名的昨日新奶奶家叫我穿一對梳大夜來香毬朱大奶奶要茉莉花籃兒東水關大姑娘要插兩瓶桂花唐三奶

張曾虔《說艷》

神宴

（眾扮香山九老慶祝列位老先請了）（眾）請了（同上介）

園林好　傲富貴長安五侯、羨煙霞蓬萊十洲、聯勝會香山九友、逢聖世沐安休慶神宴奏歌謳

世際唐虞世年逾甲子年昇平無一事地上亦神仙吾等香山九老是也今值某某聖神聖誕特來

拜祝千秋恭迎仙仗

武武令　歲月如電轉星流豐姿鈞竹瘦梅瘦虔誠來

三星圖

第一齣　現瑞朝叅

水卒夜义上跳舞科引東海龍王上唱

點絳唇　浩浪千層水光相映波濤湧海島天成萬

丈烟霞籠　白　不息源同天健行聖皇端拱四時成喜

看大地春風拂萬物忻忻盡向榮我神東海龍王是

也今者唐帝御駕親征理當肅清海道迎駕朝叅眾

水卒　眾應科龍王白　迎駕去者　眾白　領法旨　全唱

雙令江兒水　波平如鏡光燦爛波平如鏡紛紛雲

周淦《定天山》

詞餘

胡 重 再見

海屋添籌

〔末金盔甲扮韋天君持杵舞上〕

〔西江月〕日影慶逢長至月光喜遇將圓爲臨福地歷諸天願祝萬年清晏海屋籌添疊疊嘉禾瑞獻縣縣名邦太守福無邊合第延齡益算俺乃三洲感應護法韋馱是也奉無量壽佛法旨道天朝特派大僚巡視海島命俺空中保護并傳諭

胡重《海屋添籌》

憐春閣

吳州 紅豆邨樵 填詞

蝶戀花

不道妒花風雨惡 綠慘紅愁 一夜催花落 落了前枝開後萼 妒花風雨如何著 可惜青娥歸冥漠 酒醒燈殘 悽斷蓮花幕 水玉瑠璨偏脆薄 傷心一曲憐春閣

選艷色秋浦鍾情　　侍游蹤麗華承寵
遭奇妒杏蕊春零　　續芳緣桃根夜擁

第一齣 下釵

【仙呂】【鵲橋仙】生上：才多身泛志高 官冷爛醉閒吟遣興 金釵買引子

艷慰羈情 一印板雙姝難定

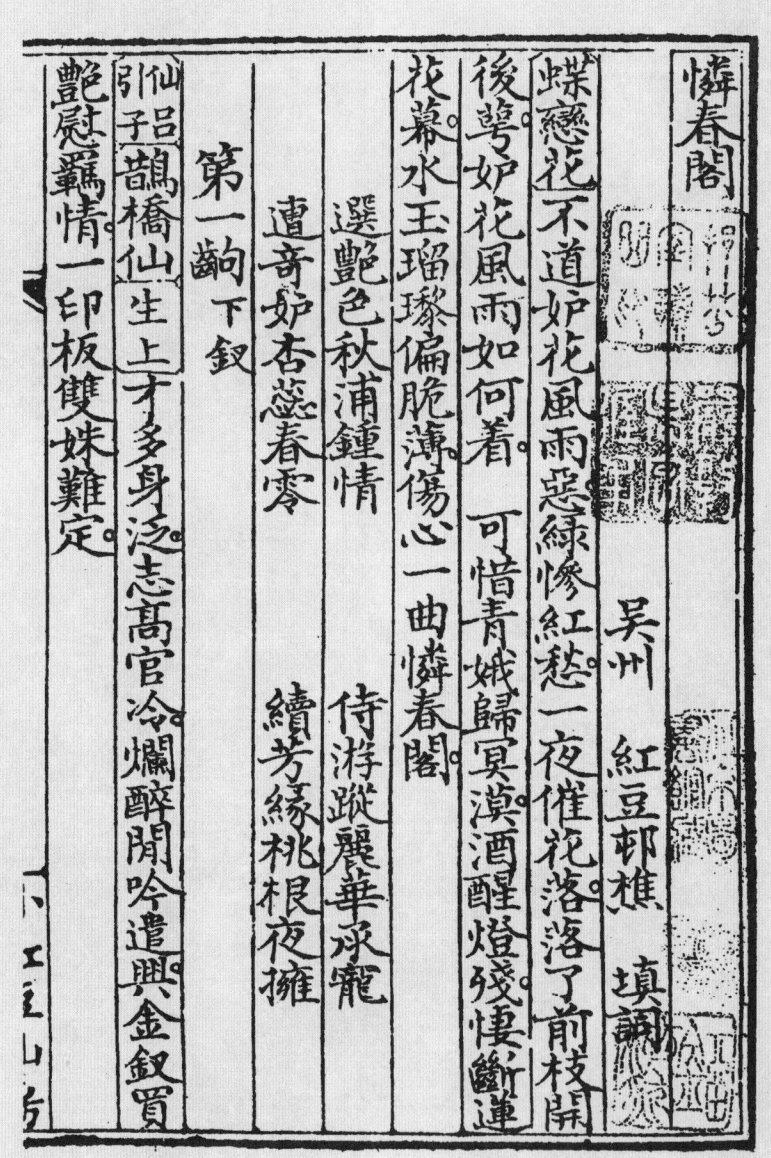

仲振奎《憐春閣》

賞心幽品四種

袁浦鐵林汪柱撰

正目

楚正則採蘭紉佩　陶淵明玩菊傾樽

江采蘋愛梅錫號　蘇子瞻畫竹傳神

採蘭紉佩

生扮屈平上 渺渺愁予處秋風冷洞庭波澒三楚白嶺跋九嶷青儼矣蛾眉姱傷哉魚腹腥此情何以寄直欲托湘靈下官屈平字原楚之同姓仕懷王為左徒入則圖議國事以出號令出

砥石齋韻品雜齣

林和靖夢裏妻梅子鶴　　鐵林汪　柱譔

[生扮林逋上] 卜宅湖濱數十秋，鏡中白髮早盈頭。人生行樂無多地，花鳥依依足逗遛。

老夫林逋錢塘人也。望出西河，生于大宋年少。孤剋志爲學，平日雖多吟詠未嘗存稿。砥爲泰透浮生，至老不娶。到此十分瀟酒，邊說甚麼鴻案齊眉，荊衣戲綵，性躭山水，在這西

汪柱《妻梅子鶴》

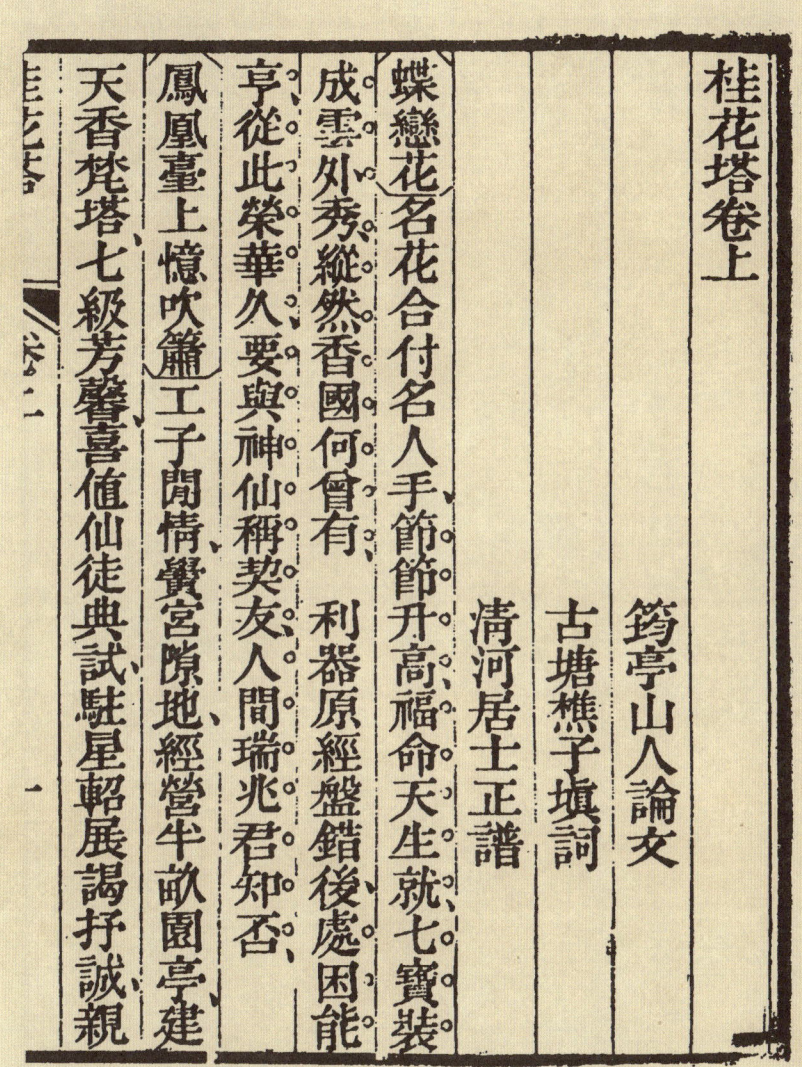

桂花塔卷上

筠亭山人論文

古塘樵子填詞

清河居士正譜

【蝶戀花】名花合付名人手節節升高福命天生就、七寶裝成雲列秀縱然香國何曾有 利器原經盤錯後處困能亨從此榮華久要與神仙稱契友人間瑞兆君知否

【鳳凰臺上憶吹簫】工子聞情黌宮隙地經營牛畝園亭建天香梵塔七級芳馨喜值仙徒典駐星軺展謁抒誠親

左潢《桂花塔》

催生帖小序

金閨馳譽不少名媛。詞客揮毫狂搜粉譜。游戲鴻爪之妙墨非無灑灑全書窺文豹之一斑不廢戔戔小劇特是元人製曲盡屬子虛宰相填詞都無指實豈以香奩之體專尚徵辭抴第之言終譏踰閫也乎茲則抱璇幃之襟抱付樂部之宮商事本家常名非偽託蓋以奉羹湯而思賢婦之子于歸安莞簟以引新雛先生如達老夫耄矣藉含飴可遣公餘靜女其孌卸哺轂亦消永晝而乃慕燕山之五桂未染辦香攀荀氏之八龍難分片甲

汪應培《催生帖》

簾外秋光自序

余戊寅鄉試奉調入闈充外簾受卷官，雖無甄拔人之責，然暇時得與二三同志淪茗論文，或偕登明遠樓眺望襟懷一豁，亦足自豪。事竣後正擬偫裝旋署，乃以意外之糾紛淹留者半月，殊悵悵也。緣爾時有同人某華裾並集，璅院同趨，偶踈笲鑰於青箱，一霎遺珠難覓。旋起參商於隣宇，疑他齷齪而藏居然列欵以陳詞。遂觸台階之薄怒，既胡蘆提而不可。必水石出而始明於是，亡楚國之猿事須撫寶對漢廷之獄，證賴旁觀雖浪

汪應培《簾外秋光》

伏生授經

〔旦上〕萬卷藏書付劫灰，補天還仗女媧才。皇天再啓文明運，官裏差人問字來。俺乃濟南伏生之女，俺爹爹生在周時，官爲柱史，家傳尚書之學。因爲秦始皇并吞六國，焚書坑儒，爹爹逃入濟南山中，不敢出世。白白的虛度了一生。當今漢室開基，掃除凶逆，文明再啓，士氣重新，置寫書之官，懸獻書之賞。禮儀樂章漸復舊觀。止有尚書朱出。近日朝廷知道我家世習尚書，特差大中大夫晁錯前來

石韞玉《伏生授經》

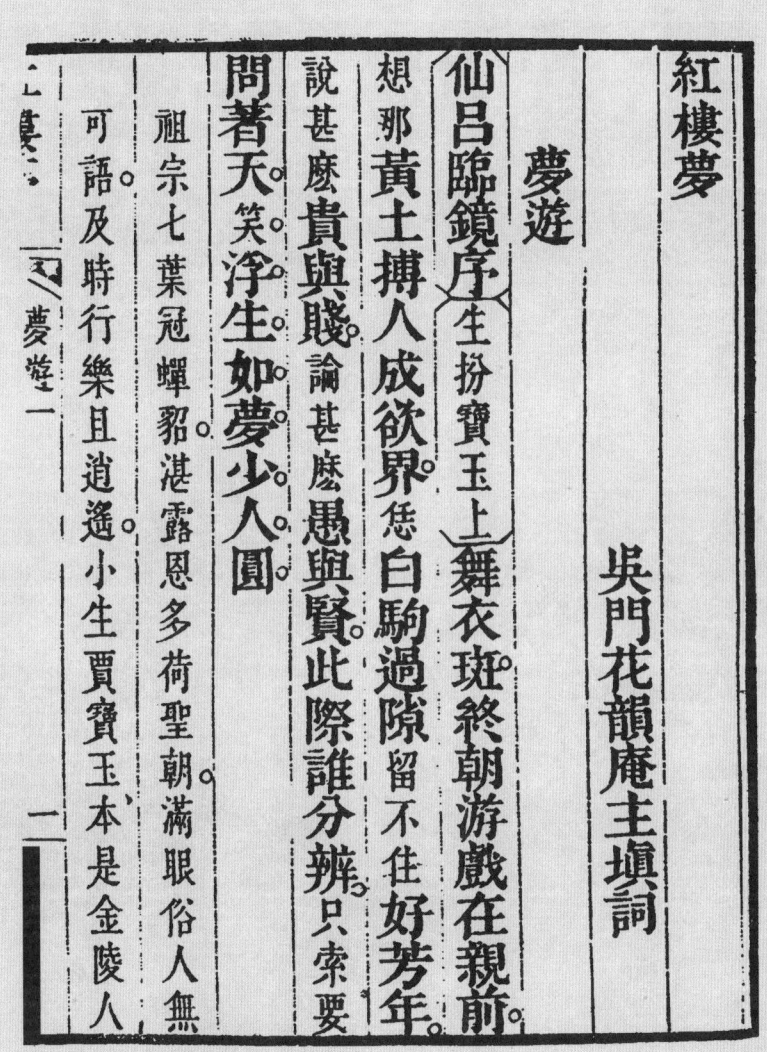

紅樓夢

吳門花韻庵主填詞

夢遊

【仙呂臨鏡序】(生扮寶玉上舞衣斑終朝游戲在親前)想那黃土摶人成欲界恁白駒過隙留不住好芳年。說甚麼貴與賤論甚麼愚與賢此際誰分辨只索要問著天笑浮生如夢少人圓

祖宗七葉冠蟬貂港露恩多荷聖朝滿眼俗人無可語及時行樂且逍遙小生賈寶玉本是金陵人

石韞玉《紅樓夢》

西遼記北曲第一折

大石纘統

〖正扮西遼王襟扮丙侍執燈隨上生坐介〗

【點絳唇】世業凋殘 西荒遠竄 乾坤換 說甚 麼半壁江山 且稱號起兒漫 〈地名〉

俺西遼帝耶律氏名大石字重德世屬 横帳乃太祖八代之孫素曉漢文登天

許鴻磐《西遼記》

雁帛書北曲第一折

拜雁

〔生蒼髯故服上〕代馬蹀此風越禽思南翔孤臣戀明主遊子悲故鄉下官郝經字伯常澤州陵川人也官大元翰林侍讀學士俺聖上自江夏回兵旋登大寶改元中統念南北爭持人民塗炭乃體

許鴻磐《雁帛書》

維揚夢

第一齣 春醉

【仙呂入雙調】【步步嬌】小生引僮綴步上 九十春光歸將半，乍見鶯飛滿，誰家畫粉垣，紅杏香中，隱隱歌管，小步曲江端，笑韶華幾被千金換，裙服風流態，若仙新詞早。

歲勤諸賢芊車，過處君休問，家在長安尺五天，小生杜牧，去歲蒙牛奇章公延致維揚幕府，賓主却也十分相得，但是他戟府森嚴，未免我芒鞋拘束，行動隨

陳棟《維揚夢》

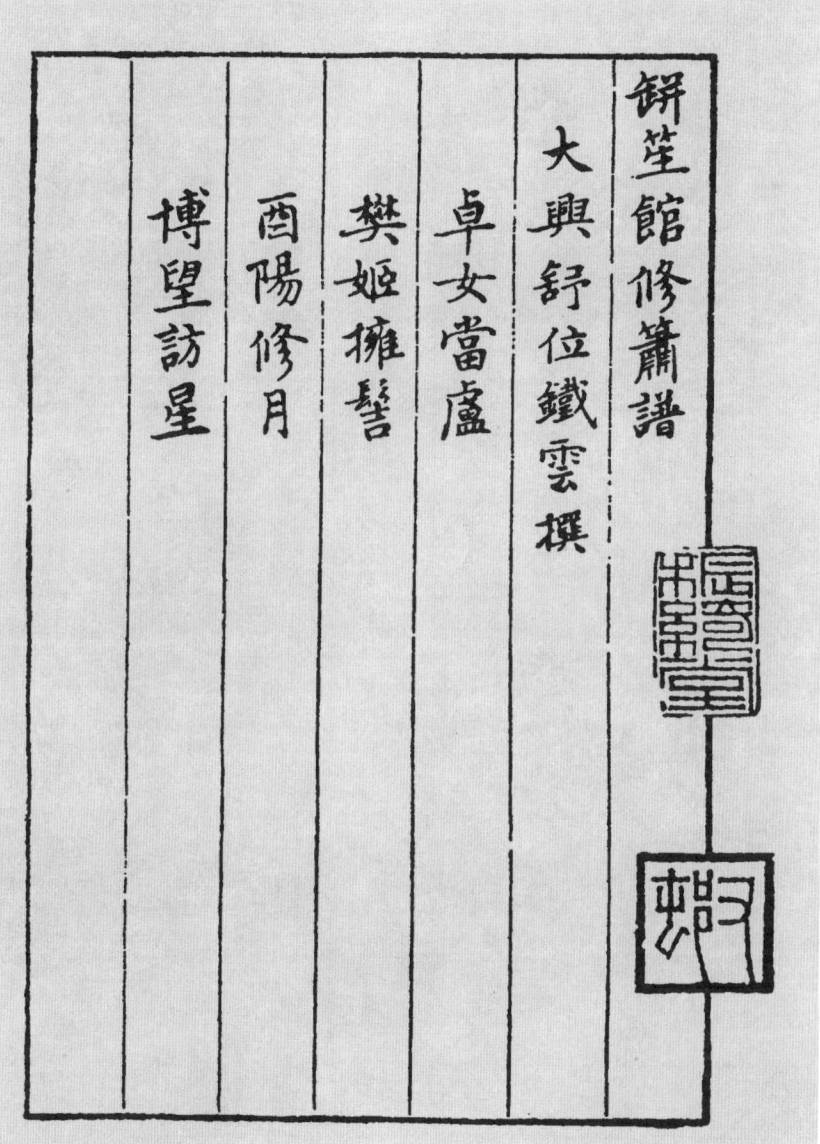

舒位《瓶笙館修簫譜》

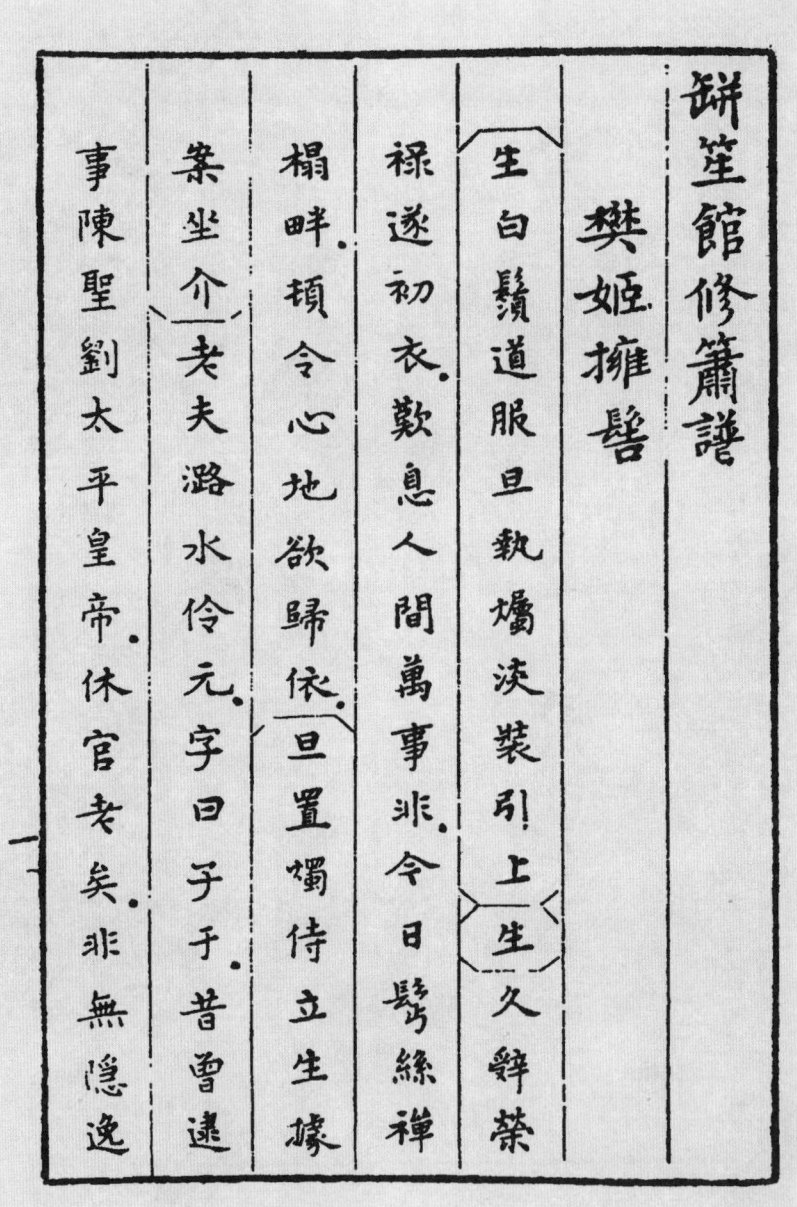

舒位《樊姬擁髻》

雙龍珠上本

從軍

【生三鬚武巾帶劍上】

【破陣子】未展胸中韜略，誰知膝下英豪，聞得選兵皇令到，爭傳此地將星高，試與賦同袍。

俺姓錢、名紹德、字繼方，父母雙亡，弟兄二人，弟名紹金，已經分產。俺娶鄭氏，生一男一女，男名萬選，字懷青，居幼，今年十五歲，女名玉秀，居長，今年十七歲，俱未定偶。俺習儒未就，因改武業，在南津汛地得一分戰糧。今倭人造反，擾亂東海，只因洪武十三年奸相胡惟庸謀叛，遣指揮林賢下海招倭，約期會集

蕩婦秋思

乾隆甲寅四月荃溪孔昭虔填詞

第一折 征別

〔小生行粧上〕秦時明月漢時關萬里長征人未還但使龍城飛將在不教胡馬度陰山俺喬家六郡長入三秦賦性風流習成笑武走長楸之馬閒東道之雞朝來新市開肩杜曲 春花夜宿倡樓醉臥胡姬 酒肆塵生馬影減遙隨金犢車來箭落雁行稀笑擁銀魚袋去只囘生來豪俠為此綠籍軍書目下吐藩

蕩婦秋思一 征別

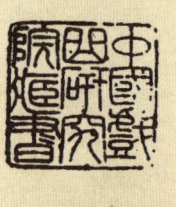

孔昭虔《蕩婦秋思》

異人異想
一往而深

須知達觀
人物眞有
此心事也

結得極妙
非大手筆
不能到此
即用巾名
作結自饒
妙義雲

皋

賢弟(皂羅袍)我不是把烏紗看小荷巾做情
須記取靑衫作証松心其盟你莫待浮邱速
駕洪厓請

[上馬介小生]小弟斷不負約吾兄但請放
心[生請貼叔父請](生貼丑下)小生上馬介
[尾聲]幾人知己林泉訂舉世紛紛利與名誰
會把兩字逍遙過一生(下)

游戲能工便是仙　相逢苦問去來緣
班龍輸卻騎茅狗　我自羞還舊洞天
何處靑山不愛君　勸君莫聞葛仙墳

湯貽汾《逍遥巾》

麒麟閣傳奇全本目錄

藕湖居士填

開場

〔西江月〕有限光陰短短無邊哀樂匆匆頭顱漸老笑冬烘畢竟有誰知重 興到墨磨一寸狂來酒引千鐘荒唐休更問天公攫鬚癡人說夢

鷓鴣天　買田無計誤歸耕苦辣經嘗已半生放眼忽憐人事改搔頭頓使客心驚　看舞蜓聽流鶯風光漸已近清明銅琵鐵板高歌去行樂從須寫性情

李都尉生還漢闕

飛將軍補畫功臣

蔣學沂《麒麟閣》

拜過童兒吩咐回廟今日必無回拜之人待我寬衣解帶填詞數闋將此地風光寄往京中示諸親屬雜應介生你且聽我道來唱前腔奔走屬司乘欵式元戎大早知道明日始有人來解冠裳煖炕是陽台體雖安心意終不快大白晝獨坐禪關門不開動鄉思填詞幾疊將緘代。

白筆硯可曾蔣偹雜齊俻多時生罵介唱金絡索思來事可哀到處多魘魁既然這事大如天。因甚的首從都輕貸獨我命合該見孫不

存華《龍江守歲》

補天石傳奇八種自序

天居高而聽卑何以楚騷有天問而無天對蓋憧憧來往萬殊不均或氣運之偶乖若造化之力絀天亦有難言之者雖村夫牧豎祁寒暑雨指而憾之故為懵懂不顧此所以成天之大也然使謁人事以彌縫之天又未嘗不為許可亦足以見六合蒼蒼初無成見矣余曩閱

周樂清《補天石傳奇》

補天石傳奇卷一

鍊情子 填詞
吹鐵簫人 正譜

宴金臺潛師　餞易獻圖　滅秦宴臺　定計

第一齣 定計

（小生扮燕太子丹二雜扮丙侍隨上）

周樂清《宴金臺》

避債臺

大鬧山人填詞
琴想居士題評

閒吕便見
怪遮胸襟

第一折 慮債

【南吕】【一剪梅】(生巾服上)三十頭顱已自知。行樂休遲，富貴何時。而今寧是昨寧非。逝者如斯，來者為誰。

百年三萬六千朝，萬事真如上下潮。白屋三間天樣闊，浮雲撥散看青霄。小生複姓南陽，名君瓊宇，子固常山人也。祖父叨居薄官，屢散厚貲，清白相

鄧祥麟《避債臺》

武則天風流案卷

宜艮秋槎嚴廷中填詞

〔宮女八人二持扇二執爐四佩劍老旦捧冊四人戎妝扮神將擁旦上〕

〔剪梅〕竟把唐家改作周。衮也風流。冕也風流。紅顏似此足千秋。生也風流。死也風流。

俺大周金輪皇帝武則天是也。聰明天授、淫蕩性成。若論古今數千年女子、那個似俺風流。若論唐家十餘朝皇帝、大半輸俺英敏。死後上帝念俺雖亂春宮、尚諳國政、封為如意妃子、管領

秋聲譜

沈媚娘秋牕情話 宜興秋槎嚴廷中填詞
一名譜秋

〖旦淡妝上懶畫眉〗雲鬟卸了舊時妝。秋月春花獨
斷腸。繫春情比柳絲長。怎逐風搖颺何處烟花夢
故鄉。

妾身沈媚娘、本是揚州名妓、嬌如芍藥豔比瓊
花、歌喉一串雅諧橋畔簫聲眉黛雙彎偷學江
邊山色、十五歲時維揚兵火、隨母避難北行來
至山東茌平居住賽色藝於勾欄噪聲名於遠
近送客留賓朝歡暮樂不覺又是十年早欲閉

嚴廷中《沈媚娘秋窗情話》

孟蘭夢傳奇

丹徒嚴保庸伯常填詞

(雜扮鬼判護從引老旦扮地藏王上合)

[山桃紅]俺這裡法輪常轉業鏡高懸大發慈悲願。[老旦]善哉善哉欲知前世因今生受者是欲知後世因今生作者是吾乃幽冥教主地藏王菩薩是也佛根牢固誓願宏深界判陰陽司兩間之善惡關分人獸掌十殿之輪迴只為眾生孽重致多獄底沉淪十分可憫因此請了如來佛旨每年七月設這盂蘭盆勝會普度幽魂核其所犯情罪可從末減者悉予

嚴保庸《盂蘭夢》

曇花夢雜劇

藤花主人填詞
紅豆村樵評校

第一折

〔旦淡妝扮曼殊上貼扮金絨兒隨上〕

〔南呂宮引子第○□○義〕

〔臨江仙〕薄凍初起遲簾未捲鴨唇初釀微煙。多才夫壻鎮相憐雲中雞犬好 日下雨雲鮮

〔踏莎行〕草亂畦根杏欹牆畔相攜共入深

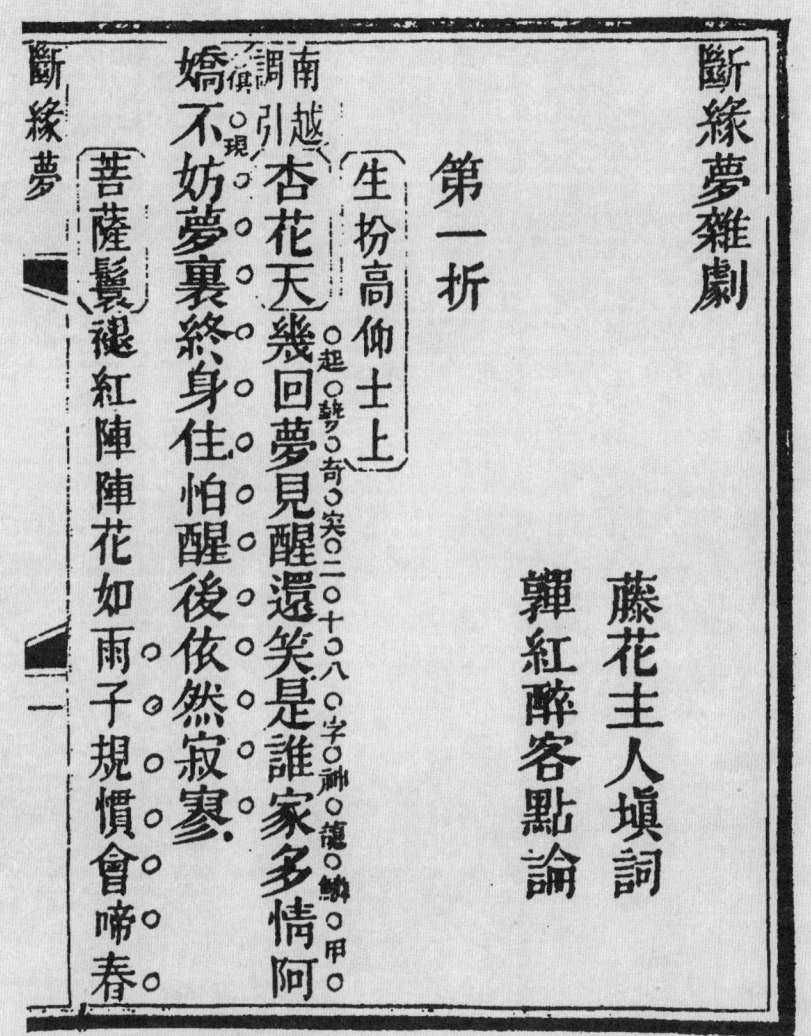

斷緣夢雜劇

第一折

〔生扮高仰士上〕

【南越調引】〔杏花天〕幾回夢見醒還笑是誰家多情阿嬌不妨夢裏終身住怕醒後依然寂寥。

【菩薩鬘】褪紅陣陣花如雨子規慣會啼春

藤花主人填詞
舞紅醉客點論

梁廷枏《斷緣夢》

紅樓佳話

目次　悼紅樓主人周宜

第一齣　會豔

第二齣　情譛

第三齣　題帕

第四齣　祭花

周宜《紅樓佳話》

喬影

〔小生巾服上〕〔北新水令〕疏花一樹護書巢鎮安排筆牀茶竈隨身攜玉筝稱體換青袍褰襞丰標羞把那蛾眉掃

吳藻《喬影》

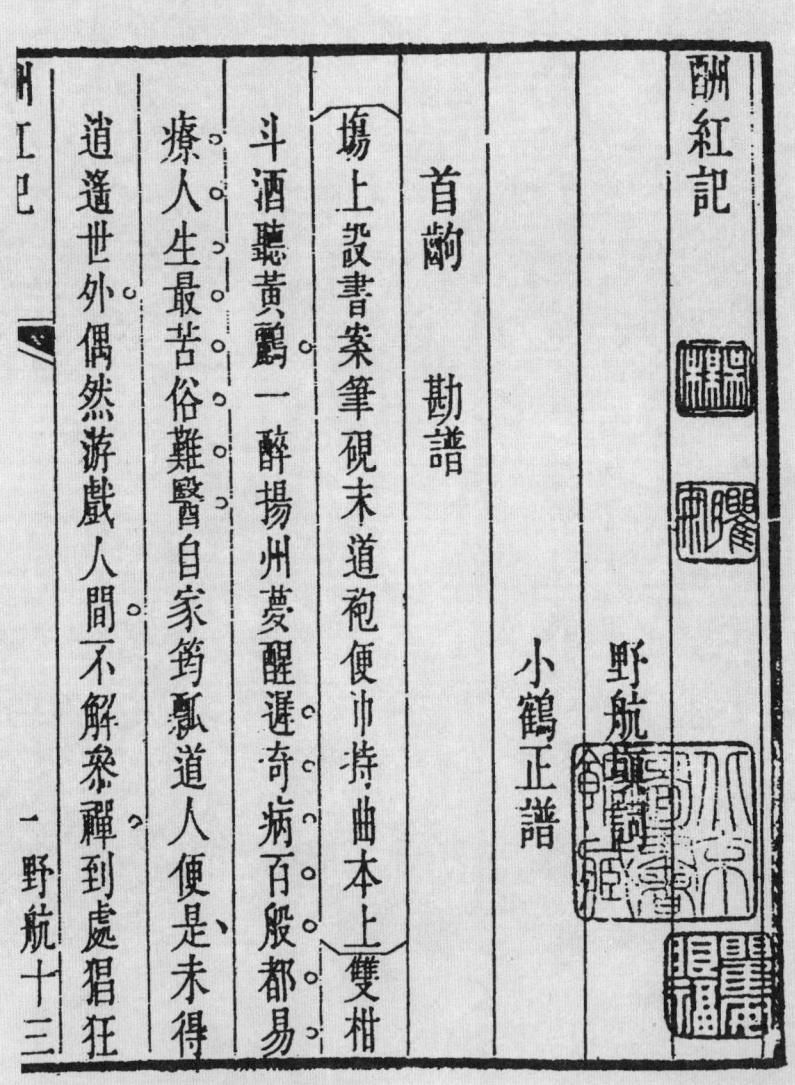

趙對澂《酬紅記》

味蔗軒春燈新曲雁書記

台州黃　治今燕編　襄平　李　鋤梅修
　　　　　　　　　姪亨普湘雨校刊

第一齣　勸降

【雙調引子】【秋藻香】〔生白氊斗篷箭衣掛劍持節騎羊燈上〕春到天涯不見風捲地白草連天故節凋零知不免但索與羝羊消遣

丁年奉使到天山風雪飄搖失壯顏回首君親長在念旅魂夜夜度蕭關下官蘇武是也出使匈奴

黃治《雁書記》

張聲玠《玉田春水軒雜齣》

玉田春水軒雜齣

訊盼

〔軍牢皁役引外上〕庭無留牘訟無冤，風靜

草繁莫道南山移不動，聖朝刑罰重平反。下官廷

尉卿蔡法度是也。今有襄陽吉盼乞代父命一案。

聖上以其童幼無知，其中恐有主使情弊，特敕下

官嚴加脅誘，取其款實。左右〔眾〕有〔外〕帶吉盼上來。

〔眾叚吉盼走上〕〔雜禁子領小生柳鎖上〕

〔鱖黃醉花陰〕父辱從來子當死，旣為人分該如是。苦

哀哀天不救，事瀕危，痛嚴親刀過魂飛。試問俺誰家

支機石傳奇

新建蔡榮蓮金爛填詞
丹徒尹恭保彥孫正拍

臨機．小旦仙妝扮織女上

【風雲會四朝元】（旦）鏡鸞空舞盤鴉不喜梳看長河遙隔仙郎如故一年纔一度把佳期暗數把佳期暗數祗望鵲駕藍橋好會兒夫漫說神仙都無夫婦七夕曾相晤嗏俺這裏自尋思行雨行雲怎比得朝朝暮暮咳世人有幾多死別與生離不過似春花與秋露

蔡榮蓮《支機石》

鴛鴦鏡

新城陳石士夫子鑒定

海昌查仲誥竹洲訂譜

海鹽黃燮清韻珊填詞 原名憲清

粲逅第一齣

【仙呂入雙調】

〔旦上〕沈醉東風 警春眠微寒乍生倚羅幃新妝未成何處唱踏莎行問鸚哥不省〔坐介〕杏花昨夜試新紅樓角輕陰歸未空獨自卷簾梳裏嬾無聊庭院忽春風奴家謝玉清表字雪卿年方二八江西南昌人也檀柳絮之吟才七

珊瑚其來 無端振觸 便是情障

黃燮清《鴛鴦鏡》

凌波影傳奇序

琴齋陳其泰譔

善乎惲子居先生之說詩也其說桑中曰吾于桑中見所謂發乎情止乎禮義者焉云誰之思思乎期我乎要我乎上宮思乎要我乎淇之上矣思乎送乎期我乎要我乎送焉古人之為詩也以思言之若曰是其越也抑之可也後人之言詩也以事言之若曰是其亂也絕之可也思者比乎情以事者比乎欲比乎情禮義之所能制也比乎欲非禮義之所能制也國風言情之書非紀欲之書也

黄燮清《凌波影》

永 恩
(1727—1805)

　　字惠周，號蘭亭主人，愛新覺羅氏。禮烈親王代善（1583—1648）五世孫，康親王崇安（1705—1733）次子。七歲即被封爲多羅貝勒。乾隆十八年（1753），襲封康親王。乾隆四十三年（1778），恢復祖號爲禮親王。卒諡"恭"。爲人忠正、謹慎，其子昭槤（1776—1829）《嘯亭雜錄》卷二言其"勤儉如一日，不好侈華，所食淡泊，出處有恒，雖盛夏不去冠冕"。又禮賢下士，與桐城劉大櫆（1698—1779）、姚鼐（1732—1815）交誼深厚，終生對劉大櫆執弟子禮。工詩善畫，通音律。著有《誠正堂稿》《時藝》《律吕元音》，編有《金錯膾鮮》等。有傳奇《五虎記》《四友記》《三世記》《雙兔記》（合稱"漪園四種"），以及雜劇《度藍關》一種，皆存。

　　傳記文獻：姚鼐《禮恭親王家傳》（《惜抱軒文集》卷五）、《清史稿》卷二百一十六、昭槤《嘯亭雜錄》卷二等。

──┨《度藍關》┠──

劇情概要與本事

　　八齣，依次爲《靈感》《上壽》《進表》《佛骨》《南遷》《遇孫》《除怪》《登仙》。演述韓湘子本韓愈侄孫，其父十二郎死後，其由韓愈教養，後隨鍾離權、吕純陽求仙而去，得登大羅天。玉帝賜其花籃之寶，封爲天果仙位。時值韓愈壽誕，湘子化作道童，到宴前百般點撥，然韓愈執迷不悟。湘子走後，韓愈纔知其身份。明日上朝，唐皇遣人從鳳翔府迎來佛骨，要送入大内禮拜。韓愈不聽崔群、裴度相勸，執意諫阻此事，懇求皇帝仿效前王昔賢，斥退衆僧，燒毀枯骨，又以梁武帝蕭衍佞佛一事進行諷諫。皇帝聽完大怒，斥責他造言生事，要武士將他拿出朝外問斬。幸虧有裴度、崔群二相爲之求情，皇帝纔免其死罪，將其貶爲潮州刺史。韓愈帶領二僕前往貶所，行至萬山之中，天氣昏暗，朔風凜冽，又下起大雪，好不艱難！這時，韓湘子與何仙姑分別化作樵子、漁翁前來指引，并讓土地、山神變作猛虎銜去韓愈二僕。韓愈正走投無路之時，忽見前面有茅庵一所，其中備有酒食，用過之後，發現好似前日自己壽筵之物。睹物思情，他呼喚侄孫名字，湘子現出本相。原來茅庵乃湘子所化。湘子説明原委，見韓愈醒悟，遂帶他見鍾、吕二仙。二仙告訴韓愈，他本是冲和子轉世，俗緣未盡，潮州尚有一番公案需要了結，遂令湘子伴他赴任。韓愈來到潮陽將及半載，一日升堂理事，鄉民報告海邊有鱷魚殘害人畜。韓愈寫下祭文，投入水中，要把衆鱷貶往大海。湘子知鱷魚不會輕易離去，便在典吏告祭之時作法驅之。後朝廷下旨，召韓愈回京，官復原職，但他已勘破人世榮華，遂與夫人竇氏苦修，終於得成正果，朝見太上老君。老君趁機點化一番，送其復歸原位。

生扮韓愈，小生扮韓湘子，旦扮何仙姑，老旦扮竇氏，净扮鍾離權，末扮吕純陽，正末扮林珪、元都大法師，副末扮崔群，小丑扮蔡忠，外扮裴度、太上老君，二面扮仇士良。登場人物尚有唐皇、仙女、仙猿、仙羊、仙蟹、四侍女、武士、衆僧、張千、李萬、土地、山神、二鬼卒、衆鱷魚、衆雷神，俱未分配脚色。

本事見宋司馬光《資治通鑑》等。元紀君祥（生卒年不詳）《韓湘子三度韓退之》、趙明道（生卒年不詳）《韓退之雪擁藍關記》，明錦窠老人（生卒年不詳）《升仙記》、雲霞子（生卒年不詳）《藍關記》，清車江英（生卒年不詳）《藍關雪》等，與此題材同。

著録、版本與收藏情況

《清代雜劇全目》《古典戲曲存目彙考》著録。現存乾隆間禮府刻《漪園四種曲》附録本,藏國家圖書館、北京大學圖書館,《古本戲曲叢刊七集》及鄭振鐸《清人雜劇百廿種》第5册據之影印;朱希祖舊藏"禮府五種曲十四册"刻本,藏國家圖書館。

永恩

王文治
(1730—1802)

　　字禹卿，號夢樓。晚年信佛，法名達無。丹徒（今江蘇鎮江）人。少負奇志。乾隆二十一年（1756）曾隨翰林院侍講全魁出使琉球。乾隆二十五年（1760）進士，授翰林院編修，擢侍讀，署日講官。乾隆二十九年（1764）出任雲南臨安知府。因屬吏事鐫級，乞病歸鄉，往來吳越間。後主講杭州、鎮江等地書院。爲文尚瑰麗，至老歸於平淡；爲詩能盡古今之變而自成一體。書名甚著，與劉墉（1720—1805）、翁方綱（1733—1818）、梁同書（1723—1815）并稱，有"淡墨探花"之譽。著有《夢樓詩集》《論書絕句三十首》《快雨堂題跋》《海天游集》等。又喜聲伎，精音律，蓄有家班，買童教之度曲，行無遠近，必以自隨。嘗與葉堂（1736—1795）校訂《納書楹曲譜》并撰序，有雜劇《浙江迎鑾樂府》，并傳於世。按，《明清江蘇文人年表》著其有《蝶歸樓》傳奇一種，未見。

　　傳記文獻：姚鼐《中憲大夫雲南臨安府知府丹徒王君墓志銘（并序）》（《惜抱軒文集》卷七）、《清史稿》卷五〇三、《清史列傳》卷七十二、李元度《國朝先正事略》卷四十二、李桓《國朝耆獻類徵初編》卷二百四十、王漢民《王文治年譜》（《清代戲曲考論》）。

《浙江迎鑾樂府》

　　又名《迎鑾新曲》《浙江迎鑾詞》等，包括雜劇九種，依次爲《三農得澍》《龍井茶歌》《祥徵冰繭》《海宇歌恩》《燈燃法界》《葛嶺丹爐》《仙醖延齡》《瑞獻天台》《瀛波清晏》，均爲一齣。梁廷枏《曲話》云："高宗第五次南巡，祖父森奉檄辦梨園雅樂，即以重幣聘王夢樓編修填造新劇九折，皆即地即景云。"知《迎鑾新曲》乃王文治爲梁森所聘，專爲高宗乾隆四十六年（1781）南巡所創作之承應戲，創作時間爲乾隆四十五年（1780）。按，梁森，字掞庭，時爲兩浙鹽運副史。（咸豐）《順德縣志》卷二十六提及梁森云："乾隆末，大駕南巡，駐蹕西湖，恭進《迎鑾雅樂》，取浙中故實之有關民事者爲曲九齣。"

又按，《海宇歌恩》（一名《海宇歌》）、《三農得澍》（一名《三農得時》）、《葛嶺丹爐》、《祥徵冰繭》四齣合稱《飼蠶記》。《飼蠶記》爲《清代雜劇全目》《古典戲曲存目彙考》《古本戲曲劇目提要》著錄，現存乾隆間昇平署鈔本，藏國家圖書館。

🞂 劇情概要與本事

《三農得澍》

寫農人們見春收大熟，蠶桑又盛，紛紛言此乃豐年之兆。他們不誤農時，又搭好水車，準備汲水插秧。這時，玉帝有旨，令東海龍王行雨，限三刻之內，十分雨足，以慰民心。然龍王前往錢塘恭迎皇帝南巡，尚未歸來，龍母祇得令龍子、龍女駕雲車、持法器代爲行雨。農祥星君往下界參加酬神賽社，八臘諸神殷勤勸酒，星君不覺大醉，日暮欲回天宮，却被行雨的龍子等擋住雲路，相互嘲戲。最後，雨足天晴，農人歡喜插秧。

登場人物有四農人、又四農人、老婦、醜婦、俏婦、村婦、電母、雷公、風伯、雨師、龍母、龍子、龍孫、傳言玉女、農丈人、四神等，俱未分配脚色。

本事待考。

《龍井茶歌》

寫阿迎機達尊者與畢那楂拔哈喇錣尊者，見天意晴和，一同在龍井池邊洗鉢。這時，其他十四位羅漢駕雲趕來，言龍井龍王及龍女在水晶宮設齋，供養五百羅漢，衆人同赴龍宮而去。仙人楊義、蔡少霞同爲掌書仙史，天曹多暇，特來龍井與僧辨才清話。恰辨才剛入定，二人便在卷阿堂閑步，見奇石一方，上有御製詩一首，當即禮拜。辨才陪同二人往後山散步，并往龍井泉邊試茶，仰首看見御題詩句，楊、蔡甚是嘆服。辨才請少霞臨摹一幅，欲帶回禪堂供奉。最後，龍井龍王、龍女、羅漢出現，捧珠獻花，各獻祥應。

登場人物有阿迎機達尊者、畢那楂拔哈喇錣尊者、十四羅漢、楊義、蔡少霞、四仙女、二侍者、辨才、村男六人、村女六人、龍井龍王、二龍女等，俱未分配脚色。

本事待考。

《祥徵冰繭》

寫海宇雍熙，又值聖駕南巡，執掌蠶事的園客夫婦與馬頭娘一致認爲，此時應保護蠶桑，恭呈祥瑞。園客夫婦親至人間，將香草送與正在采桑的諸位女子，令與桑葉一起飼蠶，必得祥瑞。又告誡她們須廣布公傳，不可私爲己有。說完，一陣清風吹來，園客夫妻消失不見。衆女依言，將香草分與鄉鄰村鎮。果然，當年蠶繭大如鷄子，蠶絲繅出釜中，便五色鮮艷。衆人從未見過這般祥瑞，認爲這是聖天子洪福齊天所致，紛紛唱曲頌贊。

雜扮鄉村婦女八人、兒童四人。此外，登場人物尚有園客夫婦、馬頭娘、采桑姑嫂四人、侍女、新婦、婆婆，俱未分配脚色。

本事待考。

《海宇歌恩》

寫皇帝五舉南巡，將至浙西。須彌山王召四海龍王往香水海中，爲皇帝祈福。衆龍王頌揚皇帝盛德大業可上際天表，下蟠地軸。須彌山王聽後，心胸開闊，替天下蒼生慶賀。接着，二十八宿、五星及二十諸天等，亦紛紛降下祥瑞：象緯連珠，卿雲呈彩，一起恭祝皇帝萬壽無疆。

登場人物有二十八宿、廣潤龍王、東海龍王、西海龍王、南海龍王、北海龍王、須彌山王、五星、二十諸天、侍從等，俱未分配腳色。

本事待考。

《燈燃法界》

寫無量壽佛壽節，燃燈佛志心虔誠，特命優波離尊者在昭慶律寺戒壇燃放寶燈，以昭瑞應，天龍八部亦奉命在此侍候。護國天王率諸天女敬獻珠燈，以爲供養。接着，十方華藏菩薩亦各持珠燈，前來供養。佛事未畢，韋馱來報，言塔上祥光普照，壇前天樂自鳴。衆人皆言此乃無量壽佛福德、慈威、功勛、智慧俱足，纔有此瑞應。

登場人物有天龍八部、優波離尊者、護國天王、諸天女、十方華藏菩薩、韋馱等，俱未分配腳色。

本事待考。

《葛嶺丹爐》

寫葛洪在初陽臺上安鼎，燒煉大還丹，準備敬獻給正在南巡的皇帝。黃婆奉命會集五方之帝，共護丹爐，使水火鉛汞抽酌均匀。魏伯陽、張紫陽正在浙省棲真，聞葛洪大藥將成，亦前來相助。東方瑞日呈華，葛洪等開啓丹爐，跪獻皇帝。

登場人物有四青鸞、四白鶴、四天將（青龍、白虎、朱雀、元武）、六丁、六甲、黃婆、四嬰兒、四姹女、葛洪、東方帝、南方帝、西方帝、北方帝、中央帝、魏伯陽、張紫陽、太陽星君等，俱未分配腳色。

本事待考。

《仙醞延齡》

寫皇帝第五次南巡，萬靈呵護。籍隸杭州的仙人赤松子、張道齡、許邁齊往西湖湖濱，一邊在裴仙姥酒肆小酌，一邊恭迎聖駕。裴仙姥端上延齡佳釀，却少些下酒之物，正好東方朔偷來蟠桃，扮作賣桃人經過，四人一同暢飲。王方平約下麻姑仙子，亦往裴仙姥酒店等候聖駕。衆仙相迎，并請麻姑仙子試演擲米變作丹砂之術。仙子却以一粒丹砂化作遍地白粲紅粳，由此遂了農夫豐收之願。這時，聖駕降臨，衆仙前去迎接，并捧上仙醞、仙桃等，共祝皇帝萬壽無疆。

登場人物有赤松子、張道齡、許邁、王方平、四仙曹、裴仙姥、東方朔、麻姑仙子、侍女、農夫十二人等，俱未分配脚色。

本事待考。

《瑞獻天台》

寫時和歲稔，國泰民安，劉晨、阮肇與天台二仙女嘉慶子、瑞鶴仙，欲造延齡之醞、長壽之丹，敬獻彤墀，以昭瑞應。南極仙翁聞此，便化作樵夫，待劉、阮采藥之時，隨機開示。劉晨、阮肇采藥歸來，忽然五色雲迷，不知歸路，便向化作樵夫的南極仙翁打聽路徑。樵夫趁機取出一棗，大如瓜，交與二人。二人不知何物，樵夫又傳其口訣四句，進行點化。接着，仙翁在雲中現出本身，鼓勵其虔誠煉丹。最後，丹成，劉、阮與仙女功圓行滿，同登大羅天。

登場人物有南極仙翁、嘉慶子、瑞鶴仙、劉晨、阮肇、二童子、二仙女等，俱未分配脚色。

本事不詳。

《瀛波清晏》

寫荷皇帝福蔭，錢塘江中新長一道護沙，分開潮勢，致使海波不揚，江平如掌。十二潮神見天氣晴和，同到江干巡視。仙子董雙成聞知皇帝五舉南巡之典，便從瀛洲地面采來長生之草、延壽之漿，準備敬獻駕前。恰遇乘着仙槎前來進獻的仙子范成君，范成君奉東華仙子之命，帶來了益地之圖與昭華之琯。二人在潮神護持下，前赴浙江。這時，十洲群仙亦各持琪花瑤草，駕雲來獻。最後，衆仙在潮神的帶領下，往駕前獻瑞。

登場人物有錢塘江十二潮神、董雙成、侍女、范成君、十洲群仙等，俱未分配脚色。

本事待考。

◈ 著錄、版本與收藏情況

《清代雜劇全目》《古典戲曲存目彙考》著錄。現存道光間刻《藤花亭十五種》所收本，藏中國藝術研究院圖書館，《傅惜華藏古典戲曲珍本叢刊》第63冊據之影印；道光間刻《藤花亭十種》本，藏地待查。又有姚燮《今樂府選》稿本第1、2冊所收本，藏浙江圖書館。

◈ 序跋、題詞與評語

梁森《〈迎鑾新曲〉跋》（《傅惜華藏古典戲曲珍本叢刊》所收本《迎鑾新曲》卷末）：

森副轄兩浙，恭際南巡盛典，總局檄辦戲差。適王君夢樓文治罷歸，邀致署中，撰曲九齣，純用浙中故事。送鑾後，屬幕友錄付之梓，俾溥海臣庶共知聖天子省方觀民之盛，有以洽人心而形之歌頌，爲近古以來所未有也。

梁森謹志

梁廷枏《〈迎鑾新曲〉跋》（道光間刻《藤花亭十五種》所收本《迎鑾新曲》卷末）：

族父淡庭先生，副轄兩浙，恭遇南巡盛典，承辦戲差。時丹徒王夢樓太守文治自臨安罷歸，延入幕中，撰新曲九齣，皆用浙中故實，音節和平，頌揚有體。

太守少精音律，其友葉君懷庭作《納書楹曲譜》，多資商榷。顧或者病葉氏所收曲文，不分出正襯，謂貽誤後人不少。蓋率爾操觚之士，拘守譜內字數，葫蘆依樣。於是按之《宮譜》，有一曲而驟多數語，一語而驟多數字，且平仄乖謬者。襯字不清，則句讀不明，襲陋沿訛，殊堪噴飯。曾不知葉譜止爲伶人歌唱而設，重腔拍，不重格式，可無正襯，與《宮譜》各明一義。此自門外漢不諳曲律所爲，於葉氏無與，於太守更無與也。

此本當時署中錄存，亦不能明分襯字，疑抄胥混寫，非太守底本如此。觀其序葉書，必以《九宮大成譜》爲宗，可以知之矣。今姑仍之，而具論如右。

道光五年展重陽，順德梁廷枏謹校書後

梁廷枏《〈浙西迎鑾樂府〉跋》（清刻本《藤花亭散體文初集》卷三）：

先太守棪庭伯父，副轙兩浙，恭遇南巡盛典，大吏檄辦梨園雅樂。時丹徒王夢樓先生文治自臨安守罷歸輦，重幣延至幕中，撰新曲九齣，皆浙中故實，音節和平，頌揚有體。

先生少精樂律，其友葉君懷庭作《納書楹曲譜》，多資商榷。顧或者病葉氏所收曲文，未能分出正襯，不免貽誤後來。蓋近時有率爾操觚之士，拘守葉譜字數，模山範水。於是按之《宮譜》，有一曲而驟多數語，一語而驟多數字，且陰陽平仄、兩形乖謬者。襯字不清，則句讀不明，襲陋沿訛，實資笑柄。曾不知葉譜止爲伶人歌唱而設，重腔拍，不重格式，可無正襯，與《宮譜》各明一義。如誤拘葉譜以撰曲，徒爲此道門外漢，葉氏不任受過，先生更不任受過也。

此本當時署中錄存，亦不能明分襯字，底本未必如此，當緣鈔胥傳寫之誤。觀先生之序葉書，必竟奉《九宮大成譜》爲宗，可以知之矣。今姑仍之，而具論如右。因以見不諳曲例者之以妄作貽人口實，爲可慨也。

徐燨
(1732—1807)

字鼎和，號榆村，別署鏡緣子、種緣子，吳江（今江蘇蘇州）人。曾祖徐釚（1636—1708）入選博學鴻詞，官翰林院檢討；父徐大椿（1693—1772）敏捷博學，亦爲一時名士。幼承家學，習文工詩，又精於岐黃。及長，隨父遨游南北，聲名日隆，與袁枚（1716—1798）等有交往。晚年，隱修於七子山畫眉峰別業。著有《夢生草堂詩文集》《曲池花影詩鈔》等，皆佚。擅長詞曲，著有傳奇、雜劇數種，今僅《鏡光緣》傳奇、《寫心雜劇》存世。

按，《清代雜劇全目》《古典戲曲存目彙考》等不載其生卒，當因未見《吳江徐氏宗譜》等。又，杜桂萍《戲曲家徐燨生平及創作新考》考證其出生時籍貫爲震澤縣，本吳江縣地，雍正初年析置後兩縣同城而治，民國時期震澤縣并入吳江縣。

傳記文獻：徐書城《吳江徐氏宗譜》、費振勳《榆村徐君墓志銘》（《松陵文錄》卷十六）、袁枚《徐靈胎先生小傳》（《小倉山房詩文集》）、杜桂萍《戲曲家徐燨生平及創作新考》（《蘇州大學學報》2007 年第 3 期）。

《寫心雜劇》

又名《寫心劇》，與《鏡光緣》合稱《蝶夢庵詞曲》。由徐燨生平之事敷演而成，每折爲一短劇，連綴成篇。共十九折，包括《游湖》、《述夢》、《醒鏡》、《游梅遇仙》、《痴祝》、《虬談》、《青樓濟困》、《哭弟》、《湖山小隱》、《酬魂》、《祭牙》、《月下談禪》、《問卜》（原名《求財卦》）、《悼花》、《原情》、《壽言》、《覆墓》、《入山》、《覓地》。始作於乾隆四十五年（1780）或稍前，終稿於嘉慶十年（1805），創作時間持續至少二十六年。

劇情概要與本事

《游湖》

劇首署"吳江種緣子撰"。寫徐榆村自號種緣子,楓江人氏,天性閑淡,全不關心功名,最喜尋山問水,拾芝采藥。如今年已五十,父母、子女之事已畢,清閑無事,遂寄迹杭州。一日,風柔雲淡,春色動人,榆村乘舟游湖,侍女們唱《鏡光緣》傳奇,他覺得詞文太熟,便將楊維楨《西湖竹枝詞》譜成一曲。榆村平時滴酒不沾,今日面對西湖山水,命侍女們取上酒來,連連痛飲,不覺大醉。衆人勸其回去,他不忍拋棄眼前景色,執意不肯。衆人沒有辦法,騙他說已將青山碧水裝入葫蘆,可以帶回欣賞,他纔勉强答應。最後,在舟人歌聲中,開船歸去。

正生扮徐榆村,老旦、正旦、貼旦分扮瑞姑、慧姑、悅姑、珠姑,凈扮舟子。

《述夢》

劇首署"吳江徐種緣撰"。寫八月十五,東嶽帝君殿下判官提集新死諸魂,分派托生,發現其中有吳江縣徐種緣夢魂一名,細查其前生來歷,原是仙府持瓶童子,修道將成,因動情纔降生人世。今日他陽壽未終,判官令小鬼將其請到花亭詢問。種緣見過判官,判官言其死期未到,誤入陰府者乃其夢魂,故要夢神引他回去。種緣聞此,百般推脫。判官奇怪,問其緣由。種緣言自己曾登泰山、涉大海、侍王府、寓公門、結才子、伴佳人等,經歷過種種繁華富貴,然這些祇是水中月、鏡中花,一無可戀。判官并不相信其所言,用欲海幛法來試他,令小鬼抬來彩臺、冠帶、珠玉、金銀乃至花蝶所變的美女等,以打動其凡心,種緣都一一拒絕。判官又以人爲萬物之靈、托生爲人最爲不易等道理來勸其返還人世,種緣則言世間萬物,愈靈愈苦,懇請判官用清風將其吹化,或賞他做一無知無識之頑石。最後,判官答應代他轉奏閻王，爲他減壽一紀，種緣纔隨夢神而去。

生扮徐種緣夢魂，净扮判官，雜扮小鬼。登場人物尚有夢神，未分配脚色。

《醒鏡》

劇首署"吳江種緣子撰"。寫徐種緣過清江，看人掘土填河，挖出古鏡一面，翠緑朱紅，十分可愛，便買將回來，請名手開面重磨，與小妾月娘一同試鏡。古鏡清輝閃爍，照得人纖毫畢現。種緣看着鏡中的自己白髮蓬鬆，滿臉皺紋，全非少年模樣，遂自嘲費盡了千辛萬苦、處世靈機，纔得來如此醜貌。他换上僧衣僧帽，將鏡中的自己點化一番，告誡其不要戀着眼前的假熱鬧、忘却死後的實悲凄等。他又自責已到桑榆暮景之時，正需幹些事業，怎麼能與鏡中影兒胡言亂語，豈非耽誤光陰！最後，他抱鏡而眠，月娘將他摇醒，請求將古鏡贈與自己做妝鏡。種緣戲言若如此，恐古鏡笑話又有個候選的骷髏學畫眉。

正生扮徐種緣，貼扮月娘。

《游梅遇仙》

劇首署"吳江種緣子撰"。寫徐種緣終日勞攘，意倦神疲，聽聞元墓梅花大放，便帶着家僮樵青，携了藥筐，上山賞梅采藥。天寒風冷，種緣在騰嘯臺遇到一位衣着單薄的跛腿乞丐，見他可憐，本想布施幾文。乞丐却不受財物，而是請求種緣爲自己診治病腿。原來，乞兒乃神仙鐵拐李所扮。前因赴老君華山之會，將魄留下，囑咐徒弟倘自己游魂七日不歸，可將魄焚化。不想徒弟因母病須歸，竟提前一日焚化，致使鐵拐李回來後失魄無依，祇得托生於一個餓死的跛脚乞兒身上，是故有此樣貌。今聞種緣治病每有奇效，且分文不取，便存心與他調笑一番，請他醫腿。種緣看後，認爲其腿已不可醫治。鐵拐李一怒之下，將其藥筐丢擲，并誚責百端。徐種緣恰當應對，鐵拐

徐燨

李見其議論皆出於靈性，或有仙緣也未可知，便以"性命雙修净，一念即神仙"暗示他，說完駕鶴而去。種緣此時方悟，後悔當面錯過仙緣，衹得望空遥拜。

生扮徐種緣，貼扮樵青，净扮鐵拐李。

《痴祝》

劇首署"吴江徐種緣撰"。寫徐種緣近來看經拜佛，打坐參禪，行爲瘋癲，愈覺狂迷。時值四月十四日吕洞賓壽誕，種緣雙髻傅粉，女衣簪花，往廟中燒香祭拜。衆香客見他打扮得如此古怪，紛紛打趣，笑他敗光了家業，種緣則言無家一身輕；又羡他妻妾美麗，有風流福分，他却言花容月貌轉眼間都做了帶肉骷髏。天色已晚，衆人散去後，種緣求告吕祖，借幾兩銀子以療窮人疾苦，説完順手拿走幾個紙錠，却被看守人發現，大喊"有賊"。種緣丟下紙錠逃走。

正生扮徐種緣，小旦、貼扮侍妾，丑扮香夥。衆扮男、婦香客，俱未分配脚色。

《虱談》

劇首署"吴江種緣子撰"。寫徐種緣游遍群山，興盡而歸，不意身上染了幾個虱子，被小妾們逐出内房。他在外面厢房中將虱子一一捉住，然後抓死、泡死，或者放置香爐内燒死。其中被燒死的二虱，認爲種緣枉加刑罰，便到鱉虱大王廟裏告狀。鱉虱大王准許他們前去討還公道。種緣見此大怒，罵他們乃蟲蟻不如、至微極賤之物，竟敢與萬物之靈争論，還要人償命！二虱則言種緣雖爲人，却終日勞心籌劃、是非纏身，反不如他們富貴風光；再説"人爲萬物之靈"一言，并非衆類推尊而來，乃人所造言，而虱子飲人血、吃人肉、寢人身等，猶如人吃猪羊一般，豈非虱比人更靈更尊？徐種緣聞此，甚是折服，表示願念經超度他們轉世輪迴。二虱嘲笑他道：你自己尚處孽劫之中，倒要超度他者，好不羞耻！種緣如遭當頭棒喝，甘心受詈，并請二虱再到自己身上飽食一頓。二虱夙愛污穢之人，今見種緣體潔衣净，不屑一顧；且認爲他本愚拙之人，食其血肉，教誤性靈，遂弃之而去。

正生扮徐種緣，小旦、貼扮徐氏姬妾，二丑、小丑扮二虱鬼。

《青樓濟困》

劇首署"吴江種緣子撰"。寫徐種緣少年時節即留心醫理，長有醫名。那些窮苦人知他不要謝儀，反送藥錢，故處處糾纏，令種緣應接不暇。近來種緣避居吴門，聞得故友王蘭生之妻何媚娘十分窮苦，便帶些銀子、糕果等前去探望。何媚娘本姑蘇人，秖爲頻遭家難，落入平康，後與王蘭生訂定終身，終成琴瑟之好，并育有一子。因王蘭生兩被火灾，恐有訟累，媚娘便爲其備好衣飾銀錢，勸他上京應試。今已五年，王蘭生音訊全無，媚娘秖好帶着五歲的兒子貧苦度日。這日，悲風萬里，寒氣侵人，媚娘母子鍋空竈冷，已兩日無食。兒子啼飢呼寒，媚娘肝腸寸斷，後凍暈倒地。徐種緣恰好趕到，將其救醒，與她一百兩銀票，讓她陸續支用；又寫信到京，催王蘭生歸來。種緣憶十三年前，媚娘年方十五，智出衆人，美震蘇揚，如今淪落至此，感慨萬千。

正生扮徐種緣，旦扮何媚娘，貼扮媚娘子。

《哭弟》

又名《哭星燦弟》，劇首署"吴江種緣子撰"。寫徐種緣因三弟去世，日夕悲傷。一晚，又令小童凌雲備下奠酒，往靈前祭拜一番。他悲悲切切，哭訴了兄弟之間二十餘年來的相愛之事，以及三弟臨終之際的依依不捨之情等，不勝哀悼。

生扮徐種緣，貼扮凌雲。

《湖山小隱》

劇首題"徐種緣湖山小隱",署"吳江種緣子撰"。寫宋紹興間大學士范成大感風塵況瘁,匿迹吳山,後上帝將他列入散仙,已有五百餘年。范成大欲覓道侶,苦無同志,依舊雲山寂寞,晤對寥寥。一日,他見風恬水净,便扮作漁翁,往石湖邊垂釣。松陵書生徐榆村無意功名富貴,偶習岐黄之術,半生奔馳,焦勞異常,因此欲覓幽棲之所,以樂餘年。此日亦偕小童采芝來石湖采藥,與范成大相遇。范成大聽其言語似非名利之徒,便以功名、富貴、美女乃至修仙等相試。榆村對此均不屑一顧,祇想過自由適意的生活。范成大見他如此清高絶俗,遂以真名相示,并邀他同歸,榆村欣然應命。

生扮徐榆村,小旦扮采芝,外扮范成大。

《酬魂》

劇首署"吳江徐種緣撰"。寫徐種緣幼習岐黄之術,本想藉此利人利己,然自感醫術不高,行醫四十年中,恐因誤治而害人性命者或不少,爲此日夕躊躇,尋求免罪之法。他探知普照禪師法力廣大,遂請其爲被藥殺諸冤魂追薦超度。禪師施法時,種緣亦打坐入定,以神合魂,與衆冤魂相接。衆冤魂不要功德,一意復仇,要種緣償命。種緣虔誠懺悔,請求饒恕,衆鬼還是不依不饒,堅持要扯其到閻王處受罰。這時普照大師告訴衆冤魂,其生死都是前生注定,上天祇是藉徐種緣做個刀斧手而已。衆鬼聞此,纔放過種緣。禪師超度一番後,衆鬼離去。最後,徐種緣願抛弃所業,跟隨大師修行。

生扮徐種緣,正旦、小旦扮女鬼,外扮普照大師,雜扮沙彌,末、丑扮鬼魂。登場人物尚有衆鬼,俱未分配脚色。

《祭牙》

劇首署"吳江種緣子撰"。寫徐爔年纔六十,牙齒却將已落盡。時值十月十三誕辰日,他命僕人樵青取來牙包,備下祭禮,與落齒共饗。徐種緣恭恭敬敬與落齒講了半天,小妾們方告知樵青錯拿了配藥的狗牙,另一包纔是種緣的落齒。她們又把兩包牙齒混在一起,讓其自認,種緣無法辨別,祇得一同祭奠。徐種緣言功不成,名不就,自己的落齒能與狗牙同祭,反覺對狗牙有所褻瀆。且見吃肉講理的牙與嚼糞咬人的牙竟無貴賤可分,同爲腐土,好不感傷!牙痛司尊神附身樵青,點化徐種緣道:"你不久遍體形骸都爲枯骨,這幾個蛀牙何用傷感,好不呆也!"并安慰他,會將落齒撒到天外,再不入塵世輪迴。

生扮徐種緣,旦、小旦扮姬妾,末扮牙痛司尊神,丑扮樵青。

《月下談禪》

劇首題"月夜談禪",署"吳江種緣子撰"。寫近來徐種緣看破了名利,整日靜坐蒲團,參修禪理。時值中秋,其四妾典釵置下筵席,請丈夫往豐草亭中賞月。徐種緣想起昔年老太太與衆妾慶賞中秋,何等歡樂,轉眼間,老太太歸天,月圓而人難再得,所以告訴衆妾萬種恩情祇是夢幻泡影,綢繆繾綣轉眼即空,不如忍情斷愛,與自己一起修禪,到時可永登蓮界,豈不歡喜!四妾心動。這時老尼歸真亦來指點迷津,四妾情願跟隨丈夫同參佛理。

生扮徐種緣,四旦扮種緣四妾,老旦扮歸真。

《問卜》

原名《求財卦》,劇首署"吳江種緣子撰"。寫徐種緣原有儻私,祇因長子死於雲南任所後,分賠虧空,弄得家中田地、房屋蕩然無存。小兒子雖中了舉人,亦無錢再讀,連家中的老蒼頭都替家主愁悶不過。徐種緣却依舊是日間游山,夜裏填詞,并無憂愁之態。老蒼頭聽聞有個參易道人問卦如神,就慫恿主人前去卜卦,看是否有轉運的日子。徐種緣被糾纏不過,祇得前去。參易道人知其來意,嘲諷道:求財之事,千卦不靈,你還是守分安貧爲好。種緣又往太湖邊上散步,經過供奉范蠡、陸龜蒙、張翰的三高祠,便進去瞻仰跪拜，請求與三人結個貴賤之交。他見祠、像皆破舊不堪，便向在後殿睡覺的乞兒打聽爲何這等冷落。乞兒言都是因爲錢財少的緣故。這時，一個身着單衣的乍貧富人被棍徒追呼，狼狽躲藏。徐種緣至此看破人生，決計入山。路上又遇到参易道人，聽道人議論不凡，知他定是高隱之輩，便邀他一同歸山盤桓。

生扮徐種緣，净扮老樵、財主，末扮蒼頭、財神廟主持，二丑扮乞兒，外扮参易道人。

《悼花》

劇首署"吴江種緣子徐爔撰"。寫徐種緣家園中百花盛開，小妾們自備果酒，邀請他來園中賞花觀劇。可是昨夜幾陣風雨，已將所開之花悉數吹謝，一朶不剩。徐種緣見此，興致全無，由賞花變成了悼花。他感慨花開之時，哪個不愛慕憐惜，一旦飄落，則全同腐草一般，無人看顧。人生富貴亦復如此，自己年逾半百，精力日衰，若不及時回頭，真與草木同腐矣。祭罷，徐種緣神思倦怠，便在蝶夢庵隱几小寐。花神見他悼花如此情切，深受感動，特來與其夢魂說明百花開謝之理。又聽其言語頗有出塵之想，便許他來世托生爲峨嵋山上之千年古榆，可静觀世事。徐種緣醒來，發現是春夢一場，爲紀念此夢，遂以"榆村"爲號。

生扮徐種緣，四旦扮種緣姬妾，末扮蒼頭，小生、衆旦扮花神。

《原情》

劇首署"楓江種緣子撰"。寫徐種緣年已七十，回思往日情事，如春夢一場。某日，老友張惜玉、李戀香來訪，說起當年各自情人孫韵娘、謝菲菲，甚是不能忘懷。徐種緣認爲男女之間没有誰能真心相守，往往是色衰愛弛、利盡交疏，最後恩情蜜意都翻作怨仇。張、李二人聞此，甚是不滿，責備其太過無情，表示自己若能與舊日情人相遇，必比舊日情濃十倍。三人正在賞花飲酒，忽然家僮來報，門外有兩個老婆子求見。原來，孫韵娘與謝菲菲漂泊在外二十年後，結伴而回，今日尋張惜玉、李戀香二人，準備重續前緣。張、李二人一聽，非常高興，趕快請了進來。四人相見，都爲彼此的老態所驚，結果謝菲菲嫌弃李戀香窮苦，張惜玉討厭孫韵娘貌醜，都不願接納對方。此時，張、李甚是敬服徐種緣之言，願拜他爲師，終身奉侍。

正生扮徐種緣，老旦扮孫韵娘，末扮李戀香，小丑扮僮僕，二丑扮謝菲菲，外扮張惜玉。

徐㸤

《壽言》

劇首題"七十壽言"，署"吳江種緣子撰"。寫徐種緣七十壽誕，認爲多事不如無事好，故口占一律，令人貼在門首，婉言辭謝前來祝賀的親友。仙人陳摶雲游到此，聽聞種緣好道，正值壽期，特來與他添籌，送上秘書一册。又言若能朝夕参玩，自可長生不老。不料，徐種緣不想長生，拒絶了陳摶要他捐去一切、專心修煉的提議，認爲人若摒弃衣食之美、聲色之樂，即便像陳摶一樣，東飄西蕩，一寢萬年，也了無生趣。陳摶很生氣，駡他是爲物欲所蔽的痴漢。這時，幾個蘇州歌妓前來祝壽，其清歌妙舞令陳摶戀戀不捨。徐種緣願將婢女香雲送給陳摶爲徒，香雲却予以拒絶，譏諷道："如此修煉，是個木偶形骸，雖生猶死。"陳摶覺徐種緣所論確有至理，若再久留，恐自己把持不定，遂匆匆辭去。

生扮徐種緣，貼扮香雲，四旦扮歌妓，末扮喜兒，外扮陳摶。

《覆墓》

劇首署"吳江種緣子撰"。寫徐種緣近日令子孫爲自己營造壽穴，并將亡妻錢氏安葬其側，三朝之期，親往覆墓。他見荒郊野外，人迹罕至，怕妻子孤眠膽怯，告祭道自己不久即來相伴；又祈求土地神對妻子多加矜憐。當方土地知徐種緣來到，化身道人前來相探，告訴他這裏風水甚好，其子孫必享榮華富貴。種緣則坦言自己并不相信風水，祇爲身體乃父母所賜，不得毀弃，遂死後深埋，以免狗拖羊踐；至於兒孫到時榮華與否，則與自己了無干係。土地敬服其說，邀他往土地廟閑話。

生扮徐種緣，末扮僕人，丑扮船家，外扮土地。

《入山》

劇首署"吳江徐種緣填"。寫徐種緣認爲整日在紅塵之中，怎能超脫輪迴，於是命小童伴樵打點藥爐、經卷，準備入山懺悔。老友錢藥圃、鄭春江以及侄兒徐雙橋特來勸阻。種緣言友情、族誼豈肯相忘，祇是得先去安慰那個痛癢相關、恩情廣厚的生死至交——自己的神魂。如今自己形骸漸老，行將化去，恐到時魂魄失去身體依托，將漂泊無依，無人搭救。衆人見他執意要往，也無可奈何。徐種緣一路行來，到達畫眉泉家庵，跟隨院僧閉門清修。

正生扮徐種緣，小生扮徐雙橋，末扮鄭春江，小丑扮伴樵，外扮錢藥圃。登場人物尚有僧人，未分配脚色。

《覓地》

劇首署"吳江徐種緣撰"。寫徐榆村一生勞瘁，總爲他人應酬，如今滿頭白髮，想要爲自己考慮考慮，給自己尋找一片墓地。一日春光明媚，徐榆村與地師趙先生尋覓墓地。趙先生言墓地是一勞永逸、萬古埋身之地，有利於後世榮華富貴，拜將封公，故一定得認真挑選。徐榆村却認爲人一生勞碌，到頭來也落得一場空，尋找墓地不需考慮兒孫富貴，祇要能觀賞明月清風，滅迹藏踪就好。一番尋覓，依然未能尋到合適之所。二人商定明日再來尋覓，今日且先去閑游山水。

生扮徐榆村，末扮趙先生。

☙ 著錄、版本與收藏情況

《清代雜劇全目》《古典戲曲存目彙考》《古本戲曲劇目提要》著錄。現存乾隆刊本和嘉慶蝶夢盦刻本，藏國家圖書館、首都圖書館、上海圖書館、北京大學圖書館等，《古本戲曲叢刊七集》據嘉慶蝶夢盦刻本影印。按，是劇版本情況複雜，曾刊行數次，今存有六折、八折、十二折、十六折、十七折、十八折版，以及其他殘本。詳見杜桂萍《徐爔〈寫心雜劇〉版本新考》（《文獻》2007年第4期），杜桂萍、孫蒙蒙《清代徐爔戲曲版本與副文本的互文性闡釋》[《陝西師範大學學報》（哲學社會科學版）2022年第2期]。

☙ 序跋、題詞與評語

徐爔《〈拂塵十二絕〉并序》（嘉慶十六折刻本《寫心雜劇》卷首）：

己亥桂月，予南北奔馳，倦游而返，姬妾輩置宴於夢生堂，爲予拂塵。詠歌之餘，予示以令："每占我《鏡光緣》曲一句，合我意者免飲。否則，酌以巨觴。"一姬曰："把兩人心打合濃香一片。"一姬曰："待把那醋漿兒淹没你巫山岫。"一姬曰："多情幻夢誰先覺？"其餘或有飲酒者。予至半酣，見有慧心者，因取《楞嚴》《道德》諸經，與之翻覆講參，彼亦頗多心得。余遂口占十二絕以示之，倘有以爲當者，與我共參可耳。

天空海闊水悠悠，大覺須從幻夢求。轉眼浮生同泡影，取將紅粉作勾留。
煉性何須更煉形，金釵叢裏一函經。李翱入道無多喝，雲在青天水在瓶。
端爲靈虛煉未真，恒河沙劫到紅塵。菩提莫笑予貪色，花境禪心一樣因。
曲罷樽空奈老何？清虛一點鏡新磨。傷心卅載花間事，好付蒲團當睡魔。
温香軟玉戀無窮，迷處偏能究色空。試問庭前花萬朵，芳英還得幾時紅？
何用勞勞羨佛仙，空嗟蝶夢誤青年。一從參破《楞嚴》後，始信仙緣即愛緣。
行是春風心似灰，拈花一笑任含開。圓機豈是無情種？孽海波從愛海來。

莫論多情與薄情，巫雲一片任縱橫。玄心已向春風悟，异草奇葩到處生。
曉妝争唤畫蛾眉，愛極生憐憐極悲。悲到無如雙鬢雪，鏡中謂影是心知。
繡閣含酸細入微，生憎顰笑盡禪機。鴛鴦栖托無多日，我涅槃時各自飛。
自憐素性愛痴頑，敲斷雙扉月下環。一逐孤飛雲外鶴，肯教重認故鄉山？
幻境崎嶇總不平，玄門有道勸同行。玉人慢把無情谷，正爲多情極處生。

鏡緣主人

徐爔《〈寫心雜劇〉自序》（嘉慶十六折刻本《寫心雜劇》卷首）：

或有笑而問予曰："元明詞曲演劇，皆托於古人以發己懷。而子昔填《鏡光緣》尚隱射姓氏，今竟直呼自名，登場歌泣，豈非自褻耶？"余應之曰："寫心劇者，原以寫我心也。心有所觸則有所感，有所感則必有所言，言之不足則手之舞之、足之蹈之而不能自已者，此予劇之所由作也。且子以爲是真耶？是劇耶？是劇者皆真耶？是真者皆劇耶？即余一身觀之，椿萱茂而荆樹榮者，少時之劇也；琴瑟和而瓜瓞綿者，壯歲之劇也；精力衰而鬚髮蒼者，目前之劇也。而今而後，亦不自知其更演何劇已也。蓋予日處乎劇中，而未嘗片刻超乎劇之外，則何妨更登場而演之？世君子以爲僻乎前人者可也，以爲不襲前人而獨開生面者亦可也。嗟乎！我豈樂此劇而故爲劇中之劇耶？然欲逃之而必不可得者，恐子亦未必能也，請三參之。"問者深悟而退，予即爲斯序。

時乾隆五十四年歲次己酉六月二日，種緣子徐爔書於楓江之夢生草堂

徐爔《〈寫心雜劇〉自記》（嘉慶十六折刻本《寫心雜劇》卷首）：

獨處荒山，隨心所觸，自寫鄙懷，非敢鐫之梨棗以貽識者笑。而四方名士，索無虛日，是以刻成十六齣，以補填詞之一體云。

《題詞》（嘉慶十八折刻本《寫心雜劇》卷首）：

凡題詞隨到隨刻，不拘齒爵。

徐爔

袁枚《〈寫心雜劇〉題詞》（嘉慶十八折刻本《寫心雜劇》卷首）：

昨奉致一函，係早寫就，想托李世兄奉致者，竟得面投。此中便有鬼神，非偶然也。晚間讀世兄自製樂府，一片靈機，蟠天際地，使衰朽之人蹲蹲欲舞。詞曲感人，乃至是哉！

送上《詩話》一部，尊公詞句散見於其中者凡兩處，世兄翻閱自知。老人戴眼鏡二十餘年，今春在西湖燈下偶然去之，轉覺清朗。因之好寫蠅頭，學馬伏波據鞍故態。然而老健春寒，無非騙局。趁此受騙之時，老阿婆依舊東塗西抹，亦復何妨？故端書一箋，以申欣服之忱。

簡齋袁枚時年七十有九

馮浩《〈寫心雜劇〉題詞》（嘉慶十八折刻本《寫心雜劇》卷首）：

一寸靈心絕妙才，家貽舊業出新裁。超然遍采名山藥，不避紅塵不染埃。
城北徐公美且都，後房窈窕選名姝。而今老去情緣淡，却藉酣歌自寫圖。
本事詩編播藝林，（令曾祖虹亭先生纂《本事詩》行世。）聲傳樂府費研尋。（尊甫涸溪先生有《樂府傳聲》。）江城檀板敲清夜，代有周郎善賞音。
塊壘消餘耐逞狂，閑中儀態樂無方。良醫功足儕良相，況復名場亦戲場。

孟亭馮浩

金學詩《〈寫心雜劇〉題詞》（嘉慶十八折刻本《寫心雜劇》卷首）：

雲鬟玉鏡日橫陳，聽唱名姝一曲新。千載風流追白傳，湖山管領屬詞人。
琪花瑤草枕中方，謫向紅塵度世忙。喚醒溫柔鄉裏夢，回頭便是白雲鄉。

幼同嬉戲長同吟，歿後遺文抵笥金。揮盡鵜鴒原上泪，未聞終闋已傷心。（予弟竹塢亦能文，早歿。）

誤嬰世網負平生，一笑聲華片羽輕。放眼楞伽舊風月，幾人堪訂白鷗盟。

多少珠樓夜宴酣，幽閨無復駐華驂。偶因風雪來相訪，不害禪心學魯男。

二雅金學詩

王鳴盛《〈寫心雜劇〉題詞》（嘉慶十八折刻本《寫心雜劇》卷首）：

門第才名望若仙，黃河遠上句爭傳。清詞解脫機何猛，綠鬢朱顏尚壯年。

曾經滄海與巫山，莫怪觀空祇等閑。笑我情痴今尚在，未甘七十守窮鰥。

咒雨俄遭妓破之，燒庵婆子事尤奇。倘容法喜同參證，願拜維摩作道師。

西莊王鳴盛

胡世銓《〈寫心雜劇〉題詞》（嘉慶十八折刻本《寫心雜劇》卷首）：

種緣徐君，吳江懷才高士也。風雅多情，亦復澄心味道。常作《鏡光緣》傳奇，固已文詞婉媚，一往情深。今讀《寫心劇》，寓意超妙，音節高遠，殆將夢幻泡影中，指點斯世迷津，益以徵其夙慧。然則磨頂授記，證無上果者，無用求諸經典，讀斯詞可悟矣。復作斷句政之。

情魔方寸起靈臺，那使靈樞化作灰。纓璐牛車都付與，待將空色問如來。

難陀自昔號多情，緣底繁華一洗清。可是近從天上見，八千宮麗佩環輕。

鑒泉胡世銓

張曾太《〈寫心雜劇〉題詞》（嘉慶十八折刻本《寫心雜劇》卷首）：

海茫茫，山渺渺，聽說尋仙仙路杳。縱有仙機孰與談？蓬廬之外瀛寰少。種緣先生仙緣通，心清萬慮塵埃空。游戲玩世亦濟世，直同水火敷元功。攜童采靈藥，直上高峰東。是時寒梅爛熳空山雪，朱門綉户垂簾暖酒春融融。

此山岑寂少人迹，何意拊髀雀躍來洪濛。瀾翻舌底辨不息，游心合氣將焉窮。若隱若見不可及，似遠似近吾誰從？神消蔽光不知處，嘯風曳履歸吟筇。歸來外人不足道，心知他日終相逢。譜之絲竹同變幻，寓言追躡《南華》踪。我來乞瑤草，恰遇花開早。清詞歌出神仙好，舉頭何處蓬萊島？藕如船，瓜是棗，逍遥游衍人難老。粗服殘軀世所嗤，看來豈是形枯槁！一曲新歌縹緲中，教我服食還精與補腦。酒將闌，光正皎，滿堂滿室仙音繞。鳴鶴九天聞一聲，拂袖烟雲猶裊裊。

徐燨

湖山到處醉顏酡，簫鼓聲聲遠近多。紅袖金尊渾常事，輸君自譜《竹枝歌》。歌聲圓轉舞風香，收得山光并水光。豈必壺蘆載清翠，已分佳勝入霓裳。山花如綉水如烟，最好風光二月天。何事畫船歸去早，要將新曲上家筵。落花風雨損荆枝，哭罷殘燈嘆數奇。棠鄂賈時餘獨木，人琴亡後祇單絲。長離有恨還能寫，短夢無憑未可期。我亦同情今卅載，至今音斷謝家池。

昔讀石湖詩，即知石湖好。今來石湖游，思向石湖老。君家近石湖，開門接行潦。胡復想結鄰，笙歌寄懷抱。要知思入神，明於月出皎。一旦見古人，千秋共搜討。許我并衡茅，招予望滄灝。田園紀四時，家室依三島。蕩胎來雲霞，攖心去煩惱。携手入山林，并肩把芃藻。既欲結同心，猶恐移中道。昂昂冬嶺松，馥馥春坡草。寓意苟浮沈，即境胥顛倒。雅奏時一聞，斯懷信長保。

桐城張曾太

王昶《〈寫心雜劇〉題詞》（嘉慶十八折刻本《寫心雜劇》卷首）：

隨身竿木儘登場，短夢前塵雜色裝。不寫昔人剛自寫，果然樂府妙康王。《悼花》《述夢》更《酬魂》，歸向談禪意趣存。我亦曾經金屋裏，被渠牽率到梨園。（門人沈孝廉同輝撰《書中金屋》傳奇，有游戲及余者。）

蘭泉王昶時年七十有二

馮應榴《〈寫心雜劇〉題詞》（嘉慶十八折刻本《寫心雜劇》卷首）：

逢場聊作斯文戲，說法都爲現在身。莫漫等閑看過了，好參筏喻渡迷津。濟人祇有一丸藥，傲世應同三朵花。更問玉桃偷幾度，口中餘沫盡流霞。

星石馮應榴

方維祺《〈寫心雜劇〉題詞》（嘉慶十八折刻本《寫心雜劇》卷首）：

曾見滄波三變田，言言入妙句鈎連。當場說法身須現，莫作衣冠優孟傳。由來心地本空明，采藥談經總性情。唱到一聲《河滿子》，抵他漏盡聽鐘鳴。

春之方維祺

劉墉《〈寫心雜劇〉題詞》（嘉慶十八折刻本《寫心雜劇》卷首）：

知君家世本詞宗，諧俗多方老更工。慣托俠游欺鬢雪，偶來人海看塵紅。枕中鴻寶丹能轉，坐上春風酒不空。禮佛求仙應適願，長桑書驗足陰功。

石庵劉墉

那彥成《〈寫心雜劇〉題詞》（嘉慶十八折刻本《寫心雜劇》卷首）：

花柳叢中自在身，曇雲優鉢現前因。無情更是多情極，枉說維摩迹已陳。檀板金尊閙裏催，是真是幻謾疑猜。而今又踏東華路，一笑逢場作戲來。

東甫那彥成

王祖武《〈寫心雜劇〉題詞》（嘉慶十八折刻本《寫心雜劇》卷首）：

風月娛情六十年，詩人老去欲逃禪。憑將一管徐陵筆，勾却三生未了緣。
空空色色都成悟，燕燕鶯鶯底事忙。閨裏應添懊惱曲，風流不似舊時郎。
名繮利鎖皆虛幻，轉眼原同如是觀。識得當場醒世意，儘教演與世人看。

蘭江王祖武

徐爔

張經邦《〈寫心雜劇〉題詞》（嘉慶十八折刻本《寫心雜劇》卷首）：

遠山圍黛水增波，三月春光湖上多。解唱《竹枝》知不少，輸他花影倚青娥。（《游湖》）

《霓裳》序奏玉輪秋，瓊闕瑤宮逐夢游。愛捉謫仙閑對簿，閻羅老子也風流。（《述夢》）

漫山香雪白皚皚，騎鶴仙人去不回。我亦前身跛道士，休嫌頻涸乃公來。（《游梅遇仙》）

囚地聲中悔已遲，說醒說夢總成痴。烟花滿眼和塵滚，趁着黄粱未熟時。（《痴祝》）

珊瑚鞭逐白銅鞮，曾到巫陽路不迷。今日黄金非買笑，錯教痴妒滿紅閨。（《青樓濟困》）

蕙折蘭摧最可傷，玉京搔首路茫茫。蘇家詩句那堪讀？風雨年年泣對床。（《哭弟》）

爲戀幽栖清福多，釣竿裊裊狎烟波。石湖尚友真成計，爭席還防張志和。（《湖山小隱》）

怪底江郎是恨人，飛英清怨抱芳辰。他生便作木居士，滿樹青錢詎買春。（《悼花》）

苦海紛紛透網鱗，倩誰楚些與重陳。多君辨口懸河似？字字從頭棒喝真。（《酬魂》）

朝妍暮醜鬢毛催，誤向菱花認本來。勘徹空空真面目，方知無鏡亦無臺。（《醒鏡》）

脫葉何曾戀故荄，尚存舌本任恢諧。祇餘一事他時恨，難摘梅花細嚼來。（《祭牙》）

瀾翻慧舌說根塵，眷屬齊來證淨因。他日維摩方丈室，合教禮遍散花人。（《月夜談禪》）

三山張經邦

袁枚《〈寫心雜劇〉題詞》（嘉慶十八折刻本《寫心雜劇》卷首）：

太史聲名海外傳，菊莊詞譜意纏綿。留將一管生花筆，付與文孫補舊緣。
從古情多易斷腸，徐郎法祖更清狂。雁行飛去鴛鴦死，都付清平調幾章。
自笑袁絲兩鬢星，夢生堂好記曾經。乞將八十年來事，譜入東山絲竹聽。

簡齋袁枚時年八十有一

王和行《〈寫心雜劇〉題詞》（嘉慶十八折刻本《寫心雜劇》卷首）：

淋漓濡染墨池開，具大心胸絕妙才。現世人身爲說法，當場悟徹幾人來。
清音按拍繞棼梁，玉作齒牙錦作腸。道是填詞渾未得，狠心辣手著文章。

西崖王和行

奇豐額《〈寫心雜劇〉題詞》（嘉慶十八折刻本《寫心雜劇》卷首）：

設法何嫌自現身，筆花大放見前因。詞壇獨辟開生面，譜出人心一段真。
花開鏡裏笑秋娘，情比恒河沙數量。綺語忽除空色相，一輪明月萬重光。

麗川奇豐額

汪啓叔《〈寫心雜劇〉題詞》（嘉慶十八折刻本《寫心雜劇》卷首）：

二月金牛景物妍，尋芳稱泛總宜船。西陵松柏欣無恙，好結生前攜手緣。
也知臧穀等亡羊，隨分追歡愛景光。百歲年華都是幻，何妨竿木且逢場？
休笑珠圍翠繞非，色空已悟久忘機。能於當境心澄定，任墮天花不染衣。

訒庵汪啓叔

謝鳴篁《〈寫心雜劇〉題詞》（嘉慶十八折刻本《寫心雜劇》卷首）：

虹亭太史泂溪叟，世有文章濟鳳毛。白雪寫心尤和寡，須知此調本來高。
畫眉泉好自潺湲，高枕蓬廬靜閉關。他日梅林相問訊，神仙祇住在人間。

蒼筤謝鳴篁

顧汝敬《〈寫心雜劇〉題詞》（嘉慶十八折刻本《寫心雜劇》卷首）：

少年意興未全摧，譜出宮商是雅才。傳語歌姬停奏樂，且看此老上場來。
辛苦填詞意最深，不妨游戲寓規箴。現身說法君休訝，一片婆心是佛心。

蔚雲顧汝敬

徐喬林《〈寫心雜劇〉題詞》（嘉慶十八折刻本《寫心雜劇》卷首）：

詞場風月出新裁，字字心花結撰來。色相都從空際現，如看蜃氣幻樓臺。
三生悟徹鏡中緣，賭唱旗亭句早傳。自懺情根歸解脫，何妨丈室貯天仙。

姪孫喬林

潘奕雋《〈寫心雜劇〉題詞》（嘉慶十八折刻本《寫心雜劇》卷首）：

過西泠萬條烟柳，晴絲搖漾明鏡。總宜船小柔波闊，緩蕩玻璃千頃。風乍定，裊一縷、歌聲驚起眠鷗醒。鸞釵相并。看一抹遥峰，飛來翠色，鬥取修眉影。　浮家好，況是蘇堤絕勝。蒲帆一任斜整。楓江漁父家風在，（虹亭先生有《楓江漁父圖》，諸名公俱有題詞。）祇戀湖光澄景。重記省，笑我亦、年年春漲浮烟艇。輸君清興。少桃葉桃根，中流打槳，醉唱六朝暝。（《摸魚子·游西湖》）

驂鸞又懶，黃鶴高樓遠。蘿洞口，松陰畔。披襟容笑傲，赤足真蕭散。君知否？邯鄲道上行人倦。　看過蓬萊淺，細嚼胡麻飯。花插髻，脂勻面。垂虹烟景好，才子清狂慣。非痴也，珊珊仙骨金丹換。（《千秋歲·痴祝》）

寒山百叠長安遠，欲寄迴文無雁。一翦西風簾捲，此際柔魂斷。　青青子結枝頭滿，隻影自憐誰管？客比黃衫堪羡，佳話爭傳遍。（《桃源憶故人·青樓濟困》）

翠禽枝上，喚花魂夢醒。鄧尉山頭凍雲冷。看無邊，香雪千樹高低；明月上，第一人間清景。　先生真達者，鴉嘴鋤雲，收拾清香貯丹鼎。料把玉龍吹，縹緲三山，又惹却、素鸞飛近。莫便趁天風到蓬瀛，且看過梅花，想伊還肯？（《洞仙歌·游梅遇仙》）

昨夜東風吹已遍。客去高樓，樓外飛花片。恰恰流鶯啼不斷，傷心春在誰家院？　顧曲周郎情緒懶。可惜金鈴，不把芳魂綰。一種閑愁難自遣，新聲付與銀箏按。（《蝶戀花·悼花》）

榕皋潘奕雋

徐嵩《〈寫心雜劇〉題詞》（嘉慶十八折刻本《寫心雜劇》卷首）：

臣叔由來不是痴，慣拈紅豆寫烏絲。近年六十還游戲，笑補吾家《本事詩》。

譜得新詞續玉臺，黃金捍撥鬱金杯。等閑休說維摩法，恐有散花天女來。

朗齋嵩

全 德
(1733—1802)

　　號惕園，又署惕園主人。戴佳氏，故又稱戴全德，隸滿洲鑲黄旗漢軍。曾入值内廷。乾隆三十八年（1773），出任九江關督。乾隆四十三年（1778），轉任蘇州織造兼理滸墅關，期間曾奉旨與伊齡阿（？—1795）一起查勘民間戲曲。乾隆四十九年（1784）、五十三年（1788），兩任兩淮鹽政。乾隆六十年（1795），分巡廣饒九南兵備道。嘉慶三年（1798），再任蘇州織造。嘉慶七年（1802），任内務府總管造辦處一職。與趙翼（1727—1814）交好，曾邀其兩主揚州安定書院。公務之暇，常以筆墨自娱。著有《潯陽詩稿》《潯陽詞稿》，又有雜劇《紅牙小譜》傳世。

　　按，《古典戲曲存目彙考》言其"字號、里居、生平皆未詳"；鄧長風《二十九位清代戲曲家的生平材料》推測其生於雍正九年（1731）前後，卒於嘉慶七年（1802）；《古本戲曲劇目提要》則言其嘉慶三年（1798）在世；趙興勤《曲家戴全德小考》考訂其生於雍正十一年（1733），卒於嘉慶七年（1802），今從。

　　傳記文獻：盛昱、楊鍾羲《八旗文經》卷五十八《作者考（乙）》、（嘉慶）《重修揚州府志》卷三十八、（同治）《九江府志》卷二十五、（民國）《吳縣志》卷六、鄧長風《二十九位清代戲曲家的生平材料——美國國會圖書館讀書札記之四十四》（《明清戲曲家考略全編》下）、趙興勤《曲家戴全德小考》（《藝術百家》2001年第2期）。

《紅牙小譜》

　　包括雜劇《輞川樂事》《新調思春》二種，均爲一折。全德《〈紅牙小譜〉

自序》云："余莅潯陽者三載，視篆之暇，日坐愛山樓，以筆墨自娛。詩詞而外，旁及傳奇、雜曲。花晨月夕，授雛伶歌之，聊以適性而已。戊午夏，移官江蘇，檢視行篋，得新劇二齣，付諸剞劂。"知此二種雜劇作於全德任廣饒九南兵備道時，即乾隆六十年（1795）至嘉慶三年（1798）之間，刊刻於戊午即嘉慶三年。

劇情概要與本事

《輞川樂事》

寫唐代詩人王維早捷巍科，便離宦海，與夫人偕隱林泉。一日風和日暖，二人尋芳沁園，憩息竹里館。面對良辰美景，王維將《春》《夏》《秋》《冬》四闋新詞，用琵琶演奏一番，以爲消遣。詞中歷數四季景物之美好、隱居生活之悠閒以及自己達觀的人生態度等。夫人對此深表贊同，願花前隨唱，與丈夫終老山林。

小生扮王維，小旦扮夫人，旦扮書僮，貼旦扮丫環。

本事當來自王維生平故事，據其《輞川集》詩敷演而成。

《新調思春》

寫一春夜，某氏姐妹二人共其大丫環春蘭、小丫環秋菊在房中閑話。大姑娘因情人不來，倍感愁悶。二姑娘及丫環們紛紛爲其情人失約尋找理由，令其寬心，大姑娘依然擔心自己已被拋弃。起更後，大姑娘還在爲情人落泪，二姑娘索性對姐姐說：那人是薄幸之徒，應將他丟開，不該爲他傷心。大姑娘想起情人往日溫存，不願相信妹妹所言。二更時分，大姑娘見月挂半天，吩咐丫環排下香案，對月祈禱，求月神保佑情人早日到來。到了三更，在衆人一再勸說下，大姑娘終於同意入帳安眠，欲在夢中與情人共赴高唐。大姑娘睡後，二姑娘睡不着，遂與丫環們輪流唱小曲解悶，她們玩鬧時驚醒了大姑娘，此時已是四更天。大姑娘醒後甚是惱怒，說夢裏與情人相見，正歡喜却被吵醒。五更了，大姑娘還在思念情人，妹妹勸她說：等那人來了，你心腸要硬起來，狠狠懲罰他，不理他，罰他跪踏板兒等。天快亮了，眾人方纔睡去。

旦扮大姑娘，貼旦扮二姑娘。登場人物尚有大丫環春蘭、小丫環秋菊，俱未分配脚色。

本事不詳，應據民間小曲故事改編而成。

◆ 著録、版本與收藏情況

《古典戲曲存目彙考》《古本戲曲劇目提要》著録。現存嘉慶三年（1798）刻本，藏國家圖書館、中國藝術研究院圖書館，《傅惜華藏古典戲曲珍本叢刊》第53册據之影印。

◆ 序跋、題詞與評語

戴全德《〈紅牙小譜〉自序》（《傅惜華藏古典戲曲珍本叢刊》所收本《紅牙小譜》卷首）：

余莅潯陽者三載，視權之暇，日坐愛山樓，以筆墨自娛。詩詞而外，旁及傳奇、雜曲。花晨月夕，授雛伶歌之，聊以適性而已。戊午夏，移官江蘇，檢視行篋，得新劇二齣，付諸剞劂。外《西調》《小曲》，另分兩帙。雖雕蟲小技，大雅弗尚，而世態人情，頗有談言微中者，比諸白傅吟詩，老嫗都解可也。爰書數語，以弁其首。

嘉慶三年季秋下浣，惕莊主人自叙於尚衣官舍

桂 馥
(1736—1805)

　　字冬卉,號未谷,又號雩門,晚號老苔,別署瀆井復民、蕭然山外史、忍醜陋生等,室名紫雲仙館、十二篆師精舍,曲阜(今山東曲阜)人。乾隆三十三年(1768),以優貢入國子監。教習期滿,補長山縣訓導。五十四年(1789)舉人,次年中進士。嘉慶元年(1796)銓授雲南永平知縣,十年(1805)卒於官,年七十。精於"說文"之學,與段玉裁(1735—1815)齊名,時人以"南段北桂"并稱。於六書、金石之學亦用力甚勤,八分書尤得時譽。著有《說文解字義證》《說文諧聲譜考證》《札樸》《繆篆分韵》《續三十五舉》《國朝隸品》等。詩文有《晚學集》八卷、《未谷詩集》四卷;雜劇有《後四聲猿》傳世。

　　傳記文獻:蔣祥墀《桂君未谷傳》(《晚學集》附)、孔憲彝《永平縣知縣桂君未谷墓表》(《韓齋文稿》卷四)、《清史稿》卷四百八十一、《清史列傳》卷六十九、錢儀吉《碑傳集》卷一〇九、李桓《國朝耆獻類徵初編》卷二百四十四、李元度《國朝先正事略》卷三十六、錢林《文獻徵存錄》卷九、江藩《國朝漢學師承記》卷六、徐世昌等《清儒學案》卷九十二等。

《後四聲猿》

　　包括雜劇《放楊枝》《題園壁》《謁府帥》《投園中》四種。按,據桂馥《〈放楊枝散套〉小引》,四劇應作於其任永平知縣時期。

劇情概要與本事

《放楊枝》

　　劇首題"放楊枝北調一套",署"老苔填詞"。一折。寫唐代白居易曾官拜少傅,年老賦閒後,疾病纏身。家有歌妓樊素,年正青春,善唱《楊柳枝》詞,人稱楊伎。白居易欲放她歸去,以便其尋個終身。另有駱馬一匹,亦準備售與他人。結果駱馬哀鳴,樊素悲泣,皆不願離去。白居易亦心中不忍,最終收回成命。

老生扮白居易,貼旦扮樊素,副末扮老院子,雜扮馬夫。

本事見於唐白居易《楊柳枝》《別楊柳》《盡春日》《答夢得》《詠懷》等詩詞及《不能忘情吟》。

《題園壁》

劇首題"題園壁南調一套",署"老箬填詞"。一折。寫宋人陸游娶妻唐氏,唐氏才貌雙絕,二人甚爲相得。奈唐氏失歡於陸母,被遣還家。唐氏後嫁宗室趙士程,常獨坐顰眉,憶念前夫。春日,陸游往沈家園閑游,恰遇唐氏及趙士程在此游春。唐氏見之,掩泪而泣,又遣人送酒食與陸游。陸游知其再嫁,百感交集,美酒雖佳,斷喉難下,作《釵頭鳳》詞一闋,訴説滄桑,最後灑泪而別。

生扮陸游,小生扮趙士程,旦扮唐氏,小旦扮使女,副净扮園丁,丑扮小廝,雜扮家僮。

本事見於宋周密《癸辛雜識》、明蔣一葵(生卒年不詳)《堯山堂外紀》等所記陸游、唐婉事。

《謁府帥》

劇首題"謁府帥北調一套",署"老箬填詞"。一折。寫宋代蘇軾任鳳翔府判官,依例往陳帥衙門拜謁。呈上手板後,守門人以大老爺不耐煩爲由將其拒之門外。蘇軾見其他官員都被傳見,就再呈手板,但又被拒絕。蘇軾表示情願衆人參見完畢之後再請見,更被守門人嘲笑爲不懂眼。蘇軾一肚子悶氣,祇得去東湖游覽散心。面對美景,他即興賦詩,痛快喝酒,不覺天色嚮

桂馥

晚,壺中酒盡,於是回衙自酌。

生扮蘇軾,雜扮役夫、衆官。

本事見於宋邵伯溫《邵氏聞見錄》,元費唐臣(生卒年不詳)《蘇子瞻風雪貶黄州》雜劇與此題材同。

《投囊中》

劇首題"投囊中南調一套",署"老落填詞"。一折。寫唐宗室文人李賀,才華冠世,每日與韓愈、皇甫持等結伴閑游,所得佳篇麗句盡投囊中,甚是愛惜。上帝新修白玉樓成,遣使者召其上天作記,李賀祇得前往。李賀中表黄居難恨其恃才傲物,騙走其遺稿,投入囊中銷毁。上帝聞之震怒,遣冥判嚴勘黄生。閻羅將黄生割舌、敲腦、挖眼、剐腸肝等,以懲罰其忌才之罪。

生扮李賀,老生扮李藩,净扮判官,末扮閻羅,副末扮天使、院子,丑扮黄居難,雜扮鬼卒。

本事見於唐張固《幽閑鼓吹》。清袁棟(1697—1761)《白玉樓》雜劇亦演李賀故事。

著録、版本與收藏情况

《清代雜劇全目》《古典戲曲存目彙考》《古本戲曲劇目提要》著録。現存嘉慶九年(1804)原刻本,藏國家圖書館;道光二十九年(1849)味塵軒刻本,藏國家圖書館、中國藝術研究院圖書館,鄭振鐸《清人雜劇初集》、《清人雜劇百廿種》第2册及《傅惜華藏古典戲曲珍本叢刊》第53册據之影印;怡蘭堂精抄本,藏首都圖書館,《綏中吴氏藏抄本稿本戲曲叢刊》第1册據之影印。又有民國三年(1914)抄本,藏國家圖書館;民國七年(1918)"書畫名人小集"叢書鉛印本,藏上海圖書館;王永寬、楊海中、幺書儀選注《清代雜劇選》(中州古籍出版社1991年版)所收本。

◆ 序跋、題詞與評語

王定柱《〈後四聲猿〉序》(《傅惜華藏古典戲曲珍本叢刊》所收本《後四聲猿》卷首)：

徐青藤以不世才，侘傺不偶，作《四聲猿》雜劇，寓哀聲也。禰正平三撾，沉痛不待言，其紅蓮、木蘭及女狀元，皆以猿名，何哉？論者謂：青藤佐胡梅林平徐海，功由海妾翠翹，海平，翠翹失志死。又青藤以憤使梅林戮寺僧，後頗為厲。青藤繼室張，美而才，以狂疾手殺之。既寤，痛悔，為作《羅鞋四鉤》詞。故紅蓮，懺僧冤也；木蘭，吊翹也；女狀元，悼張也。此皆以猿名，固宜。

同年桂未谷先生，以不世才擢甲科，名震天下，與青藤殊矣。然而遠官天末，簿書蓋項背，又文法束縛，無由徜徉自快意。山城如斗，蒲棘雜庭廡間。先生才如長吉，望如東坡，齒髮衰白如香山，意落落不自得，乃取三君軼事，引宮按節，吐臆抒感，與青藤爭霸風雅。獨《題園壁》一折，意於戚串交游間，當有所感，而先生曰："無之。要其為猿聲一也。"

噫！世固少不世才，即有之，率多不遇；即遇矣，又不使鼓吹黼黻，徒令於紅牙鐵板間，凌轢風景，耗裂壯心，亦可惜也已。"巫山三峽巫峽長，猿啼三聲泪沾裳。"況四聲耶？況又後四聲耶？

正定王定柱

憐芳居士《〈後四聲猿〉跋》(《綏中吳氏藏抄本稿本戲曲叢刊》所收本《後四聲猿》卷首)：

己酉春晝，讀法華山人所著《偶憶編》，知桂未谷先生有《後四聲猿》抄本，山人藏而待梓，題有"翠翹已死青藤老，恨海茫茫又四聲"之句，心竊異之。异乎！青藤以大才不偶，藉古衣冠發抒塊磊，作《四聲猿》雜劇，詞则激昂慷慨，痛快淋漓，各尽其妙，而其事其人，如《渔阳三弄》而外，花、黄、柳翠三君，则未尽若猿声之令人肠断也。未谷复作《后四声猿》，得毋贾长沙续《骚》之意耶？

因请于山人，受而读之。词曲之妙，一如王序之嘉许，毋庸赞矣。事则白香山之遣姬卖骆，苏髯公之卑（疑脱"官"）受屈，陆放翁之抱恨沈园，李长吉之见毒图中。在四君物感之遭，莫可如何，久已付之天空海阔。而稽轶事者，为之引商刻羽，俜色揣声，写万不得已之情，凄然纸上，令读者如过巴东三峡，听啼云啸月之声，无往而不见其哀也。是宜于青藤之后，增以四声，抑宜于青藤之上，置此四声？惜乎！未谷生青藤后，不能亲较四声之高下。余又生未谷后，不识未谷之四声，抑有感于青藤之不偶，而故为此先后之同声一哭焉否耶？余不敏，不敢定。商之山人，亟付诸梓，以公同好，俟知音者之赏鉴焉。是为跋。

道光己酉孟夏，怜芳居士

郑振铎《〈后四声猿〉跋》（《清人杂剧初集》所收本《后四声猿》卷末）：

右《后四声猿》杂剧四种，曲阜桂馥撰。馥字冬卉，号未谷，别署老落。乾隆庚戌成进士，年已五十有五，后为滇南永平令，卒于官，年七十。馥为乾嘉间硕儒老师，尤邃于金石六书之学。著《说文义证》五十卷、《札璞》十卷、《缪篆分韵》五卷、《晚学集》八卷、《诗集》四卷。其《后四声猿》一作，初未印行，道光间，始为怜芳居士所刊布。

馥虽号经师，亦为诗人。《后四声猿》四剧，无一剧不富于诗趣。风格之遒逸，辞藻之绚丽，盖高出自号才士名流之作远甚。似此隽永之短剧，不仅近代所少有，即求之元明诸大家，亦不易二三遇也。清剧自梅村、西堂、坦庵、权六诸人开荆辟荒后，至乾隆间而全盛。馥与杨潮观尤为大家，短剧风格之完成，允当在于此时。未谷、笠湖之后盛极，盖难为继矣。正定王定柱序《後四聲猿》曰："先生才如長吉，望如東坡，齒髮衰白如香山，意落落不自得，乃取三君軼事，引宮按節，吐臆抒感，與青藤爭霸風雅。獨《題園壁》一折，意於戚串交游間，當有所感，而先生曰：'無之。要其爲猿聲一也。'"云云。斯四劇之用意，當盡於此數語。馥以暮年衰齒，猶在萬里外食微祿。謁帥轅，宜其有難平之憤。按東坡事，元費唐臣曾譜爲《貶黃州》一劇，惜今僅存殘文。《謁帥府》一劇，慷慨激昂，爲僚吏吐盡不平之氣，足補費臣之憾矣。《放楊枝》《題園壁》《投園中》三劇，題材皆絕爲雋妙，胥爲前人屐齒所未經。獨怪元明諸大家，何乃輕輕放過此種絕妙之劇材耶？石韞玉嘗將白傅放妓故事寫爲《樂天開閣》一劇，然點金成鐵，殊不足觀。於此，蓋益嘆馥不獨長於捉住此種絕妙好題，且亦善於驅遣此種好題而成之爲絕妙好劇也。馥寫此四劇時年近七十，然於《放楊枝》《題園壁》二劇，遣辭述意，纏綿悱惻，若不勝情，婉妮多姿。蓋有過於少年作家，老詩人固猶未能忘情耶。

中華民國二十年正月十八日，鄭振鐸

吳梅《〈後四聲猿〉跋》（民國三年吳梅過錄李嘉福鈔本《後四聲猿》卷末）：

未谷先生以樸學著稱，詞曲則罕有知之者。甲寅新正，外伯舅鄒芸巢先生（福保）招飲懶雲草堂，以此冊見示，爲一山氏手鈔。一山者，石門李笙漁（嘉福）也。笙漁收藏頗富，歿後遺書盡歸鄒氏。此冊固不甚愛惜者，因假歸錄之。簡末有字一行，云："年老手顫，篝燈寫錄，詰旦視之，可發一哂。一山氏記。"二十字。又附無名氏挽未谷聯云："萬里孰招魂，幸有孤兒能死孝；一官窮徹骨，獨留斷墨作傳人。"則未谷晚年，殊可悲也。繼又得刻本一冊，爲仁和錢叔美（杜）手鈔上板者，校此鈔爲簡陋。如《投溷中》之【錦纏道】，《題園壁》之【駐雲飛】及【三學士】諸曲，皆此鈔爲優焉。

未谷此劇，直與天池生相頡頏。窮年冷宦，張弛由人，其胸中不平之氣，

桂馥

誠有不可抑制者。劇中《放楊枝》詞所謂"未免有情，誰能遣此"也。《謁府帥》一折，實道下僚苦況。惟《沈園釵鳳》，不知何所寄慨，而詞之謹嚴峭拔，則固可傳也。至【翠裙腰】一套，蓋用關漢卿"曉來雨過"舊格，此爲世所未盡知者。而【上京馬】【後庭花煞】，遂與正格不同。余故識別之，俾知先生之詞，非無所本焉。

甲寅正月十八日，長洲吳梅跋

吳梅《〈後四聲猿散套〉跋》（嘉慶九年原刻本《後四聲猿》卷末）：

未谷此作，遠遜山陰。不獨才氣相去天淵，且於劇情排場，曾未明晰。方知經生、才士，不可兼也。余作《楊枝伎》《釵頭鳳》二劇，即改桂作，自謂過之矣。

霜厓

此爲錢叔美手書付刻，頗不多見。

通套止四曲。而【光光乍】爲仙呂，【駐亭前殿柳】爲越調，【駐雲飛】爲中呂，【三學士】爲南呂，亂次以濟，成何套數？

往見外伯舅鄒芸巢藏本，此處【三學士】無缺奪語。或未谷原詞未脫，而叔美手書時誤耶？鄒藏本今不知在許，令人慨想。

戊寅五月，霜厓重讀一過。時避寇湘潭

李元滬《〈後四聲猿〉題詞》（《傅惜華藏古典戲曲珍本叢刊》所收本《後四聲猿》卷首）：

一自青藤翻院本，直令三峽罷猿鳴。古今剩有沾衣泪，爭忍重聞《後四聲》。

恨事才人配厮養，升庵爲雪泪痕斑。流傳樂府南中遍，更見新詞出小山。

飛絮隨春仍戀主，驚鴻照影劇傷情。美人遲暮天涯感，付與旗亭玉笛聲。

蛾眉妒極見猶憐，投圜端知後必傳。轉勝高衙空坐大，漫將屬禮待名賢。

密縣李元滬

桂馥

吳訢禮《〈後四聲猿〉題詞》（《傅惜華藏古典戲曲珍本叢刊》所收本《後四聲猿》卷首）：

未谷作宰人盡嗤，天驥俯受黃金羈。昆明池水照顏色，兩鬢日夕添銀絲。未谷聲名早入手，八分小篆潮何有？詩成清氣滿乾坤，二者不憂人覆瓿。近來放筆仿大癡，好水名山驚戶牖。忽然墨塊胸中作，北羽南宮展新謔。風流老去足天憐，卑賤自傷忍姑惡。愁詩恨賦不可刪，淚痕恰共青藤落。憶君葉榆花滿封，繞池更植秋芙蓉。床頭洱海三千里，屋角蒼山十九峰。我時金碧堆萬里，（嘉慶己未，未谷為太和令，余值銅差。）君為潑墨走籛龍。勖哉盤根怨勿慵，（未谷《題畫竹》曰：有翁有孫，錯節盤根。）哀絲豪竹情何攻？白李蘇陸吾誰從，文章巨擘愁無悰，不如酩酊倒載傾千鍾。

桐城吳訢禮

蔡振中《〈後四聲猿〉題詞》（《傅惜華藏古典戲曲珍本叢刊》所收本《後四聲猿》卷首）：

別淚宜從戀主生，香山未必老無情。當年素素無多語，演出離歌千百聲。長吉奇冤地府伸，詩存牛鬼與蛇神。才名自古原遭妒，欲殺青蓮更有人。放浪江湖懣憤消，須臾雖忍轉無聊。晚年詩和陶彭澤，此事寧甘忘折腰！天隨子亦偶情癡，樂府新添去婦詞。忍聽采茶山下曲，苔泥涴盡壁間詩。

日照蔡振中

錢杜《〈後四聲猿〉題詞》（《傅惜華藏古典戲曲珍本叢刊》所收本《後四聲猿》卷首）：

萬里忽相識，憐君心鬱陶。老惟傾白墮，貧慣典青袍。柳絮旗亭晚，猿聲夜峽高。女蘿山鬼怨，一半是牢騷。

仁和錢杜

賈杰《〈後四聲猿〉題詞》（《傅惜華藏古典戲曲珍本叢刊》所收本《後四聲猿》卷首）：

老去天涯淡宦情，羞將名譽動公卿。古今多少傷心事，聽碎檀槽綽板聲。
駱馬楊枝伴一生，如何撒手不留行？琵琶江上應同感，濕盡青衫調始成。
自古奇才遭鬼妒，何論市井斗筲兒。九幽真有泥犁獄，赴訴紛紛無盡時。
居然大纛與高牙，際會遭時漫自誇。誰識街官埋屈宋，從來名位半相差。
忍見驚鴻照影來，沈園往事劇堪哀。鳥名姑惡何人喚，曲折愁腸日幾回。
譜將新曲上歌筵，意氣公然壓世賢。太白伴狂人欲殺，四明仙客見應憐。

裕州賈杰

吳桓《〈後四聲猿〉題詞》（嘉慶九年原刻本《後四聲猿》卷首）：

是何聲最爲凄楚？哀猿巫峽喚侶。聽來實下三聲淚，何況四聲重譜！君且住，君豈有青藤侘傺傷心處？無端離緒。説長物難留，文章遭侮，耐性趨衙鼓。　大都嘆，壯志消磨誰付？飢驅還戀尺組。天涯寂寞空山冷，翠袖佳人日暮。君試數，君不見玉環飛燕皆塵土？多情最苦。且收拾閑愁，折腰束帶，手版應官去。（右調《摸魚兒》）

無爲吳桓

沈謙《〈後四聲猿〉題詞》（嘉慶九年原刻本《後四聲猿》卷首）：

挂壁寒芒吐。問青萍、有誰仇怨，有誰慢侮？爲讀君家南北曲，夜靜猿聲太苦。遂惹出、劍花恣怒。運去時乖騅不逝，嘆黃金、費盡教歌舞。祇此意，已淒楚。　　忌才況有呼豨豎。任錦囊、心肝嘔出，歸於糞土。皮相衣冠何赫奕，不過嚇人腐鼠。偏做就、爪牙似虎。剩有牛衣堪對泣，又無端、斷送紅塵路。多少淚，傷心譜。（右調《金縷曲》）

桂馥

泰州沈謙

王承垚《〈後四聲猿〉題詞》（《綏中吳氏藏抄本稿本戲曲叢刊》影印怡蘭堂鈔本《後四聲猿》卷首）：

孰與青藤繼後身，老落詞筆更超倫。四聲猿後聲逾苦，鐵石心腸淚滿巾。
坡老奇才長官傲，折腰低首事堪嗟。而今大府憐才甚，前有漁陽後法華。
鳳去釵頭兩斷腸，沈園柳老影蒼涼。詩人曲意歡承母，不僅詞壇拜陸郎。
楊枝一曲有遺音，老去香山思不禁。離緒纏綿吟宛轉，綠陰如夢又春深。
愧我才輸長爪生，盜詩投囹恨難平。消磨心血飄零膽，愁聽哀猿到五聲。

誠齋王承垚

顏崇槼《題桂未谷〈後四聲猿〉》（顏崇槼《種李園近稿》，稿本）：

萬里投荒雙柩在，十年作宰一身多。清辭寫遍罷絲紙，酒冷香消奈爾何。
櫪上愁聞雛馬嘶，美人遲暮遣行時。忘情我愧香山老，猶自牽懷到柳枝。
群兒嗤點笑蚍蜉，牛鬼蛇神競不休。縱使飛花終墮圂，斯人原自有千秋。
居然僕吏視風騷，袞袞諸公漫自嘲。却笑東坡老居士，且於冷處一伸腰。
孔雀東南去不回，沈園往迹沒青莒。當筵一曲黃藤酒，那有驚鴻照影來。
老落騷屑似青藤，入道官人退院僧。讀到音停響寂後，破窗風雪撲寒燈。

桂馥《〈放楊枝散套〉小引》（《傅惜華藏古典戲曲珍本叢刊》所收本《後四聲猿》第一種《放楊枝》卷首）：

余年及七十，孤宦天末，日夕顧影，滿引獨醉。友人有勸余納姬者，余拊掌大笑曰："白傅遣素之年，吾乃爲却扇之日耶？"吾非不及情者，抑其情情所以常有餘也。白傅《楊柳枝》詞云："永豐西角荒園裏，盡日無人屬阿誰？"此爲樊素作也。其不能忘情吟，蓋欲遣素而未能。又有《別柳枝》絕句，是素終去矣。又《春盡日》詩云："春隨樊素一時歸。"又云："思逐楊花觸處飛。"此素初去而猶繫念也。又有《答夢得》詩云："柳老春深日又斜，任他飛向別人家。誰能更學兒童戲？尋逐春風捉柳花。"又《咏懷》詩云："院静留僧宿，樓空放伎歸。衰殘强歡宴，此事久知非。"此素去後，不得已之決絕也。想白傅此時，亦深悔當年多此一素，惹出一番凄涼景色，攪亂老懷也。余既裁書以報友人，又成《放楊枝》一套。嗟乎！余豈不及情者哉？

老潞書於永平縣齋

桂馥《〈題園壁散套〉小引》（《傅惜華藏古典戲曲珍本叢刊》所收本《後四聲猿》第二種《題園壁》卷首）：

古今倫常之際，遇有難處事，此家庭之大不幸也。陸放翁妻不得於其母，能不出之？然阿婆喜怒何常，兒女輩或有吞聲不能自白者耶？後乃相遇沈園，慭然題壁而已。余感其事，爲成散套，所以吊出婦而傷倫常之變也。

老潞記

放翁有《姑惡》詩云："君聽姑惡聲，無乃遣婦魂。"或謂其爲唐氏作。果爾，則難辭失言之責矣。

又記

桂馥《〈謁府帥散套〉小引》（《傅惜華藏古典戲曲珍本叢刊》所收本《後四聲猿》第三種《謁府帥》卷首）：

蘇子瞻爲鳳翔判官，陳希亮爲府帥，以屬禮待之。入謁，或不得見。子瞻《客位假寐》詩云："同僚不解事，慍色見髯鬚。雖無性命憂，且復忍須矣。"又有《東湖詩》,皆爲希亮作。其屈沉下僚、抑鬱不平之氣,微露於游覽觴咏之際。今讀其詩,覺胸中塊磊,竟日不消,祇可付之鐵綽板耳。

老苕記

桂馥《〈投園中散套〉小引》(《傅惜華藏古典戲曲珍本叢刊》所收本《後四聲猿》第四種《投園中》卷首):

有才人,每爲無才者忌。其忌之也,或誣之,或譖之,或擠排之,或欲陷而殺之。未有毒於李長吉之中表者,竟賺其詩,於園中投之,錦囊心血,一滴無存。此輩忌才人,若免神譴,成何世界?投之鬼窟,烈於園中。

老苕記

桂馥《〈放楊枝〉由歷》(《傅惜華藏古典戲曲珍本叢刊》所收本《後四聲猿》第一種《放楊枝》卷首):

白傅《不能忘情吟并引》:樂天既老,又病風,乃録家事,會經費,去長物。妓有樊素者,年二十餘,綽綽有歌舞態,善唱《楊枝》,人多以曲名名之,由是名聞洛下。籍在經費中,將放之。馬有駱者,駔壯駿穩,乘之亦有年。籍在長物中,將鬻之。圉人牽馬出門,馬驤首反顧一鳴,聲音間似知去而旋戀者。素聞馬嘶,慘然立且拜,婉戀有辭,辭畢泣下。予聞素言,亦愍默不能對,且命回勒反袂。飲素酒,自飲一杯,快吟數十聲。聲成文,文無定句,句隨吟之短長也,凡二百五十五言。噫!余非聖達,不能忘情,又不至於不及情者。事來攪情,情動不可柅。因自哂,題其篇曰《不能忘情吟》。《吟》曰:鬻駱馬兮放楊柳枝,掩翠黛兮頓金羈。馬不能言兮長鳴而却顧,楊柳枝再拜長跪而致辭。辭曰:主乘此駱五年,凡千有八百日。銜橛之下,不驚不逸。素事主十年,凡三千有六百日。巾櫛之間,無違無失。今素貌雖陋,未至衰摧。駱力猶壯,又無虺隤。即駱之力,尚可以代主一步;素之歌,亦可以送

桂馥

主一杯。一旦雙去,有去無回。故素將去,其辭也苦;駱將去,其鳴也哀。此人之情也,馬之情也,豈主君獨無情哉!余俯而嘆,仰而哈,且曰:駱駱爾勿嘶,素素爾勿啼。駱反厩,素反閨。吾疾雖作年雖頹,幸未及項籍之將死,何必一日之内弃雛兮而别虞兮?乃目素兮素兮,爲我歌《楊柳枝》。我姑酌彼金罍,我與爾歸醉鄉去來。

桂馥《〈題園壁〉由歷》(《傅惜華藏古典戲曲珍本叢刊》所收本《後四聲猿》第二種《題園壁》卷首):

周密《癸辛雜志》:"陸放翁娶唐氏,於其母爲姑姪,而不相得,出之,後改適趙士程。嘗以春日出游,相遇於禹迹寺南之沈氏園。唐以語趙,遣致酒肴,放翁悯悵久之,爲賦《釵頭鳳》詞,題園壁間。唐氏見而和之,未幾下世。"

蔣仲舒《堯山堂外紀》:"陸務觀初娶唐氏,於其母夫人爲姑姪。伉儷相得,而弗獲於其姑,因出之。唐改適同郡宗子。嘗春日出游,相遇於禹迹寺南之沈氏園。唐以語趙,遣致酒肴,陸悵然久之,爲賦《釵頭鳳》詞,題園壁云:'紅酥手,黄藤酒,滿城春色宫牆柳。東風惡,歡情薄,一懷愁緒,幾年離索。錯!錯!錯! 春如舊,人空瘦,泪痕紅浥鮫綃透。桃花落,閑池閣,山盟雖在,錦書難托。莫!莫!莫!'唐見而和之,有'世情薄,人情惡'之句。未幾,怏怏而卒。聞者爲之愴然。"

附《放翁詩》(唐氏殁後作):

《沈園》(紹興郡刻本注云:此放翁憶其前妻作。)
城上斜陽畫角哀,沈園非復舊池臺。傷心橋下春波綠,曾是驚鴻照影來。
夢斷香消四十年,沈園柳老不吹綿。此身行作稽山土,猶吊遺踪一泫然。
《禹迹寺南有沈氏小園,四十年前,嘗題小闋壁間。偶復一到,而園已易主。刻小闋於石,讀之悵然》

楓葉初丹檞葉黃,河陽愁鬢怯新霜。林亭感舊空回首,泉路憑誰説斷腸?　桂
壞壁醉題塵漠漠,斷雲幽夢事茫茫。年來妄念消除盡,回向禪龕一炷香。　馥

《夢游沈氏園》

路近城南已怕行,沈家園裏更傷情。香牽客袖梅花在,綠蘸寺橋春水生。

城南小陌又逢春,祇見梅花不見人。玉骨久成泉下土,墨痕猶鎖壁間塵。

吳梅《〈後四聲猿〉批語》(《吳梅全集·理論卷·讀曲記》,河北教育出版社2002年版):

《後四聲猿序》上批曰:"吾鄉秦膚雨有《翠翹曲》。《羅鞋詞》見青藤本集。詞曰:'跣而濯,宛如昨,羅鞋四鈎閑不着。'"

熊 超
（1736？—1788後）

字禹書，號豁堂，修水（今江西修水）人。家困窘，乾隆三十四年（1769）始補諸生，後屢試不第。乾隆五十二年（1787）館於新邑吳祠，作《豁堂自記》《館中問答》及《齊人記》雜劇。其他事迹待考。

按，《古典戲曲存目彙考》言其"字班若，善化（今湖南長沙）人。康熙舉人，嘗館於某王邸"，誤，戴雲《〈古典戲曲存目彙考〉補正》已辨明。又，齊森華等主編《中國曲學大辭典》記其生卒年爲"1736？—1788年以後"，暫從。

傳記文獻：熊超《齊人記》所附《自序》、熊華《序》及《館中問答》《豁堂自記》等，戴雲《〈古典戲曲存目彙考〉補正》（《文獻》1997年第3期）。

《齊人記》

◆ 劇情概要與本事

劇首署"修水豁堂熊超禹書氏填詞，侄華采亭點釋"。四齣，依次爲《處室》、《瞰夫》（亦作《瞯夫》）、《泣庭》、《驕妻》。寫齊人住在臨淄不遠，舊年家資豪富，但由於好賭、好酒、好色，蕩盡財産，生活落魄。妻妾因爲家裏柴米油鹽不足日用而埋怨。齊人哄騙妻妾，言自己在外結交富貴友人，時常受邀赴宴，并答應向他們借貸。齊人之妻將信將疑，待其出門，尾隨其後。齊人先到義和館，趁北宮黝、孟施捨猜拳飲酒之際，撒潑耍賴，訛得店主一盞淡酒、一塊豆腐乾。又到墳間，向前來祭拜的公行子、齊國大將軍匡章乞得一碗酒、三片肉。齊人之妻見此，頓感心酸。日已過午，齊人之妻尚未還家。齊人之妾懸心挂念，在家又先受到齊國大夫淳于髡的纏擾，後受到乞人、乞婦夫妻的羞辱。齊人之妻還家，將實情相告，二人一起對庭哭泣。齊人從墦間醉飲歸來，途中跌倒昏睡，夢見陳仲子夫妻向其演述安貧樂道思想。歸家後，看到妻妾對泣，先疑二人爭執，又懷疑妻子盜竊鄰人之鷄，最後纔知道是妻妾二人責怪自己墦間求乞。齊人以陳仲子所言開導，妻妾二人聽後，轉哭爲笑。

生扮齊人，老生扮義和館店主、匡章，小生扮公行子、齊國大夫淳于髡，正旦扮齊婦，小旦扮齊妾，貼扮乞婦、陳仲子妻，老旦扮鄰婆，净扮北宫黝，中净扮孟施捨，末扮陳仲子，付扮乞人，丑扮鄰人。

本事出自《孟子》"齊人有一妻一妾"章。明許潮（生卒年不詳）《公孫丑東郭息忿争》雜劇、孫鍾齡（生卒年不詳）《東郭記》傳奇，清傅山（1607—1684）《齊人乞食》《驕其妻妾》雜劇、顧彬（生卒年不詳）《齊人記》雜劇等與此題材同。據作者《豁堂自記》及熊華《〈齊人記〉序》，是劇創作時間爲乾隆五十二年（1787）。

● 著録、版本與收藏情況

《清代雜劇全目》《古典戲曲存目彙考》《古本戲曲劇目提要》著録。現存清鈔本，藏國家圖書館。另有舊鈔本，藏南京圖書館。

● 序跋、題詞與評語

熊華《〈齊人記〉序》（清鈔本《齊人記》卷一）：

蓋聞寰中一大戲場也，生人一大傀儡也，天地一大提綫者也。人生數十年，則又演出一場大戲也。余嘗與豁堂叔名超者讀孟氏《齊人》篇，而嘆求富貴者可羞且泣也。求之必欲得之，而求切；得之欲固有之，而求益切。以至耻心喪，天理亡，宜乎切孟氏之嘆也。豈知將捐館時，回首生平，若某某事，若某某人，皆我身親閱歷。數十年來，直若插科打諢，扮演其中，而今而後，正下場終局時也。繞室妻孥，霎時間難成伴侶；滿堂金玉，冥寂候那帶分文？嗟乎！戲場不壞，傀儡難憑，又安知提綫者又將提我爲何如也？又安知提綫者提我不提我也？此眞可以悟造化小兒，而求富貴者又奚爲也？

丁未春，豁堂授徒新邑吳祠，以知慧劍破煩惱城。因作《豁堂記》《館中問答》諸篇，非佛非儒，亦莊亦老。名繮利鎖，兩手撒開；夢境塵關，一拳打破。復作《齊人記》以示余。余觀插科打諢，摘句填詞，能釋孟書正旨。分爲四齣，曰《處室》，曰《瞷夫》，曰《泣庭》，曰《驕妻》，無不倍極工巧，不下傳奇手。嗟乎！曩所嘆齊人求富若貴可羞且泣者，乃果演出一局大戲矣。余因細分節次，稍爲批釋，仍質諸豁堂。豁堂曰："可。"

乾隆五十三年菊月，侄月軒熊華識

熊華《〈齊人記〉總論》（清鈔本《齊人記》卷一）：

或疑《齊人篇》本孟氏寓言，今作《齊人記》，則屬子虛烏有也明甚，於是置而不看，余竊以爲過焉。夫文詞莫過《莊》《騷》，《莊》寓言也，《騷》亦寓言也，果有其事乎？今人愛之讀之者，愛其事乎？愛其文耳。其爲他人所無、一人所有之妙文，則其事又不妨爲昔日所無、今日所有之奇事矣。古來傳奇者，不下數百家，類多才子佳人、神仙怪誕之事，抒一己之才以諧俗。故評《西廂》則疑誨淫，評《水滸》則疑誨盜，蓋題不甚正大，無怪乎疑之也。今《齊人記》爲醒世之書，其有神於孟氏不小。從來富貴關頭，最難打破，營營逐逐者，莫不徼幸一得以爲受用。然而古來讓國者尚矣。故春秋中，子文逃富，叔向賀貧，晏子辭弼殿，若子產，若季札，若伯玉，賢士大夫，莫不辭邑辭卿，班班可考，一入俗眼中，則趨之若鶩焉。美惡戰於中，去取交於外，紛紛者卒無已時，於是喪其耻心，而不知有人焉從旁羞且泣也。戰國中，儀、衍、秦、代之輩，皆富貴利達之徒。而孟氏一人，不勝刺目，因大聲疾呼，寓言一齊人，惕之以乞，激之以羞，耻之以驕，庶幾喚醒迷途，令其左袒。卒之乞者仍乞，驕者仍驕，有不暇顧妻妾之羞且泣也，孟氏其奈之何哉？今觀記中，無一風情怪誕之事，悉本至情至理，寫出慕富貴心腸。卒之齊人乞不足羞，顯者之乞爲可羞，盡歸於正旨。以優孟衣冠，插科打諢，庶幾世之人觸目可以警心，入耳可以動念，而耻心頓發。是不啻讀孟氏書矣，是又不必讀孟氏書矣；是不啻使天下之人盡讀孟氏書矣，是又不啻孟氏家傳戶曉而告之矣。吾故謂《齊人記》爲醒世之書，其有功於孟氏不小也。

記中有大主腦，孟書末節是也；有大關鍵，墦間乞祭是也。夫既有大主腦，有大關鍵，則不得不有綫索，有襯托，有埋伏，有照應，有正描旁描，或倒插在前，或順補在後，記中皆可覆而按也。以主腦言之，"君子云者"，孟子自謂，孟子不敢寫，寫陳仲子，仲子非真廉而不要富貴，則爲此記所取焉。妻妾羞乞，寫仲子，不得不寫仲子之妻相爲倡和，此正描也。若淳于髡，若王驩，若田氏族，若匡章，若儲子、公行子，此對襯也；北宮黝、若舍，此旁襯也。開首齊人引子，則虛籠主腦；尾聲，則結主腦也。科白中逆點仲子不哀求，則爲暗伏；齊婦嘆月，人世豪華如糞土，則爲暗映；齊妾掩雲關，討清閑，則爲正襯。於是《驕妻》篇中，從齊人眼中，描出於陵幽景，别是一天；從齊人耳中，聽出仲子歌吟，無非至樂。面晤其儀容，身親其清誨，乃若人間富若貴，十分扯淡，齊人亦幾幾乎置身洞天，故後齊人愧死無地，則以仲子之言作結焉。

大關鍵在"乞祭"。開首齊人口中明點"乞"字。"空囊倚户"句，則爲暗伏；到華堂，到醉鄉，則爲反照。《瞷夫》篇，齊人口中再點"乞"字，謁顯宦衙，則對襯也；將近墦間，先以店中乞酒以引之。對照者何？"良人高會笑嬉嬉"節是也。旁照者何？持囊挈橐是也。於是以"梧桐影"節倒插在前，以"釵頭鳳"節順補在後，而全篇關鍵，無不燦如指掌。不但已也，齊婦瞷歸，正可以乞祭告妾矣，必用數番曲折乃出；齊人不解兩人之泣，妻正可以

熊超

乞祭説破矣，必用無數猜測，至大怒而乃説出焉，然後從正旨，寫顯者之乞爲可羞。嗟乎！大主腦、大關鍵，而必用如此鄭重，如此層折，如此襯托，如此照應，如此埋伏，如此綫索，如此正描旁描者，正如獅子滾球、猫兒捕鼠，不遽爾抓住嚼住，必用無數往來撲跌，然後獅子意滿，猫兒意滿，而觀者無不意滿。

一個"命"字，無論富貴貧賤，未有出此牢籠。孔子曰："得之不得曰有命。"孟曰："莫非命也。"韓子曰："吾非惡此而逃之，是有命焉。"今記中以"命"字爲宗，齊妾曰："良人你耗星入炒運多忿，姐姐你天喜休閃身兒賤。"齊人曰："我也命兒惡，你也命兒薄。"齊婦曰："都是命該如此，待怨誰來？"可知齊人、齊婦、齊妾，未嘗不知命也。然則世之營逐而不悟者，不反出齊人、齊婦、齊妾下哉！

記中才長學博，宜其縱橫跅弛，機杼自如。自全篇以至一字，無一點錯亂，無一點挂漏，無一點板滯平庸，無一點偏枯稚俗，其曲折變幻，真有令人不可捉摸者。如齊人自嘆衣冠，必憶從前豪富；方欲出門去乞，忽有鄰人捉賊，多一委折。正欲去瞯，却有嘆月自在一段感傷；本欲急瞯，却因妾言而止，幾乎瞯不成。柳橋方欲躲避，險被良人撞見；到臨淄，正好瞯矣，忽有店中垂死，幾乎撞見；望見富貴家，正好瞯矣，却見良人乞酒，方欲轉去，幾乎又瞯不成。吟詩本望姐姐，却惹髡一段疑團；髡欲和詩，反和不成；髡欲戲妾，忽被鄰婆驚散。倚門切望，反被乞人取辱；望姐姐歸來歡笑，反被大哭一場。醉歸本欲驕妻，忽然遇着仲子，無數閑雅；入門欲妻歡迎，忽見兩人大哭；裝腔本欲嚇妻，反被説破乞祭；愧死無地、無可解釋之時，忽懷仲子之言，令妻妾反哭爲笑。此皆象外出奇，令人不可捉摸者。

又有隨手生來、隨手抹倒者。正寫破帽，却云"伴我醉倒"。正寫乞酒，却云"不哀求"。正嘆嫦娥自在，却云"我偏要苦"。正寫良人快走，却云"果誰來請"。正寫施從之苦，却云"休怨"。正答作詩之人，却云"何須問誰執筆"。正寫望之切，却云"掩雲關"。正寫自乞，却云"你命兒薄"。此皆隨手生來、隨手抹倒者。

　又有注意在此，而着筆在彼者。譬之畫家，花可畫，而花之香不可畫，於是着意畫花旁之蝶，非畫蝶也，乃所以畫香也。月可畫，而月之光不可畫，於是着意畫月下看書之人，非畫書也，乃所以畫光也。雪可畫，而雪之寒不可畫，於是畫雪中擁爐之人，非畫爐也，乃所以畫寒也。如寫自己早起，却嘆嫦娥自在，此非嘆嫦娥也。寫自己施從之苦，却嘆田舍美人猶睡，此非嘆田舍美人也。寫良人坐橋回顧，却云是釣翁鶯柳，此非寫釣翁鶯柳也。寫自己倚門切望，却寫姐姐同良人高會笑嬉嬉，此非寫姐姐、良人也。寫埋怨良人，却埋怨姐姐不應去睏，此亦非埋怨姐姐也。此等文境，真覺令人意遠，是鏡中花，是水中月、匣中劍、帷中燈、必有能辨之者。

　又有追神攝魄之文。如寫妻之睡，則從他心中想出"你道友既貴，夫也尊，一室榮光都有分"是也。如坐柳橋，則追想良人到富貴家兩節是也。寫施從，則從心中體會出來，如"爲并頭蓮，相隨不憚遠"是也。姐姐不回，則從他想出"知我望穿秋水，顰損春山"是也。姐姐大哭，則想"他知後來牛衣對泣，面受嗟來"是也。或設身處地而想，或透進一步而推。嗟乎！文章之道，通乎化工，追神攝魄之文，正鏤心刻骨而出也。

侄華采亭謹識

熊超

熊超《〈齊人記〉跋語》（清鈔本《齊人記》目錄後）：

一、詞曲仿《西廂》北調，每齣止用一人唱，不用雜唱。

一、曲調頂格書下，科白低一字，節次低二字。

一、曲牌名用□標識，襯字用×標識。

一、曲句大讀用〇，小讀用、。

一、科介用△，白介用△用、。

一、扮演生旦净丑末，各處以小字兩行載明。

一、注解就大字書之，批用〇以間之。

一、辨題解，定章法，於齣後書之。

乾隆五十二年丁未歲秋月，撰於新邑吳祠，超自識

熊華《〈齊人記〉第一齣"總論"》（清鈔本《齊人記》卷一末）：

善作文者，有全部大文於胸中，則必於每段小文中處處提照章旨，如有一處疏漏，即全部綫皆脫矣。如此篇以《處室》命題，蓋言室中妻妾處之極難，題位本枯窘矣，然爲開首文字，則下文無數文字又必處處虛籠埋伏焉。第一節引子爲全篇總冒，"往事增惆悵"又爲下六、七、八、九節總冒也。第十節爲"乞祭"伏脉，十三節爲下《瞷夫》伏脉，二十節又爲《驕妻》伏脉也。不但已也，以《處室》命題，則以十八節爲正文，蓋無柴米油鹽，正言處室極艱耳。寫處室艱難，不得不寫無顯者之友，十三、十四、十五節是也。寫無顯者之友，不得不寫自己落寞以正襯之，十節、十一節、十二節是也。寫自己落寞，不得不寫從前豪華，六、七、八、九節是也。於是自嘆衣帽，則倒插在前，囑妻妾自己區處，則順補在後，而以"借貸"作結焉。

熊華《〈齊人記〉第二齣"總論"》（清鈔本《齊人記》卷二末）：

此篇以《瞷夫》命題，上文"未嘗有顯者來"，則爲此篇緊脉。下"乞祭"則又爲此篇歸宿也。夫既爲大歸宿，作者故用烘雲托月之法焉。置月不畫而畫雲，畫雲正畫月也。第四節則爲遠托，五節則爲正托，十三、四節則爲反托，十六、七節則爲順托。雲容層層而月恰在個中也。然後"乞祭"一事，祇用科白點出，此所謂置月不畫者也。又有大曲折，文不曲則波瀾不生。齊婦本欲急瞷，忽因妾言而止，幾乎瞷不成，爲一折。見良人乞酒，又欲轉身，幾乎又瞷不成，爲一折。又有大奇險之處，文不奇則爲庸筆，不足以驚人。施從最怕撞見良人，乃柳橋良人轉來，幾乎撞見，固已奇矣，險矣。店

中垂死，則妻走近，又幾乎撞見，則更奇且險矣。至若起句"座滿賢豪"二語，則意在筆先，最爲奇特。是"垂釣翁橋邊坐地"二語則描神寫景，恍如鬼斧神工。到"謁閥閱家何等繁華"兩節，則搗鬼捶神，訛呼妄想，此皆作者着意之處、古今數一數二之文也。

大凡文人作文，祇爭下筆。韓文公集中固多筆力，而惟《平淮碑》"天以唐堯肖其德"七字，莊重凝練，人莫敢及。《左傳》中"鄭人相驚以伯有，曰：'伯有至矣！'則皆走，不知其所"，此數語寫出奇鬼，活現紙上，森然欲搏人矣。《西廂》中奇特句固多，而莫妙於"不作周方，埋怨你法聰和尚"。今此篇中開手"座滿賢豪，我便死也無煩惱"，此等文境，真是匪夷所思，切不可以小説視也。

熊華《〈齊人記〉第三齣"總論"》（清鈔本《齊人記》卷三末）：

此篇分爲四段。良人不富貴而友富貴，不能爲顯者之妻妾，猶得爲顯者之友之妻妾，此其心。妾本與妻相等也。然而妾以爲良人爲顯者之友，人稱顯者，必稱良人，必稱姐姐，而我不爲人齒及也。於是你雖急而我則閑，你雖忙而我則暇，故緩緩焉而出房，緩緩焉而啓簾櫳，緩緩焉而行階而至堂，又緩緩焉而望階下之日，而不必如姐姐之苦也。何也？自古夫因妻貴，妻因夫貴，并頭蓮則然，而我無與也。又閑閑焉想施從之苦，而嗤其休怨。如此着筆，妾真十分扯淡，漠不關者。然而不知有下文之殷殷也。嗟乎！作者命意之妙，真孤行於筆墨之外，而儈父率爾閲之，則負作者不淺矣。是爲第一段。

髡入門而妾誤認，妾已誤矣。見妾而疑其好風流，髡更誤矣。見其笑容而疑深，想其詩意而疑更深，於是將和詩以動其心，故意纏繞，而不知齊妾心急如火也。髡之可惜，而妾猜之，垂泪又猜之，得意又猜之。一個心急如火，一個從容之極，兩般心腸，各各寫絶。及髡有心戲妾，妾無計脱身，忽

熊超

被鄰婆驚散。此等文境,真是匪夷所思,愈入愈深,愈出愈奇,若云兵不厭詐,孔明無此陣圖;若云機不厭深,偃師亦無此靈械。能不嘆爲希世妙文?是爲第二段。

既受髡纏擾,姐姐猶未見回,則不得不有倚門之望矣。夫"你道我華堂高宴笑言温",此齊人揣妻妾意中之言也。"造華堂,到醉鄉",此時對妻之言也。"到閥閱家何等繁華",此妻心中妄想之言也。今妾曰"你好同着高會笑嘻嘻",則又不啻親見其事而呵呵者然。則其心亂如麻、心急如火可知也。而況又重之以受乞人之辱乎?"過午不來,你已知望穿眼,感損眉",如聞姐姐之意;"冤家不易睏",又如聞姐姐之聲。夫而後死心塌地矣。不得不"掩雲關,討清閑",不能再等而不得不再等也。此用筆之妙,命意之深,精者窅然無際,幽者窈然無窮。夜走羊腸,無此委折;舟横大壑,無此波瀾。是爲第三段。

睏夫入門大哭,已令失驚,兼之不能說出,無怪妾層層猜測也。及聞乞祭之言,如夢初破,如醉初醒,平日心意殷殷,至此灰心已盡,於是不怨良人而怨姐姐。用一加倍寫法焉。後將哭字分合寫出,無不哽咽枯喘急,斷絕聲口,於是悔前許婚之誤,悲後來生活之艱。真如鵑啼夜月,猿泣空山,令人腸斷也。是爲第四段。

熊華《〈齊人記〉第四齣"總論"》(清鈔本《齊人記》卷四末):

此篇爲四齣總結,自必將全文道理重重結來。然而題曰《驕妻》,僅有"良人未之知也"一句以爲活地,以故作者即從此處着筆,用一扶主抑客之法焉。何則?齊人打算驕妻,乃入門而見哭矣,安能驕?且見兩人哭矣,安能驕?此其客氣盛而主甚慚也。於是未知其故,而猜兩人自己淘氣,又猜與鄰婆淘氣,然後猜出爲自家未貸油鹽柴米。而妻妾之哭猶未已也,其怨猶未息也。於是主氣扶起,振起夫綱,擺出牌腔,庶幾可以驕矣。乃無何説破墻間一事也，夫而後彼將驕我矣。主氣死心塌地，更無生路矣。於是打穿後壁，另尋一大道理，將陳仲子作結。夫然後妻妾轉哭爲笑，而主氣盛矣，齊人之驕復萌矣。

陳仲子是作者注意之人，與記中無數人對照者也。故作者加倍寫焉。齊人未見仲子，則見其景，聞其言。既到於陵，則親領其誨，親見其容，真與齊國熙熙者迥別焉。

熊超《館中問答》（清鈔本《齊人記》卷四）：

熊子已破名利關，則塵網不受羈絏。而殘生渺然不絶如縷，遂怦怦願從赤松子游，隱几而卧，心游太虚，雍雍凉凉，恍乎入游仙之夢。適客過訪，呼而覺焉，嗒然若喪，神無所歸，浩然長嘆，有不任其聲者。

客曰："子何嘆也？"熊子曰："嘻！余天地之戮民也。神驅於命，而不得定以全也。形爲神鎖，而不得少逸焉以相肖也。尸行於地，待罪無時，而不能贖也。余之嘆，嘆睽死也。"

客愕然大駭，久之而憫焉，曰："子有荆釵之變，掌珠之慮，宜乎言之過激也。"熊子曰："否。非是之謂也。彼固有一大父母也，喪心病狂而不吾咶也，癥痼沉疴而不吾慮也。譬之臧，亦愛婦若子，而或受難於主人，臧雖泣無益也。"

客曰："然則子奚若？"熊子曰："名繮利鎖，拘束者久，吾將盡付東流。"

客曰："方今聖世，擢用非常，一時紆青拖紫者，赫赫照人耳目。子承家學淵源，數奇而境厄，托館爲業久矣。然而座無完氈，案無走蠹，硯無宿塵。以子之志，以子之才，一衿不足以相辱，庚、癸兩薦，五色迷人，吾猶以大器期之，奈何灰心若是？"熊子唯唯否否："不然。子局東村之見，期我以電光石火之輝，而不知造化小兒我也。子不見乎雲臺烟閣乎？以爲若此者，可垂不朽，然而碎瓦頽垣，無一存者，曾不若富春之釣石，後人猶得指其地以相吊焉。今即具黃絹才，獲青錢選，貴五陵，富金谷，消受數十年，回首直揚冰山之一瞬耳，而況不逮者耶？世之神昏如醉，意縱如狂，而行則卑於丐，聾走盲趨，不知停足息肩之地，動中搖精，自速其老，而究不能徼幸於萬一，至死不悟者，吾誠哀之。達哉南華之言：'不能懸解者，物有以結之也。'"

客曰："若之何而解之？"熊子曰："子知人與物同在化鈞不息中乎？誰惠誰魚？誰莊誰蝶？而必曰吾得爲人一樂也。芝菌不知晦朔，蟪蛄不識春秋，而人則笑之。豈知笑者固可笑而笑之，而笑之者不知自笑其笑，以笑者之可笑也。即笑笑之者，亦在可笑中也。何也？十二萬九千六百餘年，不依然一晦朔，一春秋哉？夫氣至不母而生蜎蟜，氣反不爷而灰草木。無論生也我不得爲政，限至我不能少延，即當場傀儡，而提綫者果誰耶？此漆園老仙所以'安時處順，哀樂不入'以解之也。"

客乃昧目良久，爽乎其若失，憙乎其若思，懵懵乎而終不能自得，而問："先生將奚適從？"熊子乃言曰："吾將掃六欲，清五濁，祈智慧劍，破煩惱城，游鹿苑以企瞿曇矣乎。"

客聞之而色變，曰："异哉！何子之言誕且怪也？聖賢貴名教，莊、老明自然，子將無同乎？何其釋似儒也，翹翹自命，甘與草木俱灰；呫呫書空，竟以神仙退步？且輪臺何仙，天竺何佛，子不聞乎？"拂衣而起，哂而出。熊子復挽之坐，以相告焉："子以爲無仙乎？王喬何以控鶴，梅福何以乘鶯？子以儒必不可佛乎？留侯何以從赤松子，淵明何以來白蓮社？"

客曰："不然。梁武臺城，佛不之救；道君沙漠，仙不之憐。且永寧不异緱城，莊嚴亦如同泰。起佛寺輒縻萬金，崇道場動經數月。建百丈之臺，結千年之果，自謂功德無量，然而一朝捐館，未聞諸佛來迎，相傳仙去，而況吾輩耶？"熊子曰："梁武道君，胡后陳主，目靡色，耳曼聲，宮府內外，惟意是適，彼崇道者迹耳。夫性根未定者，禪機終不可得而參也；八垢未除，六根未拔，佛心終不得而見也。壁外聞釵聲，比丘即爲破戒；書中遇穢行，羅什爲成真。子何遽靈運我也？旃檀出門而迎佛，聚石解法而點頭，而況人非木石耶？"

客曰："旨哉斯言！類道林之清言，似神秀之真偈。夫無憶曰戒，無念曰定，無忘曰慧。吾性即佛也，而不在乎香果之宏富；吾心即仙也，而不在乎檀越之戒嚴。故人特患乎無所得焉已耳，而果有所得也，烏知乎朱門高第之即勝於茅廬乎？又烏知乎藥廚丹竈不視珍饈如嚼蠟乎？又烏知乎衲衣不安於畫錦，蒲團不安於重茵乎？又烏知乎寒山之石不爲章於天乎？又烏知乎晨鐘暮鼓不較笙簫之樂而更韵乎？路上紅塵，江中白浪，饒他南面百城；梅梢明月，松下清風，輸我北窗一卧。忘人世之月旦，任皮裹之春秋，吾惟全吾真焉而已。"熊子怡然大悦，以爲個中得一解人，乃詳記其説。

熊超《豁堂自記》（清鈔本《齊人記》卷四）：

豁堂者，余之別號也。余號豁堂，何也？余庠名超，故自號曰豁堂也。然余有愧乎號久矣。曷愧乎爾？辛未年就傅受書，雖點金不遺餘力，而究未豁如也。及後家益窘，乃改業爲生計者三年。然而壯志未灰，戊子始托館以自奮焉。愧與悔激，聲牙者夜不能寐，文成三百，詩如之。越明年，補弟子員，始覺吾學中恍乎有自信之一境。然遂自以爲豁然乎？猶未也。余嘗謂：采亭侄，吾習友也，奕棚詩席中，兩不能下，然而脱略放曠，不以家事自累，吾不如也。故嘗覬覦場中，卒之兩薦無一售，利亦毫無所得，而心常鬱鬱焉而不能豁然矣。嗟乎！吾乃今而豁然悟矣，吾乃今更超然遠矣。福澤者，魚之香餌也；營逐者，鳥之自入於樊籠也。求而得之，猫之嚙腐鼠也；不得而妄求之，盲犬之逐狡兔也。破煩惱之城，而帝懸解矣；入逍遥之境，而吾真全矣。而特惜乎豁然者之甚晚也。雖然，而猶幸其尚早也。岫幌雲關，可以終吾年；安排去化，可以全吾天。夫而後名與號幾幾乎可以無愧矣。即有問豁堂主人熊超者，雲山蒼蒼，烟水茫茫，中有人焉，呼之而出矣。

乾隆五十二年秋月，記於新邑吳祠

潘炤
（1738？—1815後）

字鶯坡，別署鶯坡主人、鶯坡居士、桃源漁者、笠澤小滄道人，室名小百尺樓，吳江（今江蘇蘇州）人。吳肅《西嶺舊事百咏》稱其爲"給事"，似乎曾官給事中，待考。少負才名，然蹭蹬場屋幾三十年。曾在湖南等地作幕，足迹遍天下，嘗游江左、江右數十年，又嘗適楚、秦及齊魯、燕趙。與袁枚（1716—1798）、畢沅（1730—1797）、石韞玉（1756—1837）、潘世恩（1770—1854）、吳肅（1755—1821）等交游。工吟咏，解音律，著有詩、賦、曲等，合集爲《釣渭間雜膾》，包括《鶯坡居士紅樓夢詞》《釣渭間雜膾六種》等，彙刻《小百尺樓叢刊》。戲曲有《烏闌誓》傳奇，今存；雜劇有《夢花影》、《小滄桑》、《千秋慶·獻壽》（一齣），均存。郭英德《明清傳奇綜錄》稱其尚有《陽關折柳》雜劇，待考。

按，關於其生卒年，郭英德《明清傳奇綜錄》據其《〈烏闌誓〉自序》，推測"生年當在乾隆三年（1738）前後"，又據秦基《〈烏闌誓〉序》，推測其嘉慶二十年（1815）尚在世。

傳記文獻：潘炤《釣渭間雜膾》及《烏闌誓》傳奇所附序跋與題詞、吳克岐《〈紅樓夢傳奇〉題詞》（《懺玉樓叢書提要》）、張雲《重讀〈鶯坡居士紅樓夢詞〉》（《明清小說研究》2013年第4期）。

《夢花影》

● 劇情概要與本事

劇首署"桃源漁者"。四齣，齣目依次爲《尋芳》《品艷》《吟影》《掃花》。寫并州書生王岩乘舟游大明湖,後醉眠岸邊之酒店。花判奉散花仙女之命,入王岩夢中,言其前世乃催花使者,今世受謫下凡,爲了孽緣。又要他指引大明湖之花魂各修正果,免使狂蜂浪蝶玷污此湖光水色。王岩醒後,認爲花判所言大明湖之花魂應是指居住湖畔之衆烟花女子,然不知她們身處何所,於是多方打聽。時值上巳節,桂楫、全曼陀等名妓相約在大明湖古歷亭飲酒作詩,做湔裙勝會,又題詩於壁,隨後一起乘舟游湖而去。王岩聞訊趕來,遇文人陳墅。陳墅與名妓劉瘦吟爲文酒之友,瘦吟脱籍後不知何往,陳墅十分思念,故來此冀有一遇。王岩、陳墅雖未與桂楫等人相逢,但見到壁間之題詩。王岩告訴陳墅,其尋芳是爲了指引衆姬脱離苦海,早登彼岸,并意欲讓衆芳通過吟咏花影而瞭悟。陳墅建議其於清明時節在會波樓舉行芳社,邀衆名姬參加。是日,果有二十四位名姬到來。王岩以抽百花牙籌的方式,請衆姬以牙籌上所繪花卉爲題作詩,詩中包含人名與花名,王岩據詩評出花榜,讓人傳發。同時,他對名姬玉花一見傾慕,後在同鄉葉舟帶領下,往玉花家中訪艷,三人相談甚歡。玉花稱夢中遇一仙郎,仙郎言二十四番花信過眼無存,要其早圖正果,正與王岩夢中所歷相合。散花仙女降臨大明湖,招二十四花魂分別點化,衆花魂俱得醒悟,紛紛離開烟花之地。仙女又命王岩任催花之職,司明湖二十四番花信,并令玉海棠花神輔助之。最後,大明湖畔一掃穢迹,不再有烟花之所。

　　生扮王岩、全曼陀,小生扮汪野香、葉舟,旦扮梅娘,小旦扮散花仙女、來娘,貼扮喜娘,旦、小旦、老旦、貼旦扮二十四位名姬等,净扮桂楫,中净扮于寄園,外扮陳墅。

　　是劇乃據時人王訢《明湖花影》意敷演而成,撰於嘉慶五年(1800)冬。王訢《〈烏闌誓〉序》云:"庚申夏,吳江潘子鷺坡,自古晋來歷下,見余所撰《明湖花影》,悦之,遂訂交成莫逆。……是年冬,鷺坡將旋武安,乃取《明湖花影》意,爲填《夢花影》一劇,貽余而去。"按,王訢(1755—1814?),號嘯岩。是劇主人公"王岩"乃其化名。其生平事迹等,見本書

潘炤

"王訴"條。

● 著錄、版本與收藏情況

《古典戲曲存目彙考》著錄，以"桃源漁者"出目。現存嘉慶五年（1800）序刻本，藏中國藝術研究院圖書館。

● 序跋、題詞與評語

孫藹春《〈夢花影〉序》（嘉慶五年序刻本《夢花影》卷首）：

予自幼籍縱金粉，凡宋玉《招魂》、揚雄《反騷》及漢魏六朝之有聲調色澤者，莫不畢覽。迨長，南登祝融，行吟吊屈；中尋少室，舒嘯嵩顛；西涉太行，服車致慨；北經燕趙，擊筑悲歌。嗣復東歷岱宗，洋洋觀止，足迹幾遍天下。於此登臨，無以自遣，則以樂府、詩餘、傳奇、雜作叢語，探討涉獵，以當窮愁著書，未敢作一家言也。嘗愛李賀歌行諸詩，古艷削冷，可飫調飢。又喜李清照、秦少游詞，所謂《國風》《小雅》，惟《騷》可兼，藉解焦渴。曲則元稹《西廂記》、湯若士《牡丹亭》，華贍典麗，足賞心目，不計諧絲竹，譬淺近必老婢知也。至院本之變爲南調，昆山始之。予産昆崗，而素不之眩然，其歸宿，總《三百篇》之源而已。惟傳奇咸以色目爲宰，悲歡離合爲佐，即《邯鄲》《南柯》，亦皆如是。欲洗盡前人墨壁，而悉脱窠臼者無之。

兹予來自青海，曬網明湖，飢思煮字，閑擬眠雲。適金陀生有校書諸序，珊珊其姝，或爲掩泣。庚申春，見所著《明湖花影》，乃撰次湖壖諸妓，綴以詩詞，讀之字含香艷，而凄楚溢楮墨外。夫嘯岩栖歷下五六年，嘗見其挾諸妓飲，雖大醉，不及亂，率一二年不近女色，是豈真好色者！夫亦困於不得已，聊假諸麗人，以泄其激昂慷慨之氣。而和光混俗，又自托於優孟衣冠，幾與彈弦踮躒、游媚富貴者，比其曠達爲何如哉！設以嘯岩之奔放跅弛，範之羈縶，千里可立致耳。其所著述，安知不更有光華典重，足被金石，以傳不朽者乎？乃僅以《花影》游戲之筆，略見一斑。余讀其文而悲其志，而又嘆嘯岩才氣若此，終不肯稍露其鋒鋩，學足以養之也。然抑才斂氣，徒肆志於風流放曠之餘，又不肯寂寞烟霞以自老，吾又不能不爲嘯岩惜也。是爲序。

嘉慶庚申中和月，杏林孫藹春書

潘焓《〈夢花影〉題詞》（嘉慶五年序刻本《夢花影》卷末）：

天壤王郎，弄二十四橋明月。喜蘭譜、湖光花影，瘦吟方得。阿寶阿金如意嵌，阿明阿愛文芳織。却玉花玉鳳玉仙來，珊珊骨。　憐張綉，簫如咽；憐王綉，箏如泣。看小梅小玉，又憐雙雪。玉珍浣水素蘭披，玉娥研露文蓮滴。任蓉兒戲撲馬頭娘，雙雙蝶。（右調《滿江紅》）

漁者自題

附《〈夢花影〉二十四人詞》（嘉慶五年序刻本《夢花影》）：

《梅花》
疏影離離逗小梅，江南江北占春魁。白描合付香山去，澹抹還從雪海回。
孫小梅

《菊花》
東籬瘦影菊珊珊，澹墨寒香對所歡。一枕屏山驚午夢，清詞聽唱葉紾紾。
亓珊珊

《牡丹》
爲愛清芬號喜蘭，待尋傾國與盤桓。不須重唱清平調，總在瑤臺月下看。
李喜蘭

《蘭花》
墨痕曾寫素蘭莖，箏雁釵鸞作麼生。夢冷瀟湘人不見，杜紅蘅碧悵行行。
素蘭

《荷花》

刀尺聲中倚玉娥，鏡奩影裏起荷歌。凝神似遠還如近，未肯香風逐隊過。

玉娥

《木筆》

思蘊迴文織復吟，倚雲木筆又相侵。春風粉黛都銷却，香滴珊凹半墮簪。

劉思蘊

《海棠》

嬌冶空傳有玉花，海棠庭院月交加。斷腸擬把芳詞寫，教挽當前擲果車。

王玉花

《罌粟》

滴溜如鶯說阿金，生憐屋角句初臨。一囊錦粟寬衣種，寫盡三春嫵媚心。

韓阿金

《芍藥》

薰成小幅和文芳，品艷偏能亞棣棠。見說將離春欲去，翻烟籠月不成章。

張文芳

《杏花》

小謫輕塵悵玉仙，盈盈芳侶態多妍。生來情性如春女，夢冷紅樓欲曙天。

張玉仙

《蝴蝶花》

謔浪嬌憨是阿明，擬乘鶴背試吹笙。無端蛺蝶雙飛入，化作空花代寫生。

阿明

《木槿》

清池窄窄動文蓮，俠氣偏生不鬥妍。鬢髮自憐如漆膩，槿花芳露濯三千。

文蓮

潘焔

《栀子》
記得青城生小玉，泥人私語慧偏多。心香一寸歌栀子，療却相思有幾何。
　　　　　　　　　　　　　　　　　　　　　　　　　　小玉

《金銀花》
新樣裁妝詫寶兒，抱殘錦瑟道來遲。如花不識金銀氣，若鏡惟攢螺黛眉。
　　　　　　　　　　　　　　　　　　　　　　　　　　郝寶兒

《鳳仙》
敲罷琅玕玉鳳栖，故將雙翼向階低。尖尖指影金甌染，錯把朱門小字題。
　　　　　　　　　　　　　　　　　　　　　　　　　　玉鳳

《芙蓉》
芙蓉浦上住張蓉，如幙如幈錦萬重。風絮水花徒惹恨，一幀誰再畫吳儂。
　　　　　　　　　　　　　　　　　　　　　　　　　　張蓉

《紫薇》
畫樓簾捲語雙雙，曲罷青峰半倚江。堪笑紫薇花對處，數聲鐵笛弄新腔。
　　　　　　　　　　　　　　　　　　　　　　　　　　李雙雙

《山茶》
娟若閨房倚綉時，臉霞紅暈落朱絲。碧紗窗外將茶浸，細囑東君好護持。
　　　　　　　　　　　　　　　　　　　　　　　　　　王綉兒

《杜鵑》
紫芝歌罷呼如意，撥柳揉花致盡佳。惱煞鵑枝開不住，香泥斜沁踏青鞋。
　　　　　　　　　　　　　　　　　　　　　　　　　　如意

《桃花》
雙靨桃開刺綉帷，玉簫有客最相思。重逢漫按涼州曲，挽住東風認折枝。
　　　　　　　　　　　　　　　　　　　　　　　　　　張綉

《水仙》
作寵言嬌哀玉珍，水仙操是此花身。傷心殘臘青青葉，也似蠻腰折送人。
　　　　　　　　　　　　　　　　　　　　　　　　　　玉珍

《蛾眉花》

歌袖勻圓出愛珠，蛾眉兩丿翰輕濡。生來不道相思苦，淺澹偏宜心賞俱。

愛珠

《梨花》

試殘九畹白蕉衫，梨院輕寒似隔凡。好夢半隨春色去，夜深風雨自纖摻。

馬九畹

《玉簪》

霞裳一摺瓣憐雙，簪玉無聲墜小窗。自許新詞裁合浦，漫勞芳賦寫湘江。

憐雙

嬌澹墨新，題廿四橋。人如玉，何處教吹簫。

漁者

《小滄桑》

劇情概要與本事

劇首題"小滄桑傳奇"，署"笠澤小滄桑道人填詞"。目錄言"摘錦四折"，依次為《登萊》《得隴》《劫桑》《超海》。寫已經得道成仙的張志和隱居在鶯脰湖邊，捕魚度日。湖口有一名士之裔，名叫漁者，張志和見他心心向道，便收為弟子，傳其修煉之法。某日，張志和遣他往蓬萊一行，使之經歷滄桑小劫，助其自悟。臨行，張志和知他貧乏，又好周人之急，就請正陽子點石成金，得金二百鎰，濟其所需，并責其用後及時完補。漁者迤邐行來，不日到達蓬萊閣，見有座酒樓，便進去買醉，邊飲酒邊向小二打聽海中三神山之所在，然小二不知。鍾離權奉福主之命，前來點化漁者道：三神山在渺茫之際，非其可到，而西王母之瑤臺、瑤池則有迹可求，可往一尋，然后再往崆峒山，見過空空洞洞，無一挂礙後，方能悟耳。漁者醒來，方知是夢。天亮之後，依言前往。途中遇到西川人莫侯，莫侯來山東尋芳冶游，因資斧不繼，進退無門，遂請求漁者指點迷津。漁者將二百金資助他前往長安，尋求前程，然要他异日必須完補。莫侯千恩萬謝，滿口答應而去。莫侯來到長安，竟得機會，謀職隴西。到任之後，找了一夥氣味相投、慣於尋花問柳之徒做心腹，常與夫人雕小等游河鬥葉，浮白呼盧，通宵達旦。他恐漁者前來索還贈金，令境內火焰山烈熾騰空，水簾洞變成汪洋，以斷絕往來。幸虧媼母持扇撲滅大火，鍾離權將海水煮乾，變作桑田，漁者方能渡過。他找到莫侯，令償前貸之金。莫侯假意熱情，暗中却令心腹們擺布漁者。結果漁者被上下哄弄，毒害千般，又被白手推出，强爲餞行。鍾仙見漁者劫滿行圓，便令執掌盈虛損益的白水真人點化莫侯。白水真人就將莫侯攝來，斥責他忘恩負義，欠債不還，威脅奪其利禄，令其終老賀蘭山下。莫侯恐懼，答應立即措金繳完。白水真人又點撥漁者，漁者醒悟，隨張志和往瑶池赴會。

生扮漁者，花旦扮雕小，小旦扮丫鬟，搽旦扮小貂，老旦扮媼母，副净扮莫虎，副末扮張志和，丑扮莫侯，外扮白水真人，雜扮店小二。登場人物尚有朱蛛、長蟲、吴蚣、賴蟆、錢蝎等，俱未分配脚色。

本事不詳。此劇情節關目及人物設置等明顯受《西游記》小説影響。

潘炤

● 著録、版本與收藏情况

《莊一拂〈古典戲曲存目彙考〉補正》著録。現存嘉慶間刻《小百尺樓叢刊》所收本，藏中國藝術研究院圖書館，《傅惜華藏古典戲曲珍本叢刊》第80册、《古本戲曲叢刊八集》據之影印。

● 序跋、題詞與評語

潘炤《〈小滄桑〉序》（《傅惜華藏古典戲曲珍本叢刊》所收本《小滄桑》卷首）：

竿木隨身，逢場作戲，士君子之餘藝也。夫戲，非真之齣，戲而真，罕矣。吾觀小滄君躬行實踐，而寓之於戲，心亦良苦。然毛毛蟲蟲，原屬异吾，不足同年而語，直可置之塞外，俾胡笳胡阮撥弄其間，曷爲而竟寄夫冰弦玉笛耶？觀是，令人髮竪，豈特白水翁爲拍驚案哉！然於此可醒熱腸者之惡夢，亦一棒喝。千古鏡中，如是觀而吾聞耳，非囂俗一助云？

鑾坡居士題

潘炤《〈小滄桑〉題辭》（《傅惜華藏古典戲曲珍本叢刊》所收本《小滄桑》卷末）：

雅頌音難嗣，宮商曲且移。偶於細君諾，初不郢人期。感憤填科白，哀矜繪別離。誤來偏有顧，疷嗜未爲奇。竟付昆刀削，花如澹墨烘。賞超塵以外，痴絕夢之中。窮苦吹温管，迴峰叫斷鴻。遙遙千古意，釁下卻攜桐。簡鶴舟大尹太史謝削。

鷟坡炤識

《千秋慶·獻壽》

● 劇情概要與本事

一齣。寫勾漏山天水仙翁素性仁慈，有濟世還丹之術。其子早歲登科，在雁門紫塞間爲官，遂將之迎至任所贍養。今值仙翁八十壽誕，閤邑紳、士、耆、老及漁、樵、農、圃等人，各備土物，咸來致祝。來到堂上，衆人向仙翁行禮叩拜，并獻上卷軸、蓮藕、仙桃、金鯉、紫芝、仙酒及仙芹等物。仙翁令其桂子桐孫回拜，并將丹砂送與衆人。這時，仙童禀告，言群仙亦來恭祝。仙翁忙率人前去迎接。

登場人物有天水仙翁、仙童、紳、士、耆、老、漁、樵、農、圃、桂子、桐孫等，俱未分配腳色。

本事不詳。據潘炤《洞仙歌·壽秦明府封翁八十》詞，是劇爲祝賀聞喜縣令秦基父八十壽誕而撰，時當爲嘉慶十九年（1814）。按，秦基（生卒年不詳），字君實，號鶴舟，靈川（今廣西靈川）人。嘉慶十年（1805）進士，選庶吉士，散館改知縣。官至山西絳州知州。

● 著録、版本與收藏情況

現存嘉慶間刻《釣渭間雜膾五種》所收本，藏國家圖書館、北京師範大學圖書館等，《北京師範大學圖書館藏稀見清人別集叢刊》第 13 册據之影印。

● 序跋、題詞與評語

潘炤《洞仙歌·壽秦明府封翁八十》（嘉慶間刻《釣渭間雜膾五種》所收本）：

憑誰獻壽，正九秋時候。天遣延年菊開就。向錦堂羅拜，笑折黃花簪白首，點染仙翁古秀。　　如雲冠蓋湊。曳紫拖朱，共乞還丹祝勾漏。（翁擅還丹，勾漏山在西粵。）令子栽花，大家意，錦字瑤章；小民心，野芹村酒。道今年八十喜平頭，況龍馬精神，近間罕有。

潘炤《滿江紅·賀秦明府迎養輿至》（嘉慶間刻《釣渭間雜膾五種》所收本）：

放眼層霄，縹紗處，錦團花簇。早盼著，大椿凝碧，叢蘭含馥。琴座承歡春酒旨，印床絮語香茗熟。裊雙鬟、出手弄鵝笙，迎仙曲。　　燈影鬧，秋光肅。萊衣舞，春臺簇。耀管爾堂前，翠簾高軸。可耐重陽纔過也，八千未介觴黃菊。但欣看、粉署綠娟娟，添新竹（嚴壽甫過）。

潘
炤

趙式曾
（？—1793？）

號琴齋，自稱大呆子，肅寧（今河北肅寧）人。其父趙其璸（生卒年不詳），字叔佩，貢生，先後任職於安徽歙縣、桐城、亳州、泗州等地，乾隆五十二年（1787）任九江知府，後轉任贛州、南昌知府。式曾曾隨父寓居潯陽、贛州。後任廣西布政使經歷、土田州州同等，約於乾隆五十八年（1793）卒於任。有雜劇《琵琶行》傳世。

傳記文獻：趙式曾《〈琵琶行詞〉序》、趙繼曾《〈琵琶行詞〉序》、江髯夫《〈琵琶行傳奇〉序》（趙式曾《琵琶行傳奇》卷首附），以及（道光）《歙縣志》、（同治）《贛州府志》等。

《琵琶行》

◆ 劇情概要與本事

劇首題"琵琶行傳奇"，署"小筑江三髯夫評點，琴齋趙大呆子填詞"。正目爲"白司馬尋現在歡，茶商婦夢少年事。設祖餞表故人心，彈琵琶傷遷客意"。四折，未標折目。又，第三折前有《楔子》。寫唐代白居易登第之後，任職翰苑。祇因獨存剛直，不慣逢迎，觸怒當途，遭奸人排擠，貶爲江州司馬。兩年來，俸薄官閑，得以放志山川，肆情詩酒，倒也快活。某日傍晚，本欲往香爐峰下草堂中消遣數日，忽有家僮來報，言客人將要登舟遠去，特遣人辭行。白居易當即吩咐備下酒筵，要親往舟中相送。一位能歌善舞的長安女子，曾爲婀娜名姝，今作飄零商婦，前月丈夫離家賣茶，留其在這江中獨守孤舟。商婦甚是鬱悶，追憶少年時候曾爲衆多公子王孫所屬意，那時門填寶馬，巷擁香車，朝朝寒食，夜夜元宵，何等繁華！誰知朱顏易老，盛事不常，如今冷清孤寂，愈覺心酸。遂取出琵琶，試彈一曲，以解愁煩。水神馮夷憫白居易才大時乖，憐商婦紅顏薄命，遂令風伯將商婦琵琶之聲吹與白居易，使他作一篇不朽文章，兩人藉此以傳。白居易正與客人飲酒，忽聽得琵琶之聲，派人尋訪，并邀請商婦過船彈奏。商婦久聞白居易風雅之名，應邀而來。一曲過後，眾人驚嘆不已，問起商婦身世，方知其爲淪落之京都名妓。白居易頓生同病相憐之感，遂請商婦再彈一曲，并掩淚爲其翻作一首《琵琶行》，以寄感慨。

正末扮白居易，小生扮白居易友人，貼扮茶商婦，副淨扮僧晦，丑扮家僮，外扮馮夷，雜扮家僮、四水族、風伯、從人，淨、丑扮二公子、二舟子。

本事出自唐白居易《琵琶行》詩。元馬致遠（1251？—1321後）《青衫淚》雜劇、明顧大典（生卒年不詳）《青衫記》傳奇、清蔣士銓（1725—1785）《四弦秋》雜劇，與此題材同。據劇首所附作者與其弟趙繼曾所作二序，知是劇完成於乾隆五十一年（1786），時兄弟二人寓居潯陽。

● 著錄、版本與收藏情況

《古典戲曲存目彙考》著錄。現存乾隆間琴鶴軒刻本，藏浙江圖書館、北京大學圖書館等，鄭振鐸《清人雜劇百廿種》第 8 冊據之影印；道光十一年（1831）刻本，藏台灣大學圖書館久保文庫。

● 序跋、題詞與評語

江髯夫《〈琵琶行傳奇〉序》（乾隆間琴鶴軒刻本《琵琶行傳奇》卷首）：

大呆子者，趙琴齋自稱之號也。其弟鶴軒與余交，鶴軒亦自稱二呆子云。余不識琴齋，而以交鶴軒者識之，且觀其號，可以想見其爲人，亦不識而識也。

一日，鶴軒取《琵琶詞》視余，蓋其昆仲同羈九江，以白傅《琵琶行》

譜之爲曲者。夫《尚書·秦誓》二百四十八言，公羊氏裁之爲三十七言，此文章簡法也。司馬子長所引用《尚書》《左傳》，多以今文句易之，此文章變法也。《漢書》臧子源《答陳琳書》而列在陳壽《三國志》者，不及蔚宗之改定者也。若白傅《琵琶行》，祇四十四韵耳，而今琴齋、鶴軒譜之爲四大折、一楔子、四十六曲，此又文章家變之變者矣。以視世之於古人所作不敢輕議片字，而爲鈔書小史者，則琴齋、鶴軒豈非天下之健者哉！

秋窗白月，風静蛩鳴，鶴軒置一樽與余對飲，擊節高歌，聽漏聲三四下，亦不知感從何來也？琴齋、鶴軒豈有所不得已於中而爲此耶？噫！此其所以爲呆子也歟？《琵琶行》云："同是天涯淪落人，相逢何必曾相識。"白傅歌之於前，琴齋、鶴軒譜之於後，而余即以此語識鶴軒，并以識不識之琴齋。於是評點其《琵琶詞》，而序之於首。

乾隆五十六年中秋後一日，小筑山人江髯夫拜書於水木清華之館

趙式曾《〈琵琶行詞〉序》（乾隆間琴鶴軒刻本《琵琶行傳奇》卷首）：

予寓潯陽，無所事事，譜《琵琶行》四折，曲皆北調，詩俱集白，無足觀也。嗚乎！鳥鳴春，蟲鳴秋，又豈審工拙而始出乎？撰成，題以《蝶戀花》詞，曰："萬仞愁城添一座。百計千方，無隙攻他破。落木蕭蕭風又大，九秋安得一朝過？　枕上幾回不欲卧。舊事拈來，且把新詞做。莫嘆知音無一個，蟲聲唧唧窗前和。"弟鶴軒見而悦之，乃相與浮白歌呼，又每不及終篇而罷。

丙午秋日，琴齋自記

趙繼曾《〈琵琶行詞〉序》（乾隆間琴鶴軒刻本《琵琶行傳奇》卷首）：

予與兄寓潯陽，終日杜門，自甘岑寂。兄偶成《琵琶行》四折，商婦飄零之苦，遷客淪落之悲，繪色繪聲，宛然如見。每一擊節，不勝欷歔。爰題一律："寄迹溢浦口，悠悠春復秋。琵琶藉往事，哀怨寫今愁。風月陶潛酒，

江山庾亮樓。歌罷無人和，涔涔泪欲流。"

丙午秋日，弟鶴軒謹題

碧雲子《〈琴鶴軒詩詞〉序》（乾隆間琴鶴軒刻本《琵琶行傳奇》卷首）：

凡人有鬱結，必有宣暢；有意念，必有影響；有志節，必有表著。此連城伯仲所由發其天籟也。伯仲之遇，躬當明盛，不獲致顯赫、受顯榮，乃一以盡瘁賢勞，一以靖身社稷，畢事而去，其志亦良苦矣。其中長言寫情，短言寫性，間或爲絲竹之雅音，以寫其不可一世之槪，固知其境、其詩、其人。天若設萬有一然之，會以成之。無是境即無是詩、是人，有是境而非其人，不能爲是詩。惟有是境，而其詩乃成，其人乃彰，然後知其人，方有其詩、其境也。非其人，又何能當此境也？既有其人，正不可無其詩、其境也。其人、其境、其詩，三絕矣。爰得而爲之序。

庚寅且月望，碧雲子題《琴鶴軒同懷稿》序

趙繼曾《〈琵琶行傳奇〉評語》（乾隆間琴鶴軒刻本《琵琶行傳奇》卷末）：

雜劇自元以後，無慮數百種，或譜數十年之事，或譜數年之事，或譜數日之事，僅僅一夕而爲數折者蓋寡，此可謂局陣一新。或謂蔣太史清容有《琵琶亭》雜劇，謂之《四弦秋》，必沈韶遇鄭婉娥故事。倘亦爲遷客、商婦寫照，恐彼吳楚人不能作燕趙語。

《楔子》本出敝意，緣場面過於冷淡之故。寫來不即不離，反成一篇關鍵。

或謂曲盡用北，恐不便於歌者。噫！吾人爲文豈必便於歌者哉！尤西堂云："古調自愛，雅不欲使潦倒樂工斟酌。"吾輩有以夫。

鶴軒弟繼曾謹評

趙繼曾《題家大兄〈琵琶行〉填詞》（台灣大學圖書館藏道光十一年刻《琴鶴軒詩稿》）：

淪落溢浦口，悠悠春復秋。琵琶藉往事，哀怨寫今愁。風月陶潛酒，江山庾亮樓。歌罷無人知，涔涔泪欲流。

王澧《司馬繩齋趙君傳》（台灣大學圖書館藏道光十一年刻《琵琶行傳奇》卷末）：

君姓趙氏，諱繼曾，字繩齋，鶴軒其號也。直隸肅寧人。父其璿，官江西知府。君爲太守公仲子，甫三歲即失恃。性沈毅，喜讀書，戚鄰咸以大器期之。太守公任江西九江府，君隨侍，定省外，不妄預他事，暇即手一卷不釋。會太守公以艱去，不克携眷歸，僑寓潯陽。壁立無長物，君竭力支持者三載。太守公服除，授江西贛州府，尋調南昌府。南昌固省會首郡，事繁甚。兄式曾已之廣西布政使經歷任，府署一切皆賴君襄助，太守公倚之如左右手。乾隆辛亥，太守公又以艱去，眷口仍滯章門。食指幾以千計，大有甑釜塵魚之慮。君百計擘畫，無稍闕失，一如在潯陽時。越二年，護眷回瀛，即赴粵視兄。時兄任土田州州同，地盛烟障，兄偶染其患，竟至不救，卒於任。君跋涉萬里，會遭此變，傷心痛悼，幾不欲生。顧以兄身後諸事拼擋乏人，爲含泪經理，俾寡嫂、遺孤扶櫬北歸，君仍留西粵。

先是，君以國學生應乾隆庚子京兆試，房考首薦不售。亟思自效，遂援例得州同職。嘉慶二年二月，貴州南籠苗匪滋事，蔓至粵西界，軍務孔棘，大府需才佐理。君奮然曰："吾儕享承平之福有年，一日群醜蠢動，顧不爲朝廷效尺寸力耶？"乃赴大營，報名投效。時泗城府西隆州之八渡隘口最爲要害，命君督率兵勇前往堵禦。苗匪見兵至，不敢輕進，日夜窺伺相持者二十餘日。四月朔，君竭（疑爲"謁"）左江鎮總兵於舊州，面酌機宜。舊州距八渡二十里，次早苗匪大隊至，君聞報即欲馳回剿截，鎮幕有與君善者，沮之曰："君非武弁，又非守土官，即暫留舊州，誰曰不可？奈何以身冒險？"君曰："噫！使人人圖自全，苗氛何日得靖？"遂星往救援。會游擊特通額身中石傷，墮絕壁下，君率衆大呼，奮勇撲救。苗匪踞絕壁上，飛巨石下擊如雨，君遂與特游擊同遇害。時嘉慶二年四月初二日也，年三十有五。制府吉公慶以狀聞，上稱可惜者再，交部加等議恤，賜祭葬，贈知州，史館立傳，入祀昭忠祠，蔭雲騎尉世職，子之城襲。

論曰：余於乾隆庚子、辛丑間設帳河間官署，始識君。時君年未弱冠，恂恂有文士風。後捧檄江右，爲尊甫太守公屬僚，交好益密。竊謂君他日當由科名以登，藝苑風流文采，自可彪炳一時，詎不數年而竟成不朽之業。觀其慷慨赴敵，卒以身殉，又凜凜然有古烈士風，其意欲以愧夫食厚糈而圖苟活者。嗚呼，是可悲已！

世愚弟德清王澧拜撰，嘉慶五年七月初二日稿

金瑞封《趙鶴軒先生詩序》（台灣大學圖書館藏道光十一年刻《琵琶行傳奇》卷末）：

嘗見前輩選詩之例，謂"以詩存人，不以人存詩"，故雖勳名蓋世，而韻語一道，無深造之功者，概不登錄。若人與詩可以并垂不朽，則又不因其人已傳而遺其詩。河間趙鶴軒先生，以畿南文士仗策從軍，志切請纓，捐軀馬革，仰蒙褒恤，叠沛恩綸，早已史册名傳，千秋義著矣。如先生者，詩其餘事耳，傳與不傳，何足深論？

今年春，余在廣州與先生長君連璧游，二人同心，因結姻婭。連璧謀梓先生遺詩，屬弁首之言於余，余何敢以不文辭？先生爲詩，素不存稿，連璧於笥篋中收得殘箋剩墨及親故處所存者，彙而錄之，僅得數十首。即此足以傳矣，固不在多也。讀先生《廬州懷古》一首，自是詩識，然亦可想見先生

於古人忠義之事,每有感發興起之思而形之於詩,則先生之大節,不當與先生之詩并垂於不朽哉?是爲序。

　　　　　　　　　　道光十一年三月既望,姻愚侄金瑞封拜撰

青霞寓客

姓字無考,生平不詳,浙江西安(今浙江衢縣)人。齊森華等主編《中國曲學大辭典》著其爲乾隆間人,《古本戲曲劇目提要》言其爲康熙時人,《清代雜劇選》認爲其康熙三十五年(1696)前後在世。有雜劇《北孝烈》一種。

《北孝烈》

劇情概要與本事

又名《鐵塔冤》。四折,依次爲《凶逞》《烈殉》《魂訴》《雪仇》。寫明崇禎年間,有滎陽書生段華,見族弟段白木砍伐祖墳樹木,前往勸阻,反被活活打死。段華父赴官府告發途中,亦被段白木派人害死。段華妻子余氏用血寫成狀紙,携兒段虤至縣衙告狀,與段白木相遇,發生厮打,段虤咬傷段白木耳鼻。先前,段白木已賄賂過縣令郎涯,郎涯遂將段虤重杖二十。余氏罵郎涯顛倒是非,被差役掌嘴,激憤不已,撞死公堂。圍觀民衆見逼死烈婦,便衝進縣衙。隨後,市民又通城罷市,聲援余氏一家。郎涯迫於壓力,命人買棺木收斂余氏。十年後,姚鏡任滎陽縣令,重審此案,判段白木、縣吏錢可通等有罪,各杖四十,罰銀安葬余氏,又奏請旌表余氏孝烈。

生扮段華,小生扮段虤,旦扮余氏,淨扮段白木,副淨扮郎涯,末扮周王,丑扮錢可通,外扮姚鏡。

是劇本事來自康熙年間的真實冤案,事載《西安縣志》、《衢縣志》、《衢州府志》、陳康祺《燕下鄉脞錄》以及余廷燦《陳恪勤公鵬年行狀》等。康熙二十六年（1687），浙江西安縣生員鄭榮祖之父受族弟鄭邦璧擊打，榮祖往救，被毆致死，後其父亦死。次年，榮祖子五元、七元爲父祖報仇，路遇鄭邦璧，咬掉其鼻。時任縣令曹若輅貪賄而袒護鄭邦璧，對五元、七元嚴刑拷打。榮祖妻徐氏爲冤憤所激，在公堂上觸階而死，棺柩露置於城西鐵塔下。康熙三十四年（1695），陳鵬年任西安縣令，力翻舊案，營葬徐氏，建孝烈祠予以旌表。《陳恪勤公鵬年行狀》云："初知浙江西安縣事……烈婦徐暴棺埋冤，十年不雪。公案法收元凶，而禮襃烈婦，浙人演成《鐵塔》戲，即其事也。"所謂"浙人"，或即作者。按，陳鵬年（1663—1723），字北溟，又字滄州，湘潭（今湖南湘潭）人。康熙三十年（1691）進士。康熙三十五年（1696）至三十七年（1698）任浙江西安知縣，官至河道總督。有《道榮堂文集》等。

著錄、版本與收藏情況

《清代雜劇全目》《古典戲曲存目彙考》《古本戲曲劇目提要》著錄。現存姚燮《今樂府選》稿本第35冊所收本，藏浙江圖書館，王永寬、楊海中、幺書儀選注《清代雜劇選》（中州古籍出版社1991年版）據之排印。

秋緑詞人

　　姓名、籍里、生平事迹均不詳。約爲嘉慶、道光間人。今存雜劇《桂香雲影》一種。

　　按，關於其眞實身份，周貽白《曲海燃藜》以爲秋緑詞人或即道光間畫家顧椿年；王文章等《傅惜華藏古典戲曲珍本叢刊提要》認爲其"似爲浙江紹興人"，待考。

　　傳記文獻：周貽白《曲海燃藜》、王文章等《傅惜華藏古典戲曲珍本叢刊提要》。

《桂香雲影》

◆ 劇情槪要與本事

　　劇首題"桂香雲影樂府"，署"秋緑詞人填譜"。八折，依次爲《赴試》《湖遇》《雙贈》《海警》《避兵》《迷山》《寫影》《夢圓》。寫山陰書生汪夢桂，髫齡隨宦，喜讀兵書，素嫻武藝，早有投筆從戎之志。嘉靖初年，朝廷開科，汪夢桂約下好友姜士貞、金文治，乘舟往赴杭州參加秋闈。途中聽人説起西湖名勝，欣羨不已。至杭後，汪夢桂趁天色晴和，往西湖花神廟游玩，遇一少女，生得花容月貌，有十分姿色。汪夢桂驚爲仙子降臨，少女亦頻頻顧盼，二人甚是有情。原來，少女名劉桂雲，因其出生時，母親夢見八月花神折桂花一枝，遂取此名。她本籍揚州，父親殁後，隨母來杭探親，又遇荒年，難以度日，不得已落入平康。因今日是花神壽誕，特來花神廟焚香拜禱。劉桂雲歸後，對汪生懸想不已；夢桂亦托人尋訪桂雲，得知其身份、住址後，即往拜訪。二人相見，互訴衷腸，私定終身，又以金牌、和合互贈，爲後約之憑。八月十六日，汪夢桂趁試畢無事，又來探望。二人正把盞談心，汪父派人送來書信，言海倭入寇，將犯南京，要他及早歸去。汪生認爲目下烽烟不靖，却是自己建立功名之時，他勸桂雲母女暫往鄉下躲避，待倭寇平定之後，就差人前來接取。後汪夢桂獻策朝廷，皇帝大喜，特授元戎，命其帶領精兵前去抗敵。夢桂探知倭將烏里蘇準備進攻揚州，便巧妙安排，擊敗敵軍，生擒烏里蘇後，得勝還朝。自情人去後，桂雲閉門謝客，母女搬往鄉間，不料當地土寇猖狂，難以安身，祇得又向深山躲避。臨行，桂雲刺破指尖，寫就血書一封，委托慣走江湖的顧老兒趕往淮上，送與夢桂。結果，顧老兒被守關兵士阻攔，無功而返。夢桂奉命鎮守維揚，剿除餘匪，到任後即修書一封，令家將持之迎取桂雲，以完婚姻。然家將到達杭州，四處尋訪，仍毫無桂雲母女踪跡，祇得歸去復命。汪夢桂聞此，擔心不已，後繪成桂雲小影一幅，并題"桂香雲影"四字，懸在案頭，當作花神一般供奉。西湖花神感其情，助二人夢中相見。二人盡訴離情苦狀，難捨難分。最後，汪夢桂驚醒，發現是春夢一場。

生扮姜士貞，小生扮汪夢桂，老生扮家將，小旦扮劉桂雲，貼扮丫鬟，老旦扮魯氏，正旦、貼扮鄰婦，净扮烏里蘇，副净扮劉大媽、右營將軍，末扮中軍、李貴，丑扮書童、顧老兒，外扮金文治、左營將軍，雜扮四舟人、倭卒、四官兵、牧童、漁翁、樵夫、舟人等，外、生、老旦、四旦、四貼扮花神。

本事未詳。據鷗夢詞人之《〈桂香雲影〉序》，此劇或爲作者自寫身世之作。

著錄、版本與收藏情況

《清代雜劇全目》《古典戲曲存目彙考》《古本戲曲劇目提要》著錄。現存道光二十六年（1846）刻本，藏中國藝術研究院圖書館等，《傅惜華藏古典戲曲珍本叢刊》第 87 册及《古本戲曲叢刊十集》據之影印。又,《古本戲曲劇目提要》稱存嘉慶間刻本,待查。

● 序跋、題詞與評語

鷗夢詞人《〈桂香雲影〉序》(《傅惜華藏古典戲曲珍本叢刊》影印道光二十六年刻本《桂香雲影樂府》卷首):

翠管紅籯,寫懷夫月露;銅琶鐵板,攄想夫風雲。模靈均之幽思,抒蘇門之長嘯。情難強合,事或歧趨。亦知兒女柔腸,即是英雄本色。每際酒邊傳唱,花外徵歌,或記豆以纏綿,或擊壺而忼慨。綺思豪想,有觸俱呈。秋綠詞人,司馬題橋,士衡入洛,往往攜花入座,擲果盈車。將爲打槳之迎,復動弃繻之想。遂乃中途多梗,好音不傳。登雲有梯,補天無路。嘆予懷之渺渺,覺此恨之綿綿。爰乃引商刻羽,範影模聲。托神女之生涯,藉伶人之色相。情文并摯,弦管俱新。謂余略解宮商,雅知顛末。重來張祐,門巷都非;前度劉郎,光陰易駛。誦《洛神》之賦,句麗詞妍;歌《湘靈》之詩,曲終人遠。

時在柔兆敦牂陽月,鷗夢詞人序於珠湖小滄浪館

四費軒主人

姓名、生平均不詳，僅知其爲乾隆間人，嘗游於楚、蜀、秦、晉、燕、豫間。工於詩詞，擅寫雜説，著有《藝餘耳語》《無綫編》《雨窗隨録》《梅影雜説》以及説部《鏡劍花》《續四臺》等。除《藝餘耳語》及雜劇《豫忠》《董孝》二種外，餘皆不傳。

按，關於其身份，《清代雜劇全目》《古本戲曲劇目提要》言其姓、名、字及生平事迹均不詳，浙江寧波人。平步青《霞外攟屑》卷六言："《藝餘耳語》五卷，上元胡梅影纂。梅影不知何名，即著《雨窗隨録》《梅影雜説》者。……附《豫忠》《董孝》兩齣，自鳴弦索宮譜，而亦曲中下駟，它可知矣。"據此，張增元《近年新發現的明清曲家史料彙録》、王文章等《傅惜華藏古典戲曲珍本叢刊提要》等定《豫忠》《董孝》作者爲胡氏。王漢民《〈傅惜華藏古典戲曲珍本叢刊〉指瑕》則言從"四費軒主人妄評"之内容來看，二劇似非胡梅影所作。待考。

傳記文獻：胡梅影《藝餘耳語》、平步青《霞外攟屑》卷六、張增元《近年新發現的明清曲家史料彙録》（《中華戲曲》第二十輯，山西古籍出版社 1997 年版）、王漢民《〈傅惜華藏古典戲曲珍本叢刊〉指瑕》（《中華戲曲》第 53 輯，文化藝術出版社 2016 年版）。

《豫忠》

🍃 劇情概要與本事

一折。寫晉畢陽之孫豫讓，嘗事范中行，所遇不合。後就智伯，智伯優容相待，异於衆人。前日，智伯請地伐趙，豫讓苦勸不聽，結果大敗，智伯頭顱亦被趙襄子漆作飲器。豫讓悲憤難平，變作刑人，入宮塗廁，準備伺機行刺襄子。趙襄子率人從廁旁經過，忽然心痛，由此警覺，派人搜尋，發現豫讓圖謀。襄子憐其忠心，放他而去。豫讓後又漆身改容，欲再次行刺。一日，他正在橋邊磨劍，遇到一位朋友，朋友勸他假意投靠襄子，騙取其信任，然後伺機報復。豫讓言爲故君賊新君，大亂君臣之義，有愧天下後世之人，予以拒絶。説話之間，襄子車駕將要過橋，豫讓便埋伏在橋下。因所乘之馬突然驚跳，襄子認爲橋下必有奸細，派人又將豫讓擒獲。襄子責問豫讓當初事范中行，中行爲智伯所滅，豫讓不爲中行復仇，反事智伯；今日智伯已死，爲何獨爲之復仇？豫讓哭道：范氏以衆人待己，自己也像衆人一樣報答他；智伯以國士待己，自己就要像國士一樣報答他。豫讓求取襄子衣服，以劍斬之，然後自刎。

正生扮豫讓，净扮趙襄子，外扮友人，雜扮四校尉。

本事見於《史記·刺客列傳》。元楊梓（？—1327）《忠義士豫讓吞炭》雜劇與此題材同。

● 著録、版本與收藏情況

《清代雜劇全目》《古本戲曲劇目提要》著録。現存嘉慶間刻《藝餘耳語》附録本，藏中國藝術研究院圖書館，《傅惜華藏古典戲曲珍本叢刊》第 80 册據之影印。

● 序跋、題詞與評語

四費主人《〈豫忠〉評語》（《傅惜華藏古典戲曲珍本叢刊》所收本《豫讓》卷末）：

詞曲多出《離騷經》，賓白全用《戰國策》。有豫讓之奇忠，而得此激昂之奇作,方不愧傳奇之目,信矣!惟【折桂令】內,有"叛國紅巾,背主黃巢"句,按紅巾、黃巢,俱在豫讓之後,以前人口中用後人故事,似未妥協,宜更易之。雖傳奇內犯此病者頗多,如《三國志・議劍》劇內,說韓幹馬、戴嵩牛,亦前人引後人典也。僕因《豫忠》傳奇非比別劇,實可作《史記》觀覽,不得不吹毛求疵,以報詞客也。

四費主人妄評

《董孝》

● 劇情概要與本事

一折。寫洛陽人董永年過三旬,孤苦無依,家徒四壁,而父親又不幸身故,無錢營葬,祇得賣身為傭工,替人織縑,以為安葬之費。天帝感其孝思,命天界仙女下凡,與他配成夫妻,代織縑絲,俟傭工滿日,再回仙境。仙女找到董永,表示願幫他織縑還債。董永見她艷麗非常,言語恍惚,認為她在奚落自己,故予以拒絕。仙女祇得告訴董永,自己是奉上帝玉旨而來,今日之事早由天定。董永聞此,不再推諉,與其一起傭工而去。

小生扮董永,小旦扮仙女。

本事見於《太平御覽》所引《孝子傳》及《搜神記》,又見於敦煌俗文《董永行孝》和《清平山堂話本・雨窗集・董永遇仙傳》。宋元南戲《董秀才遇仙記》,明心一子(生卒年不詳)《遇仙記》、顧覺宇(生卒年不詳)《織錦記》、無名氏《賣身記》《槐蔭記》等傳奇亦述此事。

● 著錄、版本與收藏情況

《清代雜劇全目》《古本戲曲劇目提要》著錄。現存嘉慶間刻《藝餘耳語》附錄本,藏中國藝術研究院圖書館,《傅惜華藏古典戲曲珍本叢刊》第 80 冊據之影印。

- 序跋、題詞與評語

四費軒主人《〈董孝〉評語》(《傅惜華藏古典戲曲珍本叢刊》所收本《董孝》卷末)：

一字一泪，不忍卒讀，董生孝乎哉！今付之優孟，使愚夫愚婦咸知其孝可格天，又不獨三家村冬烘先生講"二十四孝"，方識董生之孝行也。呵呵！

四費軒主人妄評

畢華珍

初名喬珍，字松心，又字子載、子筠，號梅巢、少弇山人、小弇山人。生卒年不詳，當生活在乾嘉時期。鎮洋（今江蘇太倉）人。嘉慶十二年（1807）舉人，曾任浙江淳安、龍游、慈溪知縣。後罷官，以詩酒自娛，年七十餘卒。曾與舒位（1765—1815）同客北京禮王府，譜曲撰劇，爲親王所賞識，每成一折，即令王府吳中樂部演唱。著有《律呂元音》《揖山樓詩集》《梅巢雜詩》等。戲曲有《列子御風》雜劇傳世。另有雜劇《當壚》《擁髻》二種，《清代雜劇全目》著錄，今未見。汪端《自然好學齋詩集》載："太倉畢子筠，曾譜《當壚》《擁髻》二折，被之聲歌，都下盛稱之。顧《擁髻》一折，似指和珅。《可异集》中《冰山曲》及王仲瞿《烟霞萬古樓集·貴姬傳》可參觀。"

按，《清代雜劇全目》以"小弇山人""畢華珍"分別出目，均言其姓名、字號、里籍及生平事迹不詳。

傳記文獻：（嘉慶）《直隸太倉州志》卷二十五"人物五"、葉廷琯《鷗陂漁話》卷一、汪端《自然好學齋詩集》、陸萼庭《舒位與畢華珍》（《清代戲曲家叢考》）等。

《列子御風》

● 劇情概要與本事

劇首署"少弇山人撰"。一折。寫鄭國列子排空御氣，出霄入冥，大道將成。風神封十八娘娘率領封豕、封胡等神從將好風相送，助彼天游，并言三十六天上下，有一種旋風，利如刀劍，但凡遇着，縱有千金不壞之身，也被化去，故將善能定風之神螺相贈，囑其牢握。列子飛行途中果遇一股旋風阻之去路，便將神螺取出辟邪。原來此風乃石氏女所化。石氏生前嫁得尤氏，祇爲男子薄情，商人輕別，有去無歸，感念而卒，故誓作厲風，阻斷行旅，爲天下婦人泄憤。封十八娘娘遣人將之捉拿，斥其妄爲，石氏謝罪辭去。接着，飛廉又鼓動風輪，疾衝而來，一時間黑氣漫空，黃埃匝地。列子祇得取出神螺，定住狂風。封十八娘娘命神從們掃蕩凶颷，扶助元氣，飛廉退去。東方箕宿得知列子飄搖遠御，聞風而至，化作大箕，爲列子代乘。列子游完南北兩極，再旋繞東西，又轉至中央。最後雲師亦來迎接列子。

生扮列御寇，正生扮屏翳，小生扮長育，旦扮封十八娘娘，正旦扮孟婆，老旦扮颶母，貼扮封胡，雜旦扮石氏，净扮飛廉，副净扮星官，中净扮封豕，末扮折丹，副末扮雲師，丑扮巽二，外扮方道彰。

是劇據《莊子·逍遥游》"列子御風而行，泠然善也"的寓言故事敷演而成。清舒位（1765—1815）撰有同名雜劇。

● 著錄、版本與收藏情況

《清代雜劇全目》著錄。現存姚燮《今樂府選》稿本第 38 册所收本，藏浙江圖書館。

雪樵居士

姓名、字號不詳，乾嘉時人。浪游於南京、揚州等地。擅詞曲，工畫竹。著有《秦淮聞見錄》《清溪風雨錄》等，均存。有《牡蠣園》雜劇一種，又有散曲《一半兒》小令十首。

按，《清代雜劇全目》言其"姓、名、籍里，均不詳。生平事迹待考。僅知其爲乾嘉間人"；《古典戲曲存目彙考》亦言其"姓名、字號、里居均未詳"。《中國曲學大辭典》《全清散曲》則均指其爲"江雪樵"。捧花生《畫舫餘譚》載："繼余《畫舫錄》而作者，有《清溪風雨錄》二卷，雪樵居士所著，蓋述其近年狹邪之游，間綴小詩，斐然有致，第未詳爲何如人？或曰居士姓江，江右產也，所悉多釣魚巷中人，而與胡七家雙喜尤爲密契，紀述甚多，唯各掩真名，易以雅號，閱之殊費摸索。"據此，知雪樵居士或江姓，爲江西人，久寓南京。

傳記文獻：雪樵居士《清溪風雨錄·自題》、捧花生《畫舫餘譚》等。

《牡蠣園》

劇情概要與本事

劇首署"雪樵填詞"。四齣，依次爲《尋秋》《雪憶》《游湖》《話別》。寫霞城散客寓居白下，常作狹邪之游。一日見天氣晴爽，便往鷲峰寺前觀賞秋色，好友朱澗松聞訊特來作伴。面對滿目秋景，霞城散客感慨青春不再，知己寥落，愁悶不已。朱澗松則勸他往牡蠣園訪歌姬楊香輪，以解愁煩。霞城言香輪今日往雨花臺燒香未歸，改日再往。二人見天色已晚，便同到朱澗松家中少坐。霞城見壁上詩歌乃四五年前二人初會蘇州時所作，更感光陰迅速。某日大雪，楊香輪正在家中消閒，見熟客李雨亭、周介軒來訪，便擺下酒筵，以作雅會。李雨亭告訴香輪：昨日霞城散客解纜京口，此時應在燕子磯邊維舟避雪，不知其爲何愁悶。楊香輪聞此，甚是牽掛，三人商定，待其返棹，共勸他束裝歸里。又一日，霞城與楊香輪及雛鬟張畹蘭到莫愁湖畔的華嚴寺中欣賞湖景。寺中沙彌將他們帶到船房閒敘，此處屋小如舟，窗外光明無際，荷香撲鼻，衆人甚覺有趣。畹蘭唱湖上小曲爲大家助興。又一日，雨亭、介軒送別霞城歸來，正遇到楊香輪。香輪聽聞霞城即將歸鄉，大驚，趕忙追到水西門外與其相會。二人不忍分別，約定明年相見。臨行，霞城拿出兩枚玉玦，分一枚與香輪，作爲後約之憑。

正生扮霞城散客，小生扮李雨亭、僧人，小旦扮楊香輪，老旦扮媽媽，貼扮朱潤松、張畹蘭，副末扮周介軒，丑扮茶博士，雜扮家僮、舟子。

是劇當取自作者經歷。其《秦淮聞見錄》道及楊香輪時云："爲塡《牡蠣園》四曲，載《清溪風雨錄》。"霞城散客則當爲作者自喻。又，《秦淮聞見錄》提及與楊香輪分別於嘉慶二十五年（1820），知此劇當作於本年或此後不久。

❖ 著錄、版本與收藏情況

《清代雜劇全目》《古典戲曲存目彙考》著錄。現存嘉慶二十四年（1819）一枝山房刻《清溪風雨錄》本，藏國家圖書館、中國藝術研究院圖書館，《傅惜華藏古典戲曲珍本叢刊》第70冊、鄭振鐸《清人雜劇百廿種》第8冊據之影印；道光元年（1821）一枝山房刻本，藏國家圖書館。又有姚燮《今樂府選》稿本第36冊所收本，藏浙江圖書館。

和 瑛
(1741—1821)

本名和寧，因避諱改今名，字潤平，號太庵，蒙古鑲黃旗人，額爾德特氏。乾隆三十六年（1771）進士，授戶部主事，歷員外郎。出爲安徽太平知府，調潁州，擢廬鳳道，歷四川按察使，安徽、四川、山西布政使。五十八年（1793），予副都統銜，充西藏辦事大臣。嘉慶五年（1800），召爲理藩院侍郎，歷工部、户部。出爲山東巡撫。七年（1802），因事褫職，遣戍烏魯木齊。尋予藍翎侍衛銜，充葉爾羌幫辦大臣，調喀什葛爾參贊大臣。十一年（1806），召還京。未幾，復出爲烏魯木齊都統、陝甘總督。升禮部、兵部、工部尚書，後任軍機大臣，領侍衛內大臣，充上書房總諳達、文穎館總裁等職。道光元年（1821）卒，贈太子太保，諡簡勤。久任邊職，有惠政。博學多才，通蒙、藏、滿、漢等民族文字。著作甚豐，尤工於詩，今存《易簡齋詩鈔》《太庵詩稿》《三州輯略》《西藏賦》《和瑛叢殘》等。其中《和瑛叢殘》收錄其雜劇《草堂寤》一種，鄧之誠《桑園讀書記》（生活·讀書·新知三聯書店1955年版）最早提及。

傳記文獻：《清史稿》卷三百五十三、嚴寅春《新發現蒙古族文學家和瑛〈草堂寤〉雜劇簡論》（《文化遺產》2014年第2期）、張麗娟《清代和瑛家族文學研究》（內蒙古大學博士學位論文，2021年）。

《草堂寤》

● 劇情概要與本事

劇首署"先高祖簡勤公遺著，孫成雋謹識"。四折，依次爲《仙降·八洞仙化飲中八仙》《塵游・飲中八仙各道生平》《感莊・東方朔化杜子美》《應夢・盧生引杜子美夢飲中八仙》。寫八仙在西王母蟠桃會上醉酒失儀，干犯仙律，被玉帝遣謫凡間，轉世爲飲中八仙，即賀知章、李璡、李適之、崔宗之、蘇晉、李白、張旭、焦遂。飲中八仙雖才高一石，却仕途坎坷，不得不遁迹於山水、酒林之中。東方朔因爲在蟠桃會上偷摘蟠桃，亦被謫落人間，化爲杜甫，數十年來歷盡顛沛流離之苦，後定居成都，栖身草堂。某日，杜甫思念"金蘭舊契，雲散風流"的飲中八仙，感嘆"寄寓錦城"之淒凉。《枕中記》中主人公盧生因邯鄲一夢，悟道修真，得成正果。玉帝封其爲應夢真君，掌管人間三夢。某日，他托夢杜甫。夢中，飲中八仙高誦《飲中八仙歌》，携手造訪草堂，與杜甫醉飲一場。杜甫驚醒，發現是大夢一場。

生扮藍采和（賀知章）、盧生，正生扮吕洞賓（李白），小生扮韓湘子（蘇晉），老生扮東方朔（杜甫），旦扮何仙姑（崔宗之）、玉帝昭儀，净扮漢鍾離（李璡）、李拐仙（焦遂），副扮曹國舅（李適之），末扮漁人，丑扮酒保、家僮，外扮張果老（張旭），雜扮朵雲十六人、安車、翠車、鳳扇、金瓜、旌節。登場人物尚有仙童、仙姑、驢、美人、柳樹精、鶴、鹿、白猿等，俱未分配脚色。

本事來自道教傳説中的八仙故事，又據杜甫《飲中八仙歌》詩敷演而成。

● 著録、版本與收藏情况

現存鈔本二種，均收於《和瑛叢殘》，藏北京大學圖書館。

瞿頡
(1744—1818?)

本名顒，因避諱改名頡，字孚若，一字菊亭，別署琴川居士、琴川蒼山子、秋水閣主人、菊亭居士等，常熟（今江蘇常熟）人。明末名臣瞿式耜（1590—1651）族孫。乾隆三十三年（1768）舉人，後十一試禮部，持續三十八年而不售。嘉慶十一年（1806），選任酆都知縣，興學修志，頗有政績。嘉慶二十二年（1817），掌教平江書院。晚年居蘇州，工詩擅曲。著有《秋水閣古文》《秋水吟》《倉山詩鈔》，又有《四書質疑》《酆都縣志》《巴蜀見聞錄》《蓉城隨筆》等。撰戲曲七種，今存四種：《元圭記》《鶴歸來》《雁門秋》《桐涇月》；佚三種：《紫雲迴》《玄書記》《錦衣樹》。其中《雁門秋》為雜劇。

按，關於其生卒年，張慧劍《明清江蘇文人年表》依據孫原湘《天真閣集》卷十八《菊亭譜曲圖》，推測其生於乾隆七年（1742）；鄧長風《瞿頡和他的〈鶴歸來〉傳奇》則據此推測瞿頡生於乾隆八年（1743）；程華平《明清傳奇編年史稿》依據《清代官員履歷檔案全編·嘉慶朝》相關記載，認為其生年為乾隆十四年（1749）。劉敏《清代戲曲家瞿頡研究》依據其為李書吉《寒翠軒詩鈔》所作序署"嘉慶二十有三年，在著雍攝提格之次皋月下浣，年愚弟瞿頡首拜撰，時年七十有五"，推斷其生於乾隆九年（1744）；據李書吉所撰《挽菊亭》詩（《寒翠軒詩續鈔·贏適後集》），推測其約卒於嘉慶二十三年（1818），可從。

傳記文獻：（同治）《蘇州府志》卷一百零三、（同治）《酆都縣志》卷一、鄧長風《瞿頡和他的〈鶴歸來〉傳奇——美國國會圖書館讀書札記之十》（《明清戲曲家考略全編》上）、劉敏《清代戲曲家瞿頡研究》（南京師範大學碩士學位論文，2013年）等。

《雁門秋》

🏮 劇情概要與本事

一名《雁門秋傳奇》。劇首署"琴川菊亭居士填詞"。八齣，依次為《塞游》《幕叙》《散賑》《却疫》《題壁》《修祠》《像祭》《神歸》。第一齣前有【蝶戀花】一曲，似傳奇之副末開場。寫姑蘇書生蘧咏，胸羅萬卷，筆掃千軍，奈時運不濟，十上公車，功名未就。有故人紀尚絅現任雁平觀察使，知其嫻於幕務，飛札相邀。蘧咏正欲往觀塞上風雲，遂取道居庸，經上谷、雲中入雁門。一路行來，每過雄關險隘，屢生思古之幽情。特別是想到前明督師孫傳庭在此兵敗殉國之事，更是感憤不已。又見宣大一帶田禾黃萎，隴麥枯焦，知此處已十分荒歉。賓主相見後，説起當地旱情，蘧咏趁機將災情告知紀尚絅，并獻上救荒良策。紀尚絅知平遥知縣胡聖基頗有才略，便將之調往大同，主持救災事宜。胡聖基辦差十分認真，親往賑濟局查訪，懲罰了弄虛作弊的老書辦及地保等。孫傳庭殉國後，其夫人張氏率領二女三妾共沉於井。上帝憫其忠烈，封爲九天都總憲，令其巡行天下。孫傳庭今從河南、直隸等地巡視回來，將入山西境内，遇五瘟使者，方知大同一府既遇奇荒，又將遭大疫。孫本是代州人，桑梓情深，更不忍坐視，故奏懇上帝赦免災殃。蘧咏自來雁門，不覺數月，某日寂寞無聊，便帶着書僮往城中訪孫傳庭祠堂，但見牆垣塌倒，荒草滿庭，香火全無。撫今吊古，不覺詩興勃發，題詩二首於粉牆之上。回去之後，又將此事禀告紀尚絅。紀尚絅與代州知州巢虚中捐廉俸修葺祠堂，又請來巧匠爲孫氏一門塑造神像，以表彰忠義，供後人敬仰。修繕完畢，紀尚絅率領衆人前來祭奠。某日，孫傳庭與夫人張氏仙駕降臨故土，發現祠堂焕然一新，困惑不解，及見到題詩及碑記，纔明白前因後果。張氏言蘧咏天涯作客，尚能留心古迹，尋訪忠貞，他日服官，定非俗吏。

生扮紀尚綗，小生扮蓬咏，正旦扮張夫人，小旦扮鄭翠蓮、小書生，老旦扮周吳氏、張象賢，五旦扮二女三妾，小旦、貼扮瞎姑子，老旦、正旦扮老嫗，净扮地方、瘟神、田叟、孫善述，副净扮院子、保正，副扮店小二、代州禮房，末扮胡聖基、巢虛中，丑扮書僮、老書辦、老禮生，外扮孫傳庭，雜扮饑民、從神、武士、匠人、祭品、塑匠。

本事不詳，當據作者經歷與明末孫傳庭事迹敷演而成。按，孫傳庭（1593—1643），字伯雅，又字白谷，代州（今山西忻州）人。萬曆四十七年（1619）進士。崇禎十五年（1642）任陝西三邊總督，次年在與李自成軍的汝州之戰中大敗，後陣亡於潼關。明朝未有封贈，乾隆四十一年（1776）方得到"忠靖"的諡號。又，作者乾隆五十二年（1787）夏落榜後，往代州訪問時任雁門道的季學錦（1735—1796），次年離開。是劇創作時間亦當在此際。季學錦爲江蘇常熟人，乾隆五十四年（1789）轉任河東鹽運使。

著録、版本與收藏情況

《古典戲曲存目彙考》《明清傳奇綜録》著録。現存烏絲欄鈔本，藏上海圖書館，《古本戲曲叢刊八集》據之影印。

序跋、題詞與評語

邵葆祺《題〈雁門秋傳奇〉》（《古本戲曲叢刊八集》所收本《雁門秋》卷首）：

當年橫劍蠻蜥塞，曾倚斜陽吊古祠。今日挑燈看法曲，凄凉恍憶踏歌時。（予乙巳年在代州，曾訪公祠。）

重起祠堂對暮雲，招魂何處故將軍。争如江外梅花嶺，秋草茫茫閣部墳。

讀罷殘碑感未休，幾人心爲古人留？遥知剔蘚捫蘿際，側帽橫驚一雁秋。

潰圍事本异哥舒，百口同傷歷劫餘。磷血模糊環珮冷，邊人凄煞老尚書。

誰遣潼關四扇開，陣雲渺渺雨聲哀。書生成敗休輕論，從古衰朝哭將才。　瞿

詔獄曾拘百戰身，銀鐺影裏賚勞臣。九重欲喜中樞怒，閫外誰容著此人。　頡

柿園一戰恨漫漫，修到沙場死最難。馬革不歸心史在，全家鬼影自團圞。

驚天更說周忠武，不許妖龍近墓飛。却笑無人築堤堰，平明陡見一山圍。

瞿曇老去善悲歌，《敕勒》聲中感慨多。譜出泉臺無限淚，歸魂依舊晋山河。

靈旗遙捲雁來天，冠佩應知望儼然。他日青山重載酒，墓門先貫打碑錢。

邵葆祺

張燮《題〈雁門秋傳奇〉》（《古本戲曲叢刊八集》所收本《雁門秋》卷首）：

短衣匹馬到雲中，拂蘚題詩特表忠。欲與梅村為後勁，毫端颯颯起悲風。

荒祠頓覺煥然新，劍佩笏珈像逼真。難得使君能好事，瓣香人盡識忠臣。

《鶴歸來》已譜忠宣，盛事還將白谷傳。慣寫國殤真面目，不曾艷曲學臨川。

周將軍昔守孤城，力屈全家盡殞生。寧武關前遺壘在，願君更與譜新聲。

張燮

胡銑《題〈雁門秋傳奇〉》（《古本戲曲叢刊八集》所收本《雁門秋》卷首）：

朔風勁捲代雲愁，匹馬衝寒絕塞游。負此才華凌百氏，揭將忠義煥千秋。時逢祓歲心先痛，詩咏荒祠淚并流。今日雁門崇廟在，表揚應共記依劉。

纔脫銀鐺赴戰場，黃巾氣焰正猖狂。甲申數盡中原沸，庚癸呼窮大將亡。憶昔沉淪悲雁塞，於今忼慨賦鴻章。忠臣才子心心印，報國全憑有熱腸。

豪情憑吊柿園邊，且托梨園曲譜填。自入燕京先快睹，大司馬廟遂爭傳。

將軍歿矣拋戈甲，詞客存之播管弦。豈獨梅村佳製在，烏絲今更寫新箋。

往年恭跋《鶴歸來》，雒誦循環已數回。不道雁門秋色冷，更看螭匣夜光開。忠宣艱苦同忠靖，逸事稱揚仗逸才。若使徵聲齊入唱，半空風雨黯歌臺。

胡銑

景燮《題〈雁門秋傳奇〉》（《古本戲曲叢刊八集》所收本《雁門秋》卷首）：

《代雲》一卷渺難儔，十二年前塞上游。今日蒼涼懷舊跡，新詞譜出《雁門秋》。（《代雲集》，先生游代時所著詩也。）

舉廢全憑一紙詩，如椽大筆信淋漓。也虧好義當官在，不枉先生弔古祠。

我亦當時幕裏人，端應有味誦斯文。傷心秋岳風流盡，唱徹悲歌不忍聞。

（先外舅嘗以先生為竹垞，而自比於秋岳。）

景燮

張曾虔
（1745—1813 後）

　　字呂環，號蠹秋，別署蓉鷗漫叟、漁禪漫叟，桐城（今安徽桐城）人。曾祖爲康熙朝大學士張英（1637—1708），父親爲翰林侍講張若需（1710—1753）。廩貢生。乾隆五十一年（1786）選授鳳陽府宿州學訓導，五十八年（1793）告病回籍。後浪游於江浙一帶，長期寓居南京，與趙懷玉（1747—1823）、劉大櫆（1698—1779）、姚鼐（1732—1815）、楊瑛昶（1753—1808）、孫星衍（1753—1818）等有交游。工詩擅畫，著有《邘江百愛詩》《金閶竹枝詞》等。戲曲有雜劇《青溪笑》、《續青溪笑》、《青溪三笑》（已佚）。又據《〈青溪笑〉自序》，曾作有傳奇《聯珠記》《夢瓊圖》《金帶圍》《渡花緣》，另有《蘇香記》等，均未見。

　　按，《青溪笑》及《續青溪笑》劇首均署"蓉鷗漫叟填詞"，未署作者其他名號，故學界多以爲其身份不詳，如《清代雜劇全目》言其姓字、籍里待考。《古典戲曲存目彙考》推測作者或爲張蠹秋，鄧長風《桐城戲曲家張曾虔（蠹秋）家世生平考略》亦肯定了這一説法；徐紅玲《蓉鷗漫叟身份及交游考》則據劉敦元《張蠹秋丈〈青溪笑傳奇〉序》及馮雲鵬《題蠹秋先生花莫笑圖》詞（《紅雪詞》甲集卷一）等，進一步確認蓉鷗漫叟即張曾虔別號。

　　傳記文獻：王嵩高《張蠹秋以溪山選勝小景屬題追和湯西厓少宰賜金園圖詩韵》（《小樓詩集》卷八）、民國二十二年（1933）《（桐城）張氏宗譜》、（道光）《桐城續修縣志》卷十三、（道光）《宿州志》卷十五、鄧長風《桐城戲曲家張曾虔（蠹秋）家世生平考略》（《明清戲曲家考略全編》下）、徐紅玲《蓉鷗漫叟身份及交游考》（《浙江藝術職業學院學報》2018 年第 4 期）等。

《青溪笑》

劇首署"蓉鷗漫叟填詞"。分上、下二卷,包括一齣短劇十六種。上卷有《捐金》《倚玉》《泛月》《吟秋》《品詩》《擲釧》《浣紗》《贈蝶》,下卷有《傷春》《說艷》《家宴》《公車》《盟心》《識俊》《命字》《飯禪》。所寫皆爲南京青樓女子的生活故事。作者《自序》言:"己未秋客白門,羈邸無聊,取青溪近事之可供談噱者各填一曲,共成十六曲,總名曰《青溪笑》。"己未即嘉慶四年(1799),知《青溪笑》創作時間在此年秋。

劇情概要與本事

《捐金》

正名《贖雛鬟司業義捐金》。寫國子監司業余奉,辭官家居,整日閉門讀書,倒也自在。因書房中少個書童整理筆墨,便令管家去雇買。管家沒買來書童,却從官媒那裏得到個消息,言兩月之前,一對官宦之家的姊妹被賣給唱曲人家。余奉對此很是關心,又讓管家打聽明白回話。原來女孩們的父親姓庸,已亡故,因家貧,母親祇得將二人賣掉。余奉深知女孩們被賣入門户,將來必致失身,於是吩咐管家攜銀將女孩們贖回。女孩們到來後,告知余奉她們名叫大姑、二姑,父親已過世六七年了。余奉可憐她們,便認作義女。當地縣令黎日方聞知此事,特來拜謁,表示願仿效余奉善舉,領二姑回去教養,將來爲之擇配讀書人家。余奉大喜,吩咐明日將二姑送入縣令署中。

生扮黎日方,旦扮大姑,小旦扮二姑,貼旦扮媒婆,末扮院子,丑扮童兒,外扮余奉。

本事待考。

《倚玉》

正名《弃微官監州貪倚玉》。寫青樓女子束秀卿，有姿容，工度曲。近來秋浦文立田上京就職，路過石城，對秀卿一見傾心，終日在束家盤桓，花費不菲。一日，文立田訪友不遇，歸來見秀卿無精打采，似有心事，便上前詢問。原來，秀卿一片痴心已交付情人，見情人即將命駕入都，不由心情抑鬱。文立田聞此，亦不覺宦興闌珊，表示匣中尚有千金，可在此停留數月，再作打算。秀卿則言：銀子再多，終有用盡之日，到時二人仍舊各奔天涯。不如央人與母親商量，多給她些銀子，為自己贖身，然後一起進京。文立田認為其所言甚是，決定明日即央人說合。

小生扮文立田，小旦扮束秀卿，老旦扮束氏，丑扮二保。

本事待考。

《泛月》

正名《桃葉渡吳姬泛月》。寫邗水女子金玉雲，墮籍白門，十年河畔生涯，頗厭迎來送往。其二三知己中，僅與書生袁巢雲可論心曲。二人交往八年，去冬月夜訂盟，情好愈深。玉雲本以為未來可待，誰知袁巢雲自汝陰歸棹至今，半月不來相望。玉雲數次相邀，終不肯現身一見，玉雲心中猜疑不定。今日聽聞袁巢雲在河上逍遙，遂約下好友萬蓉舫、魯北軒，買舟泛月，前去尋訪。首先蕩舟西華門，不見袁生踪影，但見游船寥寥，月色凄清，玉雲更覺傷懷；接著又往新橋一帶泛去，搖遍了十里青溪，亦尋他不着。時已三更，游船都散，三人祇得在釣魚巷口下船。臨別，魯北軒安慰玉雲道：明日必將找到袁巢雲，令二人再叙琴心。

生扮萬蓉舫，旦扮金玉雲，末扮魯北軒，丑扮船家。

本事待考。

《吟秋》

正名《海棠軒楚客吟秋》。寫昔年籛峰逸叟曾一過海棠軒,得遇軒中主人。主人生於平江,長於建康,秀潔自愛,綽有風神。籛峰逸叟一見傾心,視爲知己。未幾,籛峰逸叟遠游齊豫,一別三年。後秋浦回舟,重訪故地,發現人逝樓空;回憶往日歡情,更生物是人非之嘆。一日,趁着月色,再過海棠軒,見大門緊閉,已無復當日景象;起立遠眺,傷情無限,祇得回去挑燈吟咏《棠軒感舊詩》,以消愁遣悶。

生扮籛峰逸叟,丑扮童兒。

本事待考。

《品詩》

正名《謝秋影樓上品詩箋》。寫謝玉本吳苑良家,後寄籍石城,逢人落落,頗有俠骨;平生又酷好瑤琴、牙軸、綉譜、茶經等,常與文士往還,倒也清閑自在。一日,陳竹士等八位名士到其秋影樓下拈韵賦詩,謝玉認爲此乃雅事,令婢女意珠潔除几席,備下文具,小心伺候。文士們即以《賦贈主人》爲題,先後詩成,由意珠將詩稿送上樓去,呈請謝玉點評。謝玉認爲八人所作都好,其中四幅更佳,而絕句尤妙。後謝玉下樓相陪,眾人拜謝,并請主人入社。一時花天月地,名士美人,詩酒風流。夜深更永,眾人辭去。謝玉登樓,以新詩下酒。

生眾扮陳竹士、爰湘湄、張子白、袁笛生,旦扮謝玉,貼旦扮意珠,雜扮懶雲、天眉等文士。

本事待考。

《擲釧》

正名《王翹雲閣中擲金釧》。寫青樓女子王翹雲近與公子連城璧交好,二人無數纏綿,許多情態,説之不盡。前日連公子以黃金寶釧爲聘,約定三月之内迎她充作小星。翹雲從此閉門謝客,守身待嫁。昨夜夢見公子來接,忽然風雨交加，燈彩輿馬皆被吹散，翹雲驚醒，猜疑不定。母親安慰道：夢境顛倒，不足爲憑。翹雲守身之舉，得罪了惡少軒公子。母親爲免禍患，勸女兒暗地請他過來，周旋一下，以修舊好。翹雲拒絕，説若有事，連公子到時必會援手。不久，軒公子命夥計等打上門來，翹雲受盡凌辱，遣人向連公子求援，連公子不但不來相救，還捎來絕交書信。翹雲傷心不已，當場擲還金釧，以示恩斷義絕。

小旦扮王翹雲，老旦扮母親，副净扮戈漸陸，净、丑、生、末扮雜色人。

本事待考。

《浣紗》

正名《解語花浣紗自嘆》。寫少女解語花，生得秀骨香肌，黛月連眉。然家境貧寒，祇得在秦淮河畔與母親賃屋而居；每日爲人織紉、漿洗衣物，以爲糊口之計。故常常臨風灑淚，自嘆落魄。某日，天氣晴朗，解語花又往河邊浣衣。河上游船輻輳，酒筵笙管，湯耳飫心，讓她好生羨慕。想起自小與自己相知的鄰居馮多姐，自從入了門户，身穿綺羅，口厭珍饈，每日迎來送往，很是熱鬧。回家後，母親勸她學習多姐，她也下定决心，要寄身風塵。

貼扮解語花，丑扮解姥，雜扮游人。

本事待考。

《贈蝶》

正名《侯月娟贈蝶私盟》。寫吳中女子侯月娟，音容笑貌，色色可人。因母兄貪利，將之携到金陵，賣唱爲活。當地書生倪捷，風神秀發，灑落多情。自從二人河樓邂逅之後，兩情相繫，彼此傾心。祇因月娟母兄作梗，未能如願。某日，倪生前來探訪，正巧月娟母兄走親未回，二人互訴衷腸，盟定三生。月娟更解下一雙金蝴蝶，將其中一隻贈與倪生，以爲指證。

小生扮倪捷，小旦扮侯月娟。

本事待考。

《傷春》

正名《紗帽巷報信傷春》。寫青樓女子吳清蘭，曾與茂陵常相公一見締交，十分相愛。二人分別之際，常相公言十月間即來接其回去。誰知秋盡冬殘，三春又過，尚不見常相公踪迹。清蘭爲此愁眉不展，以致花容消瘦。衆姐妹知她心情抑鬱，同來探望、安慰。這時來送信的李二爺告訴清蘭等，常相公又與一濮陽女子拉扯不斷，正要娶她過門。清蘭聞言，知道二人姻緣難成，自己又遭抛弃，不由泪流滿面。姊妹勸説道：迎新送舊本是行中常態，不必爲他氣惱，并唱曲爲清蘭消解愁悶。

旦扮吳清蘭，小旦、貼旦、老旦扮衆姊妹，丑扮李二爺。

本事待考。

《説艷》

正名《牡蠣園尋秋説艷》。寫咏花逸客不拘禮法，慣愛看花選勝，贈詩青樓。近來偶過江城，見天氣晴朗，便約下香厓、次泉二友短步尋秋。聽聞牡蠣園及萬花茶肆景致最佳，便迤邐行來。果然，那裏秋光似畫，花事如春，咏花逸客感覺不虛此游。正在與朋友飲酒眺望之時，忽見醜妓數人亦來游玩，衆人嘲笑她們不該出來驚人。香厓、次泉問起咏花逸客在黄家登樓賞雪、即席賦詩事，逸客對所遇佳人誇贊不已。三人約定，明日就去尋訪。

生扮咏花逸客，小生扮香厓，净扮胖婦，副净扮茶博士、胖婦，末扮次泉，丑扮醜女，雜扮童兒。

本事待考。

《家宴》

正名《排家宴四美祝花朝》。寫白下妓女王艷雪色藝俱絶，艷名無雙，常獲文人學士攜持。時值花朝節，王艷雪約下妹妹瑞雪，侄女翹雲、韵秋來家，作撲蝶之會。四人穿戴齊整，來到所居樓後。此處雨香雲淡，草軟苔勻，加上四位佳人，仿佛是天臺仙境。因今日是百花生日，司花使者偕四季花神下游塵世，見王家四美所製酒筵香燭十分整齊，便往彼處受享。艷雪四人分別點燭、拈香、插花，酹酒，禮拜祝禱。祝花已畢，又往庭院中爲撲蝶之戲，熱鬧半日，祇有韵秋撲着一個蝶兒。她吩咐老媽將之夾在《納書楹曲譜》中，待開詩社時，令名士們以此命題。日色將落，四人往四香閣坐席。

旦扮王艷雪，小旦扮王瑞雪，貼旦扮王翹雲、王韵秋，老旦扮司花使者，雜扮老媽、四季花神。

本事待考。

《公車》

正名《勸公車群賢爭雪夜》。寫東越陳山書生虞鑒世承先澤，學有家傳。近來與青樓女子董宛卿相戀，情深意密，形影相隨。春試將屆，虞生當公車北上，但他貪戀溫柔之鄉、魚水之歡，不願撇下情人前往，故登程之期一延再延。至友周建侯、田士標、元吟蕃見此，日日催行。某日大雪，虞生正在宛卿家中小寐，三人又來相勸。周生言虞生不願北上，乃宛卿糾纏所致，要痛說她一番，虞生趕忙爲情人辯解，言祇因自己痴情，與宛卿無關。接着，田生勸言道：風月場乃消遣之地，虞生不該在此錯用痴情，再說宛卿姿色非婉嫺之選，年華當冷落之秋，不值得虞生如此用心。虞生則言宛卿在自己眼中事事可人，無法捨弃。最後，元生言宛卿乃門户中人，其矚意者當非虞生一個，虞生則言二人已私定終身，宛卿有閉户守貞之意。周生等見無法說動好友，祇得告辭。

生扮田士標，小生扮虞鑒，末扮元吟蕃，外扮周建侯。

本事待考。

《盟心》

正名《鵝群閣雙艷盟心》。寫青樓女子杏綃與西江公子相戀,矢志爲其守身,受盡磨難。公子亦有情有義,費盡心力,爲她贖身,娶她作妾。近來杏綃隨公子移居小西湖,得以享盡山光水色。公子又與院中的橙香姑娘相愛,杏綃有意撮合二人,但不知橙香容貌、性情如何。故趁公子外出,遣老嬷嬷將橙香請到家中觀賞芍藥,以察其大概,明其心曲。橙香也想藉此瞭解杏綃情性如何,所以欣然來會。二人相見,均爲對方容貌、舉止、言語等折服,於是焚香盟誓,結拜爲姊妹。最後,杏綃決定待公子回來,就慫恿他娶橙香過門。

小旦扮杏綃,貼旦扮橙香,老旦扮老嬷嬷。

本事待考。

《識俊》

正名《田雞營六姬識俊》。寫青樓女子李香佩,性愛悠閒,不矜藻飾,雖墮迹風塵,但關心才俊,素與封太守公子萬里投緣。封公子剛參加完鄉試,香佩知他乃飽學之士,這次必然高中。時值重陽節,封公子偕諸位同學君子來看望香佩,作登高會。香佩當即備下酒席,與衆人邊行令歡飲,邊守候榜信。這時,報錄人送來喜訊,封公子中式第三十五名,衆人紛紛道喜。封公子感謝香佩頻年期盼,約定月半後再來看望。

小生扮封萬里,小旦扮李香佩,貼旦扮大腳婢女,雜扮報錄人,生、末、副淨扮衆同學。

本事待考。

《命字》

正名《莫愁湖江采蘋命字》。寫江五娘家住青溪半曲,因性耽閒寂,不樂繁華,以此蓬門冷落,但也自安寒素。唐國使君見五娘閒雅宜人,不同流俗,對她頗爲賞識。某日，使君邀客游湖，差人知會五娘前去侑酒。五娘梳妝完畢，上湖亭承值，此時客人未到，便與唐使君閑話，藉機請其題名賜號。使君言她懶逐紛華，獨宜静賞，性愛梅花，不愧是江妃遺韵，於是就將"采蘋"贈其爲號，并準備明日寫二字於扇頭上，令人人盡知，以增其身價。五娘拜謝後，同往勝棋樓等候客人。

旦扮江五娘，副浄扮童兒，末扮唐國使君。

本事待考。

《皈禪》

正名《鷲峰寺唐素君皈禪》。寫青樓女子唐素君，十年驚艷，能一笑移情。如今年老色衰，歷盡人情冷暖。見當時前後輩姐妹大半已銷聲匿迹，不知自己又將身歸何處，念此鬱鬱不歡。近來聽聞鷲峰寺主持西才長老説法精妙，能使僧俗歸心。於是前往寺中諦聽，被西才一再點化，最終醒悟。從此閉户齋心，焚香誦佛，不敢再縈塵念。

生扮侍者，旦扮唐素君，貼扮侍者，浄扮西才長老，雜扮男、女數人。

本事待考。

◆ 著録、版本與收藏情况

《清代雜劇全目》《古典戲曲存目彙考》《古本戲曲劇目提要》著録。現存嘉慶間刻本，藏上海圖書館、南京圖書館，《鄭振鐸藏珍本戲曲文獻叢刊》第47冊、《古本戲曲叢刊八集》據之影印。其中《泛月》《吟秋》《浣紗》《傷春》《説艷》《家宴》《盟心》《皈禪》又有姚燮《今樂府選》稿本第36冊所收本，藏浙江圖書館。

◆ 序跋、題詞與評語

張曾虔《〈青溪笑〉自序》（嘉慶間刻本《青溪笑》卷首）：

僕愛填詞，往往爲小樂府。酒旗歌扇之旁，偶爾揮毫，稿甫脱，即爲人持去。又嘗作《聯珠記》《夢瓊圖》《金帶圍》《渡花緣》傳奇數種，或有被之弦管者，或有覆之醬瓿者，僕不知也。己未秋客白門，羈邸無聊，取青溪近事之可供談噱者各填一曲，共成十六曲，總名曰《青溪笑》。言情叙事，無取虛訛，善讀此者，請先閱標意。庶其心怵神怡，若不以此爲佚游之戒，而視爲閑情之倡，則非僕填詞之意也。落葉天涯，賞音何處？金樽檀板，疇其登廣客之筵哉！

重陽後三日，蓉鷗漫叟識於邀笛步東偏之小紅吟榭

魏銑《〈青溪笑〉序》（嘉慶間刻本《青溪笑》卷首）：

紅墅鴛鴦隊隊，總饒麗色；白門楊柳絲絲，慣縮閒愁。睇山翠於六朝，花天拄笏；挹波光於二水，鏡檻維舟。巷隔烏衣，落落提巾以往；渡橫桃葉，紛紛打槳而來。夢回丁字簾前，瓊簫低撼；春到辛夷花下，玉椀遥擎。較舞袖之短長，朱樓垂手；評帶圍之寬窄，金屋量腰。掠蟬影以吹風，宛轉入桓伊笛裏；約螺痕而點黛，模糊落孫楚杯中。儘欸乃之頻移，祇奈何之輒唤。

乃有石城過客，文苑逋仙。淵思渟雲，蘭襟頫露。挂一枝之短竹，放片葉於中流。舞扇歌裙，曾睹田錢之角勝；酒壚詩社，早偕沈宋以聯吟。知色界之須空，解情緣之本幻。廿年風月，摇鬢影之蕭疏；十里烟波，泛脂香而綿渺。嘆美人於遲暮，悵游興之闌珊。紅豆搓來，腕底聚成婉孌；烏絲畫出，卷中細寫娉婷。軼事非虛，頗足搜夫异説；香名可托，將毋托以微辭。大夫慷慨捐金，誰能似此；卿輩纏綿倚玉，我見猶憐。畫舫微行，趁名姬而泛月；錢峰獨嘯，聽逸叟之吟秋。品到苔箋，直頌埽眉才子；擲還寶釵，都訾落帽參軍。叙女手之摻摻，鴻愁照獨；注郎心之脉脉，蝶願成雙。步趁西風，人記東園別館；愁縈去路，魂銷舊院斜陽。旖旎花朝，星靨與霞妝并贍；紛綸雪夜，驪歌與鷄唱争喧。鵝群閣彼美同盟，香熏紅藥；鹿鳴宴良宵預卜，節

屆黃花。來日大難,學元機之習靜;歡場小悟,比琴操之皈禪。凡此衆美兼收,想見寓言特雋。瑣談醒世,偶拈坊曲之餘;覺路導人,悉罄稗官之妙。心釀百花之蜜,沁艷鶯晨;墨霏五采之華,流芬雁夜。儘消芳暇,驚賞仙才。置身在青溪紅樹之間,結想於流水棲鴉而外。感青樓之變態,今雨既零;織黃絹之新詞,其風肆好。歌傳定子,真教雲想衣裳;錄付雪兒,但覺香生硯匣。

歲在上章涒灘陽月,魏塘浦銑撰

張曾虔

凌延煜《〈青溪笑〉題辭》(嘉慶間刻本《青溪笑》卷首):

蠹魚堆裏經年守,雨雨風風又重九。落帽慵登北郭山,持螯且醉東籬酒。紅豆才人號小紅,相逢一笑快園中。杖頭白打懸都富,市上黃封買不窮。酒酣各話平生事,告我青溪舊游地。倚玉偎香潦草經,殘脂剩粉零星記。妙曲新成十六翻,花天公案寫般般。誰携西子游吳沼,誰贖文姬返漢關。扁舟渡口涼蟾白,感舊酸吟來楚客。金釧難償却聘書,紅閨小試量才尺。如何顧影嘆沉淪,山海空盟贈蝶人。秋容競說東園艷,芳信徒傷舊巷春。良辰美酒纔盈盞,又早公車赴長棧。有女期開姊妹花,有人獨具英雄眼。莫愁湖上奈愁何,一渡慈航隔愛河。新詩唱罷秋墳鬼,往事談來春夢婆。至今溪上娟娟月,少見團圞多見闕。白髮朱顏照水更,紫標黃榜隨烟滅。我是歡場落拓身,氤氲譜注未全真。好從一部笙歌裏,證取三生繭縛因。

江寧凌延煜芝泉

段達和《〈青溪笑〉題辭》(嘉慶間刻本《青溪笑》卷首):

十里溪流碧漲苔,六朝山影翠成堆。誰將一管生花筆,寫出朝雲暮雨來。

七載分張春復秋,相逢還許話前游。挑燈細讀《青溪笑》,人解迴腸石點頭。

武進段達和竹貟

胥繩武《〈青溪笑〉題辭》（嘉慶間刻本《青溪笑》卷首）：

笑解貂裘不辟寒，灑將仙露潤毫端。寓言八九堪諷世，休作花間院本看。
朗抱遙澄趵突泉，香詞曾譜《渡花緣》。又臨九曲青溪上，想見文瀾十丈懸。
漫叟風情擅倚樓，凌雲健筆早橫秋。高樓月轉延秋影，我欲聯吟最上頭。

（予心豔秋影樓，以未登為歉。）

鳳臺胥繩武燕亭

凌延炯《〈青溪笑〉題辭》（嘉慶間刻本《青溪笑》卷首）：

讀來十日口生香，萬種花登選佛場。欲問群仙高會處，可容鮑老袖郎當。
天花繡出錦成斑，曾破工夫幾日閑。倘遇酒人休畫壁，旗亭唱殺小雙鬟。
香詞眉譜一時成，修得如君定幾生。十里青溪溪上路，紅妝無數捲簾迎。
君歌我舞莫遲徊，小拍紅牙款款催。同是江南秋思客，那禁腸斷賀方回。

江寧凌延炯蘭谿

熊之勳《〈青溪笑〉題辭》（嘉慶間刻本《青溪笑》卷首）：

妙譜新翻曲易工，卷間都是可憐蟲。柔情俠氣能千古，唱遍長干小部中。
賣餳天氣值良辰，撲蝶南園展繡茵。消受紅妝無量福，幾生修得到花神。
紫曲紅窗覓詠時，秋風處處惹相思。臨川老去襟懷朗，尚有如椽筆一枝。
青樓心迹共誰論，底事微之欲斷魂。怕聽梨園歌妙曲，有人惆悵怨黃昏。

南昌熊之勳晴欄

徐大榕《〈青溪笑〉題辭》（嘉慶間刻本《青溪笑》卷首）：

有酒常澆壘塊胸，看山頻上最高峰。白門柳色知多少，都作顛仙筆底慵。

山塘七里水雲迷，花裏流鶯恰恰啼。我讀君詞開笑口，却從吳苑憶青溪。

陽湖徐大榕惕庵

顧之荽《〈青溪笑〉題辭》（嘉慶間刻本《青溪笑》卷首）：

皎皎青溪月，迢迢白下門。有堤皆柳色，無岫不螺痕。韵事花間紀，芳情曲裏論。拈毫成一笑，過客儘消魂。

嘉善顧之荽小逋

孫星衍《〈青溪笑〉題辭》（嘉慶間刻本《青溪笑》卷首）：

三影風流迥絕塵，六朝螺翠鬥鮮新。三山二水供詞客，一笑千金記美人。彩筆有情團曉露，瑤笙何處奏陽春。曲終妙悟參空色，澄澈青溪月滿輪。

陽湖孫星衍淵如

曾定球《〈青溪笑〉題辭》（嘉慶間刻本《青溪笑》卷首）：

肯爲閑愁織鬢絲，愛拈筠管寫香詞。定應玉椀蛾眉捧，月滿湖天花滿枝。黃花時節畫簾橫，我亦溪頭打槳行。記得相逢桓子野，胡床吹笛坐天明。

固始曾定球省齋

郭在磐《〈青溪笑〉題辭》（嘉慶間刻本《青溪笑》卷首）：

北馬南舟老客身，一枝筠管獨鮮新。邗江吳苑傳高調，還作青溪索笑人。（先生有《邗江百愛詩》《金閶竹枝詞》，俱膾炙人口。）

香凝咳唾散成珠，握月擔風與俗殊。我欲勸君浮大白，玉山欹處萬花扶。

歷城郭在磐次泉

張曾虔

釋鐵舟《〈青溪笑〉題辭》（嘉慶間刻本《青溪笑》卷首）：

拈花一笑句生香，風月青溪重選場。誰解多情心即佛，新詞曲曲是慈航。

武昌釋鐵舟可韵

王肇奎《〈青溪笑〉題辭》（嘉慶間刻本《青溪笑》卷首）：

十載青溪感舊游，酒旗歌扇易勾留。等閒一覺游仙夢，江上琵琶估客舟。
年來消息斷知聞，水榭填詞合讓君。怪底風前香竟體，此身曾受萬花薰。

全椒王肇奎鶴嶼

楊芳潤《〈青溪笑〉題辭》（嘉慶間刻本《青溪笑》卷首）：

姹紫嫣紅等劫塵，重將舊事一翻新。從今點醒痴愚輩，若個溪頭再問津？
且喜抽簪選勝游，白門來往幾經秋。渡頭多少閑風月，都向先生腕底收。

無錫楊芳潤漱六

胡振宗《〈青溪笑〉題辭》（嘉慶間刻本《青溪笑》卷首）：

石城遥誦咏花篇，又賞清溪一笑緣。客裏逢君真灑落，板橋香月幾回圓。
（予客白下，與先生同寓。）

秋影樓前翠袖披，瑤雰閣上綉簾垂。碧苔箋畫烏絲格，想見飛觴搦管時。

華亭胡振宗敬軒

許兆桂《〈青溪笑〉題辭》（嘉慶間刻本《青溪笑》卷首）：

美人香草擬湖湘，珠唾都成白鳳凰。腸斷胡笳十八拍，教人長憶蔡中郎。
義贖青溪大小姑，三生石訂玉盤盂。乞君續譜風千古，更寫鍾離及老夫。
盈盈帶水六朝烟，秋影樓尋玉笛邊。偶過青溪同一笑，幾人風月得當筵。

但拈彩筆譜瓊簫，一代名姬有福消。七板船橫桃葉渡，吳娘唱出雨蕭蕭。

雲夢許兆桂香巖

張曾虔

仲振奎《〈青溪笑〉題辭》（嘉慶間刻本《青溪笑》卷首）：

一花一態一遭逢，恩怨悲歡盡懊儂。當得板橋新雜記，澹心懸解遜箋峰。三生難忘海棠樓，鈿笛銀箏土一丘。每到哭花風雨夜，秦淮嗚咽水還流。迷離香夢總淹綿，誰肯翻身誦妙蓮。拈得一花微一笑，遍將甘露灑諸天。我因脂盝譜陽秋，君爲青溪紀勝游。一樣憐花修艷史，兩翁分替古今愁。

泰州仲振奎雲磵

黃鈺《〈青溪笑〉題辭》（嘉慶間刻本《青溪笑》卷首）：

花揉月焰香，風裊歌喉膩。一笑譜青溪，十里波光麗。　名姝多坎軻，名士無遭際。千古有心人，同下傷心泪。

主持風月壇，要讓蓉鷗老。彩筆吐新葩，撰就相思稿。　煎乾欲海波，鑿破情天竅。端的畫眉人，善寫名花照。（調寄《生查子》）

上元黃鈺秋舲

黃摑印《〈青溪笑〉題辭》（嘉慶間刻本《青溪笑》卷首）：

十里波光，六朝黛色，三影風流。感雛鬟能贖，金捐司業；微官可棄，玉倚監州。渡泛吳姬，軒吟楚客，誰品詩箋獨上樓。渾無賴，恁浣紗贈蝶，擲釧何由？　傷春底事生愁，還說艷東園共踏秋。想家筵排處，花朝戲祝；公車勸上，雪夜清游。藥院盟心，桂林識俊，命字皈禪好罷休。《青溪笑》，把一枝斑管，寫倩蓉鷗。（調寄《沁園春》）

武進黃摑印古香

汪汝弼《〈青溪笑〉題辭》（嘉慶間刻本《青溪笑》卷首）：

如畫江山認六朝，緣慳無計聽吹簫。年年草長鶯飛候，夢繞秦淮舊板橋。
子野襟懷迥絕塵，鶯鶯燕燕鬥閒身。淋漓妙筆多情事，傳出名流共美人。
名花開落任東風，茵溷全分一霎中。贖得蛾眉真盛事，千秋那復數曹公。
樓橫秋影月含梳，鏡檻妝臺半置書。一種憐才心性好，丰裁誰似女相如？
一語傾心願便長，朝雲暮雨盡荒唐。殷勤寄訊痴兒女，天壤原多李十郎。
瑤霄高閣靜愔愔，塵外誰知結賞音。願作錦幡勤護惜，惜花心是愛才心。
蓮出污泥自不群，齋心會檢妙香焚。情緣試說三生果，金粉如來合讓君。
白門何日共聽鶯，一笑青溪載酒行。記取桃花千尺水，不風流處却多情。

夏邑汪汝弼夢巖

張曾虔《〈青溪笑〉標意》（嘉慶間刻本《青溪笑》卷首）：

首譜《捐金》，重高義也。雛鬟入歌場，幾墮家聲。世路悠悠，人心不死。聞捐金而慕義，說教歌而儆邪者，能不悚然起敬？

玉人可貪，微官竟弃，見美色之蕩人心，有不可以他端解者。花場涉獵，尚慎旃哉！

桃葉泛舟，清宵趁月，比比然曷紀乎？此青樓啼笑，飾貌緣情，吳姬獨不狃於積習。一意徑行，見此中尚有人也。

天涯楚客，浪迹十年，交親亦復不少。華屋山丘，因情寓感，獨拳拳於海棠軒者何？見賞心之淪落，知己之難期。風雨雙歧，能毋灑淚？

三代而下，惟恐不好名。士人佩服詩書，自矜風雅。而愛才若渴者，究乏其人，乃得之小家貧女哉？秋影品詩，塙眉快事，亟譜之，為藝林勸。

女子傾心，丈夫負義，古今同慨。擲釧時，想見風采。"靡不有初，鮮克有終"，李十郎何可效法耶？

身居廡下，心在人前。彼冒冒者，且跂珠履、曳綉裳矣。千古有才人，乃甘爲人役哉？浣紗而嘆，良有由也。

密意相將，兩美必合，洵當出之泥塗。彼苦海中人，能自振拔，定應援手。鳳子翩躚，化爲秦樓彩羽。誰歟蕭史，幸弗愆期。

逢場得意時，侈口而談，癡心人竟爲傾倒，乃轉眼即成畫餅。袞袞風塵，慎勿輕諾寡信。

"業精於勤荒於嬉"，古人於此深戒。茶坊酒肆，聊縱游談，風流學士所不廢。王謝少年及工執藝事者，勿遵此路。

玳瑁筵，四美合并。河上多才，一門獨擅，豈非僅事花朝撲蝶？歲歲開尊，人生之樂極矣。春秋代謝，雲散雪浮，曷不於此盛時，亟思歸著？

人當燕偶鶯雙時，風雪漫天，驅車言邁，似難爲情。終當即時擺脫，不受牢籠，方爲智士。彼守尾生之信者，何哉？寒夜群爭，克盡友道。

蛾眉見妒，自古已然。不意翠黛情鍾，紅顏心折，乃如是大方。花神有知，終須證合。彼嫉美忌才者，聞風頳頰。

主試朱衣，美人青眼，同一感恩知己。乃有目睛炯炯，光四射激人，其接物曾不此若也，當甘拜下風矣。

粉華靡麗場中，趁好便住，果爾即早回頭，非修潔自好者不能，以此爲殿後之助。見湏洞風塵，亟宜習靜也。短童科諢，曲盡詼諧，不啻大聲疾呼，迷津人願其猛醒。

終譜《皈禪》，思末路也。歡場不悟，孽海長淪，安得具大圓相？加一棒喝，將眼光中、耳根邊見見聞聞，還出本來面目；空空色色，喚醒到地癡迷。使知明鏡臺前一條覺路，豈不大快！

漫叟再識

劉敦元《張蠹秋丈〈青溪笑傳奇〉序》（《悅雲山房文集》卷一，載《清代詩文集彙編》第531冊）：

彼夫西崑風調，詞擅《金荃》；南國雲情，夢傳《玉茗》。憶六朝之羅綺，香冷脂奩；問兩晉之琴尊，烟迷棋墅。至於蕭郎按曲，頓老教歌，顏霞褪紅，髮霜飄白。此非花天信杳，碧海多愁；酒陣神銷，黃壚下泪者乎？若以積葉閑身，放看花老眼，偶從桃渡，曾住蘭橈。水折青溪，橋連紅板。選虎踞龍蟠之勝，逢鶯歌燕舞之場。戟手問天，君書咄咄；纏頭匝地，誰喚卿卿？將烟霞寓花鳥，中仙遜其後塵；借兒女見英雄，小姑憐其獨處。有如漁禪漫叟之《青溪笑傳奇》也。

於是破煩惱境，結歡喜緣。綺障搴蘿，閑情蒙楚。斯時也，岫遠眉舒，花濃渦暈。粲啓雲影，莞獻林容。露柳破顏，風篁含睇。抽穎伸其鬱悰，憑軒覘其歡悰。乃寫靈襟，抒藻緒，話琴趣，數笛家。燭刻半紅，箋裁小碧。攲肱三折，思腸九迴。遂教剪月搓雲，雕花鏤葉。心飛采鳳，絲縛春蠶。《甘州》八聲，《陽關》三叠。斯人情何以堪，老子興復不淺矣。

緊夫小家碧玉，中婦青荷。梔結心同，蘭馨頭并。縷金箱裏，酒漬襟痕；軟玉屏邊，香生管語。悄階前之剗襪，拾門外之遺鞭。秋風幾日，高樓則黃鵠銷聲；春草頻年，遠陌則紫騮駐影。況復樊川宅近，爽氣西來；坡老吟豪，大江東去。銅琶鐵板，短笠單衫。送客留髡，徵歌畫壁。掩高燒之燭，釵挂臣冠；據三弄之床，舟邀伊笛。眉飛目許，夢定心遐。訪舊事於沙楊，不改小憐大捨；吊雄圖於李趙，尚餘二水三山。

以故涕破花時，鉢擊紫藤之館；顏酡杯底，弦調青豆之房。以佳麗地，供其拈花；以詩酒天，恣其屈竹。軋綿思以移人，巡檐可索；換新腔而顧我，撫掌方來。爲浮大白，拍手倚聲；更命小紅，低鬟度曲。元久困勞薪，自慚幸草。星霜逐轍，可堪俗坌之嗤；月露盈箱，毋乃耗紙之謔。爐簾爾室，松竹吾廬。月軟花飛，香溫酒熟。板扉剝啄，喜有客之扶筇；藤几蕭疏，呼奚童而洗盞。看玉繩之未下，拍銅斗以高吟。先生方酣歌斫地，不須孤憤塡膺；賤子亦拉入排場，未免胡盧掩口。

趙懷玉《百字令·題張蠹秋〈青溪三笑傳奇〉》（《亦有生齋集詞》卷五，載《清代詩文集彙編》第419冊）：

青溪烟雨，問南朝、多少美人黃土。雖得紅顏生并世，忍使不傳千古？恨肯填膺，歡宜開口，幾輩因痴誤。暮年陶寫，又看《三笑》新譜。　　拈就一管生花，千紅萬紫，齊向毫端吐。我有閑愁還試讀，頓覺眉飛色舞。柳認藏鴉，堂迎歸燕，人約蘭舟渡。舊游如夢，與君何日重去？

―――――――――|《續青溪笑》|―――――――――

劇首署"蓉鷗漫叟填詞，□□□公正譜"。包括雜劇八種：《勸美》《說艷》《桂苑》《茶圍》《驚寒》《教戲》《珍舊》《醒芳》，均爲一折。

🌀 劇情概要與本事

《勸美》

正名缺。寫一士人羈留金陵，閑來無事，偶遇一二知己作坊曲之游，邂逅妓女媚娘。每日與之清談，頗解客中岑寂。某日，士人又來探望，遇媚娘剛拜觀音歸來。士人見其花容月貌，頗生惜玉憐香之心，於是勸說道：你早獲盛名，今日猶存花貌，但月不常滿，花不常開，榮華有落寞之時，聲價有遞減之日。應從長計議，及早抽身。若祇貪圖眼前歡喜，不管日後，待到脂消粉褪、冷落窮途、退避無地之時，就不堪設想了。媚娘聞此，暗暗垂淚，決心從此深掩朱門，謝絕恩寵。

旦扮媚娘，末扮士人。

本事待考。

《說艷》

正名《賣花奴同途說艷》。寫東園里賣花的吳小郎，解種植之方，擅澆灌之術，每日搜求奇葩异卉，然後挎着花籃到門户人家去叫賣，以此得錢無數。某日，吳小郎往田鷄營二姑娘家送花，途中遇江北董嫂兒。董嫂兒賃屋溪南，最善爲人攏頭掠鬢，每日出入香坊綉閣，得些工費茶錢，亦僅够過活。今日二姑娘要出門，招她來梳頭。吳小郎與董嫂兒在瓜棚裏歇脚，説完生意，又歷數各自遇到的出色姑娘。直到快晌午了，二人方纔起身。吳小郎又替新奶奶捎信，説請董嫂兒早去她家梳頭，完了好碰十湖。

貼扮董嫂兒，丑扮吳小郎。

本事待考。

《桂苑》

正名《隱仙庵喧闐游桂苑》。寫隱仙庵頭桂大開，游人接踵而至，主持吩咐徒弟看守山門，承值茶果。妓女楊麗環與書生萬廷兆相約，亦來隱仙庵游玩，并藉眼前的桂影秋光傳情達意。後遇到了南京城中有名的説書藝人賽柳先兒，其正在山腰做場，麗環點了《四大景》中《揚州宴》一曲。賽柳先兒剛剛唱畢，游人已蜂擁而至，萬、楊二人離去。

小生扮萬廷兆，旦扮楊麗環，貼旦扮喜子，雜旦扮游玩婦女，小旦、貼旦扮尼姑，副净扮和尚，末扮隱仙庵主持，丑扮賽柳先兒，雜扮道童，外、生扮貴客，小生、丑扮秀士，净、雜扮賈客。

本事待考。

《茶圍》

正名《釣魚人彳亍打茶圍》。寫趙梧浹、錢弗館、孫會港、李未塾等，是居住在釣魚巷的一幫閑人，每日無事可做，便掮着傘去妓院打茶圍。往往一待就是半日，邊喝茶邊談些不相干的話題，走的時候還故意將東西落下，以便明日再來。妓院的老媽媽總是追到門口，將遺忘的傘送回，以免他們再來；年輕的姑娘們則總將他們的茶缸送回去，省得他們再來打擾。

小生扮趙梧溪，老旦扮老媽媽，小旦扮年輕姑娘，净扮長大漢子，副净扮錢弗館，末扮孫會港，丑扮李未塾。

本事待考。

《驚寒》

正名《王壽卿被褐驚寒》。寫老妓王壽卿二十年前隨父來白門度曲，頗饒時譽，當日車馬填門，簪纓滿座。山珍海錯，尚嫌口味不好；錦綉滿身，還說不夠穿戴。那不經之費、無益之錢，不知花去多少。本以爲銅山錢樹，日長月增，沒有斷歇之時，哪知事過時移，積蓄都盡，房宅也歸外姓。女兒松秀雖色藝亦不讓人，奈生不逢時，未經真賞，祇是泛泛應酬而已。如今家徒四壁，度日如年。時值日暮，風雨交加，寒氣逼人。丈夫外出借貸，又空手而歸。王壽卿回憶往日，不禁眼泪潸潸，後悔不已。

老旦扮王壽卿，小旦扮松秀，副净扮王壽卿丈夫。

本事待考。

《教戲》

正名《葉香畹開堂教戲》。寫葉香畹從吳門移居建業已經十年，她識字能書，兼長音律，又慷慨豪爽，朋友衆多。祇是年華已過，人事多遷，近來頗覺支持不易。院中姐妹勸她廣集學徒，拍板教曲，既可消遣清晝，又不至於坐食山空，香畹欣然同意。她一面着其阿哥往蘇州聘取小清音，一面讓姊妹們將女兒送來學戲。時值某月初二，香畹剛祭完老郎菩薩，阿哥已經帶回四個垂髫童子，香畹令他們試演，甚是滿意。接着各家女孩亦來上學，香畹悉心指授，并讓自己女兒福壽出來，與女孩一起學戲串戲。見兩班清音小班，品貌既佳，嗓子又好，且都很靈巧，阿哥說這生意做着了。

旦扮葉香畹，貼旦扮福壽，四旦扮周金齡、吳玉齡、鄭珠齡、王翠齡，副净扮大阿哥，外扮李先生，雜扮梅官、蘭官、蓮官、桂官，老旦、丑扮大脚娘姨。

本事待考。

《珍舊》

正名《一柄扇妙姬珍舊迹》。寫妓女湯十住處近新橋牛市，昔日頗負盛名，如今年華已逝，芳顏不再，門庭冷落，景況蕭然，結想從前，不堪回首。某日，乘船往張家河亭會客，因久不出門，感外邊風景已大不相同。與舊日姐妹相見，都道彼此花容月貌清減了許多。客人見湯十所持團扇，上有雪鴻居士所繪雙蝶穿花圖，十分珍貴，便提出以高價購買。湯十不願辜負雪鴻贈扇雅意，遂予以拒絕。客人敬佩她是個難得的重情之人，準備明日往其家探望，并予以厚贈。

旦扮湯十，小旦扮河亭主人，净、丑扮長安客人。

本事待考。

《醒芳》

正名《九轉詞逸叟醒群芳》。寫安峰逸叟壯志烟高，逸情霞上，三十年來慣游風月之場，近來又爲度歲暫居白門。一日，風日清佳，應妓女瑶雾所邀，與葆華內史及妓女秋影共來閑話。安峰逸叟回憶往事，感嘆歲月如梭，不覺身之將老。他還把前日撰成的《貨郎兒九轉彈詞》依着琵琶唱給大家聽。曲中歷數了青溪邊上名妓們的風流情態，以及當時的風廊月榭、畫幔珠簾、選舞徵歌等種種繁華情形。然四時無不謝之花，八節少長春之草，三二十年後，門庭半改，人事都非，這班人或化爲异物，或不知去向，或衣食不周，無人顧憐，令人唏嘘，不堪回首。

生扮安峰逸叟，小生扮葆華內史，旦扮秋影，小旦扮瑶雾。

本事待考。

◆ 著録、版本與收藏情況

《清代雜劇全目》《古典戲曲存目彙考》《古本戲曲劇目提要》著録。現存嘉慶間刻本，藏中國藝術研究院圖書館等，《傅惜華藏古典戲曲珍本叢刊》第69册、《古本戲曲叢刊八集》據之影印。

王懋昭
（1745？—？）

字梅軒，別署梅軒主人、梅軒居士，人稱冲穆先生，上虞（今浙江紹興）人。約生活在乾嘉時期。諸生。嘉慶十年（1805）在諸暨周鎮創作了《三星圓》傳奇。張淑敏《王懋昭戲曲研究》認爲其生年在乾隆十年至十五年（1745—1750），五十四年（1789）拔貢，曾任巨鹿教諭。工詩文，能製曲。今存戲曲四種：傳奇《三星圓》、雜劇《神宴》《弧祝》《悦慶》。

傳記文獻：王懋昭《〈三星圓〉自序》（《三星圓》）、張淑敏《王懋昭戲曲研究》（山西師範大學碩士學位論文，2019年）。

《神宴》

劇情概要與本事

一折。寫唐代白居易等"香山九老"欣逢太平盛世，又值某某神靈出巡（或聖誕），遂往神宴前歌舞侑酒，拜祝其保佑人民，千秋萬歲。

衆扮香山九老，俱未分配脚色。

是劇乃據唐白居易及香山九老故事敷演而成。按，白居易晚年與胡杲、吉旼、劉真、鄭據、盧真、張渾、狄謙謨、盧慎聚於洛陽香山，隱居清談，人稱"九老會"。

《弧祝》

劇情概要與本事

一折。寫香山會中之白居易，常覽山川勝迹，兼訪宇宙名賢。某日，到一地方，見一位老先生乃一代儒宗，又福德兼備。今值其懸弧誕辰，白居易邀齊張渾、盧真、狄謙謨等香山社友同往慶祝。衆人爲老先生敬獻了壽禮，又聯成壽詩。

生扮白居易，小生扮狄謙謨，武扮劉真，净扮張渾，副扮盧慎，末扮盧真，丑扮鄭據，外扮胡杲，雜扮吉旼。

是劇乃據唐白居易及香山九老故事敷演而成。

―――――― ▌《悅慶》▐ ――――――

🔹 劇情概要與本事

一折。演述上界九靈太妙金母鳳輦巡空，遙見祥光繚繞，紫氣葱蘢，知是某老夫人壽誕榮慶，便命墉宮玉女携了壽禮，帶着仙童、仙女同去介福。玉女選了陰岐黑棗、交州白梨等作進獻之物。王母認爲這些林果、卉物等均屬尋常，便將瑤圃中之五色蟠桃一枝交付玉女，讓其獻祝筵前，以爲長生不老之瑞。最後，衆仙飛臨壽宴，獻上仙桃拜祝。

生扮許玉斧，小生扮范成君，武扮法嬰，旦扮董雙成，老旦扮王母，小旦扮玉女，貼扮婉凌華，作旦扮郭密香，副净扮石公子，丑扮許飛瓊。

是劇乃據道教神仙傳說敷演而成。

🔹 著録、版本與收藏情况

《清代雜劇全目》《古本戲曲劇目提要》著録。現存嘉慶十五年（1810）踵武堂刻、娜嬛書屋藏板《綉像三星圓傳奇》附刻本，藏中國藝術研究院圖書館，《傅惜華藏古典戲曲珍本叢刊》第78册據之影印。又有嘉慶十五年（1810）刻本，藏國家圖書館。

序跋、題詞與評語

王懋昭《演戲慶壽説》（《傅惜華藏古典戲曲珍本叢刊》所收本《三星圓傳奇》卷末）：

嘗慨世人豪華相競，無論生壽冥壽，演戲慶祝，優人必扮八仙與王母，爲之拜焉跪焉，以明肅恭而邀賞。夫優人之拜跪，固所宜然，而既扮八仙與王母，是儼然八仙、王母爲之拜也跪也。夫八仙之爲仙，王母之爲神，人人知之。以仙神而拜跪生壽之人、冥壽之鬼，人人見之而不以爲怪，豈以戲之謂嬉，人鬼可嬉而仙神亦可嬉耶？孔子嘆作俑者之無後，爲其像人而用之也。夫像人猶不可，況像仙像神而辱之拜、辱之跪焉，其可乎哉？

余嘗登場觀之，而有不安於心焉。因改爲香山九老代祝之禮，撰戲一劇，附於《三星圓》之後，非揚彼而抑此也。蓋九老自白傅以外，如胡杲、鄭據等，爵位不尊，功業不顯，特藉香山一會，得留其名，在當日亦人也，在今日亦鬼也。以生壽而言，不過假古人之貌，侑耆年之觴；以冥壽而言，不過托先亡之名，媚後化之靈。前人後人，無甚高卑；新鬼故鬼，寧有大小？雖拜跪筵前，亦不免於褻瀆。較之扮仙扮神，而舞蹈謳歌者，大有間已。或曰：祠廟慶神，似可仍舊，而不必改。豈知祠廟不皆貴神，動以王母、八仙慶之，分亦非宜，不如渾用九老之爲安也。若女壽而用九老，殊屬不切，故予亦仍用王母。但王母僅遣青衣，賜桃酒，不似向之偕八仙而親自慶祝，斯爲得之。夫而後，人知八仙之當敬，王母之當尊。而且香山姓氏之不彰者，得是戲，而婦人、孺子皆知之，則雖謂九老之名藉此而傳焉可矣。

梅軒自述

王懋昭《〈神宴〉評題》（《傅惜華藏古典戲曲珍本叢刊》所收本《神宴》劇末）：

評曰：予雅不喜《非國語》《反離騷》等書，謂其好抹倒古人，以自詫也。如此篇意，在刊誤，不在翻新，自是藝林中有數文詞。

谷神不死地天長，何待瑤池慶吉祥。土偶曾譏桃梗幻，不教名分誤當場。

王懋昭《〈弧祝〉評題》（《傅惜華藏古典戲曲珍本叢刊》所收本《弧祝》劇末）：

評曰：兩大不相下，兩貴不相降。青衣行酒，人猶恥之，而況仙神乎？況屈仙神之大且貴者，以侑人之尋常乎？梅軒因不敢污衊，爲此易之。奚啻拔伍員之鬚，剉西門之尾，而有功千古也哉？

楡年喜看舞衣斑，笑傲春風杖履間。換却仙人前部樂，與賡同調在香山。

王懋昭《〈悅慶〉評題》（《傅惜華藏古典戲曲珍本叢刊》所收本《悅慶》劇末）：

評曰：老嫗生辰，多設麻姑像於壽壇，令優人奏繼，扮王母至壇前拜之。意以麻姑比壽母，不妨屈王母之假者耳。豈知扮固爲假，像亦非真，以假王母拜假麻姑，情既若痴；以假王母拜真壽母，其理又乖。今因其舊而變通之，雖尋常小劇，亦準情而酌乎理矣。

髻綰瑤雲戴太真，九天金母是尊神。如何歲歲蟠桃獻，村嫗筵前不遣人。

周淦
（1745？—1835？）

字東田，號漁村，初名瑩，號佳士，晚號鐵叟、鐵笛道人，長洲（今江蘇蘇州）人。能詩，善畫山水花木。屢至京師，與諸名流交。乾隆五十年（1785）入京赴千叟宴，獲賜靈壽杖。嘉慶元年（1796），曾爲法式善（1753—1813）作《詩龕圖》。與奚岡（1746—1803）、王玖（生卒年不詳）、袁瑛（生卒年不詳）等相契。晚年家居不出，以筆墨自娛，壽至九十，神明不衰。撰《漁村偶存稿》（已佚），戲曲有《定天山》雜劇。

按，鄧長風《十位清代蘇州戲曲家生平考略》推測"周淦或生於乾隆十至十五年前後（1745—1750），卒於道光十五至二十年前後（1835—1840）"。

傳記文獻：蔣寶齡《墨林今話》卷八、（民國）《吳縣志》卷五十七、《清畫家詩史》戊下、鄧長風《十位清代蘇州戲曲家生平考略——美國國會圖書館讀書札記之三十一》（《明清戲曲家考略全編》上）

《定天山》

劇情概要與本事

劇首題"定天山總本"。八齣，依次爲《現瑞朝參》《御書免朝》《蘇文起兵》《宗顯冒功》《改妝求救》《游山受聘》《探山驚報》《三箭天山》。寫唐朝開國以來，烟塵掃盡，八方寧静，唯有高麗國恃强行霸，屢侵邊疆。李世民不勝憤怒，爲此親統三十六路總管，盡起傾國精兵，跨海東征，以安社稷。大軍行至鐵猫山，忽然狂風驟起，巨浪滔天。原來是東海龍王率水卒、夜叉等前來朝覲。唐王御書"免朝"二字，擲入海中，風濤頓息。這時報子來報，言前營總管張士貴兵近黑峰口，與高麗兵相拒，正在爲難之時，忽然一名白袍小將殺敗敵人，奪下關口。唐王記下"白袍"二字，以便日後查訪其人。高麗國大元帥蓋蘇文見唐軍兵抵鳳凰城，大起雄兵，圍困唐營，又接連殺敗張亮、程名振兩將。危急時刻，白袍將薛仁貴射傷蓋蘇文左臂，蓋逃回本國。唐王宣白袍將見駕，薛宗顯前來冒領功勞。高麗國王見戰事不利，驚慌失措，請郡主商量。郡主女扮男裝前往鐵勒島，請金勒、銀勒、鐵勒三兄弟相救。金勒等三人隨後鎮守天山三重關卡，阻住唐兵進軍之路。天山地勢險要，三兄弟又勇猛無比，唐王傳旨，令薛宗顯三日之後攻陷天山。宗顯自知無力迎敵，於是以激將法，使薛仁貴代己出戰。薛仁貴設計引誘金勒等下山搶奪牛羊、金銀等，然後以三箭射死三兄弟，平定天山，建下大功。

登場人物有水卒、夜叉、東海龍王、藤牌手、徐勣、尉遲敬德、李世民、報子、張亮、程名振、薛仁貴、水手、小番、番將、蓋蘇文、薛宗顯、高麗國王、高麗郡主、金勒、銀勒、鐵勒、姜興霸、姜興本、周青、王心溪等，俱未分配脚色。

本事出自《舊唐書·薛仁貴傳》，明《薛仁貴跨海征遼》詞話、趙炳然（生卒年不詳）《說唐薛家府傳》小說等。明無名氏《薛仁貴跨海征東白袍記》《薛平遼金貂記》傳奇、清張聲玠（1803—1848）《玉田春水軒雜齣》之《安市》雜劇等與此題材同。

- 著錄、版本與收藏情況

《古典戲曲存目彙考》《明清傳奇綜錄》著錄。現存清鈔本，藏國家圖書館，《古本戲曲叢刊六集》據之影印。

周淦

孔廣林
(1746—1814)

原名廣枋，小名同，字從伯，號幼髯，晚年自號贅翁，曲阜（今山東曲阜）人。衍聖公孔傳鐸（1673—1732）孫，經學家孔廣森（1752—1786）兄。多次參加鄉試而不舉，後爲廩貢生，曾署太常寺博士。乾隆四十九年（1784），其父孔繼汾（1721—1786）因所撰《孔氏家儀》被控"語涉悖違"而遭遣戍，後四方借貸，籌集贖金，方纔得免，但其家飽受族人非議。孔廣林一生好讀經史，博雅好古，後專治鄭學，家中書齋即稱"儀鄭堂"。著有《周禮臆測》《儀禮臆測》《吉凶服名用篇》《延恩集》《幼髯韵語録存》等。又深於曲學，尤精北曲。曾輯《元明名人小令》，又將其四十餘年間所作傳奇、雜劇及南北散套、小令輯爲《温經樓游戲翰墨》二十卷。其中包括雜劇三種：《璇璣錦》《女專諸》《松年引》，傳奇一種：《鬥雞讖》。《古典戲曲存目彙考》將《鬥雞讖》著爲雜劇，誤。另外，據作者《〈松年長生引〉自序》，其曾於乾隆四十一年（1776）撰《五老添籌》雜劇，已佚。

按，關於其生卒，説法較多。來新夏《近三百年人物年譜知見録》等言其生於乾隆元年（1736）。李梅訓《孔廣林生平資料一則》考證其生於乾隆十年（1745）。謝巍《中國歷代人物年譜考録》等著其生於乾隆十一年（1746）。林存陽、李文昌《清儒孔廣林生卒年考》據其自撰《温經樓年譜》、其子孔昭薪《孔氏大宗譜序》以及孔慶餘《孔氏敦本堂支譜》，考訂其生於乾隆十一年正月初一日（1746年1月22日），卒於嘉慶十九年四月二十三日（1814年6月11日），可從。

傳記文獻：孔廣林《温經樓年譜》，孔慶餘《孔氏敦本堂支譜》，（民國）《續修曲阜縣志》卷五，李梅訓《孔廣林生平資料一則》（《中華文史論叢》2001年第1期），林存陽、李文昌《清儒孔廣林生卒年考》（《中國史研究》

2014 年第 3 期）。

《璇璣錦》

▰ 劇情概要與本事

劇首署"闕里孔廣林幼髯稿"，題目正名爲"淑慧女迴文巧織，忠義差錦字代傳。悟璇璣一心自懺，感箴規二美重圓"。四折，依次爲《錦怨》《錦緘》《錦悟》《錦圓》。寫前秦少女蘇惠幼攻書史，長習織紉，恪守女規婦道，婚後與丈夫竇滔亦琴瑟和諧。後竇滔爲妾趙陽臺所惑，漸與妻子疏遠。及竇滔拜安南將軍，出鎮襄陽，祇攜趙姬前往，留蘇氏居家獨守空房，且兩年來絕無音問。又是一年春盡之時，蘇惠見鳥啼花落，想此時丈夫正與趙姬笙歌歡宴，對比自己當下之苦況，甚是愁悶；爲傾訴衷腸，規諫丈夫，作迴文長詩一首，織入璇璣文錦。竇滔派心腹畢有仁來長安進貢，竟又無隻言片語與蘇氏。畢有仁心中不平，偷回府中拜見蘇惠，乳娘趁機托他將璇璣錦帶與竇滔。竇滔捧讀文錦，終於明白了蘇氏的孤苦與用心，十分愧恨，當即將趙姬逐至府城西，又遣畢有仁迎蘇氏來襄陽相聚。二人相見，竇滔當面謝過，并表示要將璇璣錦常置懷中，日日誦讀。蘇惠得知趙姬被逐，勸說竇滔將之接回。最後，二人同到内堂飲酒，慶賀團聚。

生扮竇滔，旦扮蘇惠，貼旦扮丫鬟，老旦扮乳娘，末扮畢有仁，外扮院子。

本事出自《晉書·列女傳》。唐武則天撰有《竇滔妻蘇氏織錦迴文記》。元關漢卿（生卒年不詳）《蘇氏造織錦迴紋》雜劇、明無名氏《織錦迴文》傳奇（見《九宮正始》）與此爲同一題材戲曲作品。又，明成化刻本《新刊耀目冠場擢奇風月錦囊》中收有《竇滔迴文記》，清洪昇（1645—1704）《迴文錦》傳奇亦敷演此題材故事。據作者《〈璇璣錦〉自序》，是劇作於乾隆三十五年（1770）。

著錄、版本與收藏情況

《清代雜劇全目》《古典戲曲存目彙考》《古本戲曲劇目提要》著錄。現存嘉慶十七年（1812）孔廣林《溫經樓游戲翰墨》手稿本，藏首都圖書館；嘉慶間刻《溫經樓游戲翰墨》本，藏首都圖書館；《傳奇雜劇三種》稿本，藏上海圖書館；清末民國間勺蓮廬抄本，藏國家圖書館。鄭振鐸《清人雜劇二集》、《清人雜劇百廿種》第4冊據嘉慶間孔廣林手稿本影印，王紹曾、宮慶山編《山左戲曲集成》（上海古籍出版社2007年版）又據《清人雜劇二集》本點校出版。

序跋、題詞與評語

孔廣林《〈璇璣錦〉自序》（《清人雜劇二集》所收本《璇璣錦》卷首）：

往歲，有持元人畫《璇璣迴文卷》求售者，畫極工且舊。吾父以索直太昂弗之收也，其卷首畫迴文圖，次記迴文讀法，後列《織錦》《寄錦》《玩迴文》《迎蘇氏》四圖，末附圖說，謂竇滔爲安南將軍，携寵姬趙陽臺赴襄陽，留蘇氏長安不相通問。既而得迴文詩，始悔而迎之，完好如初，與晉載記不合。圖蓋據唐人小說繪之耳。新正臥病，憶及圖卷，興之所至，撰《璇璣錦》雜劇四折，以遣簾外天涯之恨。

乾隆三十五年上章攝提格元夕，幼髯自識

鄭振鐸《〈溫經樓游戲翰墨雜劇〉跋》（《清人雜劇二集》卷首《題記》）：

孔廣林，闕里人，字幼髯。弱冠後，覃心三禮，蒐輯鄭學，著《周官臆測》七卷、《儀禮臆測》十八卷、又《鄭氏遺書通德編》七十二卷。又有《溫經樓游戲翰墨》二十卷，所錄皆四十餘年來所作傳奇、雜劇、南北散套、小令。《東城老父鬥雞讖》爲傳奇，《璇璣錦》《女專諸》《松年長生引》則皆雜劇也。《璇璣錦》敘蘇惠事，《女專諸》敘左儀貞事，《松年長生引》爲祝其大母徐太夫人七十壽而作者。左儀貞事出《天雨花》，以彈詞故實入雜劇，此殆爲第一次也。廣林深於曲學，尤精北劇，故此數劇皆遵元人格律，不敢或違焉。

《女專諸》

● 劇情概要與本事

劇首署"闕里孔廣林幼髯稿"，題目正名爲"虎面婦助虐劫嬌，女專諸忍辱誅篡。試宮砂防口全名，錫璇題閣家領宴"。四折，依次爲《劫嬌》《誅篡》《試砂》《節宴》。第一折、第三折前有《楔子》。寫明末襄陽人左維明任左都御史，統兵十萬。女兒左儀貞年方二九，姿色過人，足智多謀。皇親鄭國泰夙有篡位之心，因忌憚左維明，不敢輕舉妄動，遂設調虎離山之計，藉皇命派其往硏鶡關督兵。臨行之際，左維明見女兒面色晦滯，放心不下，吩咐家人速往内弟王華伯衙中安身。鄭國泰對左儀貞垂涎已久，左維明一走，即遣人劫取儀貞。儀貞爲保護母親，假意屈從，準備見機行事。不久，鄭國泰改元建號，定國名爲大安，封儀貞爲皇后。晚間宴飲，儀貞殷勤捧杯，唱曲侑酒。鄭國泰神魂顛倒，連連舉杯痛飲，不覺大醉，昏沉睡去。儀貞待三鼓之後，取出昭陽劍，手刃鄭國泰。鄭國泰之子鄭有權天亮進宮，見父已死，欲納儀貞爲貴妃，儀貞不從，痛罵鄭有權。鄭有權命人將之押入冷宮。後左維明率軍勤王，擁立熹宗，逮捕有權等人，因功拜文華殿大學士，而儀貞下落不明。一日，太監王安帶儀貞見駕。原來儀貞被錮深宮，一病不起，蒙李娘娘恩養，得以保全性命。朝廷之上，儀貞備述刺賊經過，并點砂右臂，證明名節不污。皇帝以彩輿蓮炬將儀貞送歸相府，封其爲義烈智節夫人，又爲之建坊，以俾士庶瞻仰。最後，左氏一門歡飲褒節宴。

生扮左維明，小生扮熹宗，旦扮左儀貞，老旦扮桓氏、王安，貼旦扮丫鬟、小旦、貼旦扮二宮娥，净扮鄭國泰，副净扮鄭有權、老嬷嬷，末扮左維政，副末扮桓應徵，丑扮鄭瑤仙，外扮院子，雜扮内監、軍士。

本事出自清陶貞懷（生卒年不詳）彈詞《天雨花·刺賊》。據作者《〈女專諸〉自序》，是劇作於嘉慶五年（1800）。

● 著録、版本與收藏情況

《清代雜劇全目》《古典戲曲存目彙考》《古本戲曲劇目提要》著録。現存嘉慶十七年（1812）孔廣林《温經樓游戲翰墨》手稿本，藏首都圖書館；嘉慶間刻《温經樓游戲翰墨》本，藏首都圖書館；《傳奇雜劇三種》稿本，藏上海圖書館；清末民國間勺蓮廬抄本，藏國家圖書館。鄭振鐸《清人雜劇二集》、《清人雜劇百廿種》第4册據嘉慶間孔廣林手稿本影印，王紹曾、宫慶山編《山左戲曲集成》（上海古籍出版社2007年版）又據《清人雜劇二集》本點校出版。另有王永寬、楊海中、幺書儀選注《清代雜劇選》（中州古籍出版社1991年版）所收本。

● 序跋、題詞與評語

孔廣林《〈女專諸〉自序》（《清人雜劇二集》所收本《女專諸》卷首）：

浙中閨秀某，取明三大案，用一人貫穿之，成《天雨花彈詞》三十卷。予欲演作傳奇，而年衰多病，無能爲役。姑摘其"刺賊"一段，成雜劇四折云。

嘉慶五年上章涒灘三月三日，幼髯識

《松年引》

◆ 劇情概要與本事

又名《松年長生引》。本四折，現存第二折《西王母請帝錫齡》、第四折《松年堂共祝長生》。寫瑤池金母上天奏事，遇南斗星君。星君問要奏何事，金母言欲奏請上帝爲下界聖公府徐太夫人錫齡，言徐夫人一心遵行聖教，才德俱高，有諸多超凡作聖之處。天帝聞奏後，即照所請施行，又着南斗星君前往聖公府錫齡，以彰善應。南斗星君到達後，主持錫齡大典，爲徐夫人增齡進爵。董雙成等作散花新舞侑酒，群仙亦紛紛爲徐夫人進獻壽禮。

登場人物有瑤池金母、南斗星君、董雙成、萼緑華等，俱未分配腳色。

據作者《〈松年長生引〉自序》，是劇乃作者爲祝祖母徐夫人七十壽辰所作，初稿完成時間爲乾隆三十三年（1768）春。孔廣林所撰爲第二、四兩折，第一、三兩折爲其師陳竹厂所作，已佚。按，陳竹厂，名以綱，字立三，號竹厂，海寧（今浙江海寧）人。生平事迹不詳。

◆ 著錄、版本與收藏情況

《清代雜劇全目》《古典戲曲存目彙考》《古本戲曲劇目提要》著錄。現存嘉慶十七年（1812）孔廣林《溫經樓游戲翰墨》手稿本，藏首都圖書館；嘉慶間刻《溫經樓游戲翰墨》本，藏首都圖書館；清末民國間勺蓮廬《溫經樓雜劇三種》抄本，藏國家圖書館。鄭振鐸《清人雜劇二集》、《清人雜劇百廿種》第4冊據嘉慶間孔廣林手稿本影印，王紹曾、宮慶山編《山左戲曲集成》（上海古籍出版社2007年版）又據《清人雜劇二集》本點校出版。

◆ 序跋、題詞與評語

孔廣林《〈松年長生引〉自序》（《清人雜劇二集》所收本《松年長生引》

卷首）：

　　乾隆三十三年中春之月，先大夫囑海昌陳竹厂夫子撰《松年長生引》四折，補祝先大母徐太夫人七十壽。竹厂夫子謂《中州音韵》弗諧，命廣林佐填北曲二套，久忘懷矣。今年春，重勘傳奇、雜劇，憶及游兆涒灘，奉先大夫命撰《五老添籌》劇。舊稿遍檢弗獲，既而於敞篋所弆說經雜稿中，得此二套草本。不忍輒弃，手勘改而錄存之。

　　　　　　嘉慶十五年上章敦牂七月七日，幼髻識

胡 重
（1748—1811 後）

　　字子健，號菊圃，又號菊圃學人、曲寮居士，別署書隱、小隱書生，秀水（今浙江嘉興）人。監生。出身書香門第，家富藏書。應試不舉，一生以校勘圖書、整理別集、編纂方志爲業。在經部小學、史部政書、目錄、金石、子部曆算以及集部等方面，均有涉獵。黃丕烈《士禮居藏書題跋記》卷六贊其"用心讎勘，自是我輩一流人物"。工詩文，善書畫，能詞曲。著有文集《胡菊圃殘稿》、詞集《曲寮詞》、雜劇《海屋添籌》《嘉禾獻瑞》二種。

　　按，關於其生年，鄧長風《十四位明清戲曲家生平著作拾補》言"其生或在乾隆五年庚申（1740）前後"；杜桂萍《乾嘉學者胡重生平和雜劇創作考述》一文則判定其生於乾隆十三年（1748），今從。

　　傳記文獻：胡重《〈讀書敏求記〉跋》（錢曾《讀書敏求記》）、《西溪草堂探梅圖記》（《胡菊圃殘稿》），錢泰吉《甘泉鄉人稿》卷七，鄧長風《十四位明清戲曲家生平著作拾補——美國國會圖書館讀書札記之十五》（《明清戲曲家考略全編》上），杜桂萍《乾嘉學者胡重生平和雜劇創作考述》（《文獻》2012年第4期）等。

《海屋添籌》

◆ 劇情概要與本事

　　劇首署"胡重再見"。一折。寫三洲感應護法韋馱奉無量壽佛法旨，暗中保護朝廷所派巡海大僚，又傳諭四海龍王及風伯等，要風須大順，水不揚波。南海龍王接到諭旨後，邀集其他三海龍王迎送天使過境。後得知天使回郡爲其母慶壽，四海龍王遂一起效添籌之祝。此時，福、祿、壽三星亦帶領仙童，現身雲端，齊向鴛湖爲賢母祝壽。

末扮韋馱，正旦、老旦扮沙彌，小旦、貼旦扮天女，淨扮無量壽佛、東海龍王，副淨扮西海龍王，丑扮北海龍王，外扮南海龍王，雜扮小軍、水府將吏、風伯、雨師、雷公、電母、水卒、福星、祿星、壽星、仙童等。此外，登場人物尚有獅、象、龍、虎、四金剛、十八羅漢等，俱未分配脚色。

是劇乃藉道教神仙構思的祝壽之作。杜桂萍《乾嘉學者胡重生平和雜劇創作考述》言"此乃胡重爲嘉興知府姚鳴庭之母八旬壽誕而作，時當嘉慶八年（1803）"，"撰於姚鳴庭航海歸來後之十一月八日與其母壽辰十四日之間"，當從。按，姚鳴庭，巨野（今山東巨野）人，嘉慶八年任嘉興知府，次年離任。

著録、版本與收藏情況

《清代雜劇全目》《古本戲曲劇目提要》著録。現存嘉慶間刻《壽萱集》卷六所收本，藏國家圖書館、中國藝術研究院圖書館，《傅惜華藏古典戲曲珍本叢刊》第 64 册據之影印。又有嘉慶間抄本，藏國家圖書館。

《嘉禾獻瑞》

劇情概要與本事

一折。寫嘉慶八年長至日，東方朔奉東王公法旨，邀集張果老等八仙爲南岳魏夫人慶祝誕辰，因何仙姑爲西王母召去，遂携徐神翁同往。何仙姑奉西王母之命，亦率十二月花神樂部前往祝壽。來到浙江嘉興府地方，遇五穀神執境内所産嘉禾一枝來呈祥瑞。何仙姑令仙子們試奏新聲一遍，宮商迭配，絲竹俱諧，遂赴壽宴演奏。

小生扮五穀神，貼旦扮何仙姑，末扮東方朔，雜扮八仙、十二月女花神、五色祥雲等。

是劇乃藉道教神仙構思的祝壽之作，爲嘉興知府姚鳴庭之母八旬誕辰而作。

◆ 著録、版本與收藏情況

《清代雜劇全目》《古本戲曲劇目提要》著録。現存嘉慶間刻《壽萱集》卷六所收本，藏國家圖書館、中國藝術研究院圖書館，《傅惜華藏古典戲曲珍本叢刊》第 64 册據之影印。又有嘉慶間抄本，藏國家圖書館。

丁秉仁
(1748—1817?)

字香城，號香城居士，蘇州（今江蘇蘇州）人。三歲失怙，因家境艱難，過繼給表姑父徐鑑爲嗣。後嗣父母相繼過世，隨嗣叔父徐鑒四處游幕。乾隆三十一年（1766），韓錫胙（1716—1776）令寶山，將之羅致門下。三十六年（1771），韓錫胙調任松江府，丁秉仁又隨之入幕。四十三年（1778），如皋令宋學灝（生卒年不詳）納之爲西賓。五十三年（1788）後，先後入伍拉納（1739—1795）福建幕、萬鍾傑（生卒年不詳）台灣道觀察幕、袁秉義（生卒年不詳）淡水廳同知幕。五十五年（1790）辭館內渡，依然四處游幕，足迹遍及南北。交游廣泛，曾在寶山與張百川、金槐庭、毛海客、陳雲湄（四人生卒年均不詳）等，在福州與鄭一崧（生卒年不詳）、鄭大榕（生卒年不詳）等結詩社。與袁枚（1716—1798）有詩文往還。著述頗多，詩文集有《試觚雜文》（僅存下卷）、《吟秋小草》（存）；小說有《紅樓夢外史》（佚）、《瑶華傳》（存）、《鬟如傳》（佚）；戲曲有《陰陽劍》《美人香》《蘆中緣》《青梅記》《南山法曲》《百花上壽》《燈戲》（以上均佚），以及《繡錦臺》（存）。另有《記年記事編》一卷，自記其家世、生平等。

傳記文獻：丁秉仁《記年記事編》、王漢民《丁秉仁生平及戲曲小說創作》（《清代戲曲考論》）等。

《繡錦臺》

劇情概要與本事

劇首題"繡錦臺傳奇"。四折，依次爲《構意》《祝花》《花任》《夢因》。

劇前有《提綱》，似傳奇之副末開場。寫姑蘇百花洲灌夫，功名未就，書劍飄零，平生所好，唯有花卉栽培灌溉，甚得花之性情。灌夫因訪友來閩，偶遇螺陽張明府，隨之赴任，作幕其署。見齋亭之中尚有隙地，便闢除草萊，補種花苗，稍有規模，甚具雅致。又取"小三徑"爲圃名，書以石板，嵌在壁間。文房四友素重灌夫爲人之長厚，與之訂交多年，暗隨護佑。某日灌夫來圃中賞玩，風聲驟起，其恐衆花爲風所傷，懇請四友聯作祭文，代花乞命；又設下香案等，鄭重行禮，跪誦祭文。小三徑花香馥郁，上透天庭。上帝感灌夫惜花之意，特命花神往其處司理花事。花神到後，率花判官、司時與司節二花吏，以及催花、巡游兩班使者，頒布花樣花色，檄飭風姨斂威，驅逐游蜂狂蝶，剔除蟲窩蛛網。衆花神爲報灌夫培植之恩，趁春光明媚、花卉齊舒之時，命小婢鳳仙邀灌夫夢魂來花王殿赴宴。菊花神等又將小三徑幻化成一座大園亭，使萬花千卉一時開放，以酬灌夫愛花之心。灌夫隨鳳仙賞遍園中奇景，爲池中采蓮女子的歌聲所吸引，欲念頓起，池中碧波亦瞬間化作滔天巨浪。灌夫後登上綉錦臺，與衆花神舉杯暢飲。席間，灌夫見臺側有丁香花一樹，在衆人點撥下，方知此乃其前身。他不願再回人世，欲撞死樹下，與之附體，却被花神勸阻，被鳳仙送回齋室。灌夫醒後，方知爲大夢一場。

生扮姑蘇百花洲灌夫，小生扮花神，旦扮芭蕉花神，小旦扮鳳仙，貼扮薔薇花神、采蓮女子，老旦扮葵花神，正旦、貼旦扮巡游使者，净扮髯奴、花判官，副净扮土地，副扮廉方、金銀花神，末扮即墨侯、蘭花神，丑扮端溪氏、鬼卒，外扮毛穎、菊花神，雜扮隊仗、鬼卒、岸幘使者，丑、老旦扮催花使者，外、末扮花吏。

丁秉仁《記年記事編》"乾隆五十七年壬子四十五歲"條記云"是年館職如舊。公餘，葺署中隙地爲小三徑，并著《綉錦臺傳奇》"，知是劇作於乾隆五十七年（1792）。

著録、版本與收藏情況

《明清傳奇綜錄》著錄，誤爲《錦繡臺》。今存嘉慶二十一年（1816）濤音書屋刻本，藏上海圖書館、中國藝術研究院圖書館。

序跋、題詞與評語

丁秉仁《〈繡錦臺傳奇〉序》（嘉慶二十一年濤音書屋刻本《繡錦臺》卷首）：

有友人詢余："填詞之學，如何入手？"余答曰："憶自丙戌冬，從侍湘巖韓夫子，適其正填《漁邨記》傳奇，每脫稿，即令余謄正。緣余於此一道，從無知識，時有謄寫錯誤，皆由日常學習詩文，或遇兩字貫串者，一筆寫下。夫子亦知由此而誤，遂蒙指示曰：'填詞與詩文下字不同，其所以不同之故，皆須遵依《九宮譜》而填也。如應用去聲，誤填上聲，即謂之不協於律。所謂音律不可有犯者也。至平聲字又須區別陰陽，如"天"字比照"田"字，則"天"字爲陰，"田"字爲陽。又如"巔"字，則"天"字又爲陽，而"巔"字則爲陰矣。諸如此類，每字推輯，皆有陰陽之別，須看上下文，應用陽聲字，不可下一陰聲，一有舛錯，亦謂之不協於律。'因問：'何爲九宮？'曰：'如黃鐘、正宮、南宮、仙呂、中呂、商調、羽調、越調、大石是也。四聲五音亦冲乎九宮之内。又曲有南北之分，而九宮亦分有南北。'余又請問：'何爲南北？'曰：'度曲必有高低轉折，總謂之腔調，即俗稱"九腔十八調"也。其腔調即平、上、去、入四聲，與宮、商、角、徵、羽五音也。南曲須此四聲五音爲譜。然宮、商、角、徵、羽五字筆畫過多，不便照字填譜，因而改爲五、六、工、尺、上，取其筆畫簡便而易注也。北曲又須加"凡""一"兩字。'余又請問：'何謂凡、一？'曰：'凡者，番也；一者，夷也。北音多係番夷之聲口，故也亦因筆畫多而從簡意。至於《南北九宮》，雖可作爲填詞之準繩，然苦不多，每部止有四本，莫如都中出賣之《大成譜》，最爲精妙。南北彙集一部，約有數十本。曲文用藍字，譜用黃字，板用硃點，眼用墨圈。精於此者，便能按譜而歌。'當時即蒙檢示，余始知填詞之難如此，意興爲之索然。後蒙夫子授讀《元人百種》及《六十種曲》，日夕浸潤於口角間，又似極易入彀，每一設想竟漸能趨赴腕下。"

自丁亥年起，時時私自演習，似乎有合窾窾。嘗擇《聊齋志異》內有《連瑣》一則，深合鄙私，遂按其情節，謬填傳奇八劇，名之曰《陰陽劍》，悄示同人，俱讀而稱善。此則初試之第一篇也。繼在崇明張居停處，曾酌減《李笠翁十種曲》內之《憐香伴》一刊，改名曰《美人香》，即付伶人搬演，閱者又以爲可。嗣獨出新意，編有《蘆中緣》，惜未告成。後在惠安署，曾自填《綉錦臺》。又承光澤吳明府囑填《青梅記》。以上各稿爲見愛者攫去，俱無副本存留，茲篋中止存《綉錦臺》一劇，現在付梓。余得韓夫子之指教如是。請閱《綉錦臺》曲文賓白，便知個中意義矣。

時嘉慶二十有一年季春月，香城子丁秉仁又序

潘肇豐《〈綉錦臺傳奇〉序》（嘉慶二十一年濤音書屋刻本《綉錦臺》卷首）：

填詞之學，亦古樂府之遺意，創自有元，傳於明季，富於我朝。何以知之？我頗讀傳奇，故深悉之。

或曰："元有《百種》《六十種》，以及排場雜劇，亦稱多矣，何云不富？"曰："非富也，特創格也。無創格，後人何以濫觴？明季以來耽此者寥寥，所傳可屈指而數。然不絕其源流，亦有賴焉。至我朝則盛行矣，不但文人墨士藉以消遣，即商賈作工，均能約略爲之，甚有清貧之士，業於此者。日新月盛，幾幾乎有汗牛充棟之勢，豈不富哉？其間珠圓玉潤者，固不乏其選，而牛鬼蛇神亦比比皆是，唯李笠翁、洪昉思、尤展成輩，均別有所裁。此外各

家能手，亦巧於用意，然無多人物下此者，皆依傍門戶，故作新奇，捨其本而齊其末，不無爲詞家所憾。"

禾友蘇臺丁君香城所編《綉錦臺傳奇》，雖止四齣，頭緒煩多，文有起承轉合，情有反側俯仰，命名取義皆撇去前人窠臼，賓白詞意，與夫詩文歌賦，亦出自心裁。至於四聲格調及典實成語，無纖毫舛錯，且無杜撰陳言，可謂畢填詞之能事矣。按《元人百種曲》，都以四齣爲率，非若今之詞，亦必得四十齣爲一部也。茲編如舊穀中舂出新糧，仍不失古人模範。亦展誦數四，深嘆其設想之奇。自非含烟其人所能構得也，識者定有衡鑒。

乾隆癸丑年仲秋，餘姚古堂愚弟潘肇豐拜題於小雲徑之北窗

徐澧《〈綉錦臺傳奇〉序》（嘉慶二十一年濤音書屋刻本《綉錦臺》卷首）：

余於乾隆丙申夏就館如皋，得交於香城。年相若，一見如故。由如皋至江陰，共數晨夕，五閱寒暑。香城幼孤苦，親知多富饒，勸就商賈，香城不屑也，自甘食貧力學。工詩文，善篆隸，精於九宮，喜填詞曲，隨意抒寫綺麗風流，輒傾倒座人。辛丑春，與香城分手，踪迹遂疏，不相見者三十年。回思昔日，思補庭前，互相切磋，劇談今古，未嘗不臨風三嘆也。

嘉慶壬戌秋，余就養來閩，後得與香城相聚，鬚髮雖蒼，而興致不減少年。當余六十周甲之辰，填《百花詞曲》惠贈。十數年來，常以所著詩文雜說見示，無不簡練工整，情文兼到。昔司馬子長游遍名山大川，文乃獨超千古。香城數十年間，抵燕、豫，涉臺灣，足迹幾半天下，山陵之夷險，江海之波濤，與夫世態人情之變幻，皆閱歷備嘗。故其詩文隨遇感發，與年俱進。而出言本於孝弟忠信，足以風世勵俗，非若他人之怨憤不遇，藉事舒懷。士先立品而後文學，讀香城之詩文即定香城之人品矣。

香城著作甚富，今精簡梓刻，如青錢之萬選。屬序於余，余愧不文，未敢著佛頭之糞，然余將歸老蓬廬，香城游興尚豪，不知再見於何日。感聚散

之無常，聊述數言，以志知交之梗概云爾。

　　　　　　　　　嘉慶二十一年二月春分日，鄉愚弟徐澧頓首拜

附侯文藻信函（嘉慶二十一年濤音書屋刻本《綉錦臺》卷首）：

前奉翰言，并賜閱佳製傳奇，適弟抱恙，致稽環讀。茲幸小瘥，藉以咀嚼，誠可謂得五味，而勻甘酸者也。且托情神妙，幻成別調文章；命意鮮妍，譜出天然景趣，殊令人心癢難搔。構此异樣之文情，遂得非凡之驚喜。如此作手，豈讓前人！所以不敢加墨者，特恐貽笑大方耳。肅此，附函恭繳。兼請日佳。俟步履稍健，當再趨赴芸齋，暢領教益也。不戩。

　　　　　　　　　鳳書侯文藻手函（江蘇常州府靖江縣人，同道友，國學生）

吳安祖《〈綉錦臺傳奇〉題詞》（嘉慶二十一年濤音書屋刻本《綉錦臺》卷首）：

結習多生未可拋，忘形小築百花巢。夢華不及南都事，祇說因緣自解嘲。
望江南罷憶江南，藉此言情酒共酣。省識優曇原一見，生香樂意要深參。
奇思幻想賞心諧，駘宕風光舊酒懷。三徑依然松菊茂，怎教寂寞好音乖。

　　　　　　　　　硯亭吳安祖（浙江紹興人，曾於光澤縣得聯賓主，

　　　　　　　　　　　　　　　餘詳《記年記事編》中，現升山西知州）

薛天麒《〈綉錦臺傳奇〉題詞》（嘉慶二十一年濤音書屋刻本《綉錦臺》卷首）：

縫月裁雲繼雅音，花間托興最遙深。莫言瑣瑣雕蟲技，腸斷江南夢裏心。
菊瘦梅癯各致情，蘭坡竹塢盡虛名。傳奇擅却伊園外，三徑於今又創成。
海雨天風興復豪，愛花愛夢愛仙曹。從今淺酌低聲唱，演出麻姑癢處搔。

　　　　　　　　　松岩薛天麒（浙江嘉興人，同道友，國學生）

張曾獎《〈綉錦臺傳奇〉題詞》（嘉慶二十一年濤音書屋刻本《綉錦臺》卷首）：

三徑初開展印苔，主人分菊趁春栽。高情欲繼陶彭澤，却向莊周夢裏來。
點綴風流結構新，阿誰識得幻中真。重來綉錦臺邊過，計別當年四十春。
三生繾綣費神思，看破因緣覺是痴。一枕夢迴消息杳，小窗疏雨續新詞。

斤夫張曾獎（安徽桐城縣人，先曾於惠安縣同事，今捐例發閩，候補從九品）

藍霪《〈綉錦臺傳奇〉題詞》（嘉慶二十一年濤音書屋刻本《綉錦臺》卷首）：

不信前身是曼卿，如何腸斷賣花聲。可憐君更痴於我，欲迸丁香奇此生。
人境結廬愛不殊，每懷三徑就荒蕪。消閒一展群芳譜，試把長鑱課菊奴。
螺陽僻在海東頭，誰識高臺綉錦幽。賴有新詞播弦管，傍人莫笑蜃中樓。

曉園藍霪（廣東嘉應州人，同道友，國學生）

邵士鎧《〈綉錦臺傳奇〉題詞》（嘉慶二十一年濤音書屋刻本《綉錦臺》卷首）：

玉茗堂曾四夢誇，小三徑亦衆香奢。將身幻入華胥國，百歲光陰頃刻花。
管城端合愛香城，君是於今石曼卿。愁雨愁風同燕子，惜花人祇為多情。
滿紙空花翰墨馨，就中修幹獨亭亭。不須華表歸來鶴，早識前身也姓丁。

鐵君邵士鎧（安徽蕪湖人，兩榜揀發知縣來閩，於安溪縣曾聯賓主，題補政和縣，未抵任而歿）

王榜榮《〈繡錦臺傳奇〉題詞》（嘉慶二十一年濤音書屋刻本《繡錦臺》卷首）：

畫壁旗亭藝苑誇，聊將竹素鬥豪奢。酒闌幻出眾香國，誦向紅閨解語花。
毗耶曾否有山城，欲化交園子墨卿。是色是空誰記取，金樽檀板最移情。
斜風細雨舞芳馨，春在花間柳外亭。若向芙蓉城裏去，仙人應認石同丁。

耘圃王榜榮和鐵君同年韵（山西人，兩榜揀發來閩，
曾得聯賓主，未題補而歿）

饒蔚然《〈繡錦臺傳奇〉題詞》（嘉慶二十一年濤音書屋刻本《繡錦臺》卷首）：

擺脫塵氛，淵源雅什，真文人之寄興，實才子之寓言。悅性陶情，別抒懷抱；錦心繡口，思入風雲。銜杯拈韵之餘，更覺逸情泉涌；劈素揮毫之暇，還添壯志神來。襟期上挹柴桑，瀟灑可通莊叟。

四季繁華錦繡叢，誰能領略享天工。歡娛富貴看如是，祇在高人曲趣中。
少趣炎熱屏紛華，圖史賓朋共一家。正是高才難屈抑，夢中彩筆幻仙葩。
走遍天涯閱苦辛，獨歸雅淡實為真。惜花如命精誠格，無限榮華報福人。
不含誹怨絕譏訕，直寫心靈縹渺間。三徑故園何必戀，芙蓉城內百花殿。

梅江饒蔚然（廣東人，同道友，國學生，并有小引）

楊登璐《〈繡錦臺傳奇〉題詞》（嘉慶二十一年濤音書屋刻本《繡錦臺·提綱》末）：

傳奇非為不平鳴，獨抱殊芳祇自明。寫我頻看身外影，問渠空憶夢中情。
傷心緣爾來神惠，知己因誰結主盟。全部填詞惟一字，浮生合是藉花生。

書蕉楊登璐（福建汀州府連城縣人，拔貢生，
先補惠安縣學副齋，後升廣東清遠縣）

王懋昭《〈綉錦臺傳奇〉題詞》（嘉慶二十一年濤音書屋刻本《綉錦臺·提綱》末）：

名士驚人祇一鳴，孤芳意緒自分明。悟空悟色拈花思，贈影贈形愛菊情。卅載未應如夢幻，寸心祇可與花盟。漆園寓意君堪續，指點丁香是此生。

雪漁王懋昭次韵（惠安人，中書公之長君，邑庠生）

余春霖《〈綉錦臺傳奇〉題詞》（嘉慶二十一年濤音書屋刻本《綉錦臺·提綱》末）：

半緣寫景半傳情，情到深時景即生。卅載琴書常作客，一肩行李久逃名。撰來詞意供人賞，藉得花魂入夢清。展卷百回殊不倦，應教擲地有金聲。

梅坡余春霖（福建臬司案下役滿吏，候選從九品）

楊登璐《〈綉錦臺傳奇〉題詞》（嘉慶二十一年濤音書屋刻本《綉錦臺·構意》末）：

千斛醇醪萬樹花，酒花濃處即爲家。何愁歌舞金揮盡，須識栽培術轉加。抱瓮迎風扶弱幹，荷鋤當月護新芽。幽人倦向華軒臥，天貺仙尊對景奢。

書蕉楊登璐

王懋昭《〈綉錦臺傳奇〉題詞》（嘉慶二十一年濤音書屋刻本《綉錦臺·構意》末）：

曾植東風第一花，小三徑裏是君家。花師妙術方多換，芳譜新名數種加。烟雨隔簾分菊品，江湖舊客惜梅芽。無情也得多情戀，却笑移春意已奢。

雪漁王懋昭次韵

余春霖《〈綉錦臺傳奇〉題詞》（嘉慶二十一年濤音書屋刻本《綉錦臺·構意》末）：

蜃樓海市構從空，筆意文心奪化工。抱瓮已煩經紀僕，課花還藉主人翁。河陽縣裏春方永，彭澤階前興不窮。一部傳奇初領略，全身却在畫圖中。

梅坡余春霖

楊登璐《〈綉錦臺傳奇〉題詞》（嘉慶二十一年濤音書屋刻本《綉錦臺·祝花》末）：

殷勤四友訪城隈，錦綉攜來貺逸才。爲領雕欄新曲妙，更耽瑤砌异花開。蘭房暮雨青燈照，竹榻朝風玉指催。久饜書生求八股，奇文今日助新裁。

書蕉楊登璐

王懋昭《〈綉錦臺傳奇〉題詞》（嘉慶二十一年濤音書屋刻本《綉錦臺·祝花》末）：

香紅雪白夾墻隈，幸覯文房八斗才。花月不曾望月拜，瓊筵略似祭詩開。芳魂爲倩金鈴護，玉瓣重看羯鼓催。一幅奇文千斛酒，浣花薇露見清裁。

雪漁王懋昭次韵

余春霖《〈綉錦臺傳奇〉題詞》（嘉慶二十一年濤音書屋刻本《綉錦臺·祝花》末）：

留春無計獨徘徊，花色能禁幾度摧。紅綻胭脂蜂亦妒，香浮蓮幕蝶猶猜。波瀾文字聯名祝，潦倒金尊帶笑開。筆墨有靈應感格，不須重築避風臺。

梅坡余春霖

楊登璐《〈綉錦臺傳奇〉題詞》（嘉慶二十一年濤音書屋刻本《綉錦臺·花任》末）：

一段憐香淚漠知，仙曹雲裏降專司。桂從蟾窟分奇種，桃向瑤臺摘小枝。風雨自今留好意，蝶蜂何處寄相思。夜深密灑銅盤露，催取花開索賦詩。

書蕉楊登璐

王懋昭《〈綉錦臺傳奇〉題詞》（嘉慶二十一年濤音書屋刻本《綉錦臺·花任》末）：

香國新榮萬木知，通靈端爲白雲司。探花有使勞么鳳，應信隨風到柳枝。雨露沾香初拜寵，蝶蜂亂意莫相思。知渠祇爲憐芳客，彩駕聯翩伴賦詩。

雪漁王懋昭次韻

余春霖《〈綉錦臺傳奇〉題詞》（嘉慶二十一年濤音書屋刻本《綉錦臺·花任》末）：

百卉芬芳繫一身，扶持花事敢辭辛。燕居長把蓮爲幕，拓地寧教桂作薪。從此綺羅欣有主，於今紅紫慶宜春。五更風雨休狼藉，香國平章令正新。

梅坡余春霖

楊登璐《〈綉錦臺傳奇〉題詞》（嘉慶二十一年濤音書屋刻本《綉錦臺·夢因》末）：

領袖群葩簇錦堂，前身爲爾是丁香。結緣綉閣花能語，踐約雲階曲繞梁。春夜綺羅如隔世，南柯風月應迴腸。此情誠許來生續，酹與乾坤酒滿觴。

書蕉楊登璐

王懋昭《〈綉錦臺傳奇〉題詞》（嘉慶二十一年濤音書屋刻本《綉錦臺·夢因》末）：

曉鐘花外讀書堂，喜説前身一段香。無那銷魂隨菡萏，最憐吹氣若都梁。三生舊恨驚回首，百結新愁欲斷腸。花裏不知身是夢，是花是夢付瑶觴。

雪漁王懋昭次韵

余春霖《〈綉錦臺傳奇〉題詞》（嘉慶二十一年濤音書屋刻本《綉錦臺·夢因》末）：

蓮唱悠揚字字新，依稀疑假復疑真。笙歌隊裏金釵列，綉錦臺前翠袖親。花爲感君延入夢，曲還恕我浪傳神。多情不負開三徑，一樹丁香悟夙因。

梅坡余春霖

鄭朝贊《小三徑十景題詞》（嘉慶二十一年濤音書屋刻本《綉錦臺》卷末）：

虎觀名儒仿陶宅而開三徑，曲江才子思蘇堤而擬十吟。莎廳中別具山林，會心不遠；花縣外頓成樓閣，寄興非遥。得入品評，堪補螺陽之志；如蒙唱和，應編單父之琴。

花徑尋香
三徑灣灣一徑通，尋香香在百花中。時維九月誰當令，爲訪陶公到菊叢。
蕉窗聽雨
爲近重陽雨滿天，蕉窗一夜不成眠。更深無復紅塵夢，寫就南華秋水篇。
小庭馴雀
心到忘機自可親，曾聞海上狎鷗人。於今庭院無公事，得食階除小雀馴。
止水游魚
官齋無事看魚游，水滿銀缸擬十洲。即此便成濠上樂，環橋何用日淹留。

遥山積翠
黛色重重入畫欄，螺峰如髻起層巒。君今須讀螺洲記，神女相傳配謝端。
遠樹回春
一路楓亭俱可人，偏於塗嶺見沙塵。今朝幸得隨車雨，遠樹青青遠樹春。
城頭落照
登科迢遞自西來，環繞山城錦帳開。最是日斜風定後，重重返照入樓臺。
屋角明霞
樹滿風聲葉滿庭，檐前鐵馬響丁丁。何期屋角山亭外，天半朱霞透畫櫺。
張燈草檄
剔起銀缸草檄文，淋漓興會孰如君。此邦人物推裹惠，一氣平蠻靖海氛。
酌酒聯吟
游盡名山氣自奇，今當飲酒共吟詩。脉從大帽開崇武，雄邁高渾各肖之。

冶山鄭朝贊首倡（有序，連江縣學生員）

小三徑在惠安縣署內，致遠堂東。吳門香城丁君所闢，攜李石屋張君（名孝法，浙江嘉興人），編以十景，一發其端，一衍其緒，使小小結構現出福地洞天。願錫佳章，以備采風。

袁玘《小三徑十景題詞》（嘉慶二十一年濤音書屋刻本《綉錦臺》卷末）：

螺署厥觀，規模仍舊；蓮窗頓擴，氣象維新。開三徑而志傳奇，柳屯田之淺斟低唱；擬十詠而邀酬和，蘇學士之濃抹淡妝。風月有情，援丁卯橋以作主；山川增色，仿甲乙集而留名。深慚筆硯之荒蕪，敢云學步；幸次名流之暢聚，聊復效顰。

花徑尋香
短墻之亞徑三通，拂袖香飄墨翰中。漫道河陽花作縣，羨君點綴是芳叢。

蕉窗聽雨
霜滿山城月滿天，胡然驚起半窗眠。乍聽萬點芭蕉響，如誦東坡喜雨篇。
小庭馴雀
履着雙鳬事未親，庭前躍雀每依人。知更且藉爲圓枕，不獨階除羨爾馴。
止水游魚
五色文鱗樂且游，敢誇勺水擬仙洲。天池浪擊幾千里，却爲多情恁地留。
遥山積翠
莎廳無事好憑欄，采菊東籬盼遠巒。記得山齋湖上句，青青欲滴到檐端。
遠樹回春
自南自北自西人，十載風霜幾斛塵。此日捲簾看遠樹，氣回黍谷唱陽春。
城頭落照
歸鴉戢翮傍城來，山半斜陽暮色開。一寸光陰多一惜，留將花影傍琴臺。
屋角明霞
光從屋角射中庭，掩映闌干字字丁。迴憶漳南朱子院，丹霞如錦透窗櫺。
張燈草檄
挾風灑雨筆成文，四海阿誰不識君？此夕燈前頻草檄，一方鯨鱷靖餘氛。
酌酒聯吟
勝友如雲簇吐奇，尊前屬韵出新詩。龍山好會當年事，滿座高風欲繼之。

丁秉仁

鰲浦袁珖次和（有序，廣西人，兩榜先授惠安縣，後因獲盗升同知，現升山東知府）

性不堪虛，處處局高蹐厚；心如會遠，時時弄月嘲風。同此光華，各呈意興。愛香城之結構，境雖幻而樂有真；經石屋之品題，用靡窮而取不禁。興懷一致，趣舍萬殊。山不在高，水不在深，劉禹錫之銘馨陋室；仰觀宇宙，俯察品類，王右軍之記叙蘭亭。

楊登璐《小三徑十景題詞》(嘉慶二十一年濤音書屋刻本《繡錦臺》卷末)：

小三徑創於香城子，余嚮爲賦《繡錦臺傳奇》詩，即謂此。繼而香城解館，石屋張君同鰲浦袁司馬之任，亦引余爲詩酒交。石屋以小三徑倡爲十景，壯潤其色，諸君子各有詩章。余不能和韵，思得和意，古之人有行之者，然余慚。

花徑尋香

蝶陣翩翩何處忙，鳴臯西宛透殊芳。隔窗人語拈花笑，近砌茶烟入座香。有意尋時邀月露，無心聞處着衣裳。環庭春色知多少，梅菊秋冬傲雪霜。

蕉窗聽雨

垂簾高枕夢初成，甫覺芭蕉得雨聲。漫捲綠衣沾點點，暗揮長袖響輕輕。檐雲無影陰教潤，庭草何言細藉鳴。凉入琴書塵不染，陶然心迹喜雙清。

小庭馴雀

曾聞獨鳥怪人看，偏到君家對倚欄。詩酒檐間相飲啄，雨風階下慣盤桓。應知琴操弦間吉，早識葩香葉底安。鳴鶴在林今似昔，掌中還與海天寬。

止水游魚

怡情咫尺有濠梁，魚樂悠悠半畝塘。戲撥青萍機轉靜，潛移白石態仍彰。無求那解吞舟急，自足何須入海忙。似畏呼名頻數尾，故驚花影漾波光。

遥山積翠

晴日樓頭眺遠山，嵯峨海外帶雄關。雲連怪石蒼千點，烟蕩危峰翠幾灣。西北赴城形鬱勃，東南絶水色鱗斑。由來巒勢殊中土，何處蓬瀛九氣間。

遠樹回春

螺陽百卉望灣澴，瘠土三冬冷暮闌。萬壑晴嵐求片樹，一株新柳恕群山。春風豈靳科岩畔，淑氣將通劍石灣。未與楓亭誇荔熟，刺桐花發古城間。

城頭落照

日暮天涯莫遣愁，蕭風陣陣總難休。盤空白鷺思栖樹，出嶠輕雲欲暗樓。影落西山人萬里，寒深南海客孤舟。城頭無限黃昏景，指點光陰赴水流。

屋角明霞

夙酒沉沉未欲醒，一時霞色透雕欞。紅羅一幅開遥島，麗日微芒帶曉星。高挹祥光臨几席，半浮瑞彩覆江汀。晨來就此餐應飽，頃刻長天萬里青。

張燈草檄

綠水芙蓉韵若仙，揮毫濟世起鶯箋。令孤俊麗何人辨，懷祖清貞在筆先。城月夜輝青幕朗，潮風時靜錦燈鮮。平明岸幘當三徑，誰似高才意灑然。

酌酒聯吟

元白風流詎苦吟，敲詩離酒興難深。投壺春雨舒塵牘，把盞花風續好音。醒醉平生隨主客，文章自古屬山林。盤桓共倩雲階月，朗照金尊對賞心。

書蕉楊登璐（有序）

丁秉仁《小三徑十景題詞》（嘉慶二十一年濤音書屋刻本《繡錦臺》卷末）：

饑來驅我，家山之松菊荒蕪；歸去無期，客邸之情懷鬱結。破涕淚而反幽思，小三徑之所以闢也；遣憂愁而成幻景，《繡錦臺》之所以填也。自謂蜃樓之架，設想已奇；孰知石屋之來，靈心尤妙。擴乃周遭，使一隅而致遠；匡其成局，布十景以爲題。紛投韵語，俱稱滿幅球琳；搜索枯腸，止得三升糠粃。秉仁如砌蛩之啾唧，聊復自鳴其窮耳；諸君子錫椽筆以光榮，抑何如是之幸哉。

花徑尋香

迴波聲入即心通，小徑幽然芳靄中。一嗅同情香馥郁，微吟不覺到花叢。

蕉窗聽雨

翠旗乍展綠搖天，有客心迷晝欲眠。忽地雨聲頻滴響，疏窗托興寫新篇。

小庭馴雀

檐際嚶鳴三載親，時翔時集慣依人。不因得食忘機警，性到同然自若馴。

止水游魚

止水鮮鱗樂泳游，小三徑似百花洲。都將金鑰衙頭志，換得閑情便久留。

遙山積翠

每因覓句試憑闌，眼對山容翠積巒。最好雨餘遙射入，會心深致集毫端。

遠樹回春

北望深林送遠人，錦田驛路颺沙塵。止憑官閣榕陰茂，遙接莆陽一縷春。

城頭落照

牛羊逐漸下山來，東望青霄暮色開。記得女墻返照候，呼童汲水灌花臺。

屋角明霞

最愛清晨繞戶庭，扶花耨草課園丁。朱霞一片明天際，屋角穿來透曲櫺。

張燈草檄

深計平蠻特重文，中宵草檄為忠君。功成祠宇巍然在，想見當年掃逆氛。

酌酒聯吟

吾儕覓勝更搜奇，盡付鍾情酒與詩。咫尺科山山自好，去西片瓦亟尋之。

自和次韵（有序）

仲振奎
(1749—1811)

　　字春龍，號雲澗，又號花史氏，別署紅豆邨樵，泰州（今江蘇泰州）人。監生。生於書香門第，才思敏捷，博學多才，然困於場屋，終身不得一第。又連遭女喪妻亡之痛，孤苦無依。爲求衣食，旅居四方，足迹遍及江、浙、川、冀、豫、粵、皖及兩湖。工詩善文，惜多散佚。編有《仲氏女史遺詩》，著有《楚南日記》《綠雲紅雨山房詩鈔》《綠雲紅雨山房文鈔》《紅豆邨樵詞》《雲澗詩鈔》等。尤擅戲曲，惜多未見。乾隆五十七年（1792）撰成折子戲《葬花》一種，後又將小説《紅樓夢》與逍遥子《後紅樓夢》敷演成五十六齣之《紅樓夢傳奇》。今存雜劇《憐春閣》一種。

　　按，湯貽汾（1778—1853）《七十感舊》詩注云："泰州仲雲江柘庵之兄工填詞，著有傳奇十六種。"仲雲江即仲振履（1759—1823），乃仲振奎之弟，據此知仲振奎作劇凡一十六種。吳書蔭《清代古典戲曲總目》（待刊本）依據仲氏《綠雲紅雨山房詩鈔》《綠雲紅雨山房文鈔》等，考訂出仲氏十三種劇目爲《火齊環》、《紅襦温酒》、《看花緣》、《雪香樓》、《卍字闌》、《霏香夢》、《香囊恨》、《畫三青》、《風月斷腸吟》（即後之《憐春閣》）、《後桃花扇》、《懊情儂》、《牟尼恨》、《水底鴛鴦》。又，《江蘇藝文志・揚州卷》著仲氏《詩囊夢》一種。另，江巨榮《詩人視野中的明清戲曲》據楊芳燦《〈紅豆齋樂府〉序》一文認爲："仲振奎的傳奇，統稱或總名即作《紅豆齋樂府》。"

　　傳記文獻：仲振奎《〈辟塵軒詩鈔〉序》《六十生朝自述》、楊芳燦《〈紅豆齋樂府〉序》（《芙蓉山館文鈔》）、湯貽汾《七十感舊》（《琴隱園詩集》卷三十二）、（道光）《泰州志》卷二十四等。

《憐春閣》

🔖 劇情概要與本事

封頁題"憐春閣傳奇",劇首署"吳州紅豆邨樵填詞",題目正名爲"選艷色秋浦鍾情,侍游踪麗華承寵。遭奇妒杏蕊春零,續芳緣桃根夜擁"。八齣,依次爲《下釵》《憐醉》《春宵》《歸閣》《飲泣》《祭姊》《哭靈》《續緣》。前有【蝶戀花】曲,似傳奇之副末開場。寫吳人李塘,字秋浦,前以拔萃登科,授官司鐸,後因丁憂,需次十年。本有一妻二妾,候選之暇,復往揚州買妾。媒婆梁氏送來葉家姊妹麗華、艷華二人,均係天生麗質、百媚千嬌。李塘積蓄無多,不能幷采兼收,究竟選誰,一時難以決斷。於是拈鬮,將姻緣委之於天,結果麗華中選。李塘遂取金釵兩股,一作麗華之聘禮,一贈與艷華相謝。與李塘成婚後,葉麗華隨任崇川,二人魚水情深,形影相隨。祇是李家金鳳、瓊花二妾不能相容,整日索垢求瑕,指鷄罵犬,冷言惡語不斷。麗華不願與之吵鬧,怕失去體面,祇得含羞忍耐。李塘見此,更加憐愛麗華,取酒與之暢飲,消其悶懷。後李塘應法曹之召佐幕揚州,携麗華僑居別館,又接艷華與麗華爲伴。麗華見姐姐瘦骨伶仃,花貌非舊,既擔心又爲她不平。麗華有心成全李塘與艷華姻緣,李塘笑而不答,艷華也有所推拒。李塘欲赴南京鄉試,時麗華已身懷六甲,將次臨盆,不便隨行,便將之帶回老家憐春閣住下。臨行前夜,麗華泣訴悲苦,不忍分別。李塘安慰道:自己兩月便歸,到時還和她揚州居住;若秋闈得中,便與她公車北上,同游帝都。後麗華生下一女,忽爲風暑所侵,懨懨病倒,加之瓊花等人折磨,不久身亡。李塘得第歸來,聞麗華一月之前已經夭亡,哀痛不已,遂到靈前哭祭。入夜,麗華托夢,言李塘前世乃李後主,自己則爲張麗華,與李前世有緣;今已脫體歸真,受封藐姑射山神女;其妹艷華,乃孔貴嬪轉世,亦與李有緣。李省悟前因，遂娶艷華以續前緣。

生扮李塘，貼扮葉艷華，小旦扮葉麗華，老旦扮梁氏，丑扮侍兒，雜扮秀兒、宮女。

是劇乃作者自述家事，主人公李塘當爲其自喻。仲振奎《〈憐春閣〉自序》云："五聲既定，八折初成；用寄憶園，聊安芳魄。以桃根續桃葉，君本鍾情；修妒史批妒鱗，客能逃罪。所憾金釵破夢，香山居士何以爲懷？更使玉笛吹愁，白石先生寧惟搔首。"末署"戊午嘉平中浣"，戊午即嘉慶三年（1798），知是劇當完成於是年。

● 著錄、版本與收藏情況

《古典戲曲存目彙考》《古本戲曲劇目提要》《明清傳奇綜錄》著錄。現存原稿本，藏國家圖書館，《古本戲曲叢刊八集》據之影印。吳曉鈴據原稿本鈔錄，誤題《臨春閣》，藏首都圖書館，《綏中吳氏藏抄本稿本戲曲叢刊》第2冊據之影印。

● 序跋、題詞與評語

仲振奎《〈憐春閣〉自序》（《古本戲曲叢刊八集》所收本《憐春閣》卷首）：

嗟乎！鐶解同心，錦留半臂，瓊枝易斷，珠樹先凋。塵封鏡底之鸞，香冷床頭之鴨。誰能遣此，烏乎不悲！然而伊古紅顏，從無白首，天原太忍，人且如何？怊悵芳緣，低回薄命而已。

若乃愛海生波，痴雲弄雨，分茅歡地，全占情天。弱弱之花經風，飄飄之絮爲雪。黃鵠非忘憂之種，倉庚豈療妒之方？鳳去紫臺，烏啼青瑣。遺衣在挂，習習塵飛；長簟竟床，呱呱女哭。斯即金泥報捷，無解於酸辛；玉帳招魂，倍傷於喟嘆矣。於是，既吟宋玉之愁，未遣江淹之恨。徵歌紅豆邨中，點譜黃梅窗下。燈挑雪夜，傷不再之容光；墨灑霜天，費無因之眼淚。五聲既定，八折初成；用寄憶園，聊安芳魄。以桃根續桃葉，君本鍾情；修妒史批妒鱗，客能逃罪。所憾金釵破夢，香山居士何以爲懷？更使玉笛吹愁，白石先生寧惟搔首。

戊午嘉平中浣，紅豆邨樵書於小竹西

程青岳《〈憐春閣〉跋》（《古本戲曲叢刊八集》所收本《憐春閣》卷末）：

道光時，古鹽姜墨卿（三綬）《咏桃葉渡》云："風流同是嫁王郎，就裏情懷孰短長？遺却桃根喚桃葉，美人一樣有興亡。"海陵夏少舫（嘉穀）表姑丈和之，有句云："畢竟桃根勝桃葉，不留遺迹在人間。"二詩皆可作《憐春閣》傳奇之題詞。

己未孟春，青岳獲是書於揚州，乃紅豆邨樵原稿也

程青岳《〈憐春閣〉題詞》（《古本戲曲叢刊八集》所收本《憐春閣》卷首）：

小閣憐春起嘆嗟，雞臺一夢等幽遐。（煬帝至江都，游吳公臺，夢見陳後主，其舞女中有一人絶美。帝屢目之，後主曰即麗華也。）書生福薄尋常事，無分雙擎并蒂花。

漫詡桃根續舊盟，買花應解惜花情。瓊枝入手疏調護，難免人間薄幸名。

庚申冬月，程青岳題

姜鳳喈《〈憐春閣〉題詞》（《古本戲曲叢刊八集》所收本《憐春閣》卷首）：

疑是南唐老畫師，揚州辛苦買胭脂。張家姊妹多丰韵，不數虹橋舊柳枝。

指點巫峰説麗華，（事見古本《生神章》書後。）無端小劫墮塵沙。扁舟一棹隨郎去，開到羅浮第一花。

莫姊殷勤一曲哀，個中花樣巧安排。荒寒夢醒憐春閣，仙骨珊珊再世來。

浮雲婿好眼垂青，問字朝朝對畫屏。三尺孤墳今記取，多情新勒斷腸銘。

沁骨清詞不待刪，呼兒一語最淒顏。當筵顧曲周郎老，纔拍紅牙淚已潸。

吳陵姜鳳喈桐軒

徐鳴珂《〈憐春閣〉題詞》（《古本戲曲叢刊八集》所收本《憐春閣》卷首）：

龍門侍妾有清娛，幕府春深迓彩轝。一自紫臺人去後，青山誰吊女尚書？

美人薄命悲今古，不獨香塵葬麗華。紅豆邨樵偏好事，漫將風雨撼梨花。

憐春閣下又春妍，璧月雙雙玉鏡圓。大抵才人都好色，幾曾離恨補情天。

楚水徐鳴珂竹薌

劉嗣綰《〈憐春閣〉題詞》（《古本戲曲叢刊八集》所收本《憐春閣》卷首）：

桃葉江頭最愴情，又從金粉悟三生。井中洗不胭脂去，流下青溪盡哭聲。

憐春憐到十分秋，如此名場合是休。羅幕不知人隔世，替君抵死擘箜篌。

曾唱梅村絕妙詞，《臨春閣》後此相思。（梅村舊有《臨春閣》劇本。）天公憑仗司香力，好護瓊花第二枝。

廿年墨淚儘飄零，祇看青袍各自青。明日天涯一杯酒，斷腸鞭影在旗亭。（時與居士同晤京邸，居士將先期南回。）

蓉湖劉嗣綰芙初

周之桂《〈憐春閣〉題詞》（《古本戲曲叢刊八集》所收本《憐春閣》卷首）：

色界身經幾涅槃，忘情太上至今難。此中別有情天地，賺得旁人也淚彈。

憶園才子耐情磨，詞客知音寫照多。廿四紅橋二分月，可無催唱小橫波？

白門周之桂午唐

仲振奎

詹肇堂《〈憐春閣〉題詞》（《古本戲曲叢刊八集》所收本《憐春閣》卷首）：

一樣東風却費猜，一枝吹落一枝開。箋天要乞司花使，地下香魂為喚回。
瓊枝璧月艷春宵，一曲傷心奏玉簫。歷劫難消情一字，重翻公案説南朝。
教成焰段有吳兒，哀怨迷離按拍時。道是歡場翻下泪，才人何苦愛傳奇？

真州詹肇堂石琴

張彭年《〈憐春閣〉題詞》（《古本戲曲叢刊八集》所收本《憐春閣》卷首）：

多情無計遣春愁，懊惱穠香付水流。莫怪妒花風太緊，瓊枝祇合種揚州。
何處靈香覓返魂？且緣桃葉愛桃根。春幡從此親遮護，風雨梨花任閉門。
憐春春去可憐宵，玉樹翻新慰寂寥。拍斷紅牙凄欲絶，寒雲漠漠雨瀟瀟。

甘泉張彭年又錢

蔣徵蔚《〈憐春閣〉題詞》（《古本戲曲叢刊八集》所收本《憐春閣》卷首）：

罡風吹折小桃枝，豈有連環續命絲？怪煞紅牙太多事，登場又補悼亡詩。
百年無語歸流水，萬古傷心是落花。不信青溪明月夜，斷腸人去即天涯。
璧月嫦娥記可憐，臨春舊夢已無緣。酒闌更有秋江夢，一例香消是去年。

元和蔣徵蔚蔣山

王崇熙《〈憐春閣〉題詞》（《古本戲曲叢刊八集》所收本《憐春閣》卷首）：

白頭未許紅顏到，才子多情祇暗傷。漫設羅帷人不見，世間安得返魂香？

姊妹雙雙絕世姿，桃根復得慰相思。妒花風雨顛狂慣，寄語東君好護持。
璧月瓊枝出後庭，南朝舊事已飄零。《憐春》一曲翻新調，字字淒涼不忍聽。

盱南王崇熙緝園

魯汾《〈憐春閣〉題詞》（《古本戲曲叢刊八集》所收本《憐春閣》卷首）：

無限淒涼憶昔時，筆端描盡女兒痴。憐春閣裏辛酸別，悔棄瓊枝折桂枝。
冷官偏是熱心腸，購得娉婷便束裝。苜蓿耐嘗清苦味，梨花底事妒春光。
轉眼風流夢不奢，可憐軟玉委塵沙。此生重把情天補，珍重同根并蒂花。

當塗魯汾菊舫

董超然《〈憐春閣〉題詞》（《古本戲曲叢刊八集》所收本《憐春閣》卷首）：

玉顏零落最傷心，風雨蕪城舊夢尋。漫笑荒唐寄新曲，斷腸聲要遇知音。
措大風流苜蓿盤，冰肌玉骨自生寒。任他獨識憐春字，花落花開淚眼看。
姊妹叢分新舊栽，此番勤築避風臺。何須更比凌雲竹，拂却柔情一縷來。
踥蹀長安正碎琴，可憐小閣望泥金。從茲莫再輕離別，第一無情是上林。
藐姑仙子已魂消，綠葉成陰幾度招。記取憐春最初處，月明攜手上紅橋。

毗陵董超然定園

蔡昭《〈憐春閣〉題詞》（《古本戲曲叢刊八集》所收本《憐春閣》卷末）：

綠楊城郭定情時，一股金釵慰所思。回首釵留人已往，怎教白傅不含悲？
嬌妒從來自寵生，鳳窠有人幾多情。秋花香滿春花落，鸚鵡猶呼淚欲傾。
人間天上說前緣，夢境依依萬感牽。最是芳魂臨別意，殷勤屬付續書仙。
新弦猶是舊弦音，錦瑟和鳴愜素心。生幸同根因有分，歌傳空色去來今。

白下蔡昭鏡涵

劉方開《〈憐春閣〉題詞》（《古本戲曲叢刊八集》所收本《憐春閣》卷末）：

姑射仙人降碧天，以緣生愛愛生憐。如何一霎曇花現，泡影須臾已化烟。
弱妹重燒心字香，綺窗添綫繡鴛央。烏闌錦研三更坐，嘗遍溫柔是此鄉。
才子從來遇最奇，輕塵短夢費尋思。祇今明月團團夜，玉樹花開第幾枝？
色界香天罣礙多，詩魔畢竟屬情魔。方回亦是傷心者，怕聽氍毹一曲歌。

陽湖劉方開綿莊

劉方暉《〈憐春閣〉題詞》（《古本戲曲叢刊八集》所收本《憐春閣》卷末）：

把酒盟心會覺遲，陳宮烟月記相思。輸君未了雞臺夢，許我前身是總持。
結綺臨春事已遙，冷齋苜蓿可憐宵。紅牙慢譜三生怨，碧海青天恨未消。
斷續弦彈姊妹行，廿橋明月夜如霜。一生慧福都消受，紅豆拋殘第幾箱？
從來才子最多情，唱到生天願已盈。畢竟憐春人隔世，琵琶彈盡斷腸聲。

陽湖劉方暉昶谷

錢相初《〈憐春閣〉題詞》（《古本戲曲叢刊八集》所收本《憐春閣》卷末）：

拍遍紅牙板未停，如聞一曲《雨淋鈴》。斷腸詞句縈腸話，忍向當筵帶酒聽。
春愁不盡別愁催，馬足無情破紫苔。今日泥金剛小捷，裹將紅泪報泉臺。
去未芳魂剪紙招，碧雲如水夜迢迢。二分明月還依舊，照到揚州第幾橋？
爐香椀茗儘消磨，勘破情場一霎過。至竟未能忘結習，散花時候着花多。

陽湖錢相初申甫

張純《〈憐春閣〉題詞》（《古本戲曲叢刊八集》所收本《憐春閣》卷末）：

憐春春已付東流，白雪詞成恨未休。唱到斷腸聲咽處，泪絲和夢到揚州。

美人薄命已如絲，報到泥金尚覺遲。莫放青溪秋日棹，白蘋紅蓼總相思。
植得桃根願未空，靈犀一點玉玲瓏。紅牙拍醒三生夢，閑檢金釵憶女公。
才子情多即是才，崇川佳話遍江隈。天公解識憐春意，故遣名花次第開。

陽湖張純綉谷

羅翿遠《〈憐春閣〉題詞》（《綏中吳氏藏抄本稿本戲曲叢刊》影印吳曉鈴鈔本《憐春閣》卷首）：

色空空色杳難知，遲速天緣各有時。絶似畫師張藻筆，一爲枯幹一生枝。
傷心庾信譜微詞，添得佳人續命絲。綠葉陰濃珍果實，夜來風雨并扶持。

星沙羅翿遠仲儀

羅士信《〈憐春閣〉題詞》（《綏中吳氏藏抄本稿本戲曲叢刊》影印吳曉鈴鈔本《憐春閣》卷首）：

邗水初逢大小喬，三生石上總魂銷。掃眉才子生花筆，一種癡情費寫描。
從來名士最多情，度曲應憐百感生。根葉同歸天有意，不將今昔易初盟。

星沙羅士信吉孚

汪柱

　　字石坡，一字鐵林，別署洞圓主人、洞圓山客。祖籍徽邑，始祖唐時以保障六州之功進封越國公，裔孫遷淮，世爲望族。年十五即工於詩，蜚聲庠序。乾隆三十年（1765）南闈註誤，攻讀苦學不輟。乾隆四十八年（1783）中舉，官寧海知縣。留心古學，工於詩詞，有《鐵林存稿》一種，已佚。善戲曲，所撰傳奇《夢裏緣》《詩扇記》兩種，總稱《砥石齋二種曲》。又有雜劇集《賞心幽品》《砥石齋韵品雜齣》。

　　按，關於其里籍，《清代雜劇全目》言爲"松江（今屬上海）"，《古典戲曲存目彙考》言爲"袁浦（今屬上海市奉賢）"，皆誤。鄧長風《汪柱的里籍及居地之再探索》考證其祖籍爲安徽歙縣，原籍淮安，寄籍長洲（今江蘇蘇州），居於無錫，可從。又，關於其生活時代，趙山林《近代上海戲曲繫年初編》言其活動於道光、咸豐年間，不確。鄧長風《汪柱的里籍及居地之再探索》推測他可能生於乾隆初年。王漢民等《清代戲曲史編年》則言"汪柱當生於乾隆十五年（1750）之前"。具體生卒年待考。

　　傳記文獻：汪柱《詩扇記》所附《自序》及阮學濬《跋》、王寬《〈夢裏緣〉序》（《夢裏緣》）、（民國）《歙縣志》卷四"選舉志"、鄧長風《汪柱的里籍及居地之再探索——美國國會圖書館讀書札記之二十二》（《明清戲曲家考略全編》上）等。

《賞心幽品》

　　劇首題"賞心幽品四種"，署"袁浦鐵林汪柱撰"。包括雜劇四種：《采蘭紉佩》《賞菊傾酒》《愛梅錫號》《畫竹傳神》，均爲一折。分別撰寫與"梅蘭竹菊"有關的四位名人的故事。

● 劇情概要與本事

《采蘭紉佩》

正名爲《楚正則采蘭紉佩》。寫戰國時，屈原乃楚之同姓，仕懷王爲左徒，入則圖議國事，以出號令；出則接遇賓客，應對諸侯。不料，上官大夫爭寵害能，向懷王進讒，以致屈原被疏遠。襄王即位，又聽令尹子蘭之譖，將屈原放逐江濱。某日，屈原往江邊閑步，消遣滿腹愁怨，忽異香撲鼻，原來是澤中蘭草之清芬隨風飄散。他見蘭草雖有王者清標，然生於幽谷，祇得凄凉自老，這與自己懷抱姱修却羈留澤畔、困守蓬蒿何其相似！遂采蘭草一枝，紉結爲佩帶，并爲蘭佩題詩云："扈江離與薜芷兮，紉秋蘭以爲佩。"冀後世有知音者傳爲佳話。

生扮屈原。

本事見於屈原《離騷》。

《賞菊傾酒》

正名爲《陶淵明玩菊傾樽》。寫東晋潯陽柴桑人陶潛，曾任彭澤縣令，在官八十餘日，因不願爲五斗米折腰而事鄉里小兒，遂挂冠而退。時值重陽佳節，陶潛往南山眺望，見東籬邊菊花開得正盛，欲飲酒賞花，奈酒已吃完，僅剩空瓶，不由意興索然，祇得細嚼落英以潤渴喉。這時，江州王刺史派白衣人送上美酒二瓶，爲其解渴。陶潛大喜，一邊飲酒，一邊賞花，愈覺菊花可愛，又命兒子阿舒將空瓶貯滿清水，采擇菊花數枝，插入其中，以作案頭之供。最後，陶潛盡興而歸。

生扮陶潛，末扮阿舒，雜扮白衣人。

本事見於《晉書·陶潛傳》。明高濂（1527—1603?）《節孝記》傳奇上卷《賦歸記》，清尤侗（1618—1704）《桃花源》、石韞玉（1756—1837）《桃源漁父》

汪柱

雜劇與此題材同。

《愛梅錫號》

正名《江采蘋愛梅錫號》。寫莆田女子江氏，九歲即解誦"二南"，并以此爲志，取名"采蘋"。開元中，高力士奉使閩越，將之選入宮中，深得明皇寵幸。因其性愛梅花，故所居檻欄多植有梅樹。某日清晨，梳妝已畢，知雪霽梅開，令宮娥捲簾觀賞。見梅花着實可愛，遂爲之作小賦一篇，準備獻給明皇。不久，明皇退朝回宮，在花間設宴，與江妃同賞。明皇讀完其所作小賦，十分贊賞，并令采蘋對花試吹一曲。明皇見她如此喜愛梅花，便賜之"梅妃"之號。

生扮唐明皇，旦扮江采蘋，雜扮高力士、宮娥。登場人物尚有二內侍，俱未分配脚色。

本事見於宋傳奇小説《梅妃傳》。明吳世美（生卒年不詳）《驚鴻記》傳奇，清石韞玉（1756—1837）《梅妃作賦》雜劇、梁廷枏（1796—1861）《江梅夢》雜劇與此題材同。

《畫竹傳神》

正名爲《蘇子瞻畫竹傳神》。寫宋代蘇軾，昔年曾與太守文與可游净因寺，與可在方丈壁上畫美竹兩叢。後文與可出守陵陽，與長老道臻辭別，在其東齋復畫枯木竹石。道臻又請文與可爲其法堂四壁作畫，雖得應允，可一直未能完成。一日，蘇軾無事，到寺中閑步，見壁上與可所畫叢竹與亭中嫩筱幽篁一般聘婷可愛，又見法堂四壁依然光潔，一時興發，令小沙彌研磨，在素壁上畫下美竹二三叢，濃淡相宜。與文與可相比，蘇軾之竹別具風味。

末扮蘇軾，雜扮小沙彌。

本事出自宋蘇軾《畫竹記》。

◆ 著錄、版本與收藏情況

《清代雜劇全目》《古典戲曲存目彙考》《古本戲曲劇目提要》著錄。附刻於《砥石齋二種曲》後，現存乾隆間松月軒刻本，藏國家圖書館，《古本戲曲叢刊八集》及鄭振鐸《清人雜劇百廿種》第6冊據之影印。

《砥石齋韵品雜齣》

包括雜劇《妻梅子鶴》《破牢愁》二種。

◆ 劇情概要與本事

《妻梅子鶴》

劇首題"林和靖夢裏妻梅子鶴"，署"鐵林汪柱撰"。一折。寫宋代錢塘人林逋早孤，刻志爲學，又性耽山水，至老未娶。在西湖孤山結了個草盧，名曰"巢居閣"；種了幾株梅樹，養了一雙雛鶴。每到雪霽風和之候，梅花盛開，雙鶴對舞，十分可人。某日林逋又到閣上眺望，一時身子睏倦，便在梅樹下稍睡片時。梅魂感林逋平日垂愛，化作女子，與他在夢中稍叙款曲。林逋見梅娘風韵絕世，聘她爲妻。這時，雙鶴念林逋多年豢養之情，化作童兒亦來參謁。林逋知其素性清幽，與自己相似，就請他們做一對佳兒。梅魂敬酒，雙鶴侍立，林逋好不歡喜，不覺大醉。梅、鶴告辭，林逋不捨。醒後，林逋將夢中之事記下，以流傳後世，作爲美談。

生扮林逋，旦扮梅魂，雜扮雙鶴。

本事出自宋沈括《夢溪筆談》、明田汝成（1501—?）《西湖游覽志》等。

《破牢愁》

劇首署"鐵林汪柱填詞"。正目爲"呆書生賣痴更痴，大靈臺求道得道；

逢天女備受福祥，訴古人捐除煩惱"。四齣，未標齣目。寫吳興人吳中，生性愚頑，不懂世故，人都喚爲阿蒙，本人亦以此自居。祇因痴愚，吳中窮苦半生，并遭人揶揄笑罵。某日，他學做小兒賣痴故事，寫張招子，搖着鼓兒，往街市上大聲叫賣，此舉受到智囊叟及其子寧馨兒的嘲笑。愚公自移山之後，上帝感其真誠，封他爲愚公谷神，專管世間痴頑愚笨之人。他見吳中真誠，有心點化一番。吳中悲訴道：因自己不善周旋，好行戇直，甚至被親朋好友欺騙、侮辱，如今追悔莫及。愚公谷神指點他可往方寸山，向靈臺真人求道，以超脫苦海。吳中來到方寸山拜謁真人，真人令他到孽鏡臺邊觀看，金玉、美女、惡鬼、水火等一一在其眼前呈現。吳中時而艷羨，時而驚懼。真人趁機讓他明白痴愚之心正是由貪、嗔二境所生，并授其冰紗、定水、慧劍、靈犀等寶物，以滅妄思，以醒痴心。時值七夕，織女奉靈臺真人之命，爲吳中賜福，許他早登金榜，高中魁首；封侯萬里，位極人臣；衣錦還鄉，富貴榮華；齊眉白髮，人瑞呈祥；子孫衆多，簪笏堆床等。果然，十年之間，吳中功名顯達，位列臺階，天子亦知織女賜福之事，故封他爲極樂公。吳中年屆七十，告老還鄉。又依山傍水，築起亭臺樓閣，日日游憩其間。其壽誕之時，車馬盈門，座擁簪纓，極盡繁華。但他又生出一種苦惱，認爲自己之德能與所享福澤不配，想把福祿分給古來不如意之人。於是請來龍虎山張道士，在園中拜禱天帝，要用自己之福分彌補申生、屈原、荆軻、伯道等古人之恨事。張道士感其高誼，表示要將這些遺恨彙成牒卷，上達天聽。

生扮吳中，旦扮寧馨兒、織女、二美女，净扮靈臺真人，末扮智囊、蒼頭，丑扮小奚，外扮愚公谷神、張道士，雜扮童子、財神、波斯、惡鬼、水神、火神、侍女等。

本事待考。

● 著錄、版本與收藏情况

《清代雜劇全目》《古典戲曲存目彙考》《古本戲曲劇目提要》著錄。附刻於《砥石齋二種曲》後,現存乾隆間松月軒刻本,藏國家圖書館,《古本戲曲叢刊八集》及鄭振鐸《清人雜劇百廿種》第 6 冊據之影印。

汪柱

程居易

生卒、籍貫、事迹不詳，有雜劇《碧玉玲瓏》一種傳世。

按，劉于鋒《晚清文人戲曲研究》附錄二《晚清文人曲家及創作簡表》據該劇所存道光十年（1830）作者手鈔本，將程居易定爲嘉道時人。另外，祁寯藻（1793—1866）於咸豐二年十二月十三日（1853 年 1 月 21 日）所呈奏摺《爲廣東各鹽場道光三十年缺收各員議處事》中有"程居易"一名，若此人即戲曲家程居易，則可知其曾署"小江場委員候補鹽知事"，"又署招收場大使"，并且咸豐年間尚在世。其他事迹待考。

傳記文獻：祁寯藻《爲廣東各鹽場道光三十年缺收各員議處事》（《祁寯藻集》第三册《奏議·題本》）。

《碧玉玲瓏》

◆ 劇情概要與本事

八齣，依次爲《暗奪》《祈求》《對泣》《謀劫》《歸宴》《奮衷》《失意》《全婚》。寫唐代裴度因削平淮西諸寇之功，獲封晉國公、平章軍國大事，威權赫赫，朝野趨奉。晉州刺史欲選取一對美貌歌姬獻給裴度，却少一人，不能足數。萬泉縣令衛趨炎聽聞太學生黃彬之女小娥貌美傾城，且善於音律，欲將之充爲歌姬進獻。奈被黃彬嚴辭拒絕。衛趨炎不死心，趁清明黃彬外出掃墓之際，帶人闖入黃家，謊稱小娥已被其父賣掉，留下三十萬錢，就要將之帶走。小娥不肯上轎，縣令令人將她搶上轎去。小娥擔心自己若執意不從，必會連累父親，祇得從權，決定先往裴府，再見機行事。於是拜別亡母後，上轎而去。黃彬歸來，問明情況，料女兒必被送往州中，急忙趕往彼處，請求刺史放人。刺史早已派衛趙炎押送小娥等進京，故敷衍了黃彬一番，就將之趕了出來。黃彬訴冤無門，祇得垂頭喪氣而歸。回到家中，見小娥未婚夫唐璧已等候多時。原來，唐璧亦爲萬泉縣人，曾以碧玉玲瓏聘小娥爲室，後以孝廉官會稽縣丞，宦游南方，今升湖州錄事，又蒙給假還鄉完婚，遂來拜望。唐璧聽聞此番風波，大怒，當即要找縣令理論。黃彬拼死相勸，要他以功名爲重。唐璧祇得乘船入京，探尋小娥下落。黃彬令家僕狗兒將三十萬錢帶給唐璧，與他一起進京，打聽消息。狗兒見財起意，與舟人串通，趁着夜色殺人奪財。唐璧恰臨時上岸，方逃過一劫，但盤纏、文簿、執照皆失，歷盡百般辛苦，纔挨到京城。近來，憲宗受奸臣蠱惑，大興土木，費盡民力。裴度爲此多有進諫，反落得聖心含怨，如今進退不能，便藉酒色以避禍。趙炎附勢之徒以爲他沉湎於此，故紛紛進獻，這令裴度十分煩惱。一日退朝，裴度遥見一書生在道前遮遮掩掩，似有冤情要訴，却被護衛趕下。又一日，裴度潛出府門，往市井中體察民情，正好遇到前日書生；上前詢問，方知此人就是唐璧。唐璧也將實情相告。裴度回到府中，找來小娥，證實唐璧所言非虛，便決定成全二人。於是吩咐手下置辦妝奩，布置新房，親自爲其主婚，又贈唐璧寶鈔千貫，命他三日後赴任。

生扮裴度，小生扮唐璧，旦扮黃小娥，貼扮梅香，净扮晉州刺史，末扮唐乙，付扮衛趙炎，丑扮店家。登場人物尚有張榮、黃甲、衙婆、狗兒、皂役、水手、長班、歌姬等，俱未分配脚色。

本事見於明馮夢龍（1574—1646）《喻世明言》卷九《裴晉公義還原配》。按，劇末署"道光十年小春月程居易撰幷書"，知是劇撰於道光十年（1830）春。

● 著録、版本與收藏情況

《古本戲曲劇目提要》著録。現存道光十年（1830）作者手鈔本，藏中國藝術研究院圖書館，《傅惜華藏古典戲曲珍本叢刊》第 87 册據之影印。

春 橋

姓名、字號未詳。約生活於嘉道年間。曾作幕嶺南,其他事迹不詳。有雜劇《四喜緣》一種,今存。

按,關於其里籍,《古典戲曲存目彙考》言爲"浙江上虞人",郭英德、李志遠《明清戲曲序跋纂箋》言爲"河南虞城人",這與對作者《〈四喜緣〉弁言》落款"古虞"的理解不同有關,待考。

傳記文獻:春橋《〈四喜緣〉弁言》(《四喜緣》)。

《四喜緣》

劇情概要與本事

劇首有"提綱"四句,即"老書生間(閑)中弄墨,小蠻姬衆裏留青。多情人清尊倚玉,江湖客去棹移花",似爲題目正名。四齣,依次爲《志喜》《喜思》《喜集》《送喜》,今存前三齣。寫言近村、陶四州、李三陽三人同在吉少府署中作幕。一日,陶、李偶步春場,遇到江湖賣藝女子劉四喜及其姐劉二姑在此做場。劉四喜見陶生顔温似玉、氣馥如蘭,且對自己多有矚目,感其多情,表演完畢,含羞與其互通姓字,陶生解佩相贈。李生對劉二姑也十分誇贊。後劉四喜父母嫌此地生意冷淡,乘舟東返,令兩對男女忽忽若失,甚是惆悵。言近村聞陶、李奇遇,爲譜《四喜緣》傳奇一種,并交給吉升小班搬演,以助當筵一笑。四喜姐妹生從湘水,長自桂林,父親本是拳棒教師,祇緣貪酒、賭博而破家,遂至江湖賣藝。四喜自從與陶生兩相酬答後,幾日來茶飯無心,情思懨懨。二姑見此,前來閑話,二人説起與陶、李二生之情事，頗有同病相憐之感。陶生爲了接近四喜，又在真樂園中設宴，藉機招四喜姐妹前來表演。二姑、四喜先是弄鞭跑馬，又入席侑酒，期間與陶、李二人彼此顧盼，眼目傳情。宴後，兩對情人又各自登臨、散步，互訴衷腸。

生扮李三陽，小生扮陶四州，貼扮劉二姑，小旦扮劉四喜，老旦扮四喜母，淨扮四喜父，副淨扮官廚，末扮言近村，丑扮跟班，外扮吉縣令。

本事來自作者友人之真情實事。據作者《〈四喜緣〉弁言》，是劇創作時間當爲道光五年（1825）。

● 著錄、版本與收藏情況

《清代雜劇全目》《古典戲曲存目彙考》《古本戲曲劇目提要》著錄。現存道光間抄本，藏中國藝術研究院圖書館，《傅惜華藏古典戲曲珍本叢刊》第 87 冊據之影印。

● 序跋、題詞與評語

春橋《〈四喜緣〉弁言》（《傅惜華藏古典戲曲珍本叢刊》所收本《四喜緣》卷首）：

夫采桑陌上，歌傳子貢三挑；弄筆閨中，韵數丁娘十索。自謂無傷大雅，何妨偶托微詞。吾友李子也仙、陶子雲松，擅綜核之才，負俊邁之氣。花天月地，酒國詩城。揮麈則娓娓可聽，夢蝶則栩栩欲活。依然可愛，況逢張緒當年；猶尚多情，不礙徐娘老去。洵爲風月之主人，合占鶯花之壇坫已。則有江湖劉叟，棹扁舟而驚技，挈二美以嬉春。細骨輕軀，步香塵而無迹；彩繩畫架，颭長袖以疑仙。於是少府周君華鐙張宴，二君綺席偎紅。而陶尤眷眷於其第二妹，所謂喜姑焉。雛髮未燥，清矑暗迴。問年，當碧月將圓；待價，值青溪獨處。由是手拈紅豆，爲表相思；身背銀釭，微聞細語。解漢皋之佩，居然琢就同心；皴掌上之裙，端合文成連理。（陶有玉佩、羅襦之贈。）迨

春橋

乎挐舟江上，許桃葉以自迎；走馬章臺，問楊枝其在否。可謂情深一往，當亦緣在三生者矣。

同人浼予彙其韵言，譜爲樂府。俾獐花犿鳥，聽睹一新；瘴雨蠻烟，襟塵共浣。當作嶺頭梅贈，無虛此日萍逢。僕命少金星，音荒水調。放懷游戲，任嗤鼙效東家；矢口謳吟，索勝簫吹吳市。倘便願諧金屋，重廣得寶之歌；行將妙選珠娘，用繼摸魚之唱云爾。

道光乙酉仲夏，古虞春橋氏題

鄭騫《〈四喜緣〉跋》（《傅惜華藏古典戲曲珍本叢刊》所收本《四喜緣》卷首）：

此書確是舊鈔，曲文亦整潔可誦，羨季以爲勝湯雨生《逍遥巾》多矣。惜末折佚去，無從覓補。區區一雜劇，其傳亦有幸，有不幸耶！春橋不知爲何許人，讀其自序，知曾作幕嶺南，所可知者如是而已。丙子秋日，過羨季夜漫漫齋，案頭得見此書，携歸插架。書爲隆福寺保萃齋所售，價洋二元也。

是年中秋後，因百記於北平東城寓廬之慕歌室

曾衍東
（1751—1831後）

　　字青瞻，號七如、七道士等，嘉祥（今山東嘉祥）人。曾參第六十七代孫。幼隨父游閩嶠、粵海之間二十年許。年十七補諸生，四十二歲始中舉。後數應春試，皆不第。嘉慶六年（1801）獲挑楚北，先後署咸寧、武昌、江夏、當陽及四川巴東知縣。奉檄赴蒲圻縣查案，因涉勒索情事，又牽連命盜等，遭革職，發配溫州羈管。後遇赦，貧老不能歸，卒於溫州。擅書畫，工詩文。有詩集《七道士詩抄》《啞然詩句》《古榕雜綴》、文集《日長隨筆》《七如題畫小品》，又有書畫、篆刻及筆記小說集《小豆棚》存世。雜劇《述意》附於《小豆棚》之末。

　　按，《小豆棚》編定於乾隆六十年（1795）。光緒六年（1880），項震新將之詮次成帙，計十六卷，作序并付梓。該書大而忠孝節義之經，次而善惡果報之理，常而藝文珍寶，變而神鬼仙狐，以及山川風土、鳥獸蟲魚、詩詞雜記，諸凡備載。

　　又按，關於其生卒年，張憲文《曾衍東年表》言爲"1751—1830"，另有生於乾隆十五年（1750），以及卒於道光五年（1825）、嘉慶二十一年（1816）、道光七年（1827）等說法。杜桂萍《〈小豆棚〉作者曾衍東事迹考》辨之頗詳，認爲其當卒於道光十年（1830），後在《曾衍東生平事迹編年考述》中進一步推測其卒於道光十一年（1831）之後，可從。

　　傳記文獻：曾衍東《小豆棚》及詩文作品，彭左海《曾衍東傳》、張憲文《曾衍東年表》（《小豆棚》附，中州古籍出版社1989年版），曾衍咏《武城曾氏重修族譜》，（光緒）《嘉祥縣志》卷二，杜桂萍《〈小豆棚〉作者曾衍東事迹考》（《明清小說研究》2007年第1期）。

《述意》

劇情概要與本事

一折。寫山東儒生七如居士,家境貧困,四壁蕭然。常出外求食,居家日少。昨日從海上歸來,一家八口得以歡聚。因携新編《小豆棚》一書在門前豆棚之下校閱,妻子提議他給大家講些閑話。七如便將書中故事講與大家,眾人聽後,表示甘願守分安貧。七如聞言,憤世嫉俗的心腸亦冰消瓦解。這時,兒子釣魚歸家,帶回一條金色鯉魚,催促母親烹魚,給父親下酒。天色已晚,一家人約定飯後再到豆棚下玩耍。

生扮七如居士,旦扮七如妻,小旦扮七如妾,貼扮七如大女,丑扮七如之子。登場人物尚有七如小女,未分配脚色。

是劇乃作者自述心事之作。其【尾聲】言:"七如行樂誰能寫,把自家心事直作宮商打。他年演唱豆棚圖,須認咱。"

著錄、版本與收藏情況

《清代雜劇全目》《古本戲曲劇目提要》著錄。現存光緒間上海申報館排印《小豆棚》十六卷本所附本。

左 潢
(1752—1829)

　　字晴川，一字巺轂，別署巺轂散人、古塘樵子，桐城（今安徽桐城）人。明末名臣左光斗（1575—1625）族裔。乾隆四十二年（1777）舉人，歷任丹陽、歙縣等地教諭。乾隆六十年（1795），主講於太湖熙湖書院。與趙文楷（1760—1808）、沈起鳳（1741—1802）等戲曲家交往頗密。著有《精選程稿匯源》（未見傳本）、《瑞芝堂四六注釋》以及《消閑四種》（包括《紅樓茗飲》《會真別趣》《探花集字譜》《臥游名山圖》）等。又有傳奇《蘭桂仙》一種、雜劇《桂花塔》一種，均存。

　　按，關於其生年，學者多推測爲1751年，如鄧紹基《中國古代戲曲文學辭典》、郭英德《明清傳奇戲曲文體研究》等；其卒年，鄧紹基《中國古代戲曲文學辭典》推測爲1811年，幺書儀等編《戲劇通典》判斷爲1810年後，郭英德《明清傳奇戲曲文體研究》則定爲1811年後。王春霞《左潢及其戲曲研究》據《左氏宗譜》，考證其生於乾隆十七年（1752），卒於道光九年（1829），可從。

　　傳記文獻：（道光）《桐城續修縣志》卷七、《（桐城）左氏宗譜》卷四十二、王春霞《左潢及其戲曲研究》（安慶師範大學碩士學位論文，2016年）。

《桂花塔》

● 劇情概要與本事

　　劇首署"筠亭山人論文，古塘樵子填詞，清河居士正譜"。十齣，包括《園成》《建塔》《史宴》《述譜》《送別》《賞春》《齋塌》《酬神》《賀塔》《慶壽》。第一齣前有【蝶戀花】【鳳凰臺上憶吹簫】二曲，似傳奇戲曲之副末開場。寫江左同安人工洪，乙榜出身，曾備員翕浦，今任丹陽學博已十載。與繼配禾氏生有二子一女，次子玉林與女兒端玉在署攻書。工洪年老體衰，每思園林之樂，便在學宮藤花軒北邊隙地建造小園一所，名曰"半畝"，栽花種竹，頗費經營。又特命花匠將園中桂樹修成七層梵塔的形狀，名爲"桂花塔"，以爲勝景。工洪與友人暢游園中，頗得閑趣。重陽剛過，桂花塔正花開二度，忽有門徒季辰翔來訪。季辰翔職授詞垣，今奉命典試武林，事畢旋都，過丹陽，特來拜謁。工洪迎之入園中天香館，杯酒盤桓，又將近日所纂先人傳記奉送，并概述其九世祖光祿公及其子忠孝事迹，以備辰翔將來載之史册。仲夏時節，工洪姊工氏帶子花梁、花秦來署小住，禾氏與之朝夕相伴，情誼綢繆。某日，禾氏携丈夫所著《消閑四種》及譜式器物等來藤花軒中與工氏叙話，依次將《探花集字譜》《卧游名山譜》《紅樓茗飲譜》《會真別趣》之大概演説一遍。工氏深佩弟弟製造之苦心，留下譜具細閱賞玩。時光荏苒，不覺又到仲秋節序，工氏將携子往海陵完婚。啓程之日，工洪夫婦到舟中相送。三人互訴骨肉親情，灑淚而別。又值春光韶麗、百卉敷榮之時，工洪約好友田日舟、嘉立山等來園中散步看花。衆人或於六角亭中小憩，或登臺高望，覽盡無邊春色，共贊園地雖小，景致却甚是幽深。某年六月二十四日，學宮東齋突然倒塌，單將工洪八歲幼子玉林壓在瓦礫之下。當時工洪因公外出，不在家中，禾氏聞訊，當即暈死過去，衆人亂做一團，都認爲孩子凶多吉少。幸得學署四鄰救援，玉林奇迹生還，竟無大礙。工洪認爲這是神明護佑，遂於七月初十設祭酬謝宅神、土地及祖先等。又是一年春深之時，云阿縣令余浩、二尹金瑞等八人齊聚半畝園中，紛紛以詩歌文對等爲工洪補祝六十壽誕。

生扮工洪，小生扮季辰翔、花梁、兆禾臣、楊如恒，老生扮嘉立山、儲化辰，旦扮禾氏，老旦扮工氏，小旦扮田敏馴、花秦，貼扮工玉林、工端玉，净扮蒼頭、宗郁馨，中净扮婢女、肖吉人，小净扮花匠，末扮院子、金文言、余浩，副末扮弓炳，丑扮舟子、門斗，外扮袛從、田日舟、土地、金瑞，副外扮田普光，雜扮園丁、荷香、菊香，末、小生扮學宮贊禮，外、末、副末、小生扮四鄰。登場人物尚有宅神、過往神、三代先靈、諸鬼魂等，俱未分配腳色。

是劇當據作者經歷敷演而成，創作於嘉慶十六年（1811）。吳甸華《〈桂花塔〉序》云："余與同年巽轂先生，燕臺一別，近二十年。嗣余出守毗陵，先生正司鐸雲陽……余亦以公便，常詣罍齋，綠酒紅燈，論心達旦。見其園亭幽雅，花木繁稠，佳景良辰，流連不置。中有桂樹一株，旋繞成塔……無何，東齋塌倒，郎君幸保全於險難之中。桂塔亦被齋牆傾壓，幸根本未傷，得以滋培復舊。逾年，而先生晉六帙觴，雲陽僚友製章稱慶。先生因撮其近事，成爲菊部。"按，主人公之名"工洪"，乃作者名字"左潢"之減寫。

● 著錄、版本與收藏情況

《古典戲曲存目彙考》《古本戲曲劇目提要》《明清傳奇綜錄》著錄。現存嘉慶十七年（1812）天香館刻本，藏國家圖書館、上海圖書館、復旦大學圖書館等。《古本戲曲叢刊八集》據國家圖書館藏本影印。

● 序跋、題詞與評語

湯金釗《〈桂花塔〉跋》（《古本戲曲叢刊八集》所收本《桂花塔》卷首）：

《桂花塔》一書，雖係家事，而賢徒宴洽，誦述先猷，郎君遇難能生，可卜前程遠大。通本節奏和雅，詞句清新，池館陶情，賓朋慶壽，均見太平景象。

"治世之音安以樂"，其此之謂乎？他日播之管弦，聲情畢肖，觀者當更爲擊節也。

敦甫跋

左潢

蔣榮昌《〈桂花塔傳奇〉序》（《古本戲曲叢刊八集》所收本《桂花塔》卷首）：

天下之物，有生爲貴重之仙品，繼成崇高之寶相，中遭倉卒之險難，終發茂盛之菁華者，非事之奇而可傳者乎？而其生長有托根之地，其成就有創始之因，其遭難有同患之侶，其重榮有培植之人，則又與是物并傳者，此《桂花塔》一書所爲作也。

夫桂花多矣，未聞有以爲塔者，有之，自司農始。以貴人而巧製貴物，以成寶相，所謂兩美必合，花以人傳，人以花傳者也。兹以黌宮之茂樹，效午橋綠野之良規，誠爲盛事。是桂也，與檜柏而爲鄰，受滋培於桂井，（明倫堂前有古井一口，唐宋年間所開，名曰桂井，水極清冽，至今利用。）挺雲霄之孤幹，作神佛之化身，使園亭得此而增重，群芳藉此而益彰。而且咏絮之才，因此而快聚；瓜瓞之澤，對此而敷陳；金蘭之雅，由此而摘藻；桃李之情，玩此而歡暢；松柏之壽，坐此以娛賓；慈竹之蔭，賀此而加勖。則一門中之蒸蒸善氣，與桂塔之欣欣向榮，似有隱相印合者，當不徒爲此塔之繼長增高幸也。

古塘先生著作等身，所刊時文、駢體文、傳奇、曲譜及消閒各藝，皆已膾炙人口。兹於丹鉛之暇，按拍填詞，成《桂花塔》院本。劇僅十齣耳，而其中悲歡離合，夷險驚喜，奇勛武略，雅宴敷揚，祖德同氣，官齋酬唱，朋儕壽域，笙歌不均，足見先生教澤之長、家聲之遠，至性中恒多樂事，德門内宜降休祥也哉！

余與先生金玉三人，均爲同年，（令昆春塘、季英，俱於是科獲雋。）譜誼重叠。而賢徒今任吾鄉大吏，叨爲部中沐澤之人，故於弓冶之紹承，青藍之契洽，門庭之豫順，驚喜之情形，知之最深，誠津津而樂道之，未敢以不敏辭也。

嘉慶癸酉仲秋月，年愚弟中州蔣榮昌霽峰氏拜撰吴甸華《〈桂花塔〉序》(《古本戲曲叢刊八集》所收本《桂花塔》卷首)：

　　余與同年巽轂先生，燕臺一別，近二十年。嗣余出守毗陵，先生正司鐸雲陽，相違百里。先生常以課士之暇，泛舟余署，樂數晨夕。蓋郡廨之書軒，曾作館甥之室，（先生爲前任郡守，繼升寧紹觀察，潘公蘭谷之東床。）地係熟游，舊題宛在。余亦以公便，常詣鱟齋，綠酒紅燈，論心達旦。見其園亭幽雅，花木繁稠，佳景良辰，流連不置。中有桂樹一株，旋繞成塔，其直幹之高標，枝葉之茂盛，周圍之圓密，層級之均勻，洵屬天然品格。每當粟綻花開，賓朋玩賞，誠衆香國之奇觀，大雅堂之勝會也。無何，東齋塌倒，郎君幸保全於險難之中。桂塔亦被齋墻傾壓，幸根本未傷，得以滋培復舊。逾年，而先生晉六袠觴，雲陽僚友製章稱慶。先生因撮其近事，成爲菊部。時余奉調，泛棹吳門，郵稿見示，屬余爲序。

　　余惟以花而成塔，成塔而被壓，被壓而重榮；郎君以八齡遭兹蹇難，而又忽有大梁橫空護苾，同謂必死，竟獲再生；且郎君遭難而先生已先期公出，得免受驚，此皆事之奇而可傳者。昔人云"盤根錯節，所以別利器"，其此樹、此人之謂與！他日郎君奮發雲衢，與桂塔同臻榮盛，洵詞場之佳話也。又況賢徒典試越邦，高行大節，文章德性，幽明果報，倫誼交情，無不畢備。至其氣象之光昌，魄力之浩瀚，詞句之鮮妍，針綫之細密，宮譜之諧協，賓白之雅趣，則兼擅北宋、元人之長，有過之無不及。他日被之管弦，聲情逼肖，氍毹一丈，即搬演於桂塔之旁，對景傳神，有超越尋常萬萬者。吾不知座上之人，其擊節嘆賞，當何如也。

　　夫以仙品而成寶相，遭險難而發重榮，所以爲桂塔傳也。而其托根則鱟宮也，創始則司農也，同患則小郎也，培植則廣文也，其地其人，不均與桂塔并傳也哉？是爲序。

沭陽南畇吳甸華書

錢端《〈桂花塔〉題辭》(《古本戲曲叢刊八集》所收本《桂花塔》卷首)：

具此文心妙剪裁，小山移得一枝栽。羨君幻出爐錘手，巧奪蟾宮寶相來。

黌序胡然佛放光，玉犀高矗近文昌。曲阿今日題名客，較比慈恩士氣強。

塔身夕照滿花陰，難測高低歲月深。依附宮牆垂不朽，衆香收拾到儒林。

層霄何能拾級登，不聞鈴響不懸燈。花迎天上朱衣使（謂主試季太史），羞向高僧説大乘。

體直因材篤化身，欣逢大雅爲扶輪。散花香繞雲梯上，譜出新詞作賦人。

曲成高唱入雲時，況有知音子野詩（謂月波張君題句）。一衆浮圖都壓倒，他年數典爲傳奇。

嘉禾錢端雲芝

左潢《步韵錢端〈桂花塔〉題辭》(《古本戲曲叢刊八集》所收本《桂花塔》卷首)：

企慕新安仿雅裁，瑤林作塔手親栽。祇因圓滿傳佳咏，（先生惠予壽詩中，有"金粟塔成圓滿相"之句。）引出秋香小部來。

咫尺冰齋接瑞光，迪堂佳樹見蕃昌。（先生衙署與敝齋相近，尊庭名"惠迪堂"，有桂樹一株甚茂。）乘閑步屧舒游興，愛我荒園半畝強。

七級婆娑散碧陰，杯傳嘉客夜更深。花開露冷秋千里，別館香霏月滿林。

彩鳳祥鸞應許登，高撐原不爲傳燈。多君壓倒浮圖意，獨詡天葩占上乘。

夙世蓉城閬苑身，塵寰閱歷轉風輪。（先生雅具仙才，閱世已深，繁華悉淡。）青雲梯上花香繞，不讓峰青江上人。

賓筵敞處暮春時，巧奪天孫織妙詩。爲仿十全成十首，（予六十初度，先生惠七言排律一章，款中有"韵叶十聯，會十旬之全數"之語。予作傳奇，止填十齣，即本此義。）報瓊慚愧藉傳奇。

古塘樵子步韵

徐礽《〈桂花塔〉題辭》（《古本戲曲叢刊八集》所收本《桂花塔》卷首）：

介壽欣當六十時，門盈珠履頌期頤。深慚未與蓬萊會，敬祝長年補劣詩。

天香本自月中來，秋到黌宮金粟開。七級浮圖非幻相，主人著意費栽培。

平泉佳種托根深，（平泉莊桂花種類甚多。）舍利裝成耀泮林。好是曾經盤錯後，菁華重茂快人心。

移宮換羽久名家，蘭桂清詞處處詩。（《蘭桂仙傳奇》，吳門、廣陵多有演之者。）此後梨園重按譜，金風香裏拍紅牙。

山陽徐礽改亭

左潢《步韻徐礽〈桂花塔〉題辭》（《古本戲曲叢刊八集》所收本《桂花塔》卷首）：

同寮十載憶當時，把盞聯吟共解頤。（先生與予同寅十載，時小園粗就，詩酒往來。）慚愧巴人重譜曲，又勞珊筆賦新詩。（予前作《蘭桂仙》院本，曾承先生題咏。）

扁舟曾向廣陵來，燈火芳辰絳帳開。（予正月赴揚，先生正綰郡學篆，相見甚歡。）半載春風桃李茂，邗江多士感滋培。

濃陰披拂曲廊深（桂塔之東，一帶修廊），七級花開月滿林。應是扶持資佛力，欣從劫後見天心。

金粟香中暫寄家，何當巨製特矜誇。一池秋水風前笛，泮壁知音屬伯牙。

古塘樵子步韵

張廣煥《〈桂花塔〉題辭》（《古本戲曲叢刊八集》所收本《桂花塔》卷首）：

天然梵塔出心裁，寶相瑤枝兩合胎。是幻是真參妙諦，匠門變化有如來。

舍利何如仙桂神，霎時轉折絶凡塵。重重金粟莊嚴象，直幹撐空勁氣伸。
製作玲瓏巧似仙，重階疊級拂雲烟。慈恩本是探花客，合藉姮娥樹影傳。
文壇突起一浮圖，郁郁青青枝葉敷。漫說儒家兼釋教，凡間色相本虛無。
塔峰怎似筆峰高？萬丈文光藉彩毫。定有英才符瑞兆，一枝奪折換宫袍。
振鐸黌宫望斗山，何須修念叩禪關？天葩似有皈依意，偶學和南供奉班。
月府仙根千丈秀，詞林法寶萬緣空。層層勢結凌霄漢，歷歷陰森蔭璧宫。
升高陟頂襲天香，峻處名標忠孝揚。節節延年還裕後，風華譜奏燦雲章。

曲阿張廣焕月波

左潢《步韵張廣焕〈桂花塔〉題辭》（《古本戲曲叢刊八集》所收本《桂花塔》卷首）：

偉望三吴重典裁，瓊瑶作骨鶴爲胎。良緣千里由天假，御李欣從皖北來。
交敦古誼仰丰神，瀟灑胸襟迥出塵。千頃汪波真叔度，披雲每覺素懷伸。
登壇命代景詩仙，球子晴霞練水烟。十二年來披錦軸，佳篇脱手世爭傳。
縱筆頻成萬里圖，奇峰聳列异花敷。溪山一幅龍眠意，回首鄉雲半有無。
（先生善畫山水，曾贈予《溪山勝賞》一幅，龍眠風景，宛在目前。）
遠移玉趾見情高，四首新詩蘸紫毫。劇愛荒園春色麗，桃花似綬草如袍。
（《慶壽》齣中絶句四首，即先生詩。）
猥填壽曲仿香山，敢訝搓酥繼馬關。（《壽》齣中有"共群公合作香山九"之語。）
文苑擘麟同閬苑，八公原是列仙班。
七層圓滿看舒艷，一樹玲瓏本嵌空。恰作君家攀桂兆，秋風得意在蟾宫。
（今歲鄉闈，先生諸郎皆命中之才。予於新正將院本呈先生教，即以兆喜。）
頒來麗句咏秋香，小部偏邀巨筆揚。愧我庸才今學步，翻持木李報瓊章。

古塘樵子步韵

趙偉《〈桂花塔〉題辭》（《古本戲曲叢刊八集》所收本《桂花塔》卷首）：

左潢

甕宮底事現浮圖，妙手移來月窟株。獨運匠心兼譜曲，奇才出自賦《三都》。

半畝名園別有天，幽人構得貯雲烟。四時百卉都芬馥，況與天香館接連。（《園成》）

鷲嶺仙葩久著稱，裝成梵塔一層層。後生若問蟾宮路，恰好從茲拾級登。（《建塔》）

名題雁塔舊門人，晉謁鱸堂宴作賓。史筆藉傳忠孝迹，好將祖德盡敷陳。（《史宴》）

創格消閒美備該，良朋按譜樂追陪。何期演取雙閨秀，塔畔吟哦逞妙才。（《述譜》）

同懷一旦唱驪歌，丹桂叢前喚奈何。別淚如珠千萬點，比他金粟數還多。（《送別》）

良友尋芳集小園，賞桃疑入武陵源。更將後會重相訂，寶粟開時好晤言。（《賞春》）

震耳雷霆祇一聲，高齋覆壓小書生。當時桂塔同遭厄，并喜完全困得亨。（《齋塌》）

逢凶化吉有神靈，感謝抒忱特薦馨。不是他年攀桂客，如何保護賴幽冥？（《酬神》）

此塔從今識化工，欣看劫後復蘢葱。却應受厄人稱賀，爾我居然苦樂同。（《賀塔》）

花甲初周晋玉觴，斑衣蘭桂舞華堂。同心更有耆英集，競奉詩文祝壽康。（《慶壽》）

將花作塔衆稱奇，我道傳奇匪在兹。奇莫奇於齋塌事，不然曷爲特填詞？

雲陽趙偉淡存

左潢《步韵趙偉〈桂花塔〉題辭》（《古本戲曲叢刊八集》所收本《桂花塔》卷首）：

香塔凌雲入畫圖，乘閑按拍譜犀珠。頒來佳什瓊瑤燦，頓使蕪詞愧練都。

射圃西開半畝天，深藏錦霧繞晴烟。紅欄碧榭誰標識？賴有吟詩謝惠連。（園中亭臺館榭，多有先生題咏。）

湫隘園亭謬見稱，深林作障白雲層。栽花種竹同評度，携手高臺取次登。（園中一切布置，皆與先生商度。）

經史淹通景哲人，寒齋有幸憩嘉賓。偶乘餘興諧宮羽，《蘭畹》《金荃》座上陳。（先生雅善填詞，積成卷帙。）

飛鴻舞鶴體兼該，揮翰惟應逸少陪。別館修廊多妙筆，匪徒題句表長才。（先生書法極工，園中匾對多出其手。王安石詩：“談笑應容逸少陪。”）

瑤林昨歲譜笙歌，酥粉拋荒可若何？小厦筠香風雨夜，殷勤點竄見情多。（筠香小厦，書齋名。予作《桂花塔傳奇》，每成一齣，必請先生誨削。）

董帷深下未窺園，提命諄諄溥化源。豚犬叨承槐市訓，不虛十載契蘭言。（予與先生訂交，計今十餘載。）

駭聽榱崩棟折聲，危哉赤子料無生。若非仰托師尊庇，入險何緣得大亨？

鑾宮保障賴神靈，紀事篇成翰墨馨。況有《更生》詞句好，心香同奉答蒼冥。（東齋塌後，先生曾作紀事文，并《喜更生》詞。）

舍利香飄得句工，初成寶相賞青葱。何期劫後重題咏，樂意追前更不同。（桂塔初成，先生曾作《題塔詩》，有"香飄舍利秋風細，子落浮圖夜氣澄"之句，載入《建塔》齣內。）

鳴鹿吹笙待舉觴，穹窿暗設至公堂。預扶今歲蟾宮客，穩折秋香向建康。（先生今歲鄉試，例得仰邀恩賜。先生免受東齋之厄，冥冥有相之者。）

析事分章各擅奇，尖新熨貼竟如兹。更將花塔爲詩骨，義取提綱吐妙詞。

（先生分題十首，皆以桂塔聯串，尤見運思之巧。）

古塘樵子步韵　　左潢

丁有聲《〈桂花塔〉題辭》（《古本戲曲叢刊八集》所收本《桂花塔》卷首）：

小山叢桂本仙家，雲外香飄月殿花。移向泮林成寶相，平分仙佛願何奢。
桂井培來桂塔高，天葩馥郁伴閑曹。饗宮竊取仙宮譜，十樣雲箋試彩毫。
清芬世德溯門楣，譜入笙歌妙色絲。比似層層圓滿相，九霄湛露正團時。
桃李新陰栽滿庭，秋風丹桂幾枝馨？木樨聞後吾無隱，又藉禪關一扣肩。
詠絮才高悵遠天，衙齋聚首共分箋。玲瓏茂樹團圓月，話到深宵塔影圓。
檜柏青青共老蒼，修成妙諦傍宮墻。題名好學慈恩寺，同把仙枝祝壽康。
涌翠圍金費剪裁，浮圖高聳拂雲材。合尖端藉詩人手，萬丈毫光腕下來。
種花建塔學空王，新製霓裳別樣妝。出世風懷付歌管，疑傳鈴語和天香。

曲阿丁有聲鶴亭

左潢《步韵丁有聲〈桂花塔〉題辭》（《古本戲曲叢刊八集》所收本《桂花塔》卷首）：

看杏乘驄仰巨家，謨觴學富綻心花。遙村烟樹長堤月，樂志寧矜甲第奢。（先生卜居珥村，寄情山水，遠避喧囂。）

萬丈光芒格調高，共推詞采壓劉曹。興酣倒瀉長河水，（先生居近河干。）得句頻揮五色毫。

圖書滿架映文楣，階上苔痕長綠絲。（先生設帳傳經，從游者衆。）爲慕鴻儒親德範，論交已是十年時。

閑栽桂樹蔭荒庭，幻作浮圖散遠馨。幽賞聊憑名卉寄，漫勞嘉客叩柴扃。

慚增馬齒浴沂天，麗藻頒來玉版箋。三徑花濃春度曲，（先生壽予詩，中有

"三三徑闢桃源近，百花濃處祝添壽"，"玉簫度曲柳、蘇倩，春風桃李門墻盛"等句。）推敲字字比珠圓。

七級扶疏翠色蒼，高低掩映薜蘿墻。（桂塔之西有薜蘿墻。）欲傳瑤句成蕪曲，豈爲微生譜壽康。（予作傳奇，本因諸公惠詩，冀傳永久。）

八首詩從綺思裁，宏篇特獎小山材。圍金涌翠風神妙，原自春城曉幕來。（貴先世有諱仙芝者，以詩名，有"曉幕紅襟燕，春城白頂烏"之句。）

花塔何須屬梵王，秋容別繪艷濃妝。從今小部增奇采，賴有聯翩班馬香。

古塘樵子步韵

姚熙《〈桂花塔〉題辭》（《古本戲曲叢刊八集》所收本《桂花塔》卷首）：

隙地誰將生面開？胸蟠丘壑起亭臺。天教半畝閑花圃，展布先生錦繡才。（《園成》）

裝成寶相紹賢徽，香粟團團碎錦圍。指示精詳侔舍利，名葩先後定相輝。（《建塔》）

忠孝勳猷次第陳，表揚先德屬嘉賓。欣看海國衡才客，原是程門立雪人。（《史宴》）

薰風簾幕暢吟懷，蕙質蘭襟兩意諧。閑對藤花評雅藝，詞仙今已屬裙釵。（《述譜》）

骨肉分離自愴神，臨岐握手意彌親。那堪千里秋風別，同是蕭蕭白髮人。（《送別》）

點綴春光仰化工，悵予羈迹五湖東。何期越水吳山客，也入鸞笙鳳管中。（《賞春》）（予與岑君端書、嚴君錫諧、盧君書船，俱在韵中。）

堪驚大廈一朝摧，預有先靈入夢來。棟折榱崩翻化吉，他年定卜棟梁材。（《齋塌》）

福善消灾理有常，群神會萃勢匆忙。憑將辛苦扶持意，消受筵前一炷香。

（《酬神》）

玉醴瓊肴列静嘉，宵分展禮月澄華。嫦娥應識三生事，公子前身合此花。（《賀塔》）

指塔同高祝八千，春陽周甲醉花天。主賓父子齊歌曲，創出新規介壽筵。（《慶壽》）

吳門姚熙橄香

左潢《步韵姚熙〈桂花塔〉題辭》（《古本戲曲叢刊八集》所收本《桂花塔》卷首）：

春風幾度小園開，携手同登沼上臺。一自河橋歌《折柳》，金閶雲樹憶仙才。

朱霞天半景風徽，院宇清幽水石圍。曲曲吳橋門巷裏，野園花萼競春輝。（先生住宅名"野園"，備極清幽之趣。）

《蘭桂》歌詞荷指陳，瑶章叠賁萃英賓。而今《花塔》呈蕪曲，又賦新詩寄故人。（余前作《蘭桂仙傳奇》，先生與岑、嚴諸君，皆有題咏。）

離群誰共暢襟懷，賴是書傳綺思諧。言念久要欽勝友，每聽竹籟數松釵。

悠然小坐憩心神，偷得餘閑禽鳥親。信道林泉無定主，敢云風月識高人？（先生贈予詩中，有"官閑禽鳥親，林泉無定主。風月識高人，悠然忘世慮"，"小坐炷心香"之句。）

集字分題組織工，（岑君自製詩牌，好爲集字之聚。）可堪判袂各西東。懸知此日舒游興，半在金峨薛澱中。（謂岑君端書、嚴君錫諧、盧君書船，近聞其在松江、寧波、長洲等處。）

枝條雖謝雪霜摧，險難何堪一霎來。不是花神潛保護，爭教重茂拂雲材？

栖遲衡泌性安常，换羽移宫靜裏忙。繪出寒氈清淡意，嘉名聊藉木樨香。

麗句遥頒興倍嘉，雄才秀茂思雕華。慈恩轉昀名題塔，好趁秋風折此花。

（本年係届鄉闈，故以折桂期之。）

漫向須彌問大千，看花且樂四時天。何當一棹仙踪至，金粟香中小會筵。

古塘樵子步韵

許鯉躍《〈桂花塔〉題辭》（《古本戲曲叢刊八集》所收本《桂花塔》卷首）：

畫圖一幅本天工，留住鶯簧燕板風。拙記也沾亭壁惠，年年春醮苑花紅。（《園成》）（園中寄亭，余曾作記。）

七級崚嶒挺畫檐，雲霄涌出自清蟾。桂林若有題名客，香透斑爛彩筆尖。（《建塔》）

照耀江南到使星，珊瑚網罷宴師庭。劇憐忠孝清芬德，藉得輝流汗簡青。（《史宴》）

妝閣人人詠絮才，藤花軒裏彩箋裁。謝家小女應慚愧，好句非由集字來。（《述譜》）

班門健筆衍青緗，一曲驪歌雁影涼。最是大家難別處，桂花塔噴滿庭香。（《送別》）

春到園林草木知，紅齊綠亞一天詩。想應扇影衣香外，多少蜂黃蝶粉痴？（《賞春》）

天上麒麟別有胎，泰山難壓小身材。馬蹄蓮葉關心甚，萬死回頭一問來。（《齋塌》）

患難扶持願一酬，香烟馥郁酒思柔。諸神若果論功次，合讓昌黎坐上頭。（《酬神》）（俗傳學中土神，係昌黎先生。）

銀河月滿夜迢迢，綺席桐陰綠酒澆。自是燕山培植厚，團圞花發聳重霄。（《賀塔》）

才子懸弧創格奇，華堂仙樂奏桐絲。自慚潦草稱觴序，譜入鶯笙細細吹。

（《慶壽》）（余奉贈壽序，亦蒙譜入。）

同里許鯉躍春池

左潢

左潢《步韵許鯉躍〈桂花塔〉題辭》（《古本戲曲叢刊八集》所收本《桂花塔》卷首）：

麗句鏤成字字工，吉人詞采挹清風。巴音謬荷瓊瑤賁，繪出華燈舞袖紅。

黏枝細蕊拂重檐，七級扶疏漏玉蟾。花塔從茲聲價倍，班香薰向最高尖。

落落心交數點星，（老友數人，半多星散。）春風惟喜近鱣庭。何期杏苑看花眼（先生乙卯進士），特爲薌林一放青。

作賦慚非庾信才，（先生題半畝園詩，有"爲問小園誰作賦，清新還屬子山才"之句。）雕章重疊仰清裁。（自園亭告成以來，先生疊惠巨製。）京江自種新桃李，爲看桃花幾度來。（先生司鐸鎮郡，屢以公事至曲阿，每值園桃開時，輒坐寄亭玩賞。）

紛披翠色映縑緗，小館初開夜氣涼。記得鴻才勤奉使，鶊飛八月賞天香。（庚午秋，先生莅阿，值桂塔花開，余邀飲天香館。）

世事紛華愧未知，看雲坐石學裁詩。君家月旦操衡鑒，應笑人間第一痴。

錦綉爲腸珠玉胎，新詩十首耀仙材。同人莫訝工題塔，作者曾題雁塔來。

半畝林泉志易酬，藤花爛漫柳絲柔。輞川亭院虛隆譽，小有池波蘸鴨頭。（先生題半畝園詩，有"輞川亭院習家池"之句。）

月中雲外思迢迢，古井寒泉取次澆。分得燕山欃一樹，他時敢冀上青霄。

屈宋天葩信吐奇，銀鉤一幅寫烏絲。待將仙吏新春藻，（佳句係甲戌立春後一日見寄。）譜入秋香笛裏吹。

古塘樵子步韵

左慕光《〈桂花塔〉題辭》（《古本戲曲叢刊八集》所收本《桂花塔》卷首）：

園亭藉得水雲鄉，花影禽聲麗景長。譜就瑤林金刹曲，詞人翰藻醖秋香。
阿咸小劫感神明，美玉經磨器自成。寄語官齋賢伉儷，佳兒信道是天生。
天香館畔細吟哦，鴻案風清酬唱多。記得雙藤花下坐，傳觴淪茗快如何？
別來彈指十年期，雲樹關山繞夢思。此日何堪提舊恨，局中人讀劇中詞。
（《述譜》《送別》二齣，余亦係局中人。）

適葉門同懷女兄慕光閣題於濟寧館寓時年七十有七

左潢《步韵左慕光〈桂花塔〉題辭》（《古本戲曲叢刊八集》所收本《桂花塔》卷首）：

閑曹清夢入秋鄉，桂塔婆娑引興長。憶自離筵花下設，又欣劫後發新香。
幾度相思對月明，飛來好句琢磨成。祇緣小樹關期望，特遣奇花筆底生。
《蘭桂》曾將宮羽哦，（余前作《蘭桂仙傳奇》，姊曾寄題絕句十首。）指歸忠孝至情多。而今再咏秋香曲，海國池塘夢若何？
昔別依稀訂後期，春風柳絮十年思。何當同氣欣相聚，重對藤花吐妙詞。

古塘樵子步韵

吕星垣
(1753—1821)

小字蘭蓀，字映薇、映微，又字叔訥，早年曾字叔猛，號湘皋，別署白雲外史，武進（今江蘇常州）人。廩貢生，乾隆四十八年（1783）入國子監外班爲太學生。乾隆五十年（1785）召試一等一名，歷署江蘇丹陽、吳縣、新陽、青浦等縣訓導。嘉慶十五年（1810）擢海州學正。後歷任河北贊皇、邯鄲、河間等縣知縣，卒於任上。少即以文學名世，與洪亮吉（1746—1809）、孫星衍（1753—1818）、楊倫（1747—1803）、黄景仁（1749—1783）、趙懷玉（1747—1823）、徐書受（生卒年不詳）并稱"毗陵七子"，又與洪亮吉、孫星衍、黄景仁有"四才子"之目。擅詩文，精書畫，喜唱曲觀戲，曾爲京城演員撰《芸閣賦》。著述甚富，有《白雲草堂詩鈔》三卷、《白雲草堂文鈔》十卷及雜劇《康衢新樂府》十種行世，又有《毛詩訓詁》二十卷、《春秋經經緯史》五十卷、《讀史紀事》三十卷、《制藝心解》二卷、《湖海紀聞》十二卷，另有古文五卷、駢體文四卷、詞三卷及詩歌七千餘首"藏於家"。

傳記文獻：吕振鑣《湘皋公行述》（《毗陵吕氏族譜》卷十七"傳狀三"）、《清史稿》卷四百八十五、張惟驤《清代毗陵名人小傳稿》卷五、杜桂萍《清代雜劇作家吕星垣年譜簡編》（《中華戲曲》第42輯，文化藝術出版社2010年版）等。

《康衢新樂府》

劇首署"毗陵吕星垣叔訥填詞"。包括雜劇十種：《萬年輯瑞》《萬壽蟠桃》《萬福朝天》《萬寶屢豐》《萬花先春》《萬里安瀾》《萬騎騰雲》《萬卷琅嬛》《萬舞鳳儀》《萬國梯航》，均爲一齣。據師亮采《〈康衢新樂府〉序》，知該劇撰於嘉慶二十三年（1818），乃呂星垣奉直隸總督方受疇（？—1822）之命，爲嘉慶帝六十壽誕而作。

劇情概要與本事

《萬年輯瑞》

寫天子萬壽，典瑞邀同福、禄、壽三星及商山四皓，進宮敬獻寶物、祥瑞等。因一時間萬瑞千祥紛紜而至，典瑞應付不來。四皓祇得親自擔匣捧盤，將珠璣、珊瑚、犀貝以及瑞雪時霖本、瑞麥嘉禾本、清官良吏本、一堂五代本、孝子順孫本等進獻。三星爲祝頌天子萬年各自獻上禮物，福星送上了漢玉盤，萬字邊中有"雲濤鯰魚"圖案；禄星進獻了吳道子的人物畫，單畫着萬石君、年千秋二人；壽星捧出了一隻金桶，裏邊種着一棵萬年青，寓"一統萬年清"之意。

登場人物有雲童十六人、福星、禄星、壽星、典瑞、四皓、四大金剛、四天師、董雙成、許飛瓊、婉凌華、段安香、如來、老君、王母、四散仙等，俱未分配脚色。

《萬壽蟠桃》

寫西王母見園中蟠桃四顆齊紅，準備以之敬獻人間天子，祝其六旬萬壽。爲防東方朔偷桃掠美，命令珠樹園仙吏扃鎖雙扉，不容出入。東方朔亦欲爲皇帝祝壽，便扮咐畫眉仙姬、白鶴童子偷去蟠桃兩枚；又與王母射覆，贏走一枚。東方朔又以自己經常游戲人間、熟悉帝京道路及閶闔威儀等，説服王母將剩餘一枚相贈。最後，東方朔率弟子下凡，往午門跪獻蟠桃。

登場人物有仙女十六人、西王母、四雲童、四仙童、東方朔、畫眉仙女、白鶴童子等，俱未分配脚色。

《萬福朝天》

寫當今皇帝六十周甲，太陰星君製下《霓裳新譜》，令嫦娥輩歌舞嫻熟。待葉法善、張果老來謁，准其按笛依聲，學成之後，進京祝壽。二仙來到月殿，太陰星君傳衆仙娥，依序演奏，邊歌邊舞。二仙領會後，帶領群蝠前往皇宮拜祝。

登場人物有雲童二十四人、月宮嫦娥八人、太陰星君、葉法善、張果老、衆仙娥、金色仙蝠、衆蝠等，俱未分配脚色。

《萬寶屢豐》

寫當今天子聖壽，農師招集八穀星官，連行獻瑞，使得萬寶屢豐。時值案牘厘清，訟庭閑寂，一守土官員退堂後，後圃升高，一望太平景象。耕夫在連年豐收之後，煮酒烹肴，又與樵夫在綠楊蔭下開懷暢飲。蠶女織婦亦在蠶事豐收之後，趁着萬壽良宵，相約進城游玩，觀賞花燈。牧童放牛歸來，嬉笑玩耍，快活灑落。漁婆釣罷，得魚頗多，亦進城看燈而去。官員面對豐收之景，肅壇瞻禮，拜謝八穀星。

登場人物有雲童十六人、農師、稻星、黍星、大麥星、小麥星、大豆星、小豆星、粟星、麻子星、吏役、官員、門子、四耕夫、四樵夫、四蠶女、四織婦、八牧童、八漁婆等，俱未分配脚色。

《萬花先春》

寫皇帝六旬萬壽，群芳獻瑞，爲占取春魁，互不相讓。花神依據群芳譜，按候公評，亦未能分出甲乙。遂宣十二月衆花神集議，以定班次。東籬處士先來請謁，花王言其已有晚節之矜，又得天子三顧之榮，尚可隨班，不便再魁春先占。接着曹國夫人與魏國夫人來花宮請見，花王言其早開陽月，如今紅妝已褪，不應先占春時。其後，衆花神認爲十月先開，嶺梅居首；梅花聽令於藐姑射仙人，花王可往彼處請求仙人下山朝覲。梅花中萼綠與紅英兩仙人，又各占一山，爭赴祝釐，不肯相讓。花王言其本是天然伯仲，同氣連枝，應一同下山。二位仙人聽令。

登場人物有十二月花神、花王、仙官、東籬處士、四仙姬、曹國夫人、魏國夫人、四雲女、萼綠神人、紅英神人、花匠等，俱未分配腳色。

《萬里安瀾》

寫皇帝萬壽之期，海不揚波，河清見瑞。河伯馳函海若，邀請其在三神山下會議祝釐。恰五老前來游河，并獻聯珠之瑞，遂被奉爲嘉賓。龍王偕同龍母到彼伺候。龍宮公主見父王遠出，遣人迎請湘夫人與洛神來宮中飲宴。洛神起舞，湘靈鼓瑟，好不歡樂！最後，三人又乘着月明，駕雲往三神山，共赴佳會。

登場人物有水神十六人、海若、水卒十六人、河伯、五老、海族四相、四侍者、龍王、龍女四人、龍母、四宮娥、龍宮公主、仙姬、湘夫人、洛神、云牌十六人等，俱未分配腳色。

《萬騎騰雲》

寫皇帝六旬壽辰，三才普慶，萬邦雲集。房日駟星官召集支道林、王良二人，吩咐其料理馬政。支道林善於相馬，而王良善於馭馬。他們於夢中教習國中猛士操演走馬。天明，眾猛士試演一番，果然是瞻雲就日，萬騎騰雲。

登場人物有雲童十二人、房日駟星官、兩仙童、支道林、王良、八馬夫、八校尉等，俱未分配腳色。

《萬卷瑯嬛》

寫瑯嬛福主執掌西府冊頁，棲真宛委洞天。今皇帝右文，欽定《全唐文集》，增輝宇內，遠照各山。福主錄有副編，常常焚香展玩，感慨一朝名人學士，俱受皇帝不世之知。今值皇帝六旬周甲，遂邀唐代張燕公、蘇許公、李白、杜甫、韓愈、柳宗元來府雅會，慶賞唐文，商祝萬壽。福主派分體制，請李白爲五七言古風，杜甫爲五七言排律，韓愈爲序頌，柳宗元爲貞符，張燕公、蘇許公爲駢體序，外請王、楊、盧、駱、元、白、錢、劉諸公，并襄盛典，彙送瑯嬛。

登場人物有仙童八人、瑯嬛福主、四從人、張燕公、蘇許公、李白、杜甫、韓愈、柳宗元等，俱未分配脚色。

《萬舞鳳儀》

寫當今皇帝六旬萬壽，九畿内喜起賡歌，各種祥瑞接踵而來。后夔也吹起嶰管，感召鳳凰來儀。不料，一曲終了，九苞仙君夫婦并未到來，后夔便令節度使前去探看。原來，五色鳳與五色凰爲示謙讓，先俟麟游，再從鳳舞。這時，麒麟神元枵子前來相訪，固請九苞仙君夫婦先呈祥瑞。仙君夫婦應允，鳳凰及虎豹犀象等遂輪流舞蹈。

生扮丹鳳、紫鳳、五色鳳，旦扮青鳳、白鳳、五色凰，外扮麒麟神。登場人物尚有髫童、后夔、節度使、狻猊、調獅人、衆獅子等，俱未分配脚色。

《萬國梯航》

寫皇帝六旬普慶，萬國貢使梯山航海，爭先恐後，來中華祝頌萬壽。德郵丞受天后宣召，護佑來賓，防範疏虞，煞費精神。最後，千帆順序，萬鷁連行，天后對德郵丞的表現甚爲滿意。

丑、副净扮兩師爺。登場人物尚有八仙姬、小仙女、令史、天后、四相、四將、德郵丞、衆水手、門子、堂候官等，俱未分配脚色。

◆ 著録、版本與收藏情況

《清代雜劇全目》《古典戲曲存目彙考》著録。現存嘉慶二十四年（1819）乘槎亭刻本，藏國家圖書館、上海圖書館、首都圖書館；其中《萬壽蟠桃》

《萬里安瀾》《萬卷瑯嬛》《萬國梯航》四種收入姚燮《今樂府選》稿本第 1 冊，藏浙江圖書館。

● 序跋、題詞與評語

師亮采《〈康衢新樂府〉序》（嘉慶二十四年乘楂亭刻本《康衢新樂府》卷首）：

昔沈德符撰《顧曲雜言》，窮極要眇，余謂此一梨園老伶事耳。若揄揚庥美，歌咏升平，則非真才子不能明。歲己卯，恭遇萬壽昌辰，薄海臚歡，例有衢歌，虔申華祝。直隷制府方公屬贊皇令呂叔訥星垣具稿。叔訥以其稿郵示於余，自謂"儀舌猶存，江花未謝"。余讀之，嘆爲才子之極思焉。

叔訥綺歲負异才，即爲名公卿所引重。中年官廣文，大吏不敢以廣文視之，重其文也。而余之重叔訥，則以吏事而不以文。嘉慶乙亥，兩江制府百文敏公被旨清厘瀕海餘田，以其事屬余，因奏請余爲海州牧。時叔訥爲學正，余分屬之。叔訥乘輅握算，吏民咸服其公。既蕆事，余陳其勞於百文敏公，薦剡，得從優叙。俄遷贊皇令以去。叔訥雖數以詩古文辭相示，而余之重之者，終在吏事也。

叔訥在贊皇，勤於其職，頗著循聲。而以治事餘閑，依壽寓之榮光，和其聲以鳴盛，《雲》《韶》按節，遠媲虞球，賢於百里之弦歌矣。余聞康熙中，尤展成先生曾以院本上達九重，天語稱爲"真才子"，藝林榮之。今叔訥老矣，作風塵吏，度不能以文字受當寧知。將來瑶琯雲璈，太常時肄，天顏有喜，哀爲奇才，其於此曲卜之也夫。

嘉慶戊寅歲季秋月中浣，韓城師亮采禹門書

錢泳《題〈康衢新樂府〉後，集杜少陵詩句》（嘉慶二十四年乘楂亭刻本《康衢新樂府》卷首）：

凌雲健筆意縱橫，銀漢遙應接鳳城。南極一星朝北斗，諸君何以答升平。（其一）

孔雀徐開扇影還，蓬萊宮闕對南山。奇祥异瑞爭來送，嫩蕊濃花滿目斑。（其二）

鳴玉朝來散紫宸，清詞麗句必為鄰。風飄律呂相和切，聖壽宜過一萬春。（其三）

九重春色醉仙桃，翠管銀罌下九霄。此曲祇應天上有，元聽舜日舊《簫韶》。（其四）

承恩數上南薰殿，複道重樓錦瑟懸。金節羽衣飄婀娜，自稱臣是酒中仙。（其五）

仙侶同舟晚更移，天顏有喜近臣知。緣雲清切歌聲上，萬一皇恩下玉墀。（其六）

斌良《題〈康衢新樂府〉同孫柳君茂才衍慶作》（《清代詩文集彙編》第544冊影印光緒刻本《重校抱冲齋詩集》卷九）：

壽宇延禧景運隆，小臣賡續競呼嵩。漫偕玉茗新詞讀，刻羽移宮《擊壤》同。

玉琯雲璈費翦裁，斯年億萬祝春臺。筆花染處非凡艷，疑聽鈞天廣樂回。

古縣邯鄲製錦新，梅花舊夢憶西神。衢歌不礙巒坡奏，天聽由來自下民。

回首觚棱動隔春，風鐙水驛潞河津。何時側耳聞《韶濩》，詔許螭坳拜聖人。

呂星垣

劉永安
(1754—?)

　　字古山，或號固山，三河（今河北三河）人，漢軍鑲紅旗籍。乾隆五十三年（1788）舉人，以大挑一等分發貴州，以知縣用。歷署貴定、普安、正安、貴筑等州縣。嘉慶二年（1797），調補貞豐州知州。後署黔西州事。以運銅被議，降三級調用，同僚爲之捐復原官。嘉慶七年至九年（1802—1804），與洪洞范鶴年（1753—1805）、泰州沈謙（生卒年不詳）等在滇采辦京銅，相互唱和，合集爲《昆海聯吟》。參與修纂（嘉慶）《黔西州志》。今存雜劇《冰心册》一種、傳奇《一亭霜》《鴛鴦扇》二種。另，福海《〈鴛鴦扇〉序》言其"向譜《冰心册》《鐵立行》《鐵釧記》《商山影》等填詞"，可知其尚有《鐵立行》《鐵釧記》《商山影》三種戲曲，均已佚。

　　按，關於其生平等，《清代雜劇全目》以"劉古山"出目，言其爲"東海人。名不詳。事迹待考。僅知爲乾嘉時人，嘗爲黔牧"；《明清傳奇綜錄》言其"字古山。東海（今屬江蘇）人。生平待考"。以上説法多不確，黄義樞《清代戲曲家劉永安生平考略》已辨明。又，關於其生年，鄭志良《關於〈古本戲曲叢刊〉八集編纂的一些問題》據李騰華《鄀芸文集》等，考證其生於乾隆十九年（1754），可從。

　　傳記文獻：（咸豐）《興義府志》卷五十八、（民國）《三河縣新志》卷十一、（民國）《貴定縣志稿》卷四、黄義樞《清代戲曲家劉永安生平考略》（《中華戲曲》第45輯，文化藝術出版社2012年版）、鄭志良《關於〈古本戲曲叢刊〉八集編纂的一些問題》。

《冰心册》

● 劇情概要與本事

劇首題"冰心册傳奇",署"東海劉古山填詞,鑒湖何立齋正譜"。四齣,依次爲《托姬》《平猓》《禱月》《投環》。寫雲貴總督琅玗,長白名裔,覺羅世冑,自廉訪外任至封疆。近來維西猓人烏垣步、恒乍綳聚衆屯糧,據險康普,爲非作歹。琅玗將率兵征伐,知愛妾陳氏德可服人,言足壓衆,便將署中事務交其照管。賊首恒乍綳聽聞大軍來攻康普,命人速去燒毀城東大溪橋,以阻斷道路,不料所遣猓兵反被官軍擒獲。恒乍綳又令猓兵携帶毒弩,隱匿大悲箐之叢林密竹之中,俟官軍經過時,暗中射擊,見血即死。結果部下來報,言官軍將叢林先行焚毀,人馬已殺到康普,恒乍綳祇得率兵迎戰。琅玗帶兵經過莫言古山,聞山中有恒乍綳祖墓,令人發掘,并戮尸拋於荒野。官軍所到之處,猓軍頭目或被殺,或被擒,恒乍綳被凌遲處死。凱旋後,琅玗因在營中爲瘴癘所侵,又戎行勞瘁,臥病不起,日漸沉重,服藥亦不見起色。其夫人在京中,署中人事仍由陳氏料理。陳氏知丈夫病入膏肓,每日忍痛强作歡顏。一夜,月明人靜,她往花亭供上香燭,祈禱天地,爲丈夫增壽,又拜禱月兒,情願以身相代。不久,琅玗病亡,陳氏將所有緊要之物一一登記册中,造成三份。一份焚化於靈前,一份遺呈夫人,一份令管家收存檢視,自己則要爲丈夫殉節。衆人見她主意堅定,遂設宴爲之生餞。陳氏投繯死後,與琅玗一起由群仙接入仙班。琅玗爲中階星使,陳氏爲瑶池花史。

生扮覺羅琅玗,小生扮宋鋤,旦扮陳姬,老旦扮臘者步,小旦扮沙泥、天仙、老旦、貼旦扮管家婆,雜旦扮侍從、仙女,净扮成文,中净扮挖凹黑片,末扮史紹登、紫極郎星,副末扮恒乍綳,丑扮別的扒、怒克扒,外扮永明,雜扮猓兵、清兵、探子、雲童、仙童、外、副末扮管家,衆扮殘兵、劊子手、百姓。

本劇據當時實事敷演而成。按，覺羅琅玕（？—1804），隸正藍旗，捐納筆帖式，纍遷刑部郎中，超擢內閣學士，歷江蘇按察使、刑部侍郎、葉爾羌辦事大臣、喀什噶爾參贊大臣、熱河總管等。嘉慶七年（1802）二月授貴州巡撫，十月擢雲貴總督，率兵平定維西傈僳族人恒乍繃叛亂。嘉慶九年（1804）六月卒於官，諡恪勤。作者時署黔西州事，爲覺羅琅玕之屬吏，是劇當作於嘉慶九年覺羅琅玕去世後不久。

著錄、版本與收藏情況

《清代雜劇全目》《古典戲曲存目彙考》《古本戲曲劇目提要》著錄。現存嘉慶間抄本，藏國家圖書館，《古本戲曲叢刊八集》據之影印。

序跋、題詞與評語

吳詒澧《〈冰心册〉序》（《古本戲曲叢刊八集》所收本《冰心册》卷首）：

詩歌，古之樂也。詞曲，今之樂也。言殊而志一也。《雅》有《采芑》，《風》有《柏舟》，揚武功，明婦節，管弦金石，昭來許已。甲子夏，雲貴制帥琅公，自怒江凱還，勞瘁以歿。姬陳氏誓身殉，果經死。中丞聞於朝，上嘉憫焉。制帥之功，比隆於方叔；陳姬之節，較烈於共姜。無人焉譜諸宮商，宣諸鏡吹，百世而下，何以立懦廉頑耶？古山子爲黔牧，制帥之屬吏，作《冰心册》。或謂古山爲漢軍才子，僅以詞藻取。余竊以忠貞之績，紀於太常，假優孟之衣冠，感庸愚之耳目，式歌且舞。今之樂由古之樂，與《采芑》《柏舟》》何以异哉？

桐城吳詒澧序

伯麟《〈冰心册〉題詞》(《古本戲曲叢刊八集》所收本《冰心册》卷首)：

古人一死重泰山，聲光赫奕昭塵寰。我讀殉節陳姬傳，益嘆正氣留兩間。蠻烟瘴雨金沙渡，公雖矍鑠已成痌。歸來形影與誰依？姬獨殷勤侍朝暮。朝朝暮暮祈延年，雲掩臺端悲薤露。古井由來不起波，鉛華鏡影黯如何？斑斕竹染千竿濕，愁緒絲添萬縷多。官迹天涯如旅邸，備物先成身後禮。主人報國不顧身，妾身殉節甘如薺。影搖丹旐路迢迢，魂兮相從慰寂寥。風號白楊墳纍纍，魂兮相從伴幽隧。天長地久情纏綿，莞爾一笑心彌堅。舁櫬置檻易華服，入帷旋報登仙籙。家人揮涕共羅拜，中丞致敬亦三肅。貞心烈性達天聰，祔葬佳城敵體同。已植綱常蒼洱地，有光泉壤恪勤公。吁嗟乎！蒲坂見公俟七載，鸛鵲樓看雲煥彩。（余撫晋時，于役蒲州，適公至自新疆，盤桓永夕，相得甚歡。）故人奄化我來滇，殲渠知君心力殆。大星隕矣小星隨，流芳不朽千秋在。

伯麟

福慶《〈冰心册〉題詞》(《古本戲曲叢刊八集》所收本《冰心册》卷首)：

天地有正氣，付畀本無殊。鬚眉已堪尚，況乃巾幗姝。恪勤滇黔使，舊雨心迹符。鴻才兼偉抱，中外惠澤敷。牂牁未一載，平苗寇患除。承恩制六詔，大纛揚前驅。桃根與桃葉，隨侍昆明湖。桃葉先春落，桃根秋月孤。維西忽告警，振旅掃穴覦。擒渠閲二載，心瘁身卒瘏。凱旋疾益痼，桃根百計圖（謂陳姬也）。焚香默祈禱，日夜眉不舒。大星偏自隕，搶地號天呼。殯殮悉中禮，摒擋遺憾無。宦囊餘清俸，筆記悉錙銖。送死大事了，精力已全枯。從容言己志，環告泪沾襦。主人恩義重，長游慟須臾。予身無以報，殉葬意久儲。靈前展拜罷，慷慨一捐軀。香魂從地下，節烈事堪書。名公爲作傳，萬載傳驪珠。我聞頻嘆賞，頹風藉可扶。

福慶

劉永安

衡齡《〈冰心冊〉題詞》（《古本戲曲叢刊八集》所收本《冰心冊》卷首）：

節制滇黔本恪勤，金沙江外整三軍。兩經寒暑擒苗逆，一掃欃槍奏凱勛。荒徼辛勞疴已痼，瓊姬調護意徒殷。求神無效醫無策，願以身殉思不群。堅貞矢志作完人，巨細喪儀切指陳。三冊分明能自獻，一奩積蓄豈藏珍。藹然老幼傾心臆，倏爾音容付幻塵。爲慰芳魂聞帝座，從今懿行不沉淪。

衡齡

阿禮布《〈冰心冊〉題詞》（《古本戲曲叢刊八集》所收本《冰心冊》卷首）：

喬松百尺蒼眉鬚，下有勁草相撐扶。桓桓琅（疑脱"玕"字）方召徒，奉命出鎮西南隅。潁川侍姬靜且都，長征萬里攜之俱。公秉節鉞麾兵符，牦牛徼外彎飛弧。逆渠授首邊氛除，出師二載心力枯。蠻烟瘴雨侵肌膚，凱還公竟騎箕徂。招魂八表無神巫，姬也視琤形影孤。仰天一慟嗟何辜，以身殉之矢勿渝。脱却麻衣衣綉襦，欑前再拜泪忽無。呼嫗視日日未晡，從容含笑捐其軀。中丞入告帝曰俞，詔許祔葬都城隅。觀者感喟聽者吁，彤史特筆逢南狐。黔山黯黯鵂鶹呼，滇水凄咽雲模糊。靈之來兮曳六銖，雲車風馬紛前趨，酬之三爵靈歸乎。

阿禮布

李鑾宣《〈冰心冊〉題詞》（《古本戲曲叢刊八集》所收本《冰心冊》卷首）：

繄恪勤公係天潢兮，太丘筐室協珩璜兮。公授節鉞奠南荒兮，南天半壁固金湯兮。妾侍卮匜從公征兮，八番六詔路阻長兮。公討不庭射天狼兮，縛恆乍綳如刲羊兮。金沙之江毒霧蒸（諸良切）兮，洎乎振旅公體尪兮。參兮苓兮珍上方兮，膏兮肓兮妾命凉兮。禱爾神示泪盈眶兮，誓殉所天呼彼蒼兮。

彼蒼不聞泣無盎兮，溽公出鎮二姬從（叶）兮。一姬淹逝滋盡傷兮，妾無嗣續冀肯堂兮。時將返旆亟騰裝兮，中丞慰問語諄詳兮。下逮臧獲慎周防兮，盂蘭撤會月逾望兮。乃脫衰絰整明妝兮，拜公櫬兮衆蒼黃兮，同公而逝泂偕臧兮。重曰：松兮柏兮凜冰霜兮，蘭兮蕙兮閟芬芳兮。從容赴義亦慨慷兮，哀感衢路聞者愴兮。皇帝曰都綸言昌兮，歸於其居同穴藏兮。忽其歿兮逾久光兮，千秋萬祀引維綱兮。

李鑒宣

劉永安

《陳姬殉節》（《古本戲曲叢刊八集》所收本《冰心冊》卷首）：

由《琅制帥平西節略》：嘉慶壬戌春，維西㑩㑩恒乍綳糾衆焚掠。制帥琅督師討之，日馳數百里，於二月二十二日抵維西，而賊猶未知之也。三月初一日，率衆二千餘人，由西山梁直撲城下，公命道將率兵憑高擊之。賊敗走，乃思繞城而東，搶掠負郭村民。城東大溪環抱，水極迅急，溪上有橋，曰"永安"。賊慮城中兵出，乃夜至，燃炬焚橋，欲斷城中之路。橋甫燃，執炬者爲守橋兵所殺，群賊驚竄。傳令逐之，四山槍炮并舉，斃賊千餘人。居民呼逐之聲震天，賊自此不敢再至城下，各村安堵無患。

維西城北三十里有大悲箐，西通江邊，賊每出沒其間，以阻我兵北攻之勢。公遣諸將率兵剿之，數日不退，乃親臨督陣，分二翼由左右山梁而上，中軍由箐口而入。賊從林內放弩抗拒，兩翼兵槍炮齊發，箐內之兵奮勇追殺，賊人死者不計其數。左右兩兵行至山顛，嶺中斷，不能合圍，餘賊由岔口而遁。

賊知官兵北指康普，密約江外㑩㑩，由水瓜渡札筏偷渡，爲牽掣之計。先是公遣游擊永明，率兵巡防南路各要口，探知其情，密於江邊安大炮，俟其半渡擊之，繼以連環鳥槍，賊人落水死者無數，未渡者一哄而散。奏入，上嘉之。

恒乍繃起事時，推臘者布爲大頭目，遂與江內之挖凹黑片及江外之別的扒西誅岩池等，共謀搶奪維西城，并欲霸據各種夷人田地，每處率眾與官兵打伏，最爲凶惡。小維西夷婦有美色，臘者布奪爲妻，時夷人有至維西乞投者，乃令購通夷婦之兄、叔及本夫，定計擒之。官兵將至小維西，臘者布欲隨眾逃往江外，婦以昵言留之，迷戀竟夕，不能捨。及旦，兄、叔及本夫糾本寨之人排闥而入，縛送大營，自此賊勢漸散。

　　恒乍繃居康普之莫言古寨，詭言通陰陽、知禍福，以符藥惑人，煽動日益。眾乃於康普山頭作室供佛像，打鼓念經。眾夷致送銀、米甚多。兵至搜獲羊皮彩畫佛像及鈴磬皮鼓等物，并於其外母處搜得寄匿廠銀十七斤，縱火燒其房屋。村民逃亡者招之復業，康普遂平。

　　恒乍繃有祖塋在莫言古山，麓前有大樹如蓋，高數十丈，相傳風水甚旺。公命署麗江縣宋鉶會同武弁，踩覓得之，隨令兵勇發掘，見尸葬已八年矣，而皮肉如生，體生白毛，研其頭，腦漿尚流，亦一异也。并伐塋前大樹，眾謂妖邪之氣從此斬去。

　　自眾匪反復滋擾，賊目挖凹黑片等復糾眾盤踞康普。公檄鶴麗鎮張玉龍督兵，由合江橋而進，剿撫兼施，擒斬挖凹黑片及夥黨數百人，餘匪悉降，各寨頭人呈請自行約束、巡邏。數月以來，安堵無警，官兵全數撤出。

　　恒逆至阿猓村，暫息傈傈挖布家，將邀怒子爲援。各怒寨聞之，傳木刻、飲血酒，誓共縛解。事泄，恒逆率其眷口及傈傈十餘人，乘夜乃奔普陀洛山後之菖蒲塘，賊目赤線扒及恒逆表妹女沙泥均爲眾怒所執，解營請賞。

　　永大中丞手《傳》：覺羅琅公侍姬陳氏，直隸貧家女也。年十五歲，媵公室，性溫淑，嫻禮法，能得太夫人暨夫人歡。余與公故戚好，秉臬江蘇，余以旬宣爲同官。每登堂起居太夫人，太夫人輒稱姬賢，命出拜。其後，余與公先後出塞，太夫人家問至，必道姬勤操作，能襄家事。公以是紓內顧憂。公奉恩命撫黔中，旋總制兩省，夫人以家政不能偕行，獨姬與劉氏姬從。劉病羸，姬視湯藥，扶持不少倦。劉且死，涕泣謝，願以來生報也。

維西不靖，恒乍綳熻掠金沙江外，公帥師督剿。適余奉命撫滇，嘗至公節署，門庭清肅，詢家事，井然有條理。凡姬所啓白，報還公者，咸當公意。金沙江爲滇西徼，瘴霧不時，當暑積雪。公前後兩駐江干，與士卒共甘苦者二年，始以殲渠告，而公亦坐是病。既振旅還，與余時過從，商略政治，朝夕視事如平時，顧體貌日羸削，竊爲公憂。甲子夏五月，公病劇。余奉命閱視滇黔營伍，就公卧榻別，聞姬每夕焚香籲天，靡神不祈。而公竟以六月二十一日卒於位。

余自黔馳歸，已不及殮矣！察公身後事，備物中禮，其內外嚴肅如公在時。已而姬出哭拜，遽以殉告。余曉之曰："死固若能顧禮有經，非不死不可者；即必死，姑護公柩至京師。"姬曰："不然，心許主矣，以主身後事未畢，故不即死；若至京，緩且或疑他故死，無以明婢子志。"乃出三册曰："主遺物具載此，應歸公子，請以一册焚柩前，一授傔檢視，一則奉呈夫人。"又出金一籯、書一緘，曰："主二十年俸餘不及千金，益以婢子歲時積賜得成數，請歸夫人，此手書則婢子謝夫人者。"語盡是矣，遂入。余覘其意決，爲太息悲感，一一封識而去。姬復以公遺命，賚家人布帛有差，趣具殮事，期以七月十七日殉，家人莫能阻，聞者或竊疑之。屆期，晨起靚妝華服，呼家人舁櫬置楹間，手拊之，色若喜者，戒死即殮，勿使人見尸。有頃，入室繫帛，出拜公柩，呼而不泣，起坐堂上。家人具饌，羅拜哭失聲，小婢號痛，牽裾不釋。姬笑曰："我樂甚，爾何悲也！我不能飯，勉爲若輩盡一卮。若輩好護主人歸，善事夫人、公子，吾目瞑矣！"三釂，顧侍姬曰："吾幾忘之，主生平受人惠必報，某以主病饋珍膳，未酬也。"取束幣以遺命報饋。視日晷，問："午乎？""午。"起立，幕無風忽啓，家人毛髮竪。姬瞪視而笑，若有所睹，曰："吾行矣，吾聞縊者，魄入地能爲祟，我死亟掘地得而焚之，勿令禍後人。"乃入室，升几就繯，手理其璫，令髮不亂，轉面內向，仆其几，遂絕。年三十有六。家人奔告余，余往視，命去其繫，顏色不變，兩頰微解，如含笑然。余爲三肅之，并以事聞於朝，得旨嘉憫，祔公葬焉。

劉永安

贊曰：琅公之病也，寮屬入問疾。公曰："諸君知玉溪病革乎？"玉溪者，公幕府上客也。皆曰聞之。公曰："吾聞其妾將以身殉，死生亦大矣！弱女子能乎？玉溪磊落丈夫，爲玉溪妾者，當爲玉溪死，苟不死，將安歸？"俯首而嘆，泪承睫。姬聞之，泣謂侍嫗曰："主謂我不能耶！"已而公自度不起，命購槥二，一以殮，一以貽夫人。姬曰："是適爲我具也，我豈若彼負主者？"竟死。嗚呼！姬之從容明志，視死如歸，雖古忠臣烈士，何以加兹？可謂難已！

王訢
(1755—1814?)

　　字曉樓，號嘯岩，又號澹游，自號王山人，榆次（今山西晉中）人。諸生。自幼好學，才華出衆。曾受知於榆次令王秉韜（？—1802），後隨王氏至京師。嘉慶初居於濟南，潘炤（1738?—1815後）以其所著《明湖花影》爲藍本創作《夢花影》雜劇，極寫王訢之風流放曠。王訢一生主要依人作幕或藉醫自給，雅好山水，游歷南北。（民國）《榆次縣志》言其"南游江、浙、皖、贛州、湘、鄂，攬勝探奇，悲歌慷慨，不可一世"，又言其"雅以文藝名，醫術外如作畫、製香、吹簫、琵琶、篆刻俱通其旨，世恒以山人墨客例之"。著有《青烟錄》《嘯岩吟草》《嘯岩詩餘抄》《大學古本集說》等。有雜劇《寬大詔》一種傳世。

　　按，《清代雜劇全目》以"王嘯岩"出目，言其"名待考"；《古典戲曲存目彙考》言其"里居、生平均未詳"。鄧長風《十位清代戲曲家生平考略》據（民國）《榆次縣志》卷十七小傳，考證其生年爲乾隆二十年（1755），可從。幺書儀等主編《戲劇通典》定其卒年爲嘉慶十六年（1811）後。據《寬大詔》劇首王祁序及劇末陳孝寬跋所署嘉慶二十年（1815）暮春，二文應撰於王訢逝後不久，其卒年可定在嘉慶十六年（1811）至十九年（1814）之間。

　　傳記文獻：王訢《〈青烟錄〉序》（《青烟錄》）、（民國）《榆次縣志》卷十七、鄧長風《十位清代戲曲家生平考略——美國國會圖書館讀書札記之十四》（《明清戲曲家考略全編》上）。

《寬大詔》

● 劇情概要與本事

劇首署"涂陽嘯岩居士填詞"。四齣，依次爲《載途》《面折》《茇塘》《秋餞》。寫漢初陸賈學究三代，才雄萬夫，現任下大夫之職。南粵尉趙佗抗顏自立，高祖本欲興師問罪，念天下初定，瘡痍未平，不忍勤兵遠征。遂命陸賈爲使，馳赴南粵，封趙佗爲南粵王，以示籠絡之意。陸賈亦想藉此建立不朽功業，於是不憚勞苦，勇赴虎穴龍潭。趙佗本爲真定人氏，多有謀略，秦末以南海尉統馭諸蠻，管數十州郡，后自立爲南粵王。其與劉邦既非君臣，亦非故舊，對劉邦之册封不以爲然。爲折倒陸賈天朝上使之氣勢，早早派出大隊精壯人馬出城，名爲迎接，實欲唬嚇。陸賈一路行來，知趙佗性情執拗，行事驕縱，亦想當面挫其銳氣。趙佗身着便服，故意在偏殿接見陸賈。陸賈痛斥他作爲暴秦餘孽，不感念大漢皇帝寬仁高厚，反而妄自尊大，自立爲王，甚是不達時宜。趙佗以南粵百姓之歸服證明自立乃天之所樹，并以生死威脅陸賈。陸賈當即表示願引頸就戮，以便爲漢軍攻滅南粵提供口實，同時點出趙佗軟肋，即其先人墳墓及諸昆弟尚在真定。趙佗聽完，態度大變，換上禮服，恭接聖詔，又將陸賈送入迎仙館中。從此，待陸賈甚是恭敬，五日一大宴，三日一小宴，時常前來請教，或迎入宮中談古論今。不覺夏盡秋來，陸賈需回朝復命，趙佗親送十里，又令南海令送出境外。

生扮陸賈，小生扮司儀郎，旦扮瑤筍，小旦扮燕餘，老旦扮媚珠，旦、小旦又扮二美人，净扮趙佗，副净扮殿前將軍、差官，末扮院子，丑扮差官、南海令，外扮左宿衛將軍，雜扮二太監、四軍校，外、副净、小生、丑扮文武官員等。

本事見於《漢書·陸賈傳》。王祁《〈寬大詔〉序》云："嘯岩以陸賈自喻，其抱負正是不凡。"或此劇乃作者自喻。創作時間待考。

● 著錄、版本與收藏情況

《古典戲曲存目彙考》《古本戲曲劇目提要》著錄。現存嘉慶二十年（1815）寫刻本，藏國家圖書館、中國藝術研究院圖書館。

● 序跋、題詞與評語

王祁《〈寬大詔〉序》（嘉慶二十年寫刻本《寬大詔》卷首）：

人之相善而相念也，則千里命駕以溯晨夕之歡。若其人已邈，則多識其前言往行，而思有以傳之，非傳之於其書也，傳之於其人也。然藉此一編，而時相晤對，則如見其人焉，而其書亦因之傳矣。

吾友王嘯岩先生，性聰敏。弱冠游庠，名噪一時，先君子宰榆次，始識之。冀以文章名世，乃屢困場屋，鬱鬱不得志，遂置舉業，作川岳游。晚年悟道，修身養性，然時以其平生抱負寓之筆墨，以抒其抑鬱無聊之意。余筮仕中州，與嘯岩相同數載，於商榷古今之暇，多所規誡，裨益身心。其負病時，猶復以持身律己，諄諄勸勉。嗟乎！言猶在耳，而良友不再覯，怦怦於心，不能自已。覓其遺稿，得《寬大詔》一書，知吾嘯岩以陸賈自喻，其抱負正是不凡，惜乎其不得志也。遂為校核，以付剞劂，非敢云必傳也，亦聊以志不忘吾良友云爾。

嘉慶二十年歲次乙亥春三月，遙峰王祁書

陳孝寬《〈寬大詔〉跋》（嘉慶二十年寫刻本《寬大詔》卷末）：

詞瀾曲譜，騷人寄陶寫之章；酒地花天，才子振恒春之管。是其情移今日，迹藉古人。托個裏之聲容，描眼前之憐愛。且欲現身說法，則位置原自清高；況能出手爭先，斯品識允宜莊重。若我嘯岩先生《寬大詔傳奇》，所謂寓抱負於文章，隱風情於正大者矣。

今夫雕香鏤玉，不少題詞；寫翠傳紅，尤多雜劇。試拈簫管，撩撥知音；慣學琵琶，剛纔對客。固歡場之極樂，亦雅賞之同情。使即繪此溫柔，被之宮羽，非不南音旖旎，北字惺鬆。而兒女纏綿，僅屬房中之樂；即才情傾吐，祇供場上之觀。何如漢使選賢，雄藩懾服，既懷柔而惠遠，亦詞洽而理該。脫悲歡離合之常談，允推此曲；合道學才華為一致，所謂伊人。先生籍甚聲華，過人慧業。有情是佛，著句皆仙。舊管領夫明湖，待持衡於法鑒。桃花舞扇，院中競識求詩；楊柳旗亭，都下爭傳劃壁。偶因四美，戲譜九宮。致身在歡喜場中，觸悟入清涼境裏。修成圓覺，免墮綺語之魔；心領真如，冀入華嚴之界。寬鱣堂近授，鶴範欣陪。每當塵靜亭閑，香微齋罷，談真娓娓，示誨諄諄。許元方為入道之人，引摩詰為多才之累。固已詞章自禁，著作彌珍。夫何別等三秋，離經兩夏，松喬忽折，鶴馭旋賓。

嗟乎！傳世丹鉛，自作名山之寶；半生筆墨，誰收舊篋之藏？乃有敦誼棣華，得遺音於斷簡；多情蓮侶，繙大作之殘編。披手帙而夷猶，悵心旌其馳溯。聊陳葵藿，竊附棗梨。所願賞心不遠，想見高山流水之餘音；都應妙口爭傳，競譜《白雪》《陽春》之雅奏。

嘉慶乙亥暮春，門人陳孝寬謹跋

汪應培
（1755—1823）

字厚田，一字香谷，號香谷散人，錢塘（今浙江杭州）人。乾隆四十四年（1779）中恩科舉人，後三上公車而不獲。挑取入館，參與繕寫《四庫全書》，事竣，分符河南。嘉慶八年至二十三年（1803—1818），任內鄉知縣。曾奉調入闈，充外簾受卷官。工詩文，精戲曲，與戲曲家朱鳳森（1776—1832）交游密切。著有《吹吹録》《皇華小咏》《停雲小草》《葭玉聯吟》《朋窗吟草》等。今存雜劇實有九種，有《香谷四種曲》《南枝鶯囀》等名稱，待考。據其友人衛大壯（1757—1837）《和香谷〈掃晴娘〉原韵》《題香谷〈緘愁〉四齣詞後》《題香谷〈撥雲開〉四齣詞後》等詩，知其尚有雜劇《掃晴娘》《緘愁》《撥雲開》三種，未見傳本。另有戲曲《雍門泪》一種，今未見傳本。余集《勵節婦小傳》云："節婦姓慕氏，姑蘇人，祖蘭州太守豫生，父閿鄉縣丞溶文。……而河南內鄉令汪應培者，以公事赴京，汪與慕固爲僚友，適有人以節婦之狀告者，遂因友延節婦至官舍，使裏家事焉。豈知同官疑謗之詞，忽加於有節之筠；道路傳聞之語，頓興於無波之井。此汪子《雍門泪》之所由作也。"

按，關於汪應培的生卒年，周妙中《清代戲曲史》藉助其《簾外秋光》雜劇卷前自序，推測其生年在乾隆二十年（1755）左右。鄧長風《十二位明清戲曲作家的生平材料》則據（道光）《徽州府志》及（嘉慶）《南陽府志》斷定其生於1756年，嘉慶二十三年（1818）尚在世。《平陽汪氏遷杭支譜》有明確記載，言其"生於乾隆二十年乙亥八月十九日卯時"，即1755年9月24日；"卒於道光三年癸未三月初七日卯時"，即1823年4月17日。又，（道光）《徽州府志》卷九之三"選舉志"言其爲黟縣宏村人，王長安《安徽戲劇通史》、江巨榮《劇史考論》等據此定其爲安徽黟縣人。然（嘉慶）《南陽府志》

卷四之上"官師志上"言其爲錢塘人，其《〈簾外秋光〉自序》亦署"錢塘汪應培"。查《平陽汪氏遷杭支譜》，知汪氏祖籍平陽，遷居黟縣，後又改籍錢塘。

又按，汪應培創作的雜劇作品，現存實有九種，包括《香夢》《錦歸》《催生帖》《公宴》《閨餞》《儺筵》《不垂楊》《簾外秋光》《棠宴》。國家圖書館藏本以《香谷四種曲》出目，包括《催生帖》《簾外秋光》《不垂楊》《南枝鶯囀》四卷；中國科學院圖書館藏本以《南枝鶯囀》出目，包括《不垂楊》《催生帖》《棠宴曲》《簾外秋光》《驛亭槐影》《公宴》《閨餞》《儺筵》八卷；又，作者自云《香夢》《錦歸》"二曲本名《驛亭槐影》"。則《南枝鶯囀》或爲《棠宴》《公宴》《閨餞》《儺筵》四種之總稱。

傳記文獻：《平陽汪氏遷杭支譜》卷一《八十八世小傳》、汪應培《簾外秋光》雜劇、（道光）《徽州府志》卷九之三、（嘉慶）《南陽府志》卷四之上、鄧長風《十二位明清戲曲作家的生平材料——美國國會圖書館讀書札記之三十四》（《明清戲曲家考略全編》上）。

《香夢》

劇情概要與本事

一齣，與《錦歸》合稱《驛亭槐影》。寫浙江仁和人孫綉增隨公公赴任內鄉，已經兩載。近日，公公赴京引見。綉增見連綿秋雨，寒冷天氣，不知公公平安與否，甚是牽挂。她知公公平日參詳禪理，名心頗淡，衹因家口漸繁，衣食不足，故而勉强出山。念此，綉增感戴不盡。接着，又與丫環談起昨夜之夢，夢中游至一所園林，花開正盛，遇一仙姬，手持丹桂一枝見贈，說是明年吉兆。醒後，不知吉兆爲何，猜疑不定。丫環言綉增心慵力倦，針指懶拈，別有一般體態，故而猜測所謂吉兆，可能預示明年生子。綉增希望如此，那麼公公明年歸來時,可既瞻雲日之光,復得抱孫之喜。

旦扮孫繡增,貼扮丫鬟。

是劇當本於作者經歷。香谷自注云:"二曲本名《驛亭槐影》,係歸途遣意之作。"據此,知是劇與《錦歸》同作於作者赴京引見後之歸途。按,《香夢》後被改編爲《催生帖》之《蘭徵》齣,《催生帖》創作時間爲嘉慶十八年(1813),《香夢》當完成於此前。

☙ 著録、版本與收藏情況

《清代雜劇全目》《古典戲曲存目彙考》著録。現存嘉慶間刻《皇華小咏》附録本,藏中國藝術研究院圖書館,《傅惜華藏古典戲曲珍本叢刊》第 70 冊據之影印;嘉慶間刻《香谷四種曲》本,藏國家圖書館,鄭振鐸《清人雜劇百廿種》第 8 冊據之影印;嘉慶間刻《南枝鶯囀》本,藏中國科學院圖書館。另有舊鈔本,過録《南枝鶯囀》本,藏中國藝術研究院圖書館。

━━━━━━━━━━┫《錦歸》┣━━━━━━━━━━

☙ 劇情概要與本事

一齣,與《香夢》合稱《驛亭槐影》。寫一官員自離京邸,半月間已抵汴城,然離任所內鄉官署尚有七百餘里。連日來,風雨淒清,道途泥濘,亦增其旅途之艱難,好不愁悶!追憶與京中親友一起盤桓話舊、賭酒飛觴之情景,更添別離之痛。但想到此行參加了早朝,瞻仰了聖顔,又倍感榮光。

生扮官員,二付扮侍從。

是劇當本於作者經歷,與《香夢》同作於作者赴京引見後之歸途。

☙ 著録、版本與收藏情況

《清代雜劇全目》《古典戲曲存目彙考》《古本戲曲劇目提要》著録。現存嘉慶間刻《皇華小咏》附錄本，藏中國藝術研究院圖書館，《傅惜華藏古典戲曲珍本叢刊》第 70 冊據之影印；嘉慶間刻《香谷四種曲》本，藏國家圖書館，鄭振鐸《清人雜劇百廿種》第 8 冊據之影印；嘉慶間刻《南枝鶯囀》本，藏中國科學院圖書館。另有舊鈔本，過錄《南枝鶯囀》本，藏中國藝術研究院圖書館。

序跋、題詞與評語

汪應培《〈香夢〉〈錦歸〉識語》（《傅惜華藏古典戲曲珍本叢刊》所收本《錦歸》卷末）：

二曲本名《驛亭槐影》，係歸途遣意之作。草草巴詞，殊無足采。乃蒙兩峰、玉亭兩大君子指授，伶工播之弦管，於音樽雅集時，曼聲低度，頗傾座客之耳。所謂一經品題，價增十倍也。感德陳情，用志數語。

香谷自注

《催生帖》

劇情概要與本事

劇首署"西湖香谷散人填詞，蕺山耐齋居士評點"。四齣，依次爲《寫懷》《錫祚》《蘭徵》《歡宴》。寫錢塘女子孫綉增，係出名門，賦性溫柔，早適平陽右族，隨宦河南內鄉，琴瑟和諧，公婆愛護，平日讀書、刺綉，倒也清閑無憂。祇是成婚多年，子嗣杳然，公婆時時盼望抱孫，綉增自感不能博其歡心，不免傷感。天上喜神細查文簿，發現綉增命中注有子嗣，祇是時候未到，知其期望殷切，便奏過天庭，令她早遂心願，以彰美報。近日，公公赴省，遠道驅馳，又趕上秋雨連綿，天氣驟然寒冷，綉增好生牽挂。她知公公禪心早定，名心頗淡，祇爲家中食指日繁，不得不奔走宦途，藉清俸以資衣食。念此，綉增感佩不已，於是焚香祈禱公公長壽。她又想起，昨夜夢寐之間，游至一花園，遇一美人，手持丹桂一枝見贈，説是明秋吉兆，驚醒之後，疑爲添子之兆。不久之後，果然懷孕。某日，秋意將闌，菊花盛開，綉增置酒内堂，爲婆婆進觴介福。婆婆言其佳夢不僅有得子之祥，更有科名之分，盼望其腹中孩子能承繼家聲，彌補祖父功名之遺憾；又囑咐兒媳有孕在身，需十分保重。

小生扮喜神，旦扮孫綉增，貼扮丫鬟，老旦扮綉增婆婆，末扮案吏，雜扮役從。

本事當來自作者家事，作者自序言"事本家常，名非僞托"。據汪應培《〈催生帖〉小序》末署"昭陽作噩應鐘之月"，知是劇創作於嘉慶十八年（1813）十月。

● 著録、版本與收藏情况

《清代雜劇全目》《古典戲曲存目彙考》《古本戲曲劇目提要》著録。現存嘉慶間原刻本，藏中國藝術研究院圖書館，《傅惜華藏古典戲曲珍本叢刊》第70册據之影印；嘉慶間刻《香谷四種曲》本，藏國家圖書館，鄭振鐸《清人雜劇百廿種》第8册據之影印；嘉慶間刻《南枝鶯囀》本，藏中國科學院圖書館。另有舊鈔本，過録《南枝鶯囀》本，藏中國藝術研究院圖書館。

● 序跋、題詞與評語

汪應培《〈催生帖〉小序》（《傅惜華藏古典戲曲珍本叢刊》所收本《催生帖》卷首）：

金閨馳譽，不少名媛；詞客揮毫，狂搜粉譜。潑戲鴻之妙墨，非無灑灑全書；窺文豹之一斑，不廢戔戔小劇。特是元人製曲，盡屬子虚；宰相填詞，都無指實。豈以香奩之體，專尚微辭；床笫之言，終譏逾閾也乎？

兹则挹璇幃之襟抱，付樂部之宮商。事本家常，名非偽托。蓋以奉羹湯而思賢婦，之子于歸；安莞簟以引新雛，先生如達。老夫耄矣，藉含飴可遣公餘；靜女其孌，即哺縠亦消永晝。而乃慕燕山之五桂，未染瓣香；攀荀氏之八龍，難分片甲。鶼鶼者并栖嬌鳥，比翼能飛；簇簇者上箔吳蠶，同功無繭。於是推上帝錫齡之義，何妨恩乞天庭；引太人占夢之文，豫擬蘭徵香閣。此《催生帖》四齣之所由作也。

然而屬辭比事，未盡荒唐；旨遠詞文，雅多寄托。莊漆園之蝶魂栩栩，豈真摹鳳子於花間；屈靈均之香草離離，不僅寫幽蘭於澤畔。僕也，西浙凡材，黌門下士。問姓則桃花潭水，難尋巷口烏衣；宦游則汴月嵩雲，幸綰河東墨綬。其奈濫竽半職，伏櫪頻年。守一勺之蹄涔，幾同鮒涸；望千章之喬木，未許鶯遷。雖單父鳴琴，滿眼無非赤子；而邯鄲授枕，前塵大概黄粱。此其藉杯酒以澆愁，托催花而擊鼓者矣。所幸旨近溫柔，詞非激越。無劍拔弩張之態，星眼貪觀；值笙清簧煖之筵，歌喉易轉。此日掌箋紅綫，已珍之玳瑁函中；何時顧曲周郎，再書到芙蓉屏上。

昭陽作噩應鐘之月，香谷散人自序

之定《〈催生帖〉題詞》（《傅惜華藏古典戲曲珍本叢刊》所收本《催生帖》卷首）：

政美風行景菊潭，休徵光自一家諳。《關雎》淑德《螽斯》慶，雅什從教續二南。

書奉香谷八兄同年正，愚弟之定稿

姜志望《〈催生帖〉題辭》（《傅惜華藏古典戲曲珍本叢刊》所收本《催生帖》卷首）：

東風昨夜回暘谷，萬朵庭梅白如玉。探梅正喜故人來，殷勤示我《催生曲》。故人詞曲舊知名，流水桃花認後身。分將玉署仙人句，寫出璇閨少婦情。少婦于歸年十七，德容言工都第一。春水油油比目魚，秋風款款雙飛翼。綉閣紗窗事事幽，花籌數遍又詩籌。問字暫停修史筆，畫眉還上梳妝樓。十年蔭芘慈恩重，可惜熊羆遲入夢。七日豈無嬴負蜺，九苞要有桐栖鳳。低迴感此百無聊，不信蘭徵久寂寥。但願生兒逢地臘，敢辭禮佛趁花朝。德門福慶真無量，果有神靈錫嘉貺。未剖珠胎出蚌中，先看麟種來天上。一枕蘧蘧好夢催，是耶非耶醒尚猜。金光一瞥蛇蟠笥，玉翦雙拋燕入懷。阿婆房前低聲問，阿翁堂上含飴等。莫辭今夕倒樽罍，預為來年慶湯餅。來年湯餅厰華筵，滿堂珠履客三千。共傳墮地胞衣紫，便識封侯骨相賢。一言擬向世人告，自家堂構自家造。醴泉萬斛本無源，難得心田似翁好。

金華姜志望芝圃

汪應培

孟長炳《〈催生帖〉題辭》（《傅惜華藏古典戲曲珍本叢刊》所收本《催生帖》卷首）：

曾記藍田及早栽，就中消息費疑猜。三多最後無餘祝，一索爭先得占魁。好事關心私望久，高堂笑口幾時開。今宵聽罷《催生曲》，定有熊羆入夢來。

喜看芝樹產庭階，堂上應將老眼揩。惟願明珠先入握，頻催飛燕早投懷。阿翁別有含飴樂，少婦寧無吉夢諧？我祝生男如祝壽，籌添後至最為佳。

會稽孟長炳耐齋

何瑩《〈催生帖〉題辭》（《傅惜華藏古典戲曲珍本叢刊》所收本《催生帖》卷首）：

一曲新歌絕妙辭，克繩應許紹瓊枝。生烟煖玉含輝久，照夜明珠出水遲。瑞叶熊羆先結夢，祥凝嵩岳早徵詩。欣瞻秋宇銀蟾滿，桂子香飄定有時。

轉眼雲階瑞色敷，高堂底事費踟躕。筵儲湯餅須招客，珍備瑤瑜好弄雛。

記染花間垂露筆，曾摹松下課兒圖。（舊作《松陰課子圖》一幅，蒙賜題咏。）他年頜點傳佳話，可許孫曾一例呼。

秀水何瑩瘦秋（閨秀）

鍾洪《〈催生帖〉題辭》（《傅惜華藏古典戲曲珍本叢刊》所收本《催生帖》卷首）：

西泠才子學沉酣，雅管風琴到菊潭。更喜門楣堪入畫，生孫綠竹傍宜男。
子舍難求子婦賢，依依承順性由天。劇思兩世輝萊彩，一炷心香祝願虔。
樽空北海主人心，況復蘭闈吉曜臨。我寄宛南烟水隔，也須湯餅與朋簪。
莫作尋常家慶看，民情從古見非難。邵陵生子都名鄭，添得金昆分外歡。

秀水鍾洪恬波

張崇勳《〈催生帖〉題辭》（《傅惜華藏古典戲曲珍本叢刊》所收本《催生帖》卷首）：

十載光熒玉鏡臺，靈根原自孕仙胎。會須釀得清芬足，直到蟾圓墮地來。
頻摛麗句祝多男，連理芳枝未止三。佇看春融重結子，阿翁含笑又分甘。
精白真堪遺子孫，訟庭羅雀數臣門。客來翻詡圖書富，脫口先呼小狀元。
疇開五福壽居先，杖國歸來晚節堅。笑指兒童觿韘換，一庭官錦頌遐年。

鉛山張崇勳峻山

闕名《〈催生帖〉總評》（《傅惜華藏古典戲曲珍本叢刊》所收本《催生帖》卷末）：

太白天仙之詞，東方詼諧之舌，合而成此妙文。

趙曰佩《〈催生帖〉跋》（《傅惜華藏古典戲曲珍本叢刊》所收本《催生帖》卷末）：

按《內則》篇云："婦事舅姑，如事父母。其委曲承順，昕夕不離左右，與子職同。"今人於子事父母，尚能養體養志，力追古風，若子婦之於舅氏，往往以迹避嫌疑。遂至情同吳越，晨昏一謁，絕迹寢門，風俗之浮僞澆漓，實從此起，不可不亟講也。作者藉占夢之虛詞，寫宜家之實範。其《蘭徵》一齣，曲折摹繪，使賢婦之笑貌聲容，躍躍紙上，真可為閨菶之良箴，永矢勿諼者。至其軫念民依，傷心前度，尋常語非無針砭，平淡處益露丰裁。蓋視詩人溫厚之教，已駸駸乎近之矣。詞曲云乎哉！

愚表弟仁和趙曰佩跋

《公宴》

劇情概要與本事

一折。寫吳春帆和汪香谷在天氣晴和、紅花開放之時，設席百花園中，請觀察松大人、總鎮宜大人赴宴。松、宜二人先後而至。宴間，宜大人講述自己當年南疆征苗、湖北剿匪以至界連川陝之往事，隨協揆經略諸大臣歷經十載，大小二百餘仗，終於得勝而歸。接着，他又列舉觀察松大人自上任以來，士庶傾心、僚屬感戴諸事。在大荒之年，賑濟垂死饑民數十萬；出糧二千石，將十三城性命救下。吳春帆和汪香谷一致稱贊松、宜二人的功績。最後，衆人痛飲而歸。

生扮松觀察，老生扮宜總鎮，小生扮吳春帆，末扮汪香谷，雜扮院子。登場人物尚有儀從、護衛等，俱未分配脚色。

是劇當本於作者經歷。創作時間待考。

汪應培

著録、版本與收藏情況

《清代雜劇全目》《古本戲曲劇目提要》著録。現存嘉慶間刻《香谷四種曲》本，藏國家圖書館，鄭振鐸《清人雜劇百廿種》第 8 册據之影印；嘉慶間刻《南枝鶯囀》本，藏中國科學院圖書館。另有舊鈔本，過録《南枝鶯囀》本，藏中國藝術研究院圖書館。

《閨餞》

劇情概要與本事

一折。寫吴春帆十月初回署，轉旬又將入都。夫人陳韵仙置酒中堂，與之話別。離別在即，夫妻二人均有不少話説，但相對凄然。春帆先開口道，此去不過三月之期，夫人不要愁悶太過，以致勞神。韵仙説，祇因相公才俶歸裝，又勞遠涉，況天氣嚴寒，叫人放心不下。春帆當即表示，此次赴闕歸來，即挂冠林下，與夫人終朝聚首，永不分離。韵仙却又用大丈夫當以功名爲首勸之，并讓丈夫放心前去，途中千萬保重。自己在家倍當謹侍長輩，看顧子女。春帆聽罷，滿飲三杯，與妻子道别後，騎馬上路。韵仙倚門而望，希望丈夫一路平安，早日歸來。

生扮吴春帆，旦扮陳韵仙，貼扮丫鬟，雜扮奴僕。

是劇或據友人吴春帆事迹敷衍而成。按，吴春帆，生平事迹不詳。

著録、版本與收藏情況

《清代雜劇全目》《古本戲曲劇目提要》著録。現存嘉慶間刻《香谷四種曲》本，藏國家圖書館，鄭振鐸《清人雜劇百廿種》第 8 册據之影印；嘉慶間刻《南枝鶯囀》本，藏中國科學院圖書館。另有舊鈔本，過録《南枝鶯囀》

本，藏中國藝術研究院圖書館。

《儷筵》

● 劇情概要與本事

一折。寫徐桂隨丈夫到宛已經兩年。正值她生日，賓客相繼致賀，丈夫連日應酬，又置酒內室，與之洗盞共酌。其日，新雨初霽，几案塵清，徐桂倍覺心怡神曠。丈夫首先爲之祝壽，說自履任以來，轉眼十餘年，河陽花老，宦途不定，進退維谷，累夫人辛苦支持，想起來真是慚愧。徐桂認爲丈夫年齒雖高，然精力尚健，不應如此灰心，當圖進階，以副殷殷屬望之意。二人又談起兒子、媳婦輪番祝壽情景，祇有五子赴任閩疆，讓人記掛。丈夫勸她且放寬心，此兒定前途遠大。二人行起酒令，想起他們夫妻四十多年，琴瑟靜好，宛如梔子同心。丈夫祝夫人高壽，并願夫妻二人能百年偕老。

生扮官員，旦扮徐桂，貼扮丫鬟。

是劇應本於作者經歷，劇中徐桂當指作者夫人徐氏。按，劇中"生"（應是作者自指）言："下官履任以來，轉眴十有餘年。"嘉慶八年（1803），汪應培始任内鄉知縣，故是劇完成或在嘉慶二十年（1815）左右。

● 著録、版本與收藏情况

《清代雜劇全目》《古本戲曲劇目提要》著録。現存嘉慶間刻《香谷四種曲》本，藏國家圖書館，鄭振鐸《清人雜劇百廿種》第 8 册據之影印；嘉慶間刻《南枝鶯囀》本，藏中國科學院圖書館。另有舊鈔本，過録《南枝鶯囀》本，藏中國藝術研究院圖書館。

● 序跋、題詞與評語

盧元錦《〈儷筵〉題詞》（國家圖書館藏嘉慶間刻本《儷筵》卷末）：

畫手何能敵化工，《琵琶》一曲自清空。從知正味酸鹹外，祇在尋常菽粟中。

瑰奇警邁口雌黃，變幻烟雲總擅長。都向蜃樓尋七寶，更無人識桂枝香。

久厠鵷行鬢髮斑，風情還露酒杯間。筆鋒會奪天工巧，不用丹砂再駐顏。

閩山閩水憶征輪，早見嬌兒鳳羽振。爲仿昔年重舉案，署名翻避太夫人。

風衣愚弟盧元錦識

《不垂楊》

● 劇情概要與本事

劇首署"香谷高世書編輯"。六齣，依次爲《痴勸》《飛語》《矢貞》《鄰俠》《冰讞》《堂圓》。寫河南泌陽人楊坤以貿布爲業，女兒大妮自幼許配同村陶正心之子。陶氏本是讀書人家，今家道中落，生計日益艱難。楊坤夫婦恐女兒出嫁後度日艱難，決意另擇豪門。爲此，一紙訴狀呈上縣衙，反控陶家悔婚，請求判離。大妮因此終日愁眉不展，懨懨成病。楊坤見女兒如此，便喚她出來，勸她另選佳婿。大妮不答應，認爲既受陶家之聘，就是陶家之人，若改適他人，有傷大義，惹人唾罵。楊坤則認爲女兒不識好歹，吩咐妻子好生看管，慢慢勸她回心轉意。一日，兩位鄰居來楊家報喜，言新任縣太爺已將楊、陶姻事斷開。大妮聞此，誤以爲官司已成定局，事無轉機，不由怨恨父親執拗，不明大義；抱怨官府糊塗，不辨是非；更悲嘆自己紅顏命薄。於是趁無人防範，解下腰纏，要尋自盡，幸虧被母親發現攔了下來。楊母不知如何是好，請來一位甚有見識又肯替人出力的鄰嫗商量對策。鄰嫗勸說楊母將大妮送到陶家，楊母無奈，祇得答應。鄰嫗帶着大妮來到陶家，向其婆婆說明了情況，陶母又驚又喜，當即將媳婦送到後房歇息，又讓人趕緊去縣裏喚回丈夫商議。新任知縣楊兆李開始審理這起悔婚案，問明前因後果後，深感大妮貞烈，於是當堂判合，又擇定吉期，將二人接至縣衙中完婚；并令楊坤每年助錢十千，以爲陶生膏火之資。

生扮楊兆李，小生扮陶生，旦扮金氏，小旦扮楊大妮，貼扮楊大妮母、丫鬟，老旦扮陶母，净扮鄰嫗，中净扮楊坤，末扮張一，丑扮李二，外扮陶正心，雜扮丫鬟、院子。

是劇乃據時事敷演而成。汪應培《〈不垂楊〉序》云："丙子秋，泌陽令楊夢蓮二兄，以《女有士行詩集》見示，載本縣楊貞女事甚悉。因謂余曰：'與其形諸歌咏，止供文士披吟，孰若播之管弦，使氓庶咸知所觀感，不更佳乎？'……遂采集《中原記》及諸公巨製，譜成六齣，名曰《不垂楊》，以應所囑。"序署"丁丑秋日"，即嘉慶二十二年（1817）秋，當爲作品完成時間。

● 著録、版本與收藏情況

《清代雜劇全目》《古典戲曲存目彙考》《古本戲曲劇目提要》《莊一拂〈古典戲曲存目彙考〉補正》著録。現存嘉慶間刻《香谷四種曲》本，藏國家圖書館，鄭振鐸《清人雜劇百廿種》第 8 册據之影印；嘉慶間刻《南枝鶯囀》本，藏中國科學院圖書館；光緒十八年（1892）泌陽楊氏益清堂《紀貞詩存》附刻本，藏國家圖書館；清刻本，藏國家圖書館。又有舊鈔本，過録《南枝鶯囀》本，藏中國藝術研究院圖書館，《傅惜華藏古典戲曲珍本叢刊》第 70 册據之影印。

● 序跋、題詞與評語

汪應培《自題〈清夜游〉一章》（《傅惜華藏古典戲曲珍本叢刊》所收本《不垂楊》卷首）：

木天那許窺清秋，記揚鞭遥指，洛陽花裏。漸漸心勞塵案，腰折鈴轅，嘗遍了聽鼓應官滋味。苦年華遲暮，雙鬢絲垂，覆蕉殘夢醒還未。　　公餘鋪繭紙。倩新詞、譜出衣冠優孟，聊抒慷慨悲歌意。乍關心分玦蘭閨，（時攝篆南陽，室人尚留菊潭，未及偕行。）難遂願抽簪梓里。試同袍歷數有幾人？十年官迹囊如洗。須記取平陽，冰雪郎官，薑鹽內子。

香谷未定稿

汪應培《〈不垂楊〉序》（《傅惜華藏古典戲曲珍本叢刊》所收本《不垂楊》卷首）：

丙子秋，泌陽令楊夢蓮二兄，以《女有士行詩集》見示，載本縣楊貞女事甚悉。因謂余曰："與其形諸歌詠，止供文士披吟，孰若播之管弦，使氓庶咸知所觀感，不更佳乎？"余在春陵時，曾填俚詞數曲，以授伶工，夢蓮所知者。欲以不文辭，不得也，遂采集《中原記》及諸公巨製，譜成六齣，名曰《不垂楊》，以應所囑。

夫楊女之守貞不二，若出性成，异矣！尤可异者，夢蓮公恂恂儒雅一書生耳，宰慈丘不及一載，而風化之速，易如反掌，何也？噫！我知之矣。竊見司民牧者，大率以長駕遠馭之才，自矜雄略。而醇謹端愨之士，若粥粥無能焉。豈知雀靈鳩拙，用各分途。彼粥粥無能者，不侈繁華，不競奔走，因得萃其才力聰明於民事，從容料理，言進取則不足，言撫字則有餘。起視四境，而風氣已蒸蒸日上矣。又何异之有！然則覽斯劇者，當知旨遠言深，意有所屬，不僅為一委巷蛾眉，寫勁竹貞松照也。

丁丑秋日，香谷居士識於菊潭精舍

楊基善《〈不垂楊〉跋》（光緒十八年泌陽楊氏益清堂《紀貞詩存》附刻《不垂楊傳奇》卷首）：

是劇豫中刊行已久。考《泌陽縣志》，貞女父係楊坦。且劇中曲文太簡。因倩善化徐秉吾大令彜補綴完密，并將楊坤易名楊坦，附刻《紀貞詩存》後，藉資傳信。

汪應培

基善謹識

孟長炳《〈不垂楊〉評語》（《傅惜華藏古典戲曲珍本叢刊》所收本《不垂楊》卷末）：

句句皆人意中所有之語，却人人筆下所無之文。祇此六篇，可把自來才子佳人等詞，概行抹煞。則一丈氍毹，兩行絲竹，其有關風化非淺鮮也。至其美賢侯之德政，表內助之芳徽，針砭愚頑，詼諧鄉曲，縱筆寫來，無不如意，真造五鳳樓手也。置之元曲中，定當奪五十餘席。

會稽孟耐齋評

陳志實《記泌陽楊氏女事》（《傅惜華藏古典戲曲珍本叢刊》所收本《不垂楊》卷首）：

泌陽民楊坦，販布爲業。生二女，長字同邑生員陶正心子。陶本儒士，以舌耕佐薄田自給。歲荒失館，窮窘不能自存。子年十九，女年二十有一，無力迎娶。楊憂甚，意欲中悔。會同里有某生者，亦青年喪偶，遂與所知謀，遣其道意。某生嘗師事陶，頗聞其風，已許師子，而所知以爲許陶者少女，業已殂謝，非此女也。某不信，質之陶，陶始知楊有悔親意。方欲卜告合卺，楊反宣言於衆，謂陶賴婚。先具控署令林君案下。未判結，林旋卸事去。

比黔陽楊公蒞任，楊復訟，持之益堅。令傳喚鄰佐親串多人，約日集縣庭，欲博采公論，而族親醜其行，皆不至。一日，陶方在縣候質，家人倉遽召歸。則有老嫗率一女在室，與其妻共話。見陶至，嫗命女向之拜。陶大驚，問故，妻具道所以。陶始知嫗爲楊之鄰，而女即其子婦也。先是，女聞陶貧，絕不介意，比速諸訟，卧病不起者彙月。母百方開導，知女意不可回，覓鄰嫗報其姑曰："但以一車相迎，所不遣嫁者，有如日。"姑雖感女意，而憤楊讼己，曰："允若是，是始則賴婚，既則盜女，反被他人口實矣。"鄰嫗反命，女聞益愧怍無地。及令大集親族質訊，訛言四起，皆稱楊已得，直令離婚。女乘間欲自裁，母急救得免，時時守之。鄰嫗見事急，願送諸陶家。母慮其不受，女慨然曰："離婚則必死，至陶不受，亦不過死，死均耳，於陶爲安。"乃決計行。陶以其狀白令，令大嘉獎，置楊不問。而命陶別館女，擇吉昇入內衙，夫人助以妝資，遣侍兒扶出成禮。

當是時，闔邑哄傳，士女填塞衢巷。見陶子彩紅跨馬前行，道女而歸，咸嘆息稱美焉。女幼工刺綉，及聞夫家貧，遂屏去不復作。惟留心織紝事，爲异日計。陶子廢學久，令勸其從師授讀。判楊歲致錢十千爲膏火資，楊亦欣然樂輸。楊日賣布市上，人嘲之，輒正色曰："父母之心，人皆有之，拘名義而使愛女凍餒，吾心何忍？且吾不致訟，求陶家以薄笨車迎女且不可得，況能如此輝煌哉？"聞者爲之發粲云。

署鎮平訓導灤州陳志實撰

《簾外秋光》

● 劇情概要與本事

二折，依次爲《闈遣》《省懷》。寫一官員奉調入秋闈，充外簾受卷官。空閑時候，便偕同人登明遠樓眺望，見士子紛紛歸號，提籃挂幕，便向家僮、禮書講起自己當年應試之情景，感嘆光陰迅速。他中舉之時方纔二十四歲，雙親俱慶，賓客盈門，也算一時光寵。後春試不第，值《四庫全書》繕寫需人，被挑取入館，因此逗留京邸數年。事竣，因功銓叙，分符河南。履任以來，深受愛戴，百姓爲他樹碑懸額。今任受卷官，更能體會士子寒窗苦讀之不易，故多爲之周旋。八月十六日，簾事完畢，本待整理歸裝，忽因意外牽連，致起無端之轇轕。今歸期未卜，客館兀坐，又值秋雨連綿，無聊特甚。

遂命家僮取出大杯痛飲，感嘆遭遇。回想春初，以重案牽連到省，大費周章；半年之後，又因是羈留，代人分過，可謂厄運連連。想起家中老妻、弱女，不由神傷。更念宦海浮沉十餘年，年齡徒增，頭銜如故，慨名途之險阻，嘆解組之無期。不覺夜已三鼓，祇得明早再行理會。

生扮官員，末扮禮書，雜扮家僮。

是劇當據作者經歷敷演而成。汪應培《〈簾外秋光〉自序》云："此日頓開生面。爰檢詩文詞曲之章，合主唱賓酬之作，彙爲一册，題曰《簾外秋光》，志實事也。"創作時間爲嘉慶二十三年（1818）。

● 著録、版本與收藏情況

《清代雜劇全目》《古典戲曲存目彙考》《古本戲曲劇目提要》著録。現存嘉慶間原刻本，藏中國藝術研究院圖書館，《傅惜華藏古典戲曲珍本叢刊》第70册據之影印；嘉慶間刻《香谷四種曲》本，藏國家圖書館，鄭振鐸《清人雜劇百廿種》第8册據之影印；嘉慶間刻《南枝鶯囀》本，藏中國科學院圖書館。另有舊鈔本，過録《南枝鶯囀》本，藏中國藝術研究院圖書館。

● 序跋、題詞與評語

汪應培《〈簾外秋光〉自序》（《傅惜華藏古典戲曲珍本叢刊》所收本《簾外秋光》卷首）：

余戊寅鄉試，奉調入闈，充外簾受卷官。雖無甄拔人才之責，然暇時得與二三同志渝茗論文，或偕登明遠樓眺望，襟懷一豁，亦足自豪。事竣後，正擬束裝旋署，乃以意外之糾紛，淹留者半月，殊悵悵也。緣爾時有同人某，華裾并集，瑣院同趨。偶疏管鑰於青箱，一霎遺珠難覓；旋起參商於鄰宇，疑他韞櫝而藏。居然列款以陳詞，遂觸台階之薄怒。既胡蘆提而不可，必水石出而始明。於是亡楚國之猿，事須摭實；對漢廷之獄，證賴旁觀。雖浪息波平，幾費黃堂之曲筆；而枝牽蔓引，終於白簡之連名。況乎托歸雁以傳書，征夫路杳；解左驂而贈別，季子囊空。此真宦境之多屯，而嘆客懷之難寫者矣。

然而鴉飛鵲噪，休咎同徵；北轍南轅，悲歡异致。蓋余之離菊潭而赴省門也，躬裹盛典，儼同觀上國之光；而菊潭士庶之望余歸也，念切慈雲，宛待哺嬰兒之乳。引領者五旬以外，葵藿傾心；扶輪者百里而遙，壺漿載道。筵陪上客，知臭味之無差；酒進麻姑，聽笙簧之迭奏。十六載傷弓悴羽，一鳴也自驚人；七品官羅雀閑門，此日頓開生面。爰檢詩文詞曲之章，合主唱賓酬之作，彙為一冊，題曰《簾外秋光》，志實事也。

嗟乎！竺雲縹緲，尚阻歸心；塵夢迷離，偏增佳話。憶綺歲孝廉船淺，恨煞風迴蓬島之帆；果他年峴首碑傳，庶幾花滿河陽之路。

嘉慶戊寅冬十月，錢塘汪應培香谷識於菊潭官舍

汪應培《行己有恥，使於四方，不辱君命（戊寅鄉試考簾官作）》（《傅惜華藏古典戲曲珍本叢刊》所收本《簾外秋光》卷首）：

以實行徵士，才與德有并著者焉？蓋德本於己，而才即見於四方。有耻也，不辱命也，不足徵士之實行哉？且學人伏處衡廬，必先無忝於一心，而後不窮於肆。應有無不可白之隱衷，則出其圭璧之躬，以羽儀王國。即行人之選，亦於是賴焉？非然者，吾恐功名、道德兩無所居，而半生之竪立者，何在也？

子問士乎？士為特達之階。聰明才力，能擴羞惡之心而無歉，即能為機變之巧而有餘。若是則耻重焉？毋曰暗然之態，亦堪媚世，而徒作色莊之論也。

士亦分一命之榮，戮力王家，未能抒辰告之遠猷，亦足備輶軒之策遣。若是則君命尊焉？毋曰一介之使，甘厠備員，而不復簡書之畏也。

曷試核諸行己乎？不必示方剛之概，而理純欲净，自顧亦覺其光明，對衾影即可對大廷矣。念儒者束身名教，樂地良多，而顧以俯仰懷慚者，儳焉。如不終日也，又何以出而問世乎？夫晉之譽隨會也，曰："賤而有恥。"蓋心彌小則品愈尊。此游九京者所以流連不置也。

曷試驗諸使四方乎？不盡誇詞令之嫺，而揖讓周旋，聞望已早傾四國，銜天語即如凜天威矣。念君王迪簡群僚，不遺下士，而顧以不能專對者，貽寡君羞也。其何以黼黻皇猷乎？夫鄭之美子產也，曰："諸侯賴之。"蓋劫閟深則英華著。此過東里者所以繾綣難忘也。是則一見於行，一見於使。此二者實有相需之義焉。

如僅循途守轍，而不敢以一朝失足者，自飭廉隅。此曲謹之儒，原非國家所深賴。有恥者，非必介介鳴高也，一旦奉皇華之使，而成禮而進，成禮而退。此其事早信之雞鳴風雨中矣。則本家脩為廷獻，而雪來柳往，豈徒凜君言不宿之文。如謂多藝多材，而不憚以王路馳驅者，自矜丰采，此外觀之耀，僅足備器使於明廷，不辱者何止片長足録也。當其懷席上之珍，而屋漏無慚，旦明自凜，此其人早信為文章華國才矣。則收千里於寸心，而坐言起行，當一息處士虛聲之誚。

此體用兼全之量也。稱之曰士，不亦名實相副乎？

宗師史問山先生評：詁題有識，陳義甚高。樹骨於訓典，而以醞釀出之。可謂筆吐星漢之華，氣含風雨之潤。

汪應培《和高玉亭大兄受卷暇日偶成原韵》（《傅惜華藏古典戲曲珍本叢刊》所收本《簾外秋光》卷首）：

投卷紛紛集似雲，披翻往復敢辭勤。精嚴律例惟官曉，不怕奸胥慣舞文。
衣冠整肅趁晨光，侍坐東西列兩旁。鐵硯三年應體恤，不嫌交卷過昏黃。
看花走馬戒粗疏，一覽無妨腹笥虛。似解成湯三面網，尾焦曾許漏枯魚。

汪應培

（例於二場卷尾默寫頭場首藝、起講，諸生失寫者甚多，請於大憲，俱免貼出。）

鑄鐵真難破格容，鴉塗空灑墨花濃。未曾揭曉先登榜，孤負寒窗午夜鐘。

欣逢聖壽際昌期，正是魚龍變化時。少俊登途黃耆達，（本科年老者，例得仰邀恩賜。）求賢真個野無遺。

高玉亭《原作》（《傅惜華藏古典戲曲珍本叢刊》所收本《簾外秋光》卷首）：

憶昔秋闈分校日，披沙見寶費辛勤。而今幸得清閑地，但閱瑕疵不閱文。

案頭銀燭爛生光，投卷紛紛立檻旁。檢點祇須防曳白，品題何必妄雌黃。

憑几遙看列宿疏，白蓮千點照堂虛。莫言老眼模糊甚，燈下猶能辨魯魚。

盈箱計數自從容，墨色何分淡與濃。未到參橫堂吏散，不須頻聽五更鐘。

多士風雲際會期，宗工玉尺辨材時。共欽慧眼高於頂，滄海明珠定不遺。

汪應培《讀周鄰川大兄擬墨并承賜評〈闈遺〉詞奉贈》（《傅惜華藏古典戲曲珍本叢刊》所收本《簾外秋光》卷首）：

岳岳丰標夙仰欽，果然覿面便傾襟。談天巨製風兼雅，（擬墨為望坡中丞所深賞。）淡水交情淺就深。最喜笙簧先好我，得聯葭玉附知音。青眸顧盼風塵外，不是尋常慶盍簪。

周鄰川《和作》（《傅惜華藏古典戲曲珍本叢刊》所收本《簾外秋光》卷首）：

藉甚聲華夙所欽，曾於師席話清襟。（去歲都門，闈房師蔣秋吟夫子亟稱公，命順到豫聆教。）却從棘院秋風裏，快聽蘭言臭味深。曲是高歌難奉和。（《闈遺》一闋跌宕情深，業已熟讀。）文多里句累知音（謂拙作擬墨）。他年倘獲從公屬，更乞梅花為我簪。

汪應培

簾外通交志已欽，搴帷十日挹靈襟。居鄰南院追歡易，吟到秋懷寄意深。仙吏來時無定所，才人到處有遺音。皇華佳詠應歸我，（已從彌封處借得，不復還矣。）珍重如分玳瑁簪。

聯袂秋闈慰素欽，每聆談吐豁胸襟。一編《小詠》才原大，三疊高歌趣更深。南國甘棠成久蔭，西湖老桂發清音。何時得飲菊潭水，爲采黃花來共簪。

汪應培《和朱韞山大兄見贈原韵》（《傅惜華藏古典戲曲珍本叢刊》所收本《簾外秋光》卷首）：

珊瑚曾網海南枝，仗策梁園豈後期。契似雲霞初倒屣，慚無縞紵且投詩。瑣闈光耀千條燭，（公派充謄錄官，督寫至夜分，燭光如炬。）化宇祥覘五色芝。（公在黎陽多善政。）保障危城曾載橐，定知雄略是男兒。（滑匪滋事時，公禦賊極著勞績。）

朱鳳森《原作》（《傅惜華藏古典戲曲珍本叢刊》所收本《簾外秋光》卷首）：

龍門千仞碧梧枝，何意琴臺傍子期。花隔外簾空走馬，人居中岳愛吟詩。多慚懷餅鈔黃卷，少得班荊遇紫芝。寄語菊潭元好問，新詞填就付紅兒。

汪應培《簾差告竣自省旋署途次作》（《傅惜華藏古典戲曲珍本叢刊》所收本《簾外秋光》卷首）：

慚無報國好文章，伏櫪山城竊自量。却笑東皇太多事，牽人來去馬啼（應爲"蹄"）忙。

校士全憑玉尺衡，聯鑣黃甲盡知名。鳳池更有凌霄羽，真個前賢畏後生。

整肅衣冠坐次安，莫嫌職分太清寒。一簾遮斷仙凡路，也許花從別院看。

紛紛投卷溢公庭，校對還須兩眼青。標貼些些藍榜誤，已教清俸一年停。

（貼卷，宋稱藍榜。）

誤筆風檐悔未遲，倚欄頻乞指瑕疵。不勞載贄程門下，先聽聲聲喚老師。

分無鉗束任西東，一眺層樓眼界空。除却七株桃李樹，風光原不讓群公。

翰墨場中氣本豪，歸途還載小霜毫。新詞記得周郎顧，便不陽春曲也高。

郞若來時近夜來（唐人下第句），昔賢詩句費詳猜。老妻不作尋常見，笑說同裏大典回。

鷩庚鳳甲小參差，總在蟾圓八月時。返響菊潭期已後，也須循例再銜卮。

五旬蹭蹬付前塵，獨有文章氣分親。可憶桃花潭水畔，一時聯袂有汪倫。

周百順《〈簾外秋光〉跋語》（《傅惜華藏古典戲曲珍本叢刊》所收本《簾外秋光》之《闈遣》齣末）：

隨分盡職，磊落光明，是不怨不尤、無入不得境地。其音節諧暢，聲調鏗鏘，尤爲填詞老手。

鄰川弟周百順拜跋

朱鳳森《〈簾外秋光〉跋語》（《傅惜華藏古典戲曲珍本叢刊》所收本《簾外秋光》之《省懷》齣末）：

以過眼之雲烟，寫填胸之錦綉。謔語旁嘲，無非真情本色。北郭綦之隱几耶？東方朔之詼諧耶？於紅氍上演之，當浮一大白。

韞山愚弟朱鳳森拜跋

孟長炳《〈簾外秋光〉跋語》（《傅惜華藏古典戲曲珍本叢刊》所收本《簾外秋光》之《省懷》齣末）：

以不得意之事，作極得意之文。如怨如訴，亦莊亦諧。

耐齋孟長炳

附朱藴山札（《傅惜華藏古典戲曲珍本叢刊》所收本《簾外秋光》之《省懷》齣末）：

尊作情生於文，文生於情，浣誦再三，不忍釋手。得此二齣，畫出外簾官一場風雅，韵人奇事，宛在目前。所謂"文章本天成，妙手偶得之"也。隨意妄批，不知有當大雅否？此復。即候晚安，不備。

李峥嶸《讀〈簾外秋光〉謹呈七律六首（并序）》（《傅惜華藏古典戲曲珍本叢刊》所收本《簾外秋光》附刻《棠宴曲》卷末）：

戊寅秋，邑侯香谷汪老父臺奉簾差，進省襄事五旬餘。回任後，闔邑紳民擇吉為公懸額公堂，顔曰"還我使君"。感其反市政、平獄訟，以安輯商民，非公之來，無以蘇民困也。維時生暨弟青雲亦與其事焉。越數日，雲手一册示生，即是科公直外簾時所作《簾外秋光》之曲。捧而讀之，引商刻羽，雜以流徵，渢渢乎屈宋遺音也。然而其旨微矣。

夫秋光無簾内簾外之分，而人有得意失意之境，惟涵養深醇者，爲能躁釋矜平，隨分自盡，超然於寵辱之外。如我公，西浙名家，學有原本，平日所作詩歌文詞，金昭玉粹，學者莫不奉爲鴛譜。即是科考簾差文，見賞於史大宗師，可謂純乎其純者。乃授簡梁苑，不使與梅、馬爭長，而置之外庭閑散之班，倘亦失意之甚者矣。然生三復歌詞，志和音雅。或追念平日，一行作吏，則致思於除積弊，育人才，將益勤撫字之心。或回想少時，十年讀書，則致思於攫一榜，娱雙親，不禁其孺慕之念。觸景興懷，無非發於忠孝，本於慈良，無一字涉怨尤者。昔金元遺山宰吾邑，矢口成吟，放歌於浙江半山之間，學者稱爲"風流元令"。然止於娛情山水，消遣世慮。比公之處失意而自得者，殆猶遜焉？然則作者如公真所謂學深養邃，導性情之和，尤有得於古風人之旨者也。

生白屋下士，伏處草茅，雖未嘗登公之堂，然猶幸福星久照，得讀其詩文者十有六年。故於是作也，一見賞心而不能置。因不避喬野，作七律六首，繕寫呈覽，以宣德意，以乞政教。至於詞曲之宜酬，則岑嘉州所謂"陽春一曲，和皆難者"也。生不勝戰栗，銜感之至。

　　先公翰苑起家聲，季弟傳衣學未成。暫捨鄴侯縹帙富，妄希端木貨財生。匹夫懷璧身何罪？大國求環勢欲行。不有賢侯平市政，書生含垢待誰清？

　　他鄉展帳鬢如絲，幸沐慈君教未遲。易直子諒推衆母，風流儒雅乃吾師。月明滄海珠還浦，春入瑤林花滿枝。額手琴堂何足報？傾葵爲奉謝恩詩。（右《志恩詩》二首）

　　簾外仙郎興不孤，月明樓上似冰壺。廣寒仙桂方開蕊，滄海驪龍正吐珠。玉尺衡文僚友在，清歌對酒吏人俱。曲終更有餘音繞，努力橫經志勿渝。（右《簾外秋光》曲）

　　兩臨大邑棠陰遠，三轉山城黍雨滋。興利令從流水下，除奸勢挾疾風馳。車分牌甲民無擾，役準公旬吏不欺。勒石銘恩留白羽，千村長護大丘碑。（右《草弊碑》）

　　髦士烝烝盡杞楠，順陽今日似周南。文章價重雙吹錄，（公制藝與哲兄柳湖太守合梓，名《吹吹錄》。）風雅人宜千尺潭。共道文翁能化俗，不徒吳隱可醫貪。況教十六年華度，風土民情事事諳。（右"烝我髦士"額）

　　戴星出入豈辭艱，德化成來兩任間。梁苑王喬忽飛舄，邠州郭汲竟回轘。風從原上隨春轉，月向溪頭帶露還。憶昨滿城齊擁篲，歡呼重睹使君顏。（右"還我使君"額）

門生李崝嶸拜手

《棠宴》

● 劇情概要與本事

一齣。寫知縣汪香谷秋初奉調入闈，縣中紳民望其歸來，朝夕懸望。其回任後，衆人十分歡喜，擇定吉日，爲他懸額堂檐，并請縣學官員衛健齋、溫在穎陪宴，以示慎重。香谷見盛情難却，便與同僚一起升座，接受紳士、鄉民跪拜。健齋、在穎見匾額上書"還我使君"四字，紛紛感嘆香谷任職十六年來憂勞農事，勤於政事，得此非易。接着，職員、貢生、生員、監生以及父老們紛紛進獻《柏鹿圖》、壽桃、盆花、桂子、綫香等物，恭賀祝福，并表達感激愛戴之情。香谷請二位學官往後堂小酌，這時外邊鑼聲不斷響起，報人前來報喜，言其門下士龐生高中文闈第三名、韓生高中武闈第三十八名。三人聞此大喜，彼此祝賀。最後，香谷言將往陽關一帶巡哨，往返半月。衆人嘆其辛勞。

生扮汪香谷，小生扮溫在穎，外扮衛健齋，雜扮衆紳民、院子、禮生等。登場人物尚有衆僕人，俱未分配脚色。

是劇乃敷衍作者任職内鄉之實事。創作時間當爲嘉慶二十三年（1818）。

● 著録、版本與收藏情况

《清代雜劇全目》《古典戲曲存目彙考》《古本戲曲劇目提要》著録。現存嘉慶間原刻本，藏中國藝術研究院圖書館，《傅惜華藏古典戲曲珍本叢刊》第70冊據之影印；嘉慶間刻《香谷四種曲》本，藏國家圖書館，鄭振鐸《清人雜劇百廿種》第8冊據之影印；嘉慶間刻《南枝鶯囀》本，藏中國科學院圖書館。另有舊鈔本，過録《南枝鶯囀》本，藏中國藝術研究院圖書館。

● 序跋、題詞與評語

呢瑪善《〈棠宴曲〉題辭》（《傅惜華藏古典戲曲珍本叢刊》所收本《棠宴》卷首）：

使君歸後道途歡，堂上笙歌到夜闌。潔若冰壺無所受，酬恩四字比旃檀。草滿公衙樂事多，新聲一曲妙難和。略將十載宜民處，付與臨湍士女歌。

長白呢瑪善玉亭

施諒《〈棠宴曲〉題辭》（《傅惜華藏古典戲曲珍本叢刊》所收本《棠宴》卷首）：

牧民天下使君多，難得歸來有頌歌。四字高懸民望切，一聲《河滿》意如何？細披曲調讀迴環，十載甘棠治理艱。最好菊潭澄止水，滿城明月照青山。

錢塘施諒朗山

楊兆李《〈棠宴曲〉題辭》（《傅惜華藏古典戲曲珍本叢刊》所收本《棠宴》卷首）：

一官落拓泌水陽，訟減簾垂日漸長。放衙高臥渾無事，春風吹來稻花香。迂疏自慚撫字拙，感我故人寄白雪。琴堂韻事玉堂文，一曲清歌情自適。不減并州德澤施，兒童竹馬笑迎時。不減荊州遮道日，絲鞭雕鐙爭留轡。秋闈玉尺正掄才，轉眼三旬去定回。合浦還愁珠不返，朝朝盼煞使君來。善頌善禱語無多，畫出循良政不苛。佇看鸞鳳飛騰去，去後相思更若何。一桁棠陰布四野，菊潭千尺情傾瀉。莫名愛戴心，聊藉笙簧寫。不然使君相別纔幾旬，使君還我胡爲者？

黔陽楊兆李夢蓮

倪明進《〈棠宴曲〉題辭》(《傅惜華藏古典戲曲珍本叢刊》所收本《棠宴》卷首)：

盼斷秋簾日欲曛，果然還我舊慈雲。天心畢竟從人願，十七年來好使君。碑傳萬口頌恩覃，一片歡聲洽菊潭。來暮去思無限意，都將四字盡包含。父母官原不易居，況臨六百古商於。先生久試牛刀技，游刃恢恢自有餘。賢宰風流樂事多，淺斟低唱意如何？分明一部甘棠譜，付與梨園子弟歌。

海陽倪明進晉三

戴銘《〈棠宴曲〉題辭》(《傅惜華藏古典戲曲珍本叢刊》所收本《棠宴》卷首)：

十六年來德政多，彼都人士盡謳歌。棘闈分校歸輪早，又喜公堂晉巨羅。兩枝芳桂擢蟾宮，一瓣香來自我公。絲綉平原金鑄範，何如化蜀説文翁？

輝縣戴銘恬園

衛大壯《〈棠宴曲〉題辭》(《傅惜華藏古典戲曲珍本叢刊》所收本《棠宴》卷首)：

使君原自舊，重來倍覺新。切指以爲我，問誰可得親。即此纏綿意，應知雅化淳。德厚方爲富，囊虛不算貧。同官十餘載，相對如飲醇。今日逢勝舉，益信春臺春。公庭把盞酒數巡，使君愛眾我親仁。似此官民成一體，説法何妨自現身。遠近聞之驩然喜，譜出新詞情難已。愧我登場兩閒曹，隔席分榮近在咫。居官誰不心乎民，幾見輸誠能致此？要知循吏惠人心，盡在陽春一曲裏。

新鄉衛大壯健齋

温聚德《〈棠宴曲〉題辭》（《傅惜華藏古典戲曲珍本叢刊》所收本《棠宴》卷首）：

乍聞良吏理歸裝，爭睹慈顏喜欲狂。夾道歡呼迎父母，下車仔細問耕桑。心銘額見琴書古，（二堂匾額係"經目，經心，經手"六字。）弊草碑傳姓氏香。（署前立有邑侯汪公草弊碑。）深味使君還我字，菊潭真又沈諸梁。

正陽溫聚德在穎

馮鏊《〈棠宴曲〉題辭》（《傅惜華藏古典戲曲珍本叢刊》所收本《棠宴》卷首）：

遍野聲馳愷悌歌，此來迥异昔年過。（舊曾游幕菊潭二年餘。）雲台樹古銘勳久，潭菊花新壽世多。婦樴男耕知雅化，土膏禾秀是時和。冰塈碑聳堂懸額，琴閣風清設雀羅。

慈谿馮鏊夢洲

陳恕紳《〈棠宴曲〉題辭》（《傅惜華藏古典戲曲珍本叢刊》所收本《棠宴》卷首）：

四載栖遲聽頌歌，琴堂灑酒快如何。分明腕底文章潤，散作花疆雨露多。治績未妨遲史筆，清歌應早附《卷阿》。枌榆我亦誇同社，吹到蘭芬定不磨。

錢唐陳恕紳柳浦

孟長炳《〈棠宴曲〉題辭》（《傅惜華藏古典戲曲珍本叢刊》所收本《棠宴》卷首）：

异口同聲聽好音，果然德化感人深。吾儕自幸依劉久，公等猶殷借冠心。

春草有情知向日，花封無處不鳴琴。使君到此辛勤甚，十六年來霜鬢侵。

公堂題額焕然新，況有音樽次第陳。盼到征途旌旆返，聽來載道口碑真。福星果有重臨日，花縣欣逢再到春。言外情深惟四字，百千頌禱一齊伸。

會稽孟長炳耐齋

汪應培

衛自强《〈棠宴曲〉題辭》（《傅惜華藏古典戲曲珍本叢刊》所收本《棠宴》卷首）：

暑雨祁寒易怨咨，何期衆志似傾葵。瞻韓此日人爭羨，借冠當年事未奇。十載推誠勤教養，一堂歡宴答仁慈。莫嫌枳棘栖鸞久，便有桐枝未許移。

士庶趨迎夾道觀，使君下馬衆心安。鸞書鳳詔分榮易，畢雨箕風效順難。學貫五經思許慎，恩深三郡憶劉寬。從知受到牛羊牧，國事原當家事看。

新鄉衛自强勁亭

孫景瀾《〈棠宴曲〉題辭》（《傅惜華藏古典戲曲珍本叢刊》所收本《棠宴》卷首）：

菊潭幾載沐恩波，題額名留信不訛。明鏡懸時清照迥，甘棠垂處好陰多。仁風百里鶯花路，善政千秋父老歌。不見攀轅遮道滿，使君來矣快如何。

華堂進爵趁良辰，額手庭階感戴真。別報瓊瑤敦夙好，（句指健齋、在潁兩廣文。）一新耳目净凡塵。民懷衛結依風切，士藉陶鎔濯錦頻。駿馬歸時無恙好，蘇公猶憶再來身。

武進孫景瀾載揚

郭文貞《〈棠宴曲〉題辭》（《傅惜華藏古典戲曲珍本叢刊》所收本《棠宴》卷首）：

琴在高堂鶴在陰，刑輕政簡到於今。休言清况無人見，四字能包萬姓心。

新歌一曲寄笙簧，四野争傳白雪章。若使班姬今尚在，不留缺筆負循良。

新鄉女史郭文貞恕宣

汪徵康《〈棠宴曲〉題辭》（《傅惜華藏古典戲曲珍本叢刊》所收本《棠宴》卷首）：

憶昔輕裝別南浦，趨庭十載詔華度。飫聞辟呀誨諄諄，官箴并作經籛付。果然側耳聽輿評，漸覺循聲滿碧城。知道使君民事重，寒機勸織野催耕。今年大啓龍門榜，捧檄秋闈帶星往。出岫山雲祇數旬，却教翹首千夫望。笑指征途快轉輪，鶯花又是一番春。公庭置酒笙歌沸，今日群黎是主人。不言明鏡虛堂照，不頌冰壺守清操。惟將四字表真誠，一切繁詞盡包掃。賓筵正值酒樽開，又聽春雷動地來。舊額曾題烝髦士，（複檐有"烝我髦士"額。）群材原是昔栽培。泠泠譜入陽春曲，簧暖笙清聽不足。座中何況有周郎，陡覺塵襟齊擺脫。聲華從此輝鄰宇，憩足行人定延佇。盡道安仁桃李花，參天直化將軍樹。（縣治將軍嶺，係雲台將馮异舊址。）

（男）徵康

汪徵恩《〈棠宴曲〉題辭》（《傅惜華藏古典戲曲珍本叢刊》所收本《棠宴》卷首）：

驄馬西風立。喜歸來、扶輪重睹，使君顏色。夾道歡呼人語好，留住飛鳧仙迹。試回首，棱棱風格。巧宦才員多讓却，算家聲、兩字留清白。少延佇，看題額。　　名心淡比秋江荻。儘驕人、隨身琴鶴，生花彩筆。如此風光如此境，占了河陽第一。真不羨，鶯遷豪客。佳話流傳新樂府，彙群英、都向賓筵集。棠蔭滿，笑談劇。（調寄《賀新涼》）

（男）徵恩

汪徵慶《〈棠宴曲〉題辭》（《傅惜華藏古典戲曲珍本叢刊》所收本《棠宴》卷首）：

無多四字綴檐楹，寫盡窮廬萬種情。官自禁寒民自煖，不容喬木更遷鶯。春風開到女兒花，靜掩紋窗對碧紗。三代芸香傾耳久，清風原數伐冰家。

（女）徵慶

孟長炳《〈棠宴〉評語》（《傅惜華藏古典戲曲珍本叢刊》所收本《棠宴》卷末）：

委婉寫來，真有官民一體之意。才人詞筆，循吏胸襟，其事其文，足垂不朽。

會稽孟耐齋

趙生覺《〈棠宴〉跋語》（《傅惜華藏古典戲曲珍本叢刊》所收本《棠宴》卷末）：

余服官日下，與香谷別十六年矣。咸好中自菊潭來者，輒道及公撫字有方，循聲茂著，余心竊艷之。今秋以讀《禮》就閑，策蹇來宛，始得握手快譚。未旬日，見內邑士庶具盛筵，陳樂部，爲公懸額大庭，竊意頌揚治績，自必切實指陳。及觀其顏額之文，乃"還我使君"四字。噫！异矣。雖然，無足異也。諺云："不見高山，那見平地。"蓋士民十餘年來，沐浴膏澤，亦幾習而忘之。一自霓旌北指，而後漸覺荆榛礙道，袵席生寒。回憶從前，挾纊之恩，何可多得？由是以纏綿之意，寫其愛戴之情。於四字中，不啻長言咏嘆焉。於以見偃草之風行，而益信前言爲不謬也。惜余以俗冗牽掣，不獲久炙光儀，僅作平原十日之飲而別。因書數語，以志雅慕。至公之跌宕文場，揮灑如意，特其餘事耳。昔趙長卿送某令詞云："如君才調，掌得玉堂詞翰。"余於香谷，即以此移贈之。

愚表弟仁和趙生覺謹識

石韞玉
（1756—1837）

　　字執如，一字琢如，號琢堂、花韵庵主人、歸真子、竹堂居士、獨學老人等，吳縣（今江蘇蘇州）人。幼即穎敏過人。乾隆四十四年（1779）舉人，五十五年（1790）成恩科進士。初擬第四，高宗特擢狀元，授翰林院修撰。歷任湖南學政、四川知府、陝西潼商道、山東按察使、山東布政使。嘉慶十二年（1807），遭奸讒構陷，左遷翰林編修、國史館行走。旋以足疾歸隱杭州。此後主杭州紫陽書院、江寧尊經書院、蘇州紫陽書院講席。待人和易，不立崖岸，恩被鄉梓，一生行善不輟，時人稱其賢。嗜書，積四萬餘卷，建"凌波閣"貯之。工詩善文，諸體兼修，於篆刻、書法等亦無所不涉。著述宏富，有《獨學廬詩文集》等數十種。戲曲有雜劇集《花間九奏》、《紅樓夢》雜劇及"承應戲"二種，均傳於世。

　　傳記文獻：吳嶘《獨學老人年譜》，陶澍《恩賞翰林院編修前山東按察使琢堂石公墓誌銘》（《陶澍全集》），《清史列傳》卷七十二，葉衍蘭、葉恭綽《清代學者像傳》第一集，（同治）《蘇州府志》卷八十二，張淑賢《石韞玉歸田本末考》（《文藝評論》2014年第2期）。

《花間九奏》

　　封頁題"花間九奏"，署"花韵庵主人填詞"。包括雜劇九種：《伏生授經》《羅敷采桑》《桃葉渡江》《桃源漁父》《梅妃作賦》《樂天開閣》《賈島祭詩》《琴操參禪》《對山救友》，均爲一折短劇。

劇情概要與本事

《伏生授經》

寫周時濟南人伏生，官爲柱史，家傳《尚書》之學。秦始皇并吞六國，焚書坑儒，伏生逃入山中，不敢出世，白白虛度一生。後漢氏開基，文明再啓，設寫書之官，懸獻書之賞，知伏生精於《尚書》，特差大中大夫晁錯前來尋錄。伏生此時已行年八十，祇因這幾卷書無人傳授，終日放心不下，今見晁錯來訪，甚是高興。告知晁錯，原書已佚，曾將其中數篇口授女兒，遂令其女背誦，晁錯據之抄錄。抄畢，晁錯詢問《尚書》可有其他藏書之家，伏生言曲阜孔家壁中藏有漆簡，又滄海幾度，不知存否。

生扮晁錯，旦扮伏生之女，末扮從人，外扮伏生。

本事出自《史記·儒林傳》。

《羅敷采桑》

寫趙國邯鄲女子羅敷，本秦善人之女，自幼許於千乘王仁爲妻。王仁現任趙王家令，供職府中，羅敷則依父母同居。時值暮春天氣，蠶事方興，羅敷趁着天色晴朗，到陌上采摘桑葉。游春的少年公子、耕田的農夫以及砍柴的樵夫等見到羅敷，都驚嘆其傾城美貌。勸農使者此日亦來鄉下公幹，一見羅敷，即爲其美貌所吸引，遣人喚來詢問，表示願載其同歸，共享榮華。羅敷嚴詞拒絕，正告使者：自己非墻花野草，乃有夫之婦，丈夫是趙王家令王仁。使者聽後，深感唐突，願改日負荊請罪。

旦扮羅敷，净扮勸農使者，丑扮樵夫，外扮田父，生、净扮二位公子。

本事出自漢樂府詩《陌上桑》。

《桃葉渡江》

寫揚州少女丘桃葉，父親死後，家業廢弃，與母親唐氏、妹妹桃根相依爲命。先時，桃葉已許建康城中王獻之爲妾。王公子年紀不滿三十，生得風流倜儻，才貌雙全，見桃葉天性伶俐，十分喜歡。等到桃葉十七歲，王公子定下佳期，派人接桃葉渡江完婚。臨行，母女相顧落淚。桃葉想到自己走後，母親無人照料，好生放心不下。唐氏則囑咐女兒過門之後，要加倍勤謹謙和，不可倚寵而驕，討人嫌妒。在唐氏催促下，桃葉攜桃根登舟出發。王公子早早來到江邊眺望，盼望小舟能順利到達。桃葉姐妹登岸後，被公子迎入府中。

生扮王獻之，旦扮桃葉，貼扮桃根，老旦扮唐氏，净扮船家，丑扮安童。

本事出自南朝釋智匠《古今樂錄》、宋郭茂倩《樂府詩集》。

《桃源漁父》

寫東晉陶淵明曾任彭澤縣令，感仕途龐雜、世事顛倒、賢愚不辨等，遂辭官而歸。時值重陽佳節，天氣晴明，淵明欲采些菊花釀酒，便到郊外尋摘。潯陽太守王宏一向欽慕淵明，無奈召之不來，就之不見，料今日他必到山中采菊，於是早早携帶酒肴到旅亭相候。不久，淵明果至，王宏盛情相邀，淵明欣然入席。二人正開懷暢飲間，一誤入桃花源的漁父前來報告。漁父詳述了自己發現桃花源的過程，其中安樂、富足、古樸的生活場景，以及桃源中人的來歷和他們對自己的款待等，王宏聞之，當即要與漁父再探桃源，并請陶淵明屬文記之。

老生扮陶淵明，末扮從人，丑扮漁父，外扮王宏。

本事出自晉陶潛《桃花源記》等。明高濂（1527—1603?）《節孝記》傳奇上卷《賦歸記》、清汪柱（生卒年不詳）《賞菊傾酒》雜劇與此題材同。

《梅妃作賦》

寫唐代廣南女子江采蘋自幼被選入宫中，開元天子對其甚爲寵愛，封爲貴妃；因其性愛梅花，又賜號梅妃，特敕廣南節度使置驛貢梅，以供清賞。梅妃自謂一生榮遇，百年良緣。孰料自楊玉環入宫，梅妃故寵日移，後被遷到上陽宮安置。長門寂寞，難見君面，回憶從前繁華，倍感淒涼。後聽聞因楊妃得寵，其兄楊國忠官居宰相，姊妹俱封大國夫人；失機邊將安祿山也與之結爲母子，出入禁中，獲封東平郡王。梅妃感禍機不遠，憂愁萬端。一日，皇帝遣小太監送來珍珠一篋，梅妃認爲皇帝不曾忘懷自己，悲喜交集，作《樓東賦》一篇。賦就，却發現無法上達帝聽。

旦扮梅妃，老旦扮小黃門。

本事出自宋傳奇小說《梅妃傳》等。明吳世美（生卒年不詳）《驚鴻記》傳奇，清汪柱（生卒年不詳）《愛梅錫號》雜劇、袁棟（1697—1761）《江采蘋》雜劇、梁廷枏（1796—1861）《江梅夢》雜劇與此題材同。

《樂天開閣》

寫唐代詩人白居易少年登第，壯歲服官，時遇艱危，退居蘇杭，終日以歌樂相伴。如今年過六旬，鬚髮盡白，衰病纏身。一日他將侍妾小蠻、樊素喚出，欲令其各尋婚配。小蠻聽後，感謝大恩，表示願別尋佳偶，白遂將之交還父母，聽其自行擇配。而樊素則誓不再嫁，唯願終身侍奉居易。白感樊素情重，將之留下，共度年華。

外扮白居易，旦扮樊素，貼扮小蠻，老旦扮管家婆。

本事出自唐范攄《雲溪友議》。清桂馥（1736—1805）《放楊枝》雜劇與此題材同。

《賈島祭詩》

寫唐代詩人賈島，當初棄俗出家，法名無本，在京城護國寺安單。一日天街閒步，偶然得詩二句，反復推敲，太過入神，衝撞了京兆尹韓愈的五馬頭踏。韓愈問明情況，不加怪罪，反勸勉賈島還俗應舉，求取功名。後賈島以秀才身份托跡長安，以爲進取之計。奈文章憎命，遇合無緣，好不傷感。時值除夕，家家酬神祭祖。賈島客中無聊，想到秀才發迹都在詩上，準備將詩祭奠一番，以還願心。他命人取出當年所作詩本，供在桌上，拈香行禮。好友孟郊、李賀應舉留滯長安，今日相約來訪賈島，見其祭詩，皆言此乃韵事。三人守歲夜話，悲嘆日暮窮途。此時有差官前來報喜，言韓愈保舉賈島任長江尉，即日走馬上任。孟、李恭喜，并約明日出城，爲賈島餞行。

末扮賈島，老生扮孟郊，小生扮李賀，副净扮差官。另有書童登場，未分配脚色。

本事出自唐馮贄《雲仙雜記》。清葉承宗（1602—1648）《賈閬仙》雜劇與此題材同。

《琴操參禪》

寫杭州僧人道潛法號參廖子，自幼出家，栖止南屏山下，道行圓通，不同凡俗。近日與杭州太守蘇軾機緣投合，時相過從。有名妓琴操，性耽禪悦，對參廖子甚爲欽敬。某日蘇軾携琴操前來參謁，請其度脱琴操。參廖子認爲蘇軾機鋒犀利，可登壇説法，令琴操參究。蘇軾欣然應允。經過一番問答，琴操醒悟，情願弃俗出家，求參廖子度其爲尼。琴操佛前懺悔完畢，將入清波門外紫竹林地閉户静修。臨行，蘇軾勉勵她苦志修行，早成正果。

末扮參廖子，貼扮琴操，外扮蘇軾，副净、丑扮二衙役。

本事出自宋釋惠洪《冷齋夜話》、明梅鼎祚（1549—1615）《青泥蓮花記》等。

《對山救友》

寫明朝人康海，才氣無雙，學富五車。早歲狀元及第，現官居翰苑。每日朝參之外，不過飲酒賦詩而已。一日閑暇無事，與妻子彈琴消遣，忽有人送上紙條，上書"對山救我"四字。原來近日李夢陽因彈劾太監劉瑾不法事，被交給錦衣衛治罪。李夢陽認爲祇有好友康海能救自己，故書此求救。劉瑾與康海爲同鄉，曾多次表示願與康海結交，康海爲保持名節，拒絶與之來往。

今日事情危急，在夫人的勸說下，康海決定親往劉府。劉瑾見康海來拜，當即擺下宴席，備好女樂侍候。席上，康海曲意恭維，趁機提出李夢陽獄事，并爲之開脫。劉瑾要康海飲酒一斗，方允釋李歸家。康海飲畢，大醉，知此事乃自貶名節之舉，但并不遺憾。

生扮康海，旦扮康海夫人，末扮奴僕，丑扮琴童、劉瑾，雜扮小太監，雜、旦扮四妓。

本事出自清梁維樞（1587—1662）《玉劍尊聞》，與明康海（1475—1540）《中山狼》雜劇有關。

● 著録、版本與收藏情況

《清代雜劇全目》《古典戲曲存目彙考》《古本戲曲劇目提要》著録。現存乾隆間石氏花韵庵刻本，藏國家圖書館、上海圖書館，鄭振鐸《清人雜劇初集》、《清人雜劇百廿種》第 2 册及《古本戲曲叢刊八集》據之影印；清刻本，藏國家圖書館、上海圖書館、南京圖書館。又有姚燮《今樂府選》稿本第 36 册所收本，藏浙江圖書館。

● 序跋、題詞與評語

石韞玉《〈花間九奏〉題詞》（《清人雜劇初集》所收本《花間九奏》卷首）：

《伏生授經》
百篇典誥化秦灰，幸有通儒在草萊。留得帝王經世術，至今傳信在蘭臺。
《羅敷采桑》
蛾眉自昔産邯鄲，使者旌旗過澗槃。富貴嚇人真一笑，兒夫早著侍中冠。
《桃葉渡江》
紅顏在世易摧殘，好處相逢自古難。誰似渡江人計穩，一生魚水見真歡。

《桃源漁父》

避秦人去不知年，漁父重來亦惘然。獨有淵明能著錄，由來隱逸近神仙。

《梅妃作賦》

開元天子本多情，看到驚鴻百媚生。誰料一朝輕決絕，都緣讒諂蔽王明。

《樂天開閣》

聲色娛心欲界中，達人覷破總成空。樊姬偕老蠻姬去，各有因緣事不同。

《賈島祭詩》

新詩一字費推敲，邂逅相逢即締交。如此憐才人不易，鑄成瘦島配寒郊。

《琴操參禪》

文章太守玉堂仙，接引迷人到佛前。知道個儂根器好，片言參透老婆禪。

《對山救友》

友生急難爲同方，覆雨翻雲事亦常。試看《中山狼》一曲，崆峒畢竟負康郎。

鄭振鐸《〈花間九奏〉跋》（《清人雜劇初集》所收本《花間九奏》卷末）：

右《花間九奏》雜劇九種，題"花韵庵主人著"。初不知花韵庵主人爲誰，何（疑爲"而"）後讀"沈賁漁四種曲"，見有獨學老人序及花韵庵主人題詞，乃念花韵庵與獨學老人或有干涉。及檢讀石韞玉《獨學廬稿》，見二稿中有《花韵庵詩餘》一卷，三稿《晚香樓集》卷四《山居十五咏》中有咏花韵庵之作，與咏獨學廬、晚香樓諸作同列，乃確知花韵庵主人蓋即石韞玉之筆名。韞玉，字執如，號琢堂，吳縣人。年十八補吳縣學博士弟子員，乾隆庚戌進士，授翰林院修撰。壬子，充福建正考官，旋視學湖南。戊午，補四川重慶府知府，後擢山東按察使。因事被劾，遂引疾歸，主蘇州紫陽書院二十餘年。嘗修《蘇州府志》，爲世所重。道光十七年卒。韞玉於《獨學廬稿》外，他所撰述尚多。於劇曲，似僅有《花間九奏》一種。陳康祺《郎潜紀聞》

謂："韞玉以文章伏一世，律身清謹，實不愧道學中人。未達時，見淫詞小說、一切得罪名教之書，輒拉雜摧燒之。家置一紙庫，名曰孽海，收毀幾萬卷。一日，閱《四朝聞見錄》，中有《劾朱文公疏》，誣詆極醜穢，忽拍案大怒，亟脫婦臂上金跳脫，質錢五十千，遍搜東南坊肆，得三百四十餘部，盡付諸一炬。可謂嚴於衛道矣。"云云。以燒毀淫詞小說之衛道士而寫作雜劇，殊是异事。然韞玉雖富道學氣，其於戲曲名作蓋未嘗不加贊賞提倡。沈起鳳薲漁之傳奇，即藉其力以刊布於世。其所收毀者，或胥爲淫穢鄙近之作歟！然實不能不謂爲古作之一厄。《花間九奏》雜劇九種：《伏生授經》《羅敷采桑》《桃葉渡江》《桃源漁父》《梅妃作賦》《樂天開閣》《賈島祭詩》《琴操參禪》《對山救友》，胥爲純粹之文人劇。其所抒寫，亦益近於傳記，而少所出入。蓋雜劇至此，已悉爲案頭之清供，而不復見之紅氍毹上矣。九作之中，惟《桃源漁父》《梅妃作賦》二劇，題材略見超脫，曲白間有雋語。其他胥落庸腐，無生動之意。以儒生寫作雜劇，其不能出色當行也固宜。

中華民國十九年十二月十八日，鄭振鐸

《紅樓夢》

● 劇情概要與本事

又名《紅樓夢傳奇》《紅樓夢樂府》。劇首署"吳門花韵庵主填詞"。十齣，依次爲《夢游》《游園》《省親》《葬花》《折梅》《庭訓》《婢間》《定姻》《黛殤》《幻圓》。寫金陵公子賈寶玉家傳閥閱，世列縉紳，然性憎紈綺，不願讀書，最喜在祖母膝下承歡，或與姊妹們在閨中游戲。某日，從書館歸來，覺身體睏倦，遂假寐片時。夢中見到兩位仙子，仙子言他與警幻仙妃之妹可卿有姻緣之分，今奉仙妃之名，特召他往太虛真境中成就好事。寶玉隨她們來到一個地方，祇有許多册籍堆積在兩邊，隨手翻閱，上邊有圖有字，含義難解。正當其驚疑不定之時，忽聽得陣陣鑼聲，然後閃出兩位金甲神靈，責他擅入靈府，窺探秘書，將之追打。寶玉驚醒，向婢女襲人講述夢中之事，襲人言春天亂夢，不必在意。寶玉長姊元春被選入宮闈，册爲元妃。近日，賈府爲迎接元妃歸省，特建省親別墅一座。完工後，賈政帶着寶玉、賈珍、賈璉等人前往查驗，并令寶玉爲各處景致擬定名號。這時，穿宮太監夏梁奉旨前來報喜，言元妃因獻《鳳藻宮賦》，獲封鳳藻宮尚書之職，讓賈府及早準備元妃省親事宜。上元節，元妃奉旨歸寧，來到賈府，憶及往事，不由得眼淚盈眶。禮畢，與賈母、王夫人等撤簾開宴，又特意宣賈政、寶玉進見。元妃見弟弟長大許多，知其會作詩文，便令以《今宵即事》爲題，賦詩一首。隨後，元妃又與衆女眷在内堂相聚。不覺夜深，已到起駕回宮之時，暗暗傷心，不知可有再來之日，由此感嘆不如生在尋常百姓之家，如此尚能够骨肉團聚、往來無禁。二月十二，百花生日。黛玉見園中花事闌珊，紅香滿地，不忍其狼藉泥沙，被人踐踏，遂與婢女紫鵑携了花鋤、花帚，往園中葬花。葬畢，悲嘆道：今日葬花之舉，人必笑爲痴心，不知將來己死之時，又有誰來安葬。躲在一旁的寶玉聽聞此言，也爲之落淚。他告訴黛玉，明日會在此處立個小碑，鐫上"花冢"二字，以爲墓表。黛玉認爲如此甚好。大觀園中有座櫳翠庵，乃姑蘇女尼妙玉安單之所。某日大雪，庵中紅梅衝寒而開，好不艷麗！妙玉見此，取出瑤琴，彈奏一曲，以遣清興。忽然有人叩門，原來是寶玉奉姊妹們之命，前來乞取梅花，以作閨中清供。二人清談一番，寶玉携花而去。寶玉素來不討父親賈政喜歡。一日，忠順王府差官求見賈政，言戲子蔣琪官深得王爺寵愛，近日逃出王府，不知所終。知他與寶玉交好，可能藏匿賈府，特來索人。賈政聞此大怒，喚來寶玉痛加笞責，幾置之死地。幸虧王夫人、賈母前後趕來，盡力護佑，寶玉方逃過一劫。第二天，王夫人向襲人詢問寶玉挨打緣由時，襲人趁機進言道：園中姊妹衆多，且都漸漸長成，寶玉身處其中，多有不便，爲免無端生事，不如將之移出園子。王夫人感其忠心識見，對其大加贊揚，準備將來讓寶玉納之爲妾。又一日，夏太監求見賈母,原來元妃認爲薛家既是老親,而寶釵之才貌等又無人能比,有心令她與寶玉成雙,故遣夏梁帶着如意、連環等聘禮前來與賈母、王夫人商議。賈母等對寶釵亦十分中意,便往薛家提親。此時,寶玉、黛玉正在沁芳亭上閑話,婢女紫鵑前來報告此事。寶玉一聽,就嚷着請求賈母去辭親。原來他與黛玉自幼耳鬢厮磨,早已衷腸款洽。黛玉雖明白寶玉之情意,還是勸他接受這門親事,告訴他若堅持辭親,反害了其心中之人。寶玉祇得遵從。自此,黛玉病體支離,越發沉重。九月九日乃寶玉、寶釵合卺之期,賈府上下一片喜慶。唯有黛玉這裏冷冷清清,僅有紫鵑、雪雁相伴。她自感不久於人世,吩咐紫鵑燒毀自己的詩帕和詩稿。彌留之際,又囑托紫鵑轉告賈母,自己死後,務必送回揚州祖墳安葬。言畢,含恨而終。黛玉前世本是絳珠仙子,在愛河畔受神瑛侍者灌溉之恩,由此觸動凡心,業障遂生,被降到人世歷劫。今雖世緣已盡,但欲障已深,一時不能解脱。警幻仙子將之引來,開導一番,黛玉認清了自己的本來面目,遂與警幻同返太虛真境。

生扮賈寶玉,旦扮王夫人、林黛玉,小旦扮王熙鳳、妙玉,貼扮襲人、駕娘、仙女、賈元春、紫鵑、女童、警幻仙子,老旦扮仙女、賈母,花旦扮雪雁,副净扮賈璉,末扮院子,丑扮王府差官、茗烟,外扮賈政,雜扮四仙童、八仙童、二金甲神、家人、李紈、探春,副净、小丑扮夏梁。登場人物尚有賈珍、儀從、宮女、二小監,俱未分配角色。

本事見於《紅樓夢》小説。清仲振奎(1749—1811)《紅樓夢傳奇》、許鴻磐(1757—1837)《三釵夢》雜劇、周宜(生卒年不詳)《紅樓佳話》雜劇等與此題材同。

● 著録、版本與收藏情況

《清代雜劇全目》《古本戲曲劇目提要》《明清傳奇綜録》《莊一拂〈古典戲曲存目彙考〉補正》著録。現存嘉慶二十四年(1819)序刻本,藏國家圖書館,《古本戲曲叢刊八集》據之影印;朱絲欄舊鈔本,藏中國藝術研究院圖書館，《傅惜華藏古典戲曲珍本叢刊》第 70 册據之影印。

序跋、題詞與評語

吳雲《〈紅樓夢〉序》（《傅惜華藏古典戲曲珍本叢刊》所收本《紅樓夢》卷首）：

《紅樓夢》一書，稗史之妖也，不知所自起。當《四庫》書告成時，稍稍流布，率皆抄寫，無完帙。已而高蘭墅偕陳某足成之，間多點竄原文，不免續貂之誚。本書出曹使君家，大抵主於言情，顰卿爲主腦，餘皆枝葉耳。花韵庵主人衍爲傳奇，淘汰淫哇，雅俗共賞。《幻圓》一齣，挽情瀾而歸諸性海，可云頂上圓光，而主人之深於禪理，於斯可見矣。往在京師，譚七子受偶成數曲，弦索登場，經一冬烘先生呵禁而罷。設今日旗亭大會，令唱是本，不知此公逃席去否？附及以資一粲。

嘉慶己卯中秋後一日，蘋庵退叟題

懺摩居士《〈紅樓夢樂府〉題辭》（《傅惜華藏古典戲曲珍本叢刊》所收本《紅樓夢》卷首）：

露電浮生亦等閑，紛紛兒女轉情關。人間大好坤靈牒，不值金仙一破顏。
曼卿詞筆幔亭仙，閑譜霓裳色界天。要聽緊那羅一曲，釧花光裏試枯禪。

懺摩居士

了一山人《〈紅樓夢樂府〉題辭》（《傅惜華藏古典戲曲珍本叢刊》所收本《紅樓夢》卷首）：

花間寫韵當談禪，痴女騃牛未了緣。一自《紅樓》傳艷曲，不教《四夢》擅臨川。

木石無情恁有情，泪珠錯落可憐生。茜紗窗外紅鸚鵡，恩怨呢呢話不明。

一縷情絲繞碧欄，葬花人忍看花殘？憑伊煉石天能補，離恨天邊措手難。

舊譜傳鈔事太繁，芟除枝葉付梨園。蔦蘿締好殊坊本，弦索《西廂》董解元。

劇耽此帙嘆奇書，三百《虞初》盡不如。待到定場重却顧，玉人何處覓瓊琚？

氍毹一曲管弦權，魂礧誰教藉酒杯？萬事到頭都是夢，甄真賈假任人猜。

了一山人

石韞玉

清聞居士《〈紅樓夢樂府〉題辭》(《傅惜華藏古典戲曲珍本叢刊》所收本《紅樓夢》卷首)：

人天起滅判三生，腕底靈光悟妙明。兒女纏綿春繭縛，神仙荒誕夏蟲驚。夢中說夢能圓夢，情外言情實寄情。漫說藉杯澆魂壘，得閑風月即蓉城。

清聞居士

謐簫《〈紅樓夢樂府〉題辭》(《傅惜華藏古典戲曲珍本叢刊》所收本《紅樓夢》卷首)：

簫譜新從月底修，三生綺夢舊紅樓。臨川樂府先生續，別有梧宮一段愁。憔悴尊前讀曲人，十年風雨可憐春。也知世事都如夢，要化虛空不壞身。

謐簫

衛大壯
（1757—1837）

字健齋，新鄉（今河南新鄉）人。賦性英敏，年十九，縣試列首卷，補博士弟子員，不久食餼。後三赴秋闈，不第。由廩入貢，肄業太學，冀有所遇，不得。期滿試用，委辦輝縣賑務，歷署唐縣、通許、商丘、蘭陽、羅山、修武學篆，所至頌聲藉藉。乾隆五十七年（1792）起，任固始縣學訓導十六載，除振興文教外，還曾組織團練鄉勇，安輯軍民，保衛城池，故大計中以"卓异"注册。嘉慶十三年（1808）遷內鄉縣學教諭。道光六年（1826）任歸德府學教授。道光十五年（1835）致仕，家居二年病逝。爲文清刻，不取媚於時。好酒喜歌，與戲曲家汪應培（1755—1823）交好，多有酬唱。著有《囈語志略》一卷，又有雜劇《醉月》一種。

按，關於衛大壯的生卒年，趙星《清代中州戲曲家衛大壯及其〈醉月〉雜劇》一文標爲"1756—1837後"，不確。據游棨《衛健齋墓志》，其生於乾隆二十一年十二月初二日（1757年1月21日）亥時，卒於道光十七年十一月初十日（1837年12月7日）亥時，年八十有一，可從。

傳記文獻：衛大壯《囈語志略》、游棨《衛健齋墓志》〔（民國）《新鄉縣續志》卷三〕、趙星《清代中州戲曲家衛大壯及其〈醉月〉雜劇》（《四川戲曲》2015年第4期）。

《醉月》

● 劇情概要與本事

一齣。寫一學官因性喜豪飲，唯恐醉後白眼忤人，祇得金樽對月。恰值三五之夜，萬籟俱寂，一輪獨清，邀月對飲，以酬清願。雖然夜色漸闌，僕人在旁絮叨不休，又宦囊窘迫，其傾吐懷抱的興致絲毫不減，訴説着"君子道消，小人道長"的澆薄世態。又一再催促僕人將其所有拿去換酒。後浮雲蔽月，酒又不曾沽來，祇得前往苜蓿臺邊散步。

生扮學官，丑扮僕人。

是劇當爲作者自身寫照。劇中主人公曰"在下姓著漢時，名傳易卦"，乃暗示作者衛大壯之姓名。按，《囈語志略》刻成於道光十一年（1831），是劇當撰於此前。

☙ 著録、版本與收藏情況

現存道光刻《囈語志略》所收本，藏河南省圖書館。

許鴻磐
（1757—1837）

字漸逵，號雲嶠、雲帆，別署六觀樓主人、魯南廢人，濟寧（今山東濟寧）人。幼聰慧，總角即操觚學為文。乾隆四十四年（1779）中舉，四十六年（1781）進士及第，五十七年（1792）補授江蘇安東縣知縣。後擢西城兵馬司正指揮，遷安徽潁州同知，改泗州直隸州知州。未幾，緣事落職。嘉慶二十一年（1816），捐復河南禹州知州。道光二年（1822），丁母憂不出。後館於瑕邱鄭氏等，筆耕為活。博極群書，著述甚富，尤精於輿地之學。著有《六觀樓詩文集》《雪帆雜著》《方輿考證》等。嗜音律，好戲曲，訂有《六觀樓曲譜》六卷，撰有雜劇《六觀樓北曲六種》。

按，關於其生卒年，《清代雜劇全目》認為"約1762—1846後"；《古本戲曲劇目提要》認為"1757—1838"；鄧長風《十位清代戲曲家生平考略》考證定為"1757—1837"，可從。

傳記文獻：許鴻磐《魯南廢人傳》（《六觀樓文存》）、李聯榜《〈方輿考證全書〉序》、《清史列傳》卷七十二本傳、《清儒學案》卷一百一十二、（光緒）《壽州志》卷十四、（道光）《濟寧直隸州志》卷八"人物志四"、鄧長風《十位清代戲曲家生平考略——美國國會圖書館讀書札記之十四》（《明清戲曲家考略全編》上）

《六觀樓北曲六種》

劇首題"六觀樓北曲六種"，署"山左許鴻磐著"。包括《西遼記》《雁帛書》《女雲臺》《孝女存孤》《儒吏完城》《三釵夢》，均為四折。

劇情概要與本事

《西遼記》

劇首題"西遼記北曲",目録署"山左許鴻磐雲嶠著"。四折,依次爲《大石纘統》《蕭后合圍》《戚臣除亂》《天禧延祚》。寫西遼德宗本名耶律大石,乃遼太祖八代孫,素曉漢文,由翰林承旨拜遼興軍節度使。時天祚帝崇信奸回,自招禍亂。耶律大石苦諫不聽,反被猜忌,不得已統部西馳,得七州十八部。後回國來朝,行至起兒漫,天祚帝已爲金人所執。衆人遂擁立耶律大石爲天佑皇帝,建都虎思斡耳。耶律大石每念祖先建國之艱難、天祚敗亡之淒慘,常痛心不已。康國元年元旦,其和皇后蕭塔不烟視朝,與臣下共賀佳節之時,金國遣使臣致書,以武力威脅其稱臣納貢。耶律大石大怒,當即撕毀國書,斬殺來使,并以六院大王蕭斡里剌爲兵馬大元帥,率軍東征,冀復祖業。斡里剌迂迴萬里,糧盡,無功而返。耶律大石認爲此乃天數,遂固守疆域,不再妄動。其宴駕後,皇子夷烈年幼,蕭后總理國政。咸清四年重陽,蕭后與太子率領群臣往郊原射獵,獵畢在沙坡上開宴,感謝群臣輔佐,勉勵兒子驅除敵國,恢復舊邦。蕭后臨朝七年,傳位夷烈,是爲仁宗。仁宗崩後,皇子年幼,遺詔皇妹普速完攝政。普速完本是斡里剌長子之妻,後與斡里剌次子樸古只私通,謀害了丈夫,又鴆殺了儲君。斡里剌認爲普速完與樸古只罪大惡極,天理不容,趁着夜色攻入宮中,放火燒死了二人;并立仁宗次子直魯古爲新君,改元天禧。直魯古登基後,酬賞勳臣,安輯部衆,上下同心,國泰民安;又感德宗豐功厚德,令斡里剌、蕭迪等纂修《德宗實録》。一夜,遼太祖、德宗、蕭后等入直魯古夢中,德宗又傳其《耶律歌》一首,講述西遼歷史,令他廣選妙才,據此製成樂府,遠播千載。

生扮耶律大石,小生扮夷烈、蕭迪,旦扮蕭后塔不烟,小旦扮普速完,雜旦扮番女,四旦扮宮娥,净扮朶魯不魂,副净扮樸古只,末扮粘割韓奴、直魯古,外扮斡里剌、遼太祖,雜扮内侍、文武大臣、宮人、奏事官、兵將、鬼卒等。

本事出自《遼史·天祚記》。據作者《〈西遼記北曲〉序》，是劇當創作於道光三年（1823）。

《雁帛書》

劇首題"雁帛書北曲"，目錄署"山左許鴻磐雲嶠著"。四折，依次爲《拜雁》《得書》《詰罪》《還朝》。寫宋元交戰，南宋奸相賈似道畏懼，增帛求和，元帝同意息兵。中統元年秋，元帝特遣翰林學士郝經爲使，來臨安徵幣尋盟。當初賈似道隱瞞了江夏危機及納貢求和之事，向宋主謊報大捷，今郝經欲來臨安，賈似道恐暴露其欺妄之罪，遂將郝經截留至真州長達一十五年。郝經如同囚繫，缺衣少糧，飽經飢寒之苦。賈似道又不時派手下對之威逼利誘，逼之歸降，但他都大義凜然，予以拒絕。一日，郝經見有繫雁落於庭院之內，想起漢使以雁書詐單于，蘇武得以還朝事，便寫詩包裹，繫於雁足之上，希望能將自己在世的消息帶往燕京。自郝經去後，其繼室崔氏就一直苦等其歸來，每日牽腸挂肚，愁思縈懷。一日天降大雪，崔氏聽到外面雁聲淒厲，推窗見一只孤雁墜落中庭，以爲是驚弓之鳥，救起後復見雁足上綁着丈夫的求救書信。至此方知郝經仍羈留南朝，遂將此信奏明元帝，請求興軍救援。元帝聽後大怒，令元帥伯顏統領二十萬雄兵，直指臨安，擒拿賈似道問罪。賈似道亡魂喪膽，親往軍營稱臣奉幣，伯顏令郝經弟郝庸押之往真州尋找郝經。見到郝經後，賈似道跪地討饒。郝經痛斥他剝削民財，殘害忠良，妄奏大捷，凌辱使臣，更斷送了趙家三百年基業等，與秦檜等人的罪行相比有過之而無不及。賈似道又用黃金等賄賂郝經，郝經分文不取，匹馬還朝。元帝感其忠義，特授其禮部尚書一職，賞金銀彩繡，并賜狐帽錦袍，以示恩寵。郝經回到私宅，崔氏已擺下宴席爲丈夫接風洗塵，并言與洪皓使金、徐陵通好東魏以及蘇武出使北庭相比，郝經所建奇節更爲卓絕。

生扮郝經，小生扮郝庸，旦扮崔氏，貼扮丫鬟，净扮中軍，副净扮賈似道，末扮伯顔、家丁，雜扮内侍。

本事出自《元史》及明陶宗儀（1316—1403後）《輟耕錄》所載郝經事。據作者《〈雁帛書北曲〉弁言》，是劇當創作於道光二年（1822）。

《女雲臺》

劇首題"女雲臺北曲"，目錄署"山左許鴻磐雲嶠著"。四折，依次爲《傳概》《誓師》《敘功》《完節》。寫萬曆十年，上帝見明運已衰，命太白金星經天示警。適天魔女偶爾嗟嘆，上帝不怡，謫其降落凡間，親歷征戰，以完明朝劫數。太白金星奉命送其轉世，來到天門之外，感嘆自武宗以來，君王荒殆，國運江河日下，崇禎雖較爲勤政，已於事無補。天魔女後降生四川忠州將門，名秦良玉。秦良玉雅善詞章，又兼通武事，十七歲嫁於石砫宣撫司馬千乘爲妻。二人情投意合，同懷忠義，矢志報答朝廷。後馬千乘爲部民誣訟，瘐死獄中。秦良玉本待殉夫，見兒子年幼，國恩未報，祇得以未亡人之身領本司之事。泰昌元年，秦良玉奉部檄援遼，她祭告亡夫，操演士卒後，率軍出發，從此征戰不斷。崇禎皇帝即位以來，荒旱連年，烽烟四起，又永平失守，内外交困。遂下詔徵兵勤王，獨秦良玉裹糧先至。皇帝聽聞她忠貞無二，智勇雙全，便在平臺召見，令其陳奏平生戰事。秦良玉講述了天啓元年破奢崇明、樊龍友事，崇禎七年敗流賊羅汝才事，以及攻破紅崖墩、奏凱瑪瑙山等事，最後表奏自己因功受讒事。皇帝製成七言絕句四章，褒獎其汗馬功勞，并言待她蕩平流寇後，建女雲臺，爲其圖像紀功。此後，國事日危，四川巡撫等畏賊避敵，致使張獻忠入蜀，秦良玉與總兵張令據險力戰，奈敵衆我寡，張令戰死，良玉敗退，四川淪陷。李自成又攻破北京，皇帝殉國，群臣投降。秦良玉聞此，知天下事已不可爲。此時秦良玉財盡兵疲，退守石砫。其族侄秦纘勳受酉陽降官所遣，前來勸降，要秦良玉向張獻忠輸誠。秦良玉大怒，將其割舌摘心，以示自己堅守之志。後天帝差太白金星傳旨，令天魔女歸位，秦良玉頓悟前因，臨終告誡兒子祥麟：務要死守分疆，以完臣節。言畢瞑目而逝，在衆仙女的引領下回天庭復命。

小生扮秦民屏、崇禎皇帝、祥麟，旦扮天魔女、秦良玉，貼扮侍兒，雜旦扮四女將，净扮中軍官，副净扮秦纘勳，末扮秦邦屏、門軍，丑扮從人，外扮太白金星，雜扮八士兵、内侍、哨卒等。

本事出自《明史》卷二百七十。據作者《〈女雲臺北曲〉弁言》，是劇當創作於道光二年（1822）。

《孝女存孤》

劇首題"孝女存孤北曲"，目錄署"山左許鴻磐雲嶠著"。四折，依次爲《存孤》《課侄》《報姑》《祭祠》。寫廣西桂林府參將張士佶有子女五人，其中四子俱隨營效力，女兒淑貞在家侍親。淑貞頗涉詩書，最仰節烈之風，深明忠孝之義。康熙十二年，吴三桂興兵造反。張士佶恐其犯境，率領四子及本部人馬出城屯扎防禦，結果寡不敵衆，父子五人俱戰死沙場。妻王氏聞訊亦自刎身亡。張淑貞忍痛含悲，密遣家丁尋得父兄尸首，暫埋城外，又將母親浮厝後園。事畢，本欲投繯自盡，但二哥尚有一襁褓之子，兩位嫂子不肯撫育，她祇得在奶娘的幫助下，忍辱偷生，擔起撫養孤兒的責任。淑貞晝織夜紡，歷盡千辛萬苦，終將侄兒張延緒撫育到十三歲。張延緒聰明絕世，專心攻書，被送往儒學從師，早已文成錦綉。一日散館，淑貞挑燈課讀，談起史書中忠孝節義之事，張延緒認爲姑母最爲艱苦，其風烈乃千秋獨步。淑貞教育侄兒要奮志青雲，時刻自勵，以免家族式微之悲。後張延緒十五歲入庠，十八歲中舉，明年又高中一甲第三名進士，欽授翰林院編修，衣錦還鄉。一見姑母，張延緒即長跪泣謝教養成名之恩。面對侄兒帶回的官誥冠袍，以及進奉的美酒佳肴，淑貞想起父母兄弟再也不能享用今日一絲一毫，不由眼泪盈盈；遂告訴侄兒，祇要他無慚父祖，丹心報國，就是對自己最大的報答。張延緒又奉請旌表，爲淑貞建立了祠堂。數世之後，張延緒曾孫張仲友得中科名，選授陝西膚施知縣，見竹木巷義姑祠丹碧摧殘，金粉剥落，不勝感傷，遂晝夜督工，將之整修完好。時值清明，他約張氏子孫一起到義姑祠祭拜，講述淑貞當日之辛勞，要族人各宜自勵，爲臣盡忠，爲子盡孝，遵守祖姑遺訓等。

生扮成年張延緒、張仲友，小生扮少年張延緒，旦扮張淑貞，老旦扮奶娘，小旦扮長婦、咸氏，貼扮仲婦，净扮馬寶，副扮孫延齡，末扮張忠，雜扮老嫗、丫鬟、張氏子孫。登場人物尚有侍從，未分配脚色。

本事出自康熙間臨桂之實事。據作者《〈孝女存孤北曲〉弁言》，是劇當創作於道光二年（1822）。

《儒吏完城》

一名《守濬記》。劇首題"儒吏完城北曲"，目録署"山左許鴻磐雲嶠著"。四折，依次爲《設防》《拒寇》《破圍》《頌功》。寫廣西臨桂人朱鳳森乃嘉慶六年進士，十五年選授河南濬縣知縣。到任以來，修理城垣，清厘案牘，唯祈百廢俱修，萬民安樂。嘉慶十八年秋，濬縣遭遇荒旱，人苦木饑，朱鳳森心中本已愁鬱不已，又得密報，言滑縣白蓮教民李文成等殺官據城，分遣黨徒攻打鄰近州縣，濬縣首當其衝。朱鳳森見事情緊急，速請同城官員及闔縣縉紳等到大堂議事，然後整頓軍備，排兵布陣，巧設機關等；并開倉賑濟，激勵衆人堅守城池，以保家衛國。此後半月，朱鳳森身不卸甲，坐不安席，整日在城上巡守，期間賊軍數次攻城都被擊退。賊寇又在大伾山發炮，將北門城垣打裂丈餘，趁勢進攻。朱鳳森率兵堵禦，賊衆敗退。賊目牛亮臣放火焚燒東門，被擊退後，又轉戰南門，朱鳳森親冒矢石，率衆抵禦，被飛來鉛彈打穿帽檐，却端然不動，賊兵驚退。第十七日，賊目王道隆之子王六兒跨馬率衆來攻，被落石擊斃，王道隆大怒，督兵來戰，誓報殺子之仇，戰鬥異常激烈。正在萬分危急之時，賊軍忽然紛紛倒退，原來河北鎮總兵色克精阿領軍前來馳援。前後夾攻，賊軍大敗，濬縣圍解。不久，朝廷下旨，加封朱鳳森五品司馬銜，衆紳士治下酒筵，在縣署花廳爲他慶功賀喜。一位精通音律的秀才製成《守孤城》北曲一套，譜寫朱鳳森守城經過及其功績，當席彈唱，頌揚助興。

生扮朱鳳森，小生扮王起祿，旦扮姚氏，净扮潘縣生員，末扮董敏善，丑扮徐松齡，外扮王三畏、色克精阿，雜扮家丁、壯役、快役、士民、丫鬟、老嫗、賊人、王六兒、王道隆等，副净、二雜扮紳士。

是劇乃據嘉慶十八年（1813）之史實編寫，詳見朱鳳森《守潯日記》。據李兆元《〈守潯記北曲〉小序》，是劇當創作於嘉慶二十五年（1820）。又，據作者《〈儒吏完城北曲〉弁言》，是劇當於道光元年（1821）修訂完成。

《三釵夢》

劇首題"三釵夢北曲"，目錄署"山左許鴻磐雲嶠著"。四折，依次為《勘夢》《悼夢》《斷夢》《醒夢》。寫大荒山青埂峰下有塊媧皇補天剩下的頑石，受陰陽淬煉之功，又得日月精華之氣，有了靈性，化為男子，名神瑛侍者。其旁五色神芝、絳珠仙草、芙蓉花受靈石蔭庇滋培，亦都化成女體。四靈物偶動愛戀之心，媧皇見而大怒，擬將他們貶落凡塵，受盡折磨，以償罪孽。南海觀音從此經過，憫其遭遇，命渺渺真人事前指點一番，令其回頭歸正。渺渺真人指點完畢，黃巾力士將四人帶入太虛幻境。後神瑛侍者轉世成為貴族公子賈寶玉，而神芝、絳珠、芙蓉等仙子分別降生為寶玉表姐薛寶釵、表妹林黛玉及侍婢晴雯，四人同住大觀園之中。晴雯貌似黛玉，有瀟湘次妃之號，因言語尖刻等頗招眾忌。某日，有人在寶玉母親面前造下流言，晴雯被逐。她素性剛烈，又值抱病在身，經此羞辱，次日便飲恨而亡。寶玉痛心疾首，徹夜未眠，聽聞晴雯升做芙蓉花神，即在枕上撰就《芙蓉誄》一篇，明日備下祭品，哭奠其人。黛玉經過幾番輕嘗暗試，已瞭解寶玉情意，但自己病體日見纏綿，形銷骨立，常懷夙願難酬之憂。一日，傻大姐告訴她寶玉與寶釵成婚之事，黛玉聞此昏倒在地，醒來萬念俱灰，潑掉湯藥，焚盡詩稿。臨終，囑咐丫鬟紫鵑將自己遺體送歸揚州安葬。寶玉與寶釵成婚一載，便赴省秋試，試畢竟遁迹不回。其父見他身挂緇衣，扣辭而去，想其已入空門。

自此，寶釵獨伴孤燈，愁懷難訴。一夜，警幻仙姑將其夢魂引入太虛宮，與已歸入仙班的寶玉、黛玉及晴雯相見，又抬來轉輪鏡讓她照影，并擺下玉液瓊漿，令歌童演唱《紅樓夢曲》侑酒，歌詞乃由四人事迹編成，寶釵至此徹悟。

生扮神瑛侍者（賈寶玉），旦扮神芝仙子（薛寶釵），小旦扮絳珠仙子（林黛玉），貼扮芙蓉仙子（晴雯）、紫鵑、鶯兒，老旦扮李紈、警幻仙姑，末扮黃巾力士，丑扮小丫頭、傻大姐、童兒，外扮渺渺真人，雜扮四女童、仙女、歌童等。

本事出自《紅樓夢》小說。清仲振奎（1749—1811）《紅樓夢傳奇》、朱鳳森（1776—1832）《十二釵》傳奇、石韞玉（1756—1837）《紅樓夢》雜劇、周宜（生卒年不詳）《紅樓佳話》雜劇等與此題材同。按，李兆元《〈三釵夢〉評語》見於道光二年（1822）刻本《十二筆舫雜錄》卷七，是劇或當創作於此前。

☙ 著錄、版本與收藏情況

《清代雜劇全目》《古典戲曲存目彙考》《古本戲曲劇目提要》著錄，《莊一拂〈古典戲曲存目彙考〉補正》著錄《孝女存孤》。現存道光二十六年（1846）原刻本，藏國家圖書館、中國藝術研究院圖書館、清華大學圖書館、中國人民大學圖書館、中國社會科學院圖書館、四川大學圖書館、山東大學圖書館等，《傅惜華藏古典戲曲珍本叢刊》第 71 册、《古本戲曲叢刊八集》據之影印；同治十三年（1874）重刻本，藏國家圖書館、上海圖書館、浙江圖書館。另有舊鈔本《六觀樓曲譜》。其中《三釵夢》又有阿英編《紅樓夢戲曲集》（中華書局 1978 年版）本，王永寬、楊海中、幺書儀選注《清代雜劇選》（中州古籍出版社 1991 年版）本。

☙ 序跋、題詞與評語

許鴻磐《〈六觀樓北曲六種〉識語》（《傅惜華藏古典戲曲珍本叢刊》所收

本《六觀樓北曲六種》卷首目錄後）：

右六種多經友人評點，今皆不載。非敢委瓊瑤之贈於草莽也，誠以文章之美惡，有識者自能辨之。必盡舉過情之譽列諸上方，是藉人之譽己而自譽也，余竊愧焉。故評本則什襲藏之，此則僅分句讀，以便觀覽。

許鴻磐《〈西遼記北曲〉序》（《傅惜華藏古典戲曲珍本叢刊》所收本《六觀樓北曲六種》之《西遼記》卷首）：

余讀《遼史·天祚紀》而重有感也。遼自太祖開基，傳九世至天祚，爲金人所執。《續綱目廣義》即注曰："遼亡。"然遼實未嘗亡也。西遼耶律大石乃太祖八代之孫，奔走西域，臣服諸國。迫天祚被執，即於起兒漫稱帝，以續遼統。寡婦孤兒，維持不墜，八九十年間，未嘗少屈於人，視北漢劉氏，實爲過之。《遼史》略記其事於《天祚紀》之末，而又與耶律淳雅里視同一例，并肆譏評，使一綫遺緒湮沒不章，亦可悲矣。乃依《元人百種》之體，爲北曲四折，以歌咏其事。題曰《西遼記》，亦放翁《南唐書》之意云爾。（耶律淳雅里，皆自立於天祚之世。大石則非也。）

道光三年重陽前四日，山左任人許鴻磐
自記於清江浦鄭槎亭家墅之柿葉山房

馮雲鵬《題許雲嶠刺史鴻磐〈西遼記〉四首》（道光十年寫刻本《掃紅亭吟稿》卷九）：

遼自保大五年，天祚帝爲金人所擒而亡。太祖八世孫耶律大石建國，於起思漫別爲西遼，康國二十年沒。蕭后塔不烟稱制，號感天皇后。傳子彝烈。彝烈殁，二子幼。命妹普速完權，國號承天。皇后荒淫亂國，爲六院大王斡里剌所誅，立彝烈次子直魯古，後爲乃蠻所滅。西遼共八十八年，許公爲撰傳奇四折。

許鴻磐

銅琶鐵撥響清宵，錦帕蠻靴態轉饒。今日董狐親載筆，六觀樓上譜西遼。

必里遲離犒宴歡，軍威雄振起兒漫。感天扶國承天亂，女主貞淫着意看。（必里遲離謂重陽日，起思漫亦作起兒漫。）

四時捺鉢不同科，鴨子河還蓮子河。不謂竹榻氊蓋地，也勘鼓吹入《鐃歌》。（《遼史》稱四時各有行在地，曰捺鉢。春在鴨子河，夏在金蓮子河，秋在伏虎林，冬在廣平淀。）

淋漓史筆叶絲簧，天祚人亡祚未亡。八十八年如瞭掌，《鈞天》無復奏西堂。（尤西堂集有《鈞天樂傳奇》。）

許鴻磐《〈雁帛書北曲〉弁言》（《傅惜華藏古典戲曲珍本叢刊》所收本《六觀樓北曲六種》之《雁帛書》卷首）：

元人有《蘇武告雁曲》，以雁書事繫之子卿，人多艷稱之。然《漢書》本傳具在，非實事也。惟元郝伯常經使宋，為賈似道拘留真州者一十五年，乃真有雁足寄書之事。宋濂《元史》、陶九成《輟耕錄》俱載之。嗚呼！伯常文章氣節，冠絕一時，而雁書一事，尤足千古。故據本傳，參之《宋史》，為北曲四套以傳其奇，表伯常之節，即以斥似道之罪，誅奸諛於既死，發潛德之幽光，亦庶幾昌黎之意歟！

道光二年八月望後一日，山左許鴻磐識

許鴻磐《〈女雲臺北曲〉弁言》（《傅惜華藏古典戲曲珍本叢刊》所收本《六觀樓北曲六種》之《女雲臺》卷首）：

明末多故矣。其時奮不顧身、出死力報國家者，概不乏人，而以秦夫人為獨絕。夫人，一土舍寡婦耳，乃能統部勤王，裹糧殺賊，效命疆場者二十年。迫至無可如何，復能仗節以終，為一代之完人，實千古之奇人也。因仿《元人百種》之體，以歌咏其事。其間有與《明史》本傳相出入者，如召見平臺，實在崇禎三年，夔門之役、瑪瑙山之捷，均在其後。今撮敘戰功，不能不少爲易置。其刻（應爲"劾"）諸將一疏，在天啓時，亦彙見敘功之後，乃行文鎔鑄結構之法，非故亂正史也。再瑪瑙山之戰，按《明史》，石砫兵未在行間，然向見《秦夫人別傳》謂其獨當一面，且夫人受命專辦蜀賊，豈有不與戰之理？故并及之。

道光二年歲次壬午七月望日，任人許鴻磐識於鈞陽官署

許鴻磐《〈孝女存孤北曲〉弁言》（《傅惜華藏古典戲曲珍本叢刊》所收本《六觀樓北曲六種》之《孝女存孤》卷首）：

孝女者，臨桂張氏所稱之義姑也。孝女之父兄，俱死吳逆之難，所剩止一呱呱兒，乃以孑然不字之身，揹挂於巢碼卵破之日，無依無與，且二十年，卒使生者立，死者續。故張氏立祠祀之曰"義姑祠"。然夷考其行，推原其心，當時之所以飲血茹恨而爲此者，非若朋友、主僕之間，感知己受付托，激於義憤之行，徒稱之曰"義"，恐九京且有遺憾。余既本張氏之意，作《義姑傳》，茲改"義"曰"孝"者，核其行、原其心也。動於人，固不若動於天者之爲尤至哉！

壬午九日，許鴻磐識於望雲軒

馮雲鵬《題雲嶠刺史〈孝女存孤〉傳奇四首》（道光十年寫刻本《掃紅亭吟稿》卷九）：

康熙十二年，吳三桂起逆，犯桂林，桂林總兵孫延齡迎之入。參將張士佶與其四子俱力戰死，夫人孫氏自縊，惟仲婦產一子方彌月，亦委之而去。孝女淑貞時年十八歲，撫之成立，名延緒，十八歲成進士，入詞館。姑歿後，爲立"義姑祠"於桂林。許公爲撰北曲傳奇四折。

吳藩起逆翦忠良，張氏全家五陣亡。賴得香閨撫猶子，義姑祠建姓名香。

呱呱教育苦嬋娟，十八年將一綫綿。固是千秋奇孝女，也非彩筆不能傳。

元詞格調繪情真，參府門庭學士新。憶得郯城周孝婦，巴人也詠《沁園春》。（山陰陳泰谷作《東海孝婦傳奇》，即《搜神記》孝婦周青。予曾題《沁園春》詞二首。）

桂林從此盛登科，傳到虜施感嘆多。沛水才人循政遠，可知風化起弦歌。（書中有張仲友《祭祠》一折。仲友係孝女之侄曾孫，為陝西虜施縣尹者。）

許鴻磐《〈儒吏完城北曲〉弁言》（《傅惜華藏古典戲曲珍本叢刊》所收本《六觀樓北曲六種》之《儒吏完城》卷首）：

吾友臨桂朱韞山著《守濬日記》，述其拒滑賊事，既囑余為序，又囑余為之製曲。夫韞山，一書生耳，乃能據危城，抗強寇，凡十餘日，援至而城完。既保其境，而西南鄰邑皆資屏障，是亦可歌而可詠矣。時余養疴夷門，困頓無聊，且以文辭為破愁之具。歲云暮矣，風雨淒然。乃以病腕握凍筆，為北曲四套，以示韞山。韞山喜，附其日記刻之。但讎校稍疏，間有訛字遺句，今皆添正。又有余續行修改處，故此本與彼本少有不同。

道光元年冬十二月上浣，任人許鴻磐雲嶠識於大梁之藝蘭寄舍

許鴻磐《〈守濬記〉題詞》（《傅惜華藏古典戲曲珍本叢刊》所收本《六觀樓北曲六種》之《儒吏完城》卷末）：

兵書一卷豁雙眸（韞山所著《守濬日記》），勝讀《金湯十二籌》（明人所著書名）。難我浮沉逾半世，知君名姓足千秋。却憐皇甫難為序，（韞山日記曾屬余作序。）未必河西果善謳。譜罷新詞看寶劍，聊將悲壯破窮愁。

李兆元《〈守濬記北曲〉小序》（《傅惜華藏古典戲曲珍本叢刊》所收本《韞山六種曲》之《守濬記》卷首）：

許子雲嶠著《守濬記》北曲，為朱子蘊山守濬作也。當時賊起於滑，人

情惶怖，而濬去滑不及一舍地，爲賊所必欲得，故萃銳於此。乃能於匆遽時，勵忠義，盡戰守，與賊相持十一日夜，援至而城完。蘊山一書生耳，能爲地方出死力，抗危難，可以傳矣。雲嶠感其事，仿《元人百種》之體，爲北調四折，以豪健之筆，發沉雄之致。摹繪處幾於鬚眉畢現，俾讀者可以慷慨想見其爲人，而各勵其忠君報國之志。則是曲之作，豈徒然哉！其"家麻"韵，入盡作平，與《中原音韵》小有异同，蓋北曲入聲固可通押也。

庚辰冬杪，東萊李兆元書

何文明《〈守濬記〉序》（《傅惜華藏古典戲曲珍本叢刊》所收本《韞山六種曲》之《守濬記》卷首）：

桂林朱韞山司馬，以名進士出宰濬縣。白蓮賊反滑縣，以城守功，晋衛司馬。未幾請假。予斯時艷其武功，而未識其能詩。既而銷假來豫，與表雲嶠諸公唱和，吉光片羽，時於壁間見之。戊寅秋，予晋省，遇與談詩。韞山出其吟稿，幾盈尺，因屬余評騭，且命以序。余携回署中，讀半月而後卒業。

蓋李文成之初反也，王師未出，濬去滑二十五里而近，賊規取濬以爲犄角，志在必得，攻之急，旦夕蟻附。韞山以書生守孤城，驅市人而戰之，激以忠義，荷戈登陴，無不一以當百。而又搜獲内應百餘人，悉戮於城上，賊益氣奪。凡拒戰十一晝夜，卒完城以待大軍之至，可不謂剛毅壯烈丈夫哉！意其發而爲詩，必多豪雄伉爽之作。今觀其《守城八首》，頗爲振厲。五言則高古淡遠，骨格在韋、儲間。昔人謂王摩詰、孟襄陽諸公之詩，皆可證禪，若韞山諸作，庶幾近之，賢者固不可測如此。韞山骨相岸异，人尤磊落，喜談天下事，及往古廢興成敗，娓娓不倦。异日當必有殊猷偉績，顯著於時，不徒作嶺外一詩人而已。

嘉慶戊寅冬，香山愚弟何文明哲堂頓首拜撰

許鴻磐《〈三釵夢北曲〉小序》(《傅惜華藏古典戲曲珍本叢刊》所收本《六觀樓北曲六種》之《三釵夢》卷首)：

《紅樓夢》小説，膾炙人口，續之者似畫蛇足，其筆墨亦遠不逮也。近有儈父合兩書爲傳奇，曲文庸劣無足觀者。臨桂朱蘊山別爲《十二釵》十六折，思有以勝之。脱稿示余，未見其能勝也。[蘊山後刻其《十二釵》，將此回（四）折中之《斷夢》《醒夢》借刻其甲（曲）内，意亦不相入也。]余謂讀《紅樓夢》以爲悲且恨者，莫如晴雯之逐、黛玉之死、寶釵之寡，乃別出機杼，以三人爲經，以寶玉爲緯，仿《元人百種》體，爲北調四折，曰《勘夢》，曰《悼夢》，曰《斷夢》，曰《醒夢》，因謂之《三釵夢》。夫晴雯之逐，夢也；黛玉之死，亦夢也；寶釵之先涴塵而後證果，則夢之中又演夢焉。嗟乎！人生如夢耳，余亦在夢中，乃爲不知誰何之人攄其悲、平其恨，囈語耶，抑痴人之説夢耶？

六觀樓主人自題

李兆元《〈三釵夢〉評語》（道光二年刻本《十二筆舫雜録》卷七，載《山東文獻集成》第二輯）：

雲嶠深於詞曲，見今人所作《紅樓夢傳奇》，嫌其兼采後續《紅樓》，因仿《元人百種》曲，作《三釵夢》傳奇四齣，并自譜工尺拍板於各曲之旁，誠爲雅人佳構。

范 駒
(1757—1789)

字昂千，號藿田，如皋（今江蘇如皋）人。北宋名臣范仲淹之後，父親范曾輝（生卒年不詳）爲乾隆十九年（1754）進士。范駒自幼工詩詞古文，然屢試不第。乾隆四十九年（1784）皇帝南巡召試，以詞賦列二等。乾隆五十四年（1789）拔貢，不久去世，識者惜之。著有《染月山房試草》，選編《七排志縠》，其女婿張金誥收其遺著刻爲《藿田集》（一名《染月山房全集》），其中有雜劇《送窮》一種。

按，關於其生卒年，鄧長風《十五位明清戲曲作家的生平史料》據（同治）《如皋縣續志》卷十六"補遺"所收史鳴皋《范曾輝墓志銘》，考其生於乾隆丁丑（1757），并云其年僅三十三歲卒。

傳記文獻：史鳴皋《范曾輝墓志銘》[（同治）《如皋縣續志》卷十六]、唐仲冕《染月山房全集叙》、陳嵩慶《貢士范藿田集序》、汪守和《藿田集序》、熊象階《范藿田先生遺集序》、鄧長風《十五位明清戲曲作家的生平史料》（《明清戲曲家考略全編》上）。

《送窮》

◆ 劇情概要與本事

一折。寫廣陵文士彭之上出身名門望族，飽讀詩書，富有才華，但不善治生，又孤高自負，因而遭致窮鬼纏身。年已三十，仍然貧困潦倒。除夕之日，彭之上本欲像賈島一樣取來自己一季之詩稿祭祀，又擔心落入寒瘦家門，因而仿效唐代詩人韓愈遣送窮鬼，希望與之生生世世永不相逢。忽然，神思疲倦，彭之上隱几而睡。梓潼帝君料定彭之上科名有分，派來魁星賜與文筆，恰遇窮鬼相纏。窮鬼稱揚自己好處，說貧窮使彭之上深富詩才，自古才人文福兩難齊。魁星則稱自己定讓彭之上科考得第，脫盡寒酸。最終窮鬼遠離，魁星降臨，贈給彭之上筆錠，并告知彭之上其將扭轉命運，否極泰來。彭之上醒來後，回憶起夢中窮鬼、魁星爭辯情形，轉念一想，認爲窮鬼非但是吉神，也是益友，於是同魁星一起拜謝。

小生扮彭之上，丑扮窮鬼，雜扮魁星。

本事見唐韓愈《送窮文》，又寄寓作者自況之意。按，彭之上出場唱"三十平頭矣"，由此可以推測作者在三十歲許，即乾隆五十二年（1787）左右創作是劇。

- 著録、版本與收藏情況

《清代雜劇全目》《古典戲曲存目彙考》著録。現存道光十二年（1832）刻《藿田集》卷十三所收本，藏國家圖書館、南京圖書館。

范駒

仲振履
（1759—1823）

　　字雲江，號柘庵，別署木石老人、群玉山農，泰州（今江蘇泰州）人。戲曲家仲振奎（1749—1811）弟。幼年隨父宦蜀中，後回鄉讀書。乾隆四十七年（1782）補諸生。後以文學受知於江蘇學政胡高望（1730—1798），與焦循（1763—1820）、黃文暘（1736—1809）等十人號爲"揚州十秀才"，亦稱"揚州十哲"。嘉慶九年（1804）中舉；十一年（1806）主講揚州文昭書院；十三年（1808）中進士，次年任廣東恩平知縣。後歷任興寧、東莞、南海、番禺知縣等。道光元年（1821）二月，赴京引見；八月返回廣東，再署東莞知縣，不久因病乞假返鄉。著有《家塾邇言》《弃餘稿》《羊城候補曲》《作吏九規》《秀才秘鑰》《虎門覽勝》《北行日記》等，又有傳奇《冰綃帕》、雜劇《雙鴛祠》。

　　傳記文獻：夏荃《退庵筆記》卷二，（道光）《泰州志》卷二十三，王豫、阮亨《淮海英靈續集》庚集卷五，朱建華《清代戲曲家仲振履的生平與著述考》（《泰州學術》，南京出版社 2021 年版）。

---《雙鴛祠》---

◆ 劇情概要與本事

　　劇首題"雙鴛祠傳奇"，署"泰州群玉山農填詞"。八齣，依次爲《點譜》《心病》《殉夫》《冥鑒》《閨俠》《靈訴》《祠成》《歌賽》。寫廣州別駕李亦珊，其弟嬌慣不肖，經常在父母面前搬弄是非，致家庭不睦，幸得妻子蔡氏百般維護，方能相安無事。近來李亦珊解餉甘、涼，家事縈心，旅途勞累，回來後又加感冒風霜，損傷氣血，以致晝夜咳嗽，一病垂危。臨終，想到雙親年老、妻子年少、故鄉路遙，又無兒女，遂與妻子傷心痛哭。丈夫死後，蔡氏悲痛欲絕，因見衣衫典盡，丈夫旅櫬尚不能歸鄉，遂不顧養娘勸阻，以身殉夫，想以此感動人心，籌措葬金。廣東都城隍感李亦珊夫妻孝義，傳其魂靈來見，并將二人事跡奏上天庭。接任廣糧通判者乃盧江別駕，其夫人見一老婢在任職儀式上搵淚哭泣，甚是惱怒，便將之帶回詢問。原來，此婢是李家養娘，其想起原主人夫婦悲愁節烈而死，至今雙櫬仍寄尼庵之中，忍不住淚出痛腸。夫人瞭解到李亦珊夫婦遭遇，甚是同情，便典賣釵環，送二人旅櫬回故鄉。時值暮春，天氣晴和，夫人帶領侍兒們往署中後園游玩，請紫姑神爲戲。蔡氏魂靈藉機附身，求夫人立廟營齋，夫人驚恐答應。盧江別駕便命人在後園空地上搭蓋三間祠宇，侍奉李亦珊夫婦。建成後，又親臨祭奠。此時，朝廷下旨，旌表蔡氏節烈，別駕又爲之樹立牌坊。李氏夫婦感別駕恩情，向城隍求得彩額一張、石麟三座，頒賜別駕，以彰美報。盧江別駕後與同僚木石老人談及此事，言者墮淚，聞者傷心。木石老人遂將之譜入宮商，以表彰節烈。譜成，又交與梨園演戲，并約同好數人一同觀演新劇。

生扮李亦珊，小生扮盧江別駕，旦扮蔡氏，老旦扮養娘，小旦扮江夫人，貼扮平陽大令，四旦扮侍兒，衆旦扮巫女，净扮廣東都城隍，副净扮門子，末扮木石老人，副末扮關西権使、吏員，丑扮丫鬟、南海縣典史，外扮譙郡司馬，雜扮四功曹、四盜、鴉片鬼犯、沙面鬼犯、長班、二禮生、家丁、四巡攔、四爐頭、四木匠、隊子、兩童子、伶工，生、旦、净、丑扮優人。此外，登場人物尚有院子、判官、鬼卒、金童、玉女等，俱未分配脚色。

本事來自李光瑚夫婦事跡。按，謝章鋌《賭棋山莊詞話》卷二劉士棻《吊李光瑚夫婦詞》云：「閩縣李亦珊（光瑚）仕廣州別駕，家庭多缺憾，一弟又桀驁不可馴。自甘、凉解餉歸，抑鬱以死，棺久不得歸。其妻蔡氏（名梅魁，字如珍，有《焚餘集》，卒年二十九，嘗割股愈姑疾）謂老婦曰：『吾夫死，無一過問者。設久殯此，其何以堪？我將死之，聞者或憐我之節，送夫柩歸，吾翁姑亦藉以同歸，吾無憾矣。』乃冠帔拜堂上，自縊。其同官某之妻聞於老婦而憫之，屬其夫醵金以助，已仍出二百金送之歸，且立廟祀之。粵中南海知縣仲振履爲之填《雙鴛祠》院本。"又，錢成《清中期戲曲家仲振履考》（《揚州職業大學學報》2014年第4期）據劉華東《書〈雙鴛祠傳奇〉後》及謝章鋌《賭棋山莊詞話》卷二劉士棻《吊李光瑚夫婦詞》，判斷是劇撰於嘉慶十五年（1810），即仲振履卸任南海縣令後寓居廣州期間。

◆ 著録、版本與收藏情況

《古典戲曲存目彙考》《明清傳奇綜録》著録。現存嘉慶二十五年（1820）咬得菜根堂刻本，藏法國巴黎圖書館；藍絲欄鈔本，藏國家圖書館，《泰州文獻》第51冊據之影印；舊鈔本，藏泰州市圖書館；舊鈔本，藏首都圖書館，《綏中吳氏藏抄本稿本戲曲叢刊》第17冊據之影印。

◆ 序跋、題詞與評語

汪雲任《〈雙鴛祠傳奇〉弁言》（《綏中吳氏藏抄本稿本戲曲叢刊》第17冊影印舊鈔本《雙鴛祠》卷首）：

李君亦珊，福建閩縣人，仕廣州別駕。不得於其親，一弟又桀驁不可馴。自甘、涼解餉歸，抑鬱成疾。疾日篤，且死，一棺之外，四壁蕭然。其妻蔡氏謂老婦曰："吾夫甫死，無一過問者。設久殯此，其何以歸？我將死之，聞者或憐我之節，送吾夫婦，吾翁姑亦藉以同歸，我無憾矣。"乃冠帔拜堂上，自縊死。移棺於庵，人莫不哀蔡之節，亦卒無議歸其喪者。

同官某之妻某，聞於老婦而憫之，乃屬其夫醵金以助，仍已出二百金送以歸，且立廟祀之。粵中傳其事久矣。柘庵先生卸事閒居，素工音律，爰屬爲傳奇，被諸管弦，流連倡嘆。庶愚夫愚婦聞聲興感，憫其遇，高其節，而各成其志焉，未始非風俗之一助也。

時庚辰中和日，盱眙汪雲任孟棠甫題於禺山官署

顧元熙《〈雙鴛祠傳奇〉序言》(《綏中吳氏藏抄本稿本戲曲叢刊》第 17 冊影印舊鈔本《雙鴛祠》卷首):

琵琶彈出,字字酸心;篳栗吹來,聲聲慘語。所以落瓊魄於青衫,合綺思於檀板者,其惟仲君柘庵所作《雙鴛祠》曲本乎?以彼亦珊,翳桑薄宦,枳樹寒栖。生乎難養,死也安歸?艱難彈鋏之歌,宛轉破甑之泣。靈衣瑟瑟,旅殯蕭蕭。司馬魂歸,但存少婦;中郎嗣隕,尚有衰親。天乎已酷,人也何堪!而乃平生杯酒,莫爲招魂;向日同袍,鮮聞斂爪。致使老親成末路之莩,弱婦賫黃泉之痛。鴛鴦血挂,青冢無歸;蛺蝶灰沈,金錢難卜。於是厮養傷心,監奴墮泪。動秦庭之哭,故主恩多;望蜀道之還,纍臣情重。遂使義烈起於巾幗,廟貌比於蟓蟻。柘庵掞張綺語,婷飾幽修。前者歔欷,後者咽塞。同官視此,當何如耶?從此梨花春早,譜成南部之詞;薛荔烟深,補入《大招》之句。別駕有知,靈其慰矣。

時庚辰仲春中浣,長洲顧元熙序

劉士棻《〈雙鴛祠傳奇〉後序》(《綏中吳氏藏抄本稿本戲曲叢刊》第 17 冊影印舊鈔本《雙鴛祠》卷末):

麴塵走馬,絲柳情長;藥店飛龍,香桃骨損。驥方展足,酸心賦鵬之詞;鳳未將雛,掣泪離鸞之曲。生則抱《小弁》之戚,舐犢恩疏;沒而增大暮之悲,吊蠅客冷。瑟哀湘女,落遺響於秋風;樹認韓郎,結相思於暮雨。大抵青天碧海,不少蛾眉見嫉之傷;誰知華閥朱堂,亦多鼠思難言之痛。此《雙鴛記》之傳奇所由作也。

則有學窺大酉,譜衍長庚;瑞兆銜鱣,休占馴雉。乘車入洛,其如叔寶多愁;題柱游梁,未免長卿善病。奉板輿於潘令,夾道茵鋪;領油壁於沙哥,雙旌花映。衣披鶴氅,風漾晶簾;琴撫鵾弦,香縈鏡檻。龐士元豈羈百里,却有別駕題輿;王夷甫自詡八驥,已見右驂增馬。然爲歡者不關於人爵也,而至樂者莫重於天倫也。君是超宗，略露一斑鳳羽；弟如共叔，徒誇兩服雁行。譬備集夫千羊，狐真有腋；想孤飛之一鶴，雞豈爲群？燕雀處堂巢幕，何知霄漢？角駢列鼎用牲，詎舍山川？奇可傳者，此其一也。

既乃暫輟循陔，載歌周道。輕裘快馬，霜嚴木峽關前；寒角清笳，月冷榆谿塞外。吊荒宮於靈武，禾黍高低；聆冷調於伊凉，箏琶慷慨。游子則衣披短後，壯心淬長劍之鋒；閨人則扇盼聚頭，遠意折大刀之唱。調甘潔滫，先遣小姑；薦藻湘蘋，有齋季女。既代盡親庭之職，期稍紓子舍之心。玉體願珍，望眼平安竹信；金錢試卜，關心遲誤瓜期。乃報道先生，鵑聲切切；而歸來公子，燕尾涎涎。斯時也，苞桑釋鴇羽之嗟，常棣篤鴒原之樂。我征聿至，鹿場鸛埕之天；予美偕臧，燕閣鶯閨之夜。詎料彩雲三素，忽散魚麟；寶月一奩，旋虧蟾魄。蓋積勞所以致疾，而久鬱適以傷生。歷官道之馳驅，風如牛馬；慨身宮之偃蹇，歲在龍蛇。病到膏肓，二豎子竟符噩夢；醫雖盧扁，三折肱難覓靈方。催長吉以修文，曇花偶現；遏子雲之踵武，玄草誰傳？直使柳下人亡，無復展姬作誄；則以樓中仙去，并看嬴女隨夫。奇可傳者，又其一也。

夫高行名表梁媛，懷清號垂巴婦。或自投夫習井，或并挂於枯枝。蓋從一而終，芳意感女貞之木；而在三無憾，奇蕤揚旌節之花。安人生不逢辰，罹茲荼苦；死而後已，降此鞠訩。延殘喘於人間，偷生何益；殉微軀於地下，含笑同歸。春隴苔青，待築鴛鴦之冢；夜臺燈黑，雙栖蛺蝶之魂。三千數記里之牌，家山何處？百六感禁烟之節，野祭堪憐。忽疑倩女離魂，聽珮聲之冉冉；却藉紫姑傳語，吐檀口以喃喃。於是廬江別駕，念攻玉之舊情，敦分金之古誼。黃腸遥返，悲風吹《蒿里》之音；丹艧新塗，落日下桂旗之影。襯幡幢之綷縩，翠柏蒼松；升俎豆之馨香，黃蕉丹荔。既已美輪美奐，旋復營奠營齋。桌楔輝煌，恩光有赫；堂基陟降，靈爽攸憑。是日也，關西權使、譙郡司馬、平陽大令，雅集廬江別駕之官齋，新點木石老人之曲譜。梨園子弟，咸按節以當歌；菊部夫人，亦壓場而奏伎。薦罷椒槳桂醑，好唱傳芭；結成燭蕊香烟，預占保艾。積善之家有餘慶，則吉祥已兆石麟；説《詩》之旨在"無邪"，故節義必書金管。洵足奇焉，故可傳也。

亂曰：滚滚勞塵，不外至性至情之地；滔滔宦海，最難一生一死之交。白馬素車，猶是范、張同氣；珠幡寶蓋，依然梁、孟齊眉。咽珠浦之波聲，凄凉節奏；洗花田之艷骨，凛洌冰霜。逝者如斯，竟成千古；聞來此曲，能得幾回？豹已全窺，盜露挹薔薇之氣；貂何敢續，臨風馳桑梓之思。

時嘉慶庚辰仲春中浣，侯官心香劉士棻拜序

劉華東《〈雙鴛祠〉書後》（《綏中吴氏藏抄本稿本戲曲叢刊》第17册影印舊鈔本《雙鴛祠》卷末）：

"孝廉"二字，我當之愧。已十五年，名教千秋，言念在兹；忽大半世，生死不計，得失何論？重泰山則輕鴻毛，全令名寧求壽考。長吏主持風化，豈徒微顯闡幽；詞家竊補《春秋》，往往言近指遠。嗟乎！紅顔卒歸黄土，抱節者何苦非甘；孤鶯仍化雙鴛，達道者無變不正。至情至性，乃為絶大文章；可泣可歌，不是浪費子墨。滿腔積血，願男子都無負十年讀書；一棒當頭，請看官勿以為逢場作戲。

治番禺劉華東拜題

陳冕父《〈雙鴛祠〉跋》（《泰州文獻》影印國家圖書館藏藍絲欄鈔本《雙鴛祠》卷末）：

吾泰素乏詞曲專家，其能擅此技而以傳奇名者，嘉慶時祇有仲雲澗及其弟柘庵先生兩人而已。雲澗著有《紅樓夢傳奇》一種，已與陳鍾麟所著并傳於世。柘庵則著有《雙鴛祠》暨《冰綃帕傳奇》兩種，顧流傳甚罕。據家姑丈高辛仲先生《井眉詩》注云，《冰綃帕》其家藏有鈔本。但余屢覓不得。此《雙鴛祠》鈔本一册，乃仲君一侯所贈，云自潁上常氏覓來咬得菜根堂刊本，珍秘可玩。用書數語於後，以志欣幸。

一九六五年九月，鄉後學陳冕父敬跋。時年八十

吳曉鈴《〈雙鴛祠傳奇〉跋》（《綏中吳氏藏抄本稿本戲曲叢刊》第 17 冊影印舊鈔本《雙鴛祠》卷首）：

此文繆蓮香收入《文章游戲四編》卷六，題《書〈雙鴛祠傳奇〉後》。

繆氏復贅以"廣糧李亦珊別駕病卒，夫人蔡氏自縊以殉。吾友何沛雲接任，建祠祀之。仲柘庵明府作爲傳奇，命綺春曲部扮演。三山書此，皆所以勵風教也，戲云乎哉"。予因有句云："死作唱隨非得已，雙鴛祠築有餘哀。仁人創舉詞人筆，同上氍毹演一回。"

曉鈴

戴錫綸《〈雙鴛祠傳奇〉題詞》（《綏中吳氏藏抄本稿本戲曲叢刊》第 17 冊影印舊鈔本《雙鴛祠》卷首）：

暫乞官身不放衙，閑廣楚些按紅牙。翻將新樣房中曲，散作蠻天海曙霞。

俠腸熱血入新詞，忍見從容就死時。活現鴛鴦長比翼，珠龕繡閣兩蛾眉。

按拍都將窠臼捐，一番豪竹一哀弦。何當老我偕諸俊，也向場中說可憐。（部内木石老人柘庵，自謂廬江別駕爲何沛雲，關西權使爲楊筱平，平陽大令爲汪孟棠，譙郡司馬則鄙人也，亦預其間，謂非厚幸。）

酬他廟祀送麒麟，福善昭昭信有神。不見《陽春》纔脱稿，明珠潤筆報殊珍。（柘庵此曲甫成，恰有弄璋之喜。）

光山戴錫綸東塘

龔鯤《〈雙鴛祠傳奇〉題詞》（《綏中吳氏藏抄本稿本戲曲叢刊》第 17 冊影印舊鈔本《雙鴛祠》卷首）：

簿書纔了又文章，政績詞華兩擅場。閑搦如椽一枝筆，爲他潛德發幽光。
弱草栖塵謾自驚，泰山死重一身輕。唱隨不隔人天界，直向泉臺挈手行。
俠腸友誼重同官，香火從今永不刊。百尺貞珉褒節烈，天書爛熳舞龍鸞。
陰陰榕葉護新祠，丹荔黃蕉佐酒卮。讀到迎神送神曲，女蘿山鬼擬騷詞。

江寧龔鯤北海

楊紹庭《〈雙鴛祠傳奇〉題詞》（《綏中吳氏藏抄本稿本戲曲叢刊》第 17 冊影印舊鈔本《雙鴛祠》卷首）：

烈性金堅，俠腸火炙，兩般自古爲難，讓他香閨麗質，占斷人天。愧煞鬚眉男子，誰能到處口碑鑴。羊城裏、後先輝映，一對嬋娟。　　還更想雙別駕，虧附他驥尾，博得名傳。從今紅牙譜入，爭要先看。不是老人留滯，白頭誰與寫《金荃》？好同取、心香一瓣，共祝名山。（調寄《慶清朝慢》）

天津楊紹庭筱平

何玉池《〈雙鴛祠傳奇〉題詞》（《綏中吳氏藏抄本稿本戲曲叢刊》第 17 冊影印舊鈔本《雙鴛祠》卷首）：

年來奔走名場，過眼匆匆誰記？檀板催人，想到四年前事。雙棺冷落無人問，一見一回垂泪。僅捐金收拾，幽栖半畝，剪蔬相慰。　　嘆招魂魂不歸，紅蠟下、鐵笛新聲相倚。楚些歌殘涼月，白蝙蝠、空庭飛起。愧何郎、得藉春風詞筆，現身場裏。（調寄《陌上花》）

錢塘何玉池沛雲

徐香祖《〈雙鴛祠傳奇〉題詞》（《綏中吳氏藏抄本稿本戲曲叢刊》第 17 冊影印舊鈔本《雙鴛祠》卷首）：

缺陷幻成世界，憂患注定人生。何苦天公播弄，要替烈婦傳名。奇節剛逢奇俠，奇人還賴奇文。從此璇閨嘉話，不徒珠海馨聞。

元和徐香祖秋厓

觀瑞《〈雙鴛祠傳奇〉題詞》（《綏中吳氏藏抄本稿本戲曲叢刊》第 17 冊影印舊鈔本《雙鴛祠》卷首）：

含玉成冤，捐珠填恨，恰被蛾眉雙占。名滿羊城，一路口碑傳遍。誇巾幗、名壓紅妝，寫彤管、句成黃絹。惜輸他、傅粉何郎，登場說法全身現。

可憐今夕何夕，得向氍毹上，雙窺人面。泪落燈前，腸斷一聲《何滿》。摹小步、花鳥依人，奏長歌、管弦清婉。嘆我輩、聽鼓匆匆，愧抱琴人遠。（調寄《臺城路》）

長白觀瑞竹樓

郭際清《〈雙鴛祠傳奇〉題詞》（《綏中吳氏藏抄本稿本戲曲叢刊》第 17 冊影印舊鈔本《雙鴛祠》卷首）：

一個烈佳人，殉節甘同死。白練黃泉了一生，千載餘生氣。　一個俠佳人，閨閣敦名義。不惜釵環濟憫艱，賽過奇男子。（調寄《卜算子》）

河陽郭際清爐亭

吳廷揚《〈雙鴛祠傳奇〉題詞》（《綏中吳氏藏抄本稿本戲曲叢刊》第 17 冊影印舊鈔本《雙鴛祠》卷首）：

飲冰不惜未亡身，解佩能回地下春。歌罷酒酣同太息，古今出色是佳人。

羊城逸老譜新詞，裝點神奇騁秘思。一曲憪憪紅蠟下，《離騷》遺響付紅兒。

秦州吳廷揚義麓

盧殿楠《〈雙鴛祠傳奇〉題詞》(《綏中吳氏藏抄本稿本戲曲叢刊》第 17 冊影印舊鈔本《雙鴛祠》卷首)：

京洛歸來，正詞人老去，閉户偷閑。閑將紅豆，裝點出色嬋娟。烈腸俠骨譜新聲，占斷人天。却更比《琵琶》真摯，不徒玉茗流連。　恰笑何郎何幸，與通眉李賀，依附同傳。都賴深閨弱質，特地成全。紫氍毹上舞紅兒，細奏朱弦。從此後、人間天上，都成美滿因緣。(調寄《漢宮春》)

無爲盧殿楠寅谷

宋如楠《〈雙鴛祠傳奇〉題詞》(《綏中吳氏藏抄本稿本戲曲叢刊》第 17 冊影印舊鈔本《雙鴛祠》卷首)：

自古從容就義難，可憐琪樹共摧殘。酒闌歌罷重搔首，絳蠟風生玉笛寒。作宦經年寄穗城，何郎曾與訂心盟。那知今夜燈前見，附驥居然享令名。絶世風流仲柘庵，拈將紅豆譜瑤函。從今檀板金尊下，爭唱新詞遍海南。

長白宋如楠蔭川

吉安《〈雙鴛祠傳奇〉題詞》(《綏中吳氏藏抄本稿本戲曲叢刊》第 17 冊影印舊鈔本《雙鴛祠》卷首)：

殉節捐資兩足奇，憑誰妙筆寫新詞。丈夫事業歸巾幗，愧煞人間輕薄兒。

長白吉安虛白

王天寧《〈雙鴛祠傳奇〉題詞》(《綏中吳氏藏抄本稿本戲曲叢刊》第 17 冊影印舊鈔本《雙鴛祠》卷首)：

玉樹凋殘誰與憐？閨人血泪委黃泉。至今埋骨青山外，墓草香生瘴海天。何郎何幸得名姝，俠骨崢嶸愧丈夫。從此石麟天附與，他年預卜慶光間。

手版鑱拋羨此翁，頭銜新署印泥紅。歌成不作風塵吏，紅粉香奩太史公。

承德王天寧静圃

鄭鑾《〈雙鴛祠傳奇〉題詞》（《綏中吳氏藏抄本稿本戲曲叢刊》第 17 冊影印舊鈔本《雙鴛祠》卷首）：

小部徵歌，燭影搖紅，乍起悲聲。嘆角弓情絕，號天路隔；刀環唱斷，化石身輕。匹練纏冤，麻衣染血，哭到黃泉鬼亦驚。拋難盡，任珠江滾滾，泪迸珠傾。　蒼蒼未必無情，但生也堪哀死也榮。看龍章寵錫，春生抔土；鴛祠倡建，義重友生。檀板招魂，氍毹現相，事比紅樓夢更真。（木石老人伯氏雲潤先生，有《紅樓夢傳奇》。）全無悶，羨塤箎伯仲，有恨都平。（調寄《沁園春》）

興化鄭鑾子彦

宗德懋《〈雙鴛祠傳奇〉題詞》（《綏中吳氏藏抄本稿本戲曲叢刊》第 17 冊影印舊鈔本《雙鴛祠》卷首）：

天上雙星墮，塵間一曇優曇化。撇了榮華厮守定，三生證果。就義從容，巾幗無多個。縱苟活、蜂蠆爭摧挫。欲九原隨唱，誰是招魂楚些。　幸遇中山也，瓶笙調曲聲情寫。恨月愁花，渾唱得、寒雲深鎖。千萬難言，舞板工嘲罵。聽下泪、簌簌如瀉。算曲傳南嶺，不枉芳名遠播。（調寄《安公子》）

常熟宗德懋牧厓

汪雲任《〈雙鴛祠傳奇〉題詞》（《綏中吳氏藏抄本稿本戲曲叢刊》第 17 冊影印舊鈔本《雙鴛祠》卷首）：

願化雙鴛，不願向、人間憔悴。便摧挫，那能磨滅，貞心烈氣？巾幗盡除兒女態，泉臺重領夫妻味。却嚴妝、再拜別姑嬙，從容死。　嘆雙櫬，停蕭寺；有誰去，燒錢紙。仗故人慷慨，揮金好義。餓鬼不教啼异域，殘魂終得還鄉里。送桐棺、載上木蘭舟，交全矣。（寄調《滿江紅》）

筆底詞瀾起，寫淋漓、許多懊惱，許多歡喜。此老掀髯高唱處，聽者攢眉酸鼻。搜奇句、筆驚神鬼。風化人間傳萬古，付梨園一一調宮徵。表潛德，勝青史。　笙歌妙部詫新製。眼前人、齊登場上，大都是戲。唱到悲涼聲欲絕，字字教人心碎。重勾惹、欷歔往事。難得閨幃逢俠友，問論交、生死談何易。座中客，感而涕。（調寄《金縷曲》）

盱眙汪雲任孟棠

張署《〈雙鴛祠傳奇〉題詞》（《綏中吳氏藏抄本稿本戲曲叢刊》第17冊影印舊鈔本《雙鴛祠》卷首）：

菊部梨園總擅長，尊前傀儡看登場。全憑才子生花筆，今事都從古尺量。
清歌一曲幾回頭，檀板今樽宴未休。自現法身來說法，鬚眉巾幗各千秋。

丹徒張署雲門

許兆龍《〈雙鴛祠傳奇〉題詞》（《綏中吳氏藏抄本稿本戲曲叢刊》第17冊影印舊鈔本《雙鴛祠》卷首）：

生就烈心腸，殉節偕亡。雙棺蕭寺太荒涼。一任含冤烟瘴裏，誰闡幽光？
閨閣最情長，吩咐何郎。爲他立廟答烝嘗。更羨關心風化者，譜入宮商。（調寄《過龍門》）

泰州許兆龍御堂

陳懷彥《〈雙鴛祠傳奇〉題詞》（《綏中吳氏藏抄本稿本戲曲叢刊》第17冊影印舊鈔本《雙鴛祠》卷首）：

烈骨生香，俠腸如火，天生巾幗男兒。點鼓登場，座中惜我來遲。雙鴛未睹光儀，祇尋春、底印曾窺？妒煞何郎，是何福分，消受蘭姨。　　詩人老去，彩筆留題。臨摹苦況，描寫芳姿。俠腸烈骨都憑，羽換宮移。檀板聲催，占人天一對蛾眉。令人思，鵑啼去後，麟降來時。（調寄《夏初臨》）

吉水陳懷彥補初

沈溥《〈雙鴛祠傳奇〉題詞》（《綏中吳氏藏抄本稿本戲曲叢刊》第 17 冊影印舊鈔本《雙鴛祠》卷首）：

賦罷皇華百感侵，酸辛訣別室中人。最憐病骨支離甚，甘旨猶思奉老親。
鏡臺倏爾兩分離，無限悲哀祇自知。一縷真情三尺帛，笑歸泉下續齊眉。
就死從容心志堅，如斯節烈感人天。雙棺歸葬還留祀，賴得同官內助賢。
木石老人擅妙才，閑憑湘管出心裁。奇文真足傳奇事，從此芳魂慰夜臺。

繪影宣情真妙手，風雅宜人無出右。此翁天欲展其才，故教分散鴛鴦耦。亦珊伉儷厚，歌殘黃鵠歸泉九。這般情、一經譜出，揮淚遍僚友。　　登場羨煞雙閨秀，烈骨俠腸天付就。悲思曲導管弦中，通神不羨鈞天奏。雙魂今返否？宮商引處如重覯。聽新詞、動流至性，壓倒梨園舊。（調寄《歸朝歡》）

山陰沈溥玉泉

齊瀾《〈雙鴛祠傳奇〉題詞》（《綏中吳氏藏抄本稿本戲曲叢刊》第 17 冊影印舊鈔本《雙鴛祠》卷首）：

郎恩山重妾身輕，地老天荒此日情。莫作尋常兒女看，繞梁聲是斷腸聲。
譜出清詞結構新，登場自現宰官身。曲終夜月涼於水，誰似高眠閉戶人。

甘泉齊瀾德泉

陳上彤《〈雙鴛祠傳奇〉題詞》（《綏中吳氏藏抄本稿本戲曲叢刊》第17册影印舊鈔本《雙鴛祠》卷首）：

宰官一現比曇花，彤管芳聲更足誇。譜出《雙鴛》新樂府，悲風颯颯動筝琶。

變起家庭事可哀，忍教奇節委蒿萊。君看宜臼申生死，那復并珈殉夜臺。

交情張范死生知，不但招魂唱楚詞。一曲傳芭斜日晚，廟門鴉影颭靈旗。

淒涼法曲按梨園，大有風人美刺存。敢作木魚歌一例，奇文真比泰山尊。

閩縣陳上彤桐皋

仲貽釵《〈雙鴛祠傳奇〉題詞》（《綏中吳氏藏抄本稿本戲曲叢刊》第17册影印舊鈔本《雙鴛祠》卷首）：

地老天荒郎不歸，蛾眉奇節世尤希。登臺既爲韓憑死，應作鴛鴦比翼飛。

歌成黃鵠有陶嬰，烏鵲詞留死後名。今日《雙鴛》新譜出，又傳奇節滿羊城。

荊華女史貽釵

劉華東《書〈雙鴛祠傳奇〉後》（繆艮《文章游戲四編》，道光元年藕花館藏稿本）：

李君亦珊，福建閩侯人，任廣東別駕，不得於其親，一弟亦桀鶩不馴。自甘、涼解餉歸，抑鬱成疾。疾日篤，且死，一棺以外，四壁蕭然。其妻蔡氏謂老婦曰："吾夫甫死，無過問者。既久殯此，其何以歸？我將死之，聞者或憐我之節，送我夫婦，我翁姑亦藉以同歸，我無憾矣。"乃冠帔拜堂上，自縊死。移棺於庵，人莫不哀蔡之節，亦卒無議歸其葬者。同官某之妻，聞老婦言而憫之，乃囑其夫釀金以助，已仍出二百金，且立廟祀之。粵中傳此事久矣。柘安先生卸事閒居，素工音律，爰屬爲傳奇，被之管弦。

劉士棻《吊李光瑚夫婦詞》（謝章鋌《賭棋山莊詞話》卷二）：

閩縣李亦珊（光瑚）仕廣州別駕，家庭多缺憾，一弟又桀驁不可馴。自甘、涼解餉歸，抑鬱以死，棺久不得歸。其妻蔡氏（名梅魁，字如珍，有《焚餘集》，卒年二十九，嘗割股愈姑疾）謂老婦曰："吾夫死，無一過問者。設久殯此，其何以堪？我將死之，聞者或憐我之節，送夫柩歸，吾翁姑亦藉以同歸，吾無憾矣。"乃冠帔拜堂上，自縊。其同官某之妻聞於老婦而憫之，屬其夫醵金以助，已仍出二百金送之歸，且立廟祀之。粵中南海知縣仲振履爲之填《雙鴛祠》院本。

振履字柘泉，一字柘庵，又號覽岱庵木石老人，籍江南。長於倚聲，此詞尤哀怨動人。卷首有吾鄉劉心香（士棻）先生題詞餘，調《乳燕飛》書其後，云："苦雨淒風夜。把此卷、長吟一遍，數行泣下。夫婦人間多似鯽，似汝淒涼蓋寡。儘辛苦、艱難都罷。委曲求全還未得，況無端、貝錦工嘲罵。心中痛，誰能寫。　肝腸寸斷顏凋謝。却猶將、綱常二字，時時認者。爲婦爲兒無一可，此罪千秋難赦。說不出、泪行盈把。博得旁觀稱苦節，想君心、聽此添悲詫。不得已，如斯也。"

李澐《題蔡安人遺像》（《綏中吳氏藏抄本稿本戲曲叢刊》第17冊影印舊鈔本《雙鴛祠》卷首）：

天生烈性誰能比，妾薄命，甘同死。郎不歸來儂去矣。一腔幽憤，半生勞瘁，付與東流水。　有客閒將紅豆記，彤管臨摹斷腸事。觀者傷心同墮泪。紫絨氍上，紅牙聲裏，凜凜餘生氣。（調寄《青玉案》）

山陰李澐鐵橋拜題

趙文楷
（1760—1808）

　　字逸書，號介山、芥山，又號一鶴山人，別署司空山樵，太湖（今安徽太湖）人。自幼天資敏慧，勤奮好學，六歲能詩，十三歲補諸生。父、祖相繼過世後，歲荒家貧，境況艱難，幾至廢學。乾隆五十三年（1788），中江南鄉試亞元，後四次赴京應試，皆不售。爲生計，曾游幕楚、閩。嘉慶元年（1796）丙辰恩科，以一甲一名進士及第，授翰林院修撰、實録館纂修、文淵閣校理、掌撰進擬文字教習、庶吉士，曾分校鄉、會試。嘉慶五年（1800），被欽點爲册封琉球國王正使，不辱使命。嘉慶九年（1804），授山西雁平兵備道，嘗署山西按察使，卒於任上。喜吟咏，工著述。有《石柏山房詩存》《石柏山房詩遺》《海槎集》《獨秀草堂古今文》《中山聞見録》等。另有雜劇《菊花新夢稿》傳世。

　　傳記文獻：湯金釗《誥授中憲大夫山西雁平兵備道前翰林院修撰趙公墓表》（趙寶初輯《太湖趙氏家集叢刻》）、《趙文楷趙繼元履歷》（《清代官員履歷檔案全編》第五册）、（同治）《趙氏宗譜》、（同治）《太湖縣志》卷三十三《人物志·列女節婦·趙文楷妾王氏》。

《菊花新夢稿》

◆ 劇情概要與本事

　　一折。寫一位自稱無住山中人氏的老者，生平單慕陶淵明之爲人，故自號"又陶居士"，且其窮困之境遇以及嗜酒、愛菊之性情亦與陶公相合。某日，聽聞菊花盛開，便往籬邊閑步。東籬下，菊花開得燦爛，十分可愛。老者折取一枝，插在瓶中供養，想起淵明當日賞菊飲酒之事，不覺酒興發作，妻子恰爲他沽來村醪，更爲歡喜。他一邊觀賞着菊花的逸韵丰姿，一邊自酌自飲，不覺醉意襲來，隱几而眠。夢中被菊花仙喚起，驚問其來歷，仙子自言菊夫人。老者聽説菊夫人專掌人間禄位，便詢問科名録中是否有自己名字。不料仙子勸其遠離俗垢，緬絶塵纓，隨自己陟白雲之岡，啖青精之飯，追求長生。老者心動，正要隨仙子而去，突然被犬吠聲驚醒，發現是南柯一夢。老者認爲此夢新奇，其中妙旨除了菊花與自己，還有何人能曉？最後，咏二絶句以記之。

末扮又陶居士，旦扮菊花仙子。

本事待考。按，趙文楷《〈蘭桂仙傳奇〉序》云："余與左子梅南爲蘭譜至交，熟聞其元昆巽轂先生名，心慕久之，每以未得一見爲恨。乙卯歲，先生來主熙湖講席，遂得識荆……時余有《菊花新夢》院本，出以就正，凡所點竄，皆精當諧協，實所服膺。"知是劇創作於乾隆六十年（1795）。

著録、版本與收藏情况

《古本戲曲劇目提要》著録。現存咸豐元年（1851）抄本，私人收藏。又有鍾揚整理本，載安慶市文化局《黄梅戲藝術》1987年第2期。另有康鋭、李冬冬整理《趙文楷集》（廣陵書社2020年版）所收本。

序跋、題詞與評語

潘大濟《〈菊花新夢〉序》（《趙文楷集》所收本《菊花新夢》劇首）：

文所以載道也。《詩》三百篇後，降而爲樂府，變而爲詞曲，轉而爲傳奇。新聲代變，綺麗相高，求不詭於道者鮮矣。

一鶴山人，余中表弟也。性既不羈，才復杰出，凡所爲詩古文詞，廉厲踔發，同輩皆斂手避其鋒。間以其餘，演爲《菊花新夢》數闋，豪情勝慨，軼俗離塵。不惟淫詞褻語，不能犯其筆端，且銖視軒冕、塵視金玉之意具，躍然見於楮墨。試使拍按歌之，可以廉頑，可以立懦。體雖出於傳奇，實拔出諸作者之上，蓋藝也而進於道矣。

　　夫輕名利，解外膠，釋老之精者類能之。至於吾儒所謂不淫不移不屈者，非矜心作意，虛憕其氣而爲之也。其動心忍性，雖極之窮餓顚拂而益厲其操，蓋確有實地之持循，而非徒逃之空虛、放浪形骸已也。由是發之聲音，播之管籥，皆莊敬和平之所爲，不足以移風易俗共爲載道之文也哉？余於詞曲，固非知音，而亦未爲知道，因吾一鶴山人學道之說，故敢述所聞以進。

　　　　　　　　　　　　　　　　　愚表兄潘大濟謹序

趙文楷

陳 棟
(1764—1802)

　　字浦雲，一作浦筠，會稽（今浙江紹興）人。諸生。學問通達，然屢試不第，又終生爲疾病所困。周之琦《〈北涇草堂集〉序》言："先生於學靡弗通，襟抱簡遠，有魏、晉間意。然恒苦疢疾，朝芪暮朮，與饔飧俱爲。制舉文又不屑屑於有司之繩尺，以是屢困省試，卒賫志以歿。"曾客杭州，後游幕中州多年，嘉慶六年（1801）因病返鄉，次年去世。早擅詩名，精通戲曲。黃承增《樨山詩話》云："浦筠早飲香名，客西湖最久。六橋花柳，三竺烟嵐，靈秀收供筆端。爲爨弄院本，時時闌入關、馬、鄭、白之室。"著有《北涇草堂集》，又有雜劇三種：《苧蘿夢》《紫姑神》《維揚夢》。

　　按，《古典戲曲存目彙考》《古本戲曲劇目提要》言其"號東村，又號榕西逸客"，誤。據周妙中《清代戲曲史》考證，"東村""榕西逸客"乃福建戲曲家陳烺（1822—1903）之字號；二書言其有傳奇《紫霞斤》《花月痕》二種，實亦陳烺所作。又，關於其生卒年，《清代雜劇全目》《古典戲曲存目彙考》均未標注；《古本戲曲劇目提要》推測爲"1764—1802"，孫燁《陳棟戲曲作品及戲曲理論研究》亦贊同，可從。

　　傳記文獻：周之琦《〈北涇草堂集〉序》（《北涇草堂集》）、黃承增《樨山詩話》、孫燁《陳棟戲曲作品及戲曲理論研究》（南京師範大學碩士學位論文，2014年）。

《苧蘿夢》

● 劇情概要與本事

　　劇首題"北涇草堂外集上""苧蘿夢"，署"會稽陳棟浦雲"。正目爲"蕊珠宮仙姬署印，浣紗溪天女成姻。姑蘇臺花神示幻，苧蘿村俗士效顰"。四折，未標折目。又，第一折與第二折之間有《楔子》。寫吳國敗亡後，西施被越王夫人沉水而亡，結果魂靈不散，隨風往來。王母娘娘道其是千古第一佳人，着她提舉蕊珠宮，管領司花天女。西施雖登仙籍，然塵緣未斷，不能忘記與吳王夫差昔日之歡愛。一日上帝頒下玉旨，言夫差已轉世爲書生王軒，令西施即往浣紗溪，暗接絲蘿，補完前恨。王軒滿腹才華，奈功名不遂，一身落拓，以致家無長物，瓶無儲糧。時值寒食，王軒買舟往苧蘿村訪西施遺迹。西施請夢神相助，引王軒在夢中相會，成就姻緣。王詢問其來歷，西施不肯透露玄機。不覺一月期限已滿，二人無奈分別。書生郭凝素聞王軒遇西施事，心中艷羨，亦泊舟浣紗石畔，期待與西施夢中相會。不料，東施魂靈入夢，意欲修好。郭見其貌醜而拒絕，東施甚爲惱怒。郭生醒後，見滿船石塊瓦礫，狼狽而去。

正末扮王軒，冲末扮郭凝素，正旦扮西施魂，副旦扮東施魂。登場人物尚有侍女、衆花神、天使、夢神、祗從、山鬼等，俱未分配脚色。

本事見於晋王嘉《拾遺記》、唐范攄《雲溪友議》"苧蘿遇"以及宋劉斧《翰府名談》"王軒"等。

☙ 著録、版本與收藏情況

《清代雜劇全目》《古典戲曲存目彙考》《古本戲曲劇目提要》著録。現存道光三年（1823）周之琦劍南室校刻《北涇草堂外集》本，藏國家圖書館、山西大學圖書館，鄭振鐸《清人雜劇二集》、《清人雜劇百廿種》第4册據之影印。另，《古典戲曲存目彙考》言有"嘉慶間劍南室刊本"，不知所據。

☙ 序跋、題詞與評語

吳梅《〈苧蘿夢〉跋》（《吳梅全集·理論卷·讀曲記》，河北教育出版社2002年版）：

此劇爲幕府寫愁，牢騷不小。曲白有效徐文長《木蘭從軍》劇處。

吳梅《〈苧蘿夢〉評語》（《吳梅全集·理論卷·中國戲曲概論》，河北教育出版社 2002 年版）：

陳棟，字浦雲，會稽人。屢試不第，游幕汴中。其稿名《北涇草堂集》，詩詞皆有可觀，而曲尤騷雅絶倫。清代北曲，西堂後要推昉思，昉思後便是浦雲，雖藏園且不及也。余詣力北詞，垂二十年，讀浦雲作，方知關、王、宮、喬遺法，未墜於地。陰陽務頭，動合自然，布局聯套，繁簡得宜，雋雅清峭，觸槐如志，全書具在，吾非阿好也。《苧蘿夢》，記王軒夢遇西施事。以軒爲吳王後身，生前尚有一月姻緣未盡，因示夢補歡，其事亦新。四折皆旦唱，語語本色，其艷在骨。第一折【鵲踏枝】云："值什麼小嬋娟，喪黃泉。再不該、污玉兒曾侍東昏，抱琵琶、肯過鄰船。多謝你、母烏喙把蕙蘭輕蔫，倒作成了女三閭忠節雙全。"【六幺序】云："翻花色那千樣，費春工祇一年，簇新的改換從前。就是綠近闌干，紅上秋千，也須要做意兒周旋。滿庭除滾的春光遍，道不得、這顏色好出天然。料天公、肯與行方便，幾時價、暖風麗日，微雨疏烟。"【柳葉兒】云："舊家鄉、桃花人面，老君王、布襪青氈，打雲頭、一霎都相見。堪消遣，好留連，這幾日、真有些不羨神仙。"第二折【上京馬】云："原來是、擘花房巧構的小姑蘇，艷影香塵乍有無，多謝他、顛倒化工將恨補。祇怕這、一星星羽化凌虛，還不比、兔絲葵麥，憔悴返玄都。"又【醋葫蘆】第四支云："則見他、拂青霄氣似虹，步蒼苔、形似虎。依然是、江東伯主舊規模，怎眼乜斜盼不上捧心憔悴女。想我這、容顏凋殘非故，便不是、轉胞胎，也難認、這幅換稿美人圖。"皆精心結撰，直入元人之室。《紫姑神》《維揚夢》亦佳，限於篇幅，不贅。

《紫姑神》

陳棟

● 劇情概要與本事

劇首題"北泾草堂外集中""紫姑神",署"會稽陳棟浦雲"。正目爲"蠢郎君喬做風流客,狠主母重開妒婦津。賜香丸巧釋紅顏憾,鬧元宵喜賽紫姑神"。四折,未標折目。寫維揚少女阿紫自幼父母雙亡,鄰母將之撫養成人後,賣與蠢弱男子魏子胥做妾。魏妻曹姑善妒,生性狠毒,阿紫剛過門,即置其東廁旁小屋,不許與魏相見,且終日驅使其做些污穢不堪之事,一不合意就棒打、針刺、剪刀扎。不久,阿紫染病,日漸沉重。時值上元節,阿紫禱告上天,祇求速死。東華帝君巡視天下,見一股怨恨之氣直衝霄漢,遣功曹訪問,得知阿紫不但生前遭百般凌辱,死後又被埋在糞窖旁邊,故其孤魂日夕悲啼,驚動上天。帝君聽其情詞可憫,就奏明上帝,封她爲紫姑神,巡視溷廁;又與她桑弓一把、桃箭十支,處置人間妻妾間不平之事。又是一年上元節,紫姑神巡視人間,見一位小妾受大妻虐待,欲要尋死,大妻不讓其死,還繼續毆打她。紫姑神大怒,將大妻魂魄拘來,用弓箭射瞎其雙眼。

旦扮阿紫,孤扮東華帝君。登場人物尚有曹姑、魏子胥、媒婆、官家婆、功曹、男廁神、女廁神、廁鬼、侍女、祇從、侍妾、妒婦等,俱未分配脚色。

本事見南朝宋劉敬叔《异苑》,金無名氏《體玄真人顯异錄》,宋陳耀文《天中記》卷四、蘇軾《子姑神記》等。

● 著錄、版本與收藏情況

《清代雜劇全目》《古典戲曲存目彙考》《古本戲曲劇目提要》著錄。現存道光三年(1823)周之琦劍南室校刻《北泾草堂外集》本,藏國家圖書館、山西大學圖書館,鄭振鐸《清人雜劇二集》、《清人雜劇百廿種》第 4 册據之影印。另,《古典戲曲存目彙考》言有"嘉慶間劍南室刊本",不知所據。

● 序跋、題詞與評語

鄭振鐸《〈北涇草堂外集〉雜劇跋》(《清人雜劇二集》卷首《題記》):

陳棟,字浦雲。會稽人。"於學靡弗通,襟抱簡遠,有魏、晉間意"(周之琦序)。然多病,屢困省試。卒賚志以殁。有《北涇草堂集》八卷。詩詞清麗,雜劇凡三本,亦都雋妙無渣滓。《苧蘿夢》寫西施下凡,於苧蘿村浣紗石畔,遇見書生王軒(吳夫差的後身),以了前緣;而以東施女遇郭凝素事爲結。"白衣蒼狗去來頻,夢境如何記得真。一首詩成便薦枕,多應忙殺浣紗人。"蓋嘲笑一切白日說鬼話的文士者。《紫姑神》寫魏子胥妻曹氏虐待妾阿紫;阿紫死後,曹氏還將她埋在糞窖旁邊。孤魂慘淡,日夕悲啼。乃遇東華帝君,封她爲紫姑神,巡視人間。她見一妒婦虐妾,乃殺之。《維揚夢》寫杜牧游揚州,甚爲牛僧孺所禮待。但他却無意於作幕客,夜夜出游。牛公遣武士於暗中護之。朱衣使者却來指化他,使他於夢中歷盡幕途惡況。他遂碎硯擲筆,弃而求官。後果爲分都御史,過僧孺。僧孺贈以他所眷妓紫雲。"夢中說夢緣難盡,頭上安頭計枉勞。一曲當筵君莫怒,大家立地放屠刀。"蓋浦雲亦久於作幕者,訴說苦况,自更親切也。

吳梅《〈紫姑神〉跋》(《北涇草堂外集》所收本《紫姑神》卷末):

結構排場俱極生動,曲亦俊語居多,可與《療妒羹》并傳。但婢妾亦不可放縱耳。

乙丑霜厓

《維揚夢》

陳棟

◆ 劇情概要與本事

劇首題"北涇草堂外集下""維揚夢",署"會稽陳棟浦雲"。四齣,依次爲《春醉》《夜游》《投筆》《贈姝》。寫唐代才子杜牧入淮南節度使牛僧孺揚州幕府,賓主十分相得。但戟府森嚴,杜牧倍感拘束。一日受邀至明月樓賞春,席間有優伶唱曲侑酒,杜牧與朋友論及館幕生活,不以爲然。牛僧孺聽聞杜牧在此,亦來小坐。繼而杜牧大醉,牛僧孺知他醉心平康已非一日,就吩咐門下不須關防,又遣軍校暗中護送。杜牧與曲中第一知名女郎張好好來往殷勤。時值中秋,院中姊妹杜秋娘携甥女紫雲謁張好好,恰杜牧亦來拜訪。杜牧與紫雲相見,彼此有情,遂請秋娘作伐,與紫雲相交;并言以三年爲定,若有負心,神明鑒察;又題詩綾帕之上,以爲定情之物。朱衣使者奉命提醒杜牧當以功名爲念,不可長作幕客,致使歲月蹉跎,於是令杜牧夢中經歷種種作幕惡果。杜牧醒悟,離開幕府,轉入詞林,五年來歷官清要,又改授監察御史,分司東都。時牛僧孺已致仕歸洛,邀杜牧叙舊。杜牧聞其家有絕色歌妓,亦名紫雲,心中疑惑,藉聽曲爲名,前來探訪。至見紫雲,果是舊交,遂向牛氏索要紫雲。牛初不肯,後問明二人情事,并感杜牧真情,遂將紫雲歸之。

生扮朱衣使者、男優,小生扮杜牧,旦扮杜秋娘、杜牧妻、男優、天聾,小旦扮張好好、縊死鬼、女優、地啞,貼扮紫雲、女優、杜牧子,老旦扮艙婆,净扮大家人、奎星、杜牧僕人,副净扮荆懷、無頭鬼,末扮全暢、帥府僕人,丑扮白麵鬼,外扮牛僧孺,雜扮軍校、衆鬼。

本事見唐于鄴《揚州夢記》及《太平廣記》等。元喬吉(?—1345)《杜牧之詩酒揚州夢》雜劇、清嵇永仁(1637—1676)《揚州夢》傳奇、黃之雋

(1668—1748)《夢揚州》雜劇與此題材同。

著錄、版本與收藏情況

《清代雜劇全目》《古典戲曲存目彙考》《古本戲曲劇目提要》著錄。現存道光三年（1823）周之琦劍南室校刻《北涇草堂外集》本，藏國家圖書館、山西大學圖書館，鄭振鐸《清人雜劇二集》、《清人雜劇百廿種》第 4 册據之影印。另，《古典戲曲存目彙考》言有"嘉慶間劍南室刊本"，不知所據。

序跋、題詞與評語

吳梅《〈維揚夢〉跋》（《北涇草堂外集》所收本《維揚夢》卷末）：

> 靈心藻思，極才人之致。余舊作《湖州守》，譜牧之"緑葉成陰"事，自謂不弱，及見此，則失色矣。

舒 位
(1765—1815)

少名佺，字立人，小字犀禪，號鐵雲、鐵雲山人，又號酸棗、酸棗山人。大興（今北京）人，生於吳縣（今江蘇蘇州）。少穎悟。乾隆五十三年（1788）恩科舉人，後九赴春試，皆不第。家貧親老，衹能依人作幕。工於詩文，沉博閎恣，橫絕一世。著有《瓶水齋詩集》《乾嘉詩壇點將錄》《瓶水齋雜俎》《瓶水齋詩話》等。又精音律，善度曲，三弦、笙笛、琵琶、羯鼓，都能演奏入妙，所作戲曲脱稿可歌，無須伶工正拍。嘉慶十四年（1809），曾爲禮親王昭槤（1776—1829）編撰戲曲脚本，創作《伶玄通德》《吳剛修月》等數十齣。今存雜劇《瓶笙館修簫譜》，收雜劇四種。尚有《琵琶賺》《人面桃花》《圓圓曲》《玉爐三澗雪》《聞鷄起舞》五種，今未見。

傳記文獻：《清史列傳》卷七十二、李元度《國朝先正事略》卷四十三、徐世昌《大清畿輔先哲傳》卷二十五、張維屏《國朝詩人徵略》卷四百十三、（光緒）《桐城縣志》卷十五等。

《瓶笙館修簫譜》

劇首署"大興舒位鐵雲撰"。包括雜劇四種：《卓女當壚》《樊姬擁髻》《酉陽修月》《博望訪星》，均爲一折。

◆ 劇情概要與本事

《卓女當壚》

寫臨邛首富卓王孫邀請縣令王吉飲酒，縣令至交司馬相如後至，即席鼓琴。卓女文君新寡，聞聲相慕。卓王孫嫌貧重富，卓文君衹得違禮與相如私奔往成都。相如家財早已用盡，徒有四壁，生事蕭然。不得已，與文君來到臨邛開設酒肆，男親滌器，女自當壚，相愛相惜，貧窮度日。相如同里舊交楊得意供職上林，甚得皇帝恩寵。近日，告假還鄉，路過臨邛。他知當今天子雅好詞賦，而相如此體最工，若取他幾篇舊作，攜歸長安，進呈御覽，相如必獲召用，到時自然不會忘記自己的薦舉之功。於是遣人尋訪相如，相如就將舊作《子虛賦》交與來人。王吉出衙迎送楊得意，路過相如酒店，相如羞對故人，便與文君暫時回避。後王吉偶見當壚女子天生麗質，好生奇怪，後得知相如遭遇，甚怒，派皂隸將卓王孫鎖往縣衙，從重究治。最後，卓王孫情願將家業與相如平分。

生扮司馬相如，旦扮卓文君，老旦扮楊得意，淨扮卓王孫，副淨扮程鄭，末扮皂隸，丑扮門客，外扮王吉，雜扮家僮、侍從。登場人物尚有執事等，俱未分配腳色。

本事出自《史記·司馬相如列傳》。

《樊姬擁髻》

又名《伶玄通德》《通德擁髻》。寫漢哀帝時人伶元年老休官，買妾樊女通德。通德祖姑樊嬺爲成帝宮人，頗知當日宮廷秘事。一夜，天涼人靜，夫妻談論漢帝寵幸趙飛燕、趙合德姐妹事。通德言趙飛燕出身微賤，在陽阿公主第遇成帝，三年間由婕妤正位中宮，恩幸非常。趙飛燕聽從樊嬺之計，引趙合德進御。淖夫人見合德奏對輕佻，言其必爲滅漢禍水。後趙氏姊妹各相妒忌，彼此爭妍取憐，迷惑君王。伶元認爲此乃新莽篡漢之禍機，通德亦言漢家先有呂后開場龍戰，後有雙燕收場魚貫，始終不出婦人。二人念之，浩嘆不已。最後，樊通德彈淚擁髻，請丈夫將今晚私語記錄一通，留爲公案。

生扮伶元，旦扮樊通德。

本事出自漢伶元《飛燕外傳》及《漢書·孝成趙皇后傳》。

《酉陽修月》

舒位

又名《吳剛修月》。寫唐明皇與太真妃子曾於月之廣寒宮中按譜霓裳，當日翠繞珠圍，十分擁擠，致廣寒宮殿受損，必得及時修理，纔能復頂上圓光。某日，嫦娥命銀蟾喚來修月大匠吳剛，請他整修月宮。吳剛言此事大難，原先設立八萬三千戶修月匠人，多已私逃，散匿人間，祇剩下自己一人在這桂樹下虛應故事而已。嫦娥聞此，甚爲焦急，祇得委托吳剛別尋仙侶，以完其事。吳剛請來宋無忌、項曼都、月下老人以及散花天女等仙人，各出法寶，各展絕技，整飭桂殿月宮。嫦娥亦命銀蟾、玉兔一同幫忙。完工後，上帝遣玉皇香案使前來傳旨，對衆人各有賞賜。

生扮玉皇香案使，旦扮嫦娥，老旦扮宮監，小旦扮散花天女，貼扮玉兔精，淨扮吳剛，副淨扮項曼都，末扮宋無忌，丑扮銀蟾，外扮月下老人。

本事出自唐段成式《酉陽雜俎》卷一"天咫"。

《博望訪星》

寫因漢代張騫曾通西域諸國，熟悉彼處情形，故武帝特賜靈槎，命其探尋黃河之源。張騫逆流而上，行不多時，早見乾坤浩蕩。此日乃七夕之期，織女星循例來到河邊，而牽牛星也早早在對岸相迎。不久，烏鵲南來，搭成鵲橋一座，織女過橋，感嘆夫妻相聚之難。牽牛則勸她不必煩惱，言二人境遇勝過世上多少生離死別。張騫乘槎而行，水勢越發洶涌，其不知身在何處，見前面有男女二人，不免將槎傍近，打聽河源所在。男子言黃河之水乃自天上而來，其身犯斗牛，已行至水窮之處了。張騫不甚明白，便問其姓名，方知是牛、女雙星。牽牛知張騫奉使而來，便與織女借其槎兒相渡，并指點河源真派。臨別，織女贈其織錦支機之石，以爲此行憑證，并囑他歸後即往成都卜肆訪問嚴君平，可知此石端的。張騫見雙星已去，天色黎明，遂解纜乘槎順流而返。

生扮張騫，小生扮牽牛星，貼扮織女星。

本事出自晉張華《博物志》、宋陳元靚《歲時廣記》卷二十七。元王伯成（生卒年不詳）《張騫泛浮槎》雜劇、清蔡榮蓮（1805—1846）《支機石》雜劇、近人唐咏裳（1867—1939）《七襄機》雜劇與此題材同。

● 著錄、版本與收藏情況

《清代雜劇全目》《古典戲曲存目彙考》《古本戲曲劇目提要》《莊一拂〈古典戲曲存目彙考〉補正》著錄。現存道光十三年（1833）武林汪氏振綺堂刻本，藏國家圖書館、中國藝術研究院圖書館、首都圖書館、天津圖書館等，《傅惜華藏古典戲曲珍本叢刊》第70冊、《古本戲曲叢刊十集》據之影印；民國武進陶氏涉園《百川書屋叢書》所收本，據振綺堂本影印，藏上海圖書館。又有姚燮《今樂府選》稿本第38冊所收本，藏浙江圖書館。其中《樊姬擁髻》《博望訪星》二種又見於《集成曲譜》。

● 序跋、題詞與評語

汪適孫《〈卓女當壚〉題詞》（《傅惜華藏古典戲曲珍本叢刊》所收本《卓女當壚》卷首）：

釀得春無價，是才人偶然游戲，流傳佳話。妻自當壚身滌器，忒煞行藏瀟灑。剩四壁無家歸也。牧豕牧羊非所願，向糟丘、高把青簾挂。傭保雜，我今且。　奇材豈是長貧者。祇區區家僅八百，何堪憑藉？詞賦聲名邀主眷，衣綉鄉鄰驚詫。笑牛酒交歡門下。漫道遭逢由狗監，算蛾眉、真個憐風雅。翻一曲，意傾瀉。（《貂裘換酒》）

汪適孫《〈樊姬擁髻〉跋》（《傅惜華藏古典戲曲珍本叢刊》所收本《樊姬擁髻》卷末）：

後漢伶元作《趙飛燕外傳》，吳楫侯斥爲誨淫之書。然觀伶元《自序》

云："哀帝時,子于老休,買妾樊通德。通德,嬺之弟子,不周之子也,有才色,知書。慕司馬遷《史記》,頗能言趙飛燕姊弟故事。子于閑居命言,厭厭不倦。子于語通德曰:'斯人俱灰滅矣。當時疲精力馳,騖嗜欲蠱惑之事,豈知終歸荒田野草乎?'通德占袖,顧視燭影,以手擁髻,凄然泣下,不勝其悲。子于亦然。通德奏子于曰:'夫淫於色,非慧男子不至也。慧則通,通則流。流而不得其防,則百物變態,爲溝爲壑,無所不往焉。禮義成敗之説,不能止其流。惟感之以盛衰奄忽之變,可以防其壞。今婢子所道趙后姊弟事,盛之至也;主君悵然,有荒田野草之悲,衰之至也。婢子拊形屬影,識夫盛之不可留,衰之不可推,俄然相緣奄忽,雖婕妤聞此,不少遣乎!幸主君著其傳,使婢子執研,削通所記。'於是撰《趙后別傳》。"由此觀之,則元之作《傳》,其旨當別有在,非《雜事秘辛》之可僞作也。鐵雲先生即本《序》意,點竄其詞,撰爲雜劇,可謂善體子于之意矣。

癸巳秋七月,汪適孫識於湖上之水北樓

汪適孫《〈樊姬擁髻〉題詞》(《傅惜華藏古典戲曲珍本叢刊》所收本《樊姬擁髻》卷首):

燕子飛來,倉琅啄斷俄塵土。遠條別館,接翕風、姊妹雙眉嫵。記得艷歌穠舞。算當時、雕籠翠羽。留仙裙縐曲。宴春深,凄然何許? 往迹荒涼,人生總爲多情誤。一回艷煽一回衰,轉眼成今古。綺夢風中蠟炬。問底事、迷雲戀雨。閑翻別傳,紅袖魂銷,白頭心苦。(《燭影搖紅》)

汪適孫《〈酉陽修月〉題詞》(《傅惜華藏古典戲曲珍本叢刊》所收本《酉陽修月》卷首):

祇道情天無缺陷,澄輝萬古圓。金銀宮闕,琉璃世界,穩住嬋娟。幾番經浩劫,漸闌珊、七寶莊嚴。清虛府,恨丸泥難補,煉石誰填! 神仙。

舒位

風斤運處，玉盤瑩潔憶從前。纖阿還輾，邀來月匠，八萬三千。展散花妙手，更玲瓏、透徹中邊。占高寒，早兔華澄澈，蟾影團團。（《瑤臺第一層》）

汪適孫《〈博望訪星〉題詞》（《傅惜華藏古典戲曲珍本叢刊》所收本《博望訪星》卷首）：

銀河如帶，引枯槎、安穩乘流而上（上）。不是神仙誰到此？四顧絕無風浪。有女支機，何人叱犢，一水盈盈望。烟雲脚底，紅塵隔、幾千丈。頻年持節，月（平）氏（平）軺車萬里，要算茲游壯。試問源頭何處是？始信落從天上（去）。片石攜來，一帆歸去，問卜成都向。孟堅蠡測，昆侖空自凝想。（用《漢書·張騫傳》"贊"意）（《大江西上曲》）

又邨汪適孫填字

王季烈《〈瓶笙館修簫譜〉評語》（《螾廬曲談》卷四，商務印書館1934年版）：

位，字立人，號鐵雲，大興人，寄居杭州。此本共四折，每折一事，蓋仿《四聲猿》體例也。鐵雲能吹笛鼓琴，度曲不失分寸。所作樂府院本脫稿，老伶皆可按簡而歌，不煩點竄。見陳文述所撰《鐵雲傳》。

吳梅《〈修簫譜〉跋》（《吳梅全集·理論卷·讀曲記》，河北教育出版社2002年版）：

大興舒鐵雲撰。舒事略見石琢堂《舒孝廉傳》《畿輔通志》及陳雲伯《舒位傳》。著有《瓶水齋詩集》。所著曲共六種。捨此外，尚有《聞雞起舞》、《琵琶賺》（疑為《吳剛修月》之誤），見王仲瞿《烟霞萬古樓集》、汪允莊《自然好學齋集》。太倉畢子筠曾譜《當壚》《擁髻》二折，被之聲歌，都下盛稱之。顧《擁髻》折似指和珅可异。集中《冰山》曲及王集《貴姬傳》參觀，

《修月》折似爲修《明史》而發,所謂"越修越壞"。劇中賓白科介,遠出元明之上。仲瞿曾約舒以暮年娛詞曲,今舒曲猶在,而王曲則難求矣。惜哉。

吴梅《〈瓶笙館修簫譜〉評語》(《吴梅全集·理論卷·中國戲曲概論》,河北教育出版社2002年版):

舒鐵雲《瓶笙館修簫譜》,以《當壚》爲艷冶。余最愛《擁髻》一折,論斷史事,極有見地。如【桂枝香】云:"遠條仙館,迤邐着含風別殿。那裏是弄風弦瀉泂同心,倒變做羞月貌尹邢避面。"又云:"放一雉開場龍戰,留雙燕收場魚貫。恨無邊,早祇見殿上黄貂出,樓中赤鳳眠。"頗爲工巧。《訪星》折【玉交枝】云:"趁着天風顛播,看枯木在長流倒拖。有天無地人一個,早二十八宿胸羅。"又【三月海棠】云:"爲治河,看宣房瓠子連年破,要崇根至本,永鎮烟波,難妥,文武盈廷無一可。飢來吃飯閑來卧,因此勤宵旰,作詩歌,客星一個應該我。"此二曲别有風趣,與鐵雲詩不同。

彭體元
(1769？—1847後)

　　字春庵，號椿軒、椿軒居士，蒲江（今四川蒲江）人。貢生。曾任蒲江鶴山書院山長，性格耿直曠達。嘉慶十六年（1811），商丘人宋聖臣（生卒年不詳）署蒲江知縣，大肆搜刮民財，貪贓枉法，穢聲載道。彭體元曾作《蒲江貪官賦》以揭之，致宋被免職他調。彭體元後移居巴中縣，設館收徒爲生。著有《椿庵文集》《易經粹語》。又有戲曲作品六種：《鳳凰琴》《金榜山》《四賢配》《雙龍珠》《孝感天》《天感孝》，合稱《椿軒六種曲》，一名《椿軒詩餘》。其中《雙龍珠》《孝感天》《天感孝》歸爲雜劇。

　　按，關於其身份，《古典戲曲存目彙考》言其"姓名、字號、里居皆未詳"。鄧長風《十二位明清戲曲作家的生平材料》確定其爲"四川蒲江縣人"，也言"其真實姓名無可考"。黃義樞《清代戲曲作者考三題》考訂其爲彭體元，可從。又，關於其生卒年，周妙中《清代戲曲史》據華日來《金榜山序》，定其生於乾隆三十八年（1773）之前，卒於道光二十二年（1842）以後。鄧長風《十二位明清戲曲作家的生平材料》據何一山《鳳凰琴》跋語，推斷其當生於乾隆三十四年（1769）或稍前；又據蒲江縣令雷承厚爲《孝感天》《天感孝》所撰序文及雷氏任職時間，認爲彭氏於道光二十七年（1847）尚在世，可從。

　　傳記文獻：（光緒）《蒲江縣志》卷三、四川省蒲江縣志編纂委員會編《蒲江縣志》、鄧長風《十二位明清戲曲作家的生平材料——美國國會圖書館讀書札記之三十四》（《明清戲曲家考略全編》上）、黃義樞《清代戲曲作者考三題》（《文獻》2010年第4期）。

《雙龍珠》

● 劇情概要與本事

　　劇首題"雙龍珠原本"，署"椿軒居士編次"。十折，分爲上、下二本，上本依次爲《從軍》《報珠》《焚溺》《遇宮》《請兵》，下本依次爲《奇逢》《轉聘》《剿海》《廷配》《巧合》。劇首有《本意》，似傳奇之副末開場。寫明永樂年間，南津人錢紹德與妻子鄭氏育有一男一女，男名萬選，十五歲；女名玉秀，十七歲。錢紹德習儒未就，改就武業。倭人擾亂東海，南津大小兵丁俱要赴邊戰守，錢紹德被派往成國公朱能帳下。臨行，其將妻子及兒女托付於弟弟錢紹金夫婦照料。錢紹金滿口答應，實另有所圖，欲待機霸占哥哥家業。火山赤龍本是南津水府神君，因惰職致地方大旱，生民罹災。玉帝大怒，罰其變作小魚三載，不想被錢紹金捕獲，嫂子鄭氏天性仁慈，以金指環贖回放生，赤龍以避水珠相報。菩薩座下龍女奉命行雨，錯行雨點，損壞民居，被罰作蚌蛤，亦被錢紹金發現，錢紹金欲將之砸碎，鄭氏又用玉簪換回放生，龍女就以禦火珠報答鄭氏。大水淹毀很多舊宅，鄭氏一家因有鎮宅明珠，方平安無事。錢紹金因自己房宅淹壞，祈求在嫂嫂家暫住幾日，鄭氏答應。不料一月之後，錢紹金非但不想搬離，反欲與哥哥一家互換宅院，見鄭氏等不答應，惱羞成怒，偷偷放火燒宅。因有禦火珠保護，鄭氏一家又躲過一劫，錢紹金所存房宅却因迴風返火被焚盡。鄭氏可憐其遭遇，贈送路費，令其去尋求錢紹德幫助。錢紹金在賭場把路費輸光，又僞造書信，謊稱路遇送信人，言哥哥已經戰死，鄭氏一家痛哭不已。錢紹金又哄騙侄兒前往東海，爲父搬喪，中途逼迫侄兒跳崖投江。幸有避水珠保護，錢萬選方得活命。火山赤龍知萬選命犯水灾星，特來保護，并教他武藝，贈其定海棍作兵器，又指引他往南津水濱救助母親。錢紹金歸家，設計將嫂子賣給賭棍王二爺。鄭氏受逼不過，投江自盡，幸得錢萬選救回，二人暫居三妙庵。錢紹金又誆騙侄女，將之賣給游春院鴇母。錢玉秀反抗，遭鴇母吊打，祇能假意屈從，趁機逃跑，結果衝撞了千歲爺鄭和車駕。鄭和問明原委，感其義烈，收爲義女，并以買良爲賤罪名懲處了鴇母。鴇母向錢紹金索還銀兩，錢紹金受逼不過，祇得賣掉田房，淪爲乞丐。三妙庵附近有一岳全義員外，與妻子張氏育有一對兒女，男名金華，年方十七；女名金秀，年方十五。岳金秀忽生目疾，無方可治，鄭氏用禦火珠做引，治愈其眼疾。爲報恩，岳家將金秀許配給錢萬選。鄭氏將龍珠作爲聘禮，岳家則將所藏金甲作爲回禮。後岳金華携帶龍珠上京趕考，又用其治好了鄭和的眼病。鄭和出來面謝，見其才貌俱全，便將義女玉秀許他爲妻，岳金華又用禦火珠做了媒證。因倭寇船上裝有火槍、火銃，王師難以禦敵，朱能派錢紹德回朝請兵，碰巧遇到紹金，錢紹金自感無顏面見哥哥，躲進茅房，却與前來購買木料的岳員外爭奪包囊，不慎跌入糞坑，溺死其中。錢紹德爲查真相，隨岳員外到三妙庵質證，意外遇到了妻子和兒子，三人相認，錢萬選後隨父入營效力。皇帝派鄭和爲監軍，協助朱能等出征東海。鄭和以禦火珠破了敵人之槍銃，倭寇大敗，錢氏父子又夜入倭島，斬殺了倭王。衆人凱旋還朝，正趕上岳金華得中狀元，皇帝論功行賞，封錢紹德爲定海將軍、錢萬選爲巡海副將，一起駐守東海，又當廷御賜錢玉秀和岳金華完婚。岳金華携妻榮歸，正遇到錢家來爲金秀送命服，錢玉秀得以與父母、兄弟相認，全家團聚。

生扮錢紹德，小生扮錢萬選，副生扮岳金華，旦扮鄭氏、小太監，小旦扮錢玉秀，貼旦扮錢紹金妻、岳金秀，老旦扮觀音、鴇母、張氏，净扮降龍羅漢、鄭和，副净扮店家，小净扮王二爺、鴇兒，末扮朱能、酒家、岳全義、皇帝，丑扮錢紹金，外扮徐春年、王國賢，雜扮四賭徒、火山小龍、王都頭、倭王、行人，副生、生、末、丑扮考生，外、丑扮會首。登場人物尚有求雨衆人、衆神將、龍女、雷電、風雨、韋馱、四大天王、火神、風神、尼姑、靈官、衆妓、小太監、瓦上飛、門子、皂隸、夷兵、院子、侍衛、閹人、二婢女、太監、女官等，俱未分配脚色。

本事待考。

● 著録、版本與收藏情況

《古典戲曲存目彙考》《古本戲曲劇目提要》著録。現存道光刻《椿軒居士六種曲》本，藏國家圖書館，《古本戲曲叢刊十集》據之影印；同治三年（1864）刻《椿軒五種曲》本，藏中國藝術研究院圖書館，《傅惜華藏古典戲曲珍本叢刊》第73册據之影印；咸豐五年（1855）刻《椿軒五種曲》本，藏國家圖書館。

● 序跋、題詞與評語

闕名《〈雙龍珠〉題詞八首（集本詞句）》（《傅惜華藏古典戲曲珍本叢刊》所收本《椿軒五種曲》之《雙龍珠》卷末）：

> 桃花浪裏拂春風，如飲鷹揚御酒紅。親向軍門窺虎豹，天仙妙筆果神通。
> 如虎如羆氣象豪，爲卿金屋貯阿嬌。紅顔美盼生成樣，一對瓊花玉樹交。
> 爭傳此地將星高，請得天兵下九霄。天婿封侯真貴相，月明人望鵲仙橋。
> 撥開雲霧見青天，要有心花種福田。一任御溝伴塞倒，牛郎織女兩飛仙。
> 誰挽天河洗戰袍，同將壯氣上衝霄。紅星大炮雷霆響，朱雀回頭向彼嚎。
> 不避蛟龍氣自豪，虎頭燕頷是班超。朝廷都説將軍貴，方顯天威不可撓。
> 大將干城輔聖朝，一針定海息波濤。材兼文武天神降，方護江山鐵統牢。
> 聖神天子不臨戎，兵部權衡大小功。全仗皇威平小醜，萬幾宵旰理朝中。

《孝感天》

劇情概要與本事

劇首題"孝感天原本",署"椿軒居士編次"。十折,分爲上、下二卷,上卷依次爲《奏案》《誅布》《秘喪》《高廟》《鴆齊》,下卷依次爲《人彘》《辭趙》《辭燕》《訴廟》《歸代》。第一折前有《本意》,似傳奇之副末開場。寫漢高祖劉邦第四子劉恒封代王,母薄太后多病,出宮與之同居代邸。劉恒每日親自煎湯熬藥,侍奉母親,孝行均被值日星官記下。一日,淮陰侯韓信及梁王彭越靈魂來到北極宮中,向天皇告狀,言其曾爲劉邦統一天下立下功勛,後無辜被誅,甚感冤屈。天皇言此乃二人定數,然劉邦不該聽信呂后之言滅人全族,遂判劉邦死後八子亦將沒於呂后之手。這時,星官向天皇報告劉恒孝行,天皇決定單留劉恒一人,延漢家四百年天下。淮南王黥布見劉邦薄待功臣,誅殺韓、彭,於是起兵造反,結果兵敗被殺。劉邦親征時,亦爲流矢所中,負傷還朝,不久駕崩。呂后秘不發喪,準備矯詔誅殺大臣,以安少主。審食其與酈商爲天下安危,進宮勸諫呂后收回成命。薄后聽聞呂后計劃,甚是恐懼,告誡兒子讓大就小,以爲保身之計。後太子劉盈登基,尊劉邦爲高皇帝,詔令諸侯各立高祖廟,以歲時奉祀。項羽靈魂無廟可依,便往高祖廟中竊取犧牲酒醴,結果被其所坑殺的二十萬秦卒鬼魂捕獲。劉邦曾予秦王子嬰、秦始皇及其他前朝五王守冢民若干,以不絕其祀,諸帝王魂靈齊往高廟謝護冢之恩。齊王劉肥來都朝見新君,呂太后在後宮爲之排宴。因劉肥誤坐皇帝上首,呂后大怒,鴆殺之。呂后又傳趙王如意入朝,趁皇帝出宮之際,亦將之殺害,并把趙王生母戚夫人殘害成人彘,放入廁中,引劉盈觀賞。劉盈傷心慘目,吐血而死。此後,呂后垂簾聽政,拜呂產、呂祿爲將,并召諸呂入宮用事。呂后幾次三番令劉恒徙封趙王,劉恒爲免禍,力辭。淮陽王劉友、梁王劉恢先後答應改封趙國，皆因此死於非命。燕王劉建王后乃呂氏女，夫妻不合。呂氏女鴆死劉建愛妾後，又將上京面奏呂后，燕王聞此，絕望自刎。朝廷又詔劉恒入朝，并改其封地於燕。劉恒聽從薄后及王妃竇氏之言，多備朝貢之物厚遺諸呂，使代爲辭讓。最後，東平侯呂通改封燕王。劉肥等五王冤魂齊來劉邦廟中哭訴，劉邦言諸子之死，皆爲其不善守身之故，誇贊劉恒能守身以事親，孝可格天，終能承續大統。同時亦悔恨自己不該聽信呂后之言，誅殺功臣。最後，劉恒平安歸代，同母親、妻子一起拜謝天地。

生扮劉恒、子嬰，小生扮韓信、劉盈、劉友、劉建，副生扮審食其、趙王如意、劉恢，旦扮竇氏，老旦扮薄太后，副旦扮呂雉，小旦扮戚夫人、呂氏女、劉建妾，貼旦扮劉友夫人，净扮彭越、黥布、呂產、秦始皇、劉肥，副净扮灌嬰、呂禄，小净扮呂通，末扮酈食其、蕭何、陳平，副末扮酈商、紀信，丑扮吳臣、老醫人、項羽、張辟疆、呂產女、燕王后，外扮天皇、劉邦，雜扮四武士。登場人物尚有宮人、星官、四天將、靈官、四陰卒、太監、禮官、八鬼、楚隱王、齊滑王、陳涉王、魏安釐王、趙悼襄王、宮人、婢女、御林、軍官等，俱未分配脚色。

本事出自《史記·孝文本紀》及《漢書·文帝紀》，兼采呂雉事迹敷演成劇。

● 著錄、版本與收藏情况

《古典戲曲存目彙考》《古本戲曲劇目提要》著錄。現存道光刻《椿軒居士六種曲》本，藏國家圖書館，《古本戲曲叢刊十集》據之影印；同治三年（1864）刻《椿軒五種曲》本，藏中國藝術研究院圖書館，《傅惜華藏古典戲曲珍本叢刊》第75册據之影印；咸豐五年（1855）刻《椿軒五種曲》本，藏國家圖書館。

● 序跋、題詞與評語

雷承厚《〈孝感天〉序》(《傅惜華藏古典戲曲珍本叢刊》所收本《椿軒五種曲》之《孝感天》卷首)：

漢文帝時，塞外賓服，海內豐饒，真所謂太和之氣在成周間者，至此而乃得一見也。惟德動天，傳奇者管中窺豹，其於天人感應之精，僅得一斑耳。吕祖紀"二十四孝"，首舜，次漢文帝。夫以文帝爲高帝側室子，當諸吕危劉之際，能奉高廟而宗祖享之，能傳漢統而子孫保之，與舜爲大孝而位禄名壽之必得者，固後先輝映。然執是以傳奇，則天下一人而已，百姓之孝何與焉？但傳其母病三年，衣不解帶，此庸德也，無論貴賤，皆人子分內事也。

誠至格天，天欲覆之而不能，天不欲培之而亦不能，則雖至庸而實至奇。何者？今之演義，有司馬茂爲半日閻羅，放韓信、彭越、英布降世，爲魏、蜀、吳之君，同分漢鼎。椿軒據此爲藍本，謂天欲誅高帝八男，以償族滅功臣之命。故文帝未立，而慘亡者六人。及立帝，而淮南厲王亦以僭制廢誅。是七男皆不令終，獨文帝以孝得免焉，且延漢家四百餘年之祚，此非以庸德而造其奇者哉？然高帝爲前帝王，予民守冢，不絕人後者，天亦不絕其後，此文帝所以得延高廟也。若項羽竊食高廟犧牲，是無廟享而餒者也。秦冤卒獲捆之，以報坑死之仇；王子嬰迭撻之，以報殺降之仇；秦始皇剥衣撻之，以報掘墓之仇。此發人所未發，而要非虛言也。天之報施，原不爽也。試思大掠咸陽之時，載千珠萬寶而東也，豈料烏江自刎，後人無一滴之奠九泉哉？凡爲世間大盜，劫殺自雄，定作泉下餒囚，沉埋自苦。宜傳奇者，痛傳之以警世也。若秦始皇，滅六國，築長城，建阿房宫，不數載而化爲丘墟，今之求田問舍者，亦自知之，何必與之傳其奇？獨奇其無後爲不孝之大耳。拒扶蘇坑儒之諫，而出之在外，至使胡亥矯詔誅之，以襲帝位，并誅其公子十二人、公主十人，而始皇無後矣。烏知天非假胡亥之手，誅此公子、公主二十餘人，以償儒生四百六十餘人之命哉？吾觀此而不禁拍案驚奇曰："始皇坑儒，斬祖宗澤，把子孫埋，不孝之罪通天矣。"知天誅不孝之罪，即知天必賞孝子之功。諸王聲色是娛，天不佑之固也。觀《訴廟》一篇，聲滿天地，諸王當自覺悟矣。

若史稱惠帝得四皓羽翼，其仁孝何不可感天？則以呂太后之好殺促之也。於此見薄太后之能防妬，而教文帝以遠避爲可傳也。傳稱趙王爲文昌化身，其孝友何不可感天？則以戚夫人之過寵累之也。於此見薄太后之早出宮，而教文帝以禮讓爲可傳也。觀《辭趙》《辭燕》二篇，文帝之孝傳，而薄太后之賢亦傳，則以此詞爲諸王說法也可，即以此詞爲后妃說法也亦無不可。

蒲令苪庵雷承厚叙

長秋山人《〈孝感天〉題詞八句（集本詞句）》（《傅惜華藏古典戲曲珍本叢刊》所收本《椿軒五種曲》之《孝感天》卷末）：

赤龍繞斗下瓊樓，一統山河壯帝猷。逐鹿群雄揚虎拜，娥姁剛毅戮王侯。
嚴威馭下鎮龍臺，到此天官對案來。過戮功臣冤索命，依依執手訴情懷。
先皇留下衆形骸，難照朝堂將相臺。使汝兒孫皆短折，此中天意看將來。
八男幾盡喪殘生，何遽冤誅氣不平？無過偏遭三尺劍，誰知理數酌虛盈。
代郡藩王不負吾，鴟鴞切勿逐慈烏。恩勤鷥子深如海，歸養私情遂得無。
萱堂築有望兒臺，滿馬鄉心怯又猜。配得令妻扶壽母，家庭樂事性中來。
諸色皆空絕妙才，堂前白髮笑顏開。童絲繞膝尋香玩，萬里青天一鏡臺。
青宮第一孝爲優，天上權衡自運籌。大漢江山長不滅，推來理數德宜修。

《天感孝》

劇情概要與本事

劇首題"天感孝原本",署"椿軒居士編次"。十折,分爲上、下二卷,上卷依次爲《孝因》《贖葬》《善緣》《惡緣》《召齊》,下卷依次爲《誅吕》《議帝》《立代》《遇合》《贊結》。第一折前有《本意》,似傳奇之副末開場。寫漢高祖第四子劉恒封代王,性仁孝,母薄太后多病出宫,同居代邸。劉恒侍湯藥,三年不解衣帶,薄后病愈。後吕太后稱制,誅殺往昔受高帝寵愛者,薄后由此憂懼成疾。劉恒每日鷄鳴則起,必問母安,并親煎湯藥,以供早膳。爲令薄后寬心,自舞干羽上壽。劉恒孝行感動上天,金星於薄后夢中示其子帝王之兆。老漢竇成避亂觀津地方,妻子亡後,長子貿易未歸,與女兒猗房及次子廣國相依爲命。一日,姐弟二人外出采桑,竇猗房影落池中,化爲一鳳;竇廣國跌在地下,現出一虎。竇猗房認爲這是弟弟將來封侯之兆,答應到時與之綉件花衣爲賀,并以桑墮爲憑。竇成捕魚時,遇到吕氏外戚索要金錢完税,因無錢遭打,被逼投河。竇猗房爲葬父,賣身爲宫女,姐弟痛哭而别。竇猗房到長安後,被賜於代王,隨其歸國。她不願離開父母之邦,請求改籍趙國,這時其父魂靈指示她與代王同去。太監王成聽得空中人聲,推測此女日後或有大福,便請下毒酒,欲置之死地。金星化身賣藥之人,將毒酒换成天酒,竇猗房飲後,佯裝毒發,躲過一劫。薄太后見其未死,且變得異常美貌,大驚,問明身世後,知爲孝女,便納爲代王皇后。趙王如意被吕后所殺,其冤魂率陰卒、牽蒼犬追索吕后魂魄,往陰曹對案。吕后爲蒼犬所噬,大病;入寢宫安歇,夢中趙姬、戚夫人亦來索命,驚醒,病劇;召吕産、吕禄入宫,言自己死後,二人據兵衛宫,慎勿發喪,分居南、北軍,以免爲人所制。不久即氣絶而亡。二吕依言,準備將朝中勛臣及劉姓諸王一并鏟除。

朱虛侯劉章見情事危急，暗中寄書其兄齊王劉襄，要劉襄速速發兵，誅殺諸呂。劉襄詐琅琊王劉澤來齊，劫之，奪取兵權，然後命魏勃率兵攻打呂產所據之濟南。劉澤被誆，逃身無計，終日藉酒消愁，太白金星暗中指示他前往長安，伺機擁立代王。呂產命潁陰侯灌嬰率兵東擊齊軍，灌嬰却屯兵滎陽，與齊王等聯合，以待諸呂之變。曲逆侯陳平與太尉周勃設計劫酈商，令其子酈寄騙説呂禄釋兵解印，歸藩趙國。周勃趁機持節入北軍，掌兵權。呂產將入宮爲亂，劉章截殺之。周勃又令諸將統兵，將呂氏一門捕殺乾净。灌嬰、陳平、周勃等擁立新帝時猶豫不决。最後，劉澤力排衆議，擁立代王爲帝。劉恒召手下諸臣詢問朝中之事，張武認爲其中或有奸謀，勸其稱疾勿往；宋昌則言代王仁孝聞於天下，此周、陳等所以迎立也，可勿疑。這時薄昭從長安歸來，言朝中諸臣迎立之意甚誠，應速往即位。代王辭別薄太后，向長安進發。陳平、周勃等在渭橋候駕，將劉恒一行人迎入代邸。劉恒即位後，大赦天下，對諸臣論功行賞。竇廣國與姐猗房分別時年方五歲，此後歷盡磨難。今聞新立皇后姓竇，亦觀津人，疑是其姊，便攔路上書求見。皇后令其入宮當面辨真，姊弟相認。皇帝封廣國爲章武侯，賜金錢十萬。廣國後與北門吳氏孝女完婚。最後，五方帝君登場，唱贊劉恒等人事迹。

　　生扮劉恒、魏勃、紀通，小生扮竇廣國、曹密、劉興居，副生扮趙王如意、劉襄、宋昌，旦扮竇猗房，老旦扮薄太后、呂嫛、王母，小旦扮趙姬、華桂馨，貼旦扮戚夫人，副旦扮呂太后、吳氏，净扮王成、呂產、馴鈞、劉澤、灌嬰、薄昭，副净扮呂禄，小净扮劉章，末扮金星、竇成、陳平，副末扮張武，丑扮呂產、賣藥翁、吳依、祝午、酈寄、呂更始，外扮周勃，雜扮探子。登場人物尚有童子、睡神、宮娥、太監、四水卒、皂役、小太監、四老、王宮人、張宮人、李宮人、陳宮人、吳宮人、鄭宮人、白宮人、竇宮人、二陰卒、院子、婢女、衆仙女、探馬、東方青帝、南方赤帝、西方白帝、北方黑帝、中央黃帝等，俱未分配脚色。

　　本事出自《史記・孝文本紀》及《漢書・文帝紀》，兼采漢文帝夫婦事迹敷演成劇。

● 著錄、版本與收藏情況

《古典戲曲存目彙考》《古本戲曲劇目提要》著錄。現存道光刻《椿軒居士六種曲》本，藏國家圖書館，《古本戲曲叢刊十集》據之影印；同治三年（1864）刻《椿軒五種曲》本，藏中國藝術研究院圖書館，《傅惜華藏古典戲曲珍本叢刊》第75冊據之影印。

● 序跋、題詞與評語

雷承厚《〈天感孝〉序》（同治三年刻《椿軒五種曲》所收本《天感孝》卷首）：

《詩》云"陟降厥士"，天無事不在也；"日監在茲"，天無時不在也。而假鬼神以降祥降殃，視之弗見，聽之弗聞，誰知其體物而不遺哉？今《椿軒詩餘》有《天感孝》一冊，若天諄諄然命之者，體聖人神道設教，以濟王法之窮者也。善念生而吉神擁之，惡念動而凶神隨之，天報如影隨形，如響應聲，為惡不可幸逃，為善自有最樂。然萬物皆本乎天，百行莫大乎孝。不孝則獲罪於天，固無論已。若孝之媲美於古大舜者，惟漢文帝，母病三年，衣不解帶，孝可感天，而天亦自感孝。使之養親，則養之至也；使之尊親，則尊之至也。而又得竇后之孝，以為之配，讀史者謂有天命焉。若演諸優場，非獨文人學士快目也，即婦孺亦將感動，而謂天之報施善人不爽也。至見諸呂之惡報，則又怵目警心，如鏡照影，孰不嘆惡果不可為，而天果不可欺耶！此亦神道設教之一助也。

蒲令莘庵雷承厚叙

長秋山人《〈天感孝〉題詞（集本詞句）》（《傅惜華藏古典戲曲珍本叢刊》

所收本《椿軒五種曲》之《天感孝》卷首）：

花開福壽在心田，祇有精誠可動天。帝后還成雙孝配，神媒合拜九重仙。
外戚雄封大國王，權專將相震朝綱。殺人如麣今相報，全要青天作主張。
長扶漢鼎大英雄，論爵封侯百戰功。誰想凱歌歸飲後，皇孫端坐九重宮。
齊王本是嫡皇孫，劉澤同謀大業成。孝子偏能通帝謂，暗施反間有長庚。
母族原多險惡人，起兵況復氣難馴。不如仁孝臨天下，猶把功勞念舊臣。
祇因雌后反爲雄，外戚專權帝亂宗。大寶無人勝重任，文皇孝德感蒼穹。
清宮盡滅呂家人，鎮殿還資大漢臣。請與諸官相問訊，代王仁孝可居尊。
大物終歸信有神，上安宗廟下安民。兒孫長坐乾坤殿，入繼高皇嫡派真。

陸繼輅
(1772—1834)

字祁孫，一作祁生，號修平居士、小元池居士、崇百藥齋主人等，陽湖（今江蘇常州）人。幼年失怙，生計窘迫，又體弱多病，仕途不暢，曾先後為阮元（1764—1849）、李廷敬（？—1806）、曾燠（1759—1831）幕府的幕客。嘉慶五年（1800）舉人，後七赴春闈，皆不售。嘉慶二十四年（1819），選授合肥縣學訓導。道光十年（1830），任江西貴溪知縣。三年後辭歸，不久病逝。工詩善曲。詩文感慨深摯，能獨樹一幟。與張惠言（1761—1802）、李兆洛（1769—1841）等交好，為陽湖派代表作家之一。著有《崇百藥齋文集》《合肥學舍札記》《春芹錄》等，戲曲有《洞庭緣》傳奇、《碧桃記》雜劇，今存。又與莊逵吉（1760—1813）合撰《秣陵秋》傳奇，為吳階（1757—1821）續成《護花幡》傳奇，皆佚。

傳記文獻：陸繼輅《先太孺人年譜》、李兆洛《貴溪縣知縣陸君墓志銘》（《養一齋文集》卷十一）、《清史稿》卷四百八十六、（光緒）《武進陽湖縣志》卷二十六等。

《碧桃記》

◆ 劇情概要與本事

一名《雨畫》，劇首署"陸繼輅祁生"。一折。寫吳子山侍妾岳綠春酷好筆墨，尤善畫蘭。侍講學士董小槎、翰林修撰齊梅麓懷疑岳綠春畫稿乃吳子山代筆，前去相訪，想要一窺究竟。吳子山前往書房待客，董、齊二人提議岳綠春現場作畫，以辨真假。恰好吳子山文友陸祁山與綠春約定，要綠春畫蘭相贈，陸則將其守志之事譜成《碧桃記》雜劇。綠春因而趁此機緣聽雨畫蘭，以便託董小槎捎給陸祁山。畫成，董、齊心悅誠服，連口稱贊。綠春求董、齊二人贈以詩篇，齊擬賦詩一首，董則擬作《詩舫觀畫記》。之後，吳子山又讓綠春命丫鬟暖好琉球學生所送山中雪酒，與董、齊二人書房小飲。

生扮吳子山，小生扮齊梅麓，小旦扮岳綠春，末扮董小槎，雜扮蒼頭。

本事取自作者及友人事跡，見吳嵩梁（1766—1834）《聽香館叢錄》卷一《〈綠春詞〉序》，又見同書卷六吳雲（1811—1883）《蓮花博士侍書岳氏綠春傳》、陳用光（1768—1835）《吳蘭雪侍姬岳綠春墓志》等。按，該劇提及陸繼輅所作《碧桃記》雜劇與岳綠春所繪蘭花互換一事。劇中小旦岳綠春上場云"獲侍吳郎，倏經半載"，作劇換畫約在此時。而吳嵩梁《〈綠春詞〉序》稱（岳綠春）"於嘉慶十年四月八日歸余"，知是劇創作於嘉慶十年（1805）十月前後。

● 著錄、版本與收藏情況

《古典戲曲存目彙考》《古本戲曲劇目提要》《莊一拂〈古典戲曲存目彙考〉補正》著錄。現存道光二十三年（1843）石溪舫刻吳嵩梁《香蘇山館全集》之《聽香館叢錄》卷二所收本，藏國家圖書館、南京圖書館。

● 序跋、題詞與評語

樂鈞《〈碧桃記〉題詞》（《香蘇山館全集》所收本《碧桃記》卷末）：

紫襦風香，翠翹雲晃，映屬瓶花低亞。搜從帳後，拜近鞋尖，笑道酒徒顛也。知是阿婿風魔，和客搴簾，向儂求畫。便低呼小玉，分甌仙茗，解伊醒罷。　曾見說聘卻千金，緣慳雙璧，遇了玉郎才嫁。情根慧苗，性蕊憨開，不枉鏡臺佳話。多少詞人，艷傳曲譜，宜春歌名子夜。甚桃花兩朵，換得蓮花侍者。（調寄《過秦樓》）

花有美人香,樹影玲瓏畫粉墻。(二語即用侍書句。)道不解詩儂不信,吟將。佳句分明似沈郎。　　笛譜按宮商,此技兒家未擅場。聽曲暗抛紅豆記,思量。要發鶯喉賽暖簧。(調寄《南鄉子》)

樂鈞元淑

吳雲《蓮花博士侍書岳氏綠春傳》(《香蘇山館全集》之《聽香館叢錄》卷六):

綠春,姓岳,名筠,綠春其字,吾宗蘭雪博士之侍姬也。姬,山西文水人,隨母寓京師。蘭雪謀納妾,初詣姬居,姬年十五,甫曉妝。貽碧桃一枝,受而簪於髻。俄有奪以重聘者,姬嘆息謂其母曰:"兒已簪吳氏花矣。"遂歸蘭雪。蘭雪既以詩豪公卿間,門多長者車,聞姬明慧,能左右手書,皆爲詩歌咏其事。久之,學顧南雅,畫扇輒工絕。當是時,蘭雪倚綠春如女門生,綠春事蘭雪若古尊宿。雖孟頫之於仲姬,奇齡之於曼殊,奚啻也。無何,蘭雪奉諱南還,載姬與俱。蘭雪病,姬長跪而請,繼以涕泣曰:"夫子脫旦夕不諱,如名山之藏何?盍盡撤環瑱以謀剞劂費?"已而蘭雪病瘥,而姬竟卒。床頭餘一篋,扃鐍甚固。發之,則蘭雪所著文若詩纍纍具在,蘭雪哭之慟。丐予作傳。姬與余妾劉交最稔,予家得其蘭幅甚多。其勝情韵事,瑣屑不具載,獨著其大者如此。

舊史氏曰:士習婐婀、朝秦暮楚、放利偷合者多有,而姬獨心許一孱弱書生,弗爲豪勢所搖奪,其識量固已遠矣。至於收拾遺文,謀訂傳世之業,又豈尋常米鹽竈妾所能夢見也?若姬者,雖稱之曰女士,庸何愧焉!

陶章溈《祭綠春夫人文》(《香蘇山館全集》之《聽香館叢錄》卷六):

吳子山博士前年喪其姬人綠春,爲詩哭之而不能輆其悲也。郵書以告於余,陳石士編修,子山之戚也,亦具道於書。夫予之識子山,十餘年矣。子山官博士時，甚貧乏，而吟詩不輟，兼好茗飲。綠春能烹茶研墨。時其所欲而進之，歡然終日，不知貧之可戚也。而又能左右手畫，極娟秀之致。京師之人，爭欲得之，請於子山，無不意滿。蓋吾聞於京師者如此。既而子山還江西，綠春隨行，歷虎阜、惠泉、西湖諸勝。至山水佳處，子山鋪紙狂吟，綠春旁作繪事。以故詩箋、畫幅并流吳下，士人稱之。乃吾聞於石士者如此。咸曰：子山，才士也，不合於時而獲侍姬以娛老。綠春負姿得配，并爲輝光，乃短而不永，豈天之畀才於子山不欲有其相彰者耶？不然綠春之無年以死，則何也？章瀉於是爲文而吊之曰：

婉娩兮令容，離披兮筆踪。瞥眼忽失兮隨飄風，不可問兮蒼穹。製新詩兮恨無窮，呼之不應兮魂難感通，嗟何及兮其止哀衷！

陳用光（石士）《吳蘭雪侍姬岳綠春墓志》（《香蘇山館全集》之《聽香館叢錄》卷六）：

岳，姬其姓，綠春其字，吾友吳蘭雪侍姬也。蘭雪官京師聘姬時，京師諸名士多作却扇詩以誇蘭雪，且曰"蘭雪風致，自今彌近晉人矣，以姬之先晉產故"戲云。然姬秀而慧，學顧南雅，畫蘭竹輒工。晨沐罷，即引紙據案，就花下寫生。一日雨後，積水及階。客詣蘭雪，見亭中畫稿未竟，詫曰："君固又工此耶？"審知爲姬作，益异之，自是姬畫名著公卿間。庚午春，從蘭雪歸東鄉，過吳越佳山水，閨閣中欲得其畫者相屬也。無何病，某年月日卒於家，年僅十九。蘭雪哭之慟，書來謂余曰："君有以貺其幽乎？"乃爲銘曰：

詩人之姬，名以畫次。遽解珮以釋夫子之慕兮，固超然於所寄。

姜 城
（1772—1837後）

號静齋、静齋居士。原籍天津，自幼隨父居南昌（今江西南昌）。賦質高明，於書無所不讀，然屢應鄉薦不售，遂絶意科舉。一生窮困潦倒，奔走南北，以設館授徒、游幕官府爲生。現存《憶存齋詩稿》《憶存齋文稿》及雜劇《四愁吟樂府》等。

按，《清代雜劇全目》以"静齋居士"出目，言其"姓名待考。惟知爲嘉道間天津人"。鄧長風《十二位明清戲曲作家的生平材料》據左輔《念宛齋詩集》卷十《題天津姜城静齋四愁吟樂府》，指出静齋居士名姜城，但生平未詳。何光濤《清代戲曲家静齋居士考》進一步論定静齋居士即姜城，并對其籍里、生卒、生平著述等做了考證。

傳記文獻：姜城《憶存齋詩稿》《憶存齋文稿》、何光濤《清代戲曲家静齋居士考》（《中華戲曲》第48輯，文化藝術出版社2014年版）、鄧長風《十二位明清戲曲作家的生平材料——美國國會圖書館讀書札記之三十四》（《明清戲曲家考略全編》上）。

《四愁吟樂府》

包括雜劇四種：《吊湘》《送窮》《絶交》《論錢》，均爲一折。又，《吊湘》前有《愁端》及《楔子》，説明創作緣起。

劇情概要與本事

《吊湘》

寫漢代洛陽人賈誼，筆補造化，胸羅星斗，後被薦於朝，任中大夫之職。

因與灌嬰、馮敬之輩不合，被貶爲長沙王太傅。船過汨羅江，正逢五月端陽，遂命人安排祭禮，自己又寫下祭文，親往屈原沉淵之所祭奠。對着一灣江流，賈誼盡情訴説與屈原一樣的遭際與沉淪，話到傷心處，不由得伏地痛哭。一時間電閃雷鳴，隱約中屈原駕龍車攫祭文而去。賈誼驚醒，衆龍舟恰好從眼前駛過，齊唱棹歌，共同憑吊屈原。賈誼因此覷破虛空，心懷釋然，認爲屈原雖未享受當世之繁華，却留下了千古之聲名，故天道并不偏頗。

小生扮賈誼，末扮院子，雜扮屈原。登場人物尚有四龍舟、雷公、電母等，俱未分配脚色。

本事見於《史記·屈原賈生列傳》。

《送窮》

寫唐代韓愈少能知學，長益通方，然時乖命蹇，宦途坎坷，動輒得咎。如此困窮，韓愈認爲其中必有鬼謀，非關人事。爲此命人備下車船、糗糧，邀攪衆窮鬼，作文與之作別。文中備述自己自識字以來所遇種種困窮，祈求窮鬼們另尋主人。拜禱畢，窮鬼現形，與韓愈辯論，告訴他：大丈夫當求萬載聲名，不應衹求目前温飽，且英雄才士大半在窮中造就。韓愈見窮鬼不肯離去，衹得焚去車船，與之重歸於好。

生扮韓愈，末扮院子，雜扮五窮鬼。

本事出自唐韓愈《送窮文》。清尤侗（1618—1704）《鈞天樂》傳奇中《送窮》齣、范駒（1757—1789）《送窮》雜劇與此内容相類。

《絶交》

寫南朝平原人劉孝標曾任職朝廷，掌石渠之秘，後因看破世情，以病乞休，隱迹東陽。近來新安太守任彦昇身死家落，所遺諸孤朝不謀夕，睹之令人心慘，而昔日所交者竟然全然不顧，劉孝標故作《廣絶交書》，抒發一腔憤激。某日有客特來請教，詢作文之因。劉孝標言今世人心不古，狙詐飆興，

姜城

素交已盡，而利交大興。客人問利交爲何？孝標言其有五，分別是勢交、賄交、談交、窮交、量交，又將"五交"之原委細述一遍。客人又問"五交"之收場結果如何？孝標言其義同賈鬻，祇會妄生"三釁"，即敗德殄義，匯聚仇訟，名陷饕餮。最後，劉孝標言及任氏身後之境，爲之痛哭流涕。客人聞此，亦生歸隱之心。

外扮劉孝標，雜扮客人、顯宦、小官數員、富翁等。登場人物尚有儀從、幫閑等，俱未分配脚色。

本事出自南朝梁劉孝標《廣絶交論》。

《論錢》

寫晉朝元康年間，南陽人魯襃隱居不仕，閉户甘貧。見近來貪鄙成風，人心大壞，認爲這都是錢神所害，遂作《錢神論》，入錢神廟宇，要當面與之辯論一番。魯襃先言世人爲了身家去挣錢財，又因錢財拼了性命，然無常一到，萬事成空，這些都是爲錢神所誤。魯襃又指責錢神不辨賢愚，所施不均。書生們不得錢神親近，雖胸羅萬卷，却無法謀生；而無德之人反受錢神幫助，安享富貴。他見廟中神像紛紛點頭垂泪，便燒却文章，歸家而去。錢神認爲魯襃之言有理，然富貴乃人命中所定，自己亦無力改變，於是準備奏聞上帝，看如何令文人吐氣、名士安生。

末扮魯襃，雜扮錢神、四神從等。

本事出自西晉魯襃《錢神論》。清廖燕（1644—1705）《續訴琵琶》雜劇、葉承宗（1602—1648）《孔方兄》雜劇、雲俠（生卒年不詳）《錢嘆》雜劇皆與此題材類似。

著録、版本與收藏情况

《清代雜劇全目》《古本戲曲劇目提要》著録。現存嘉慶間刻本，藏中國藝術研究院圖書館，《古本戲曲叢刊十集》據之影印。

孔昭虔
（1775—1834）

　　字元敬，號荃溪，別署鏡虹吟室主人，曲阜（今山東曲阜）人。孔子七十一代孫。經學家孔廣森（1752—1786）子。少孤力學，恭謹自守。嘉慶六年（1801）進士，選庶吉士，授翰林院編修。官至福建、貴州布政使。歷官中外，多著政績，屢充試官，好獎拔後進。善隸書，工吟咏，所製樂府，皆可被之管弦。平生游踪幾遍寰宇，故紀游之詩，尤爲奇警。今存《鏡虹吟室詩集》四卷、《鏡虹吟室詞集》一卷，又有雜劇《蕩婦秋思》《葬花》二種，合稱《孔荃溪二種曲》。

　　按，關於其生卒年，說法較多。齊森華等主編《中國曲學大辭典》言其爲"清乾、嘉間人"；鄧長風《十三位清代戲曲家的生平材料》據孔昭虔《六十初度書懷四首》及盛大士《〈鏡虹吟室詩集〉序》等，考證其生於1775年，卒於1834年；《中國戲曲志·山東卷》等定其生卒年爲"1775—1835"；劉廷鑾、孫家蘭《山東明清進士通覽·清代卷》等又定爲"1775—1849"。今從鄧說。

　　傳記文獻：盛大士《〈鏡虹吟室詩集〉序》（《鏡虹吟室詩集》）、《闕里孔氏詩鈔》卷十小傳、（民國）《續修曲阜縣志》卷五、鄧長風《十三位清代戲曲家的生平材料——九五春上海讀書札叢》（《明清戲曲家考略全編》下）。

《蕩婦秋思》

◆ **劇情概要與本事**

　　劇首署"乾隆甲寅四月荃溪孔昭虔填詞"。四折，依次爲《征別》《營怨》

《樓思》《夢圓》。寫唐朝時候，吐蕃犯邊，西北騷動。振武軍節度使不能禦敵，上表請兵，朝廷挑兵實邊。折衝府左翊衛一名親軍，正想保國殺敵，建立功業，於是告別新婚妻子，準備前往邊關。妻子爲其餞行，擔心不捨。親軍勸慰妻子愛惜身軀，不必憂愁，夫妻終有團聚之日。振武軍節度使本爲紈綺子弟，無甚謀略，整日在營中與番女飲酒作樂。親軍入營第一夜，思念遠在故鄉的妻子，回憶往日纏綿歡愛，恍然如夢。又見營外堆堆白骨，陰風陣陣，磷火閃爍，不知自己能否有歸鄉之日；更見主將沉湎酒色，想自己縱有奇才，也未必有成功之時，念此愁緒萬端，終宵無眠。親軍從軍經年，杳無音訊。時值初秋天氣，妻子登樓眺望，本想藉此消釋悶懷，却見明月當空，秋景蕭條，勾起無限思夫情緒，不覺傷心落淚。不久，邊塞有士卒來京公幹，帶來親軍書信，親軍向妻子備述戍邊苦況。妻子請士卒捎去寒衣，并帶話勉勵丈夫忍耐堅持。士卒走後，妻子想起丈夫處境，心如刀割。後不覺睡去，夢魂先是來到邊塞，見吐蕃單于率軍與唐朝將士厮殺；又回到家中，見丈夫功成歸來，要接自己到任上共享榮華。正與丈夫訴說相思之苦，忽傳來簫鼓之聲，驚醒後發現是大夢一場。

小生扮親軍，小旦扮親軍妻子，旦、貼旦扮番女，貼扮鄰婦，净扮吐蕃可汗，副净扮軍士，末扮中軍，丑扮振武軍節度使，雜扮更夫、八軍校，外、净、副净扮回軍，生、末、净、雜扮四番將，净、外扮將軍等。

本事據南朝梁蕭繹《蕩婦秋思賦》演繹而成。劇首署"乾隆甲寅四月莖溪孔昭虔填詞"，可知此劇作於乾隆五十九年（1794）。

著録、版本與收藏情況

《清代雜劇全目》《古本戲曲劇目提要》著録。現存嘉慶間鈔本，藏國家圖書館、中國藝術研究院圖書館，《傅惜華藏古典戲曲珍本叢刊》第 75 册、《古本戲曲叢刊十集》據之影印；舊鈔本，藏首都圖書館，《綏中吳氏藏抄本稿本戲曲叢刊》第 2 册據之影印。另有兩種清鈔本，一藏山東省圖書館，一藏山東省博物館。王紹曾、宮慶山編《山左戲曲集成》（上海古籍出版社 2007 年版）點校出版。

- 序跋、題詞與評語

孔昭虔《〈蕩婦秋思〉自題》（《傅惜華藏古典戲曲珍本叢刊》所收本《蕩婦秋思》卷首）：

臨別殷勤醉玉甌，一行烟柳織離愁。倩將清泪添潮水，直送郎船過隴頭。
白草黃沙玉帳秋，朔霜滿積月如鈎。繼教血戰終何益？祇有將軍解拜侯。
秋高風急雁來賓，燈下裁衣寄遠人。記取一行離別泪，是從妾眼滴君身。
人去秋來可奈何？夜窗風雨別情多。三更少婦多閨夢，譜就伊州一曲歌。

荃溪自題

片雲悟道人《〈蕩婦秋思〉題詞》（《傅惜華藏古典戲曲珍本叢刊》所收本《蕩婦秋思》卷首）：

結縭無奈遠從戎，雲雨巫山似夢中。事有生離同死別，人能兒女定英雄。也知投筆心原壯，祇覺牽衣語未終。此去天涯須努力，玉門關外老西風。

西來霜雪滿弓刀，剩有擒王意氣豪。大將尸猶拚馬革，三軍命敢惜鴻毛？旌旗影瘦秋風急，刁斗聲長夜月高。待看封侯錦旋日，泥他纖子醉征袍。

新詞讀罷可憐生，贏得秋思兩字名。僕本浪人羞作賦，君今文士喜談兵。歌成白雪應無價，拍按紅牙更有情。欲奏臨岐腸斷句，當場眉語向卿卿。

繪就窮荒八月秋，仙鄉早自忘溫柔。牙（應爲"未"）從天上來長吉，已向湖邊住莫愁。欲藉梨園翻舊案，難憑彩筆奏新謳。轉疑薄幸情先盡，假泪空拋蕩婦樓。

片雲悟道人題詞

孔昭薰《〈蕩婦秋思〉題詞》(《傅惜華藏古典戲曲珍本叢刊》所收本《蕩婦秋思》卷首):

朔風吹隴水,箭落雁行稀。且盡今宵酒,秦兵半不歸。

玉帳三更月,氣比凌雲壯。月似舊時圓,不堪回首望。

塵生馬影滅,春暮歸來否?猶自寄征衣,惱殺長亭柳。

有個人兒瘦,金閨百尺樓。為傳閨內信,萬里玉關頭。

兩情一樣添幽怨,夢裏惟誤訴與聽。門外驄駒聲早驟,心隨秋雁過長汀。

行到關山第幾程?連天鼓角一聲聲。洗兵魚海雲迎陣,直守長城千里城。

也應淚脫珍珠綫,及早行人赴翔(應為"朔")邊。一葉梧桐和恨剪,眉梢雨朵惹春烟。

落木西風吹滿院,奩前明鏡不須明。今宵酒醒燈殘後,好夢長時閨幾更?

道光甲申二月,琴南孔昭薰集本詞句

附《孔昭虔先生小傳》(《傅惜華藏古典戲曲珍本叢刊》所收本《蕩婦秋思》卷首):

孔昭虔字元敬,號荃溪,廣森子。嘉慶辛酉恩科進士,翰林院編修。歷任臺灣道、陝西按察使,署布政使。恭謹自守,多著政績,屢充試官,得士多知名者。恪承家學,善隸書,工吟咏。嘗謂韻學壞於吳才;老又謂三代、六朝、唐、宋韻各不同,欲分定韻書,以示後學。著古韻、詞韻,未卒業。有《鏡虹吟室詩集》二卷、《經進稿》一卷、《繪聲琴雅詞》二卷、《扣舷小草詞》一卷。

附《孔昭薰先生小傳》(《傅惜華藏古典戲曲珍本叢刊》所收本《蕩婦秋思》卷首):

孔昭薰字惠如,號琴南。嘉慶癸酉舉人,臨邑訓導,署翰林院五經博士。

天資超异，嗜古工詩，尤好倚聲，深得宋人風趣。耽心金石，嘗搜得漢《周府君碑》額殘石、唐《御贊》殘石、宋孔道輔《祭文》，均移置聖廟。繼掘得宋、金、元、明人書百二十石，龕諸碑院。復遍訪林廟碑碣，編《碑目》一書，凡六卷。著《貯雲詞》二卷、《雪門竹枝詞》一卷，刻《闕里孔氏詞鈔》四卷。

《葬花》

◆ 劇情概要與本事

劇首署"嘉慶丙辰荃溪填詞"。一折。寫少女林黛玉本金陵人氏，早喪怙恃，桑梓無依，祇得投托外家，故往往觸景感慨，悲嘆紅顏薄命。時值暮春，天氣困人，黛玉小步園中，見落花飄零，半隨流水，半委塵埃，煞是可惜。於是撿取起來，擇净土一方，將群花埋葬。花老枯枝，人老紅顏，黛玉頗有同病相憐之感。想今日葬花，不知他年自己亡後，誰人來葬。念此更是悲傷，不由淚點潸潸。

小旦扮林黛玉。

本事出自《紅樓夢》小說中"黛玉葬花"一節。根據劇首所署"嘉慶丙辰荃溪填詞"，知是劇作於嘉慶元年（1796）。

◆ 著錄、版本與收藏情況

《清代雜劇全目》《古本戲曲劇目提要》著錄。現存嘉慶間鈔本，藏國家圖書館、中國藝術研究院圖書館，《傅惜華藏古典戲曲珍本叢刊》第 75 冊、《古本戲曲叢刊十集》據之影印；舊鈔本，藏首都圖書館，《綏中吳氏藏抄本稿本戲曲叢刊》第 2 冊據之影印。另有兩種清鈔本，一藏山東省圖書館，一藏山東省博物館。王紹曾、宮慶山編《山左戲曲集成》（上海古籍出版社 2007

年版）點校出版。阿英編《紅樓夢戲曲集》（中華書局 1978 年版）亦收入。

● 序跋、題詞與評語

孔昭薰《〈葬花〉題語》（《綏中吳氏藏抄本稿本戲曲叢刊》所收本《葬花》卷首）：

此鏡虹吟室主人舊著，擬易作《秋塞夢》，爲傳奇名。然此本未曾奏之氍毹，他日必有與扇底桃花共傳者。

琴南記

徐 信
(1775 後—1848 前)

　　字小園，別署青藤氏，泰州（今江蘇泰州）人。性疏放，嗜酒。早年以坐館爲生，曾流寓揚州等地。先後參與雨香社、嘯紅詩社、停雲社等雅集活動。工書畫，善詩文詞曲。徐震來《小園詩稿序》言："小園叔祖天性率真，詩亦不事雕飾。早年清麗芊綿之什，全筆尚少。中年以後，一變而爲沉雄激宕，且煉意煉格，煞具功夫。"著有《小園詩稿》（附《小園詩餘》），今存；《青藤畫館詩集》（一作《青藤畫館詩鈔》）、《三塘雜詠》、《停雲館集》，已佚。有雜劇《遺臭碑政績》，今存。

　　按，王漢民《新見孤本傳奇〈遺臭碑政績傳奇〉考論》認爲徐信曾參加乾隆六十年（1795）芸香詩社雅集，并由此推斷徐信"應生於清乾隆四十年（1775）後，卒於道光二十三年（1843）後，1848 年前，享年 70 歲左右"。陳妙丹《新見清代傳奇二種考論》推測其"生年大致在乾隆四十九年至乾隆五十四年之間（1784—1789），卒年在道光二十三年至二十八年之間（1843—1848）"。今從王說。

　　傳記文獻：（咸豐）《古海陵縣志》，（民國）《續纂泰州志》卷二十七，徐震來《小園詩稿序》（張宏生《清詞珍本叢刊》），陳妙丹《新見清代傳奇二種考論》（《文化遺產》2018 年第 5 期），王漢民《新見孤本傳奇〈遺臭碑政績傳奇〉考論》（《清代戲曲考論》），錢成、尹超《清中期曲家徐信及其〈遺臭碑政績〉考論》（《中國古代小說戲劇研究》第十六輯，2020 年）。

《遺臭碑政績》

● 劇情概要與本事

劇首題"遺臭碑政績傳奇",署"泰州青藤氏著"。第一齣前有起一齣,第八齣後有續八齣,共十齣。依次爲《開場》《媚差》《苛費》《眠舟》《割鞠》《鬧舫》《陷圍》《賄救》《賂和》《溯碣》。寫北直人劉聿尚本南蠻,其父祖寄迹烟花事業,以賺來金銀爲其謀得秦川候補縣丞一職。他又四處鑽營,試圖獲授實職。聽聞揚州太守專房寵妾劉氏乃落籍烟花,便冒充劉氏侄子,前往認親行賄,後又拜太守爲義父,遂得以署理秦川司巡檢。到任後,劉聿尚挖空心思,大肆搜刮民脂民膏,一時間民怨四起。吳陵秀才喻於利平日以作刀筆秀才爲生,被典當鋪聘爲總管,帶頭不向劉聿尚交常例錢。劉甚爲惱怒,在書辦策劃下,帶人於七夕之夜前往景鏡花之妓船,欲將喻於利鎖押起來訛詐。喻於利當晚因忙於營建房屋,未能赴景鏡花之約。劉聿尚見色起意,不顧身份與景鏡花勾搭,夜宿其家。明晚,又與景氏相約,結果被喻於利撞破,二人發生激烈衝突。劉聿尚爲泄私憤,隔天帶人來查封其當鋪。其間,劉聿尚因無辜毆打責罰圍觀百姓,激起民變,遭到圍攻,祇得困守古廟。其身邊幫閑孫世厭扮作黑狗,從狗竇中爬出,往營地懇請把總趙白全出兵營救。趙白全一面請前任巡檢公子余何人出面講和,一面藉機敲詐喻於利。趙試圖巧言說和,不料觸怒衆人,與劉聿尚一同被押往衙門,綁在門柱上羞辱。待百姓散去後,孫世厭將二人解綁放出。事後,劉聿尚揚言要將此事上稟臺憲,狀告喻於利率衆毆打官長,喻於利恐懼,被劉聿尚趁機勒索很多錢財。此時,曲江鎮突然出現一座遺臭碑,乃唐景龍二年百姓爲記載當時縣令種種貪贓枉法之惡行所立。劉聿尚恰與那位聲名狼藉的縣令姓名相符,劣迹無異。

生扮余何人,老生扮揚州太守、秀才,小生扮監生、喻於利,小旦扮劉氏、尼姑，貼扮妓女、景鏡花，雜旦扮二侍女，净扮侉子、趙白全，副净扮和尚、把總、歪嘴駝背僧人，末扮長班、典商、萬人敵、城北老人，副末扮咄咄山人、道士，丑扮書吏、景金儔、孫世厭，小丑扮劉聿尚，雜扮二皂隸、二老將、隨班、吳賴、吳恥、韋鬼、韋蜮、胡不糙、王好戰、兵卒四人、探卒、童僕、老生、外、净、副净扮儒生。

本事來自實事。據《〈遺臭碑政績〉凡例》及劇末所附仲一侯跋語、補記，知是劇爲諷刺貪官劉肇堂所作。按，（民國）《續纂泰州志》卷十二"秩官表"載："劉肇堂，宛平人，清道光二十三年任海安司巡檢，同年即由謝琮接任。"劇中"聿尚"恰爲劉肇堂名之一半，可證。又，據此推斷，《遺臭碑政績》或作於道光二十三年（1843）之後不久。

● 著錄、版本與收藏情況

現存仲一侯（1895—1970）1962年鈔録本，藏蘇州市圖書館。

● 序跋、題詞與評語

闕名《〈遺臭碑政績〉序》（蘇州市圖書館藏鈔本《遺臭碑政績》卷首）：

元人雜劇專貴本色，不尚藻繪，或實有所指，或平空結撰，莫非義關風人，情深惇史。此劇自鳴天籟，純用白描，袖秘騁妍，窮形盡相，深得元人三昧。視時下腸肥腦滿、多買胭脂者，有仙凡之別。花前月下，浮白賞之，輒矍軒鼓舞而不能已。

夫事不奇不傳，事奇而文不奇，仍不足以傳其事。今天下滔滔，事本不奇，而作者以化工之筆寫之，曲盡窮奇之情狀，遂化臭腐爲神奇，不但事不足以累其文，而膾炙其文者，轉津津樂道其事，此劇傳，而夫己氏如淮南雞犬，隨王升天矣。幸哉！

闕名《〈遺臭碑政績〉凡例》（蘇州市圖書館藏鈔本《遺臭碑政績》卷首）：

一、古昔傳奇之作，大抵文人學士藉兒女之情，著文章之妙也。即如《西廂記》《牡丹亭》諸劇，莫不膾炙人口，而登場演唱，不無刪改。此劇成後，頗叶工商，雖僅見一斑，然識相巨眼，或有其人爲龍點睛。豈無同好？予姑俟之。

一、此劇實人實事，確有所指。雖插科打諢之中，間有移前補後之處，然句句皆出自本人之口，絕非平空結撰也。

一、詞中或用方言，或用典故，信手拈來，俱稱却好，不露餖飣堆砌之痕，絕無艱澀扭挪之病。若徒取聲調，令人不解。雖強合音階，亦覺索然無味。識者鑒諸。

仲一侯《〈遺臭碑政績〉跋》（蘇州市圖書館藏鈔本《遺臭碑政績》卷末）：

此爲吾邑海安鎮（今海安縣治）徐小園氏作。按《泰州民國志》"藝文門"，徐氏諱信，字小園，別號青藤，擅詩詞，著有《青藤詩集》。清道咸時，與王左亭、夏退安同有聲於時。此作爲徐氏抨擊當時貪官巡檢而作，惟究係何指，尚未能考索得人。按《志》，泰縣海安司有巡檢，劇中秦川司巡檢，即所影射者。此作有的放矢，繪影繪聲，足爲封建社會貪官污吏寫照。尤能反映當時現實，筆誅墨伐，與《桃花扇》寫勝國興亡，真有异曲同工之妙，固不僅以傳奇見長也。

泰州市仲中甫一侯跋，時公元一九六二年十月

已考索得人，按係劉肇堂。劉字肯泉，係道光二十三年任，任未一年即由謝琮來接，是犯法撤職者。

六二年十二月一侯補志

朱鳳森
（1776—1832）

原名奕森，字韞山，一作蘊山，臨桂（今廣西桂林）人。生而穎异，九歲能作詩，十五歲補諸生。嘉慶三年（1798）舉於鄉。嘉慶六年（1801）成進士，聘掌山東琅琊書院。嘉慶十五年（1810）始，先後任河南濬縣、固始知縣，撫民以慈，馭吏以肅。嘉慶十八年（1813）天理教民在滑縣起事，圍濬縣，朱鳳森堅守城池。圍解，加同知銜，好友許鴻磐（1757—1837）據此撰《儒吏完城》雜劇。好詩，無論家居出游，或與子弟言學，未嘗不及詩。著有《韞山詩稿》《守濬日記》等，今存。又有《韞山六種曲》行世。

傳記文獻：朱鳳森《自題讀書樂小照》（《韞山詩稿》卷二）、鄧顯鶴《誥贈朝議大夫例授奉政大夫河南濬縣知縣軍功候升同知臨桂朱府君墓志銘》（《南村草堂文鈔》卷十四）、姚興《事記》（《姚正甫集》卷八）、繆荃孫《續碑傳集》卷四十一、李桓《國朝耆獻類徵初編》卷二百四十六、《皇清書史》卷四等。

---◆《韞山六種曲》◆---

包括戲曲六種，其中雜劇四種：《金石錄》《輞川圖》《平錁記》《守濬記》，傳奇二種：《才人福》《十二釵》。《守濬記》乃許鴻磐所著。《才人福》《十二釵》乃朱鳳森與妻姚氏合著。

◆ 劇情概要與本事

《金石錄》

劇首題"金石錄傳奇"，署"桂林韞山朱鳳森填詞"。八齣，依次爲《探奇》《記園》《鬥茗》《金變》《別舟》《詞會》《感舊》《游仙》。寫宋代趙明誠乃宰相趙挺之子，娶李格非之女清照爲妻，二人情投意合，才藝相當。趙明誠在太學，有窮盡天下古文奇字之志，空閑時即往相國寺中尋購名人字畫及古來奇器。某日，賈人持徐熙《牡丹圖》一幅求售，要價二十萬。趙明誠囊中羞澀，無力支付，祇能借歸家中展玩一番後送歸。李格非認爲洛陽處天下之中，爲四方必爭之地，其盛衰乃天下治亂之候；而洛陽園囿之廢興又是洛陽盛衰之候。故他將洛陽園囿之廢興寫作《洛陽名園記》一書，以爲殷鑒。趙明誠後出任郡守，平日喜校勘圖書，整理名畫彝器等。一日散衙，與妻子彼此考以古事，爲鬥茶之戲，好不歡樂。趙明誠詢問妻子，自己所著《金石錄》如何？清照認爲此爲必傳之作。不久，金國大元帥斡離不率領蒲路虎、郭藥師等攻取太原、真定，宋朝官兵望風而逃。金人圍困汴梁四十日，城破，城中子女玉帛被劫掠一空，金人又繼續揮師南下。趙明誠正駐家池陽，欲赴行都。李清照前來送別，詢問丈夫：若此地危急，多年所購置圖書、古器該如何處理？趙明誠言：可先弃輜重、衣衾，次書册、卷軸，次古器。又一年端陽節，周邦彦在杭州西湖酒樓邀宴趙明誠、蘇元老、鮑由、唐庚等人，席間邦彦作《感懷即事絕句》六首，衆人紛紛賡和。李格非晚來，見而心喜，亦作二首，衆人推爲壓卷。丈夫走後，李清照將圖書、金石等送往洪州，不料洪州陷落，諸物散爲雲烟。所餘輕小卷軸等數篋，又連遭兵燹與盜賊，所存無幾。一夜，清照翻閱斷簡殘編，發現了《金石錄》，因憶丈夫在東萊靜治堂裝裱此書之情景。如今手澤如新，而物是人非，爲此清照痛哭不已。更悟萬物聚散之理，作《金石錄後序》。最後，李格非及趙明誠夫婦修成正果，得道成仙。

生扮趙明誠，小生扮周邦彦，旦扮李清照，貼扮丫鬟，小旦扮唐庚，老旦扮渡恨菩提，净扮斡離不，副净扮蒲路虎，副末扮兀术、蘇元老，丑扮賈人、書僮、鮑由，武丑扮郭藥師，外扮李格非、兀室多虓，衆扮侍女四人、四家僮、仙童、忍辱仙人。

本劇取材於宋洪邁《容齋隨筆》卷五所錄李清照《金石錄後序》，大抵據實敷演，略有增飾。清洪昇（1645—1704）《李易安鬥茗話幽情》雜劇亦有李清照夫婦鬥茶之關目。按，今人顧樂真《廣西戲劇史論稿》以及《中國曲學大辭典》《中國古代名人分類大辭典》等，均將《金石錄》誤爲《金石緣》。

《輞川圖》

劇首題"輞川圖傳奇"，署"桂林韞山朱鳳森填詞"。八齣，依次爲《出山》《宮誦》《晉府》《牒試》《鬱輪》《聽鶯》《畫圖》《及第》。寫唐代王維工書畫，懂音律，擅琵琶。年未弱冠，已甚有文名。其所居輞川別業，爲山水絕勝之地。一日，好友裴迪前來游玩、賦詩，王維告訴好友，自己準備出山應試，并且一定要以頭名得第。王維來到長安後，游歷諸貴之門，尤爲岐王所眷重，遂請求岐王幫助自己奪取解頭。岐王言進士張九皋已經從玉真公主處得了關節，被內定爲解首，建議王維待來科再尋求機會。王維聞言，流泪跪請岐王相助。岐王祇得答應替他謀劃。後吩咐王維錄舊詩清越者十篇，度琵琶之新聲怨切者一曲，過五日來府中聽候。王維如期而至，岐王令王維換上錦綉衣服，扮作伶人，帶着琵琶，同往公主府邸侍宴。席上，公主見王維妙年潔白，風姿都美，便令他獨奏新曲。奏畢，滿座動容。公主驚問此曲何名，王維答曰《鬱輪袍》。岐王趁機向公主推薦，言其詞學亦無出其右。王維又將舊詩呈上，公主覽讀，甚爲驚駭。原來公主平日喜誦《輞川詩集》，一直認爲作者乃古人，恨不得一見，今方知乃王維所作，遂令之更衣，升爲客右。岐王轉達王維不得首薦，義不就試之志。公主當即答應爲王維出力。後來，王維果領解頭。不久，皇帝臨軒試策，賜王維狀元及第。面聖畢，王維就到公主山莊拜謝公主與岐王。

生扮王維，小生扮裴迪、唐明皇，旦扮玉真公主，小旦扮呂逸人，净扮齊府內監，副净扮高力士，副末扮試官，丑扮張九皋、內監，外扮岐王，雜扮門公、宮婢，副末、净、雜扮衆進士。此外，登場人物尚有宮娥、衛儀等，俱未分配脚色。

本事見於唐薛用弱《集异記》所記王維之軼事。明王衡（1562—1609）《鬱輪袍》雜劇、張琦（1764—1833）《鬱輪袍》傳奇，清黃之雋（1668—1748）《鬱輪袍》雜劇與此題材同。

《平錁記》

劇首題"平錁記"，署"桂林朱鳳森韞山填詞"。四齣，依次爲《劍警》《擒錁》《升任》《役述》。寫山東掖縣人李鍈，乾隆二十一年舉人，教習期滿，以知縣檢發河南，歷署長葛、夏邑等縣，後題補閿鄉知縣。到任以來，訪得當地有一土寇名馬錁，霸據一方，糧稅皆抗不納，胥役無敢入其境者。李鍈本欲緩圖之，可以化大爲小。孰料，馬錁趁李鍈往陝州代理州事期間，公然殺人奪財。李鍈聞訊，星夜趕回閿鄉，即刻簽差壯役十四人查拿馬錁。衆役來到西鄉，夜宿古廟。馬錁糾衆焚廟，殺死十三人，祇剩下一人逃回。李鍈大怒，親率幹役、營兵九十餘人，出城捕捉馬錁。城中紳士聞知，跪在馬前，以敵衆我寡爲由，勸阻李鍈出城。李鍈不忍城外之民被馬錁焚掠，躍馬率衆而去。馬錁既殺差役，決意造反，帶領賊衆來攻取縣城。拂曉，兩隊人馬在盤豆鎮西相遇。李鍈設計擒住馬錁，令左右將他攛在馬上帶入城中審訊。然後，又向餘衆喊話，曉之以情，動之以理。賊衆一哄而散，亂遂平。不久，李鍈奉特旨，升授潼關司馬。自閿鄉西至潼關六十里間，百姓跪送不絕，感謝他興孝悌、厚民風、修學校、勸農耕種種善政，更頌揚他剿除馬錁之功。紳民依依不捨，直到潼關，李鍈才與他們灑泪而別。四十年後，李鍈之子兆元解餉甘肅，途經閿鄉，曾伺候過李鍈的衙役張嘉言求見。李兆元正想瞭解父親當年之事，趕緊傳上詢問。張嘉言遂將李鍈剿匪過程細數一遍，并打聽李鍈後來情況。李兆元言父親曾一歲三遷，後卒於南昌寓署。張嘉言聞此痛哭，對李鍈追念不已。最後，李兆元將此事記錄，留示子孫，俾知祖德。

登場人物依次爲李鍈、郭柱、晋祿、王升、張嘉言、買定國、典史、衆紳士、耆老、馬鍒、陶大和尚、二大王、盤豆鎮紳民、王駿、李兆元等，俱未分配脚色。

本劇乃作者據友人李兆元（1757—1828）所記李鍈緝盜事改編而成。據作者自序，本劇作於嘉慶二十五年（1820）。

● 著錄、版本與收藏情況

《清代雜劇全目》《古典戲曲存目彙考》著錄，《明清傳奇綜錄》錄有《輞川圖》《金石錄》。現存嘉慶晴雪山房原刻《韞山六種曲》所收本，藏國家圖書館、中國藝術研究院圖書館等，《傅惜華藏古典戲曲珍本叢刊》第81—82冊、《古本戲曲叢刊十集》及鄭振鐸《清人雜劇百廿種》第7冊據之影印；嘉慶二十五年（1818）刻本，藏國家圖書館。

● 序跋、題詞與評語

朱鳳森《〈韞山六種曲〉序》（《傅惜華藏古典戲曲珍本叢刊》所收本《韞山六種曲》卷首）：

桂林有山，在獨秀峰之西、叠彩山之左，樸而秀，窈而深。吾嘗居其巔，讀古人書，愛"玉韞山含輝"之句，名其山曰"韞山"，而人遂因之以呼我。朝夕丹鉛，作曲五種。既出仕，嘉慶十八年歲在癸酉，有守澮之役。任人許子雲嶠記其事，叶宮商而譜之，得六種曲焉。晴雪山房，不知何許人也，授之梓。予曰："藏之可也，韞山能無意乎？"

桂林朱鳳森爲之序

朱鳳森《〈平鍒記〉自序》（《傅惜華藏古典戲曲珍本叢刊》所收本《平鍒記》卷首）：

余與李子勺洋交最契，不獨以詩文相唱酬，并以古循吏相切劘。嘉慶庚辰春，勻洋見余《守濬日記》，因出其所紀尊甫青萍觀察擒馬騍事，余擊節嘆賞不置。時方請假多暇，遂仿《元人百種曲》，作《平騍記》四齣，竊欲爲觀察廣其傳也。遂不揣譾陋而付之梓。

時孟秋七夕前一日，韞山朱鳳森識

闕名《〈輞川圖〉評語》（《傅惜華藏古典戲曲珍本叢刊》所收本《輞川圖》）：

王摩詰出山問世，毫無丘壑、曲折，可以發揮停當之處不過一言兩語，一篇半幅傾可完結。乃敷演八齣曲文，亦能事畢矣。（第一齣《出山》末）

摩詰聲名千古高，文章華國詩思豪。誰知全憑衣錦綉，琵琶一曲《鬱輪袍》。爲摩詰者，不亦傷乎？乃填詞者之罪也。（第五齣《鬱輪》末）

附錄李清照《金石錄後序》（《傅惜華藏古典戲曲珍本叢刊》所收本《金石錄》卷首）：

李格非字文叔，歷城人。其女名清照，號易安居士，嫁東武趙明誠德甫，即著《金石錄》者。易安才高學博，不獨爲詞家擅場，其古文亦可傳也。著有《金石錄後序》，向從《荊川稗編》錄出，今逸矣。兹閲《容齋四筆》載其文，頗有删節，附錄於後。

予以建中辛巳（即建中靖國號）歸趙氏，時丞相作吏部侍郎，家素貧儉。德甫在太學，每朔望謁告出，質衣取半千錢，步入相國寺，市碑文、果實歸，相對展玩咀嚼。

後二年，從官，便有窮盡天下古文奇字之志。傳寫未見書，買名人書畫、古奇器。有持徐熙《牡丹圖》，求錢二十萬。留信宿，計無所得，捲還之，夫婦相向惋悵者數日。及連守兩郡，竭俸入以事鉛槧。每獲一書，即日勘校裝辑。得名畫、彝器，亦摩挲舒卷，摘指疵病，盡一燭爲率。故紙札精緻，字畫全整，冠於諸家。

每飯罷，坐歸來堂烹茶，指堆積書史，言某事在某書某卷第幾頁第幾行，以中否勝負，爲飲茶先後，中則舉杯大笑，或至茶覆懷中，不得飲而起。凡書史百家，字不刓缺、本不誤者輒市之，儲作副本。

靖康丙午，德甫守淄川，聞虜犯京師，盈箱溢篋，戀戀悵悵，知其必不爲已物。建炎丁未，奔太夫人喪南來，長物既不能盡載，乃先去書之印本重大者，畫之多幅者，器之無款識者，已又去書之監本者，畫之平常者，器之重大者。所載尚十五車，連艫渡淮、江。其青州故第所鎖十間屋，期以明年具舟載之，已化爲煨燼。

己酉歲六月，德甫駐家池陽，獨赴行都，自岸上望舟中告別。予意甚惡，呼曰："如傳聞城中緩急，奈何？"遙應曰："必不得已，先棄輜重，次衣衾，次書册，次卷軸，次古器。獨宋器可自負抱，與身俱存亡，勿忘之。"徑馳馬去。八月，德甫以病不起。時六宫往江西。予遣二吏，部所存書二萬卷，金石刻二千本，先往洪州。至冬，虜陷洪，遂盡委棄。所謂連艫渡江者，又散爲雲煙矣！獨餘輕小卷軸，寫本李、杜、韓、柳集，《世說》《鹽鐵論》，石刻數十軸，鼎鼐十數，及南唐書數篋，偶在卧内，巋然獨存。上江既不可住，乃之台、温、之衢、之越、之杭，寄物於嵊縣。

庚戌春，官軍收判卒，悉取去，入故李將軍家。巋然者十失五六，猶有五七篋。挈家寓越城，一夕爲盜穴壁，負五篋去，盡爲吳説運使賤價得之。僅存不成部帙殘書策數種。

忽閱此書，如見故人，因憶德甫在東萊静治堂，裝標初就，芸籤縹帶，束十卷爲一帙。日校二卷，跋一卷。此二千卷有題跋者五百二卷耳。今手澤如新，墓木已拱！乃知有有必有無，有聚必有散，亦理之常，又胡足道？所以區區記其終始者，亦欲爲後世好古博雅者之戒云。時紹興四年也。

朱鳳森

舊傳易安於德甫卒後，改適周氏，已有代辨之者矣。容齋於紹興四年下注云："易安年五十二。"按德甫卒於建炎三年，易安時已四十七矣。烏有再嫁之理？容齋於此文前後亦并無記有再嫁之事，且此文中於池陽告別特記德甫諄囑之言，後睹故書，深致手澤墓木之慨。即此觀之，其無再適之事，決矣。篇中所云丞相，趙挺之也；明誠，挺之中子。

附錄《集异記》（《傅惜華藏古典戲曲珍本叢刊》所收本《輞川圖》卷首）：

王維右丞，年未弱冠，文章得名。性閑音律，妙能琵琶，游歷諸貴之間，尤爲岐王之所眷重。時進士張九皋，聲稱籍甚。客有出入於公主之門者，爲其致公主邑司牒京兆試官，令以九皋爲解頭。維方將應舉，具其事言於岐王，仍求庇藉。岐王曰："貴主之强，不可力爭。吾爲子畫焉。子之舊詩清越者，可錄十篇；琵琶之新聲怨切者，可度一曲。後五日當詣此。"維即依命，如期而至。岐王謂曰："子以文士請謁貴主，何門可見哉？子能如吾之教乎？"維曰："謹奉命。"岐王則出錦繡衣服，鮮華奇异，遣維衣之，仍令賫琵琶同至公主之第。岐王入曰："承貴主出內，故携酒樂奉宴。"即令張筵，諸伶旅進，維妙年潔白，風姿都美，立於前行。公主顧之，謂岐王曰："斯何人哉？"答曰："知音者也。"即令獨奏新曲，聲調哀切，滿座動容。公主自詢曰："此曲何名？"維起曰："號《鬱輪袍》。"公主大奇之。岐王曰："此生非止音律，至於詞學，無出其右。"公主尤异之，則曰："子有所爲文乎？"維即出獻懷中詩卷。公主覽讀，驚駭曰："皆我素所誦習者。常謂古人佳作，乃子之爲乎？"因令更衣，升之客右。維風流蘊藉，語言諧戲，大爲諸貴之所欽矚。岐王因曰："若使京兆今年得此生爲解頭，誠爲國華矣。"公主乃曰："何不遣其應舉？"岐王曰："此生不得首薦，義不就試，然已承貴主諭托張九皋矣。"公主笑曰："何預見事，本爲他人所托。"顧謂維曰："子誠取解，當爲子力。"維起謙謝。公主則召試官至第，遣宮婢傳教。維遂解頭，而一舉登第。

單瑶田

字湘湖,蕭山(今浙江杭州)人。生平事迹不詳。著有雜劇《四時春》一種。

按,《清代雜劇全目》言"其爲道光以前人",趙景深、張增元《方志著録元明清曲家傳略》據(民國)《蕭山縣志稿》卷二〇《洪楊之亂殉節紳民表》中"單瑶田監"判斷:"單瑶田可能是一個監生,早死,故其事迹不詳。"如是,其生卒、生平等有待進一步考辨。

《四時春》

❦ 劇情概要與本事

四齣,依次爲《題鳳》《悲詩》《訪秀》《籌東》。寫湘湖漁者生本越人,來游嶺海,如今青衫憔悴,常藉題花品月、眠酣酒國消磨壯志。一日與惜花主人相約,同訪青樓女子何三姑、青鳳。青鳳風流似柳,三姑恬静如梅,漁者與惜花主人各有所愛。漁者見三姑"秀潤如珠,蹁躚似鳳",便以"鳳珠"二字贈爲芳名,并口占一律進行品題。席間漁者問起雙秀之事,青鳳等僅聞其名,不知其踪迹。原來,雙秀本左氏,湖北江夏人,舊住荆江,今來珠海,通文墨,解宫商。前在小東瀛得遇太史申生子,二人一見傾心,申生子遂爲之落籍。誰知相聚纔三月,便一朝分别。自申生子去後,雙秀杜門謝客,奈無計聊生,祇得有時賣笑,然祇肯陪歌舞之清歡,不屑耦床幃之香夢。院中姐妹翠玉見雙秀整日愁悶,思念申生子不已,前來解勸。雙秀終不能釋懷,唯將申生子所贈試卷日夕諷誦。惜花主人聽聞雙秀艷名,約下湘湖漁者、東阜山樵，出城同向河干相訪。不料，到了小揚幫纜得知，雙秀二月初又搬到城裏去了。恰遇城北公載花泛棹，衆人便附舟回城。一日，雙秀曉妝初竟，一霎時身子睏倦，便倚桌假寐片刻。這時惜花主人等來訪，雙秀知湘湖漁者乃申生子戚好，遂請其代爲傳書，詢問申生子是否有明鏡重圓之時。言語之間，城北仙史、東阜山樵亦來相訪，二人建議將青鳳、鳳珠、月桂等請來，做一場歡會。席間，衆女子打十番侑酒助興。衆人興盡而歸。

生扮惜花主人，小生扮湘湖漁者，旦扮雙秀，小旦扮何三姑，老旦扮鴇母，貼扮青鳳、月桂，花旦扮艷玉，净扮艄公，副净扮東阜山樵，末扮蒼頭、金陵清客，丑扮鴇母、丫頭，外扮城北仙史，雜扮鴇兒、舟子、丫鬟。

本事不詳，或據作者經歷敷演而成。

● 著錄、版本與收藏情況

《清代雜劇全目》《古典戲曲存目彙考》著錄，後者言劇本已佚，誤。現存姚燮《今樂府選》稿本第 39 册所收本，藏浙江圖書館。

褚龍祥
（1777後—1852後）

　　字麟字，別署希葛散人、臥廬散人，任丘（今河北任丘）人。功名蹭蹬，屢試不第。其他生平事迹暫不詳。著有文集《希葛齋文稿》、雜著《閑情瑣事》。戲曲共五種，包括傳奇《桂花姻》《紅樓夢塡詞》《盍簪報》、雜劇《襄陽獄》《紅樓夢》。作有鼓詞《新正好逑傳》，後附新編小曲十六種：《請醫》《捉妖》《魁星像》《長坂坡》《五人墓》《鬧宴》《借靴》《上廟》《賣餅》《拜年》《惡姻緣》《學舌》《大裂話》《看燈》《放炮》《降雕》。曾編訂《南九宮十三牌曲目》以及鈔錄折子戲《弋腔七齣》等。

　　按，關於其生卒年，張增元《新發現褚龍祥的戲曲與鼓詞抄本》言其爲嘉慶、道光間人。齊森華等主編《中國曲學大辭典》則記其生卒年爲"1802？—1852後"。武迪、吳佳儒《新見〈閑情瑣事〉後附〈紅樓夢傳奇〉考論》一文，據其《閑情瑣事·丁酉落第》詩中"一百餘天頻點頭，五旬多歲未搶魁"句，推測"其生年在乾隆四十二年（1777）至乾隆五十二年間……且作者享年恐難至光緒"。

　　傳記文獻：馬保超《河北古今編著人物小傳》，張增元《新發現褚龍祥的戲曲與鼓詞抄本》（《文獻》1990年第2期），陳田珺《孤本傳奇〈紅樓夢塡詞〉考論》[《浙江師範大學學報》（社會科學版）2017年第6期]，武迪、吳佳儒《新見〈閑情瑣事〉後附〈紅樓夢傳奇〉考論》（《曹雪芹研究》2022年第1期）。

《襄陽獄》

● 劇情概要與本事

劇首題"填詞襄陽獄一齣"。寫崇禎十三年，督師楊嗣昌率河南總兵左良玉、陝西總兵賀人龍等與張獻忠大戰瑪瑙山，獲其二妻敖氏、高氏及軍師潘獨鰲，下在襄陽獄中。襄陽知府王承曾見敖、高二氏甚是美貌，便藉機調戲，祗是不曾近身，爲此心癢難耐。潘獨鰲見王知府是個輕薄小兒，祗知好色，不懂用兵，遂獻計於敖、高，讓二人給王承曾個甜頭，令其放鬆警惕，然後交通張獻忠，裏應外和，反牢劫獄。果然，王承曾趁着天黑又來獄中，面對二婦，扣頭求歡，醜態百出。敖、高二人依計行事，半推半就，將之迷得神魂顛倒。成就好事後，相約明晚早來。

旦扮敖氏，貼旦扮高氏，净扮獄卒，副净扮潘獨鰲，丑扮王承曾。

本事見於清顧公燮（生卒年不詳）《丹午筆記》及《明史》卷二百九十二等。按，王承曾，字介庵，夏邑（今河南夏邑）人。崇禎七年（1634）進士。崇禎十四年（1641）張獻忠順利攻占襄陽，與時任襄陽知府的王承曾疏於防備有直接關係。城陷後，王承曾出逃，被朝廷逮捕下獄，明亡後歸鄉。

● 著録、版本與收藏情况

《清代雜劇全目》著録。現存咸豐間希葛齋稿本，藏中國藝術研究院圖書館；清代刻《桂花姻》傳奇所附本，藏天津圖書館。

《紅樓夢》

劇情概要與本事

又名《紅樓夢傳奇》。今存一齣,名《焚稿》。寫賈寶玉因失了通靈玉,竟自瘋魔,不省人事。林黛玉前去探望,路過沁芳橋時,想起二人曾一起葬花、觀書的經歷,恍若南柯一夢。這時遇到了傻大姐,得知薛寶釵就要嫁給寶玉成為寶二奶奶,一時情急,竟痰迷心竅,精神恍惚,徑往寶玉處要問個明白。後被紫鵑扶回住處,嘔血昏倒,幸得眾人將之救醒。黛玉取來詩帕、詩稿,投入火盆焚毀,以免自己死後,留下詩稿為人嘲笑。

小生扮寶玉,旦扮襲人,小旦扮林黛玉,貼旦扮紫鵑,丑扮傻大姐,雜扮雪雁。

本事源自《紅樓夢》小說第九十六回《泄機關顰兒迷本性》及第九十七回《林黛玉焚稿斷癡情》,後又被改編為傳奇《紅樓夢填詞》"中八齣"之《焚稿》。按,作品題目下注"二十一年冬月廢稿",知是劇創作時間在道光二十一年(1841)冬。

著錄、版本與收藏情況

今存清代鈔《閑情瑣事》所附本,藏國家圖書館。

湯貽汾
(1778—1853)

字雨生，又字若儀，號粥翁，晚號琴隱道人，武進（今江蘇常州）人。因祖湯大奎（1728—1786）、父湯荀業（1754—1786）死於林爽文（？—1788）難，蔭襲雲騎尉。嘉慶八年（1803），補江蘇三江營守備。嘉慶十四年（1809），補廣東撫標右營守備。嘉慶二十一年（1816），升山西靈丘都司。道光五年（1825），升浙江衢州鎮左營游擊。道光九年（1829），補授浙江撫標中軍參將，後兼署杭州協副將。道光十二年（1832），升任浙江樂清協副將。隨即以病辭歸，退居金陵，築琴隱園、獅子窟別業等，與諸友觴咏其間。咸豐三年（1853），太平軍攻江寧，湯貽汾組織鄉勇抵抗，城破，自沉殉難。諡貞愍。善詩詞書畫，亦通音律、戲曲。著有《琴隱園詩詞集》《畫梅樓倚聲》《畫筌析覽》等。又有傳奇《劍人緣》、《雙補恨》（已佚），雜劇《逍遙巾》，合稱《梯仙閣三種曲》。

傳記文獻：《清史稿》卷三百九十九、陳韜《湯貞愍公年譜》、孫超《湯貽汾年譜》（黑龍江大學博士學位論文，2019年）。

《逍遙巾》

劇情概要與本事

劇首署"毗陵掃雲道人填詞，沭（應爲'沐'）陽聽雲居士評點，山陰茗山老人評點，南海次皋山人加評"。題目正名爲"聽雲齋同聯塞北踪，臥佛寺重聚江南客。徐少府接了假遊方，湯都尉得着真相識"。四折，依次爲《尋春》《卜夢》《衲訪》《巾盟》。第一折前有《楔子》，似傳奇之副末開場。寫湯貽汾官嶺南之際，偶遇羅浮山道士江瀛濤，道士以梅花衲及逍遙巾相贈。後湯貽汾移官靈丘都尉。某年三月下旬，正值蔚州廟會，四方之人雲集此地。湯貽汾身着梅花衲，頭戴逍遥巾，扮作道士，化名易一仙往彼地暗訪，緝查漏網逆匪祝現等，亦藉此問水尋山，聊遣沉悶。沭陽人徐廣緒爲養親游宦邊關，任蔚縣尉。其素有山林之志，與湯貽汾雖未嘗謀面，然神交已久。湯貽汾一路行來，按照地圖細加訪察，并無逆犯踪影。於是寫下詩箋，遣人往徐廣緒門前投刺。徐廣緒見詩一氣空靈，百讀不厭，知其定非俗客，便請之往書房相見，又邀姚益齋、朱竹鄉二位相公速來聽雲齋作陪。主客飲談甚歡。徐廣緒厨役乃靈丘人，識湯貽汾，私以白主人。徐廣緒方知端的，與湯貽汾大笑一場。臨別，湯貽汾復以逍遥巾相贈，願他日二人能同辭簪紱，共領烟霞。既歸作劇，以《逍遥巾》爲名。

生扮湯貽汾，小生扮徐廣緒，旦扮徐廣緒妻，貼扮湯貽汾子，老旦扮卧佛寺主持，净扮皂隸，副净扮火夫，末扮朱竹鄉，丑扮童子，雜扮院子，外扮姚益齋。

是劇乃據作者經歷敷演而成。據作者《〈逍遥巾〉自叙》，是劇當作於道光二年（1822）。

著錄、版本與收藏情况

《清代雜劇全目》《古典戲曲存目彙考》《古本戲曲劇目提要》著錄。現存清鈔本，藏國家圖書館，鄭振鐸《清人雜劇百廿種》第 8 册據之影印。又有民國二十五年（1936）南京襄社石印本。

序跋、題詞與評語

湯貽汾《〈逍遥巾〉自叙》（民國二十五年南京襄社石印本《逍遥巾雜劇》卷首）：

予嘗在嶺南奉檄捕逆，黄冠破衲，携一琴一塵，深入羅浮。析余姓名之半，爲"易貝水"。從者呼余爲師，名藍古刹，齋焉宿焉，雲水遇之，莫余疑也。有道士詰余曰："師無名乎？'貝水'必字耳。"余即妄應之，曰："然，余固名易一仙也。"道士乃伏地稽首，曰："吾山惟吾師最尊，而吾師且後君四世。"蓋道家字行，曰一、元、來、復、本，其師則"本"字行，而余固未嘗知也。

酥醪洞主江瀛濤者，與余有舊，留居稍久。瀕別，以梅花衲、逍遥巾贈焉。明年，遂遷靈丘，距雁門外數百里，戴氈擁羯，腥塵滿身。顏彥度雖有山澤容，而白草黃沙，無處着縠皮巾矣。

會頃以事之蔚州，蔚尉徐子容與余相慕而未識者。欲造之，而懼煩東道，乃仍羅浮姓名，巾衲往訪，以詩代刺，一見甚歡。即坐，互貽詩畫，留飲甚堅，抵暮乃別。方余對子容搦管時，數客聞聲踵至，亦環乞筆迹。刺史亦數遣人探余，又和韵來。窗側屏窺，嘖嘖咄咄，更不知凡幾。有孿奴靈丘人，私識余，密白子容，乃遣人迹得余所居。余第疑童子所泄，急持詩示別，而子容已大笑入門。因復爲城南之游，痛飲蘭若，成兄弟交。又贈之長歌，以逍遥巾爲別。是道光壬午三月廿七日事。

是游也，兒子祐名從焉。祐名亦羽衣，托爲弟子。歸而請余填詞記之，以余游羅浮時，嘗有作雜劇意耳。

掃雲子自叙

黃憲臣《〈逍遥巾〉跋》（民國二十五年南京襄社石印本《逍遥巾雜劇》卷末）：

塵海浮沉，詞場游戲。豁胸中之丘壑，下筆通靈；吐海外之烟霞，着壁成繪。何須輕裘緩帶，見名士之風流；即此破衲幅巾，傳散仙之韵度。

予友湯雨生者，倜儻高標，太平儒將。翩翩蝴蝶，銜香飛度羅浮；策策驊騮，放眼群空冀野。昔傾蓋於紅塵隊裏，知我多年；（戊辰秋，予在并州，一見如舊相識。）旋尋春於白草關邊，憑渠越境。莫怪行踪奇异，爲然照魅之犀；遂令倒屣殷拳，儼迓驂雲之鶴。魚躍身於畫裏，任彼逍遥；俄游神於詩中，證茲因果。方寸五岳，摩若士之壘，而別具神奇；咫尺三山，拍洪崖之肩，而丕傳圭旨。於是主賓都忘言象，神仙竟在風塵。或於市，或於朝，大隱儘多曼倩；可以車，可以笠，游仙不讓景純。誰歟內熱結而難寒，空勞蔗汁；外獲弛而不固，請看巾盟。

道光丁亥首夏，讀湯雨生《逍遥巾傳奇》跋後，呈廉齋二兄大人哂正。次皋黄憲臣。

湯滌《〈逍遥巾〉跋》（民國二十五年南京襄社石印本《逍遥巾雜劇》卷末）：

先曾祖貞愍公，生平著作詩詞以外，尚有雜劇若干種。就滌所知者，有《劍人緣傳奇》《逍遥巾雜劇》。《劍人緣》舊有刻本，兵燹後散失，三十年求之不可得。壬戌夏，客北平，於友人處見抄（"抄"字衍）鈔本《逍遥巾》，因以重價購之，久藏篋衍。今春在滬瀆，獲交江寧盧冀野先生。先生研精詞曲，有聲於時。偶與談及，譚屬録本彙刊，以廣其傳，意致可感。

《逍遥巾》爲先曾祖官靈丘時，訪盜至蔚州，遇徐子容州尉而作，其詳已見於《自叙》中。是册眉評旁批，朱墨爛然。評語注明"雲"字者，即聽雲居士徐州尉。其餘諸公，皆一時名流，賞奇析异，各抒所見。書中但標別號，其姓氏本末，小子生晚，莫得而詳焉。

甲戌秋日，曾孫滌謹識於海上辛家花園

桂青《〈逍遥巾〉跋》（民國二十五年南京襄社石印本《逍遥巾雜劇》卷末）：

此一頂巾，名由人製，道自天生。鴻濛未闢之先，組織何來花樣；情性既耽之後，投贈奚別形骸？藉文字以寓機，因物情而寄慨。曰變曰幻曰化，亦儒亦佛亦仙。信道則有名有難名，養真則無可無不可。願一切翰墨因緣，氣息意味，共指此巾，咸爲撮合。

乙酉冬日，藜乙讀竟，書於茶半香初之館

黃憲臣《〈逍遥巾〉題詞》（民國二十五年南京襄社石印本《逍遥巾雜劇》卷首）：

羅浮來處現前身，一具焦琴一道巾。不待曲終都叫絶，神仙原祇在風塵。
奇情驀上筆尖來，若士家風生面開。須識尋春深意在，半緣摘伏半憐才。

黃憲臣次皋

張煒《〈逍遥巾〉題詞》（民國二十五年南京襄社石印本《逍遥巾雜劇》卷首）：

發奸摘伏托尋春，道服蕭然物外身。名士行踪無不可，天涯同調更何人？（《尋春》）

好夢憐騰酒一杯，孤懸薄秩敢言才？同心祇有湯都尉，羈絆官身不便來。（《卜夢》）

闖然入座爲投詩，暢領玄談字字奇。須信釋儒原一理，衣冠奇异莫猜疑。（《衲訪》）

相逢大笑快平生，兩字逍遥好弟兄。却怪疏狂張水屋，未來蘭若證同盟。（《巾盟》）

張煒赤臣

桂青《〈逍遥巾〉題詞》（民國二十五年南京襄社石印本《逍遥巾雜劇》卷首）：

詩境飄然已屬仙，詞場鼓次復銘燕。才人都是羅浮客，情任逍遙性任天。

桂青蔾乙

湯貽汾

潘葆《〈逍遥巾〉題詞》（民國二十五年南京襄社石印本《逍遥巾雜劇》卷首）：

仙風道骨戲談禪，作畫投詩笑拍肩。誰謂相逢未相識，原來才子即神仙。
兩地惺惺夢幻真，奇文一段局翻新。高吟莫向湖簾下，須避當年咏絮人。

潘葆廉齋

《逍遥巾》附贈答詩（民國二十五年南京襄社石印本《逍遥巾雜劇》卷末）：

湯貽汾《初訪子容以詩代刺》
眼底千秋口一杯，胸中海岳脚蓬萊。祇因要識徐東海，野鶴輕隨塞雁來。
湯貽汾《爲子容作雲海歸鴻圖》
烏紗歲月付深杯，仲蔚何須憶草萊。共是鴻泥無定迹，不知何處是歸來。
湯貽汾《爲子容畫倒枝梅花》
我是羅浮千歲梅，化爲羽客戲蓬萊。托根祇在白雲裏，清夢期君日日來。
湯貽汾《次日，子容知予遣人，迹得苦留，答詩示別》
萬里芒鞋一片雲，雲烟變幻劇紛紛。不須細問真名姓，袖裏青蛇記贈君。
（當爲子容刻"裏袖青蛇"印。）

雲海高鴻計豈非，漢坊村（君故里）裏舊荆扉。幅巾他日登堂拜，莫笑黃冠挂却歸。（座客有問予羊城某道士者，余謂："酬應紛沓，今甚於昔，要得清閒，除是黃冠挂却。"末句戲及之。）

湯貽汾《子容邀游城南蘭若，衆客先在，留飲，口占》
入門三客笑，是昨鐵橋仙。忽共鐘前飯，來尋醉裏禪。高吟妨佛夢，遍步了游緣。見説黄蓮好，芒鞋不怕穿。（有偕游黄蓮峰之約。）

湯貽汾《同子容卧佛寺題辭》

我醉佛貪卧，人間醒實難。諸天豈不旦，深雪亦知寒。（佛有衾枕。）堂静樹留客，門閑犬吠官。支郎能愛馬，换我一蒲團。（子方駕馬。）

湯貽汾《留别蔚州同人》

無酒學佛有學仙，仙不能學酒亦難。偶然獵酒厓齒折，今日燕南昨代北。鹿巾鶴氅君爲難，達官貴客紛疑猜。我豈藏頭露尾客，高吟大步堂堂來。來從海岳雲霄際，題壁榴皮回老戲。回老惟耽十八仙（酒名），醉餘祇合去飄然。多情共堅十載約，肉芝長大逢君年。（諸公初見予，俱訂十年後從游方外。）年高更有張安道（蔚牧張水屋），心迹相親肝膽照。莫嫌對面不相逢，蓬島由人即便庸。煩君寄語留緣在，贈我滄江一釣篷。（時索寫《秋江罷釣圖》。）

掃雲子名貽汾

徐廣緒《喜掃雲子見訪，予既爲〈三生石上圖〉贈之，又題此惜别》

眼中滄海小如杯，飄忽游踪到五臺（蔚有小五臺）。好句吟成明月白，教人那不愛仙才。

天涯客去肯重來，祇算三生夢一回。知己自難人自遠，落花無語獨徘徊。

徐廣緒《答掃雲子示別二首次韵》

袖裏青蛇世外雲，三千變化太繽紛。若非净洗凡夫眼，怎識神仙便是君。

薄宦曾經悟昨非，十年夢繞舊柴扉。荷巾合并初衣著，（君以逍遥巾見贈。）看向烟雲畫裏歸。（君爲寫《雲海歸鴻圖》。）

徐廣緒《再和掃雲子留别原韵》

一宵酣卧成游仙，覺來不識逢仙難。梅花親向羅浮折，仙自日南來塞北。混迹塵寰識者誰？紛紛鬧裏空相猜。與君把酒論滄海，吾道何嘗有去來。三千變化本無際，人間何事非游戲。但能適意即爲仙，此語雖迂理或然。元芝玉液安足貴，枕石漱流俱延年。鯫生惡足與論道，先生肯以心相照。芝蘭交訂記良逢，當前珠玉慚吾庸。吾將入海尋崆峒，何時重見滄江篷。

徐廣緒子容

湯貽汾

　　姚輿《聽雲齋喜晤掃雲子即和原韵》
　　丰格居然是嶺梅，不須相見費疑猜。定知此日一堂聚，都是三生石畔來。
　　茹素猶能飲百杯，酥醪洞裏即蓬萊。他年笠屐尋雲水，便學坡仙羽化來。
　　姚輿《贈別掃雲子四首》
　　袖大袍長度更寬，堂堂道服一儒冠。致身卿相尋常事，贏得詩人下拜難。
　　雅會今朝顧忽虛，緣慳再面悵何如？挂冠日後重相訪，且向明湖一問余。
（余有遷居歷城之意。）
　　久矣傾心未覯顏，常愁雲樹隔重關。誰知咫尺天涯近，親見濡毫畫遠山。
　　忠孝傳家志克承，佳兒丰骨更嶙岣。莫耽野趣游方外，要使勛名竹帛登。

姚輿益齋

　　朱履權《聽雲齋喜晤掃雲子，即次原韵》
　　道德千言酒百杯，羅浮深處即蓬萊。知君已得長生術，得得芒鞋萬里來。
　　萬里雲烟腕底收，詩情畫意兩相謀。不知上界神仙筆，肯賜凡塵一幅否？

朱履權竹鄉

蔣學沂
(1780？—1833？)

字小松，號藕湖，別署藕湖居士，陽湖（今江蘇常州）人。諸生，屢試不第，以游幕、傭書爲生幾三十年。曾隨岳父吳階（1757—1821）宦游郯城、金鄉、曹州。道光八年（1828），入陳用光（1768—1835）福建學政幕。足迹遍及關中、中原、京師、天津等地。青年時期曾從張惠言（1761—1802）學詞，與董士錫（1782—1831）、王曦（生卒年不詳）、裘琨（生卒年不詳）合著《萍聚詞》。與曲家陸繼輅（1772—1834）亦爲好友。工駢體文及詩詞。著有《菰米山房文鈔》《菰米山房駢文鈔》《藕湖詞》《閩談》等。撰傳奇《紫蘭宮》、雜劇《麒麟閣》，皆存。

按，關於其生卒年，趙伯陶《張惠言暨常州派詞傳》言其"生卒年不詳，約與董士錫（1782—1831）同時"，《清代詩文集總目提要》則推其生年爲乾隆五十一年（1786）至乾隆五十五年（1790）之間。朱德慈《近代詞人考錄》又言其生卒年約爲"1780—1840"。胡瑜《晚清曲家蔣學沂及其孤本戲曲考論》判斷其生年在1778—1782之間，卒年"當在1832年末至1833年的上半年之間，終年當不超過55歲"。

傳記文獻：《清代毗陵名人小傳稿》卷七、鄧長風《五位清代江蘇戲曲家生平考略——美國國會圖書館讀書札記之十六》（《明清戲曲家考略全編》上）、胡瑜《晚清曲家蔣學沂及其孤本戲曲考論》（《戲曲藝術》2015年第2期）。

《麒麟閣》

◆ 劇情概要與本事

又名《麒麟閣傳奇》。劇首署"藕湖居士"，題目正名爲"李都尉生還漢闕，飛將軍補畫功臣。博陸侯力除淫亂，太史公頓長鬚眉"。八齣，依次為《佑忠》《送別》《奸哄》《逃歸》《計誘》《殺顯》《仙幻》《賜宴》。第一齣前有《開場》。寫漢代蘇武奉使匈奴，抗節不屈，被遷居瀚海，嚙雪吞氈。九天玄女承玉帝敕旨，命祁連山之白狐化為胡婦與蘇武生子延嗣，以便日後歸朝，另建非常功業，續封侯爵。十九年後，蘇武終得完名歸漢。臨行，好友李陵前來送別，既為好友榮歸欣喜，又悲嘆自己身敗名裂，有家難回。蘇武勸其不必悲傷，回國後一定將其冤屈奏明當國諸人，必來相召。白狐攜子蘇通國來送，三人相對而泣，不忍分別，蘇武答應日後必接其回漢。雖然匈奴左賢王對李陵甚為賞識，但李陵歸漢之心不改，再加上衛律、李緒為爭寵而陷害李陵，李陵遂盜取令箭闖關逃歸。左賢王帶兵追捕，情勢危急，幸得蘇通國與李廣陰魂及時營救，李陵方暫時逃脫。後李陵與蘇通國又設計殺死管敢，闖關而出。左賢王又來追擊，這時恰遇宣帝派張安世帶兵迎接，眾人合力殺敗匈奴，平安歸朝。霍光妻子淫亂放縱，與奴僕馮子都私通，被霍光撞破殺死。東方朔可憐司馬遷因李陵事受刑，派上元夫人與麻姑送來神丹、人參果等，使司馬遷人道復生。匈奴派使者向漢求和，又將叛將衛律、李緒送回，衛、李被斬。皇帝追封李廣，補畫《麒麟閣功臣圖》，李陵亦封侯，眾人在麒麟閣歡宴。

小生扮李陵，老生扮張安世，小旦扮胡女（白狐），貼扮蘇通國、宣成夫人，老旦扮九天玄女，老旦、小旦扮侍兒，四旦扮眾仙女、眾胡婦，淨扮左賢王、霍光，小淨扮衛律，末扮李廣魂，副末扮東方朔，丑扮斬將王、管敢，小丑扮李緒、馮子都，外扮蘇武，雜扮兵士、馬夫、小軍、陰兵、劊子手、探子，老旦、正旦、副淨、正生扮眾番將。

本事出自《漢書·李廣蘇建傳》而有所翻改。清周樂清（1785—1855）《河梁歸》雜劇與此題材同。按，據作者《〈麒麟閣〉序》，是劇當創作於道光二年（1822）末完成《紫蘭宮》傳奇後不久，或在道光三年（1823）。

● 著錄、版本與收藏情況

《莊一拂〈古典戲曲存目彙考〉補正》著錄。現存清鈔本，附《紫蘭宮》傳奇後，藏中國藝術研究院圖書館，《古本戲曲叢刊十集》據之影印。

● 序跋、題詞與評語

蔣學沂《〈麒麟閣〉序》（《古本戲曲叢刊十集》所收本《麒麟閣》卷首）：

李陵生降，太史公以救友被刑，古今遺恨，志士流涕。嚮欲翻演爲傳奇，未暇也。壬午冬莫，假寓宣武坊南，風雪中譜《紫蘭宮》稿本既畢，謬爲同人許可，暇日復製此曲，自成翻案文字。由此以推，則關壯繆之克復許都，葛武侯之功成歸隱，南霽雲之生滅賀蘭，岳武穆之直抵黃龍，陸秀夫之崖山奏捷，皆人心必然之事。夫人心有之，則以爲事竟有之可也，又何疑焉！又何疑焉！他日被諸管弦，資學士大夫酒酣譚笑，兼使愚夫婦有所觀感云爾。

藕湖居士志

存 華
(1783—1853)

姓愛新覺羅，字韞齋，和碩肅親王豪格六世孫。嘉慶七年（1802），中壬戌科翻譯舉人，次年中癸亥科翻譯進士。嘉慶十三年（1808），補授副理事官，調户部員外郎，因失察屬員冒領庫項事，部議革職。後經降捐筆帖式，再入仕途。官至張家口監督、正白旗蒙古副都統、寧夏副都統、鑲藍旗蒙古副都統等。道光十九年（1839），因克扣兵餉案，再被革職，次年發往黑龍江充當苦差。道光二十五年（1845）釋回。著有《秦游記》《慎修堂詩稿》《慎修堂外集》，貶戍期間作《龍江守歲》雜劇。輯有《塞上同人集》，與情人鈕祜禄氏合著《處泰堂和鳴集》（《清華大學圖書館藏善本書目》著爲"韞齋夫婦撰"，不確）。

按，《清代雜劇全目》以"存韞齋"出目，言其"名、字不詳，生平事迹亦無可考。殆乾嘉時人"，并言其另有傳奇一種傳於世，不確。除《龍江守歲》雜劇外，今未見其他戲曲作品流傳。此處所言之傳奇，或曾爲傅惜華所藏之《遇合奇緣記》。鄭志良《雖説是奇緣，其實是孽緣——清宗室曲家存華與〈遇合奇緣記〉考論》一文證實，是劇乃嘉慶孝和睿皇后之妹鈕祜禄氏所作，記述作者與存華的一段私情。

傳記文獻：受倫《爲呈報鑲白旗已故寧夏副都統宗室存華履歷事》（中國第一歷史檔案館藏）、愛新覺羅·常林《愛新覺羅宗譜》、鄭志良《雖説是奇緣，其實是孽緣——清宗室曲家存華與〈遇合奇緣記〉考論》（《文學遺産》2020年第3期）。

《龍江守歲》

● 劇情概要與本事

一齣。寫長白人存韞齋，早中巍科，歷官中外。後因大案牽連，革職聽勘，家產蕩盡，遠謫龍江。龍江遠涉極邊，氣候寒冷。存韞齋每日困於禪房，臥眠土炕，倍感煎熬。時值除夕，爆竹聲喧，存韞齋懷鄉思親，孤苦難耐，不能成眠。天亮後，又低首折腰，蕩風冒雪，向各處趨賀。事畢回廟，填詞數闋，寄往京中，以代書緘。對於自己獨受重責，來此絕境，甚感不平，亦告誡諸弟、兒孫慎勿重蹈覆轍。

生扮存韞齋，雜扮僮僕。

是劇所述爲作者之經歷與感受。劇中生云："來此一載有餘，今朝二次除夕了。"又，【寄生草】曲有"壬寅朔旦開，天地三陽泰"句。壬寅即道光二十二年（1842），知是劇當創作於此年。

● 著錄、版本與收藏情況

《清代雜劇全目》著錄。現存道光朱墨稿本，藏中國藝術研究院圖書館等，《傅惜華藏古典戲曲珍本叢刊》第 83 冊、《古本戲曲叢刊八集》據之影印。

周樂清
(1785—1855)

字安榴，號文泉，別號鍊情子，海寧（今浙江海寧）人。父親早故，十二歲即承父蔭，以佐貳留於軍營補用。嘉慶十九年（1814），任湖南道州州判。此後在湖南、山東等地爲官四十三載，茬州縣事十六任，權司馬篆五任。咸豐三年（1853）冬，於萊州同知任上因病乞退。性慈惠，爲官多善政，有清名。工詩文，精音律，善詞曲。著有《静遠草堂稿》《静遠草堂詩稿》《静遠草堂初稿》《桂枝樂府》《静遠草堂詩話》《静遠草堂麈談》《并蒂葫蘆》等。其中《静遠草堂初稿》附《文章游戲選鈔》，内有《補天石傳奇》，收入《清代稿鈔本》第一編第二十八册。

按，《古典戲曲存目彙考》未著其生卒年，《清代雜劇全目》言其"乾隆五十年（1785）生，咸豐四年（1854）以後卒"，《古本戲曲劇目提要》則記其生卒年爲"1785—1860"。以上皆不確。宗稷辰《周文泉丈墓志銘》云："今年春，遽聞正月壬午卒於萊郡，望風涕洟不能已。"後又云："以年七十乞退，寓萊年餘，卒。"周樂清乞退在咸豐三年（1853）冬，據此可知周樂清卒於咸豐五年（1855）。

傳記文獻：宗稷辰《周文泉丈墓志銘》（《躬耻齋文鈔》卷十下）、（光緒）《道州志·職官表》、（光緒）《鳳凰廳續志·職官志》、《清代官員履歷檔案全編》"道光二十二年三月"條、（光緒）《三續披縣志》卷一、劉世德《周樂清和〈補天石傳奇〉——清代戲曲家考略之一》（《文史》第19輯，1983年）、劉紀明《周樂清〈補天石傳奇〉研究》（山西師範大學碩士學位論文，2016年）。

《補天石傳奇》

包括雜劇八種：《宴金臺》《定中原》《河梁歸》《琵琶語》《紉蘭佩》《碎金牌》《統如鼓》《波弋香》。皆據毛綸《〈琵琶記〉序》中所擬條目敷衍而成，大抵爲翻案之作。據作者《自序》，均作於道光九年（1829）赴京師途中。

劇情概要與本事

《宴金臺》

《補天石傳奇》第一種，劇首署"鍊情子填詞，吹鐵簫人正譜"。正名作《太子丹恥雪西秦》。六齣，依次爲《定計》《餞易》《獻圖》《潛師》《滅秦》《宴臺》。寫戰國時，燕太子丹受命往質秦國，秦王對之挫辱百端，又屢屢發兵侵襲燕國邊境。後太子丹乘間逃回，憤恨難平，約下太傅鞠武、大夫田光及樊於期、荊軻等來宮中商議報仇雪恨。衆人一致認爲：嬴秦日肆鯨吞，而東方六國又人心不齊，合縱不成，長此以往，必遭蠶食。爲今之計，一是令荊軻等攜督亢地圖、樊將軍假首等，赴秦假意求和，以驕秦王心志，并留作內應；二是讓樊於期加緊操練軍隊，并潛師秦境，伺機進攻；三是派鞠武、田光分使列國，再堅合縱之約，商定時機，同時出兵，分擾秦之邊隅。如此，伐秦纔能成功。依照計劃，荊軻等率先出發，太子丹率領衆人在易水旁爲之餞行。此時，一道白虹直衝天際，太子認爲這是荊軻等人義烈之氣的體現，預示着此次行動定會成功。荊軻等來到咸陽，先用厚禮賄賂了秦王第一寵臣蒙嘉，蒙嘉帶衆人面見秦王。荊軻在殿上巧妙陳説，秦王果然中計，相信了燕國真是因喪膽而求和，更加志得意滿。荊軻又以身患疾病爲由，留在秦國，以作內應。自荊軻等去后，燕王即拜樊於期爲帥，以樂毅之子樂間爲先鋒，率軍以進，直指秦境。鞠武、田光也日夜兼程，分別出使魏、趙、韓、楚、齊五國，歸來後向樊將軍通報合縱事宜，言列國已然響應，各派名將分道伐秦。樊於期聞此大喜，督師前進，攻破函關，直逼咸陽。城外百姓聞訊，備下酒食迎接燕軍，并紛紛控訴秦王之無道。此時秦王不在宮中，他僭號稱尊後，已東行封禪太山。秦世子扶蘇命老將王翦、楊端和出師迎戰，結果楊端和被擒，遭亂箭射死；王翦兵敗，又聞秦王已在博浪沙被鐵椎擊中駕崩，驚悸而死。咸陽城中人心浮動，荊軻趁着夜色，與樊於期裏應外合，攻占秦都，扶蘇閤宮自焚，秦國滅亡。燕王與太子在黃金臺上大宴三日，招待周王使者、列國將軍、本國文武勛僚等，鄉民們亦將燕國始祖召公之事編成歌舞，演出助興。這時，周王遣人傳旨，封太子丹爲定秦王，永鎮燕山之地，并爲方伯長；又分秦地爲四，令鞠武、田光、樊於期、荊軻各守一隅，四人亦入諸侯之列。其他功臣各有封賞。

生扮樊於期、李斯，小生扮太子丹、公孫甖，旦扮樂間，小旦扮探子，老旦扮高漸離、公子無忌，旦、小旦扮宮娥，老旦、旦、小旦、貼扮采桑婦女，净扮荊軻、項燕，副净扮秦舞陽、秦王、周王使者，末扮鞠武、王翦、田單，丑扮魯勾踐、蒙嘉、楊端和，外扮田光、尉繚、廉頗，雜扮内侍、車夫、四卒、四將、探子、守城軍士，外、副、净、老旦、丑扮長安城外鄉老，副、净、丑、雜扮扶風郡鄉民。

本事改編自《史記·荊軻列傳》等。

周樂清

《定中原》

《補天石傳奇》第二種，劇首署"鍊情子填詞，吹鐵簫人正譜"。正名作《丞相亮祚綿東漢》。四齣，依次爲《禳星》《敗懿》《禪謀》《歸盧》。寫蜀漢建興十二年八月，丞相諸葛孔明率兵伐魏，再出祁山，駐師五丈原，與魏將司馬懿相持。司馬懿屢爲孔明所敗，不敢與之對敵，任憑蜀將百般挑戰，乃至送上女服羞辱，也堅守不出。孔明祗能設計，用六丁六甲之秘，將本命將星暗掩，并虛傳自己病重的消息，引誘魏軍出戰。司馬懿夜觀天象，見孔明將星昏暗，隱隱欲墜，心中大喜，認爲孔明已重病在身，不久將亡，次日遂派司馬昭陣前挑戰，一探虛實。蜀將趙雲等見魏軍討戰，便向孔明請示，孔明各授其錦囊一個，令其依計而行。司馬懿見蜀軍撤退，更堅信孔明已身患重病，認爲滅蜀時機已到，遂命令大小三軍全力追擊。趙雲、魏延且戰且退，將魏軍一步步誘入葫蘆谷內。司馬懿等追至谷中，發現并無蜀軍，且來路已被截斷，又見孔明在高崖上現身，方知中計。一時間火炮轟鳴，谷中一片火海，司馬懿及百萬精兵葬身其中。孔明又兵分數路，乘勝進軍，直取洛陽、鄴城，曹魏滅亡。後主劉禪聞訊，特命太子劉諶來洛陽犒勞三軍。劉諶盛贊孔明大功，并詢問如何處置曹氏及其臣下，孔明建言道：曹操、曹丕父子弒后篡國，天怒人怨，應戮尸梟首示衆；曹叡迎降，可稍加寬宥；其他從逆諸臣，一概收監，分別論罪。并建議復建故都洛陽，招集宗室、賢臣等，安撫百姓。這時，蔣琬前來宣旨，言後主決定將帝位禪讓於太子。孔明聞言，勸劉諶不要辭讓，當以國事爲重，及早正位，以安民心。遂擇定吉日，劉諶登基理政，群臣拜蹈祝賀。此時，黃門官來報，言東吳遣使者諸葛瑾賫降表來獻。原來江東孫權知魏國已亡，漢室重興，心中恐懼，願率土臣服。孔明見天下一統，欲功成身退，屢上奏章，劉諶祇得應允。臨行，皇帝亦親來餞別，衆人依依不捨，灑泪而別。

生扮諸葛亮，小生扮關興，旦扮馬岱，小旦扮張苞，老旦扮諸葛瑾，貼扮劉諶，净扮司馬懿、蔣琬，副净扮魏延、董允，末扮姜維、費禕，丑扮司馬昭、黃門官、道童，雜扮侍從等。

本事改編自小説《三國演義》第一〇二回至一〇四回。

《河梁歸》

《補天石傳奇》第三種，劇首署"鍊情子填詞，吹鐵簫人正譜"。正名作《明月胡笳歸漢將》。四齣，依次爲《報書》《釋疑》《闕凱》《墓封》。寫漢代蘇武羈留匈奴十九年，不肯屈節，后僥幸還朝，拜典屬國。其好友李陵係飛將軍李廣之孫，英武善射，屢建戰功，祇因奸臣播弄，致使其轉戰千里，孤立無援，敗陷匈奴。單于一再誘降，終不受官職。蘇武返國之後，寄書囑李陵相機歸漢，不料他回信拒絕，言母親妻兒已被漢皇誅殺，怎能歸來！其實，李陵家屬祇是被地方羈管，不許出境，并非被屠戮。單于爲逼他歸降，故意散布李氏被滅族的謠言。於是，蘇武再修書一封，言明是非原委，勸他歸來奉養母親，繼承祖父功勛，成就君臣大義。李陵隴西故友任立政藉出使之機，將此信帶去。李陵讀畢，喜極而泣，多年愁痛一朝消散，決心重歸故國。并暗中告知任立政：單于在漢朝降將衛律、李緒的輔佐下，兵勢強橫，不日之內，將南下侵擾中原。自己將計就計，假意承受官職，來日陣上倒戈相向，殺賊擒王，以奏凱還朝。任立政連聲稱妙，當即回國，準備接應。不久，單于以衛律爲帥，李緒、管敢爲先鋒，率兵南侵，并封李陵爲右校王，隨軍督理軍糧。番軍一路燒殺搶掠，直到雁門關外。朝廷派公孫敖率兵迎敵，此人正是誣陷李陵之奸徒。他勉強出戰，結果大敗被擒，番兵趁機圍住雁門關。任立政與李陵堂弟李禹奉命前來馳援，很快與李陵暗中取得聯繫，計劃夜半時分，裏應外合，一舉攻破番軍營寨。當晚，李陵帶着女樂、牛酒來到衛律帳中，假意爲其慶功，將他與李緒等人灌醉。等到三更，和漢軍一起殺入大營，衛律等束手就擒，匈奴兵將也被剿滅乾净。李陵等又乘勝進軍，直達單于城下。單于一戰喪膽，來朝請罪，願削王號，永服版圖。皇帝大喜，特命蘇武迎師犒勞。蘇、李又相遇於河梁，憶昔撫今，感慨萬千。蘇武言皇帝已爲李陵榮建新第，先命其家屬移居，待其班師，賜假兩旬，以息鞍馬之勞，再行朝見。李陵歸家，與母親、妻兒互訴別後衷腸，感今日相逢，共享天恩，疑是夢中。後皇帝下旨，封李陵爲隴西侯，掌大將軍印，并追贈李廣爲北平侯，李氏一門及蘇武等亦俱有封贈。李陵將朝廷褒揚消息祭告祖先。

生扮李陵，小生扮李禹，旦扮李陵夫人，老旦扮李陵母親，貼扮李陵子，老旦、旦、小旦、貼扮四番女，净扮衛律、內官，副净扮公孫敖，末扮任立政，丑扮李緒，外扮蘇武，雜扮侍從、軍卒、蒼頭、侍婢等。

本事改編自《史記·李陵列傳》。清蔣學沂（1780？—1833？）《麒麟閣》

周樂清

雜劇與此題材同。

《琵琶語》

《補天石傳奇》第四種，劇首署"鍊情子填詞，吹鐵簫人正譜"。正名作《春風圖畫返明妃》。六齣，依次爲《訴廟》《駐雲》《銜圖》《吼獅》《歸璧》《圓樂》。寫漢代秭歸縣女子王嬙幼入宮闈，因不肯以金銀賄賂畫工毛延壽，被他塗抹壞了美人圖，竟遭廢棄。後匈奴呼韓邪單于求親，漢帝差王嬙和番，臨行朝見，發現她絕色非凡，便追查當年畫圖之事。毛延壽畏罪，逃往番邦，獻上王嬙美人圖，蠱惑單于按圖索取。漢帝對王嬙雖流連不捨，但還是將她遣送匈奴。王嬙等一路行來，抵達雁門關。宮娥來報，言西域校尉陳湯、都護甘延壽奉命前來護送。陳、甘剛剛聯合烏孫國襲破郅支單于，正是群蠻恐懼、揚威萬里之際，此時和番，二人不免喪氣。王嬙知雁門關有金母行宮一座，便入宮拈香參拜，并向聖母哭訴平生遭遇：居家時，父母雙亡；及至入宮，又無罪見弃；今萬里和番，欲歸無日。不料其一腔怨憤直達雲漢，衝撞了金母聖駕。金母派董雙成問明情況，感嘆漢家無人，保守江山竟然依靠一個女子，更同情王嬙之遭遇，於是令已是仙人的東方朔設法將王嬙救回，同時要全漢家國體。東方朔知單于正妻顓渠閼氏極爲妒悍，便讓青鳥使從單于宮中銜來王嬙美人圖，青鳥使又變化爲宮女，將圖獻給閼氏。閼氏果然滿腔妒意，與單于大鬧起來，并言和親乃漢人之美人計，陳、甘二人護送王嬙，就是爲了取單于姓命，且毛延壽亦爲詐降，以便暗中取事。爲今之計，應速修國表，阻止和番隊伍入境，并將毛延壽解送漢朝。單于遵命而行，王嬙一行人返回雁門關。經歷這番波折，王嬙已勘破塵緣，一心向道。這時，宮娥又報，言皇帝不日將下旨，迎接王嬙還朝，并正位中宮。王嬙却寫下辭表，不願入宮爲后，乞賜潛修。東方朔、青鳥使又奉金母之命飛臨行宮，指示王嬙同赴仙島，白日飛升。來到瑤池，王嬙拜謝王母，王母令衆仙女與之相見，設宴，并奏仙樂。

生扮陳湯，旦扮王嬙，小旦扮董雙成、宮女，老旦扮金母，貼扮青鳥使、番婢，净扮呼韓邪，副净扮毛延壽、伊秩王，末扮東方朔，丑扮宮女、顓渠閼氏，外扮甘延壽，雜扮車婆、四仙女、宮娥等。

本事源自《漢書·文帝紀》《漢書·匈奴傳》等。元馬致遠（1251？—1321後）《漢宮秋》雜劇，清尤侗（1618—1704）《吊琵琶》雜劇、薛旦（1620？—1706？）《昭君夢》雜劇、唐英（1682—1756）《笳騷》雜劇等與此題材同。

《紉蘭佩》

《補天石傳奇》第五種，劇首署"鍊情子填詞，吹鐵簫人正譜"。正名作《屈大夫魂返汨羅江》。六齣，依次爲《仙援》《鄰助》《遇途》《責約》《求盟》《勘罪》。寫戰國時期，吳楚之間有位漁父，太乙真人見他生有仙骨，能物色忠臣孝子，便授其丹訣。如今，他已解飛升之術，祇是道行未滿，仍混迹人間。楚國大夫屈原忠心苦諫，反遭懷王放逐，行吟澤畔，形容枯槁。漁父擔心他有輕生之志，便泊舟蘆葦深處，暗中保護。屈原雖遭屏逐，憂國憂君之心不減，見懷王受張儀、靳尚詆騙，身陷秦邦不能歸國，太子監國亦不能自強遠佞，如此楚國終將爲秦國所吞，而自己一木難支，無力回天，於是來到汨羅江畔，抱石投水，以身殉國。霎時間，其忠義之心感得電閃雷鳴，風雨驟作。漁父趕緊撈出其尸骸，灌入靈丹，屈原蘇醒過來。漁父勸他道：楚國之事尚有可爲，應留身以待，再說趙國新主趙武靈王英武非常，倘得與之誠信相交，使楚、趙兩國合力攻秦，必可自強雪恥。屈原聽後，辭別漁父，日夜兼程，趕往趙國求助。來到趙國，屈原沒有冠帶、國書，不便貿然陳情，聽聞趙王出獵郊外，便將求救之事編成歌句，躲在樹林中歌唱。趙王歸獵途中，聽歌聲凄婉，令左右將歌者帶來詢問，知是屈原，便請回朝中商議。趙王正爲楚王被欺之事憤憤不平，欲興師問秦之罪，今正好屈原前來求救，便決心聯楚伐秦。楚懷王身陷异域，九死一生，僥幸逃出，中途遇到屈原前來

周樂清

營救，甚爲驚喜，并爲自己當日不聽其忠言而遭此大難感到羞愧不已。屈原護送懷王先去趙國避難，自己則返楚奏知太子，遣車駕迎歸懷王，并發兵攻秦。趙將肥義、廉頗聯同楚將昭睢、屈匄率領兩國軍隊，與秦將蒙驁大戰，蒙驁戰敗逃遁。趙、楚攻下函關，直指咸陽。秦王見敵鋒甚銳，國勢危急，命樗里疾前來求和。樗里疾面對趙、楚指責，承認爭端是秦王誤聽張儀之言所致，願轉奏秦王，將張儀解送楚國，退還侵趙之地，并將商於之地六百里照數納楚，歸還漢中各郡。至此，趙、楚兩軍各班師回朝。楚王將張儀、靳尚交屈原發落，屈原將二人分別割舌、梟首示衆。楚王贊屈原功勞巨大，封其爲倦國君，總理軍國大事，并將他所撰《離騷》刊布四方。最後，楚王又將宮中所植蘭卉馳贈屈原，以爲其紉佩之需。

生扮屈原，小生扮昭睢，老生扮廉頗，旦扮景缺、小内監，老旦扮樗里疾、內監，小旦扮小內監，貼作旦扮小內侍，净扮趙武靈王、屈匄、內侍，副净扮蒙驁、張儀，末扮肥義，丑扮靳尚，外扮漁父、楚懷王，雜扮四卒、二將、四皂隸、四刀斧手等。

本事改編自《史記·屈原賈生列傳》。清鄭瑜（1612?—1667?）《汨羅江》雜劇、張堅（1681—1763）《懷沙記》傳奇與此題材相似。

《碎金牌》

《補天石傳奇》第六種，劇首署"鍊情子填詞，吹鐵簫人正譜"。正名作《岳元戎凱宴黃龍府》。六齣，依次爲《矯詔》《詰奸》《渡河》《殱術》《凱筵》《仙慨》。寫宋朝岳飛幼嫻文事，長歷戎行，忠心報國，立志恢復。今率軍北伐，已抵達朱仙鎮，兩河豪杰，群然響應。正當他傳令衆將，秣馬厲兵，準備渡河直取黃龍府之時，萬俟卨奉丞相秦檜之命，假傳聖旨，令岳飛即日回兵，不得延留。秦檜又連下十二道金牌，催促岳飛回朝。岳飛雖知此時班師，十年心力必然毀於一旦，但皇命難違，祇得遵從。此時，接到京中好友李若虛書信，信中言回師一事乃秦檜詭計，十二道金牌等并非朝廷所發。岳飛又於河邊捕獲金國奸細王符，從其身上搜出秦檜勾結金梁王兀術的密信，更確證了秦檜的奸謀。於是，岳飛傳令不再班師，繼續進軍，并寫下表章及秦檜通敵證據一同上報樞密使韓世忠。韓世忠因秦檜招岳回朝，甚是驚愕，當面責問秦檜，二人不歡而別。正當韓世忠滿懷憤怒之時，接到岳飛書信，見秦檜矯詔、通金證據確然，立即進宮面奏皇帝。皇帝大怒，密令周三畏、何鑄勘訊秦檜，秦檜無法抵賴，祇得錄供招認，并言張俊乃其同謀。皇帝下旨處秦檜以磔刑、秦妻王氏及張俊以腰斬；并遣李若虛爲使，賫三人首級，到軍中慰勞。李若虛來到營中，傳旨將萬俟卨、王符正法，并當衆打碎金牌，以消衆憤。又將秦檜等人首級傳示三軍，振奮軍心。岳飛令士卒等拔營渡河，哭祭了臨死不忘恢復的東京留守宗澤後，率軍直奔黃龍府而來。此時，金主及其滿朝文武已遠遁塞外，祇留兀術在此鎮守。兀術開營迎戰岳飛，大敗，欲退回城中，不料黃龍府已被岳家軍奪去。他見歸路已斷，自刎身亡。因岳飛屢次奏凱，皇帝大喜，特命韓世忠犒勞三軍，并迎取徽、欽二帝歸朝。韓世忠來到黃龍府，與岳飛一起擺宴，爲諸將慶功。正在歡飲，徐神翁隱身而至，并施法將一雙筷子幻化成美女，令其且歌且舞，演述南宋舊事，皆韓、岳二將所親歷。二人不禁泪隨聲下，往日雄心皆如雪淡，準備待天下大定之後，一起歸隱。

生扮岳飛，小生扮張憲、何鑄，旦扮楊再興，老旦扮梁興、李若虛，貼扮岳雲，小旦、作旦扮二歌者，净扮秦檜、兀術，副净扮牛皋、王符，末扮周三畏、徐神翁，丑扮萬俟卨，外扮李若虛家人、韓世忠，雜扮四軍卒、使者、僕人、門子、四皂隸、父老四人、李寶、董光、傅選、孟邦傑、四軍校、四番將、四番卒等。

本事改編自《宋史·岳飛傳》。清張大復（生卒年不詳）《如是觀》傳奇有相似情節。

周樂清

《絾如鼓》

《補天石傳奇》第七種，劇首署"鍊情子填詞，吹鐵簫人正譜"。正名作《賢使君重還如意子》。四齣，依次爲《酬乘》《賜泉》《繪賑》《鼓圓》。寫東晉時，平陽襄陵人鄧攸以中庶子出守吳郡，到任年餘，民安物阜，政績昭著。祇是年逾不惑尚無子嗣，心中不免凄苦。先前，鄧攸與家人曾爲石勒所俘，僥幸逃出，在賊兵追趕時，爲保護弟弟遺孤，丟弃親子，親子自此下落不明。一日，幾個胡人來吳郡求見鄧攸，正巧他奉檄往越郡公幹未回，胡人便留下揭帖及千里駿馬一匹辭去。原來，這幾人乃石勒部下頭目，當年與鄧攸比鄰而居，一次失火，延燒甚廣，因畏罪將失火罪責推到鄧攸身上，鄧攸慨然承擔，并無异言。胡人十分感念其恩情，今乘奉使之便，繞道而來，并以寶馬贈謝。鄧攸事畢歸來，得知胡人獻馬之事，便據實陳情，將馬匹獻給朝廷。皇帝考核天下官員，以鄧攸爲第一循良之吏，并將天平山白雲泉賜贈，以白雲比其潔，綠水喻其清。後來，吳郡遭遇天灾，水旱叠交，田禾盡毀，萬民斷炊。鄧攸心急如焚，將灾荒真景繪成圖畫，上達天聽，以求大加優賑。他又到民間訪查，見灾情迫急，百姓飢餓將死，恐等不得詔命開賑之時，遂獨承罪責，自行開倉賑濟，全活甚衆。三年任滿，朝廷徵拜鄧攸爲侍中。消息傳來，吳郡百姓如失怙恃，紛紛向帝都哀求，令鄧攸留任郡守，朝廷不允。鄧攸赴京之際，闔城士民，牽羊擔酒，攀車相送。又將鄧攸平日懿德善行譜成歌謠，名曰《絾如鼓》，當衆表演，以示敬意。鄧攸見歌舞隊伍中有一綠衣少年，與自己失散的兒子十分相像，便找來詢問。少年不記得父母姓名及里籍，祇記得賊兵緊急，父親將其捆縛樹間遺弃等事，這正與鄧攸弃子時的情形相符。鄧攸又言其子左足上有黑痣二顆，驗之少年亦如是。於是，鄧攸夫妻與兒子相認，衆人恭賀鄧家非常之喜。

生扮鄧攸，老旦扮賈夫人，貼扮侍婢、鄧攸子，净扮差官，外扮周顗，雜扮里長、書吏、饑民、車夫，末、丑扮兩院子，外、小生、净、副净扮四胡人、四鄉民，丑、旦扮村姑，貼、作旦扮二童子。此外，登場人物尚有皂隸、門子、承吏，俱未分配脚色。

本事改編自《晉書·鄧攸傳》及《東晉演義》等。

《波弋香》

《補天石傳奇》第八種，劇首署"鍊情子填詞，吹鐵簫人正譜"。正名作《真情種遠覓返魂香》。六齣，依次爲《警弦》《取冷》《籲冥》《判醫》《乞香》《合弦》。寫三國時潁川人荀粲出身名門，然無意仕宦。後娶驃騎大將軍曹洪之女曇香爲妻，伉儷情深，形影不離。一夕，春色融和，月朗星稀，夫妻彈琴鼓瑟，把酒爲歡，以寄雅興。忽然，樂聲中雜有哀音，且琴弦驟斷，二人知非佳兆，心中怏怏不樂。不久，曇香疾病纏身，形容瘦損。荀粲求醫問神，竭力救治，但妻子最終亡故。自此，荀粲睹物思人，每日以淚洗面。一天，他擺下香筵，疏告上帝，指責冥王不公，胡亂拘人，致使妻子無罪夭亡。冥王見枉死城中多有被庸醫誤殺者，震怒不已，傳旨十一殿閻羅秦廣王與已登仙籍之華佗對庸醫重加勘問。秦廣王聽聞荀粲疏告，認爲其妻枉死乃庸醫所誤，非因冥界有弊，便令將荀粲生魂帶到東廊之下，令其親睹勘問情形，以慰其痛。荀粲打聽妻子死後魂歸何處，秦廣王言曇香陽壽未終，魂魄尚依棺壟，未入地府。華佗本荀粲父之故人，又感其痴情，便指示他復活妻子之方法，言西北海外有個波弋國，其東山之上有异香，可令死者返魂，肌肉重生，但需不怕路途艱險，誠心求取，纔可得到。荀粲回到陽世，當即辭家而往。一路上人迹稀少，危險叢生，先後遭遇大蛇、猛虎、妖怪等，幸得華佗所遣土地神之護佑，纔化險爲夷。終於到達波弋國，道童贈其仙香一丸，荀粲拜謝而歸。依仙童之言施行，妻子果然起死回生，起坐如常，精神更勝昔日。夫妻祭拜了華佗再生之恩後，荀粲令人擺宴，取出琴、瑟，與妻子重彈舊調，斷弦一經荀粲手指摩挲，竟然重新接續在一起，二人見此大喜。

生扮荀粲，旦扮曹曇香，老旦扮管家婆，貼扮侍婢、道童，净扮蒼頭、判官，副净扮甄百怙，末扮秦廣王、土地神，丑扮家僮，外扮華佗，雜扮四鬼卒、四醫生,副净、旦、小旦、貼旦扮衆妖,副净、丑、雜扮四醫生。

本事改編自西晉何邵《荀粲傳》。

● 著録、版本與收藏情况

《清代雜劇全目》《古典戲曲存目彙考》《古本戲曲劇目提要》著録。現存原稿本,藏山東省圖書館;道光間清稿本,藏杭州圖書館;道光十年(1830)静遠草堂原刻、道光十七年(1837)跋印本,藏中國藝術研究院圖書館、烟台慕湘藏書館、遼寧省圖書館,《傅惜華藏古典戲曲珍本叢刊》第85—86册、《古本戲曲叢刊十集》據之影印。又有咸豐五年(1855)静遠草堂重刻巾箱本,藏中國藝術研究院圖書館。其中,《定中原》又有光緒三十三年(1907)《游戲世界》第七、八期連載本,標名云"定中原傳奇"。

● 序跋、題詞與評語

周樂清《〈補天石傳奇八種〉自序》(《傅惜華藏古典戲曲珍本叢刊》所收本《補天石傳奇》卷首):

天居高而聽卑,何以楚騷有《天問》而無《天對》?蓋幢幢來往,萬殊不均,或氣運之偶乖,若造化之力絀,天亦有難言之者。雖村夫牧豎,祁寒暑雨,指而憾之,故爲懵懂不顧,此所以成天之大也。然使竭人事以彌縫之,天又未嘗不爲許可,亦足以見六合蒼蒼,初無成見矣。

余曩閲毛聲山評序《琵琶》傳奇,云欲撰一書,名《補天石》,歷舉其事,皆千古之遺恨,天欲完之而不能,人欲求之而未得者。雖未見其書,而覽其條目,已爽心快膈,如食哀梨,使人之意也消。三十年來,遍訪其書,杳不可得。豈聲山當時本無是書,但標其目,使後人過屠門而大嚼,以虚蠻快意耶?嘗竊訝之。

己丑冬北上,雨雪載途,征車無事。偶憶及此,輒假聲山舊鼎補煉五色雲根。時飆輪硌硞，鈴語郎當，若代爲按腔應節者。越宿輒成一劇，抵都而八劇就焉。寄情抒恨，人有同然。如《離騷》《和親》等事，前輩坦庵、西堂諸公及明人雜劇，往往及之。不揣固陋，別創規模，非好與古人爭勝也，正如共此一副洪壚，所以銷鎔塊壘者，用各不同耳。至其間參差信史，不協宮商，余既非太史公世掌典章，亦非柳屯田善謳風月，知我者定有以諒之。倘必欲事事考其正僞，則有《通鑒》《二十一史》在，無庸較此戲場面目也。余僅爲補聲山有志未逮，又何嘗欲以區區頑石塞東南缺陷，聲聞於天耶？

鍊情子題於別有壚軒

周樂清《〈補天石傳奇八種〉凡例》（《傅惜華藏古典戲曲珍本叢刊》所收本《補天石傳奇》卷首）：

一、各劇中，有與史鑒背謬者，勢處不得不然，所謂"戲者，戲也"。然亦有藉正史發揮者，如樊於期因成蟜事逃燕；李陵爲當戶遺腹子降胡，族誅爲管敢、公孫敖所誤；其他任立政、李禹等，皆列傳所有。至陳湯、甘延壽功高賞薄，呼韓牙后妒，均可藉以敷演。他如趙武靈王英偉，足爲秦敵；岳忠武遣梁興招集太行豪杰，李若虛因班師致書，微及檜事，亦皆傳中實事。至叩馬書生，雖不知名姓，而秦檜航海而歸，有王姓者爲之邏應，因牽合之。鄧伯道與周伯仁相契；循良爲南渡冠，因焚厩事，胡人報以牛馬；荀奉倩好談黃老，皆傳志中班班可考者。餘散見於他書，更難指屈，苟可引証，亦牽類及之，毋謂《子虛賦》，一概烏有先生焉。

一、明人有《易水寒》一劇，作爲荆軻生劫秦王，繞殿追逐，幾如村夫毆撲，令人齒冷。且一經秦政虛諾，即隨王子喬仙去。作如此不了事，漢何苦以田、樊性命爲兒戲？尤令人挹悶。又徐坦庵《大轉輪》，則以三國爲韓、彭、黥後身，以亡漢興晉爲關目。然六出祁山者，何以慰厥躬盡瘁？余以爲葫蘆谷之火及《拜斗》等劇，已梨園熟演，童稚皆知，又何妨就題變幻，較之另創排場者，似更快心悅目。

一、尤西堂太史《弔離騷》《琵琶怨》兩劇，見於本集。時人又有《懷沙》《和番》兩記焉，若作屈子乘龍仙去，懷王終死於秦，恐未足以暢忠魂。至昭君本係掖庭之女，何以竟作后妃遠嫁？夫一介小民，亦未肯輕分伉儷，豈萬乘和親，如是喪氣，怨則寫矣，如漢帝何？至《懷沙記》組織《離騷》語句入曲，備極苦心，竊恐知音難得。《和番》則曲白鄙俚已極，關目亦毫無情理。自宜另出心裁，不敢輕拾牙慧，非好與前人辯難也。

一、聲山所列名目，尚有"博浪沙始皇中擊"一條。余以爲事類燕丹，未便複見，故於科白中表出。即荊軻刺刃，漸離擊筑，亦以片語及之。蓋文熟求生，事詳宜略，相題所應爾也。此外又摭古人遺憾之事，添列數種，以補聲山所未及。魚魚鹿鹿，未克竣功，然未敢如聲山之先標名目，使閱者作望梅畫餅想也。

一、此卷歌詞，填於途次。隨手而錄，信口而歌，祇求達意快心，不能律以南北套數。解鞍之後，翻閱院本，填注九宮，聊以分別牌名而已。移宮換羽，亦行樂之一端，顧曲者幸勿拘拘以格譜繩之也。

一、自蒞錦江，催科撫字，昕夕不遑，何暇作"曉風殘月"之問？久已束諸高閣。乃荷譚鐵簫郡伯爲之按譜正拍，陳雨峰都督又復欣賞再三，敦勸付梓，并代爲鑒定開雕，適增余之愧怍。然簿書叢午，究未嘗自校魯魚亥豕也。

鍊情子附記

陳階平《〈補天石傳奇〉叙》（《傅惜華藏古典戲曲珍本叢刊》所收本《補天石傳奇》卷首）：

文泉明府以樞曹功蔭，作宰錦江，三月政成，一時興誦。適余偶睹其《補天石傳奇》一册，爲奏擢赴都途中近作，擴前人所未發，補前人所未逮。

而乃秘不示人，則以寄情詞齣，於文學政事，均非所宜爲慮。而余則曰："否否。"

夫文生於情，情根於性。古者教忠教孝，有不得已而托爲歌咏，或播諸管弦，甚有補其缺陷，從離恨天上，極意形容，使人觀感。此後世樂府院本所由肇始。而乃歧其類者，則以造意選詞之深淺爲區別。如此集中之《宴臺》《歸廬》《求盟》《醉凱》諸齣，其忠愛懇摯、百折不回之忱，皆能於關目扼要處立案翻新，令閱者擊節稱快，嘆未曾有。至於《歸璧》《合弦》之情得其正，《墓封》《鼓圓》之事動以誠，此亦扶持倫常，何在非秉彝之所同好者？

明府以浙西名家子，屢膺鶚薦，一行作吏，知必有學道愛人，而以弦歌敷爲雅化者矣。夫何鑷置清詞，使都人士不先聆其至和，而鼓舞精神耶？是以代付剞劂，爲鼓吹休明一助。若夫響成金石，調叶宮商，鐵簫太守已引爲知己，而余以粗聽邊笳之聲，又安能於紅豆紫雲強作解事人乎？是爲序。

道光歲次庚寅冬，泗州陳階平識

譚光祜《〈補天石傳奇〉序》（《傅惜華藏古典戲曲珍本叢刊》所收本《補天石傳奇》卷首）：

余初識文泉明府於邵陵，讀其古今詩及咏史樂府，鏗鏗然有絲竹之聲。因知尊人從軍辰沅，未竟其志。既而君浮洞庭，涉湘嶺，抱西河之戚，又有錦瑟之傷，發爲詩歌，慷慨激昂，纏綿悱惻。謬引余爲同調，訂金石之交者有年矣。

項自金臺歸，以途中所撰《補天石傳奇》詞屬余正譜，蓋毛聲山《琵琶記序》中所擬之目也。省博浪沙於燕太子《宴金臺》之中，增岳鵬舉痛飲黃龍府爲《碎金牌》，而刪南霽雲殺賀蘭、趙德昭勘趙普二事，餘則如聲山之舊。得傳奇八種，自署曰"鍊情子撰"，誠足以填東南之陷、扶西北之傾矣。

前人院本，如《易水寒》《大轉輪》《吊離騷》《琵琶怨》《南陽樂》諸作，各有短長。要其藉歌作證，補恨甘心，慰古人叫閽之靈，恣後人破荒之想，終不若此本之淋漓痛快也。其曲終之語曰"把轉輪王大權奪轉"，曰"誰肯畫依樣葫蘆"，曰"例變《春秋》太史公"，曰"鐵鑄奸人頸帶傷"，曰"是民是子皆平等"，作者之胸臆，於是乎見。而殿之以苟奉倩之《波弋香》，卒章之亂曰："塊壘難消藉酒杯。"鍊情子之情，可謂一往而深矣！

余既正其譜，又以鐵簫度其曲，雅合九宮。因揭其意旨所在，視君所爲古今詩及咏史樂府，蓋誠有異曲同工者。是爲序。

道光十年七月七日，吹鐵簫人譚光祜書於吹簫看劍讀書處

邱開來《〈補天石傳奇〉序》（《傅惜華藏古典戲曲珍本叢刊》所收本《補天石傳奇》卷首）：

庚寅仲夏，文泉明府自都旋任錦江，寄示途中懷古各咏，并所製《補天石傳奇》。時天久不雨，當空火傘，如坐甑中。余方病瘧伏枕，忽接嘉訊，驚喜至再。亟取讀之，神蘇魄爽，如張北風圖畫，不知身之所苦，擊節高吟，家人呼晚餐勿應也。

友某館宅之東廂，异而問曰："久不聞君書聲，今而琅琅若此，豈驟獲生平未見書耶？"予作而應曰："然。此文之奇而新，新而至者也。吾讀之，而二竪邂焉。檄愈頭風，果非虛語焉。"友求閱，未及半，謂予："此特傳奇耳。舊事翻新，實者虛之，虛者實之，殆亦文人狡獪。子特傾倒之甚，可得聞厥旨乎？"

應之曰："自兩儀既判以後，無陳陳相因之世界。山川民物，飛潜動植，無刻不新。盛平之世，民氣敦龐，物無夭札，舊矣無奇焉。迨運數否而刑賞失中，殘賊起而忠孝不明，其於善惡，有報應全爽者，天亦若莫可如何。如後人讀史，每爲之扼腕流涕，思欲於舊事之判乎常者，務反之正而後即安，此非人心自然感發之新機乎？羲經卦象，特名曰《易》，解者謂交易、變易，

而卒歸於不易。非交不奇,非變不新,非卒歸不易不可言至。夫忠臣孝子,離人怨婦,感時傷事,不平之鳴,釀成缺陷宇宙,當時已莫之救而聽之矣。若使慘魄幽魂,賫憾泉臺者,千載永戴覆盆,揆諸民彝物則之衷,究屬百世未定之案。嗚呼!士無上下千古之識,不克為古人擔憂則已矣。如其不然,天生才人,必能重開生面,補苴罅漏。於舊史之傳熟者,一朝忽易其局,雖為异樣翻案文章,却是生大歡喜故事。蓋理之不易,而協乎人心之所同然故也。被弦管而登歌場,令觀者無不悅目快心,觸發天良,則誅奸慝於既死,發潛德之幽光,不是過矣。戲也云乎哉!傳奇多矣,若此文之奇而新、新而至者,得未曾有。"

友曰:"如君言,信非強作解事者。明府此書,所關在倫常,非同小補,苦心終當不沒。曷不以此意跋其後?"友退,乃叙次所論如此。

道光庚寅六月既望立秋後一日,湘漁邱開來頓首拜書於烟谿之猶興書屋

呂恩湛《〈補天石傳奇〉跋》(《傅惜華藏古典戲曲珍本叢刊》所收本《補天石傳奇》卷首):

"天道無親,常與善人",豈非古今通論乎哉?顧有時愚夫愚婦,慷慨發憤,徑行己志,其精誠所感,通天亦若或默相之。至舊聞所傳忠臣孝子、仁人義士,扶綱常而輔世教,慨然欲有所為於天下,而天若阻塞摧抑之,使不克竟其志。如李廣之不侯;李陵之降虜不反;諸葛武侯之志決身殲,而漢祚終不可復;岳忠武之耻和金虜,而痛飲黃龍之願不克副。讀史者未嘗不廢書三嘆,終歸於天道之不可知。此天之缺也,抑造物者故為此狡獪,使後人代為之不平耶?

周子文泉,秉异才,經術飾治。以上計入都,塗中雜取古人事迹,可為扼捥太息、無可如何者,譜傳奇八種,名曰《補天石》。構思於車塵馬足之間,擲筆於土竈篝鐙之側,翻新出奇,代伸其志而平其憾,使不得於天者而

皆償於人,令讀者眉飛色舞,若真有其事者,信所謂"筆補造化天無功"也。信乎!天不可知於前,若天缺而搏土爲石以補之,豈非補天之手乎?余故樂書於後。

道光十有七年歲次丁酉秋九月,純如子江左呂恩湛識

歐陽紹洛《〈補天石傳奇〉題詞》(《傅惜華藏古典戲曲珍本叢刊》所收本《補天石傳奇》卷首):

往事誰能叩九閽?茫茫天意總難論。憑將旋轉乾坤手,一洗人間萬斛冤。
文章舊價數瓊蕤,贏得清詞付雪兒。試遣老龍吹鐵笛,不應新調犯龜茲。

新化歐陽紹洛碉東

張家榘《〈補天石傳奇〉題詞》(《傅惜華藏古典戲曲珍本叢刊》所收本《補天石傳奇》卷首):

大塊蒼蒼恨可穿,鄞陽煉石總徒然。多君五色生花管,盡補媧皇萬古天。
快事奇文似此無,宮商況可叶吳歈。銅琶鐵綽當筵上,處仲應防碎唾壺。

湘潭張家榘蓉裳

危煥臺《〈補天石傳奇〉題詞》(《傅惜華藏古典戲曲珍本叢刊》所收本《補天石傳奇》卷首):

千秋缺陷事如林,精衛難填北海深。入破應輸公識曲,驚飛殊愧我知音。
剪裁經史翻疑案,旋斡乾坤費匠心。莫向痴人前說夢,高山流水伯牙琴。

黔陽危煥臺漢南

李聯璧《〈補天石傳奇〉題詞》(咸豐五年靜遠草堂重刻巾箱本《補天石傳奇》卷首):

千古傷心事可哀，百年遺憾力難回。天生一片多情石，補出乾坤造化來。恨事翻成快事多，移宮換羽喜聞歌。"大江東去"青雲上，不使千秋唱奈何。

周樂清

沅陵李聯璧穀舲

李星沅《〈補天石傳奇〉題詞》（咸豐五年靜遠草堂重刻巾箱本《補天石傳奇》卷首）：

鰲擲鯨呿一卷開，狂歌痛吸掌中杯。快心創論探喉出，放膽雄鳴震耳來。泉下韓彭同雪涕，古時遷固盡銜枚。鴻渠鄭重春秋筆，可惜參僚鬱史才。

湘陰李星沅石梧

危煥臺《〈補天石傳奇〉題詞》（咸豐五年靜遠草堂重刻巾箱本《補天石傳奇》卷首）：

鴻爐大啓任陶甄，一片曾經百煉純。武帝漫思訴真宰，媧皇應許作功臣。銷將此日難銷恨，了却當年未了因。便說夢夢天網漏，補天竟有世間人。

黔陽危煥臺漢南

鄒均《〈補天石傳奇〉題詞》（咸豐五年靜遠草堂重刻巾箱本《補天石傳奇》卷首）：

文字因緣數載前，瑤篇枉贈意綿綿。譜成法曲神尤艷，吟到陽春句欲仙。清福幾人能領略，奇才終古不虛傳。他時重與周郎晤，夜雨寒燈醉管弦。

筆尖橫掃五千軍，滴粉搓酥氣味芬。塵世浮名堪笑我，乾坤事業總輸君。天涯落拓同搔首，海國蒼涼屬异聞。等是有家歸未得，願抛書劍學耕耘。

南豐鄒均壽泉

李翔《〈補天石傳奇〉題詞》（咸豐五年靜遠草堂重刻巾箱本《補天石傳奇》卷首）：

銅琶鐵板繼眉山，案盡掀翻恨盡刪。此曲定知天上有，偶然吹落到人間。心真是佛骨真仙，結到千秋歡喜緣。盡把英雄兒女淚，一時散作雨花天。

武陵李翔皋渠

朱元佑《〈補天石傳奇〉題詞》（咸豐五年靜遠草堂重刻巾箱本《補天石傳奇》卷首）：

離奇光怪語驚筵，收拾奚囊付一編。不讀三千年上史，騷壇許挾筆如椽。珠璣錯落錦離披，爲付旗亭唱莫遲。自古才人誰比例，香山風調悔庵詞。

同邑朱元佑雪篁

劉嘉淦《〈補天石傳奇〉題詞》（咸豐五年靜遠草堂重刻巾箱本《補天石傳奇》卷首）：

樂府傳新制，挑燈仔細吟。補天抒夙恨，擲地有餘音。常抱千秋感，曾傾三載心。鶴聲飛一一，甘自守雞喑。

元和劉嘉淦雲階

周懷綬《〈補天石傳奇〉題詞》（咸豐五年靜遠草堂重刻巾箱本《補天石傳奇》卷首）：

劫灰歷盡萬千秋，開闢多將缺陷留。別有爐錘一鎔鑄，補天功與女媧侔。極目蒼茫喚奈何，唾壺擊碎發清歌。一瓻贈我中山酒，澆却胸中塊壘多。

陽湖周懷綬亦山

周樂《〈補天石傳奇〉題詞》（咸豐五年靜遠草堂重刻巾箱本《補天石傳奇》卷首）：

贏兒頭腦碎沙塵，婦女容顏志竟伸。若念長城功萬世，扶蘇差可嗣西秦。

狙擊祖龍人亦奇，秦亡豈獨救燕危。金臺縱有金千萬，難鑄當年力士錐。（《宴金臺》）

老奸畏蜀真如虎，名士殲曹幸得龍。羽扇功成青蓋入，快心炎鼎返關中。

樓桑業改三分局，歸里桑仍八百株。茅屋陰濃高臥穩，祇悲同出鳳雛無。（《定中原》）

斷無國士肯降胡，夜聽霜笳泪欲枯。若使白頭新尚在，定應尺組擊單于。

將才難得負詩才，揮手河梁幸又回。令德果然崇皓首，故人重聚并顏開。（《河梁歸》）

環珮依然返漢家，邊愁懶再訴琵琶。佛門獅吼慈悲甚，不使花容委塞沙。

身出離宮即謫仙，劫餘豈復戀塵緣。却憐易代和親女，幽恨難望青鳥傳。（《琵琶語》）

方城漢水固金湯，未必雄圖遜虎狼。早遣三閭為令尹，商於那得誤懷王。

忠魂湘水竟能招，蘭佩芬芳賦早朝。賈傳若逢此漁父，鵩鳴詎肯殢牢騷。（《紉蘭佩》）

一意和金甚肺腸，蠟丸奸露也難防。當時若碌秦長脚，頑鐵誰還鑄廟旁。

二帝鑾回五國城，奇功十載費經營。笑余看到黃龍飲，也對寒燈酒滿傾。（《碎金牌》）

為保孤兒弃己兒，匆匆縛樹痛生離。若論天道兒應活，況復循聲五馬馳。

一顆珠還去郡年，莫須有事想當然。那堪老我童烏渺，淒若餘生祇自憐。（《紞如鼓》）

盲風容易折鴛鴦，豈獨荀郎神暗傷。兒女情深空爾爾，世間那有返魂方。

周樂清

誤人性命是庸醫，惡道輪迴戚自貽。料得才人悲錦瑟，藉題笑罵墨淋漓。（《波弋香》）

歷城周樂二南

楊恩壽《〈補天石傳奇〉評語》（《詞餘叢話》卷三）：

尤西堂先生嘗云："著《補天石傳奇》，以彌天地之憾。"未見其書。嘉慶末，周文泉大令以任子知邵陽縣事，譜《補天石》八種，種各八齣。時譚鐵簫太守知寶慶，即以鐵簫正譜。楚南宦場風流佳話也。備錄八種總目如左：《太子丹耻雪西秦》《丞相亮祚延東漢》《明月胡笳歸漢將》《春風圖畫返明妃》《屈大夫魂返汨羅江》《岳元戎宴集黃龍府》《賢使君重還如意子》《真情種遠覓返魂香》。

鄧祥麟
(1788—1839後)

原名湘霖，字樵香，號幼鳴、桃生，別署大翮山房主人、二槎過客等，欒城（今河北石家莊）人。天資英敏，學問充實。幼年隨任海州，與當地許喬林、許桂林兄弟一起讀書、唱和。十六歲歸鄉，應郡縣試獲冠軍，補博士弟子員。嘉慶十五年（1810），鄉試中舉，入國史館充錄事。嘉慶二十五年（1820），由謄錄升任廣西橫州知州。道光三年（1823），以直忤上司，被削職。道光七年（1837），復任廣西凌雲縣知縣。道光九年（1829），升任象州知州。著有《第二槎亭吟草》六卷、《第二槎亭續草》二卷、《六影詞鈔》六卷、《大翮山房集》四卷、《雲衣集》二卷。有《避債臺》雜劇傳世。

按，關於其身份，《清代雜劇全目》言其"姓名待考"，張增元《明清戲曲作家事迹考略續編》據《河北通州志稿·著述》考訂其人。又，關於其生年，說法不一，《清代雜劇全目》云其"約爲乾隆、嘉慶間人"，《中國曲學大辭典》定其爲"清嘉、道間人"，張增元《明清戲曲作家事迹考略續編》則言其爲"嘉慶間人"。黃勝江《乾嘉文人曲家考略三題》據《清代官員履歷檔案全編》奏事檔及《避債臺》第一折，考訂其生於乾隆五十三年（1788），且道光十九年（1839）尚在世，暫從。

傳記文獻：《國朝詞綜補》卷二十六、（同治）《象州志·紀地》、（同治）《象州志·紀官》、（同治）《欒城縣志》卷十一、（民國）《凌雲縣志》、黃勝江《乾嘉文人曲家考略三題》（《戲曲研究》2017年第4期）、張增元《明清戲曲作家事迹考略續編》（《文獻》1989年第2期）。

《避債臺》

● 劇情概要與本事

劇首署"大翮山人填詞,琴想居士題評"。四折,依次爲《慮債》《奔臺》《煮鬼》《說夢》。寫常山書生南陽君瓊,夙耽經史,旁覽詞章,然身逾半世,一第未成,且不善治生,致使家運迍邅,債務壓身。時近年關,四壁蕭然,無以卒歲,愁悶不已。妻子皇甫鳳求甚爲賢淑,不以貧窮爲意,見丈夫終日悒悒,特備斗酒,爲其驅遣愁魔。南陽生告訴妻子,因連年負債,那一班認錢不認人的市井之徒必趁過年時節前來討債,自己無力償還,定遭侮辱,不如前往城南田莊作避債之游,妻子認爲此計甚好。南陽生來到莊上,倒也安静清閑,却被一個催繳錢糧的皂隸撞見。他怕泄露消息,便轉往城東柴武臺躲避,不料又被三位前來踏春的好友發現,紛紛向他索取題詩等,令其甚爲厭煩,祇好又移向城西樂武臺。途中遇到了向他討要酒錢的小酒保,酒保將其行踪告訴了四處找尋他的債主們。送竈之日,南陽生正與本空和尚弈棋消悶,債主們紛紛趕來向他逼債。南陽生煞費周旋,纔將他們支走。這時,他想到一個絶妙去處,即城外大翮山中一石室,名曰"小嬭嬛洞天",平時很少有人去。一日,他正在小嬭嬛洞天中把卷沉吟,五個自稱爲才窮、文窮、學窮、命窮、交窮的窮鬼踉蹌闖入,對其極盡糾纏、揶揄。南陽生無奈,祇得閉目不理。朦朧之中,見鬱壘、神荼二金甲神人趕到,言稱奉新封三界都巡鍾馗之命,將五窮鬼帶回,濃烹一鼎。并説鍾馗要提携寒士,爲窮儒出氣。少頃,又有一位仙官到來,自稱是長恩御史,常與脉望仙童隨侍都宫,共司文柄,今脉望已授朱衣神職,將南陽君瓊名禄注明天册,并請他爲嬭嬛都護,守此洞天。南陽生醒來之後,年關已過,趕回家中,債主都已散去,妻子亦草具杯盤候他多時。街上人們紛紛傳説,除夕夜裹,有一群討債的人在其門口逼債,均被鍾馗一一趕走。南陽君瓊將夢中故事說與妻子,并將家中半畝薄地、幾間茅屋借名大翢山房,內隔一室羅列書史,借名小嬋嬛洞天,以見安不忘危之意。夫妻將鍾馗像挂於戶壁,南陽生乘興寫了"大翢山房""嬋嬛書洞"二匾懸於門上。夫妻又將長恩、脉望、鬱壘、神荼四神祝禱一番。此時,方長松一口氣道:"今年的債算是避過了。"

生扮南陽君瓊、鬱壘、西都太虛、脉望,旦扮皇甫鳳求,貼扮錢猴兒,老旦扮藥老虎,净扮鍾馗,副净扮皂隸、阮土鰲、神荼,末扮東方不稽、倉老鼠,丑扮農夫,小丑扮酒保,外扮北宮莫究、本空和尚、長恩,雜扮五窮鬼、四商人。

是劇當為作者自身經歷之寫照。據作者《〈避債臺〉叙》,該劇完成於嘉慶二十三年(1818)。

● 著錄、版本與收藏情況

《清代雜劇全目》著錄。現存嘉慶間刻巾箱本,藏中國藝術研究院圖書館,《傅惜華藏古典戲曲珍本叢刊》第 87 冊據之影印;清刻本,藏北京大學圖書館。

● 序跋、題詞與評語

鄧祥麟《〈避債臺〉叙》(《傅惜華藏古典戲曲珍本叢刊》所收本《避債臺》卷首):

丁丑,余有奉倩之傷。歲暮家居,復為債困,忽忽然不樂。邑大令朱玉寒先生置酒以寬余,席間,問近何為,余漫應之曰:"作《避債臺》樂府一卷。"

明年春,先生索觀,猝無以應,乃於元夕燈下屬稿,翌日以呈先生。先生曰:"君詞則新矣,彼赳赳焉莊上催租者何居?"余答曰:"兹臺凌空結構,其地或間取實迹,其人則盡屬憑虛。況青蓮騎驢被喝、邠老斷句難聯,小隸之助成佳話者,正復不少。必欲指其人,不亦慎乎?"先生喜爲題《百字令》一調。先生善謔,"樂臺辭債"一則,亦余所聞而竊取之云。

戊寅秋分後三日,大酣山房落成,因自爲叙

許桂林《〈避債臺〉序》(《傅惜華藏古典戲曲珍本叢刊》所收本《避債臺》卷首):

月南與客讀《避債臺》樂府,一客喟然曰:"樵香豈避債乎哉?債亦無心,避亦無心,有臺斯登而已。然柴臺訪碑,幽矣,而傭保至;樂臺觀弈,靜矣,而駔儈至;大酣山房讀書,清且邃矣,而魑魅至。嘻,可駭也!及鍾馗一出,長恩執杖,脉望捧爐,斂光起霞,歌聲喝月,天上地下,睢盱齷齪之物,莫不睨視雌鳴、狸伏而鼠竄,又何怊乎?"於時客多下第者,忽有秦人拍案而起,曰:"鍾判官非擧進士不第者耶?壯哉我輩!"衆客皆拊掌頓足,哄然大笑而散。月南擧以告樵香,曰:"此特一時取快之言耳!"我輩債正多,且有不可避者。入蘭臺而文章之債償,畫雲臺而功業之債償。樵香勉乎哉!五窮鯖明年定化紅綾餅餤也。

己卯四月,琴想居士許月南題於金臺旅館

朱承澧《〈避債臺〉題詞》(《傅惜華藏古典戲曲珍本叢刊》所收本《避債臺》卷首):

爆竹驚心,不因駒影逝,頓添煩惱。可奈頭銜成債帥,逃入虛無縹緲。避債出游,偏逢債主鬼伯相尋巧。當年彩筆,險些兒齊來討。　不但東野鬢絲,玉川城屋,一世甘枯槁。便是飛卿奇骨格,也被揶揄到老。已癯詩靈,送窮文拙,此事没分曉。憑君高唱,假寐圓驚醒了。(調寄《百字令》)

木末居士

許桂林《〈避債臺〉評語》（《傅惜華藏古典戲曲珍本叢刊》所收本《避債臺》）：

氣華味腴，骨雋韻遠，真才子之筆。故雖傳奇、雜劇，超然於塵壒之表。（第一折《慮債》末）

波瀾不竭，機趣相生，結尤緊絕警絕，真淵淵金石聲也。（第二折《奔臺》末）

快事雄文，如披陳琳"愈風"之檄，如誦盧仝《月蝕》之詩。（第三折《煮鬼》末）

才從學出，故能大雅；味從情生，故能深至。此折複叙前情，最苦疊牀架屋，作者偏另出一種卮言，活活潑潑，餘味曲色，真能手也。（第四折《說夢》末）

擊壤民

姓名、字號、里籍及生平事迹均不詳,當主要生活在乾隆時期。《清代雜劇全目》言其"為清道光以前時人",待考。著有雜劇《萬壽圖》一種。

《萬壽圖》

劇情概要與本事

八齣,依次為《宣化》《效靈》《多士》《農樂》《惠工》《利商》《集祥》《大慶》。劇首有【菩薩鬘】【慶清朝圖】二曲,以為開場。寫乾隆皇帝即位以來,四海同清,萬邦咸服,四民各得其所,普天皆享太平之福。兹又眷顧東南,巡幸江浙,駐蹕湖上。觀音大士見此,即指示諸神,整頓湖山,呈奇獻伎。諸神依照法旨,紛紛效靈獻瑞。湖山之神蠲去濁流,拂開塵垢,使景星慶雲,吐露祥光,照臨瑞氣。西湖花神遣人掃去殘烟,收回宿雨,使群芳盛開。文昌帝君率領朱衣神等廣開文運,汲起士風,衆士子感念君恩,立志獻身報效。劉猛將在風伯、雨師協助下,使風調雨順,年豐歲登。魯班亦遵照大士宣示,會意群工,指迷百技。趙天君命招財、利市保護商民,共享繁華。至此,四境澄清,萬民樂業,古今罕見。觀音大士又遣善財、龍女,往瑶池請來西王母等,將人物之美、衣冠之盛、山川之秀、品物之華等,采擇於笙歌之内,製成一幅《萬壽圖》,連同王母蟠桃,恭進千秋萬歲之觴,并上皇太后聖節無疆之壽。

生扮文昌帝君,小生扮葛洪,旦扮觀音大士、商人,老旦扮朱衣神、雨師、利市、西王母,貼扮紫元夫人,净扮星主、魁星、農人、趙元壇、雲林夫人，副净扮雲官、魯班、招財、紫薇夫人，末扮劉錡，丑扮花神、工匠、車夫、麗華夫人，外扮湖山之神、舉子、風伯，老旦、貼扮司花侍者，副净、丑扮天聾、地啞。此外，登場人物尚有善財、龍女、衆士子、衆號軍、衆農人、百工、衆商人、衆車夫、董雙成、許飛瓊、賈陵華、段安香等，俱未分配脚色。

本事不詳。是劇應爲迎接乾隆皇帝南巡所作。

◆ 著録、版本與收藏情況

《清代雜劇全目》著録。現存姚燮《今樂府選》稿本第 2 冊所收本，藏浙江圖書館；清稿本，藏臺北"國家圖書館"。

嚴廷中
（1795—1864）

　　字石卿，號秋槎，別號岩泉山人、秋槎居士、紅豆道人，宜良（今雲南宜良）人。資性穎异，有雋才，好吟咏。年十三，所作詩詞即傳誦於京華，然屢試不第。道光元年（1821），由諸生補爲萊陽姜山丞。道光十八年（1838）歸鄉，二十年（1840）主講雉山書院。咸豐間，歷署福山、文登、萊陽、諸城、蓬萊等縣。勤政惠民，尤以講學、訓士爲第一義。晚年僑居萊陽，境遇蕭然，客死异鄉。工詩詞，通音律，善製曲。曾至揚州，結春草社，爲《春草》詩，和者百餘家。著有《拈花一笑錄》《懷人小草》《麝塵詞》《紅蕉吟館詞存》《紅蕉吟館試帖詩存》《藥欄詩話》《岩泉山人詩四選存稿》《兩間草堂古文》《瘦紅集》等。戲曲作品有《秋聲譜》《鉛山夢》《河樓絮別》，今存《秋聲譜》雜劇。

　　傳記文獻：單爲璁《詞人嚴秋槎小傳》、繆爾紓《嚴廷中傳》（方樹梅輯《滇南碑傳集》），何家琪《宜良嚴先生小傳》，（民國）《萊陽縣志》卷三，（光緒）《蓬萊縣續志》卷六，（民國）《新纂雲南通志》卷二百三十二，（民國）《宜良縣志》卷九，（民國）《福山縣志》卷三之一，（民國）《文登縣志》卷五。

《秋聲譜》

　　包括雜劇三種：《武則天風流案卷》《沈媚娘秋窗情話》《洛城殿無雙艷福》。據作者《〈秋聲譜〉自記》，該劇完成於道光十九年（1839）八月。

劇情概要與本事

《武則天風流案卷》

《秋聲譜》之一，簡名《判艷》。劇首署"宜良秋槎嚴廷中填詞"。一折。寫大周皇帝武則天，生前穢亂春宮；死後，上帝念其尚諳國政，封之爲如意妃子，管領女獄奈何司之淫魂蕩鬼。又封上官婉兒爲鏡花使者，隨同開示，普度幽魂。時值中元冥節，例放諸魂，武則天與上官婉兒將奈何司中趙雲娘、錢雨娘等一衆女鬼傳來審問，問明死因後，認爲她們孽雖自作，情尚可憐，各與鴛鴦印牒一張，赴轉輪王處投生，且使來世遂意如心，各偕匹偶。

旦扮武則天，貼旦扮上官婉兒，老旦扮捧册人。登場人物尚有趙雲娘、錢雨娘、孔巫娘、李山娘、周巧娘、吳倩娘、宮女八人、女侍四人、神將四人等，俱未分配脚色。

本事不詳。

《沈媚娘秋窗情話》

《秋聲譜》之二，簡名《譜秋》。劇首署"宜良秋槎嚴廷中填詞"。一折。寫沈媚娘本揚州名妓，嬌如芍藥，艷比瓊花。十五歲時爲避兵火，隨母遷居山東茌平，送客迎賓，朝歡暮樂，不覺已過十載。年長色衰，門前鞍馬日漸冷落。時值暮秋天氣，媚娘倍覺淒凉。常州書生商金錫，年方弱冠，名貫東南，應試北上，路過茌平，聞其艷名，特來相訪。見沈媚娘美貌，贊其名不虛傳；問其身世，沈媚娘自彈琵琶唱曲告之，商生深表同情。沈媚娘今遇商生，亦有相見恨晚之意，夜深人静，二人同榻而眠。

生扮商金錫，旦扮沈媚娘，老旦扮沈母。

本事待考。

《洛城殿無雙艷福》

《秋聲譜》之三。劇首署"宜良秋槎嚴廷中填詞"。四齣，分別爲《囑試》《諢場》《盼榜》《圓花》。寫唐高宗時，天后武則天性愛詞章，欲收羅天下才俊，下詔考取名士五十人，備内廷供奉之班；考取才女五十人，列彤管箴規之任。試期將臨，天下男女雲集京城。繼而又下一詔，令中式之未婚男女按名次兩相婚配。酷吏來俊臣有子名布德，生性愚頑，胸中無半點筆墨，意欲入場厮混。佞臣傅游藝生女葉娘，粗陋不堪，亦想進場充數。閻朝隱因諂媚武后，被欽點爲主試官。來、傅分別送上金銀，托其照應兒女。試日，試題不是詩文策論，而是對聯和分題咏物，才子、才女俱對答如流，獨布德、葉娘醜態百出，十分狼狽。出榜之日，衆人坐立不安，疑神疑鬼。結果花冠芳中女榜第一，傅葉娘第六；男榜中，來布德第一。據詔旨，冠芳應嫁布德。花冠芳因此大哭，感慨紅顔薄命。時聖旨下，因褚遂良上奏此科場中弊端甚多，命中式男女士子明日往洛城殿復試，太平公主爲正考官，上官婉兒爲副考官。花冠芳聞之喜悅，認爲婚事或有轉機。復試之題，男士子爲猜藥名，祇有布德猜錯；女士子爲繪畫，葉娘不會，即從褲襠中掏出一幅春意圖蒙混。來、傅二人被押在一旁，聽候發落。公主等將結果奏上，詔書下，才子欽授翰林，才女欽授女學士，兩兩相配。來、葉兩個怪物相配。又有一旨下，花冠芳授女狀元，選爲豫王李旦次妃，拜太平公主爲義母，率領衆人游街三日。

生扮蔣文，小生扮沈章，旦扮盧梅仙，小旦扮韋蘭心，花旦扮李竹雲，搽旦扮裴菊友，貼旦扮花冠芳，老旦扮趙媽媽，淨扮來俊臣，中淨扮傅游藝，副淨扮傅葉娘，小淨扮閻朝隱，末扮韓禮，丑扮來布德，雜扮楊樂、婢女。此外，登場人物尚有人役、書吏、報子、長班、上官婉兒、太平公主、太監、侍衛、内監等，俱未分配脚色。

本事不詳。劇中才女應試一節，或襲自清李汝珍（1763？—1830？）《鏡花緣》小説。

著録、版本與收藏情況

《清代雜劇全目》《古典戲曲存目彙考》《古本戲曲劇目提要》著録。現存咸豐四年（1854）原刻本，藏國家圖書館、中國藝術研究院圖書館，鄭振鐸《清人雜劇初集》、《清人雜劇百廿種》第2册及《古本戲曲叢刊十集》據之影印，卷末署"鏡波李菱娥正譜"。其中《洛城殿無雙艷福》又有王永寬、楊海中、幺書儀選注《清代雜劇選》（中州古籍出版社1991年版）所收本。

序跋、題詞與評語

嚴廷中《〈秋聲譜〉自記》（《清人雜劇初集》所收本《秋聲譜》卷首）：

故山歸後，忽忽寡歡。斜月在門，遠風生水。秋聲從落葉中來，如怨竹哀絲，助人淒惻。秋以聲爲譜，吾且以秋爲譜。若賞音無人，則歌與寒蟲、古樹聽之。

道光己亥八月，秋槎居士記於今是園之梅月三生室

嚴廷中《〈秋聲譜〉再記》（《清人雜劇初集》所收本《秋聲譜》卷首）：

昔里居，偶製《秋聲譜》傳奇，羽謬宫乖，未敢出以問世。壬子冬在萊陽，寄正於周文泉刺史。甲寅秋，以事赴萊州，則文翁已付之手民矣。紅牙拍板，愧柳七之諧聲；素手鳴箏，感周郎之顧曲。爰書梗概，聊志因緣。

時咸豐甲寅重九，秋槎嚴廷中再記

周樂清《〈秋聲譜〉序》（《清人雜劇初集》所收本《秋聲譜》卷首）：

嗟乎！局翻狡獪，劇傷地老天荒；使錯氤氳，每慨花殘月缺。夢醒三生石上，舊約難忘；情牽一縷絲中，春風無賴。此駱賓王詩悲奇舛，桓子野歌

唤奈何也已。

秋槎二兄，地毓昆明，家承屏翰，盟堅一諾，手擲千金。廣不封侯，且入哦松之廨；民原若子，歡迎騎竹之童。屈、宋銜官，漫感鸞飄鳳泊；蘇、辛樂府，咸誇冰叩珠排。偶登黃鶴樓頭，氣吞雲夢；小泊桃源洞口，伴結漁樵。心妙通仙，句靈呈佛。憎人間之風月，變世外之烟雲。却扇交縞，婚殊草草；黃泉碧落，恨則綿綿。配新婦於參軍，斯言莫踐；嫁才人於厮養，實命不猶。紫臺飛一去之魂，紅玉灑千行之淚。但教蝴蝶，紛逐幽香；可惜鴛鴦，動遭非匹。玉版少回生之術，銀丸乏消怨之方。未免有情，彼美瘦同黃菊；似曾相識，使君淚濕青衫。此皆莫可名言，總是不如意事。

君以爲解人難得，妙處當傳。每嫌蟻夢之非真，奚若梨園之可假？鸞箋五色，宛開躅忿之花；斑管一枝，特種忘憂之草。郊寒島瘦，舉嗤西子之鄰；宋艷班香，嫁必東宮之妹。不待朱衣使者，刮顯金鏡；遠驅白蠟明經，量將玉尺。飲風餐露，別傳姑射之神；暮雨朝雲，肯附高唐之迹。一唱三嘆，妙有餘音；萬紫千紅，遍留春色。擲金聲而應地，君其冠幟一軍；煉卷石以補天，我願退師三舍。（時索余《補天石》拙著。）

咸豐二年壬子中秋日，海昌愚弟周樂清文泉甫拜撰

朱蔭培《〈秋聲譜〉跋》（《清人雜劇初集》所收本《秋聲譜》卷首）：

僕與秋槎神交五年矣，歲甲寅，始相見於歷下，與趙夢山朝夕過從。時復旗亭呼酒，使雙鬟歌以侑觴，秋槎撾篴和之，致足樂也。秋槎才名馳海內，知之者莫不愛之慕之。顧令其淪落天涯，與二三慷慨悲歌之士，吞花卧酒，消耗壯心，良足慨矣。

聚未十日，將返萊陽，以所著《秋聲譜》傳奇示僕，曰："'忍把浮名，換了淺斟低唱。'非賞音如文泉，余寧與古樹秋風、空山明月相和答耳。"僕曰："'解道江南斷腸句，祇今惟有賀方回。'安得普天下盡如文泉之知秋槎

者?"因書數語於卷末,并寄文泉。

弟朱蔭培熙芝甫敬跋

陸葆《〈秋聲譜〉題辭》(《清人雜劇初集》所收本《秋聲譜》卷首):

渺渺烟波,茫茫塵海,埋香何許?絮果蘭因,托根無定,誰是同心侶?慧業三生,深情一往,休怨曉風暮雨。怨東君、花開花落,此恨遂成千古。

枕倚游仙,臺經靈夢,彈指聲中説與。篆冷香銷,庭空月上,欲住渾難住。萬叠霞箋,紅牙拍遍,可奈曉雲飛去。惆悵處、非空非色,懺摩綺語。(調寄《消息》)

陽湖陸葆少逸

嚴廷珏《〈秋聲譜〉題辭》(《清人雜劇初集》所收本《秋聲譜》卷首):

昌谷《惱公》無鐵注,玉谿《錦瑟》有微辭。才人狡獪何妨爾?幻出生花筆一枝。

懺除綺語祝空王,不炷情天一瓣香。祇有名心銷未盡,百花隊裏咏霓裳。

歸安嚴廷珏比玉

謝瓊《〈秋聲譜〉題辭》(《清人雜劇初集》所收本《秋聲譜》卷首):

請出鶯花主。把千秋、情天恨海,一齊填補。入地難償風月債,重點鴛鴦舊譜。收拾了、愁雲泪雨。瑣骨現身來説法,把三生喚醒痴兒女。休銜怨,在黃土。　蛾眉老去憑誰顧?驀相逢、翩翩公子,琵琶重訴。得上珠宫登蕊榜,畢竟姻緣不誤。這艷福、幾人能具?疑鬼疑仙才子筆,喚紅兒花下低聲度。又觸起,傷春緒。(《金縷曲》)

昆明謝瓊石臞

許士杰《〈秋聲譜〉題辭》(《清人雜劇初集》所收本《秋聲譜》卷首)：

舞柘敲檀，任陶寫、曲牌詞派。翻樂府、蛾眉狐媚，別開色界。入地主張風月譜，補天懺悔烟花債。返香魂、六道轉金輪，乾坤大。　　秋娘怨，花娘艾。福第一，緣難再。更仙郎仙子，霓裳齊會。舊恨琵琶月在舫，新思簫鼓春如海。遣雙鬟、低度向旗亭，雲霄外。(《滿江紅》)

雲間許士杰耕南

葉覲儀《〈秋聲譜〉題辭》(《清人雜劇初集》所收本《秋聲譜》卷首)：

拂衣一笑謝風塵，紅葉詩題錦字新。(君以《紅葉》詩與予訂交。) 底事宮商翻樂府，弦歌曾現宰官身。

種種風魔種種緣，世間難補是情天。臨川絕唱成千古，又譜《秋聲》一黯然。

別酒微醒畫燭紅，十年遲暮感西風。野花含笑江芙怨，都付秋娘一曲中。

三年輶傳遍東西，(予時視學滇南任滿。) 舊曲新聲聽易迷。洗耳忽聆仙樂奏，爲君拚飲醉如泥。

白下葉覲儀棣如

盛熙瑞《〈秋聲譜〉題辭》(《清人雜劇初集》所收本《秋聲譜》卷首)：

後果前因幾輩知？世間好事半離奇。文章司命花千樹，造化微權筆一枝。畢竟有情多眷屬，最難無夢不相思。科名簿與鴛鴦譜，祇有先生合主持。

武進盛熙瑞香谷

程蓮《〈秋聲譜〉題辭》(《清人雜劇初集》所收本《秋聲譜》卷首)：

迢遞蓬萊水自流，幾人福慧定雙修。鶯花劫重仙應避，風月情多我亦愁。落落深知空一世，非非奇想足千秋。美人香草天難問，笛譜新翻菊部頭。

恨澥能填色界開，要知明鏡本非臺。此生慣作有情語，曠代難求無對才。罵鬼鐙昏文是泪，游仙枕熟夢堪哀。廿年壘塊多銷盡，大白狂呼濁酒來。

程蓮槎山

凌泰磐《〈秋聲譜〉題辭》（《清人雜劇初集》所收本《秋聲譜》卷首）：

咫尺相思太有情，何時把袂話生平？挑燈快讀《秋聲譜》，要我留題小姓名。

不厭粗才眼獨青，新聲遙寄竟忘形。賞音真個無知己，祇有寒蟲古樹聽。

（余素不留心音律，先生自叙云："賞音無人，則歌與寒蟲、古樹聽之。"）

定遠凌泰磐石齋

鄭振鐸《〈秋聲譜〉跋》（《清人雜劇初集》所收本《秋聲譜》卷末）：

右《秋聲譜》雜劇三種，宜良嚴廷中撰。廷中字秋槎，生平事迹無可考，似奔走四方，以作幕爲生。嘗與周樂清文泉交往甚得，樂清爲《補天石傳奇》作者。此《秋聲譜》雜劇，即爲樂清付之手民者。

廷中《自序》謂："故山歸後，忽忽寡歡。斜月在門，遠風生水。秋聲從落葉中來，如怨竹哀絲，助人凄惻。秋以聲爲譜，我且以秋爲譜。若賞音無人，則歌與寒蟲、古樹聽之。"三劇情文，雖胥爲團圓之結局，而紙背上却隱隱透露出淒涼來。誠哉！其爲《秋聲譜》也！

《洛城殿無雙艷福》嘲罵試官、舉子，頗爲峻切。狀元得第，公主翻案，佳人才子，艷福無雙。失意人偏好作得意語，蓋落第舉子之常態也。劇中才女應試一節，似有所本，并其情態，亦類襲之李松石《鏡花緣》説部。

《武則天風流案卷》一劇，則大類湯若士《還魂記》傳奇中《冥判》一齣。

《沈媚娘秋窗情話》一劇，再三致慨於美人之遲暮，而結之以"多謝西川遺公子，肯持紅燭賞殘花"云云，作者於此慨嘆自深。

中華民國十九年十二月十九日，鄭振鐸

嚴保庸
(1796—1854)

原名保熙，字伯常，號問樵，丹徒（今江蘇鎮江）人。嘉慶二十四年（1819）解元。道光初，以試事留都，所製新曲如《紅樓新曲》等傾動一時，伶人輩多以師事之，然以是遭重臣長齡（1758—1838）糾彈。道光九年（1829）成進士，欽點翰林院庶吉士。道光十三年（1833）散館，任山東棲霞知縣。道光十五年（1835），因忤大府去官。後放浪江湖，豪氣不減。晚年落魄無聊，奔走乞食，歿於袁浦。精善書畫、詩詞、聲曲、弦管等。著述頗豐，多亡佚。光緒間，茅恒（1837—1912）、嚴良輔（生卒年不詳）等人收其零什，刊爲《嚴問樵雜著》。又有雜劇《紅樓新曲》《同心言》《吞氈報》《盂蘭夢》《奇花鑒》《雙烟記》六種、傳奇《蘭花步》一種。今僅存《盂蘭夢》。

按，焦東周生小説《揚州夢》卷三載："莊問樵太史守中，詩、書、畫、曲，一時四絶。製《盂蘭會》四劇，膾炙人口。"《清代雜劇全目》據之以"莊守中"出目，另載其《盂蘭會》雜劇一種，誤。小説中之莊守中乃嚴保庸之化名。又，《清代雜劇全目》《古典戲曲存目彙考》未標其生卒年。《古本戲曲劇目提要》言其1840年前後在世。江慶柏《清代人物生卒年表》據《近代詞人考録》，著其生年爲嘉慶元年（1796）、卒年爲咸豐四年（1854），當從。

傳記文獻：嚴保庸《嚴問樵雜著》、嚴汝純等《夢溪嚴氏宗譜》、《國朝詞綜續編》卷十一、《墨林今話》卷十一、《墨緣小録》、《清畫家詩史》己下、《清代畫史增編》卷二十四、《清代畫史補録》卷三、（光緒）《丹徒縣志》卷三十二等。

《盂蘭夢》

劇情概要與本事

　　一名《盂蘭記》。劇首題"盂蘭夢傳奇"，署"丹徒嚴保庸伯常填詞"。一折。寫地藏王菩薩奉如來佛旨，舉行盂蘭盆勝會，普度怨魂。這時有怨氣衝動佛光，便遣功曹探看，原來一幽魂名喚張佩珊，生前歷盡磨折，甫嫁與士人莊守中爲妾，遽爾夭亡，故心中不平。地藏王言其本爲離恨天司花侍者，偶謫塵寰，與莊生尚有一面之緣，遣人引她與莊生夢中相見，然後送歸天上。莊氏獨居旅舍，正思念佩珊，夢中驀然相見，不覺哽咽，看其玉容無恙，以爲還魂復生，當即與她乘舟游湖。佩珊見岸上有饑民鬻賣子女，聯想自己流離情狀，不禁落淚。又見妓女陪客人在湖上追歡取樂，更感激莊生將自己救出苦海。舟過揚州平山堂，二人登高遠望金山，賞盡湖光山色。這時有人來報，言莊生選官山東，莊生即刻帶佩珊赴任。至清江驛，莊父令二人完婚，夫人送來飾品爲新人添妝，家中僕役、婢女等亦咸來叩拜。莊生與佩珊飲酒散步，訴及舊情，百感交集。此時夜色已深，正要回房安歇，功曹却來接引佩珊回歸仙府。莊生執手不放，痛哭驚醒，方知是大夢一場。

　　生扮莊守中，小生扮院子，貼旦扮張佩珊，老旦扮地藏王菩薩，小旦扮丫鬟，净扮功曹，末扮長班，丑扮舟子、丫鬟，外扮院子，雜扮鬼判、饑民及其子女、四客、四妓、四雲童、四仙女。登場人物尚有杜麗娘、門子、書辦、衙役、鬼卒等，俱未分配脚色。

　　是劇乃據作者與愛妾張佩珊情事敷演而成。按，道光十八年（1838）六月，寵姬張佩珊病逝，嚴保庸有《孤蓬聽雨錄》專輯悼之，又譜此劇以寄情。明年二月此劇刊刻，可推知其撰於張佩珊逝後不久。

著錄、版本與收藏情況

《清代雜劇全目》《古典戲曲存目彙考》《古本戲曲劇目提要》著錄。現存道光十九年（1839）金閶吳青霞齋刻《珊影雜識》卷下所收本，包括《盂蘭夢傳奇》和《盂蘭夢曲譜》，藏國家圖書館、中國藝術研究院圖書館、上海圖書館，《傅惜華藏古典戲曲珍本叢刊》第 87 冊、《古本戲曲叢刊十集》據之影印；光緒三十三年（1907）木活字《珊影雜識》本，藏復旦大學圖書館、遼寧省圖書館；光緒三十四年（1908）集成圖書公司創刊之《國學粹編》半月刊所載本；光緒申報館排印《四瞑瑣紀》所收本；宣統元年（1909）國學萃編社排印本《晨風閣叢書》第一集所收本，藏國家圖書館。又有姚燮《今樂府選》稿本第 39 冊所收本，藏浙江圖書館。

序跋、題詞與評語

周恩綬《〈盂蘭夢〉序》（道光十九年金閶吳青霞齋刻《珊影雜識》卷下所收本《盂蘭夢》卷首）：

天下事之不即不離、可真可幻者，其惟夢境乎？則有春迷蝴蝶，感莊叟之寓言；雨送鴛鴦，哦虞生之佳句。非關因想，無事瘦疏。若夫望斷行雲，長簟空床之客；魂飛墮月，輕烟薄霧之天。是也非耶，何處之鬒鬒隱隱；忽焉沒矣，經年之魂魄悠悠。大都由愛生魔，藉痴償恨。文駕彩鳳，生平之消受已多；寡鵠單鳧，來日之悲涼曷盡？從未有捧心情緒，彈指韶華。繩繫足而未牢，釵上頭而已折。以曇花之一現，了絮果之三生。如斯之紅豆相思，黃粱易醒者也。

吾鄉嚴問樵前輩，拍浮酒甕，睥睨詞場。金粟前身，玉堂傳舍。雙鬟唱出"黃河遠上"之詞，信手拈來《白雪》《陽春》之曲。數佳麗於燕南趙北，教歌舞於燭底尊前。久已心醉軟紅，神游甜黑矣。既乃擲視草之筆，携種花之鋤。謫類微之，尚蓬萊之得住；情深交甫，偏洛浦之遲逢。則有張佩珊女史者，生長江南，羈栖山左。養晦於銷金窠裏，待年在漱玉湖邊。天上張星，問姓則宿先翼軫；海中琪樹，命名而珍比珊瑚。學寫韵之彩鸞，珠能記事；謝迷香於史鳳，羹早閉門。但使小家女不遇汝南王，輒恐邯鄲人終爲厮養婦。何期一願，即遂三挑。白璧連環，訂韋皋之姻眷；紫衣執拂，識李靖之英雄。佳耦終諧，初心未負。爰挈粢者，載賦歸與。催登油壁之車，妾非蘇小；懶聽蘭臺之鼓，郎本嚴光。甫近鄉音，舊愁都豁；忽商別語，新恨旋添。祗緣久宦初歸，先去慰白雲之望；誰料遭家多故，重來悮紅雨之期。六日不占，三春虛度。斯時也，佩珊待黃金鑄屋，依烏榜爲家。本以善病之身，又值多愁之會。生怕閨情婉孌，誓白首以同歸；更虞庭誥尊嚴，庇紅顔而無術。曲推桃葉遲迎之故，直至榴花將放之初。握手相看，傷心欲絕。於是凄凉就道，別明月二分；倉卒諏醫，溯長淮千丈。八公已杳，斷無續命之方；二豎何知，大有銷魂之語。彼蒼者天，吁其酷矣！

嗟乎！中年樂少，孤客哀多。營齋乏十萬之錢，埋玉賸一抔之土。白楊蕭瑟，孤飛夜雨之磷；彤管輝煌，親表朝雲之碣。鬱鬱誰語，茫茫此愁。縱摹苕琬之圖，難識芙蓉之面。今夕何夕？邂近中元。天開不夜之城，佛說無遮之會。燦四圍之蓮燄，放大光明；灑一滴之楊枝，具真解脫。乍皈淨域，怳入華胥。豈粉誓香盟，尚留後約；即靈談鬼笑，亦是前因。然而縞袂重逢，錦鞵安在？鐘鳴漏盡，月落參橫。銀缸墜花，玉樓起粟。當斯境者，能無清淚如鉛，柔腸若割乎？問樵乃蘸墨酸吟，然脂冥寫。薰砧啜泣，蘗白含辛。粉怨珠啼，安得古而無死；海枯石爛，乃知情有所鍾。一聲《河滿》之歌，六拍《霓裳》之譜。視橫陳如嚼蠟，即色即空；偕傀儡以登場，可歌可哭。此《盂蘭夢》之所由作也。

烏絲渲染，傳近事於吳中；鴻爪迷離，駐游踪於邗上。宛如夢寐，各話浮生。不須絳樹歌殘，已自青衫濕透。懺君綺語，參我情禪。玩鞠部之刹那，叙蓉城之顛末。莫問來因去果，大聲呼春夢婆醒；好憑豪竹哀絲，中夜聽秋墳鬼唱。

道光己亥夏仲，同里後學周恩綬撰

張祥河《〈盂蘭夢〉跋》（《傅惜華藏古典戲曲珍本叢刊》所收本《盂蘭夢傳奇》卷末）：

傳奇家工於言情，迷離惝恍，莫如《四夢》，得此，則成五夢矣。必傳，必傳！

華亭張祥河

彭宗岱《〈盂蘭夢〉跋》（《傅惜華藏古典戲曲珍本叢刊》所收本《盂蘭夢傳奇》卷末）：

此題首尾難於整密，布置難於空靈，排場難於熱鬧。之三難者，有一於此，皆傳奇家之所忌也。問樵現才子身，說菩薩法，擺脫三難，一空挂礙，而又能使夢中人與夢外人無不暢然意滿，尤為大難。僕尋繹再三，謬加評點，俾讀者藉知作者苦心，非敢云顧曲也。至其情文之妙，有目者自能賞之。

貴筑彭宗岱

夏世堂《〈盂蘭夢〉跋》（《傅惜華藏古典戲曲珍本叢刊》所收本《盂蘭夢傳奇》卷末）：

今之言傳奇者，必曰《四夢》。然說夢難，夢中說夢尤難。余為藏園婿，嘗見清容居士作《九種曲》，《香祖樓》《空谷香》皆本《離魂》而作。竊謂臨川以生為夢，以死為醒，清容又以生為死，以醒為夢，是於脫胎中換形也。第選事製局，不限篇幅，可以消納，則安頓不難；可以妝點，則呼應不難。且以閑人為他人證夢，後人為前人譜夢，則可以憑空結撰，而排場局面皆不難。

僕恨人也，雅愛説夢。生平所見，至《盂蘭夢》而止矣。夫以經年纍月之事，悲歡離合，他人爲之，三十二齣所不能了者，乃欲盡之於尺幅之中，其中事實之繁雜，境況之迷離，正不知其設想時如何下手。今觀其由盂蘭而入夢，夢裏相逢，忽生忽死。不獨生者、死者絶肖夢中，使觀者亦恍然若夢，尤奇於自山左而揚州，衹藉一葉輕舟，半霎工夫，忽變世界，無情無理，恰是夢中之境，豈俗手所能夢見！更以"饑民"一節現身説法，以"復官"一節到岸回頭。"赴任"則以虛演交代，"上妝"則以補筆收科。即中間一歌一唱，悉有關會。圓夢時，更不冷落夢中之人，不徒爲觀者之耳目計也。人之結想，以爲至難得之情，庶幾於夢中遇之；至情之所鍾，稱心而予，如願以償，則雖生者可以死矣，何況其爲夢中之人乎！噫！如是而死者，乃真可死矣；如是而死者，乃真不死矣。此《盂蘭夢》所以能以既醒之身，復入既死之夢，斯夢中之化境也，吾故嘆觀止也。

　　戊戌冬十二月朔，問樵四兄過訪雲間，留榻荒衙，銜杯相對，反覆原稿。時漏已四下，窗風如吼，尖寒殢人。燈星熒熒中，侍飲者猶見吾兩人喃喃説夢不休，或笑以爲痴，普天下安得痴如我輩者，與之日夕尋夢耶？讀竟，走筆記其後。

建寧夏世堂

嚴保庸

汪雲任《〈盂蘭夢〉跋》（《傅惜華藏古典戲曲珍本叢刊》所收本《盂蘭夢傳奇》卷末）：

　　僕耳問樵先生名久矣。己亥正月，吳門柱顧，始識荊州。出示《盂蘭夢》傳奇，讀之，纏綿悱惻，一往情深。僕側聽新聲，觸摠舊事，誰能遣此？是用作歌（歌載《續識》中）。

盱眙汪雲任

顧夑《〈盂蘭夢〉跋》（道光十九年金閶吳青霞齋刻《珊影雜識》卷下所收本《盂蘭夢》卷末）：

聞聲相思，已逾十載，不圖良晤乃在有意無意之中。幸甚，快甚！伏讀大著，此偶然寄興之作耳。然逸情綺思，直駕關漢卿、王實甫而上之。波間一鱗，雲間一爪，固足以知其全體之所在矣。曷勝佩服之至！

華亭顧夑

徐渭仁《〈盂蘭夢〉跋》（道光十九年金閶吳青霞齋刻《珊影雜識》卷下所收本《盂蘭夢》卷末）：

問翁傳奇，迷離恍惚。能於極繁雜瑣細中，自在游行，掃除一切。大奇，大奇！

上海徐渭仁

黃爵滋《〈盂蘭夢〉跋》（道光十九年金閶吳青霞齋刻《珊影雜識》卷下所收本《盂蘭夢》卷末）：

佛家說因，夢幻泡影，無非因也。讀此，悟"因"之一字，非忘情人不能喝破，非至情人不能道出。

宜黃黃爵滋

鈕福保《〈盂蘭夢〉跋》（道光十九年金閶吳青霞齋刻《珊影雜識》卷下所收本《盂蘭夢》卷末）：

人之有至性至情者，不必觀其大也，即一端而已見矣。嚴君伯常前輩，方己卯發解時，保已讀其文而愛之。繼又聞君之爲人，敦名節，重氣誼，益傾心焉。歲己亥，保爲江南考校試官。既蕆事，訪其地之名勝，因識君於雞鳴山，即留飲於山閣，而始大慰乎二十年嚮往之忱。君又出其亡姬《背面圖》，及所作傳奇見示。讀竟，喟然難（應爲"嘆"）曰："君之至性至情，其流露於此乎！夫豈猶人之燕昵之私而已哉！姬亦可含笑於地下矣。"因書其後，而并志吾兩人遇合之緣起如此。

烏程鈕福保

江瀚《〈盂蘭夢〉跋》（道光十九年金閶吳青霞齋刻《珊影雜識》卷下所收本《盂蘭夢》卷末）：

問樵太史仁弟，曠代逸才，夙精音律，二十年前名噪京師。其所製如《同心言》《奇花鑒》《紅樓新曲》各種，每一曲成，部中爭購之，紙爲貴。然皆空中結撰，不難舒卷自由。茲以絶傷心之事，而爲極費手之文，乃能運實於虚，化板爲活，使閱者驚疑悲喜，恍入夢中，尤爲極才人之能事。

旌德江瀚

曾文顯《〈盂蘭夢〉跋》（道光十九年金閶吳青霞齋刻《珊影雜識》卷下所收本《盂蘭夢》卷末）：

"人皆言性，我獨言情"，湯臨川語也。夫情不摯，則性不真。讀《盂蘭夢》傳奇，纏纏幻變，非想非因，畢竟文生情耶，情生文耶？昔冒巢民爲董宛作《憶語》，毛西河爲曼殊作《小傳》，雖事殊境异，而撰情則同。至於按拍填詞，足兼玉茗、藏園能事，而離奇光怪，又可與尤悔庵《鈞天樂》合奏，同音鴻筆，信傳圖中人千古矣。

長寧曾文顯

鄭振鐸《〈盂蘭夢雜劇〉跋》（《劫中得書記》第三十四則）：

余集清劇，編爲《清人雜劇》初、二集行世。《三集》因故迄未續印。

嚴保庸

《盂蘭夢》亦爲三、四集中擬收之劇。柳翼謀先生曾以國學圖書館所藏傳鈔本影印。其實此劇本有嚴氏原刊本。余得此原刊於中國書店，末并附曲譜。殊得意。惟因末闕數頁，擬借程守中先生藏本抄補，故至今尚未裝潢成冊。

管庭芬《〈盂蘭夢〉題詞》（道光十九年金閶吳青霞齋刻《珊影雜識》卷下所收本《盂蘭夢》卷末）：

春夢如雲不當真，珊珊幻影悟前身。二分偏恨揚州月，照徹人間未了因。紫玉無端已化烟，空將離恨補情天。幽蘭滴露蒿燈滅，一刹曇花亦可憐。
道光辛丑又三月既望，丹徒嚴問樵太史偕吳門楊稚雲茂才，過訪陝川寓齋，問樵攜贈此冊，徵詩，蓋爲其亡姬悼也。率拈二絕應之，即錄副稿於卷末，以志萍逢之偶合云。

海昌管庭芬芷湘氏書

袁祖光《〈盂蘭夢〉題詞》（光緒三十四年至宣統三年國學萃編社排印本《晨風閣叢書》第一集所收宣統元年夏《盂蘭夢》卷末）：

《蘇幕遮》

斷雲飄，涼雨歇。一掬春情，大半傷離別。栩栩游魂莊子蝶。醒後誰家，昨夜中元節。　　夢迷茫，愁鬱結。酒盡燈枯，已死心猶熱。譜入紅腔吹笛裂。不見知音，悄對黃昏月。

太湖袁祖光曖初

戴述經《〈盂蘭夢〉題詞》（光緒三十四年至宣統三年國學萃編社排印本《晨風閣叢書》第一集所收宣統元年夏《盂蘭夢》卷末）：

《蝶戀花》

三月落花春悾偬。死後枯鼉，宛轉絲無用。談到離魂心一慟，新詞怕唱

《釵頭鳳》。　　壓損眉尖愁更重。絲竹中年，我輩都情種。石上三生誰與共？淡雲殘月荒凉夢。

嚴保庸

古雷戴述經醒梧

柳詒徵《〈盂蘭夢〉跋》（江蘇省立國學圖書館民國二十四年影印盎山精舍本《盂蘭夢》卷末）：

吾鄉嚴氏多才人，麗生先生《海雲堂詩文》足與舒鐵雲、陳雲伯抗行，世已鮮知之者。問樵先生文采風流，著稱當時，惜遺稿散佚，近人尤鮮道及。按《丹徒縣志·文苑傳》："嚴保庸，字伯常，號問樵，嘉慶己卯舉江南第一，己丑成進士，選庶吉士。散館發山東，任栖霞縣知縣。天才高曠，於書畫、詩詞、聲曲、弦管，靡不工細。久客京師，好作狹斜游，視金錢如土苾。既之山東，以官署爲詞場歌榭，坐是罷官。尤善畫蘭，著《蘭譜》。感舊，作《蘭花步》傳奇。又嘗著《同心言》《奇花鑒》《紅樓新曲》諸院本，風行都下。唐陶山方伯集句贈之云：'孺子亦知名下士，樂人爭唱禁中詩。'紀實也。其楹聯之工，與茅三峰埙，兩人聯語，多載梁中丞章鉅《楹聯叢話》中。最可傳者，如揚州史公祠聯云：'生有自來文信國，死而後已武鄉侯。'焦山夕陽樓聯云：'夕陽無限好，高處不勝寒。'皆天然入妙。晚年客袁浦，咸豐間卒。著《問樵》各集，未梓。"是光緒間邑人修《志》時，已不獲睹先生撰著，而其嵌奇跌宕之致，猶可想見。詒徵流轉南北，甄訪《志》目所載傳奇、院本，迄未一覯。僅從《晨風閣叢書》甲集，獲讀是編，則志傳所未載也。驥毛豹斑，雖未足概生平杰構，要亦可稍窺其才藻。重爲寫印，藉補里乘之闕云。

乙亥夏四月，鎮江柳詒徵

吳梅《〈盂蘭夢〉跋》（《吳梅全集·理論卷·讀曲記》，河北教育出版社

2002年版）：

　　此書得自冷攤，題詞墓志殘闕太甚，幸曲文尚全，宮譜亦可意會。以小銀元二枚購之，裝費反多至兩元，亦趣事也。

　　　　　　　　　　　　　　　　　　癸酉中元，霜崖書於百嘉室

　　此全仿《密誓》，所异者【山桃紅】第二支亦用贈板耳，但大可不必。缺處以意增補，與原譜必無大异。

　　　　　　　　　　　　　　　　　　　　　　　　霜崖吴梅

梁廷枏
(1796—1861)

　　字章冉，號鞞紅醉客，別署藤花老人，亦稱藤花亭主人，順德（今廣東佛山）人。性穎悟，成童時即盡讀父書，下筆有凌雲氣。稍長，益肆力於學，爲總督阮元（1764—1849）所器重。道光十四年（1834），中副貢，旋入廣東海防書局，任越華書院監院等。道光十九年（1839），湖廣總督林則徐（1785—1850）赴廣東禁烟，梁廷枏抄録海事資料，繪《海防圖》以進，并作文記其銷烟壯舉。明年，赴潮州府之澄海學訓導任。道光二十二年（1842），告養歸里。道光二十九年（1849），因襄辦夷務，獲授内閣中書銜。學問淹貫，著述宏博。史學類有《南漢書》《南越叢書》《東坡事類》《惠濟倉志》《海國四説》等，金石學著述有《藤花亭鏡譜》《藤花亭書畫跋》《蘭亭考》《碑文摘奇》《金石稱例》等，經學著作有《〈論語〉古解》等。又有關於防守及夷事者，如《夷氛聞記》《粤海關志》《廣東海防彙覽》等，其他尚有《東行日記》《澄海訓士録》《江南春詞補傳》等。工詩文，擅戲曲。有《藤花亭散體文初集》《藤花亭駢體文集》《藤花亭詩集》等，又有論曲之作《曲話》五卷。曾撰《了緣記》傳奇（已佚）、《小四夢雜劇》（存）。

　　傳記文獻：《清史列傳》卷七十三、冼玉清《梁廷枏著述録要》（《冼玉清文集》）、（咸豐）《順德縣志》卷十一"選舉表二"、（民國）《順德縣志》卷十八。

――《小四夢雜劇》――

　　包括雜劇《江梅夢》《圓香夢》《曇花夢》《斷緣夢》四種，均爲四折。

劇情概要與本事

《江梅夢》

《小四夢雜劇》第一種。劇首題"江梅夢雜劇",署"藤花主人填詞,養花精舍點論"。四折,未標折目。寫唐代莆田人江采蘋,珠玉其文,芝蘭其質,後被選入宮闈,深得玄宗皇帝寵愛。誰知聖意轉徙無常,不久又納楊玉環爲妃,致使江妃失寵,被遷置上陽東宮。一日,夜凉如水,孤月一痕,江妃正在傷心,忽聞遠處樂聲悠揚,原來楊妃新作《霓裳羽衣曲》,正與玄宗賞樂歡宴。江妃想到昔日侍宴曾作《驚鴻舞》,獲賜白玉笛一支,如今時過境遷,愛換恩移。接著傳來驛使爲楊妃進獻荔枝之呼門聲,又聯想到自己得寵之時,嶺南亦曾進貢梅子之事,不由得淚水漣漣。江妃欲效古人千金買賦感動君王事,但宮禁森嚴,不知該請何人代筆,何人傳遞。她遣人請高力士商量,高以在楊娘娘宮中侍宴無暇回絕。宮娥向江妃進言道:書生中有筆下回春手段者甚少,且請人代筆,恐別生事端,不如自作一篇進呈,聖意必然回轉。於是,江妃作一長賦,名曰"樓東",追憶昔日之恩愛,悲嘆今日之孤伶。賦就謄正,封呈御覽。玄宗見江妃所咏,追念舊情,心中不忍,瞞過楊妃,召江氏來翠華西閣相會。二人相見,江妃哭訴幽放後的凄凉處境,指責楊妃天生妒性,不肯讓人,以及玄宗處事不公、偏袒楊妃等。玄宗認錯,二人重歸於好。不久,安禄山起兵造反,攻入長安,玄宗携楊妃幸蜀避難。安禄山尋楊妃不得,發現江妃尚困守深宮,垂涎江妃美色,脅迫她依從自己,却被江妃痛罵、推打。一怒之下,殺死江妃,葬於宮中。亂平,玄宗被尊爲太上皇,居住於興慶宮。此時楊妃已死,玄宗得知楊國忠奸謀激變之事,對楊妃之情也雪冷冰消。小太監獻上江妃真容一幅,玄宗不勝傷悲,差人四處尋訪,全無消息,祇得令高力士將江妃真容張挂,仔細端詳,念念不已。夢神感江妃貞烈,將其靈魂送入宮中,與玄宗夢魂相會。二人訴盡別後情狀,玄宗方知江妃已死,悲痛萬分。醒後,據江妃所示,在溫泉旁梅樹之下掘出尸身，重新安葬。

生扮唐玄宗，旦扮江采蘋，貼扮宮娥，净扮安禄山，末扮高力士，丑扮李猪兒，雜扮夢神、役夫等。另有内監等登場，俱未分配脚色。

本事見於宋傳奇小説《梅妃傳》，清褚人獲（1635—1682）《隋唐演義》第七十九回至九十八回以及洪昇（1645—1704）《長生殿》之《夜怨》《絮閣》亦略述其事。明吴世美（生卒年不詳）《驚鴻記》傳奇，清孫郁（生卒年不詳）《天寶曲史》傳奇、石韞玉（1756—1837）《梅妃作賦》雜劇、汪柱（生卒年不詳）《愛梅錫號》雜劇、程枚（1749—1810?）《一斛珠》傳奇與此題材同。

《圓香夢》

《小四夢雜劇》第二種。劇首題"圓香夢雜劇"，署"藤花主人填詞，藕香水榭訂譜"。題目正名爲"莊假周生死相思，衆香主天人證悟"。四折，未標折目。第一折前有《楔子》。寫青樓女子李含烟本籍潮陽，新遷珠海，如花薄命，半世飄零，不愛百萬纏頭，獨喜奇士風流。偶然邂逅書生莊達，兩情相悦，共締鴛盟。莊生秋風報捷，明日即往京中應試，含烟備席爲之餞行。莊生言：此去多則一年，少則半載，定會歸來。囑咐含烟下簾辭客，耐心等待，相見有期，不必悲傷。含烟則垂泪不已，原來前月其兄自潮陽來，要她一同歸去。一想到將天各一方，後會難期，二人不由肝腸寸斷。含烟本想唱曲爲莊生消滌愁懷，却哽咽難言，不能終篇；吟咏賡和莊生之作，亦哀怨纏綿。莊生問其別後打算，含烟言心如死灰枯木，歸里將祝髪入空門，皈依净業。莊生表示，場事一了，無論天涯海角，必定相訪。分別後，莊生終日記挂含烟，悶悶不樂。後榜上無名，也毫不在意，當即啓程，欲往潮陽尋訪情人。奈風雨阻隔，滯留旅店之中。夜深無眠，憶及與含烟相守之時，更覺目下凄凉難耐，不由埋怨含烟，別後書信也不寄一封。四更時分，莊生神思睏倦，和衣睡去。這時，含烟魂靈來尋。原來，二人別後，含烟愁極病生，憔悴而死，魂靈四處飄蕩，今見莊生在茅店安眠，遂入其夢中，告知死訊，并托其爲作小傳。臨行，將連環香墜留於莊生，以爲紀念。莊生醒後，見衿上所繫香墜，知情人已死。歸來後，莊生請靈徹禪師建下水陸道場，追薦含烟。時值七夕，好友楊卿草、咏煩伯來訪。三人無事，設壇降仙取樂。莊生燒符祝告，希望含烟能應召而來。眾香國主下凡巡查，見莊生太過痴情，就親往降乩，指點一番，欲令其割斷情絲。莊生愁腸百結，不受指化，國主祇得諭含烟來見。含烟本是眾香國中一散花仙子，因動凡念，私投下界，今已悟斷塵緣，復歸仙班。莊生知含烟降臨，哭求相見。含烟説自己非舊日容貌，已化爲夜叉模樣，還要相見否？眾人趕忙説不要現形。國主趁機點化莊生，莊生醒悟，不再痴迷舊情。

生扮莊達，小生扮楊卿草，旦扮李含烟，老旦扮妓院中人，貼扮降乩童子，净扮眾香國主，小净扮即空，末扮咏煩伯，小末扮三得子，副末扮非色，丑扮嘯琴，小丑扮即色，外扮靈徹禪師，雜扮非空。登場人物尚有伽藍神、眾香國主屬吏、土地神等，俱未分配脚色。

本事未詳。按，劇本所附藕香水榭《〈圓香夢〉跋》言："第一、二折賓白，鎔鑄莊生所作《李姬傳》，可稱天衣無縫。"由是觀之，是劇似有所本。

《曇花夢》

《小四夢雜劇》第三種。劇首題"曇花夢雜劇"，署"藤花主人填詞，紅豆村樵評校"。四折，未標折目。第三折與第四折之間有《楔子》。寫浙西毛奇齡聰明博辯，著作等身，入清召試博學鴻詞，授翰林院檢討，入宰相馮溥門下。馮溥爲之代聘豐台賣花張翁之女爲妾。張氏肌膚似雪，髮擁香雲，曾屢拒豪門之聘，因慕毛氏才學，不嫌其年長家貧，情願作小。下定之時，毛氏夢見觀音大士將座前白花相贈；又因張氏生時，其母亦夢大士手携白花寄賣，檢討陳維崧乃言：曼殊乃佛花，當改新名，以證前夢。張氏遂改名曼殊。自歸毛氏，曼殊每日陪坐觀書，偎枕問字，十分滿足。一日，曉妝已畢，與婢女金絨兒一邊閒話，一邊爲丈夫謄寫名帖。忽心痛難忍，入帳歇息。睡夢中，觀音大士降臨。原來，曼殊本爲大士净瓶中一枝白芍藥，亭亭可愛，大士施法將之化爲女孩。女孩長大後有思凡之意，大士令她托生人間，歷練一番。今曼殊與毛奇齡五載情緣將滿，再過數月，就應魂歸净域，故大士提前點化一番。曼殊夢魂聞言，驚恐萬分，大聲呼救。金絨兒聽到聲音，將其喚醒。曼殊以爲此夢不祥，悶悶不樂。傍午時分，毛氏回府，問她爲何晝眠，曼殊説起夢境，兀自傷心不已。毛氏勸説道：夢無憑準，不必煩憂；又答應刻下桃人，送入大士廟中以消除灾殃。爲逗她開心，毛氏教她唱曲，曼殊靈心慧舌，一聽就會，深得毛氏褒獎，但曲中"亡妻"二字，令曼殊更覺命不久長。於是，曼殊祈求毛氏尋一畫工，爲自己寫下春照，并廣集詞人題詩其上，使後人知有曼殊其人。毛氏認爲此舉倒也雅致，應允下來。從此，曼殊漸漸愁病縈身。毛氏正室奇妒無比，亦來京師，毛氏遷曼殊於右安門墳園居住。馮溥素來喜歡曼殊，見她如此境況，擔心她日後無所依靠，遭受磨折，遂勸毛氏放其出府，毛氏不捨。馮溥又招曼殊進府，曉明利害，勸她拋却前緣，另擇佳配。曼殊誓不中道改節。負責照顧曼殊的老婆子無風起浪，假傳毛氏説話，幾次三番逼迫曼殊改嫁。曼殊大哭一場，一時間轉不過氣來，跳身撞在地下，不省人事。幸得神醫葛天蔭救治，方醒轉過來。此後，病勢纏綿，限期已届，大士親來接走魂靈。曼殊夭亡之後，毛氏想起往日恩愛，感泣終朝。同僚好友任辰旦、周清源、尤侗、陳維崧等聞訊前來吊唁、勸慰。衆人感曼殊珠光玉潔，綺歲飄零，決定以詩詞傳贊紀念其人。談話間，家人來報，言婢女金絨兒在靈床前痛哭而死，毛氏將主僕二人靈柩帶回故鄉安葬。

　　生扮毛奇齡，小生扮尤侗，旦扮張曼殊，貼扮金絨兒，老旦扮觀音大士，小旦扮童子，净扮葛天蔭，中净扮陳維崧，末扮院子，小末扮任辰旦，丑扮馮府仆婦等，外扮馮溥，小外扮周清源。

　　本事見清毛奇齡（1623—1713）《曼殊別志書樽》。

《斷緣夢》

《小四夢雜劇》第四種。劇首題"斷緣夢雜劇",署"藤花主人填詞,鞸紅醉客點論"。四折,未標折目。寫嶺南書生高仰士年過弱冠,功名未就。近來偶得奇夢:烟波深處之畫閣中有一少女,自稱陶氏,名四眉,招邀作伴,兩情繾綣,妙境如真。高生醒後不能釋懷。少女陶四眉貌美如花,情性賢淑。父母亡后,藻荇飄零,獨居水閣,與好姐妹李日虛、劉雲懶比鄰而居。十五歲時,秋夜孤眠,夢一書生,自稱高仰士,來依衾席,自此源源繼至,至有終身之托。奈近來夢境稍疏,頗生岑寂。一日,高生夢魂又來相訪,與陶氏訴盡別後相思之情。李日虛、劉雲懶聞知高生到來,咸至水閣為之洗塵、餞行。夜深,與陶氏曲盡綢繆後,高生戴星而去。一別經旬,茫無消息。陶氏夢魂觸緒生悲,萬分酸楚,決計尋訪高生。來到混沌溪邊,喚了船兒,隨着風潮而去。不知過了多久,船兒轉入小河,泊於岸邊。陶氏捨舟登岸,穿過市集,到達一所別墅,進入大門,來到套房,見高生正安眠其中。陶氏無論如何也無法將高生喚醒,原來高生夢魂已往水閣拜訪陶氏,結果兩不相值。陶氏無奈,祇得跟隨船娘趁晚潮歸去。夢王夫妻居空虛之境,專管人間一切夢境。嶺南道土地將此奇夢呈於夢王等察斷,夢王遣屬分道召取高生、陶氏夢魂前來聽勘。先將二人用離魂帳隔開,待其述完相識始末緣由後,捲起帳子,使其相見,二人竟然對面不識。夢王趁機指點迷途,自此,二人消除孽障,解脫情絲,雙雙皈依三寶。

生扮高仰士,小生扮夢王,旦扮陶四眉,貼旦扮李日虛,雜旦扮劉雲懶、船娘,小旦扮夢王夫人,淨扮男司官,副淨扮土地婆,丑扮女司官,外扮土地,雜扮夢神、土地神屬吏。登臺人物尚有鬼役、夢王侍從、門吏等,俱未分配脚色。

本事待考。按,《續修四庫全書總目提要》云:"蓋以秋試赴羊城,客中偶有所眷,試罷歸來,感而為此(《斷緣夢》),蓋自寓也。"梁廷枏此次秋試在道光十年(1830),故是劇當在此後不久完成。

◆ 著錄、版本與收藏情況

《清代雜劇全目》《古典戲曲存目彙考》《古本戲曲劇目提要》著錄。現存道光間刻本，藏國家圖書館、中國藝術研究院圖書館，《傅惜華藏古典戲曲珍本叢刊》第88冊、《古本戲曲叢刊十集》據之影印；道光八年至十三年（1828—1833）刻《藤花亭十七種》所收本，藏國家圖書館、上海圖書館、南京圖書館、天津圖書館等。又有姚燮《今樂府選》稿本第35冊所收本，藏浙江圖書館。

◆ 序跋、題詞與評語

梁廷枏《〈江梅夢〉自序》（《傅惜華藏古典戲曲珍本叢刊》所收本《江梅夢》卷首）：

雜劇之《梧桐雨》，院本之《彩毫記》，皆演開、天遺事，然全以楊太真爲主，不及江妃。惟《長生殿·絮閣》折偶一出場，亦嘿然不作一語，未免寂寥。嚮與同好論之，無不異口同聲嘆爲缺事也。冬暖漏長，戲成此劇，一取裁於兩《唐書》，及唐人所撰《江妃傳》。《傳》稱妃死亂兵之手，今以爲罵賊致死，固非盡空中樓閣。獨"獻賦""賜珠"兩事，在"閣召"前，稍更置而已。梓成，漫綴數語於首，并繫以詩。

藤花主人

梁廷枏《〈江梅夢〉題詩》（《傅惜華藏古典戲曲珍本叢刊》所收本《江梅夢》卷首）：

開元天子全盛日，四瀛無波九重逸。廣選娥眉置後宮，詔使貂璫相靈匹。問柳評春海國來，一枝花向八閩開。生成艷骨無雙品，冰作根苗雪作胎。愛格烏絲工禁體，閑摹繭紙試宮才。少慕蘋繁名字稱，果然翔步上璇臺。爾時嬪御空員備，武惠先薨王後弃。君王初見笑開顔，尋常脂粉都回避。淡妝素面乍承恩，玉秀亭亭傍至尊。皓月照來微有態，情波捲盡渺無痕。離宮夜賜諸王宴，舞罷驚鴻人不見。叠旨傳宣去復回，徘徊戀住梅亭院。幾生修到喚梅精，妾面梅花一樣清。昨夜黄封新捧出，御筆親題緑萼名。雲階祇管春魁占，那識垂楊較芳艷？韶華陡轉春心移，見慣幽葩天眼厭。自從柳葉嫁東風，巧織鶯簧蔽聖聰。頓使相依連理影，無端遷種上陽宮。上陽宮裏流年促，離鸞慣卧鴛鴦褥。夢回漏永一燈孤，生把傾城埋地獄。隔院朱弦風送秋，恍惚猶聞《羽衣曲》。嶺南梅使貢離支，世事炎涼如轉轂。外家勢弱訟冤難，勸慰惟憑賈佩蘭。到底君王能念舊，潛開別岫放雲還。爲雲祇許暮經朝，忽泄春光到柳條。可奈東皇不作主，落花返樹又塵飄。青鸞此後空消息，鎖斷愁眉未肯描。漫勞翠鈿私封賜，辜負珍珠慰寂寥。千金買賦終何用，長門永絶羊車夢。萬騎胡群蕩帝居，血污紅顔輕斷送。塵蒙蜀道駐龍旗，斷送紅顔那得知？馬嵬已自傷埋玉，回首都門更悵觸。轉疑流落在人間，鳳絲斷借鸞膠續。彈指儲皇收兩京，六蠻匆匆返禁城。下詔殷勤求故劍，可憐井底覓銀瓶。梅亭無恙花消索，夜夜朝朝慘不樂。内官奏進舊春容，逗到宸衷十日惡。悲思哀怨恨嗔痴，百感環生十二時。情魄是耶真夢見，宛轉嬌啼前致辭。辭中煩絮多難記，記訴兵荒殉死事。温泉東畔古梅邊，是妾當年栖骨地。醒來方信没黄沙，剔遍梅根露鬢髻。死後生前同冷絶，寒株還伴玉鈎斜。墨蘸丹毫誄婌儀，盛張簫鼓葬西施。官家自賦哀蟬句，宮女重歌《薤露》詩。肥環在昔逢春煦，荔霞壓倒羅浮樹。誰解中間值亂離，釵盒縱橫遺驛路。隅向昭容爲賊亡，貞聲留沁齒牙香。西巡若得隨清蹕，南内何從吊便房。自古恩深盟白水，玉兒能爲東昏死。怪煞長鞲永巷人，就義從容竟如此！此回纔算恨綿綿，便合哀喉譜短弦。聽殘《秋雨梧桐》曲，猶是唐賢寫恨篇。我作新詞尚於邑，曷笑情皇泪抛粒？白尉當年未作歌，料應搦管衫先濕。

李瀚平《〈江梅夢〉題詞》（道光間刻《小四夢》之《江梅夢》卷首）：

少小香閨熟《女箴》，"二南"風化幾沈吟。承恩但説驚鴻舞，孤負宜家一片心。

雲裏佳人賜浴初，梅亭一步不回車。尹邢玉兒俱當夕，那爲娙何貶婕妤。（娙娥，《史記》作娙何。）

上陽花草易黃昏，拜賜真珠欲斷魂。奏賦焉能回主眷？阿嬌終古閉長門。（《文選》言相如奏《長門賦》，陳皇后復幸，史無其事。）

鼙鼓漁陽動地來，名花摧折亦堪哀。猶勝中道誅褒妲，鈿盒金釵弃馬嵬。

珊珊環佩出温湯，映竹穿花見上皇。風露不辭親一到，似憐南内太凄涼。

東宫駡賊是邪非，采筆憑君與表微。怪殺元和盩厔尉，一篇《長恨》爲楊妃。

綉子李夫子題詞

龔沅《〈圓香夢〉序》（《傅惜華藏古典戲曲珍本叢刊》所收本《圓香夢》卷首）：

無端好夢，得此名香。夢起凤因，不聞香而亦夢；圓通至覺，得了局之爲圓。雖云夢以香生，香由夢結，要亦情殊足感，事所罕聞矣。若夫石火光中，仙塵物外，離離合合，死死生生。示幻跡於曇花，參妙香於證果。分明有影，依然圓處非圓；隱約聞香，尚爾夢中同夢。卿須憐我，今吾猶屬故吾；色即是空，一誤何堪再誤？寫淡懷於秋水，非我非魚；結妙想於漆園，爲周爲蝶。所以眼空昨夢，迹寄莊生也。然而性賦自天，蘖生於慧。大徹者至道，多情者佛心。手注甘霖，即願流蘇并蒂；身饒艷骨，方能領護群芳。直欲删人間長恨之歌，補宇内有情之傳。熏蘅蕪於漢帳，扇氤氳於賈簾。夫然而香盡返生，夢俱圓覺也已。

至若其人其事，久供杯燭之談；此境此情，忽入檀牙之選。聽紅腔之一曲，咽碧玉之雙聲。記豆未終，唾壺欲碎。君且緩歌漫舞，用道其詳；僕將竟委窮原，先容此事。爰有羊裘釣侶，龍穴才人，慧擬童烏，廉稱子駿。鍾嶺南之秀氣，雅擅三家；評鄴下之雄才，首分八斗。榜花簪上，英年則桂贈秋娥；製草焚餘，曲苑則杏遲春宴。幾經玉笥，偷得智珠；前度瑤臺，册爲花史。謂是粵多名士，間出斯人者矣。爾乃種字林間，畫眉窗下。動香草美人之慕，發榆林壯士之嗟。坐秋影於青棠，花無躅忿；長春心於紅豆，樹有相思。曲製柳卿，金粉擅南朝之體；家連花埭，素馨結東里之鄰。嗣由藝苑閑身，喜遇香君後輩。華如穠李，表得姓之梅妃；弱比含烟，補小名於實錄。薛校書箋多妙墨，崔錄事巷有幽居。賦香洞之九迷，都除俗客；買畫欄之一笑，煞費金錢。眼底檀郎，得此深心有幾；鏡中香伴，較他瘦影仍多。乃博得卿憐，適逢我輩。風人易感，遇知己而情親；女子善懷，匪吉士其誰諉？似曾相識，恍訂隔宿之緣；自矢靡他，又破杜門之戒。將期韓郎以富貴，甘從趙子爲存亡。自此花下雙栖，人行暮雨；湖邊兩槳，妾帶朝雲。疑巾幗之虞翻，顧酬素好；作閨房之阮籍，自累奇窮。事匪偶然，誰能遣此？

其奈春明北上，花對將離；人在南中，草存獨活。六篷催送，韓江之帆雨輕吹；半鏡分持，綺陌之蹄塵暗動。驚鶯兒於蝶夢，阻妾深心；替鴇母於鸚哥，憎他巧舌。越巢胡馬，況會面其安知；啼鳥落花，欲分飛而且止。當時韋布，敢謀贖價三千；薄命緋桃，致損年華二九。一身無主，百折難回。計惟生守妝樓，常栖燕子；死歸法苑，空伴獅王。聽珠江之舊雨寒潮，已負生涯居處；問香浦之花天酒舫，徒傷眷屬流年。此蘇小西陵，悵同心於綰帶；崔徽南浦，寫別淚於生綃者耳。既而黃鵠哀鳴，紫騮遠去。擲鞋空卜，聽鏡無期。望烏角以時移，惟存宛轉；比蠶僵而絲盡，頓絕纏綿。自分生離，那堪死別。來其莫矣，逝者仙乎？

及夫庾亮歸田，感江關之蕭瑟；劉蕡下第，悲時運之艱危。訪舊侶於花間，失驚魂於意外。嗟嗟！歸來公子，燕燕空呼；覓覓玉人，鶯鶯何處！鏤金一箧，歐陽子腸斷香鬟；軟玉四圍，河東生心傷血泪。此則封百花於冢上，應屬同情；對九蘂於宵闌，不禁獨宿。已令香埋碧蘚，枉教夢繞青樓。究之往事雖非，前因未泯。歷百千萬劫化身，合拜如來；升一十八層度厄，唯稱目在。遂乃皈依我佛，超度卿靈。出小布施，莫怪老僧饒舌；皆大歡喜，能令居士點頭。此日瞿曇，法說無遮會上；當年淨秀，躬修兜率天邊。許飛瓊即以登仙，秦弄玉因而引鳳。邇復時逢巧夕，尚有三郎；壇降雲英，已除百媚。瞥見新妝霓羽，現過來身；霎辭舊跡煙花，得悟後境。鏡花水月，窺色相以俱空；智果情關，歷金剛而胥破。是以心超靈鷲，跡等閒鷗。憶取十年，真成一夢。

適有梁園畸士，淪泚詞人。夢入游仙，曾與阮、劉接跡；交傳傾蓋，有如李、郭同舟。藉杯酒以澆香，儂稱好事；倚琴弦而說夢，生屬多情。取本事之巔涯，譜離思之悲怨。於是毫抽雙管，濯向冰壺；調按九宮，吐成玉唾。或縱談仙佛，或曲摹精誠。或生笑謔於齒牙，或狀悲歡於兒女。聞之可感，將欲歌而欲泣；作者有懷，不言性而言情。爭看被以梨園，直奪金荃之席；傳諸花國，遍生玉樹之香。此《圓香夢》一劇之所由撰也。

僕本楚騷，來爲遷客。荷觀是帙，流嘆連朝。方猿客之四聲，沾唇是血；比鮫人之一泣，著眼成珠。誰爲弔場，王伯輿良有以也；人爭拜座，田舍奴我豈妄哉！意觀者於瑤尊錦瑟之旁，恍親其澤；當紫玉、綠珠而後，復見斯人。知軼事之可傳，揣予言之不謬。按紅牙而低唱，歡區憐婉約之喉；曳翠拍而輕敲，情客墮淒涼之泪。

時道光甲申四年展重九前一日，武陵芷舫愚弟龔沅
拜言於端州官閣之小琅玕广

藕香水榭《〈圓香夢〉跋》（《傅惜華藏古典戲曲珍本叢刊》所收本《圓香夢》卷末）：

曲絢爛極矣，而聲律復諧，《四夢》外別張一幟。第一、二折賓白，鎔鑄莊生所作《李姬傳》，可稱天衣無縫。餘間以粵管方言，傳粵人口吻，於例無

譏。至洋灑萬言，兩日而藁脫，敏捷之才，所未聞也。周氏《中原音韻》，止爲北曲而設。故主人初稿，南詞用韻，於不可通者多爲叶音。既乃自嫌參差，更歸一律云。

藕香水榭訂譜訖，記之

畸農《〈圓香夢〉跋》（《傅惜華藏古典戲曲珍本叢刊》所收本《圓香夢》卷末）：

橘談二叟，石注三生。湟鹿芭蕉，彼夢我夢；湘江玉佩，有情無情。寂以感而遂通，境以真而覺幻。是知情者夢之餘也，夢者情之正也。情有生而有滅，夢且復而且醒。未熟黃粱，難欹警枕。惟沉魂於覆水，乃抗筏於迷津。如藤花主人之《圓香夢》是也。彼固墨卿游戲，漆吏寓言。寄優孟以寫衣冠，藉酒杯而澆塊壘。暮雨巫山，説無稽矣；朝霞洛水，理亦宜之。然而三宿空桑，千年華劫。今也若此，逝者如斯。既大道之亡羊，誰仙源之問渡。以故冢必飛夫蝴蝶，樹必結於鴛鴦。寶鈿盒封，尚徵盟誓；潛英帳冷，猶想丰神。則後悟前身，須當頭之明月；十年一覺，即五夜之殘鐘矣。至於竟作達觀，早超上乘。脫塵寰之小謫，還真宰於太虛；從天女之繞圍，入香城而不染。如木居士，作石吳儂，至矣美哉！固所謂太上忘情，至人無夢者乎！

畸農跋

李瀟平《〈圓香夢〉題詞》（《傅惜華藏古典戲曲珍本叢刊》所收本《圓香夢》卷首）：

若論北里繪相思，一代懷寧絕妙詞。別有寒修緯繡恨，更尋殘夢譜參差。
墜鞭迎得紫騮來，邂逅檀痕咽幾回？訴與瑤姬原是客，可能朝暮住陽臺。
迴憶清歌送別辰，牽衣款款話泥塵。重來坊巷都依舊，不見櫻桃樹下人。
花易雕蘙月易沉，夜凉環佩有遺音。生天自荷師王力，未抵迦陵共命禽。

家門初立看收場，仙會須臾墮杳茫。誰信有情成眷屬？桃花遺恨孔東塘。
一色伊涼坐伎圍，人間樂府進天扉。而今莫唱新翻曲，供奉宜春已放歸。

繡子李夫子題詞

袁獻祚《〈圓香夢〉題詞》（《傅惜華藏古典戲曲珍本叢刊》所收本《圓香夢》卷首）：

離合無端恨有涯，風雲兒女絆情懷。智珠一顆靈臺徹，暫締花緣亦復佳。
想入非非色界空，一場香夢散東風。如來也是多情者，肯渡榴裙欲海中。
說到前身事杳茫，瑤臺歸路海天長。眾香國裏愁根在，莫訝仙娥鬢有霜。
誰證菩提問慧能，生天成佛本無憑。才人舌本蓮花粲，笑殺昆明話劫僧。

江右袁獻祚永伯

吳應逵《〈圓香夢〉題詞》（《傅惜華藏古典戲曲珍本叢刊》所收本《圓香夢》卷首）：

小謫塵寰惱絳裙，離筵剛醉不重醺。蓮香寫就崔徽卷，地老天荒一霎分。
七千里路促征鞭，兩字相思怯可憐。愁債料應前世定，桃花薄命不禁年。
彩筆情多偏婉孌，靈魂不會認兒家。生天好把嬋娟賀，白玉蘭干掃落霞。
秋館書閒添日課，蓮花妙法示前因。柔絲藉取剛刀勁，聊試熬霜耐雪人。

（俱集本詞句）

鶴山吳應逵雁山

李少漁《〈圓香夢〉題詞》（《傅惜華藏古典戲曲珍本叢刊》所收本《圓香夢》卷首）：

轉眼曇花委翠鈿，浮名作孽誤嬋娟。欲拚名士生天業，懺向梁王繡佛前。
珠簾悴憔倚東風，泥絮空慚杏子紅。愁煞禺山東畔月，一枝柔櫓太匆匆。

情生情滅竟無情，惹亂黃鶯別後聲。手把蒙莊《齊物論》，一窗蝴蝶夢難成。

碧落黃泉杳夢思，散花禪悟着花痴。旗亭付與雙鬟唱，聽取尊前絕妙詞。

嘉應李少漁秋颿

謝培元《〈圓香夢〉題詞》（《傅惜華藏古典戲曲珍本叢刊》所收本《圓香夢》卷首）：

巫山雲雨事荒唐，境入槐柯更渺茫。情滅情生情不盡，生香還勝返魂香。

一幅崔徽小影真，枉將玉兒委泥塵。洛濱不遇陳王賦，知在龍天第幾人？

邯鄲走馬問歸程，悔把浮名負了卿。夢醒呼人人不見，懷中香墜認分明。

花變將離頃刻緣，竟符紫玉識成烟。如何護艷東皇手，不管人間并蒂蓮。

已成眷屬未還家，春事無端怨落花。遺恨海門秋夜月，當頭猶照綉簾斜。

年時七夕拜雙星，痴絕梨雲喚不醒。花樣從翻新樂府，心香虔奉乞湘靈。

嘉應謝培元兹皆

李瀛賓《〈圓香夢〉題詞》（《傅惜華藏古典戲曲珍本叢刊》所收本《圓香夢》卷首）：

洞入迷香意亦傾，絮飛湖柳怨啼鶯。青衫紅袖歸何許？贏得新翻曲子名。

不斷珠江水帶温，花開花落總銷魂。一從譜入《桃花扇》，十斛明珠未感恩。

蜻蜓篷底雨瀟瀟，曾捲珠簾倚玉嬌。今日《霓裳》聽按譜，鈞天舊夢已全銷。

嘉應李瀛賓仙裳

劉步蟾《〈圓香夢〉題詞》（《傅惜華藏古典戲曲珍本叢刊》所收本《圓香

夢》卷首）：

甚情緣、人天障裏，拋將一副清淚。離鸞別鵠終難偶，都覺死生同例。長已矣！祇有結果、因勘破銷愁易。華年逝水。問錦瑟佳人，玉臺詞客，上界總仙史。　前盟在，一眲目成心契。平康猶記居里。羅幃偏惹春風度，無奈酒闌燈炧。鷄喚起，催隔斷、關山眼底人何似？絮花飛墜。任百種香溫，千絲牽縛，瞥過夢中耳。（調《摸魚子》）

三水劉步蟾與樵

梁廷柟《〈曇花夢〉自序》（《傅惜華藏古典戲曲珍本叢刊》所收本《曇花夢》卷首）：

往閱《毛西河先生集》，文字之及其妾曼殊者，曰《葬銘》，曰《別志書磚》，曰《回生記》，知先生於死生離別之際，尚有餘情。每欲演爲雜劇，被之管弦，恐褻先生，不果。既念先生之作《別志》也，以同人所贈詩文，分注各段下。又自注稱曼殊之死，京朝爭作吊挽。同館生有托碧虛仙史作《盎中花》雜劇，皆彙載別集。然則當時已有爲先生登場搬演者，先生固不怪也。秋風鈍甚，病逐愁來，枯坐風旬，無可驅遣，輒取其本事曲折，略爲陶鑄，撰成此劇。情真事當，可免鑿空添演之弊。末折南北合套，南詞向不押入，今純用入韵者，噍殺之音，非此不達。且南詞本無正韵，故古人於合套之曲，欲聲奏之畫一，必以周氏北韵通之。至劇中諸人，各有本品服色，今惟以便服上場，志謹也。

藤花主人記

毛奇齡《西河集·曼殊葬銘》（《傅惜華藏古典戲曲珍本叢刊》所收本《曇花夢》卷首）：

曼殊小妻，張姓，京師豐臺人。十八歸予，能食貧，人謂之糟糠之妾。

既而大婦至，徙居右安門墳園，累病不可解。嘗夢鄰廟阿母喚之去，牽予衣不忍，醒而惡之，飾桃梗貌，已送廟間，若代己者。乃復圖其影於障，而自題之名《留視圖》，觀者哀焉。先是，曼殊將歸，時相國馮公，予師也，爲予擇娶之，而憐其慧，視若己女。至是，公將致政歸，謂曼殊曰："本以毛生無子，故娶汝，今三年不身，而大婦忽南至，汝自料能安其身邪？抑否乎？且毛生年大，家故貧也，蕭山去此遠，貧不汝鞫，家去此遠，則叵測年大棄汝。早黃鵠口噤，則其摧挫有難言者，汝曷不請去，而貿貿爲！"蓋公愛是人，并愛予，以爲爲予兩人計，無過是也。曼殊聞其言，大驚，反覆泣謝，執不可，且曰："本謂公教以禮義，不謂其出此也。獨不聞女不嫁二夫邪？"當斯時，有婦辯而坐於旁者，笑而曰："有是哉。誰則以妻汝，而誇謾若是？"顧曼殊曰："毛先生非汝夫也。"曼殊乃大恚號咷，呼曰："天乎！人不以我爲妻斯？"已耳，乃謂："我無夫不如死！"攬身擲於地，公急止之，曰："賢哉！"嘆而起。曼殊歸謂予，予曰："然。惟公亦爲予言之。汝試思，予豈欲去汝者？特爲予汝計。無出此，便獨需汝自決耳！"曰："吾决之矣。君果遣予，則予請先死君前。不然，尚憐予而終收之。"言訖，詘雙膝箸地曰："以乞君。"既而有戚媼居京師者，假予言遣之，初不信，重強之，以爲果然，哭踊氣絕。一婢持抱之，不得死。三日，高郵葛先生力救得活。然嗣是氣膺血上壅，涎液結轄不可下。嘗泣曰："吾死固分，獨不能爲君生一兒。"指婢曰："俟此子長，可當夕，吾無憾矣。"又曰："吾病不可耐，病小間，吾當從阿潘居尼寺中。雖然，君南行時，其能掩面一揮手邪？君無嫌予，他日願以尼從行。"康熙二十四年五月二日病發，卒，年二十四。初，曼殊有二婢，一名金絨兒，即予師馮公所遣媵也；一名來子，光祿王君買贈者。後以乏食賣來子，惟金絨兒存。至是金絨兒年十七，曼殊所稱"俟此子長"者是也。前一月金絨兒亦病，及聞主母死，不能起，匍匐出，伏苓床下叩頭哭，越七日亦死。初予將葬曼殊於豐臺張氏之阡。黃門任君謂予曰："生不忍相離，而死棄之！"予曰："然。"遂携櫬歸蕭山，將附於藏予之地，而繫以銘。銘曰：生矢相隨，豈既死而魂無不之歸哉！歸哉！汝在斯。

毛奇齡《金絨兒從葬銘》（《傅惜華藏古典戲曲珍本叢刊》所收本《曇花夢》卷首）：

金絨兒者，曼殊婢也。十一從曼殊，如花蕚之有枝葉。越六年，金絨兒病，初以月事閟，腹下小痛，醫者誤下之，遂中死法。曼殊在病中聞之，泣曰："是婢死，吾無生矣！"既而曼殊死。金絨兒驚起，以手據地行，哭七日，口血漉漉隨下。哀哉！因携其櫬，偕曼殊同歸，而葬於其側，曰："魂乎來乎，從之者金絨兒乎！"

梁廷枏《〈斷緣夢〉自序》（《傅惜華藏古典戲曲珍本叢刊》所收本《斷緣夢》卷首）：

古今皆夢境也，普天下皆夢中人也。達者於所歷之悲歡離合，盡作夢觀。人在夢中，不知是夢。其歡合悲離之致，了不與真異，惟既醒之後，則別之曰：夢而已。人死，其情狀不可知，若猶一一記憶生平，則視生平所作，直醒後之夢耳。古人所謂"處世若大夢"，佛氏所云"六如"，又未免多一罕譬矣。

夫舉真與夢兩者而齊之，即真即夢，緣何自生？無所謂緣，更何所謂斷？當其真也尚如此，況其夢耶？語緣於夢，虛矣；悲夢中之緣之斷，虛之虛矣。然則子虛之言，胡爲乎作也？曰：有人焉，所合所離、所歡所悲，一如斯夢也者。於永訣之久，回想從前踪迹，自以爲夢。既以爲夢，因遂夢之。寫其離合悲歡之致，一如其真。所遇悉夢人，所言悉夢事，所往來悉夢地，不雜以醒後一語，則居然真境矣。

先是，藉他人酒杯，撰《江梅》《圓香》《曇花》三雜劇，皆以夢名。業師李太史謂："宜更添其一，爲小四夢。"諾焉，未即作。秋賦新返，客履絶希，枯坐短檠，有所感憶，輒爲斯劇。師命彙附於所著書後。迨此劇刻成，而師之凶問適至,竟不復一見,亦文字之緣斷也。是又一夢也。然而爲此序時,傷逝傷離,百端交集,不能以夢境自慰,抑獨何哉?

藤花主人記

周 宜

《清代雜劇全目》言其"字、號、籍里均不詳。別署悼紅樓主人。約生於嘉、道間。生平事迹待考"。鄧長風《十九位明清戲曲家的生平材料》據（光緒）《丹徒縣志》卷二十三"選舉志"，推測丹徒人周宜曾任溧水縣訓導，或爲曲家。待考。著有雜劇《紅樓佳話》一種。

傳記文獻：周宜《紅樓佳話》、（光緒）《丹徒縣志》卷二十三"選舉志"、鄧長風《十九位明清戲曲家的生平材料——美國國會圖書館讀書札記之三十八》（《明清戲曲家考略全編》下）。

《紅樓佳話》

◆ 劇情概要與本事

劇首署"悼紅樓主人周宜"。六齣，依次爲《會艷·俏佳人他鄉逢故舊》《情謔·痴公子出口没遮闌》《題帕·意中人索解意中話》《祭花·眼前話唤醒眼前人》《艷逝·弓影杯蛇，魂歸冥路》《哭艷·心懷木石，計入空門》。寫揚州少女林黛玉在母親亡後，應外祖母史太夫人所邀，買舟北上京都，在那裏遇到了銜玉而生的表兄賈寶玉，二人一見如故。在一個落紅滿徑的春日，黛玉往園中尋找葬花之地，發現寶玉躲在幽僻處偷讀《西廂記》，便要同觀，寶玉被糾纏不過，祇得答應。二人讀完，寶玉藉書中唱詞打趣黛玉，黛玉大惱，寶玉賭咒發誓，祈求原諒，黛玉方轉怒爲喜。某日，寶玉惹禍，被父親痛打一頓，身上痛楚難忍，然記挂黛玉，派婢女晴雯持手帕一方送與黛玉。黛玉見此，亦明白寶玉心意，感慨萬千，并題詩其上。不久，晴雯含冤而死，寶玉悲憤不已，又聽聞她已成花神，便對着芙蓉花焚香哭祭。黛玉正好經過，認爲祭文中有兩句尚欠雅緻，寶玉便改爲"我本無緣，卿何薄命"，黛玉聞此，怔坐在地上，竟生兔死狐悲之感。王熙鳳等雖知寶、黛二人情重，却藉"金玉良緣"一説，爲寶玉聘下薛寶釵，并在寶玉病重之時，用掉包計將之騙過，又囑咐府中上下不得走漏消息。不料，傻大姐無意泄露真情，黛玉聞訊一病不起，最終含恨離世。寶玉清醒後，知黛玉已死，無限傷感。大比之年，寶玉奉命應試。臨行，往瀟湘館辭行，見物是人非，遂萬念俱灰，告别母親、妻子上路，決意試後即遁入空門。

小生扮賈寶玉，旦扮紫鵑、薛寶釵，小旦扮林黛玉，老旦扮王夫人，貼扮船婦、鴛鴦、柳晴雯、麝月、襲人，净扮史太君，末扮舟子，雜扮轎夫、老嬷嬷、家丁，衆扮王夫人、王熙鳳、丫環。

本事出自小説《紅樓夢》。清仲振奎（1749—1811）《紅樓夢傳奇》、許鴻磐（1757—1837）《三釵夢》雜劇、石韞玉（1756—1837）《紅樓夢》雜劇與此題材同。

著録、版本與收藏情况

《清代雜劇全目》《古本戲曲劇目提要》著録。現存道光六年（1826）武進趙麟趾據稿本景鈔本，藏北京師範大學圖書館；武進趙麟趾據稿本景鈔本，藏中國藝術研究院圖書館，《傅惜華藏古典戲曲珍本叢刊》第 96 册、《古本戲曲叢刊十集》據之影印；無名氏鈔本，藏中國藝術研究院圖書館。又有阿英編《紅樓夢戲曲集》（中華書局 1978 年版）所收排印本。

序跋、題詞與評語

趙麟趾《〈紅樓佳話〉跋》（道光六年趙麟趾據稿本景鈔本《紅樓佳話》卷末）：

周宜

　　江陰齊笑梅老世伯，家藏藁本《紅樓佳話》一巨册，世無刻本，世傳亦罕見。故借來讀閱，甚愛，隨閱隨寫，至道光六年立冬前一日畢。故題於聊以自娛不足齋南窗之燈下。

武進趙麟趾珍藏并記

趙麟趾《〈紅樓佳話〉題記》（《傅惜華藏古典戲曲珍本叢刊》所收本《紅樓佳話》卷末）：

聊以自誤（娛）不足齋，借吳縣齊筱庵家藏稿本，景寫一部。

武進趙麟趾題記

鷗波亭長

名子貞,浚儀(今河南開封)人,姓氏、生平均未詳。工韻語,能駢文,善度曲。嘉慶、道光間在世。撰有《夢華因》雜劇。

傳記文獻:李兆洛《〈夢花因〉序》(《夢華因》)。

《夢華因》

劇情概要與本事

一名《夢花因》,劇首署"浚儀鷗波亭長填詞,蓼園衛廷吟客按拍,季弟青豆山人參閱"。四折,依次爲《桃渡恨情》《柳亭絮別》《遺芳草夢》《證果花圓》。寫淮南書生劉芳塵出身名門,赴金陵秋試,僦寓在桃葉渡邊之李家水閣。李家有一少女,名喚湘簾,丰神絶世,眉黛含顰,母病劇,日夜服侍,憂愁不已。李湘簾叔父李猫不務正業,整日嫖賭逍遥,把家私折騰得乾乾净净。他誑説將姪女許至名門,實以二百金賣與河舫老鴇。李湘簾識破詭計,痛罵叔父不顧廉耻。這時劉芳塵歸來,聽聞此事大怒,當即要邀集闔城士紳到明德堂,與李猫理論。李猫害怕潛逃,老鴇索要欠銀,劉芳塵主動代償。李湘簾感其恩情,欲嫁之做小星,劉芳塵以不肯始義終亂爲辭。其後,劉芳塵落第還鄉,李湘簾携酒在折柳亭爲之送行,感謝其仗義揮金之舉。臨別,劉芳塵將之托付給好友趙雪香,免其墮落風塵。某日,趙雪香從金陵歸來,前來拜望芳塵,告知湘簾已病亡,且彌留之際,數次低呼芳塵名字。劉芳塵悲痛不已,認爲自己辜負了李湘簾。趙雪香爲解其痴情,將懷夢之草相贈,以便其與湘簾夢中相逢。原來,劉芳塵本是千歲石榴,李湘簾亦爲蟠根仙李,二人應有一段姻緣。已爲花神的隨園居士恐其迷失前因，便命夢神等接引二人魂靈相見，并當場指明因果，二人醒悟，分手而去。

生扮劉芳塵，小生扮趙子貞，旦扮李湘簾，小旦扮尊綠華，貼扮婢女，老旦扮老鴇，老旦、貼扮少女花姑，净扮夢王，副净扮李猫，末扮奴僕，丑扮書僮、花奴，外扮隨園居士，雜扮十二花神。登場人物尚有仙童、二十四花童、雲童等，俱未分配脚色。

本事未詳。按，劇首李兆洛《〈夢花因〉序》末署"道光元年正月，武進愚弟李兆洛申耆拜撰"，此劇或撰於此前不久。

🖙 著録、版本與收藏情况

《清代雜劇全目》《古典戲曲存目彙考》《古本戲曲劇目提要》著録。現存道光元年（1821）桐蔭書屋刻本，藏中國藝術研究院圖書館。又有姚燮《今樂府選》稿本第32册所收本，藏浙江圖書館。

🖙 序跋、題詞與評語

李兆洛《〈夢花因〉序》（道光元年桐蔭書屋刻《夢華因傳奇》卷首）：

樂譜雅頌，宫調互通；安世楚聲，弦管斯備。古發天籟，今事音節。詞與詩分，曲別詞二，元人矜尚，其濫觴也。學士訂古，不能審音；伶工習數，不解明理。求謂合轍，鮮所當行。

吾友子貞，起譽列侯，齊名仲子。能工韵語，能作儺文。曇首善謳，茂倩得解；相如製曲，延年合音。出其《夢花》，常爲花夢。此本初出，世人競傳。如哀家梨，取其爽口；如迦陵鳥，時作妙聲。藉生滅因，演悲喜夢。心花怒發，筆花亂霏，舌花忽開，天花齊艷。英雄兒女，悟作神仙；名士嬋娟，證成正果。良乎技矣，進而觀之。

夫游仙者，辭多慷慨；而詮理者，心忘是非。本天人也，轉成鶻突；本聞見也，轉訝鴻荒。曷如被歌，翻易覺世，匹俗共賞，日月斬新。情生於文，彼勝乎此。玉茗《四夢》，高枕未凉；紅雪《九種》，孤燈復續。嗟夫趙子，行矣劉生。不見古人，不見來者。生幸同夢，傳豈异因？琉璃瓶花，瑪瑙盤果。請以自証，勿却人嗤。

道光元年正月，武進愚弟李兆洛申耆拜撰

鷗波亭長《自題〈夢花因〉曲本》（道光元年桐蔭書屋刻《夢華因傳奇》卷首）：

十載青衫涕未收，尋春惆悵總悲秋。秦淮兩岸花如雨，能似劉郎玉貌不？
色色空空大有緣，贖花能散買花錢。郎君尚義佳人烈，縱不風流亦可憐。
天下傷心折柳亭，生離死別太丁寧。妾身那抵古梅綠，郎意不如楊柳青。
草頭清露已飛仙，不在梅邊在柳邊。祝爾三生望夫石，化爲一片夢花天。
天涯芳草怨王孫，殘照西風白下門。丁字簾前一溪水，縱無人在也銷魂。
詩君端合拜花王，香國收來繞後堂。從此百花仙夢醒，紅塵莫漫九迴腸。
我久江東賦浪游，梅妍柳翠訊朱樓。布帆無恙花幡靜，子夜聲中起暮愁。
吳儂度曲悔情多，恐有桓伊喚奈何。持謝風流何水部，替他補恨替徵歌。

（何衛廷詩，人捐資付梓。）

劉連毅《〈夢花因〉題詞》（道光元年桐蔭書屋刻《夢華因傳奇》卷首）：

碧草蝦蟆之路，紅樓蝴蝶之天。大地皆因，浮生是夢。縱使拋殘紅豆，濕透青衫，而去去美人，梅花樹底；招招我友，楓葉林中。誰則腰纏解鬐於揚州，怨拍賭歸於塞上。然而舊傳解珮，曾有湘臯；艷說離魂，多逢倩女。結笑緣於拈花之會，牽情緒於折柳之亭。綺障三生，繭絲百裹，香雪詞客《夢花因傳奇》所由作也。

以倚樓之才藻，寫中壘之風流。一段俠腸，百年離恨。當夫燃停乙杖，酒熟丁簾。覓琴劍之居停，傍鏡奩於窈窕。渾身花雨，本來兜率天姬；罷夢罡風，幾墮阿鼻地獄。仗飛仙之妙手，拯魔劫於纖腰。問前生是柳是梅，夙因願托；計此後為朝為暮，好夢將圓。韓冬郎乃金鈿辭懷，董夜來因玉鈎埋艷。托王孫以空護，思公子而偏慳。聚窟洲何返魂無香，楚王臺竟割雲有劍哉！詎知鬢絲扇影，泡幻紅塵；瑤草琪葩，謫由紫府。不辭現身說法，以見飛淜隨緣。冀為《阿難經》七種忘憂，勿令古莪國一生多誤。拓開色界，扇引師風。又何待瓦既裂鴛，始歸大覺；蕉難覆鹿，方悟沉迷？合神仙義俠化身，變《燕子》《桃花》俗格。此禪關之棒喝，其即作者之墨航乎？持子奇因，醒人幻夢。所願證羅天眷屬，遍賚夢草以往還；休教入歧路風塵，枉作狂花之開落。

石耕居士劉連毅題

左輔《〈夢花因〉題詞》（道光元年桐蔭書屋刻《夢華因傳奇》卷首）：

義即英雄烈即仙，情通天地悟通禪。等閑一覺荒唐夢，非想非因總是緣。
夢中說夢夢能通，現夢中身出夢中。聽說有情能勝欲，可知無色不成空。
俠腸真可配香心，不愛紅妝不惜金。看老窗前綠梅樹，花花葉葉自成陰。
人天何地不文章，少傅真堪主括蒼。慷慨婆心忠義氣，功名不作作寒荒。

陽湖左輔仲甫

惠顯《〈夢花因〉題詞》（道光元年桐蔭書屋刻《夢華因傳奇》卷首）：

人間何事不情多，蒼狗浮雲奈了何。揮手名場蠻觸鬥，得高歌處且高歌。
《夢花》仙曲夜深聞，惹我槐柯屢覓君。聽說多生俱是夢，祇爭醒與不醒分。
曾記邯鄲入夢時，并無一個漢鍾離。眼前諸累紛紛在，知是蟲兒是蟻兒。
無金可鑄趙王孫，有酒聊堪倒一樽。莫在夢初醒處唱，英雄兒女怕銷魂。

長白惠顯體仁

鄧廷楨《〈夢花因〉題詞》(道光元年桐蔭書屋刻《夢華因傳奇》卷首)：

六朝金粉澹烟光，流水春風歲歲芳。偏是小倉山一角，花開時帶美人香。
醒眼看花夢作詩，鷗波游戲感人思。神仙風度英雄膽，鑄此臨川筆一枝。
好花生就一春愁，我有平章語當不？梅聘海堂原有例，李花端合嫁安榴。

江寧鄧廷楨維周

鄒翰《〈夢花因〉題詞》(道光元年桐蔭書屋刻《夢華因傳奇》卷首)：

倚樓慧舌麗三春，翻出宮商調倍新。蝴蝶有生仍不假，蠨蜻無幻豈非真。
色天宜放花前眼，塵海難抽夢裏身。萬事年來情緒少，期君同證本來因。

南豐鄒翰軒霞

楊國楨《〈夢花因〉題詞》(道光元年桐蔭書屋刻《夢華因傳奇》卷首)：

羅浮仙夢在君家，彩筆矜飛五色霞。證罷天人還自證，前身是月是梅花？
伽藍覺樹久皈依，月更玲瓏露更霏。還讓蟠根上天易，桃花薄命柳花飛。
前度劉郎今又來，胡麻香裏到天臺。因緣瞭悟根塵洗，枕上文章絕點埃。
慧業真通知慧神，天衣一品夢中身。芙蓉城畔花如霧，半屬詩人半麗人。

崇慶楊國楨海梁

申瑤《〈夢花因〉題詞》(道光元年桐蔭書屋刻《夢華因傳奇》卷首)：

夢中說夢夢難醒，死死生生盡渺冥。定要還魂殊不必，《夢花因》勝《牡丹亭》。

一生一劫一因緣，恩愛歡場噩夢前。祇有啖花老居士，婆心為證祖師禪。

壺關申瑤南村

和欽《〈夢花因〉題詞》（道光元年桐蔭書屋刻《夢華因傳奇》卷首）：

愛花曾爲種花忙，前度人來歲月長。不種夭桃種仙李，怕他薄幸到劉郎。
雲雨荒唐事未真，神仙縹緲想皆因。而今說法登場去，知是真身是色身。
我亦黃粱夢裏來，（時余官江寧中鎮。）秦淮舊恨已塵埃。平原慷慨淮南義，一例王孫兩樣才。

長白和欽敬齋

周之桂《〈夢花因〉題詞》（道光元年桐蔭書屋刻《夢華因傳奇》卷首）：

酒灑倉山土。共王孫、心香一瓣，數十（讀作平）寒暑。香火因緣交性命，詩債翻成義舉。同策馬、軟紅塵土。萬里江山吟未倦，按宮商、細把新腔譜。教筆墨，作歌舞。　　禪因絮果成今古。惜花心、無端幻出，深情艷語。富貴功名如露電，說甚英雄兒女。春夢醒、雲堂粥鼓。悟到正因無一字，問花花、葉葉春誰主？香不斷，耐含咀。（調寄《金縷曲》）

上元周之桂玉枝

丁應鑾《〈夢花因〉題詞》（道光元年桐蔭書屋刻《夢華因傳奇》卷首）：

女郎何故貌如花，生長江南碧玉家。不若此身作花去，更無人唱《浣溪紗》。
媚香人去水樓空，丁字簾前樹又紅。一樣女兒身姓李，桃花如故變東風。
暮雨朝雲夢亦真，功名富貴想皆因。好從十四諸天上，保重金剛不壞身。

石屏丁應鑾文園

龍元任《〈夢花因〉題詞》（道光元年桐蔭書屋刻《夢華因傳奇》卷首）：

才子英雄，有如此、時名紙價。曾夢遍、三千世界，無非是假。揮手黃金豪且爽，向人白眼狂而罵。半傳人、半自寫牢騷，無須藉。　　相思淚，柔腸化；風義氣，剛心霸。都一齊、收入平生悲咤。驀地花魂成夢覺，忽然因果從天下。祇難分、蝴蝶與莊周，蘧蘧化。（調寄《滿江紅》）

順德龍元任辛田

陳士楨《〈夢花因〉題詞》（道光元年桐蔭書屋刻《夢華因傳奇》卷首）：

絕艷驚才笑拍肩，英雄名士易神仙。因因果果夢中緣。　　妙色已圓塵色盡，靈根不昧道根堅。眾香國在種民天。（調寄《浣溪紗》）

通州陳士楨仲木

龍元侃《〈夢花因〉題詞》（道光元年桐蔭書屋刻《夢華因傳奇》卷首）：

長相思，短相思，長短相思總不支。雙雙夢裏知。　　情也痴，恨也痴，好護靈根自主持。花開夢覺時。（調寄《長相思》）

順德龍元侃甓齋

熊方焜《〈夢花因〉題詞》（道光元年桐蔭書屋刻《夢華因傳奇》卷首）：

天上人間鑿空，因結六州四眾。回首散花時，才子佳人一慟。如夢，如夢，睡醒桃源仙洞。（調寄《如夢令》）

商城熊方焜翼堂

張立勳《〈夢花因〉題詞》（道光元年桐蔭書屋刻《夢華因傳奇》卷首）：

能有幾多愁，沒個人收。不如說夢與吾儔。聊藉看花爲演戲，苦口嬌喉。　　清夜發清謳，一覺紅樓。因因果果證從頭。盡道黑甜鄉最好，世界溫柔。（調寄《浪淘沙》）

碭山張立勳建園

王晉槐《〈夢花因〉題詞》（道光元年桐蔭書屋刻《夢華因傳奇》卷首）：

我本三生杜牧之，爲君朗誦識花詞。維摩低首春婆笑，紅豆江南老幾枝。夢花因果咒花魂，争向邯鄲道上論。十五江陵好兒女，買絲齊綉趙王孫。

全椒王晉槐春卿

宜蘭《〈夢花因〉題詞》（道光元年桐蔭書屋刻《夢華因傳奇》卷首）：

咄咄劉生，我有狂言，子其聽之。有絕代才華，幾人知己；平生懷抱，未免情痴。小玉彈筝，雙鬟打槳，賭唱《楊枝》更《竹枝》。君不見，在丁簾縱酒，子夜填詞。　黄金不買蛾眉，但買得春愁更怨誰？便干卿何事，傾囊以贈；其人如玉，全璧而歸。杜牧三生，劉郎前度，流水桃花是也非。西窗下，問寒梅著未，一夜相思。

有美一人，解后相遇，清揚婉兮。況秋娘家近，六朝金粉；小姑居處，九曲青溪。陌上花開，江南草長，春鳥能歌滑滑泥。人將去，見短長亭畔，楊柳絲絲。　兩行珠泪偷垂，却恨煞長江不向西。怕三叠《陽關》，魂銷南浦；一聲《河滿》，腸斷蛾眉。住亦難留，不如歸去，杜宇傷心恰恰啼。人何在？在斜陽古道，衰草長堤。

無可奈何，誰能遣此，長歌短歌。把唾壺敲缺，匣中寶劍；酒杯吸盡，天上金波。此叟支離，所言俶詭，富貴一場春夢婆。堪一笑，是談天曼倩，説鬼東坡。　流連把卷吟哦，似讀罷《離騷》壁屢呵。有美人窈窕，幽居空谷；山魈睇笑，在彼中阿。殘月曉風，天涯芳草，鐵板銀筝唱也麽。君休矣，説有人顧曲，付與青蛾。

若有人兮，是也非耶，現居士身。證百花生日，人天歡喜；千秋佳話，香火緣因。飛絮沾泥，落花逐水，愁思看春不當春。憑指證，到離魂倩女，説夢痴人。　非關幻作奇聞，第今古詩人各有神。況瑶臺花鳥，人間傳語；

玉樓詞賦，天上修文。月下絲牽，棒頭禪喝，此事推袁幻也真。依稀似，見金支翠羽，飛下紛紛。（調寄《沁園春》）

青豆山人季弟宜蘭

吳 藻
(1797—1862)

　　字蘋香，自號玉岑子，仁和（今浙江杭州）人。或言嫁同邑黃某，或言許氏，待考。父、夫俱業賈。道光十七年（1837），移家杭州南湖，命其室曰"香南雪北廬"。南湖亦爲宋名士張鎡（功甫）玉照堂舊址，故自是私淑林逋、張鎡，潛心問道。咸豐十一年（1861）至同治二年（1863）間，太平軍克杭，城陷，下落不明。有夙慧，喜作詞。曾擬作《浪淘沙》一闋，一時傳誦殆遍。著有《香南雪北廬集》《花簾詞》。工繪事，善鼓琴。嘗做文士裝束，自寫《飲酒讀〈離騷〉》小像，作雜劇《喬影》以自況，傳唱甚廣，名噪當時。陳文述（1771—1843）《碧城題跋》卷二《吳蘋香楷書〈蘭因〉樂府書後》云："余在杭州修西湖三女士墓，蘋香爲余填北曲一齣，名曰《蘭因》。以小青與楊夫人書有'蘭因絮果'語……此齣余在漢上以示友人，漢上人多能歌之。余詩所云：'湘月初三花十八，家家女兒唱《蘭因》。'紀實也。"知其又有北曲《蘭因》一種，今未見。

　　按，關於吳藻生年，今存三説。"嘉慶四年（1799）説"，詳見柯愈春編《清人詩文集總目提要》；"乾隆六十年（1795）説"，詳見馮沅君《古劇説彙》；"不可考説"，詳見今人嚴迪昌《清詞史》。以"嘉慶四年説"影響最大，是説首見陸萼庭《〈喬影〉作者吳藻事輯》，陸氏以吳藻《花簾詞》內《滿江紅·題謝叠山遺琴》《陌上花》《祝英臺近》等詞作繫年及詞句，考訂吳藻"約生於嘉慶四年己未（1799）前後"。趙厚均《錢塘閨秀吳藻生平與著作考辨》據《十佳詞彙》本《香南雪北詞》末金繩武《跋》及魏謙升《減字木蘭花·蘋香女兄至小園看秋色今第三年矣賦此代閨人贈》等，考訂其當生於嘉慶二年（1797）五月十八日之前，卒於同治元年（1862），享壽六十六。可從。

傳記文獻：陳文述《西泠閨咏》卷十六《花簾書屋懷吳蘋香》詩附吳藻小傳、吳藻《香南雪北詞·自記》、陸萼庭《〈喬影〉作者吳藻事輯》（《清代戲曲家叢考》）、趙厚均《錢塘閨秀吳藻生平與著作考辨》（《詞學》2021年第2期）。

《喬影》

● 劇情概要與本事

又名《飲酒讀騷圖》《飲酒讀騷圖曲》《飲酒讀騷圖傳奇曲本》等。一折。寫閨秀謝絮才性耽詩書，不愛鉛華，自慚巾幗，艷羨男子。曾描就小影一幅，改作男裝，名《飲酒讀騷圖》，挂在書房。一日改換閨裝，前往書齋賞玩小像。對着小像狂飲、大笑、痛哭等，抒發心中悲憤之氣與牢騷不平之情。

小生扮謝絮才。

本事不詳，當爲作者自況之作。

● 著錄、版本與收藏情況

《清代雜劇全目》《古典戲曲存目彙考》《古本戲曲劇目提要》著錄。現存道光間原刻本，藏國家圖書館，《古本戲曲叢刊十集》據之影印；道光二十九年（1849）萊山吳載功刻本，藏國家圖書館，鄭振鐸《清人雜劇二集》、《清人雜劇百廿種》第4冊據之影印；同治間刻本，藏上海圖書館；清刻本，藏國家圖書館、北京大學圖書館。又有姚燮《今樂府選》稿本第39冊所收本，藏浙江圖書館。另有王永寬、楊海中、幺書儀選注《清代雜劇選》（中州古籍出版社1991年版）所收排印本。

● 序跋、題詞與評語

葛慶曾《〈喬影〉跋》（《清人雜劇二集》所收本《喬影》卷末）：

吳藻

此吾杭女士吳蘋香自製《飲酒讀騷圖曲》。女士少工詩，既喜作詞，清微婉妙，慧心獨出。茲以侘傺懊咿之情，一發之於歌，不自知其涕之何從也。余與其兄夢蕉游，得讀此本，恍如湘江千頃，澄波無際，君山縹緲，烟鬟霧鬢，相對出沒，蘭橈桂枻，容與乎中流。復如山鬼晨吟，林猿暮嘯，夜郎遷謫，長沙被放，才人淪落，古今同慨。余也羈栖海上，迹類蓬飄，秋士能悲，中年多感。爰志傷心之曲，聊書綴尾之詞。

秋生葛慶曾識於申江寓舍

吳載功《〈喬影〉跋》（《清人雜劇二集》所收本《喬影》卷末）：

乙酉秋，余客滬上，友人出視此冊。讀之，覺靈均香草之思，猶在人間，而得之閨閣，尤為千古絕調。適有吳門顧郎蘭洲，善奏纏綿激楚之曲，爰以是齣授之。廣場演劇，曼聲徐引，或歌或泣，靡不曲盡意態。見者擊節，聞者傳鈔，一時紙貴。爰付梓人，播諸樂府，以代鈔胥云爾。

萊山吳載功跋

鄭振鐸《〈喬影〉跋》（《清人雜劇二集》卷首《題記》）：

吳藻，字蘋香，號玉岑子，錢塘人，有《花影簾詞》及《飲酒讀騷圖》（一名《喬影》）雜劇。《飲酒讀騷圖》類《空堂話》，亦以劇中人的口吻訴作者自己的心懷者。"無奈身世不諧，竟似閉樊籠之病鶴。"乃至描成小影，改作男裝，對之玩閱，藉消憤懣。女子的幽愁，蓋尤過於文士的牢騷也。

許乃穀《〈喬影〉題辭》（《清人雜劇二集》所收本《喬影》卷首）：

我欲散髮凌九州，狂吟一寫三閭憂。我欲長江變春酒，六合人人杯在手。世人大笑謂我痴，不信閨中先得之。埽眉才子吳蘋香，放眼直欲空八荒。彈琴未盡紓激越，（女士善鼓琴。）新詞每覺多蒼涼。（著有《花簾書屋詞》。）一昨示我變相圖，珊珊仙骨人間無。湘花湘草楚天碧，一歌再歌碎唾壺。傳觀盡道奇女子，巫付雛伶爲奏技。雛伶亦解聲泪俱，不屑情柔態綺靡。一卷難銷塊磊胸，斗酒吸盡飛酒龍。酒龍不得乘雲去，悲歌聲澈重雲重。滿堂主客皆噓欷，鰤生自顧慚無地。須眉未免兒女腸，巾幗翻多丈夫氣。黃土搏人天無情，青鳥填海波難平。人生缺陷古來有，不合識字憂患生。吾儕落落人間世，彈指華年流水逝。不如學作楚宮人，倘許千秋結神契。

許乃穀玉年

齊彥槐《〈喬影〉題辭》（《清人雜劇二集》所收本《喬影》卷首）：

一卷《離騷》酒百杯，自調商徵寫繁哀。紅妝拋却渾閑事，正恐鬚眉少此才。

詞客愁深托美人，美人翻恨女兒身。安知蕙質蘭心者，不是當年楚放臣。

鴨頭春水綠於醽，長醉誰知是獨醒。畢竟小青無俠氣，挑燈閑看《牡丹亭》。

齊彥槐梅麓

陳文述《〈喬影〉題辭》（《清人雜劇二集》所收本《喬影》卷首）：

玉情遥怨渺無儔，曠世嬋娟第一流。金粉難消才子氣，湖山易動美人愁。酒邊疏雨凉生夢，畫裏停雲冷帶秋。惆悵青琴弦上語，花簾影澹水明樓。

陳文述雲伯

葛慶曾《〈喬影〉題辭》（《清人雜劇二集》所收本《喬影》卷首）：

江草江花慘澹餘，譜將幽怨比三閭。全消塊壘惟澆酒，小劫年華且讀書。翠袖青衫形自幻，通眉長爪認何如？聞歌合下雙鬟拜，絕勝旗亭畫壁初。

薜荔爲衣芰作裳，鉛華洗盡舊時妝。懺除弱絮三生果，供養幽蘭九畹香。衿抱自然成灑落，才名原不礙清狂。吾儕亦有沈淪感，何止紅閨黯斷腸。

本來名媛似名流，荷鍤相隨酒作丘。合對畫中人一慟，漫論身後事千秋。吳藻笙歌偶爾翻新調，山水依然契俊游。我負西湖風景好，還憑曲裏憶杭州。

仙才傲骨兩相宜，瘦格簪花昔見之。早識大家矜絕調，每從小謝讀清詞（謂夢蕉）。憐渠滴露拈豪潤，愧我臨風屬句遲。（嘗索題《花簾書屋填詞圖》，未就。）贏得丹青傳妙筆，不教遺恨到蛾眉。

《觀演〈喬影〉傳奇作》

傾倒靈均絕代才，自哀爭似後人哀。譜將別鶴新聲引，幻出驚鴻小影來。蘭芷江濱迎水笑，芙蓉木末報花開。秋風我正悲蕭瑟，客裏聞歌一舉杯。

檀板輕攜出畫欄，祇疑翠袖倚天寒。花間優孟千場劇，海上成連一曲彈。色相偶然今夕換，笑啼欲似此時難。美人幽恨才人淚，莫作尋常咏絮看。

葛慶曾秋生

郭麐《〈喬影〉題辭》（《清人雜劇二集》所收本《喬影》卷首）：

女中有靈均，感憤寫胸臆。紛紛妄男子，我欲與巾幗。

天壤何知王謝，人間偶墮蕃茵。試問六朝名士，可能似此風神？

鉛華寫盡妙明圓，色相空時恩怨捐。他日定知超欲界，不勞執手問諸天。（色界天上無男女相。）

郭麐蘋翁

許乃濟《〈喬影〉題辭》（《清人雜劇二集》所收本《喬影》卷首）：

柔情豪氣合并難，我願焚香再拜看。書味都成花馥郁，酒痕疑化泪汍瀾。若教應舉真崇覘，倘許從軍定木蘭。一曲知音問誰是，冰弦珍重莫輕彈。

許乃濟青士

李筠嘉《〈喬影〉題辭》（《清人雜劇二集》所收本《喬影》卷首）：

不能庸福祇能仙，日暮天寒倚竹邊。縱使鬚眉換君骨，可能圖畫上凌烟？水哉軒畔按紅牙，（尤西堂有《讀離騷》樂府。）流出西溪又浣紗。倘許婉兒持玉尺，蒲輪應駐七香車。

李筠嘉筍香

胡敬《〈喬影〉題辭》（《清人雜劇二集》所收本《喬影》卷首）：

書生裝換健兒裝，但解從軍笑女郎。芳字采蘋詞寫怨，高才詠絮韵生香。美人從此休稱屈，名士前生合姓黃。一種愁懷消不得，笛聲嗚咽暮雲長。

胡敬書農

沈希轍《〈喬影〉題辭》（《清人雜劇二集》所收本《喬影》卷首）：

巾袍灑落，看臨風、亭立依然珠樹。粉盝脂奩，都不理、笑煞等閑兒女。酒一中之，《騷》還百讀，氣峻蛾眉宇。影形相對，鏡邊聊自描取。　堪儘或嘯或吟，或時說劍，或坐禪談虎。三萬六千朋輩少，今日瑣窗風雨。血淚空彈，心香獨奉，祇有靈均許。側身天地，繡闥誰是儔侶？（《百字令》）

沈希轍少游

汪端《〈喬影〉題辭》（《清人雜劇二集》所收本《喬影》卷首）：

蜀國黃崇嘏，唐宮宋若莘。美人何灑落？詞客最酸辛。修竹難醫俗，芳蘭不媚春。江潭寫秋怨，憔悴楚靈均。

汪端小韞

張襄《〈喬影〉題辭》（《清人雜劇二集》所收本《喬影》卷首）：

昨夜釭花墮。喜朝來、一風吹落，赤城雲朵。瘦菊含啼幽蘭笑，不負楚騷勤課。悵甚日、詩賡道左。如此才華閨中少，勝書生、十載親燈火。錦機畔，綉絨唾。　衡齋自笑長閑坐。羨風流、新聲乍譜，管弦爭播。試拍紅牙歌殘月，一縷圓珠穿過。怪底事、泪痕衫浣。太上忘情談何易，但情多、自懺差爲可。聽郢曲，愧難和。（《金縷曲》）

吳藻
張裹雲裳

岳蓮《〈喬影〉題辭》（《清人雜劇二集》所收本《喬影》卷首）：

偶從曲裏結心知，沅芷靈芬想見之。似此襟懷雲海闊，願教丁卯寄相思。

岳蓮韻香

歸懋儀《〈喬影〉題辭》（《清人雜劇二集》所收本《喬影》卷首）：

《離騷》一卷寄幽情，樽酒難澆傀儡平。烏帽青衫燈影裏，爭看不櫛一書生。換却紅妝生面開，銜杯把卷獨登臺。藉他一曲湘江水，描出三生小影來。

歸懋儀佩珊

徐玉《〈喬影〉題辭》（《清人雜劇二集》所收本《喬影》卷首）：

一種牢愁本性眞，致身千古想靈均。忽歌忽笑忽悲泣，不信紅閨有此人。翩翩烏帽壓雲鬟，直欲天風御往還。愧我多情豪氣少，但調螺子畫春山。

徐玉叔芳

劉伯友
(1797—1869)

又名棋，字竹齋，別署竹齋居士，阜陽（今安徽阜陽）人。主要生活在嘉、道時期。布衣，一生貧困，以坐館爲生，所得不足養家，雖債主日至，吟咏自如。與同里朱鳳鳴（1790—1857）、時逢清（生卒年不詳）、杜燚（生卒年不詳）、賈慶榮（生卒年不詳）、張持（生卒年不詳）交游。晚年喪子，貧困而卒。著有詩集《潁邊吟草》《倦游集》、雜劇《花裏鐘》。

傳記文獻：朱鳳鳴《〈花裏鐘〉序》（《花裏鐘》）、（民國）《安徽通志稿·藝文考》、趙景深《明清曲談》之《花裏鐘傳奇》。

《花裏鐘》

● 劇情概要與本事

目錄題"花裏鐘傳奇"，劇首署"竹齋劉伯友著"。十折，分上、下卷，上卷依次爲《標題》《憐貞》《鴇訓》《世評》《哭花》，下卷依次爲《募義》《友助》《説哄》《貞縊》《義埋》。寫鴇兒買來絕色女子翠雲，欲以之做自己的搖錢樹，無奈翠雲潔身自好，不肯接客。鴇母前去開導，并傳授其各種接客訣竅。翠雲没有興趣，連連打盹。翠雲思念母親，對鏡自憐，伏几而睡。丫鬟買來花朵爲其插在頭上，翠雲醒來將花拔下，見花朵爲風塵摧折，猶如自己命運，禁不住失聲痛哭。鴇姥又命假女鳳侶、鶯儔向翠雲傳授迎客技巧，翠雲不以爲然，祇是微笑，不再理睬，二人以爲翠雲已被説動。不料翠雲看透自身處境，爲保持名節，决定自盡。阜邑曹店儒生紀峨性情孤高傲岸，家計蕭條。一日春光明媚，至郊外游春，偶然聽到兩個篾片提到翠雲拒絶接客、保持貞名之事，決定募集金錢，爲之贖身。紀峨找到富室喻於利，喻於利祇認錢財不養爹娘，爲了金銀罔顧三綱五常。紀峨料知其難捐毫厘，起身告辭。喻家僕人追來，捐錢五百文，并勸紀峨堅持，言既知道翠雲處境，就不能對其放任不管。紀峨大受激勵，將僕人引爲良師益友。富波人朱賀世、安陵人賈大邦正直忠孝，心懷國家，因聽聞紀峨爲同道中人，相約一起探訪。順昌人杜季明、朱村人張仲守亦相約拜訪紀峨，路遇朱、賈，於是一道前往。由於所募錢款過少，紀峨準備將伴隨自己二十多年的舊琴賣掉。四人聽聞，紛紛捐款阻止，另向城中義士李濟明轉借剩餘部分。鷥儔向翠雲報信說有人將爲其贖身，翠雲認爲家中貧窮，無力承擔贖金，定是鴇姥的詭計。於是將羅帶懸挂在海棠樹上，自縊而死，希望死後化爲杜鵑鳥，飛去看望爹娘。紀峨湊齊錢款連夜前去贖人，到後方知翠雲已死。紀峨到海棠花下，一面痛哭翠雲芳年早殞，一面又欣慰她能夠捨生取義。後出資買棺，雇人將其入殮。鳳侶、鷥儔分別將自己的綉襖、錦被送與翠雲，并前去送葬。眾人將翠雲棺木抬至義冢，紀峨認爲與餓鬼、妓女同埋此處會褻瀆翠雲。恰在此時，節孝祠、修真庵鐘聲嘹亮，紀峨令將翠雲葬到彼處。鳳侶、鷥儔求問紀峨姓名，以圖來日報答，紀峨稱此是人生分内事，無需留名。

生扮紀峨，小生扮牧童、張仲守，旦扮翠雲，老旦扮鴇妓，小旦、貼扮丫鬟、鳳侶、鷥儔，净扮漁人、朱賀世，副净扮喻於利，末扮田夫，丑扮保兒，外扮樵夫、賈大邦，雜扮丫鬟、園丁、更夫、脚夫，丑、副净扮馬泊六、全真。

本事來自當時實事。據作者《〈花裏鐘傳奇〉序》，知是劇撰於道光二十四年（1844）夏。

● 著錄、版本與收藏情况

《古典戲曲存目彙考》《古本戲曲劇目提要》著錄。現存道光二十八年（1848）序刻本，藏國家圖書館。

● 序跋、題詞與評語

劉伯友《〈花裏鐘傳奇〉序》（道光二十八年序刻本《花裏鐘》卷首）：

甲辰春，偶游古寺，與老僧握麈（塵）花下。午鐘猝動，燕雀驚飛，余亦瞿然。歸而憶之，覺鍠鍠鏗鏗者，厥聲猶在耳也。迨夏曝書，於敝篋中得一劇本，題曰《鴇姥訓妓》，詞甚鄙俚。余覽之嘆曰："此亦欲鼓鐘而驚花間之燕雀也，奈鐘啞何？"抵暮，有客來，言某青樓買良女為娼，女入門自縊死。余悲之，因作劇十折，以《花裏鐘》名焉。雖聲不甚啞，究未若嚮所聞者之洪而大也。伏祈才士詞客，俯賜改正，化叮叮玎玎為鍠鍠鏗鏗，使酣臥花間者與燕雀而俱驚，則余將焚香百拜以謝之。

時道光二十四年十二月二十七日，竹齋居士識

朱鳳鳴《〈花裏鐘〉序》（道光二十八年序刻本《花裏鐘》卷首）：

人之相知，貴相知心。言，心之聲也，不知其言，心烏由知？予與劉君竹齋同居於阜之曹家店，相去僅八里耳，歷四十餘年而後知，何相知之晚歟！予之始知竹齋也，以杜亦村。亦村，仁人也，因知竹齋為仁人；亦村，義士也，因知竹齋為義士；亦村，孝子、悌弟、忠臣、良友也，因知竹齋為孝子、悌弟、忠臣、良友。然猶未深知其心也。所以深知竹齋之心者，其以《花裏鐘》乎？

夫《花裏鐘》一書，不過嬉笑焉已耳，怒罵焉已耳。未嘗言仁，未嘗言義，未嘗言孝悌、忠良，然一展卷而仁義、孝悌、忠良之心昭然若揭，因知言為心聲，非虛語矣。蓋嬉笑非嬉笑也，皆竹齋之血泪也；怒罵非怒罵也，皆竹齋之婆心也。不知者或以為近於刻毒，豈足語竹齋者哉！竹齋年逾知命而不能青一衿，終歲訓蒙而不足糊其口，債主盈門而嘯歌自得，是真能寬放鋼腸、健撐鐵骨者，而世之知者幾人也耶？

道光二十八年歲在戊申嘉平月，痴友朱鳳鳴謹序

張持《〈花裏鐘〉題詞》(道光二十八年序刻本《花裏鐘》卷首):

滿腹盡牢騷,杯酒難澆。寒氈困我久無聊。排悶時將新譜製,強解愁苗。
枉費募餕勞,莫救嬌嬈。一腔熱血怎生消?僕本恨人開卷讀,清泪傾瓢。

菊溪弟張持拜題

搔首問天公,天正夢夢。不然缺陷恁重重?大筆誰能參造化,喚醒愚矇。
劉子本詩翁,勸世情濃。花間陡撞一聲鐘。祇恐中郎難再世,泪灑東風。

花朝日又題

沈樑《〈花裏鐘〉題詞》(道光二十八年序刻本《花裏鐘》卷首):

素性樂潛藏,閒詠西窗。滿腔血恨願難償。藉得生花一隻筆,寫出愁腸。
好句本天良,莫漫評章。鐘聲花裏韵鏗鏘。世人但解詩中謎,勝似黃粱。

穎尾沈樑拜題

管庭芬
(1797—1880)

原名懷許，改名庭芬，字培蘭、子佩，號芷湘，晚號芷翁，別署笠翁、芝翁、甚翁、芷湘居士、渟溪老漁、渟溪釣魚師、渟溪病叟等，海寧（今浙江海寧）人。諸生。屢赴秋闈，皆不第，布衣終老。長期以設館授徒爲業。酷嗜典籍，日以書卷爲生活。精於鑒賞校勘，尤熟諳鄉邦掌故，曾協助錢泰吉（1791—1863）纂修《海昌備志》。著有《海昌經籍著錄考》、《履霜雜識》、《芷湘筆乘》、《芷湘吟稿》、《渟溪老屋自娛集》、《渟溪老屋題畫詩》、《日譜》（一名《渟溪日記》），另輯有《天竺山志》《花近樓叢書》《銷夏錄舊》《一瓻筆存》等。雜劇有《南唐》。咸豐五年（1855），管庭芬爲友人周金振（1792—1855）作挽詩四首，其三云："抵掌談心共往還，不時同訪紫薇山。憶翻笛譜歌青鳥，顧曲周郎鬢早斑。"後注云："余嘗譜《青鳥信》雜劇一齣，爲君首肯。"知其曾撰有《青鳥信》雜劇一種，未見。

傳記文獻：阮元、楊秉初《兩浙輶軒錄》卷三十七，（民國）《海寧州志稿》卷二十九，鄧長風《十四位清代浙江戲曲家生平考略——美國國會圖書館讀書札記之十二》（《明清戲曲家考略全編》上），鄭偉章《文獻家通考》中冊《管庭芬》，劉于鋒《清代劇目七種稽考》（《戲曲藝術》2016年第1期）。

《南唐》

● 劇情概要與本事

劇首題"南唐雜劇"，署"海昌芷湘居士戲填，吳趨謐簫散人、谷水東麓老農正譜"。正名爲《李後主歡悼舊周后》。僅一折，名《歡悼》，後附有本劇所用之【十樣錦】工尺譜。寫南唐後主李煜繼位以來，在宋令公的輔佐下，民物安康，干戈寧靖。時值七夕，又是後主誕辰之日，然因昭惠皇后於去年此日仙去，李煜至今不能釋懷，故令文武朝臣免賀。後隨內侍往柔儀殿觀賞白蓮，見風景依然，畫檻寂靜，反添一番惆悵。這時，小周后設宴移風殿，爲後主慶壽，特遣內侍迎駕。李煜令宮婢流珠將先皇后三年前所作【恨來遲】【邀醉舞】諸曲演奏一番，聽後不勝愴懷，企冀與昭惠皇后重續長生故事。

生扮李煜，旦扮小周后，貼扮流珠，丑扮內侍，雜扮四內侍。登場人物尚有宮人，未分配脚色。

本事出自南唐後主李煜軼事。據作者《〈南唐〉跋》，知是劇撰於道光十八年（1838）夏。

● 著録、版本與收藏情況

《古典戲曲存目彙考》著録。現存清稿本，藏天津圖書館，虞坤林點校《管庭芬詩文集》（浙江古籍出版社 2018 年版）據之整理。

● 序跋、題詞與評語

穗嫣外史《〈南唐〉序》（天津圖書館藏清稿本《南唐》卷首）：

山川佳麗，繁華六代之遺；帝子風流，文物一時之選。垂楊盡落，仙李重榮。三鳳留香，未失烟花之主；一羊兆夢，先徵水木之年。門巷櫻桃，悵芳春之易去；郊原禾黍，知前日之都非。錦洞天中，鉛華消歇；羅江亭畔，金粉沉埋。後庭玉樹之悲，良有以也；鈿合金釵之事，豈其然乎？固宜讀史者感嘆重瞳，懷古者流連一慨矣。

夫其乘雞襲位，式燕言婚。鬢朵妝新，腰弦曲破。掬鵝梨之香餅，甲煎沈酥；熁鳳邐之琵琶，檀槽金屑。零星舊譜，曲補《霓裳》；柔曼新聲，舞傳邀醉。信佳人之絕世，亦天子之無愁已而。乃玉環留訣別之辭，鰥夫署號；

金鼎暗容華之色，宮女傷心。蓬萊春深，感花濺淚；芙蓉地晚，望月傷娥。既而鳳續琴徽，鸞膠瑟柱。趙家姊妹，并擅專房；楊氏諸姨，類皆絕色。遂應娘來之讖，爰定親迎之儀。綉幄銜書，紅鵝莫彩。香階剗襪，金鳳提鞋。年年陳乞巧之歡，世世有長生之願。花間狹坐，綠鈿安檻；香裏孤亭，紅羅覆壁。珠光照夜，瓊粉妝春。他如內府文房，亦有掌書之媵；後宮歌舞，非無記曲之姝。小步蓮花，雙行纏足；長條楊柳，一種銷魂。其豪奢也若彼，其佳麗也如此。

然而家山終破，時事潛非。熠熠之星經天，陰陰之日就暮。郵亭旅館，初回國信之車；別第離宮，已築禮賢之宅。黃花水縮，采石橋成。方外先機，識空花之易落；孤臣急難，痛編木之先焚。何鳥獸之相依，竟蟻虱之興吊。城南大將，牙蘖焚香；江左降王，軍門銜璧。於是金泥新曲，殘稿未終；瑤殿遺踪，舊歡難再。墨寶續荊州之火，剩撥秦灰；教坊歸凝碧之魂，誰招楚些。崇朝雨急，忽促登舟；故國塵昏，倉皇辭廟。遂失纘承之統，尚邀違命之封。本無罪也，亦可悲矣。

嗟乎！鍾峰御墨，兵燹叢殘；建業遺箋，烽烟零落。回鸞裂錦，暗麝消香。所以庭院秋風，興衰往事；闌干新月，流思當年。夢故國兮初歸，枕函有淚；望秦淮而不見，樓角無言。秋月春花，朱顏易改；人間天上，白首同歸。般若遺經，持一花以獻佛；文人慧業，歷千劫而成仙也。客有笙鶴工詞，鐘魚協律；紅牙節拍，皓齒徵歌。拈來幼婦之醅，訂以伎師之譜。宮商悉協，情景都真。事紀一朝，唱凡八叠。問當年之傳信，三鳥翻青；惟此日之分題，千狐集白。記紅紅之曲譜，豆是相思；和黑黑之琵琶，草成絕唱矣。

戊戌夏日，鵑水穗嫣外史序

管庭芬《〈南唐〉跋》（天津圖書館藏清稿本《南唐》卷末）：

今年春，余受別下齋主人督梓叢書之聘，安硯峽川。主人數精聲律之學，修簫撤笛，殆無虛日，因得微窺《九宮》大旨。長夏無事，適校周雪客《南唐書箋注》，戲與同人分填後主逸事，擬作傳奇。余拈得《歡悼》一齣，翌日乃成。吳中詞友謬以此闋尚爲協律，細加拍正，入之弦索。古人云："不作無益之事，安知有限之工？"錄存其稿，以俟倚聲家采擇焉。

時道光戊戌長夏，芷湘居士自志於北亞山莊

闕名《〈南唐〉跋》（天津圖書館藏清稿本《南唐》卷末）：

合數調而成一曲，早濫觴於元人，後來傳奇家多用之。此齣詞調爲【十樣錦】，乃洪稗畦先生用於《長生殿·復召》：第一段係【綉帶兒】首至五；第二段係【宜春令】五至末；第三段係【降黃龍】首至五；第四段係【醉太平】五至末；第五段係【浣溪沙】首至七；第六段係【啄木兒】五至末；第七段係【鮑老催】首至七；第八段係【下小樓】全；第九段係【雙聲子】首至六；第十段係【鶯啼序】五至末。雖率爾仿填，而聲律句調，大略相同。

蔣光煦《〈南唐〉題辭》（天津圖書館藏清稿本《南唐》卷首）：

花月神仙，妝點出、金陵佳麗。從頭數、鸞膠重續，鴒行同醉。舊曲椒塗長恨傳，新詞檀板多情使。玉龜山、青鳥枉傳書，貪游戲。　　金鼓震，烽烟蔽；降表獻，心香誓。嘆蛾眉鏢怨，隕紅銷翠。故國照殘明月影，小樓揮盡春風泪。怪等閑、攜手上蓬山，飄然逝。（右調《滿江紅》）

別下齋主人

管庭芬

趙對澂
（1798—1860）

  字子澂，一字念堂，號野航，別署浮槎山樵，合肥（今安徽合肥）人。道光廩貢，歷任亳州、和州、池州學官。道光二十四年（1844）補廣德州學正，（光緒）《廣德州志》言其"訓士有方，彬彬向化，有事求直者，以理勸諭去，却饋遺"。咸豐十年（1860）擢知縣，未及行，陷太平軍攻廣德難而死。性耽吟咏，工詩善曲。著有《小羅浮館詩集》《小羅浮館詞》《小羅浮館雜曲》《小羅浮館別錄》《野航雜著》等。有雜劇《酬紅記》傳世。

  按，《清代雜劇全目》以"趙野航"出目，言其"名、字、籍里不詳。生平事迹待考"；《古本戲曲劇目提要》言其爲"嘉慶時人"；吴曉鈴《清代戲曲提要八種·酬紅記一卷》據其《〈延秋閣剩稿〉序》，考其"生於嘉慶三年戊午，死時年六十三"，即生卒年爲"1798—1860"，可從。

  傳記文獻：趙對澂《〈延秋閣剩稿〉序》（《延秋閣剩稿》）、陳澹然《江表忠略》卷五、（光緒）《廣德州志》卷三十三、（光緒）《重修安徽通志》卷二百十一引《合肥縣志》、陳詩《尊瓠室詩話》等。

《酬紅記》

◆ 劇情概要與本事

  一名《鵑紅記》。劇首署"野航填詞，小鶴正譜"。八齣，依次爲《蝶宴》《鵑啼》《川氛》《驛怨》《會剿》《公車》《訊紅》《徵和》。另，首尾分別有《勘譜》《賞歌》二齣，叙筠瓢道人點勘曲文及饗演侑觴事，涉及作者撰曲情形，與主要劇情無直接關係。劇寫書生浮槎山樵出身高門，性耽游覽，狂放好酒，與紅橋夢客、霞心居士、笑園主人爲好友。時值春日將闌，杜鵑方盛，山樵邀友至蝶夢亭賞花飲酒。席間，忽聞四川教匪造反，劫州焚縣，殺人如麻，山樵不由得爲百姓安危憂心忡忡。四川匪首苟聞名本是一專爲妓女拉客的市井光棍，因官禁甚嚴，安身不住，遂聚衆四處劫掠。蜀地少女杜鵑紅年方十五，生有慧心，喜歡苦吟，但終年善病，鬱鬱寡歡。父親死後，與母親相依爲命。成婚不久便遇匪亂，避難途中又與母親、丈夫失散，祇得攜婢出逃，一路上備嘗苦辛，歷盡艱險，挨到燕趙地面的富莊驛，一病不起。病危之際，在驛站粉壁上題斷腸詩六首抒懷。二十年後，浮槎山樵赴京考試，過富莊驛，見杜鵑紅題詩，感其遭際，和韵其後，并抄錄其作。山樵落第返鄉，又廣約同人和杜鵑紅之詩。其好友紅橋夢客途經富陽時，從舟者口中得知杜鵑紅已病死蘇州，又將此消息告知山樵。山樵感傷不已，遂將和詩彙集刊刻，又請筠瓢道人爲之譜曲，欲使其事流播千載。

生扮浮槎山樵，小生扮中軍官、紅橋夢客，旦扮杜鵑紅，貼旦扮侍兒，小旦扮䴫婆，净扮笑園主人、高二、四川總督，副净扮髯奴、馬五，末扮筠瓢道人、參贊大臣，丑扮苟聞名、店家，外扮霞心居士、經略將軍，雜扮四賊人、車夫，貼旦、老旦、小旦、丑扮妓女，净、副净扮住店客人。

本事源自署名"鵑紅"之富莊驛題壁詩。吳嵩梁《香蘇館集》云："嘉慶六年，富莊驛有蜀中女史鵑紅題壁詩六首，趙君野航見而和之，且爲譜《鵑紅記》院本。"然是否確有鵑紅其人其事，不詳。按，是劇卷首有盧先駱之序，末署"嘉慶庚辰首夏，盧先駱半溪拜題於循蘭守荻軒"，"庚辰"爲嘉慶二十五年（1820），則是劇應創作於此年之前。

🍂 著録、版本與收藏情況

《古本戲曲劇目提要》《明清傳奇綜録》著録。現存嘉慶二十五年（1820）金陵劉文奎刻本，藏上海圖書館等；嘉慶二十五年金陵劉文奎刻、咸豐五年（1855）補刻本，藏國家圖書館、中國藝術研究院圖書館、首都圖書館等，

《傅惜華藏古典戲曲珍本叢刊》第 89 册、《古本戲曲叢刊十集》據之影印；民國三年（1914）石印本，藏上海圖書館；民國十三年（1924）上海掃葉山房影石印本。

● 序跋、題詞與評語

王城《〈酬紅記〉序》（《傅惜華藏古典戲曲珍本叢刊》所收本《酬紅記》卷首）：

黯淡傷心，無如離別；倉皇弱質，況是金戈。過荒驛以停車，啼盡子規之血；向壞墻而覓句，開殘躑躅之花。於虖噫嚱！此非鵑紅富莊旅舍題壁之詩乎？

當夫塵昏劍閣，望斷刀環。別已無家，生原非樂。猶冀重圓破鏡，終爲歸漢文姬；暫教強理殘妝，亦似依人王粲。於是西來薊北，東指江南。斷梗飄蓬，但隨風而宛轉；孤鸞怨鶴，每警露而悲吟。無可奈何，誰能遣此？薄命人久操決絕，五千里孰解憐伊？斷腸詩早已流傳，二十年竟逢知己。乃有浮槎山樵，燕趙歸來，青徐憩止。從煤尾蛛絲之壁，訪鐙殘漏盡之詩。固已鈔將薛濤之箋，襲以文君之錦矣。而筠瓢道人，復念屠販傭沽之地，牛溲馬勃之場，酣齁臥榻之旁，剝落敧墻之上。雲烟過眼，詎有紗籠？風雨關心，漸多蝸蝕。美人黃土，料知蜀道魂歸；司馬青衫，誰解江州泪濕？因從暇日，爲述前塵。翻《白紵》之清詞，按紅牙之小拍。傳神寫照，姍兮其來；繪恨描愁，呼之欲出。未洗綺語研，錄以蠅頭；不補離恨天，畫非蛇足。才誇玉茗，安排豪竹哀絲；艷摘金荃，收拾零香斷粉。從此播新聲於菊部，聊同宋玉之招；傳佳話於蘭閨，定有平原之綉。

僕誤慚顧曲，恨惹聞歌，辱示務頭，猥令弁首。猶憶鈔從驛使，曾賡花蕊之詞；何期賭向旗亭，又點鷗波之譜。此日續開場之《四夢》，君爲酬紅；他時唱畫壁之雙鬟，我當浮白。

全椒王城小鶴題撰

盧先駱《〈酬紅記〉序》（《傅惜華藏古典戲曲珍本叢刊》所收本《酬紅記》卷首）：

秋弦楓葉，腸斷琵琶；春扇桃花，夢殘金粉。不曾相識，何緣令我銷魂？此恨無窮，慣爲旁人墮泪。爾乃鸞分金鼓，燕逐塵沙。珠有浦以難還，鏡上天而已破。鐙昏旅舍，傷心蜀道烽烟；夢隔鄉關，望斷燕臺落月。托霜毫而寫恨，印泥爪以留痕。剩粉誰憐，祇恨飄蘋無托；殘紅將落，却教彩筆争抄。非關司馬多情，愁根種就；任笑江淹好事，《恨賦》新翻。

然而壁上紗籠，已是十年舊迹；江頭尺素，又添一段閒愁。嘆泡影之無痕，擎露珠而不定。可憐蓬轉，竟慘花飛。綠水灣頭，烟銷紫玉；白楊冢上，雨蝕青磚。碧草無情，誰能遣此？紅顏薄命，一至於斯哉！乃令老阮窮愁，寫清商於鐵笛；遂使阿咸狂態，現幻影於珠塵。欲教普證三生，博得同聲一哭。

嗟乎！春雲一縷，小住遥天；秋月半痕，已沉遠水。干卿甚事？使我工愁。惹將滿地閒花，遍漬啼鵑之血；絆得連天芳草，重縈夢蝶之魂。漫言恨海難填，此是情天代補。《霓裳》譜出，付一曲於梨園；珠斛歌成，奏雙聲者菊部。忍見兩行絲竹，莫殘塞北黄雲；試看十丈氍毹，撒遍江南紅豆。

嘉慶庚辰首夏，盧先駱半溪拜題於循蘭守荻軒

潘精一《〈酬紅記〉題詞》（民國十三年上海掃葉山房影石印本《酬紅記》卷首）：

交河東下富莊驛，濤聲夜助嬋娟泣。六首吟成幽恨詩，泪珠和墨書盈壁。自言家住錦官城，艷絶鵑紅唤小名。弱質生來原善病，幽懷偏易惹閒情。十二盈盈髮覆額，十三整髻嬌妝飾。拈筆欣賡咏絮篇，學書慣仿簪花格。曲聖針神更兩全，前身應是掌書仙。聰明常博慈親愛，容德能教韻婿憐。自從締結姻緣好，房幃樂事知多少？恩愛如同比目魚，死生誓比同心鳥。無端一夜夢頻驚，捲地妖氛動戰爭。豺虎叢中拚薄命，干戈影裏脫餘生。餘生飄泊離

鄉國，劍門回首烽烟黑。玉壘山川舉目愁，錦江花月傷心色。客路匆匆歷幾千，齊東趙北更幽燕。珠遷合浦知難返，鏡破樂昌冀再圓。迴腸寸斷愁眉結，百年恨事何能說？祇是難灰憶母心，可憐泣盡啼鵑血。平生愛譜《望江南》，得到江南更不堪。蟬鬢自沾南國瘴，馬頭難耐北風寒。流離驚竄無棲息，惟將一死摧蒲質。翠柏凌霜自抱貞，紅蘭委露原無力。何處香泥葬錦裙？亂山回望但斜曛。遥知艷骨塵埋處，應化紅心草滿墳。郵亭有客停征騎，爲卿揮盡窮途泪。殺粉鈔來絕命詞，燃脂爲譜《酬紅記》。玉泣珠啼了一生，仗君彩筆爲傳神。劇憐吹竹彈絲夜，恍睹花明雪艷人。天意虛生復虛死，可憐命薄竟如此。過眼榮枯北塞花，回頭恨事東流水。多感詞人趙倚樓，新翻一曲【小梁州】。沙場碧血香閨泪，譜入哀弦萬古愁。

涇縣潘精一雲亭

汪度《〈酬紅記〉題詞》（民國十三年上海掃葉山房影石印本《酬紅記》卷首）：

萬點峰巒削蒼翠，杜鵑紅絢相思泪。怪雨盲風促別離，干戈影裏春心碎。秦州漸遠齊州來，指點江南腸欲摧。馬嵬漫爲玉環恨，鴛墳已與真娘哀。風塵哀恨知多少？詎獨金閨傷窈窕。欲排閶闔叫天閽，安得返魂香不老。

上元汪度鄴樓

王瑾《〈酬紅記〉題詞》（民國十三年上海掃葉山房影石印本《酬紅記》卷首）：

秦關蜀棧縈紆裏，金戈捲地烽烟起。紅蓮不解護鴛鴦，鼓鼙驚散無棲止。盈盈弱絮逐風馳，輪鐵銷殘古道歧。寶鏡已分難復合，春萱重茂定何期？家山西望魂飛越，清霜冷月憐凄絕。萬種聰明一種愁，長途拚灑離人血。惱人驛析夜偏長，滴粉研朱寫斷腸。扶病自題征婦怨，揮愁怕檢女兒箱。兒時愛谱《江南好》，梦到江南花谢早。春归艳魄化啼鹃，埋香长遍红心草。靉靆愁云迹未湮，壁留鸿爪几经年？生离死别空馀恨，护玉怜花好续缘。知音幸遇周郎顾，拈来红豆翻新句。湘弦转拨咽哀音，凄凉抵得《招魂赋》。艳色清才几合并，能传姓字死犹生。世间薄命知多少？岂独伤心杜宇声。

上元女史王瑾

王煜《〈酬红记〉题词》（民国十三年上海扫叶山房影石印本《酬红记》卷首）：

女士来岷蜀，征途诉所思。潞河传韵事，泥水出新词。文采固应表，怃离尤可悲。一编三复罢，抵读变风诗。

滁州王煜䌹斋

袁绥《〈酬红记〉题词》（民国十三年上海扫叶山房影石印本《酬红记》卷首）：

一寸伤心一寸酸，江河处处起波澜。干戈扰攘生离易，骨月飘零死别难。红豆种成怜月缺，绿章奏罢惜花残。佳人小传才人笔，挑尽兰灯不忍看。

钱塘女史袁绥

崇家鳌《〈酬红记〉题词》（民国十三年上海扫叶山房影石印本《酬红记》卷首）：

情天缺处补曾谙，岂料人间又落花？自是红颜飘泊惯，月明何地不思家。蜀山耸秀蜀江清，日日天涯纪旅程。断雨零风行不得，恼他一路鹧鸪声。绝命诗从古驿传，梨花断送几经年。红绡剩有伤心泪，留取他生化杜鹃。传闻乐府播梨园，多谢才人旧谱翻。我是三生狂杜牧，未经识曲已销魂。

天长崇家鳌海秋

沈濤《〈酬紅記〉題詞》（民國十三年上海掃葉山房影石印本《酬紅記》卷首）：

啼紅泣翠總堪憐，端合芳名托杜鵑。休向錦江城外唱，年年夢繞大峨邊。
紅顏屏弱逐風塵，斷粉零香字字珍。鸞鏡分飛萱草背，一抔黃土送殘春。
才高詠絮格簪花，演上氍毹燭影斜。想爲憐香留別派，含宮嚼徵當籠紗。
頹垣幾字剩風流，惹起尋春杜牧愁。吹斷玉簫明月夜，青衫紅袖各千秋。
新詞戛玉板敲檀，酒綠燈紅帶笑看。我是愁人聽不得，一時掩淚倚闌干。
殘山剩水遍題詩，自笑生平亦太痴。也似聲聲啼杜宇，春來應有賞音知。

烏程沈濤響泉

劉寶書《〈酬紅記〉題詞》（民國十三年上海掃葉山房影石印本《酬紅記》卷首）：

一角烽烟起劍關，頓教香夢斷刀環。此身雖在何如死？猶得魂歸蜀道山。
倉皇紅粉走天涯，回首鄉園嘆落花。夫婿音乖慈母失，可憐歸去已無家。
地北天南路正長，客中重檢舊時箱。一行字寫千行淚，到此何人不斷腸？
玉碎珠沉已廿年，憐香空付奈何天。憑君譜入傷心曲，紅豆新詞唱杜鵑。

廣德劉寶書玉堂

王用賓《〈酬紅記〉題詞》（民國十三年上海掃葉山房影石印本《酬紅記》卷首）：

啼到鵑聲客盡哀，如何忽現女身來？郵亭一曲千行淚，紅濺山花帶血開。
鼓聲聲裏淚如絲，瘦損蛾眉上馬時。破鏡未圓珠已碎，空餘殘夢付鶯兒。
回首烽烟隔故關，何年蜀道幸生還。含冤一似湘妃竹，千古啼痕任化斑。
徵題到處淚盈盈，痴與紅顏訴別情。唱遍江南腸斷句，夢魂猶自泣餘生。

我亦燕臺屢束裝，新詩鈔得叠巾箱。天涯遍訪湘舟字，未識春風總斷腸。
（舊縣旅邸，有女史題壁，末署"湘舟"二字。）

收拾花魂又女魂，蘇臺一哭隴雲昏。美人恨事才人筆，迸入啼痕與墨痕。

廣德王用賓薦卿

吳慶恩《〈酬紅記〉題詞》（《傅惜華藏古典戲曲珍本叢刊》所收本《酬紅記》卷首）：

金戈鐵馬總無情，信斷鄉關判死生。蜀道空山遍啼鳥，最難堪是子規聲。
錦江春色劇堪憐，嬌小佳名托杜鵑。幾度欲歸歸未得，悲歌遠望一年年。
山程水驛儘凄涼，萬里嬋娟宿富莊。剩有滹沱河上月，曾經流影照平羌。
錦官城外隔天涯，不是兒家即婿家。聞道西陲烽火靜，夢魂飛越到三巴。
壁上留題一愴神，流離忍作未亡人。新詩唱遍墳頭鬼，待覓香泥葬此身。
詞人墨妙最工愁，檀板金樽記昔游。戰士沙場思婦恨，一齊歌按【小梁州】。

甘泉吳慶恩蓋山

黃錫元《〈酬紅記〉題詞》（《傅惜華藏古典戲曲珍本叢刊》所收本《酬紅記》卷首）：

才人千古總多情，寄我新詞自石城。二十年前題壁事，至今纔識阿鵑名。
日憐鏡破更違親，烽火頻年落泊身。珍重曲中離別苦，天涯亦有斷腸人。
埋玉何方未可知，恨天難補轉生疑。年年春老江南路，冷月深林叫子規。
壞牆剩墨付升沉，千里關山一寸心。地下離魂應不恨，凄弦急管有知音。

甘泉黃錫元又園

陸煜《〈酬紅記〉題詞》（《傅惜華藏古典戲曲珍本叢刊》所收本《酬紅

記》卷首）：

驛橋楊柳綠絲絲，二月公車客到時。剗地閑愁銷不得，春風吹損壁間詩。
回首兵戈擁劍關，尚思鏡合與珠還。可憐冀北江南路，半染紅顏血淚斑。
蘇堤秋水自盈盈，碧海青天無限情。一夜吳宮聽風雨，夢魂何處覓三生。
憑誰喚醒蜀鵑魂，檀板聲中燭影昏。紅袖青衫同一哭，不知多少淚珠痕。

長洲陸煜杏橋

吳嵩梁《〈酬紅記〉題詞》（《傅惜華藏古典戲曲珍本叢刊》所收本《酬紅記》卷首）：

故鄉遙隔馬嵬坡，兵火飄零奈汝何？題到小名知是讖，萬行紅淚子規多。
飛英狼藉遍天涯，怪雨盲風去路賒。輸與寒閨春晝悄，膽瓶安穩供梅花。
一枝玉笛譜清愁，消得才名趙倚樓。可惜未尋埋玉地，墓碑親與刻蘇州。
杜宇聲中夜月高，十分哀怨寄檀槽。傷心更有西泠曲，自換青衫誦楚騷。

（杭州女史吳蘋香以自製《飲酒讀騷曲》見寄，中有《喬影》一齣，甚工，亦現在之《鵑紅》也。）

東鄉吳嵩梁蘭雪

徐漢蒼《〈酬紅記〉題詞》（《傅惜華藏古典戲曲珍本叢刊》所收本《酬紅記》卷首）：

春閨一夕起離愁，戎馬倉皇下劍州。那有封侯好夫婿，楊花如雪怕登樓。
翻得新聲譜玉簫，棧雲千叠夢魂遙。氍毹帖地春風暖，瘦損蛾眉學楚腰。
雙垂銀蒜押湘簾，紅豆拋殘櫻笋天。管領揚州好風月，倚樓才調接臨川。

合肥徐漢蒼荔庵

許頤《〈酬紅記〉題詞》（《傅惜華藏古典戲曲珍本叢刊》所收本《酬紅

記》卷首）：

> 綺語難消劫後身，空山初見海揚塵。文章自古生憂患，忍使才華屬婦人。
> 鐵馬金戈動地來，劍關西望陣雲開。徒留萬古秦川恨，獨向齊門灑泪回。
> 五岳填胸感不平，江關留滯最傷情。倩他寡女絲千尺，迸作弦間兵甲聲。
> 烏孫調響遏雲霄，贊普新來未款朝。試向輪臺西畔望，幾多紅粉壓金貂。
>
> 全椒許頤知白

邢壽愷《〈酬紅記〉題詞》（《傅惜華藏古典戲曲珍本叢刊》所收本《酬紅記》卷首）：

> 軍門一夜動征鼙，從此餘生寄馬蹄。飄泊天涯蓬梗斷，夢魂飛不到巴西。
> 燕山蜀水隔盈盈，難把金梭織別情。一曲離鸞彈不得，簪花筆底悟三生。
> 枉將紅豆種江南，奩鏡香銷璧月殘。自是紅顏多薄命，夜深莫怨紫釵寒。
> 虎阜鶯花始放船，青冥鸞鶴去如烟。寫生幸有徐陵筆，補恨新翻碧落緣。
>
> 階州邢壽愷小佺

劉斯恒《〈酬紅記〉題詞》（《傅惜華藏古典戲曲珍本叢刊》所收本《酬紅記》卷首）：

> 一縷輕雲萬斛愁，劍關烽火幾時休？子規泣盡窮途血，都付多情趙倚樓。
> 天心何事妒斯才，弱質經從百劫來。故使峨嵋山下住，兵戈滿地任相摧。
> 春山無主瘞鵑魂，欲向蘇州認墓門。三十年來芳草碧，青衫曾有幾啼痕。
> 今春有客秣陵還，遺我新詞夜款關。坐起挑燈吟未竟，一時同唱念家山。
>
> 南豐劉斯恒彞生

程紹芳《〈酬紅記〉題詞》（《傅惜華藏古典戲曲珍本叢刊》所收本《酬紅記》卷首）：

蜀道如天路欲迷，倉皇一哭隴雲低。鵑聲暫作鄉音聽，不厭朝朝耳畔啼。
拂壁來題絕命詞，吟成恰是斷腸時。枯蠶拚抱春心死，猶吐纏綿未盡絲。
依舊萍踪飄泊多，家山回首夢兵戈。別離草草三生事，都付當筵一曲歌。
多謝詞人代訴愁，輕敲檀板擅風流。孤鸞病鵠人間有，還要先生一例收。

泰州程紹芳又橋

龔舫《〈酬紅記〉題詞》（《傅惜華藏古典戲曲珍本叢刊》所收本《酬紅記》卷首）：

薊門楊柳綠絲絲，不盡公車驛路馳。一自杜鵑啼血後，文章千舌屬情痴。
粉壁啼痕隔幾年，雪泥鴻爪認因緣。風霜剝蝕偏難盡，留與人間哭暮烟。
兵戈已靖未生還，劫火難銷血泪斑。莫把檀槽滯幽魄，夜臺猶問劍門山。

建平龔舫書舸

王樸山《〈酬紅記〉題詞》（《傅惜華藏古典戲曲珍本叢刊》所收本《酬紅記》卷首）：

偶驚小劫便離家，遂使風塵葬落花。空向壁間留絕唱，不禁珠泪灑天涯。
綠蟻滿斟澆塊壘，紅牙輕拍譜宮商。伯輿老去情雖淡，聽此新聲也斷腸。

隱仙道士王樸山

吳克俊《〈酬紅記〉題詞》（《傅惜華藏古典戲曲珍本叢刊》所收本《酬紅記》卷首）：

嚼蕊吹花字字妍，才人參得美人禪。現身我亦飄零客，短夢前塵共惘然。
妖氛促得別離頻，無復雲英掌上身。情死情生誰護惜？江南紅豆老詞人。

合肥吳克俊菊坡

汪芬《〈酬紅記〉題詞》(《傅惜華藏古典戲曲珍本叢刊》所收本《酬紅記》卷首)：

風塵撲面太匆匆，記得尋詩驛壁中。萬里飄零留絕唱，幾番拂拭當紗籠。知是花魂是女魂，詩中哀怨總難論。憑君寫入生花筆，如見啼痕漬墨痕。

丹徒汪芬夢禪

陳萼《〈酬紅記〉題詞》(《傅惜華藏古典戲曲珍本叢刊》所收本《酬紅記》卷首)：

才人一例托芳名，天與紅顏便有情。譜到江南知是讖，兵戈影裏斷腸聲。

傷心旅館月黃昏，衫袖淋漓盡淚痕。此日揚州傳唱遍，夜臺應返蜀鵑魂。(揚州黃氏家伶能演此劇，一時聲價倍重。他日於燈紅酒綠之間，邀君同聽，當不讓旗亭畫壁時也。)

廣德陳萼春樓

袁青《〈酬紅記〉題詞》(《傅惜華藏古典戲曲珍本叢刊》所收本《酬紅記》卷首)：

鼓鼙聲裏夕陽低，隱隱鄉關望眼迷。愁絕碧天飛破鏡，杜鵑休更盡情啼。題壁詩成字字哀，紅閨幾輩軼群才。賴他一夕郵亭夢，傳得簪花副墨來。象管鵝笙酒半醒，紅氍毹現影娉婷。傷心法曲家山破，親向文姬拍上聽。

錢塘女史袁青

袁嘉《〈酬紅記〉題詞》(《傅惜華藏古典戲曲珍本叢刊》所收本《酬紅記》卷首)：

金鼓無端撼地來，生離草草劇堪哀。若非古壁留題句，爭識閨中有此才。
劍門一別感飄零，鄉夢迢遥苦未醒。重叠烟雲遮不斷，子規啼處萬山青。
桃花短命絮隨風，詞客多情唱《惱公》。撥到箏笆人盡咽，當筵蠟泪替垂紅。
因緣難證大羅天，珠已沉淵玉化烟。我亦恨人根觸易，一回讀曲一潸然。

錢塘女史袁嘉

吳素《〈酬紅記〉題詞》（《傅惜華藏古典戲曲珍本叢刊》所收本《酬紅記》卷首）：

玉碎珠沉劇可哀，倩他長笛訴愁來。一聲《河滿》雙行泪，從此名花不忍開。
短長亭外雨絲絲，宛轉蛾眉上馬時。比似明妃還薄命，枉將詩句付紅兒。
燕南趙北阻重關，杜宇聲中客又還。譜得新詞留艷影，不須重蓺鷓鴣斑。
清歌窈眇舞輕盈，好寫酬紅一段情。唱到詩人腸斷句，當筵若個不愁生。
著意東風護客裝，錦箋百幅叠巾箱。徵題到處緣何事？半是柔腸半俠腸。
一度春歸一斷魂，雨僝風僽又黃昏。人間不少傷心事，偏替愁紅寫泪痕。

長洲女史吳素

張季芬《〈酬紅記〉題詞》（《傅惜華藏古典戲曲珍本叢刊》所收本《酬紅記》卷首）：

烽烟四起遠離家，劍閣雲深望眼賒。一種春愁誰會得？倩他司馬賦琵琶。
漠漠征雲罨嶺低，江南春色望中迷。長途是處柔腸斷，一抹青山杜宇啼。
金戈影裏斷刀鐶，惆悵離鸞去不還。一縷驚魂歸未得，夜臺猶唱《念家山》。
迢迢鄉夢隔關河，恨海難填可奈何？賴有生花能寫怨，新聲譜出遏雲歌。

宛平女史張季芬

王畹蘭《〈酬紅記〉題詞》(《傅惜華藏古典戲曲珍本叢刊》所收本《酬紅記》卷首)：

鶯花滿眼惱柔腸，況是關山客路長。回首岷峨家萬里，春愁壓斷女兒箱。
十三橋畔任飄流，輪鐵銷磨別恨留。不是有才偏命薄，女兒身世合多愁。
鵑聲啼老淚如絲，那有多情杜牧之？珍重倚樓好才調，殷勤為寫斷腸詞。
新聲譜出付何斟，嚼徵含宮調自諳。一曲當筵歌未竟，已教紅豆滿江南。

宛平女史王畹蘭

何佩玉《〈酬紅記〉題詞》(《傅惜華藏古典戲曲珍本叢刊》所收本《酬紅記》卷首)：

花落江南玉笛哀，鼓鼙聲裏鈿車來。分明滴粉搓酥手，繪取嫣紅紙上開。
欲譜新詞入管絲，倚樓才調重當時。歌喉一串圓如豆，閑向花前教雪兒。
鐵馬金戈擁劍關，蛾眉一去幾時還？傷心多少啼紅泪，彈向琅玕定有斑。
楚宮腰細最輕盈，玉怨珠愁宛轉情。自剪殘燈題素壁，春風鬢影可憐生。
夢醒雙鬟促曉裝，飄零粉合冷脂箱。冰弦唱到纏綿句，凄斷深閨兒女腸。
惆悵無香為返魂，一簾紅雨怨黃昏。美人難免燕支劫，空現曇花鏡裏痕。

歙縣女史何佩玉

陳方海《〈酬紅記〉題詞》(《傅惜華藏古典戲曲珍本叢刊》所收本《酬紅記》卷首)：

雨過涼天，蟲吟閑館，有客投我香蘅。十年親愛，頭角記崢嶸。聞道詩天酒地，歌還泣、別有深情。知多少，美人遲暮，輸汝鬢雙青。　凄清，休盡藉、薛濤箋上，寫遍晨星。嘆人間何處，不築離亭。試聽蕭蕭易水，悲風作、壯士心驚。何須論，峨嵋鳥道，千里杜鵑聲。(《滿庭芳》)

鄱陽陳方海伯游

米倬《〈酬紅記〉題詞》(《傅惜華藏古典戲曲珍本叢刊》所收本《酬紅記》卷首)：

驛樹塵昏，棧雲夢斷，天涯舊恨新描。想情根種就，紅豆輕拋。洗盡花間綺障，掬離愁、譜入銀簫。傷心處、一聲杜宇，血染枝梢。　重教。絲哇管語，嘆蘭閨弱質，怎禁蓬飄？奈金鏗縈歇，紫玉烟銷。爲謝多情柳七，翻新曲、代把魂招。聞說道、江南傳唱，菊部爭抄。(《鳳凰臺上憶吹簫》)

滁州米倬曜生

張毓慶《〈酬紅記〉題詞》(《傅惜華藏古典戲曲珍本叢刊》所收本《酬紅記》卷首)：

倚長笛，含宮刻羽，取次登場，恨情無數。海角飄零，故鄉回首在何處？驛亭信宿，空剩取銷魂句。多謝有心人，爲寫入酬紅香譜。　誰訴？恁才人不偶，那更美人黃土。問天底事，做弄出者般淒楚。待喚得蜀魄歸來，怕蝶夢隨春易去。總拍遍伊凉，難減愁懷千縷。(《長亭怨慢》)

長洲張毓慶妥軒

金登瀛《〈酬紅記〉題詞》(《傅惜華藏古典戲曲珍本叢刊》所收本《酬紅記》卷首)：

遣愁無計，題塵壁，怕到江南魂斷。緣種三生，才矜八斗，譜出新詞一串。花飛絮亂。聽宛轉酸辛，宮移羽換。一霎香閨可憐，一霎塵沙暗。尋常許多筆墨，將兒女閑情、低徊唱嘆。紅替鵑啼，紫留玉瑩，怎及江花璀璨？殷勤細看。悟薄命飄零，文人習慣。酒藉金杯，澆愁重拍按。(《臺城路》)

上元金登瀛筠偕

董桂洲《〈酬紅記〉題詞》(《傅惜華藏古典戲曲珍本叢刊》所收本《酬紅記》卷首)：

客路情懷，孤館無眠，忍聽啼鵑。認幾行細字，燈花似豆；一腔幽緒，淚點如泉。九轉腸迴，三生緣斷，女子多才亦可憐。無聊賴、且酹他杯酒，聳我吟肩。　　憾深精衛難填，藉鐵板銅弦曲曲傳。願天下有情，齊聲一哭；閨中同調，屬和千篇。蘇小墳頭，真娘墓畔，更訪香魂吊九淵。非游戲，是伊凉調苦，為補情天。(《沁園春》)

婺源董桂洲蒒泉

歐陽長海《〈酬紅記〉題詞》(《傅惜華藏古典戲曲珍本叢刊》所收本《酬紅記》卷首)：

醉按紅牙拍。算無限、愁濃恨密，那能銷得？鐵馬金戈閨夢遠，祇剩些些烟墨。怎寫出、傷心顏色？千古才人同一哭，擲霜毫、放眼青天窄。怕銅笛，也吹折。　　新聲底用添淒惻。且暫向、尊前制淚，花箋重擘。天若有情天亦老，此意茫茫誰測？不信看、浮雲西北。祇合春風楊柳調，付雙鬟、笑賭旗亭側。莫再賺，可憐客。(《金縷曲》)

上元歐陽長海嶽庵

陸聰應《〈酬紅記〉題詞》(《傅惜華藏古典戲曲珍本叢刊》所收本《酬紅記》卷首)：

舊雨逢今夕。正蕭蕭、江亭秋晚，話將疇昔。讀盡人間腸斷曲，祇是幽魂難覓。算此際、青衫易濕。茅店頹垣無恙在，替吟箋、添染傷心色。感君意，重嗚咽。　　當年別緒連荒驛。問天涯、輪蹄過盡，誰曾相識？一角蛾嵋顰翠黛，想見眉痕狼藉。到此日、重翻舊拍。七尺氍毹千古恨，看良宵、四

座邀詞客。吹裂也，倚樓笛。（《金縷曲》）

陽湖陸聰應小晋

金眭華《〈酬紅記〉題詞》（《傅惜華藏古典戲曲珍本叢刊》所收本《酬紅記》卷首）：

一卷從頭展。怪無端、尊前燭底，寸腸千轉。祇爲憐才留隻眼，譜出宮商一片。最難得、詞人筆健。二十年來離別淚，和真珠、暗滴紅絲硯。歌未已，頓凄惋。　金戈往事如馳電。嘆飄零、身經萬里，伯勞飛燕。幾度輕裝親料理，望斷劍關雲棧。何況是、杜鵑啼遍。我亦天涯萍梗似，按新聲、休拍紅牙板。有情者，那能遣？（《金縷曲》）

全椒金眭華子春

江世槐《〈酬紅記〉題詞》（《傅惜華藏古典戲曲珍本叢刊》所收本《酬紅記》卷首）：

千古難平恨。問蒼穹、美人何事，多遭愁困？拆破慈烏和燕侶，烽火流離堪閔。但盼望、江南夢穩。也似才人多偃蹇，走天涯、涕淚都飄盡。破鏡合，恁無分。　崎嶇蜀道傷勞頓。病長途、郵亭古壁，藉抒幽悶。佳句流傳人去也，青冢黃昏誰問？累詞客、時縈方寸。一曲征歌今日事，代紅顏、寫出無窮憤。舉大白，爲君進。（《金縷曲》）

全椒江世槐祐堂

徐啓山《〈酬紅記〉題詞》（《傅惜華藏古典戲曲珍本叢刊》所收本《酬紅記》卷首）：

鐵板金尊畔。問何人、斑斑淚點，青衫灑遍？天與紅顏天又妒，一例水流花散。忍更把、風飄雨濺。祇有多情啼杜宇，一聲聲、不住歸來喚。歸不得,又春晚。　　美人黃土知何限?剩數行、壁間鴻爪,粉痕零亂。任爾芳容誇絕代,已作辭秋團扇。何況是、胭脂血染。卿自才華能折福,却何須、長抱埋香怨。歌與哭,有誰管?(《金縷曲》)

趙對澂

六安徐啓山鏡溪

孫若霖《〈酬紅記〉題詞》(《傅惜華藏古典戲曲珍本叢刊》所收本《酬紅記》卷首):

　　一宿郵亭路。驀關情、留題粉壁,斷腸新句。淡墨欹斜姿嫵媚,是衛夫人家數。有小字、鵑紅親署。戎馬倉皇離別恨,掃眉人、訴盡飄零苦。和淚讀,感羈旅。　　憐才那有紗籠護?祇愁他、頹垣剝落,斷烟零雨。自撥檀槽親拍板,一曲宮商細譜。唱徹了、淒淒楚楚。哀草白楊香夢斷,便才人、怎把情天補?祇此恨,無窮處。(《金縷曲》)

上元孫若霖雨村

張丙《〈酬紅記〉題詞》(《傅惜華藏古典戲曲珍本叢刊》所收本《酬紅記》卷首):

【南呂調·香遍滿】才人坎坷,著甚閑情破睡魔?聽說那紅顏甘折挫,比才人一例兒蹉跎。簫管自吟哦。宮商費評度,看狂阮當場坐。

【懶畫眉】當日個劍關閣道接嵯峨,生就個嬌娃艷苧蘿。譜閨情細展雲羅。檀口珠璣唾,新嫁得文簫比翼和。

【二犯梧桐樹】痴蛙撼井波,點鼠穿墉破。夫婿慈親,劫火風輪過。這的是鴛鴦夢斷悲無那,烏鵲巢翻痛若何?剩絲絲喘息魂難妥。就裏漫延俄,聊逐鴟夷一舸。

【浣溪紗】罷鈿朵,洗黛螺。眼迷離何處關河?看這南來紅粉傷心大,或者北上黃衫俠骨多。香泥涴把毫端搵,著血摩挲,剩一縷氣兒呵。

【劉潑帽】傷心字字啼痕鎖，訴衷腸委實非訛。"功名"兩字春夢婆，泪滂沱、怎不爲兒家墮？

【秋夜月】似俺等守巖阿、憐惜有誰個？學冬烘、熱客原非我。哂夏蟲冰語還相左。鎭日價愁拖，鎭日間病裹。

【東甌令】銜杯唱，擊筑歌，爲吊卿卿鬢欲皤。天公那管花枝懦，一任風姨簸。這新吟不是吊湘娥，吊出塞明駝。

【金蓮子】漫輦娥女兒身，原不合才人做。敢委地紅心，任他收拾起檀板金尊，這心情端爲誰銷磨？

【尾聲】道人歌哭都無可，甚窮愁蟠結心窩？則索是痛飲醇醪讀楚些。

合肥張丙魚村

釋定志《〈酬紅記〉題詞》（國家圖書館藏嘉慶二十五年金陵劉文奎刻本《酬紅記》卷首）：

劍閣妖氛羽檄馳，人間死別重生離。彩箋難擘春江錦，牙板爭傳驛壁詩。抱病尚懷花蕊恨，埋憂端許木蘭知。料思琴鶴相隨處，園客羊公理亦宜。

釋定志鷹巢

袁誠格《〈酬紅記〉題後》（《傅惜華藏古典戲曲珍本叢刊》所收本《酬紅記》卷末）：

曇影空花耳。嘆人間、紅顏薄命，古今如是。十載郵亭鴻爪迹，拚作浮雲流水。驀觸迕、天涯才子。一領青衫撕碎了，病瑯琊、幾爲多情死。干甚事，竟如此！　倚樓才調者卿似。比風流、江州司馬，蘇州刺史。自撥檀槽親拍板，譜出辛商苦徵。唱澈了、愁雲四起。名士美人共淪落，替卿卿、泪寫傷心字。都買貴，洛陽紙。（《賀新涼》）

歲乙卯夏四月，商丘芰衣袁誠格題於蒔薌館

張淳《〈酬紅記〉題詞》（國家圖書館藏嘉慶二十五年金陵劉文奎刻本《酬紅記》卷首）：

未了三生翰墨緣，一齊補入有情天。美人顏色才人筆，夢裏花開紅杜鵑。
七字吟成幾斷腸，墨痕狼藉月昏黃。有人十斛量紅豆，抵得江州淚數行。

會稽張淳澄齋

朱彥喆《〈酬紅記〉題詞》（國家圖書館藏嘉慶二十五年金陵劉文奎刻本《酬紅記》卷首）：

可人情緒可憐蟲，會把閑愁唱《惱公》。檀板金尊思往事，泥他小字艷春風。

傷心千載《比紅兒》，賺出生香筆一枝。別譜風懷裁艷體，情絲裊裊界烏絲。

當塗朱彥喆文緣

趙對淳《〈酬紅記〉題詞》（國家圖書館藏嘉慶二十五年金陵劉文奎刻本《酬紅記》卷首）：

烽火紛紛四望愁，飄零無復夢刀頭。蛾眉自是多塵債，纔別秦州又趙州。
壁上題詩盡淚痕，傷心扶病度朝昏。美人也似秋風客，話到江南便斷魂。
那有淫哇混雅音，花天酒地苦追尋。何如別調彈孤鶴，留取憐才一片心。
法曲淒清唱斷腸，芳名從此播詞場。春魂若有歸來日，應向花前謝野航。

合肥趙對淳小坡

張景芬《〈酬紅記〉題詞》（國家圖書館藏嘉慶二十五年金陵劉文奎刻本《酬紅記》卷首）：

萬里關山，一天烽火，傷心蜀道飄流。望家園休處，滿目松楸。無限離情別緒，都積上、一寸眉頭。最堪憐、瓊華易謝，片影難留。　　悠悠。早拚腸斷，況夢到江南，千叠雲稠。幸才人解意，彩筆能酬。譜出臨川絕調，付歌場、細按【梁州】。料芳魂、夜臺有識，應破長愁。（《鳳凰臺上憶吹簫》）

宛平女史張景芬

趙對澂《〈酧紅記〉題詞》（國家圖書館藏嘉慶二十五年金陵劉文奎刻本《酧紅記》卷首）：

燕臺客路記曾經，日日車箱醉不醒。藉得酒杯澆塊壘，新聲彈與恨人聽。

劫火匆匆盡渺茫，尚留佳話在詞場。怪他玉茗堂中客，祇爲朝雲暮雨忙。

記得歌樓夢醒遲，曉風殘月唱《楊枝》。廿年忽現維摩相，也似鵑聲苦喚時。

別有閑愁泪似鉛，昨宵曾讀《鏡光緣》。一般才女傷飄泊，休把芙蓉比杜鵑。（《鏡光緣》院本，吳江徐榆村爲名妓李秋蓉作。）

悲歌謾罵，問狂奴故態，而今猶是。偶蘸鷄毛翻墨斗，潑出酸辛凡幾？一丈觳觫，兩床絲竹，看灑千行泪。據筵四顧，諸君大抵都醉。　　莫怪女子情多，紅顏命薄，祇解求憐意。也似才人落魄了，留個人間名字。顧曲何心，回頭自省，別有宮商寄。當場一慟，江州司馬知己。（《百字令》）

筠瓢道人自題

丁兆奎《〈酧紅記〉題詞》（民國三年石印本《酧紅記》卷首）：

生離死別總堪憐，況復娉婷豆蔻年。萬里關山兩行泪，金戈聲裏送嬋娟。

花到江南春已殘，阿誰馬上斬樓蘭。劍關儻有魂歸日，環珮應憐蜀道難。

壁間鴻爪認前因，回首塵寰二十春。一曲斷腸誰與記？青衫濕透倚樓人。

歸安丁兆奎少伯

潘焕榮《〈酬紅記〉題詞》（民國三年石印本《酬紅記》卷首）：

烽火迷離劍閣橫，娉婷弱質逐郵程。啼痕遍灑千山血，消得鵑紅喚小名。
幽困懨懨晝起遲，膽瓶課婢供梅枝。可憐再到春風發，已是烟銷紫玉時。
旅店淒涼夜月昏，挑燈搦管黯銷魂。粉墙留得傷心句，傳與人間賺淚痕。
美人黃土古今愁，幸遇多才趙倚樓。一曲《酬紅》傳院本，九原怨魄已千秋。

羅田女史潘焕榮

沈壽生

　　字三白,堂名"十快",人呼之"蕉散人"。吳地人,嘉慶前後在世。綉腹錦心,博雅好古,賦性豪宕,淡於名利,嗜酒好游,厭惡科舉,喜談釋道之術。其有畫癖、詩魔、書顛三絶,平日又以梅竹怡情,茗棋自樂。惜平生不得志,未爲世用。與歸安王以銜(1761—1823)、錢塘王菊存(生卒年不詳)、蕭山陸塋(1798—1883)、仁和瞿世瑛(生卒年不詳)交好。著有雜劇《萬蕉園十快記傳奇》一種。

　　按,王漢民《孤本〈十快記〉傳奇及其作者沈三白研究》認爲,沈壽生與《浮生六記》作者沈復在姓字、生活地域、身份、生活遭際、性格、興趣與藝能等方面有諸多相同或相近之處,故而推測"沈復、沈壽生當爲一人。至於一名沈復、一名沈壽生,或許是沈復因過繼或其他原因改名吧"。待考。

　　傳記文獻:王以銜《〈十快記〉序》、王菊存《〈十快記〉跋》、瞿世瑛《〈十快記〉題識》(《十快記》),(同治)《蘇州府志》卷一百三十六,陳妙丹《新見清代傳奇二種考論》(《文化遺産》2018年第5期),王漢民《孤本〈十快記〉傳奇及其作者沈三白研究》(《清代戲曲考論》)。

《十快記》

● 劇情概要與本事

　　劇首題"萬蕉園十快記傳奇",署"蕉散人填詞"。八齣,依次爲《説快·如來祖隨緣説法,甘露佛慕快臨凡》《憶快·坐閑雲煮茗憶故,舞落花撫劍懷賢》《妒快·舊相國乘機寫狀,新殿撰懷妒生奸》《訪快·香雪塢翠箋留句,水晶宮春酒邀賓》《陷快·洞庭湖散人受陷,海子廟孽蟒遭擒》《會快·詩酒有緣逢舊友,癖魔無意會山樓》《全快·萬蕉園花月高士會,十快堂風雨故人來》《悟快·睡頭陀發露前因,蕉散人皈依大道》。寫佛祖如來見甘露園中寶花齊放,遂與衆人共臨法會,並親自登壇説法。東勝神洲之東王公歷閲名山,訪參上乘,恰遇此次盛會,便來聽講。他見祇林中百寶莊嚴,衆生清净,受無量快活,便詢問下界是否有這般快境。如來講了人間"十快",即梅逸、竹主、茗仙、詩魔、畫癖、書顛、酒豪、棋痴、劍俠等。生長法壇之甘露佛子聞此快事,頓起凡心,下臨塵界,化作蕉散人。蕉散人家住寶華溪水上,門臨玉蕊峰前,寄迹萬蕉園中,托名"十快"。他不慕名利,放情溪山。某日又攜茗仙童子、劍俠侍女游歷人間,尋訪快人快事。宋仁宗朝相國夏竦被韓琦頂替相位後,心有不甘,以金銀結交内侍,以圖復出。聽聞蕉散人將來,嫉妒其才華、名望,便與門生蔡京商議,準備暗行毒計將之害死。因擔心毒酒、刺客等不能奏效,又往毒龍廟誣告蕉散人。毒龍知道蕉散人乃甘露佛子所化,食其肉可令人聰明有智慧,便伺蕉散人泛舟洞庭時,遣妖怪將其擒來,並邀請四海龍王共享。茗仙童子與劍俠侍女合力擒拿毒龍,救出散人。蕉散人罰毒龍在硯池中静修,直至吸盡墨水方得超生。蕉散人等回到萬蕉園後,酒豪、詩魔、書顛、畫癖、棋痴、梅逸、竹主等先後趕來,與蕉散人飲酒歡會。如來恐蕉散人沉淪孽海,派韋馱前來點化。蕉散人終於瞭悟前因,與茗仙、劍俠等一同飛升。

　　生扮蕉散人,小生扮李白,旦扮茗仙童子,貼扮劍俠侍女,老旦扮如來、梅逸,花旦扮韋馱、中軍,净扮蔡京、張旭,副扮夏竦、毒龍、竹主,末扮東王公、家人,丑扮僕人、書童、棋痴、探子、酒保、睡頭陀,外扮白居易,雜扮雲童、水怪,净、副、丑、外扮金剛。

　　未見本事。當由作者以自身爲喻,綰結宋朝故事及佛教傳説敷演而成。按,王漢民《孤本〈十快記〉傳奇及其作者沈三白研究》考證劇中主角"蕉散人"爲作者自己,侍兒茗仙乃作者愛妾。又,劇首王以銜《〈十快記〉序》末署"嘉慶二十年歲在乙亥新秋第一日",劇末王菊存《〈十快記〉跋》末亦署"時嘉慶二十年歲在乙亥重陽節",知是劇完成於嘉慶二十年(1815)秋或之前。

● 著錄、版本與收藏情況

現存影印清鈔本,藏蘇州圖書館。

● 序跋、題詞與評語

王以銜《〈十快記〉序》(蘇州圖書館影印清鈔本《十快記》卷首):

樂府之始,太古莫考,惟堯時有鼓腹之歌,舜時有南薰之采。至周代大備,凡喜怒哀樂之際,莫不佐琴瑟而歌,倚聲而和,盛矣哉!至唐玄宗,以葉仙之幻術入月宮,見騎鸞之舞,作霓裳之曲,亦猶庶近古。元時以曲試士,取古人故事作題而咏之,創生、旦、丑、净之傀儡以舞之,塗丹渥粉,女妝戎服,傴僂妖嬈,盡態極妍,妄誕日甚。自後才人抑之揚之,未有累於散人,而散人聞之,未必樂乎此,亦未必惡乎此焉。散人自快其快,外史自樂其樂。如月之映水,月自耀其明,而水自揚其清。雖形影相附,而所寓不同也。況天地間一大戲場,混沌開闢滄桑變,而何物非戲,何事非戲?人生其間,抑何時非戲耶?若以名號求疵言之,則《琵琶》之王四、《南柯》之淳于,不可枚舉。

雖沈子三白,吳下逸士也。博雅好古,繡腹錦心,抱江郎之才,未有伯牙之遇。假藉蕉散人之名作《十快記》,舒舊憤於歌喉,解閒愁於簫管。外史固譜懷中幽恨,而散人當何如也?外史慕散人之快而作耶?抑譏散人之快而作耶?吾聞散人飢寒不屈,寵辱不驚,寄十快於恢諧,空四大於傲慢,羲皇之無知無覺人也。故外史假之藉之墨客,隱名假號,拉牽古人,蜃樓海市以爲尚,翻雲覆雨以爲奇,群然以樂爲戲。

嗚呼!世俗之漓,一至此乎!或曰戲之義大矣哉,將化俗移風,不得已而爲之者也。見人之性好新，緣設新而規之；故人心之好奇，因即奇以寓夫正。其間奸良忠孝，善惡報應，毫髮無憾，使愚者觀之，感發而興起；智者見之，沉默而深思，孰謂非風教之一助歟？前溪外史通體毫髮，化而爲廣長大舌，亦恐未盡其辨也。觀斯記者，幸勿以散人爲願。是爲序。

嘉慶二十年歲在乙亥新秋第一日，勿庵道人王以銜撰

王菊存《〈十快記〉跋》（蘇州圖書館影印清鈔本《十快記》卷末）：

散人姓沈氏，名壽生，字三白。年十歲，病瘵不愈，讀朱子《大學集注》，有會於養身之學，閉戶靜坐兩年乃痊。好吟詠，喜談釋道之術。畫學松年、衡山，竹石離奇，酷如與可；書摹懷仁《聖教》，清逸逼真。賦性豪宕，淡於利名。植蕉數十樹於園，綠映芸窗，藥爐茶鼎，濡墨揮毫，優游於蕉影之間，人呼之曰蕉散人，自亦稱曰散人，名其園曰萬蕉。耽宴游逸樂之快，視科場如厠溷，等人爵於泥丸，以故禮法之士嫉之，豪俠之士樂之、趨之、快之。散人更安之、快之，署其堂曰"十快"，作《十快記》傳奇以見志。吳下名士遂争相歌咏，每當檀板輕敲，小紅低唱，散人更自快其快焉。

時過小齋，余每款飲，飲輒醉，醉必豪，下筆縱橫灑灑，可倚馬待。嘗論孫子兵不厭詐之說，曰："夫用兵，仁義禮智信勇，缺一不可。若以詐待下，則下何能爲用？以詐示天下，則天下何能服？非詐也，藏也。良賈若虛，大智若愚，此之謂與？"吁！余但知散人畫之癖、詩之魔、書之顛，爲三絶，又知梅竹怡情，茗棋自樂，北窗高卧，仙乎？禪乎？其曰俠，吾意其誣也。今聞論孫子語，散人其奇男子矣。惜未能見用於世。嗟乎！豈天之將藏散人耶？抑散人將自藏於世耶？

時嘉慶二十年歲在乙亥重陽節，西溪老人王菊存跋

陸堃《〈十快記〉題詞》（蘇州圖書館影印清鈔本《十快記》卷末）：

不知仙骨幾生修，快事居然樣樣周。第一詩魔降未得，風流全似白杭州。
愛游山水玩風塵，寫入丹青見苦心。莫道天涯無巨眼，江凌壁下臥知音。
紫氣霄騰劍欲鳴，早知俠氣賽雲生。年來萬事平情論，不敢輕來訴不平。
醉中大筆灑淋漓，不使張顛獨擅奇。鳳舞鸞飛人不識，醒來自看尚生疑。
放飲能消一斛醪，天生雅量壓山濤。元龍豪氣非關酒，縱使清渥亦自豪。
棋陣朝朝對客排，疏簾清簟寄生涯。由它局外閑評論，博得痴名亦甚佳。
莫笑樵青竹裏煎，避烟一鶴尚稱仙。瓊漿曾許裴航乞，七碗須留廣結緣。
黑甜鄉裏住年年，慣學坡公無眼禪。祇恐如花天女試，沾泥飛絮又纏綿。
坐擁千竿勝百城，瑤琴日日譜秋聲。它時再命肩輿過，定繞疏籬訪阿瑛。
溪北溪南盡種梅，此情寧許俗人猜。儂家却與孤山近，明歲花開待爾來。

丁丑暮春奉題蕉散人《十快圖》，江左陸堃草

瞿世瑛《〈十快記〉題識》（蘇州圖書館影印清鈔本《十快記》卷末）：

《十快記傳奇》，萬蕉園主愛姬茗仙曾手鈔數冊，以贈知好。此冊乃茗仙爲姬人小玉所鈔。當年余、散人時相過從，小玉與茗仙視如姊妹。今散（脫"人"字）墓木已拱，茗仙白髮婆娑，小玉亦早歸上界，余垂垂老矣。春夜不寐，挑燈讀此，不勝人琴之感。

庚子春分世瑛記

顧太清
(1799—1877)

　　名春，字梅仙，號太清，姓西林覺羅氏，亦自署西林春或太清春，別號雲槎外史，滿洲鑲藍旗人。祖籍鐵嶺（今遼寧鐵嶺），出生并成長於北京香山健銳營。祖父鄂昌（1700—1755）官至甘肅巡撫，乾隆間因受胡中藻《堅磨生詩鈔》文字獄案牽連，被賜自盡，從此家道中落，處境艱難。道光元年（1821），擔任榮王府家庭女教師，遇多羅貝勒奕繪（1799—1838），與之相識相愛。直到道光四年（1824），顧太清冒充榮王府二等侍衛顧文星之女呈報宗人府，方成爲奕繪側室。道光十八年（1838）七月，奕繪去世，不久顧太清即以故被逐出王府，携子女析居西養馬營，備極淒惶。咸豐七年（1857），其孫溥楣（1844—1894）過繼給固山貝子載均（生卒年不詳）爲嗣，并繼承爵位，迎之居榮王府。擅詩詞，工繪事。著有詩詞集《天游閣集》（集中詩七卷）、詞集《東海漁歌》六卷、小說《紅樓夢影》等，今人張璋編校《顧太清奕繪詩詞合集》（上海古籍出版社1998年版）。又有雜劇《桃園記》《梅花引》二種。

　　傳記文獻：徐世昌《晚晴簃詩匯》卷一八八、惲珠《國朝閨秀正始集》、沈善寶《名媛詩話》、黃仕忠《顧太清的戲曲創作與其早年經歷》（《文學遺產》2006年第6期）。

《桃園記》

◆ 劇情概要與本事

　　一名《仙境情緣》。劇首署"草堂居士訂譜，雲槎外史填詞"。四折，依次爲《仙宴·傳情》《遭譴·訪仙》《遇佛·談因》《投胎·滿願》。寫時值三月三日，西池金母見花明柳媚，燕舞鶯歌，園中蟠桃已熟，便遣力士請南極長壽星君前來赴宴。金母侍女萼緑華與壽星侍童白鶴童子一起往桃園采摘，二人互生情愫，立下誓約：願生生世世永諧伉儷。金母則以二人不守清規，罰萼緑華往桃園灌漑，白鶴童子往南海竹林掘笋。自此，兩地相思，彼此牽挂。轉眼又是桃花開放時節，萼緑華長夜難眠，譜下【長相思】一曲，寄托情思；而白鶴童子趁着月朗風柔，踏上雲頭，前來桃園探望。二人互訴衷腸，黎明方依依而別。觀音大士來游竹林，責問白鶴童子私離汛地之事。白鶴童子藉機懇請觀音成全二人姻緣，觀音感其情真意切，遂施援手，勸説金母同意二人結合。金母正有此意，遂令萼緑華、白鶴童子一同轉世，投胎於名門世族，成就良緣，兒女滿堂，夫妻偕老。二人感謝金母慈悲。

生扮白鶴童子，旦扮萼緑華，正旦扮董雙成、觀音大士，小旦扮杜蘭香、善財童子，貼扮許飛瓊、龍女，老旦扮金母，末扮力士，外扮壽星，雜扮雲童。

黄仕忠《明清孤本稀見戲曲彙刊·桃園記》認爲此劇具有自傳性質，實寓作者與丈夫奕繪相戀結合之過程；又據顧太清《金縷曲·題〈桃園記〉傳奇》詞作之編年，推定《桃園記》作於道光十九年（1839）夏，奕繪去世之際。按，奕繪（1799—1838），字子章，號太素，別號幻園居士、妙蓮居士等。善詩詞，工書畫，習武備，精通中西之學。嘉慶十五年（1810）襲爵貝勒，官至正白旗漢軍都統等。道光十五年（1835）自請解職。著有《寫春精舍詞》《明善堂文集》《南谷樵唱》等。

著録、版本與收藏情况

《古典戲曲存目彙考》《明清傳奇綜録》《莊一拂〈古典戲曲存目彙考〉補正》著録，《古典戲曲存目彙考》謂"雲槎外史"作此劇。現存清稿本，藏日本東京大學東洋文化研究所雙紅堂文庫，黄仕忠等編《日本所藏稀見中國戲曲文獻叢刊》第一輯第 5 册（廣西師範大學出版社 2006 年版）據之影印，黄仕忠編校《明清孤本稀見戲曲彙刊》上册（廣西師範大學出版社 2014 年版）據之整理排印。

顧太清

● 序跋、題詞與評語

顧太清《金縷曲·題〈桃園記〉傳奇》（《東海漁歌》卷四，載《清代詩文集彙編》第 600 册）：

> 細譜《桃園記》。灑桃花、斑斑點點，染成紅泪。欲藉東風吹不去，難寄相思兩字。遍十二、闌干空倚。冰雪肌膚人如畫，繞情絲、感損春山翠。仙家事，也如此。　凌風待月因誰起？總無非、心心相感，情情不已。南海觀音慈悲甚，泛出慈航一葦。渡仙女、仙郎雙美。記取盟言桃花下，問三生石上誰安置？得意處，莫沈醉。

―――――‖《梅花引》‖―――――

● 劇情概要與本事

劇首署"雲槎外史填詞"。六齣，依次爲《夢因》《幽會》《尋芳》《驚晤》《了緣》《返真》。寫章彩少讀詩書，長登仕版，文承孔孟，武備孫吴。因嗜酒多病，致仕家居，放懷山水。一日，天寒大雪，章彩攤書獨坐，飲酒賞梅。想到自己年近三十，閨閣中竟無良友，祇得藉這半樹繁英，權消一斛閑愁。後不覺睏倦，入帳安歇。章彩本是天宫司書仙吏，因誤點書籍，謫向人間，且二百年前曾與羅浮老梅精有婚姻之約，梅精因遇真仙，得成人身，今潛形幽谷，以圖後會。夢神奉上帝之命，引章彩痴魂至幽谷，與梅精相會。梅精驀然見到章彩，驚言："妾苦志待君，不期二百年鬼窟中竟能尋到。"章彩不明所以，請結文字之交。梅精認爲時間未到，幽明阻隔，又人言可畏，故匆匆送其歸去。章彩醒後，填《江城梅花引》以記其事。適好友鄭齋、韋半朝來訪，發現硯下詞翰，得知夢中之情，遂與章彩一起往西山尋訪。來到西山，章彩覺景色與夢中所歷相似，至幽谷，與正在采柏以供晚炊的梅精相遇。因旁人在場，二人相視會意，未通一語而別。後一日，章彩獨自來尋，與梅精互訴衷腸，同入梅花帳。後維摩詰攜天女前來度脫二人，勸章彩把浮名浮利皆拋下，擺脫情絲網、牢籠架。章彩塵心頓悟，願皈依法座，隨居士而下，天女則攜梅花仙子赴歲寒閬苑管領群芳。

生扮章彩，旦扮梅精，貼旦扮天女，副淨扮韋半朝，末扮夢神、維摩詰，丑扮奚奴、艄公，外扮鄭齋。登場人物尚有四雲童等，俱未分配腳色。

黃仕忠《顧太清的戲曲創作與其早年經歷》認爲此劇具有自傳性，男主角章彩直接化用了作者丈夫奕繪之名及字等；又言該劇當於《桃園記》之後而作，完成於道光十九年（1839）秋日以後。

著錄、版本與收藏情況

《莊一拂〈古典戲曲存目彙考〉補正》著錄。現存清稿本，藏河南省圖書館，黃仕忠編校《明清孤本稀見戲曲彙刊》上冊（廣西師範大學出版社2014年版）據之整理排印。

序跋、題詞與評語

沈善寶《〈梅花引〉序》（《明清孤本稀見戲曲彙刊》所收本《梅花引》卷首）：

雲槎外史逸才天縱，雅抱霞蒸。著作等身，溯詞源於漢魏；文章餘事，仿樂府於金元。慨塵夢之迷離，晨鐘忽警；念幻緣之生滅，慧劍初揮。此《梅花引》所由作也。是以章後素學博情痴，爰且寓名乎五柳；羅浮仙冰肌玉骨，允宜托姓於孤梅。當夫竹屋紙窗，嬌姝入夢；清溪幽谷，吉士尋踪。二百載舊約新諧，遂良緣於暗香疏影；卅六旬于飛共樂，結連理於月下水邊。以世外之仙姿，作人間之美眷。宜其笑彼師雄，聞翠羽而酒醒人杳；勝他和靖，調素琴而雪冷山空。誠艷福之無雙，洵清才之第一矣。方其鴛偶綢繆，樂閨房之靜好；駒陰匆促，嘆露電之空虛。幸迷途其未遠，思覺岸以同登。適逢好事維摩，當頭棒喝；多情天女，着手春生。天花散兮生天，佛果圓而成佛。君歸極樂，五蘊皆空；妾領群芳，萬緣俱寂。劇雖六齣，能含離合悲歡；製出一編，不愧清新俊逸。花本美人小影，月為才子前身。玩花韵於午晴，聘妍抽秘；對月明於子夜，換羽移宮。以璇閨之彩筆，奏碧落之新聲。將見不脛而走，播遍管弦；有目同珍，貴於璆璧云爾。

顧太清

西湖散人拜撰

奕繻《〈梅花引〉題詞》（《明清孤本稀見戲曲彙刊》所收本《梅花引》卷末）：

大地無如夢，傳奇後素章。依稀驚洛浦，彷彿入高唐。心逐空花舞，身如彩鳳翔。意中生幻想，覺後有寒香。且放游仙枕，重來覓珮裳。尋踪分竹樹，得路見橋梁。幽谷情無盡，深閨話正長。幸全真面目，喚醒假鴛鴦。點破迷痴案，同歸極樂鄉。仙機空寂寂，梅事兩無妨。

惠亭奕繻題

金連凱
（1800—1838）

本名愛新覺羅·綿愷，字白山、樂齋，號六乙子、悟夢子，別署蓮池居士、吉善居士、友月居士。滿洲正黃旗，仁宗第三子，封惇親王。一生鍾情於演戲唱曲，與伶人來往密切。其《靈臺小補》自序云："自幼觀劇，甚富且麗，優人內亦識二三，是以備嘗此中滋味，真可謂過來人也。"曾兩次因藏匿宮廷伶人被道光帝削爵。著有《靈臺小補》及雜劇《業海扁舟》一種，并傳於世。

按，《古典戲曲存目彙考》言其"字里、生平皆未詳"。《清代雜劇全目》亦言其"生平事迹待考"。顏長珂《〈靈臺小補〉（〈梨園粗論〉）作者金連凱考》一文，考證"金連凱"即惇親王綿愷，生於嘉慶五年（1800），卒於道光十八年（1838）。《古本戲曲劇目提要》著其生卒年爲"1798—1938"，誤。

傳記文獻：金連凱《靈臺小補》、《清史稿》卷二百二十一、王先謙《九朝東華錄》卷四、顏長珂《〈靈臺小補〉（〈梨園粗論〉）作者金連凱考》（趙景深《中國古典小說戲曲論集》第二輯）。

《業海扁舟》

◆ 劇情概要與本事

本名《警世保嬰法曲》或《濟世保嬰法曲》。六齣，依次爲《當頭棒喝》（仿《升平寶筏》開宗大義，排場大同小异）、《闡明因果》（仿《北餞》曲調，白有增減）、《自愛潛行》（仿《夜奔》曲調，白有增減）、《新詞申警》（仿《彈詞》曲調，白有增減，曲文內删一段）、《彼岸同登》（仿《勸妝》曲調，後半詼諧增入）、《大慈掃業》（仿《勸善金科》"急覺暗護"曲，前後白俱增）。寫京城慈愍法師登壇說法，諸多梨園弟子特來傾聽。法師升座後，向眾人宣講梨園業如何卑賤，如何毒害世人，要他們打開樊網，從此跳出迷津。梨園子弟誇讚法師講得透徹，均想迅速回家，改換行業，另尋門路。其中一梨園武生，決心跳出火坑，連夜遠遁他鄉。途中霧暗雲迷，路徑縈紆，正不知如何行進，恰遇一水月庵，便進去向菩薩祈求救助。他睏倦睡去，夢善才告之有人追趕，并囑其勿生悔意，速投明路，有伽藍神會同土地暗中保護。他醒後急忙趕路。另有一江蘇老漢，自幼流落京師，聽慈愍法師說法後，自編了一套【九轉貨郎兒】新曲，彈着琵琶到鬧市中歌唱，歷數梨園冤業，以喚醒眾人。伶人董潔聽了彈詞，回憶自己幼年從安徽進京學藝，名噪京華，如今容顏衰老，窮困潦倒，心酸不已。其師兄收養了幾個徒弟，最出色的名叫蘭秀，纔十五歲，不願從事此業。故師兄着人請董潔規勸蘭秀。董潔到蘭秀房中，見他改業之志已堅，便携他連夜逃出通州，直奔家鄉而去。最後，掃業使者奉佛旨，指點、接引自悟之梨園子弟脫離業海，同登彼岸。

正生扮慈愍法師，武生扮隱遁優人，正旦扮董潔，小旦扮蘭秀，丑扮師兄，外扮老者，雜扮三十六禪僧、開場人、二沙彌、十掃業使者，副末、老生、老外、小生、大净、副净、小丑、老旦、正旦、小旦扮梨園眾子弟，末、生、小生扮游人，丑、末扮打雜人。

本事待考。是劇情節銜接不太緊密，每齣都用舊劇現成曲調改寫，如《北餞》《夜奔》《彈詞》《勸妝》《勸善金科》等。顏長珂《〈靈臺小補〉（〈梨園粗論〉）作者金連凱考》認爲：作者因梨園獲罪，藉撰此劇，以向皇帝表白懺悔之心。據作者《〈業海扁舟〉自序》《〈業海扁舟〉題詩》，是劇初作於道光十三年（1833），成稿於道光十七年（1837）。

🐟 著錄、版本與收藏情況

《清代雜劇全目》《古典戲曲存目彙考》《古本戲曲劇目提要》著錄。現存道光十七年（1837）朱墨稿本，藏中國藝術研究院圖書館，《傅惜華藏古典戲曲珍本叢刊》第89冊、《古本戲曲叢刊十集》據之影印。又有道光間四色精鈔本，藏上海圖書館；道光十三年（1833）樂齋五色精鈔本、清王府五色精鈔進呈本，皆藏中國藝術研究院圖書館。

序跋、題詞與評語

金連凱《〈業海扁舟〉自序》（《傅惜華藏古典戲曲珍本叢刊》所收本《業海扁舟》卷首）：

竊聞填詞一藝，乃文人游戲三昧而作也。今觀蓮池居士所撰《濟世保嬰法曲》，又名《業海扁舟》，結構清新，排場簡易，初看去平淡無奇，再讀之漸入佳境，三玩索應接不暇，誠所謂太息痛哭流涕也。

余質本庸愚，材同樗櫟，自幼懶學，讀書善忘。若夫經史子集、古今詩文，以及《通鑒綱目》、諸傳百家，從未一晤。即演義說部，亦不留心。平生所愛，獨酷好觀詞譜，如《律呂正義》《九宮大成》《雍熙樂府》，以及《元人百種》《六十種曲》《笠翁十二種曲》《納書楹》《升平寶筏》《勸善金科》《鼎峙春秋》《忠義璇圖》《昭代簫韶》《闡道除邪》《芝龕記》《燈月閑情十二種》《綴白裘》《歸元鏡》《三才福》《三星圓》《雷峰塔》《燕子箋》，更有湯若士之《牡丹亭》，洪昉思之《長生殿》，《琵琶》《幽閨》等記，并各種時興雜劇院本，不可枚舉。插架連床，曷勝詳載，無一不閱，未有塵封。

若夫戲之一業，大都舞衫歌扇之流、離合悲歡之技。或神鬼妖仙，或文忠武勇，或麗女才郎，或邪淫奸盜，或蠻爭很鬥，或謔浪詼諧，千態萬狀，怪异百出，無非供人遣興陶情，以博筵前一笑耳。此誠如悟夢子所撰之《〈靈臺小補〉序》中所載："是劇也，無非供我賞心娛目，樂則樂矣；任彼拚命勞傷，苦太苦耳。"試三思之，絲毫不謬。儻遇貴家公子，富麗青春，血氣未定之時，能不被此奸聲亂色、引誘蠱惑？謹身自潔，不至蕩產輕家，可保一生品行，有幾人哉？

且好觀演劇者，另有一番議論，必曰："歌咏太平，使愚夫愚婦見聞，咸知善者可法，惡者當戒。"余獨患未必能如是也，深恐大相反背者居多，必至善者不足法，惡者毫無戒耳。此亦悟夢子所作《梨園粗論》中說得透徹："夫盜弄潢池，未有不以此爲可法；天王元帥，大都伏蠢動之機。更有平天冠、赭黃袍，教匪窺竊流涎；又是瓦岡寨、四盟山，盜賊爭誇得志。專心留意，無非《掃北》；熟讀牢記，盡是《征西》。《封神榜》刻刻追求，《平妖傳》時時贊羨。《三國志》上慢忠義，《水滸傳》下誘強梁。實起禍之端倪，招邪之領袖，其害曷勝言哉？此觀劇之患也。"余每閱至此，必三復致意，再四細玩，不忍釋手。實可慮難彰善果，易長淫風，所關甚巨，豈淺論耶？若果能於喧闐鑼鼓中，敲得風調雨順；悠揚笙管內，吹來物阜民安，大有豐登，西成萬寶，果如是願，方可謂之歌咏太平。億兆蒼生，寰區樂業，遐邇康年，熙熙皥皥，不識不知。到那時間，可已算得梨園有益，明效大驗，余再不敢瀾翻強辯矣。今之梨園優伶，動曰無傷，亦謀生之一業耳。獨不思污人品行，敗人身家，爲人所賤。考其尊卑，實擔夫販豎之不若矣。尚洋洋得意，動曰無傷，實自欺也。以余觀之，所傷大矣。

今詳觀是編所載，真可謂別有洞天，另開佳境。一般細按宮商，緩調輕弄，此中曲白，有莊語，有逸語，有清語，有趣語，有淺近語，更有苦語，有悲語，有感慨語，有嘗試語，有怨恨語，有譏誚語，有狂妄語，種種不一，描寫如畫，曲盡人情。至再至三，苦口慇懃，脣焦舌疲。余料居士一腔心血，殆將竭矣，惻隱悲憐，有加無已，出乎天性自然，豈人力可能強也？此所謂"如保赤子，心誠求之"，信哉斯言，果不誣也。後之好事者，如能依此曲白作法，付諸管弦，開場搬演，臺上臺下，局內局外，定可相觀而善，必能化導多人；必有揮淚大慟者，翻然頓悟，猛省回頭，自新悔過，急急抽身。憶昔曾聞搬演《歸元鏡》之傳奇，闔班優伶，均剃度出家。今之《業海扁舟》，紀實若能如是，搬演亦定感動闔班優伶，均改業四散，各尋門路，另謀生理。

居士之功德無量，真可謂之高比須彌山，深如大海水，等恒河沙數，誠不可思議云耳。

今承惠贈是書，并命作序，冠諸簡端。深愧粗淺俗談，毫無文義；自哂班門弄斧，恬不知羞。有玷瑤編，汗顏局蹐。此所謂芝蘭與荊榛共種，魚鳥伴龍鳳爲群。瑚璉碔砆，皓月流螢，上智下愚，霄壤迥异。負咎彌深，勉爲是序，尚乞教誨，幸甚多矣。

道光十有三年歲在昭陽大荒落月建鄀壯中秋節，樂齋金連凱謹識

惇順《〈業海扁舟〉識語》（《傅惜華藏古典戲曲珍本叢刊》所收本《業海扁舟》卷首）：

余本草野庸夫，未嘗學問。適莊誦樂齋先生所著《業海扁舟》之序文，言辭明爽而激烈，意味剴切而深長，兼且發明是編之義趣，評究諸傳奇及好觀劇者之損益，深切時病，誠苦口之妙藥也。此序文足可抵是編之全部云耳。

竊謂無邊之業海，彼青年子弟沉溺其中者，不可勝數，豈一葉之扁舟而能盡渡之耶？故是編名之曰《業海扁舟》者，其義要在回頭自悟耳。此所謂"苦海無邊，回頭是岸，扁舟雖小，向善揚帆"。其中或有敏悟超群者，藉此扁舟，可以濟登彼岸；迷謬自弃者，即金身示現，施廣長舌，誠恐莫能救度。此即冥頑不靈之輩，若飛蛾之投火，似游魚之吞鉤，自取禍殃，雖死不悟，是其病入膏肓，雖盧醫再世，亦無可投之良劑矣。展轉熟思，真堪浩嘆！因不揣愚陋，勉識數語於後。尚當工楷錄此序文，書紳互勸，永爲身寶可也。

癸巳重陽日，愚弟惇順謹志

金連凱"附錄游戲拙作，非敢言詩也"（《傅惜華藏古典戲曲珍本叢刊》所收本《業海扁舟》卷首）：

《咏生》

假忠假孝假才郎，文武兼之何太忙？《打虎》《探莊》同《大戰》，（羅通蟠陽大戰，長坂坡子龍大戰，渾城渭橋大戰，一作周遇吉、岳武穆、秦瓊、楊景。）《夜奔》《疑讖》《反西涼》。（一作"蜈蚣嶺上露鋒鋩"，一作"羅成托夢倍悽惶"。）

《咏旦》

假嬌假媚假梳妝，金定梨花孫二娘。（一作"無艷三春胡小香"。）《鬼辯》《私奔》同《盜令》，（一作《蝴蝶夢》，一作"《刺虎》《藏舟》同《水門》"。）《懷春》《痴訴》并搬場。（一作"楊妃西子并王嬙"，一作"《查關》《陣產》《鎖雲囊》"。）

《咏净》

假忠假佞假豪强，塗面勾鬚鬥幾場。（一作"猛勇雄威"，一作"扎靠背旗"，一作"勢焰薰天莫可當"。）《鬧》莊《救》青慶成同《北餞》，（一作"《冥判》《訪賢》同《北渡》"，一作"《問探》《山門》同《指路》"。）《激良》《闖帳》汗如漿。（一作"惠明義鬼并劉唐"，一作"《五臺》《三氣》《鬧昆陽》"，一作"《送京》《闈宴》《反西涼》"，一作"《爭功》《嫁妹》并《妖王》"，一作"李逵項羽共閻王"，一作"《冥勘》《河套》并商王"，即紂王也，再如閎王、曹操、董卓、秦檜、屠岸賈、朱沘、朱溫、王莽、楊國忠、安祿山、李希烈、盧杞、田希監、賈似道、嚴嵩、劉瑾、魏忠賢等輩，窮凶極惡，并一切嘯聚山林大盜，及所有奇形怪狀，鬼魅妖魔，老翁醜婦，劊子中軍，不可枚舉，曷勝詳載？此其大略云耳。）

《咏末》

假誠假義假循良，揭諦蒼頭定改裝。（一作"令尹禪僧"，一作"院子門公一樣裝"。）《闖界》《求燈》同《借債》，（一作"《反誆》《送杯》同《看狀》"，一作"解子黃門同道士"。）《換監》真個慟人腸。（一作"《盜孤》"。）

《咏丑》

假奸假惡假豺狼，醜態離奇滿面狂。《麻地》《茶坊》同串戲，（一作"《祭妓》"，一作"禁子牢頭同重犯"，一作"《入院》"，一作"《金鎖》《雙釘》同《判斷》"。）《掃秦》《奸遁》并《招商》。（一作"書童酒保并梅香"，一作"貪官污吏共儕相"，一作"《拾金》《探病》"，一作"《借茶》《游寺》"，一作"《教歌》《羅夢》"，一作"《點香》《墜馬》"，一作"《打番》《趕妓》"，一作"《相梁》《賀喜》"，一作"《投文》《拐騙》"，一作"時遷李鬼武家郎"，即武大郎武植也。）

《五中憤懣嘆筋斗人，題三五七言》

爾髫齡，何孽怨？徒學卑賤技，實受惡魔纏。折骨傷筋無可訴，呼天搶地憑誰憐？

《慘睹扮獅鹿馬虎熊狗等形，賦長短句》

人心獸面，傴僂將倦。汗如雨下，賤中又賤。悲憐落難青年，孰個肯行方便？唉，諄諄苦勸衆優伶，狠狠猛跳卑田院。（余嘗聞梨園中分三院：生，翰林院；旦，勾欄院；净，卑田院也。）

金連凱《奉題蓮池居士〈警世保嬰法曲〉，調〈西江月〉》（《傅惜華藏古典戲曲珍本叢刊》所收本《業海扁舟》卷首）：

當頭棒喝

《勸善金科》榜樣，《升平寶筏》規模。焚香頓首頌皇圖，感戴洪慈永護。

丁亥仲春之月，叨蒙异數恩殊。各由其便盡歡呼，又賜扁舟歸渡（一作"蘭橈南渡"）。

闡明因果

老衲何來憫世，莫非净土游東。一聲棒喝色皆空，照樣管弦輕弄。善化投其所好，《歸元鏡》裏遺風。堪憐無數小孩童，思之令人心痛。

自愛潛行

悟徹天龍一指，回頭極樂非遥。鐘鳴漏盡漸枯焦，悔不通盤計校。君子見機而作，逃名范蠡謀高。急流勇退果英豪，何况梨園年少。

新詞申警

【九轉貨郎】昆曲，依腔按調新歌。奇方妙法待如何，欲解淫污大過。清夜捫心自問，須防衾影知麽。要提漁獵泪滂沱，你我均難結果。

彼岸同登

懺悔從前冤孽，趁風吹火偏奇。因他自悟幼時痴，抱愧存身無地。順水推舟甚易，雙雙遠害休疑。堪嗤堪鄙那家師，尚在夢中得意。

大慈掃業

自古上行下效，因何尚未移風。太平村內草芃芃，聖意至深且重。可恨南城雜戲，依然鑼鼓鏜隆。管教歌舞一場空，封奏條陳天聽。

《總敘二首》

自哂《梨園粗論》，《靈臺小補》名標。拖泥帶水話勞刀，不免大方貽笑。所幸拋磚引玉，妍詞麗句清高。慇懃苦勸眾兒曹，認准扁舟快跳。

浩嘆人生朝露，將來怎見閻羅？心慈何用念彌陀，切記善福惡禍。莫侮優伶卑賤，須知前世魔多。難猜難料自收科，速救密羅之雀。

道光癸巳修禊日，白山悟夢子未定稿

金連凱《謹題吉善居士惠贈〈業海扁舟〉，勉成七言截句十四首》（《傅惜華藏古典戲曲珍本叢刊》所收本《業海扁舟》卷首）：

當頭棒喝

提綱宣義仿蓮臺，依樣葫蘆信手裁。歌舞吹彈真鬧熱，一般觀聽萬人來。學他玉女搖仙珮，也有焚香幾轉場。臺上聲明臺內問，緩調輕弄按宮商。

闡明因果

敷宣妙諦意精詳，苦海漫漫莫可量。惟願吾師施救度，中流自在現慈航。無上甚深微妙法，慈悲為本化愚氓。靈臺方寸須勤滌，邪正從來一念萌。

自愛潛行

全身遠害果奇男，鶴立雞群倍自慚。棄暗投明真俊乂，無情銅臭豈能貪。二簧腔調果糟糕，聰慧純工付鬧嘈。隱遁逐叨神默佑，長途深夜敢辭勞。

新詞申警

新翻雅調勝彈詞，苦口慇懃勸世痴。一曲未終雙泪下，捫心清夜試深思。
勝他天寶李龜年，細按宮商妙句傳。莫道新歌堪玩聽，個中深意信超然。

彼岸同登

自慚自悔自悲辛，敗子回頭無價珍。同德同心同覺悟，雙雙上智過來人。
梨園歲月久蹉跎，花謝春殘可奈何。萬事由來人自悟，相憐回首避風波。

大慈掃業

蓮臺法諭遣高僧，救拔優伶彼岸登。惟願慈雲常普護，密羅困鳥盡飛騰。
《靈臺小補》果新奇，《業海扁舟》最妙詞。搜索枯腸心意碎，諄諄萬語敢云疲。

《總敘二截》

聞道填詞欲聽觀，管弦雅奏調新彈。個中隱意君知否，早渡迷津莫自寬。
梨園真是惡生涯，很勸諄諄泪似麻。一度思量一長嘆，苦憐害盡美春華。

道光十有三年歲在昭陽大荒落月建橘如清明日，愚弟金連凱拜題

金連凱《癸巳孟秋月朔夜宿愛吾廬，夢中口占二截句，醒時猶記前一首，其二已忘之矣，因信筆續成，命題曰〈勸誡詞〉八首》（《傅惜華藏古典戲曲珍本叢刊》所收本《業海扁舟》卷首）：

由來人被利名牽，致使天君不泰然。勞苦浮生堪浩嘆，回頭如意信安全。
由來萬事在人謀，因甚奔波作馬牛？漏盡鐘鳴誠轉瞬，江心返棹恐難收。
貧不能移威豈屈？蠅營狗苟有如無。風波萬丈安然渡，彼丈夫兮我丈夫。
（孟子所謂"富貴不能淫，貧賤不能移，威武不能屈，此之謂大丈夫"。注云："淫，蕩其心也。移，變其節也。屈，挫其志也。"《語》不云乎"三軍可奪帥也，匹夫不可奪志也"。侯氏曰："三軍之勇在人，匹夫之志在己，故帥可奪而志不可奪。如可奪，則亦不足謂之志矣。凡人各有志，孰能強之？即勉強從事，以力服之，非中心悅而誠服也。徒令其人心身兩地，又何益於我哉？"）

人生大地若蜉蝣，自古英雄付水流。何況傀儡幻中幻，須臾弄罷一齊休。

輔漢功高張子房，急流勇退水雲鄉。韓侯反被聰明誤，一點幽魂滯未央。
（此所謂"飛鳥盡，良弓藏；狡兔死，走狗烹"。誠千古不磨之至論也。悲夫！）

霍六財官并虎張，馬年（一作"郝升"）唐套大頭郎。洋洋得意真堪笑，跳耍猴猻鬧一場。（嘗聞以上五六人，皆梨園中有名之優伶也。概因其技藝精通，遂令千人喝采，遠近馳名。以余觀之，與沿街戲耍猴猻同類。朝朝苦被繩牽，敲鑼於鬧市叢中，徒代他人覓衣食耳。自亦不覺其苦，恬不爲辱，尚洋洋得意，窮思極想，好勝爭奇。試問將來之結果收場，年老氣衰，作何良策？再如魏三被盜，遺羞銜恨，能無浩嘆耶！）

一般畫影也圖形，大小泥花塑像精。更有紙鳶標姓氏，茅房高凳倍光榮。
（圖形塑像亦若輩之登場演劇也，均詳載悟夢子所撰之《梨園粗論》，兹不復贅。）

利鎖名韁困此身，解除何用覓他人？全憑自主休疑慮，猛省迷關一念真。

友月居士題於山清水秀之閣

附錄僧無際《咏走馬燈詩》（《傅惜華藏古典戲曲珍本叢刊》所收本《業海扁舟》卷首）：

團團游了又來游，無個明人指路頭。除却心中三昧火，槍刀人馬一齊休。
（善哉詩也！假游戲句包括無窮，喻世切矣。）

金連凱《甲午清明前六日，自題〈業海扁舟〉曲譜，調〈西江月〉二首（是作也，偶憶去歲余撰《業海扁舟》甫就，有客言"空費精神，恐人笑罵"，因戲答之）》（《傅惜華藏古典戲曲珍本叢刊》所收本《業海扁舟》卷首）：

笑罵由他笑罵，新詞我已編之。勸君且莫再狐疑，領略此中妙趣。
不是一番諷刺，焉能追悔當時？靈臺方寸樂怡怡，休得苦爭閒氣。

堪嘆人心不古，朝朝似醉如痴。非貪即妒亂成絲，狡詐乖張何意。

金連凱

聖訓炳同星日，還淳返樸風移。上行下效豈無知，偏要干名犯義。

六乙子未定稿

金連凱《〈業海扁舟〉題詩》（《傅惜華藏古典戲曲珍本叢刊》所收本《業海扁舟》卷首）：

六乙子，悟夢子，二子實難分彼此。金連凱友月白山，如影隨形同怒喜。《靈臺小補》果誰編？《業海扁舟》果誰擬？個中趣味我獨知，說破大家笑冷齒。

又自戲題於月朗風清之閣

金連凱《〈業海扁舟〉題詩》（《傅惜華藏古典戲曲珍本叢刊》所收本《業海扁舟》卷末）：

《靈臺小補》書成，即綴二律於簡末。今捧讀蓮池居士惠贈《業海扁舟》（《濟世保嬰法曲》），莊誦再三，弗能釋手。因不揣鄙陋，拙成四律，仍綴是編之末，勉效續貂之意云耳。

梨園弟子自唐傳，遺害無窮不計年。智慧徒勞卑賤技，精神空費亂彈編。一生九死憑誰訴，萬苦千辛若個憐。打罵磨礱真地獄，回頭早上大慈船。

保嬰濟世賴扁舟，孽海風波立待休。悟夢果然愚魯輩，白山真是蠢呆頭。蓮池上士誰堪比，吉善高人孰與儔。無限精神全用盡，個中隱意有來由。

個中隱意有來由，不用沉思細細求。我即伊兮伊即我，牛仍丑也丑仍牛。迂談謬論惟心造，俚句粗文信口謅。萬語千言悲賤業，一聲長嘆泪雙流。

填詞非比那敲詩，另具規模試講之。賦句佩文常理會（《佩文詩韵》），歌章音韵考須知（《填詞書目》）。廣諮博訪真吾友，好問多聞實我師。祇為梨園誠盡瘁，心勞神倦夜深時。

道光癸巳結緣日，白山悟夢子題於問心處

金連凱《〈業海扁舟〉題詩》(《傅惜華藏古典戲曲珍本叢刊》所收本《業海扁舟》卷末)：

丙申季秋中浣，續入《業海扁舟》打諢話白，兼寫平生未了志願，復成十截。

眼酸臂痛夜三更，雖是詼諧亦有情。一片痴心無限恨，拈毫默坐對寒檠。
滿腹牢騷滿眼愁，窮思苦想淚頻流。萬般開導千般勸，不掃梨園誓不休。
不能飲酒懶贏錢，笑我浮生四十年。念念梨園諸惡趣，個中深意果堪憐。
個中深意果堪憐，非恨伶工厭管弦。自嘆痴呆何日了，車薪杯水信誠然。
車薪杯水信誠然，不遇同心豈可傳。但得幾人真覺悟，九泉無憾樂長眠。
此身未定何時逝，大限難期意暗牽。但得庸言常住世（《靈臺小補》《業海扁舟》)，後人須記道光年。
千言萬語早忘疲，晝夜搜羅十二時。欲曉區區腸斷處，一腔心血數行詩（一作"兩眶慟淚幾行詩"）。
春蠶到死絲方盡，蠟炬成灰淚始乾。一點痴情除未得，熱腸畢竟不知寒。
數盡殘更夢不成，披衣坐起到天明。思量幾度從前事，煩惱都緣太有情。
捷徑法門惟念佛，彌陀接引最相親。長舒金臂慈悲願，攜盡梨園眾苦人。
（國朝夢東禪師贊血畫彌陀佛像，云："不轉慈眸應待我，長舒金臂欲攜人。"旨哉斯言！安得大慈悲父運大神通，施大法力，拯救梨園落難百千萬億生靈，咸臻極樂，吾願足矣。）

金連凱《〈業海扁舟〉題詩》(《傅惜華藏古典戲曲珍本叢刊》所收本《業海扁舟》卷末)：

山竊以癸巳續成四律，已云綴諸簡末，今何復有此作？奈九曲柔腸，實難由已耳。

九曲柔腸不我由，沉痾久矣害心頭。下愚度自庚申歲，（余性至魯極愚，從六齡甫有知。）卅七年來總是愁。

　　卅七年來總是愁，梨園真個很魔頭。至窮生變求慈佑，億萬彌陀念不休。

　　億萬彌陀念不休，堪憐少俊久沉浮。求生不遂惟求死，早向蓮邦自在游。

　　早向蓮邦自在游，此真出世大因由。皮囊到底終須朽（一作"前程早辦休遲滯"），一點靈根萬劫留。

　　誠然四大不堅牢，自古輪迴莫可逃。多少英雄今在未（一作"誰住世"），豐功峻烈付秋毫。

　　豐功峻烈付秋毫，何況梨園枉自勞。業海無風三尺浪，彌陀洪願定波濤。

　　道光十有七年歲在丁酉季春月望，晚宿左掖，漏已三轉，尚未成寐，挑鐙獨坐，續吟六截，書於主敬齋。悟夢子。

擇錄《夢東禪師念佛偈三十二首》（《傅惜華藏古典戲曲珍本叢刊》所收本《業海扁舟》卷末）：

　　明明大道古今通，天地毫厘辨异同。誰識西方無量壽，原來却是主人翁。
　　說著蓮邦雨淚垂，閻浮苦趣實堪悲。世間出世思惟遍，不念彌陀更念誰。
　　痴迷一念入娑婆，長劫沉淪可奈何。穢土欲翻成净界，全機撥轉念彌陀。
　　話到無常恒自悲，百年彈指欲何爲。惟求慈父垂哀憫，小小蓮花與一枝。
　　彌陀自性兩相當，雙照雙遮總不妨。念到圓融無礙處，時聞一陣藕花香。
　　猛切持名如救頭，娑婆那更可遲留。即今撒手便歸去，已較前賢輸一籌。
　　一句洪名一寶蓮，聲聲流出自心田。但教念念能相續，不怕彌陀不現前。
　　已知安養是吾家，歸去休教路更差。不念塵緣唯念佛，珎池高占寶蓮花。
　　我念彌陀有課程，晨昏十萬句分明。但教盡報常如此，净業誰論成不成。
　　個事分明見最真，從來無法及心親。一聲喚著一聲應，端的彌陀非別人。
　　故鄉一別久經秋，切切歸心不暫留。我念彌陀佛念我，天真父子兩相投。
　　一阿彌了又阿彌，除却阿彌總不知。掐到念珠繩索斷，飯香菜熟已多時。

一聲佛號時中憶，九品蓮香靜裏聞。樂國已知原不遠，休教更隔念紛紜。
僧拙但知專净業，客來幸勿帶紅塵。世間多少奇男子，不識西方路最真。
净土唯心我獨知，痴人空自泣多岐。故鄉歸去便歸去，金色花開正是時。
唯心净土幾人知，六字洪名須密持。撐到水窮山盡處，樂邦不隔一絲絲。
波清月現看偏好，地暖花開喻更親。佛號一聲蓮九品，高低分位屬何人。
佛土雖遥千百億，腳跟有路是通津。奈何多少思歸客，都把彌陀作別人。
十念得生佛有願，一心不亂我無疑。寶蓮已信標名字，未委花池第幾枝。
曾與彌陀有宿緣，尋常歷歷現吾前。者回不斬塵情斷，深負珍池大寶蓮。
專志持名興不孤，千回百轉過輪珠。彌陀我但時時念，那管彌陀念我無。
林巒眨眼變青黄，總是無常信息忙。穢土但超輪轉苦，蓮池下品又何妨。
明明四土非他土，的的三身恒此身。身土都來穿一串，一回舉著一回親。
一句彌陀念便親，千生萬劫種來因。娑婆不結孃生業，要作蓮池自在人。
劃斷塵緣百不思，通身著力念阿彌。娑婆深厭輪迴苦，早向花池占一枝。
十萬彌陀念已周，案前古鼎尚香浮。閣衣不覺沉沉睡，極樂倏然一夢游。
六字洪名密憶持，工夫冷暖自家知。娑婆不作輪迴夢，穩看花開七寶池。
要作蓮池自在人，娑婆肯更惹紅塵。心神早送歸安養，此地空餘鏡裏身。
一朵花含一聖胎，名書某甲亦奇哉。從來因果唯心現，底事分明不用猜。
洪名六字水清珠，方寸澄澄百慮無。個裏風光難舉似，長天萬里月輪孤。
彌陀已悟主人翁，極樂同居路正通。諸上善人俱會處，何妨某亦在其中。
已今當願已今生，金口親宣語最明。何事娑婆猶戀戀，自甘極苦尚多情。

金連凱

《隨講前偈（擇錄第十一、十二、十三、十四、十五）》（《傅惜華藏古典戲曲珍本叢刊》所收本《業海扁舟》卷末）：

杯銜弓影病難消，幾度逢君舌苦饒。肝膽者回都吐盡，奈何依舊首橫摇。

一句彌陀法界宗，千門萬户盡羅籠。祇須净念能相繼，四土三身影現重。西方净土本唯心，直透唯心義甚深。親見彌陀曾問訊，珍樓羅列樹陰森。爲愛追隨重法情，山房九夏話無生。重元極妙如何説，萬里長天孤月明。

黃 治
(1801—1850)

一名學治，字福林，一字台人，號琴曹，後改號今樵，別署今樵道人、今樵居士等，台州太平（今浙江溫嶺）人。邑庠生。嘉慶十年（1805），其父黃際明（？—1805）離世後，其從長兄黃濬（1779—1860?）學習《毛詩》。後長期在江右各地坐館以維持生計。善詩畫，兼通醫理，曾隨兄遠游，遍交士大夫，詩歌唱和，人比之蘇軾、蘇轍。道光十八年（1838），黃濬以錢債細故，謫戍烏魯木齊，黃治萬里隨行，居塞外七年之久，爲達官記室，以所收資俸佐兄日用。道光二十六年（1846）返鄉，又北上京城謀生。著有《伊泂錄》《孔懷錄》《西音錄》《圖南錄》《荊舫隨筆》《亦游詩草》《味蔗軒詩草》《竊餘剩草》《卍雲齋詩鈔》《塞春小品》等。存《今樵詩存》八卷。戲曲作品有傳奇《蝶歸樓》（存）、《熱依木》（佚）和雜劇《味蔗軒春燈新曲》。

按，關於其生卒年，《清代雜劇全目》《古典戲曲存目彙考》不載。劉世德《黃治和黃濬——清代戲曲家考略之一》推測其生於乾隆五十四年（1789）前後，約卒於道光三十年（1850）。劉于鋒《晚清文人戲曲研究》據黃濬《壺舟詩存》中相關篇章考訂其生於嘉慶六年（1801），卒於道光三十年（1850），可從。

傳記文獻：黃治《今樵詩存》、王棻《柔橋文鈔》卷十四《志傳》、（光緒）《台州府志》卷一百二十、（光緒）《太平續志藝文志》卷五、《溫嶺黃氏兄弟》（《台州會要》第七編）、劉世德《黃治和黃濬——清代戲曲家考略之一》（人民文學出版社古典文學編輯室編《中國古典文學論叢》第一輯）、劉于鋒《晚清文人戲曲研究》（南京師範大學博士學位論文，2014年）。

《味蔗軒春燈新曲》

簡稱《春燈新曲》。包括雜劇二種：《雁書記》《玉簪記》，皆爲四齣。按，作者《自序》言："此編乃予於乙未歲暮，偕伯兄壺舟旅泊維揚時所作也。客中無冗，各拈二事，爲燈劇八折。"知是劇作於道光十五年（1835）。二劇爲燈戲，人物出場多騎馬燈，關目中亦盡力展示各種燈具。

● 劇情概要與本事

《雁書記》

劇首題"味蔗軒春燈新曲雁書記"，署"台州黃治今樵編，襄平李鉏梅修、侄亨普湘雨校刊"。四齣，依次爲《勸降》《路弔》《射雁》《錦圓》。寫漢代蘇武奉旨出使匈奴，被扣胡地。冒頓單于逼降不成，就將蘇武放逐瀚海牧羊，并言羝羊得乳之時，方是其返漢之日。北海酷寒少食，蘇武晝則嚼雪吞氈，夜則抱羊取暖。一日，衛律奉可汗之命來勸降蘇武，誘之以高官厚祿、榮華富貴等，蘇武嚴詞拒絕，大罵其投敵叛國。衛律又令番卒強行爲蘇武換馬，蘇武欲拔劍自刎，以示不屈之志，衛律祇得怏怏歸去。單于又令李陵前來勸降，李陵認爲自己乃有罪之人，不可勸人爲不義之事，遂携妓帶酒，藉機慰問而已。北海駐扎隊主之女立意要嫁有才貌的漢人，其父遣人向蘇武提親，蘇武應允。遣嫁之日，隊主知蘇武處於風雪之中受盡凍餓，主動送上駱駝、駿馬、帳篷、弓箭等作爲妝奩。後匈奴與漢朝和好，邊境太平，被羈留胡地的很多使者得以還朝。一日，武帝率司馬相如、東方朔等在上林苑射獵，見一雁西來，迴翔天半，便開弓直射，大雁中箭墮地，雁足上繫有帛書，乃蘇武求救之信，衆人方知其尚在人世。武帝即派内臣楊得意出使匈奴，迎蘇武還朝。蘇武歸來後，獲封典屬國之職。武帝知其在胡地已娶妻生子，再遣楊得意出使匈奴，將其妻子接來與蘇武完聚。最後蘇武晋升關内侯，夫人封敦煌郡君，二人畫像供奉麒麟閣。

生扮蘇武，小生扮李陵、司馬相如，旦扮蘇武妻，小旦扮雛妓，貼旦扮雛妓、蘇武子，老旦扮楊得意，四旦扮番伎，淨扮北海駐扎隊主、羽林將軍，副淨扮羽林將軍，末扮衛律、東方朔，丑扮小雁兒，外扮漢武帝，雜扮番卒、小卒等。

本事見於《漢書·蘇武傳》。宋元南戲《蘇武牧羊記》與此題材同。

《玉簪記》

劇首題"味蔗軒春燈新曲玉簪記"，署"台州黃治今樵編，襄平李鉏梅修、侄亨普湘雨校刊"。四齣，依次為《遇美》《試燈》《獻俘》《美圓》。寫明武宗生性英豪，耽情花柳，感六宮粉黛無當意之人，一日與都督江彬改裝換服，騙得兵部令箭，賺出居庸關，私幸宣府。偶遇院中女子劉氏，二人一見鍾情，約定終身。劉氏以玉簪一支相贈，作為定情之物，願日後相逢，持之以為表記。南昌寧王朱宸濠遣軍師李士實赴京進獻春燈，燈中藏有機關，想藉機焚燒宮殿，造成騷動，以圖謀天下。武宗派大臣至午門前試燈，李士實言語中有跋扈飛揚之意，眾人知朱宸濠必生事端。寧王果於六月六日起事，進兵安慶。贛南巡撫王守仁即率軍攻下豫章，又設下伏兵，很快於黃石磯擒獲朱宸濠。這時，前哨報武宗南征，已到金陵，王守仁準備接駕獻俘。太監張永隨駕南來，本想藉機建功，聞朱宸濠已兵敗被擒，即要王守仁將朱宸濠放回鄱陽湖，待武宗親自擒拿。王守仁申明不可，答應獻俘後可幫張永除去政敵，張永纔答應讓王面聖。武宗班師後，即刻派人迎劉氏入宮。劉氏見宮侍未將定情玉簪帶來，心生疑惑，懼武宗忘卻盟言，將近都門，駐扎不行。武宗幾次遣人催促，劉氏都不肯前進，直至見武宗親自來迎，纔疑心冰釋。武宗論及朱宸濠與婁妃之事，更感自己與劉氏相聚之不易。最後，劉氏晋升貴妃。

生扮明武宗，小生扮王守仁，旦扮劉氏，貼旦扮丫鬟、宮女，小旦扮宮

黃治

女，老旦扮張永，净扮差官、李士實，副净扮差官、朱宸濠，末扮守關將官、院子，丑扮江彬，雜扮太監，外、小生、副净、丑扮衆官。

是劇取材於明正德間史實及明武宗逸事。清李漁（1611—1680）《玉搔頭》傳奇、唐英（1682—1756）《梅龍鎮》雜劇、無名氏《游龍傳（燈戲脚本）》等與此題材同。

🞂 著録、版本與收藏情況

《清代雜劇全目》《古典戲曲存目彙考》著録。現存清鈔原稿本，藏國家圖書館；道光二十七年（1847）椿蔭軒刻本，藏國家圖書館、北京大學圖書館，《不登大雅文庫珍本戲曲叢刊》第24册、《古本戲曲叢刊十集》據之影印。

🞂 序跋、題詞與評語

黄治《〈味蔗軒春燈新曲〉自序》（《不登大雅文庫珍本戲曲叢刊》所收本《春燈新曲》卷首）：

此編乃予於乙未歲暮，偕伯兄壺舟旅泊維揚時所作也。客中無冗，各拈二事，爲燈劇八折。兄得蕭史、柳毅事，予得蘇子卿、明武宗事。既成，彼此欣賞過，即弃諸故篋中，不復省覽久矣。

兹由塞外回都，就椿陰軒故榻，與梅修、湘雨兩阮論曲學，因出此稿相示。梅修喜甚，且以爲可傳，即付剞劂。嘻！其真可傳耶？一時狡獪之作，將勿令知音者齒冷耶！時方溽暑，梅修與湘雨據案校録，揮汗不輟，其勤又如此。予蓋善其意而莫之能止也，因書其緣起云。

道光二十七年六月朔日，今樵居士自識

李鉏《〈味蔗軒春燈新曲〉跋》(《不登大雅文庫珍本戲曲叢刊》所收本《春燈新曲》卷末)：

今樵師出塞，遺故篋於椿陰之室。鉏偶檢《春燈新曲》一卷，置之案頭，以時耽玩。舅氏秀楚翹先生見之，曰："此佳構也，二百年無此手矣。"攜之去，誇諸士大夫，且出藏鐶，屬伶人某，令砌末登場，即以此本畀之。近燈宵或見《雁書記》之首折，而他無聞，則某伶之為也。

洎今樵師至，因亟請原本，以付梓氏。師笑曰："此予十年前游戲之作，五日而成者。其中音節，慮或疏略。頗記【綉帶兒】以下係【正宮】，即不用【隔尾】，亦宜標以過宮名目。兹閩海之行迫矣，無暇此為。吾子有意，其審定之。"鉏自惟譾陋，於聲音之道茫無所知，未敢稍事修飾，仍就原本蕆事，而識其言於此。嗚呼！焉得起吾舅氏於九原，而同為欣賞也哉！

丁未新秋，受業李鉏謹跋

張鳳翱《〈味蔗軒春燈新曲〉題辭》(《不登大雅文庫珍本戲曲叢刊》所收本《春燈新曲》卷首)：

橫空迴雁，正孤臣、遼海嚙氊餐雪。踏遍平沙，衰草地、猶抱漢家殘節。紫塞千山，金門萬里，隻翼飛難越。南天遙望，長安一片明月。　且喜十五胡姬，穿廬對酒，心事寒宵說。裂碎弓衣題血字，好藉西風催發。馬上刀環，圖中黻珮，也許金釵列。美人奇士，可稱千古雙絶。

佳人難得，任六宮、花好看來都遍。聞說邊關，春色麗、儘費君王宵旰。笑指珊鞭，悄尋綺陌，省識卿卿面。玉釵盟定，乘龍真許如願。　幾日鼙鼓臨江，旌旗南下，暫隔迎鑾便。待掃風烟天闕淨，望斷樓頭歸燕。錦幛香塵，瑶臺璧月，攜手重相見。昭陽宵永，恩情莫似秋扇。

揚州騎鶴，愛紅橋、月夜春燈新試。詞客閑翻《金縷曲》，也算風流游戲。冰窨餘生，蘭閨殘夢，有甚干卿事？藉他杯酒，胸中一吐豪氣。　自笑浪迹天涯,重逢黄九,旅館聯吟袂。落日燕臺屠狗侶,不盡悲歌長慨。末路江關,中年絲竹,都化青衫淚。爲君高唱,唾壺真把敲碎。(調寄《念奴嬌》,丁酉)

吳興張鳳翿午莊

章啓昆《〈味蔗軒春燈新曲〉題辭》(《不登大雅文庫珍本戲曲叢刊》所收本《春燈新曲》卷首):

元夕揚州好。鬧紅橋、銀花火樹,春鐙圍繞。詞客却嫌無意趣,特地試翻新稿。藉韵事、寄情綿渺。絕塞羈臣聯美眷,更烟花、奇遇從來少。都譜入,風流調。　當年祇把閒愁掃。又誰知、玉關西去,竟同先兆。塞雁南征空寄恨,漫擁金釵醉倒。燈影裏、分明寫照。何日新詞傳鞫部?好春宵、一聽歌聲裊。同按拍,掀髯笑。(調寄《賀新郎》)

山陰章啓昆同卿

裕貴《〈味蔗軒春燈新曲〉題辭》(《不登大雅文庫珍本戲曲叢刊》所收本《春燈新曲》卷首):

客到江南,鶯花宛約,何事放懷絕塞?孤臣萬里,伏節荒天,偏是助人悲慨。杯酒消愁,夜闌拍碎,紅牙描他風概。算前因注定,十年磨盾,玉門關外。　念古人、亮節清風,嚙氈吞雪,日與羝羊逐隊。商飈緊急,雁信無憑,同是千秋淚灑。俗眼誰青胡姬,還肯相憐,英雄粉黛。羨先生、冠劍歸來,爭奇漢代。(調寄《蘇武慢》)

千古揚州,二分明月,伊人幽獨。懶看春燈,閒舒蘭紙,寫出搔頭玉。風流天子,雲和仙史,又結三生眷屬。最銷魂,秋凉紈扇,膩語誓藏金屋。

乘龍緣在,求凰琴冷,未見瑤簪來復。密約幽期,芳心自警,慼損蛾眉綠。青樓軼韵,君何多事,當作女英修竹。是藉他、湘蘭沅芷,寄愁萬斛。

（調寄《永遇樂》） 黃治

長白裕貴八橋

李鉏《〈味蔗軒春燈新曲〉題辭》（《不登大雅文庫珍本戲曲叢刊》所收本《春燈新曲》卷首）：

偏是元冬，星低霜緊，半空旅雁鳴咽。氈幕燈寒，荒城雲冷，玉關人老風雪。故鄉回首，正千里、胡天慘裂。餐冰大漠，走馬窮邊，都成奇節。

隴頭竟夕長歌，鐵笛悲傷，塞笳淒切。茫茫瀚海，黃沙無際，想見漢家明月。子卿休矣，又重睹、千秋豪杰。河山迢遞，仗劍從戎，古今雙絕。

今昔邊頭，繁華幾許，亂烟冷絮芳草。金勒尋嬌，銀瓶沽酒，紫雲新曲飄渺。塞春何限，把風月、淮南抹倒。無愁天子，重色官家，翠圍珠繞。

旅人也有閑情，寶鏡星明，綠鬟雲擾。鶯鶯燕燕，烟花三月，肯任等閑過了。畫樓簫管，敢誇那、涼州娟好。平康留艷，北里傳奇，想同懷抱。（師著有《塞春小品》一卷。）

歌到揚州，三分明月，二分夜景如洗。珠樹生輝，銀花搖影，助他春色妍媚。旅愁無限，都傳入、風流筆底。名高鞫部，譜艷梨園，恁般游戲。

許時夢返鈞天，斷雁沈簪，落花流水。紅兒在否？瓊簫檀板，唱遍合離悲喜。唾壺敲缺，管招得、英雄垂泪。冰霜餘劫，粉黛前塵，付將醒醉。（調寄《慶春宮》）

受業李鉏

李亨普《〈味蔗軒春燈新曲〉題辭》（《不登大雅文庫珍本戲曲叢刊》所收本《春燈新曲》卷首）：

萬古詩人恨，偏荷戈從戎，荒塞栖息。老矣鬚眉，爲鴒原情重，敢辭鞭策！身世都虛擲，便行盡、伊涼西北。又怎知、雪窖冰天，還有一番春色。

絕域名花堪惜。似品艷虹橋，重念疇昔。（師著《塞春小品》，蓋《北里志》之屬。）走馬輪臺，倩紅兒度曲，玉兒橫笛。灑酒邊風急，更愁甚、沙黃雲黑。不道十載詞場，夢華有迹。

旅泊維揚日，剛滿城燈月，轟飲春夜。消受繁華，奈一瞥罡風，玉關星駕。吊古傷心也，嘆遺事、泪珠盈把。記那時、落拓襟懷，曾付醉歌陶寫。

客舍偏多風雅。任箋擘烏絲，名士揮灑。別樣傳神，看松筠氣節，鶯花聲價。誰是知音者？且留做、千秋佳話。更擬輕撥檀槽，淺斟翠斝。（調寄《曲游春》）

受業李亨普

張聲玠
（1803—1848）

　　字奉玆，一字潤卿，又字玉夫，別署蘅芷莊人，湘潭（今湖南湘潭）人。與左宗棠（1812—1885）同爲湘潭周氏婿。生而穎異，四歲辨五聲，八歲能詩歌。道光五年（1825）輸貲爲監生，十一年（1831）中舉，後七赴會試皆落第。道光二十四年（1844）大挑一等，以知縣分發直隸。明年，任元氏縣知縣，因母喪歸。道光二十八年（1848），二子同日喪，勞瘁憂傷，病殁於保定。能詩文，善戲曲。著有《蘅芷莊詩文集》《蘅芷莊人隨筆》《中山麐古錄》《集唐詩》，今存雜劇《玉田春水軒雜齣》。

　　傳記文獻：張聲玠《四十自序》（鄭振鐸《晚清文選》）、左宗棠《元氏縣知縣張公墓志銘》《張叔容墓碣》（《左宗棠全集》十三《詩文・家書》）、羅汝懷《湖南文徵・姓氏傳》、（光緒）《湘潭縣志》卷七十九、龍華《張聲玠和〈玉田春水軒雜齣〉》（《中國文學研究》1986年第1期）等。

《玉田春水軒雜齣》

　　卷首題"蘅芷莊人外集，玉田春水軒雜齣，賜錦樓藏板"。包括雜劇九種：《訊鼢》《題肆》《琴別》《畫隱》《碎胡琴》《安市》《看真》《游山》《壽甫》，均爲一折。是劇有道光二十年（1840）春凌玉垣題詞，故多認爲其創作時間在此年或之前。

◆ 劇情概要與本事

《訊鼢》

　　寫襄陽書生吉鼢年僅十五歲，其父在吳興原鄉任內被奸吏誣陷貪贓枉法，獲罪入獄。吉翂懇請代父求死，皇帝以其年幼無知，命廷尉卿蔡法度勘查詳情。吉翂論訴孝道，稱代父求死是自己主意，并非他人教唆。蔡法度爲之所動，允諾向皇帝代爲申奏，并準備以純孝之名舉薦吉翂。吉翂稱自己并非漁利求名，婉言辭謝功名。

小生扮吉翂，外扮蔡法度，雜扮禁子。

本事見於《梁書》及《南史》之《吉翂傳》。

《題肆》

寫南宋淳熙年間，時和年豐，人民安居樂業。臨川書生于國寶讀書太學，留居杭州，灑脱不羈，喜歡問柳尋花。一日，春和景明，于國寶與衆舉子游賞西湖，觀覽打鞦韆、划彩舟，又遇游女、和尚調笑。別了同伴之後，于國寶興致勃發，在斷橋邊酒肆屏風上醉題《風入松》詞一闋。恰逢宋孝宗游覽西湖，看見題詞後甚是贊賞，命酒保傳來相見，又將"明日重携殘酒"改作"明日重扶殘醉"，并授予于國寶官職，之後降旨請其到聚景園觀賞牡丹。西湖酒肆也因此遠近聞名。

小生扮于國寶、宋孝宗，旦扮小姐，貼扮梅香，丑扮酒保，雜扮打鞦韆女子、吹打手、和尚、羽林軍，旦、貼扮内侍，外、末、净、副净扮西湖游客。

本事出自宋周密《武林舊事》卷三《西湖游幸（都人游賞）》及明馮夢龍（1574—1646）《警世通言》卷六《俞仲舉題詩遇上皇》。清徐石麒（1612？—1675後）《坦庵詞曲六種》之《買花錢》與此題材同。

《琴別》

寫江西浮梁人汪大有字元量，別號水雲，本爲宋廷琴師。元滅南宋後，隨舊宫人被擄至燕地，滿腹心傷，從此黄冠羽衣，不再彈琴。十二年後，汪大有欲南還故地，王清惠等十四位已經出家爲尼姑、道士的宋室宫人置酒梁家園，爲其餞別，以"勸君更盡一杯酒，西出陽關無故人"分韵賦詩送行。汪大有重操舊技，一邊撫琴，一邊感慨家國之悲、身世之痛。辛酸悲痛之際，又學魏晉嵇康，起身碎琴。

生扮汪大有，旦扮王清惠。

本事見於宋末汪元量《水雲集》。

《畫隱》

寫南宋宗室趙孟堅字子固，清高恬淡，宋亡之後隱居西湖，醉心於繪畫。同宗兄弟趙孟頫與留夢炎、張伯淳等故宋官員則被新朝御史程文海舉薦，出仕新朝。趙孟堅聞此，一番傷心感慨。後趙孟頫官拜翰林學士，經過西湖，順便拜訪趙孟堅。趙孟堅不願相見，在妻子勸說下，令趙孟頫從後門進入。交談中，趙孟堅夫婦以失節相嘲，趙孟頫抱慚而去。

生扮趙孟堅，小生扮趙孟頫，旦扮趙孟堅妻子，净扮留夢炎，副净扮僮兒，末扮院子，丑扮船夫，小外扮張伯淳。

本事見元末姚桐壽（生卒年不詳）《樂郊私語》等。

《碎胡琴》

寫唐朝一個賣樂器的商人從西洋國購得一面白玉胡琴，到長安城閙市高價出售。蜀地射洪才子陳子昂家資豪富，志概軒昂，但遭時不遇，心懷抑鬱，由金華山到長安寓居，於上巳佳節游賞曲江。正逢商人出賣胡琴，索價百萬，并以《西江月》詞咏贊胡琴好處。陳子昂因爲初到長安，無人認識，想通過購琴豪舉而聞名，於是以一千緡錢購得此琴，同時邀請衆人於次日聚宣陽里觀聽自己彈琴。衆人到時，陳子昂當衆摔碎白玉胡琴，同時取出詩文讓衆人閱覽，衆人絕口稱贊，準備帶回家各抄一卷相傳。

生扮陳子昂，副净扮樂器客商，末扮院子，外、小生、净、丑扮游客。

本事見於宋計有功《唐詩紀事》所引《獨异記》。清顧彩（1650—1718）

張聲玠

《大忽雷》雜劇與此題材同。

《安市》

寫絳州龍門人薛仁貴儀容出衆，膂力驚人，以耕作爲生。後因遼人攻唐，朝廷徵闢賢能勇將，在妻子柳氏的勸説下，薛仁貴決定弃農從戎，投入虢國公右屯衛大將軍張士貴麾下，報效國家。張士貴見薛仁貴身負謀略，心懷壯志，又能輕鬆使用一百五十斤重硬弓，遂令其充當先鋒，上陣殺敵。皇帝帶領司空長孫無忌、遼東道行軍大總管李勣親征高麗，薛仁貴身穿白衣，手持長戟，馳騁沙場，打敗高麗莫離支蓋蘇文麾下大將高延壽、高惠真。皇帝在北山上望見白衣將左衝右突，所向披靡，派人詢問，得知是薛仁貴，大加褒獎。

生扮李勣，小生扮薛仁貴，净扮高延壽，副净扮高惠真，末扮張士貴、差官，外扮長孫無忌，雜扮隊子。

本事見於《舊唐書·薛仁貴傳》，明《薛仁貴跨海征遼》詞話、趙炳然（生卒年不詳）《説唐薛家府傳》小説等。明無名氏《薛仁貴跨海征東白袍記》《薛平遼金貂記》傳奇、清周淦（1745？—1835？）《定天山》雜劇與此題材同。

《看真》

寫苗得出畫技京省馳名，太尉党進請其畫像。因党進肥頭大耳，相貌醜陋，苗得出幾番經營，纔得以完成。党進因畫中之人粗鄙醜陋而懷疑畫師錯拿畫像，并徵詢家人、姬妾意見。二人先以實相告，稱苗得出不但没有拿錯，還將太尉畫得很像，見党進不悦，衹能以溢美之言稱贊。党進又責問苗得出爲何不以金箔點化眼睛，苗得出以老虎、孫悟空方用金箔點睛等語相對。党進發怒，欲將苗得出殺死，在白姬一番解勸下方告罷。

小生扮党進家人，小旦扮白姬，净扮党進，丑扮苗得出。

本事見於宋祝穆《事文類聚》及明馮夢龍（1574—1646）《古今譚概·党進畫真》。

《游山》

寫康樂侯謝靈運生平酷愛山水，以侍中免官後東歸故里永嘉郡。閑居無事，與謝惠連、何長瑜、荀雍、羊璿之諸友游山，令隨從由始寧一帶以刀斧伐木開徑，直達臨海。附近村民、樵子、牧童聽到人聲吶喊，以爲山寇作亂，紛紛向臨海城中逃竄。山神、土地亦無可奈何，分別逃奔雲貴、臺灣。在謝靈運等人圍坐飲酒之際，臨海太守王琇領兵前去征剿，纔知是一場誤會，并對謝靈運的才華進行了一番稱贊。

生扮謝靈運，小生扮謝惠連，老旦扮荀雍，小旦扮牧童，净扮山神，副净扮何長瑜，末扮羊璿之，丑扮樵子、土地，外扮王琇，雜扮謝靈運從人。

本事見於《宋書》及《南史》之《謝靈運傳》。

《壽甫》

寫唐代杜甫爲絶代騷人，負絶世奇才，曾爲賀知章、汝陽王、李適之、崔宗之、蘇晉、李白、張旭、焦遂作《飲中八仙歌》，傳爲佳話。因生前忠愛，杜甫去世後被上帝列入仙班，名浣花仙叟，暫居草堂，不久將被召用。恰逢杜甫誕辰，賀知章、李白等八仙携仙酒、麴生、萬錢、玉觴等禮物前來爲之祝壽。杜甫設席，與衆仙人圍坐歡飲。衆人紛紛盛贊杜甫詩歌才華，飲醉後辭歸。

生扮杜甫，小生扮李白，老旦扮蘇晉，小旦扮崔宗之，净扮汝陽王，副净扮張旭，末扮李適之，丑扮焦遂，外扮賀知章。

是劇由杜甫《飲中八仙歌》詩敷演而成。

著錄、版本與收藏情況

《清代雜劇全目》《古典戲曲存目彙考》《古本戲曲劇目提要》著錄。現存道光二十四年（1844）賜錦樓刻本，藏國家圖書館、中國藝術研究院圖書館，鄭振鐸《清人雜劇二集》、《清人雜劇百廿種》第4冊及《古本戲曲叢刊十集》據之影印。又有道光間賜錦樓刻本傳抄本，藏國家圖書館；清抄本，藏上海圖書館。

序跋、題詞與評語

凌玉垣《〈玉田春水軒雜齣〉題詞》（《清人雜劇二集》所收本《玉田春水軒雜齣》卷首）：

覆巢但有冤禽哭，伏鑕真令死者生。一樣迴天兩純孝，願君更譜女緹縈。（《訊盼》）

烏舫題春宿酒濃，新詞博得紫泥封。湖山康樂才人貴，莫有人窺第一峰。（《題肆》）

龍沙留滯玉徽零，塞北江南總斷萍。忍抱燕山弦上雪，歲朝重與哭冬青。（《琴別》）

白雁飛來大地秋，殘山何處寄扁舟？一般天水紅泥印，押角偏令學士愁。（《畫隱》）

箏琶俗耳耐敖嘈，誰識文章一代豪？莫笑千金輕一擲，有人新奏《鬱輪袍》。（《碎胡琴》）

白衣持戟氣凌雲，飛箭天山舊榮勛。自古男兒甘百戰，封侯不見李將軍。（《安市》）

屢貌尋常技未窮，斯人骨相定三公。可憐小宋清寒甚，學醉銷金羨乃翁。（《看真》）

伐木開山想絕倫，風流零落近千春。我嗟靈運稱山賊，不似圍棋賭墅人。（《游山》）

酒國恒春仙壽長，高歌天寶感蒼茫。莫吟飣餖相嘲句，且與先生入醉鄉。（《壽甫》）

玉夫先生仁兄，暇日爲雜曲若干首，貞雅傲詭，事不一致，類情揣稱，各極杰麗。清容先生之續也。爲題後副，即希政之。

庚子季春，弟凌玉垣呈稿

胡湘《〈玉田春水軒雜齣〉題詞》（《清人雜劇二集》所收本《玉田春水軒雜齣》卷末）：

狴犴飛霜獄本冤，孤兒全父并身全。驚看鐵券琅琅擲，祇有懷光子可憐。（《訊盼》）

畫舫風情酒肆歌，非關天子鬭山河。江湖尚滯陳同甫，詩酒遭逢奈爾何？（《題肆》）

腸斷崖山藉曲鳴，梨園天寶最關情。彈琴一樣江南恨，更譜宮人十玉京。（《琴別》）

浮雲變態畫中看，湖上西風半局殘。請把交柯雙入畫，南枝向暖北枝寒。（《畫隱》）

鼓瑟吹竽亦可嘲，碎琴不顧衆呶呶。黃金臺上遲丹詔，且把千金自己拋。（《碎胡琴》）

三箭奇勛壯士歌，遼東馳驟駭么麼。白衣不畫凌烟閣，惆悵將軍馬伏波。（《安市》）

奇骨原來畫不成，皮毛何與世人争。將軍莫點黃金目，青眼留看李北平。（《看真》）

縋幽鑿險破山慳，崖塹風雲杖屨間。讀罷韓亡秦帝句，如何又看永嘉山？（《游山》）

不到皇州與益州，騎箕高會醉鄉侯。個中更有詞人壽，能了先生一代愁。（《壽甫》）

謹題玉夫表兄年丈大人《玉田春水雜劇》，即請教正。

甲辰八月，筠帆弟胡湘呈稿

張聲玠《〈安市〉跋》（《清人雜劇二集》所收本《玉田春水軒雜齣》之《安市》劇末）：

薛幽州白衣破賊，其事自可被之管弦，乃小說家穿鑿附會，粗鄙可笑，歌場亦因而演之，如張士貴能彎弓百五十斤，卒謚曰"忠"，亦人豪也，誣之何心？戲填此折，以洗弋陽腔之陋。

鄭振鐸《〈玉田春水軒雜齣〉跋》（《清人雜劇二集》卷首《題記》）：

張聲玠的《玉田春水軒雜齣》和石韞玉的《花間九奏》有些相似，皆以九事合爲一本。聲玠，湘潭人，字奉茲，又字玉夫。道光舉人，官元氏知縣。有《蘅芷莊詩文集》。那九事是：《訊盼》寫吉盼乞代父命；《題肆》寫于國寶因題《風入松》一詞而見知孝宗事；《琴別》寫汪水雲以黃冠歸里，和舊宮人王清惠等餞別事；《畫隱》寫宋王孫趙孟堅以畫自隱，其弟子昂却出仕於元，歸來見兄，爲孟堅所責；《碎胡琴》寫陳子昂碎琴；《安市》寫薛仁貴白衣破賊；《看真》寫党太尉畫相；《游山》寫謝靈運游山，被誣爲山賊；《壽甫》寫飲中八仙賀杜甫壽。各劇情調至爲不同，而皆有所憤激。《琴別》《畫隱》二齣尤深於家國淪亡之痛。中多入吳儂柔語，蓋亦當時風尚如此。同時沈起鳳的諸傳奇，便也是插入吳白極多的。

張興仁
(1804—1863)

字讓之、馨伯，號惕齋，歸安（今浙江湖州）人，後改籍錢塘（今浙江杭州）。道光十七年（1837）舉人，二十一年（1841）恩科進士。曾任職吏部，咸豐六年（1856）典試粵東，九年（1859）出守建昌，旋以履任遲延調取入都，去任留省辦公。後改權袁郡，未及束裝而病逝。與戲曲家許善長（1823—1891）爲摯友，兼親家。著有《話雨齋詩鈔》一卷、雜劇《青衫泪》一種。

傳記文獻：張興烈《哭惕齋伯兄六十韵（并序）》（《話雨齋詩鈔·附挽詩》）、許善長《惕齋遺翰序》（《碧聲吟館談麈》卷二）、張應昌《〈話雨齋詩鈔〉序》（《話雨齋詩鈔》）、劉于鋒《清代劇目七種稽考》（《戲曲藝術》2016年第1期）。

―――《青衫泪》―――

◆ 劇情概要與本事

劇首署"惕齋遺翰"。一折，寫北直隸清河人李親民，簡授臨川郡守，時江皖梗阻難通，祇得從梁楚之地繞道而來。莅任半載後，部中言其到任遲延，被議鐫級。皇帝察其功過，令他回京引見。李親民將政務交卸完畢，乘馬啓程，見衙外人山人海，擠擠挨挨，原來是百姓頂香入城，前來叩送自己。李親民認爲自己任職頗短，并未給百姓帶來好處，心中有愧。他出城入駐驛館，本地士紳及學子亦來求見，表達不捨之情。李親民預祝衆人秋闈大捷，來日重聚京城。登船將行，想起故友石君，相從幕府數月，評詩讀畫，鬥酒徵歌，何等高興。不意秋初以來，石君患瘧，竟一病而終，其靈柩亦從此路回鄉。剛經死別，又歷生離，李親民心中悲痛不已。

生扮李親民，貼扮門子，老旦扮驛卒，末扮蒼頭，外、小生扮紳士，小旦、貼扮門生，净、丑、雜扮二役二皂。

是劇乃據作者親身經歷敷演而成。張興烈《哭惕齋伯兄六十韵（并序）》之序言云："兄（張興仁）於己未年出守建昌，蒞任後，吏議以逾限解任，需次章門。"又，"香瓣南豐接，哀弦白傅聆"句後注云："兄（張興仁）在建昌去官時，有《青衫泪》樂府紀事。"己未即咸豐九年（1859），《青衫泪》當創作於本年。

著録、版本與收藏情況

現存許善長《碧聲吟館唱酬録》附刻本，又名《惕齋遺翰》，藏南京圖書館。

蔡榮蓮
(1805—1846)

字金炬，後改名嘉佺，字偓仙，一字子卓，新建（今江西南昌）人。天資超軼，十歲能文，十八歲即補諸生，然六躓鄉闈，道光十七年（1837）方中舉人。後四應會試，均無功而返。道光二十四年（1844），大挑二等，以教諭用。道光二十六年（1846）春，報捐，選江西德興縣學訓導。赴任不久，患瘧，逝於歸鄉途中。著有《古文駢體》及《明志齋詩草》。雜劇有《支機石》一種。

按，關於蔡氏生活時代，《清代雜劇全目》言其爲"咸同時人"；《晚清民國傳奇雜劇考索》將蔡氏及其《支機石傳奇》作爲1840年後之晚清民國作者、作品收入附録之中；柯愈春《清人詩文集總目提要》言："（蔡）嘉佺生於嘉慶十年（1805），卒於道光二十六年（1846）。"當從。又，關於蔡氏中舉時間，《清人詩文集總目提要》等言其爲道光十年（1830）舉人；武海軍《〈寓真軒詩鈔〉述論》則言其"道光丁卯舉於鄉禮闈"。首先，"道光丁卯"一説不確，道光間没有丁卯年，與之相近之丁卯年，一爲嘉慶十二年（1807），此時蔡氏方三齡；一爲同治六年（1867），此時蔡氏已離世二十一載。二者均不可能爲其中舉之時。其次，《明志齋詩草》各序及其家傳俱載蔡氏道光十七年（1837）舉於鄉，可證《清人詩文集總目提要》"道光十年"説亦誤。

傳記文獻：蔡榮蓮《明志齋詩草》、喻震孟《贈通議大夫蔡公家傳》（《明志齋詩草》）、（同治）《南昌府志》卷三十一、（同治）《新建縣志》卷四十一、（民國）《德興縣志》卷六。

《支機石》

劇情概要與本事

劇首題"支機石傳奇",署"新建蔡榮蓮金炬填詞,丹徒尹宮保彥孫正拍"。六齣,依次爲《臨機》《尋源》《贈石》《觀星》《問卜》《還朝》。寫織女本爲天孫,與牛郎婚配後,恩深情密,懶理機杼。上帝遂令二人分居天河兩岸,唯七月七日始允鵲橋一會。當日上帝罰織女織機時,賜上清洞府珍奇之石一塊,予其支機,織女置放織機旁歷幾千萬年。漢代博望侯張騫奉武帝之命通使西域,挈舟解纜沿黃河西上,途中迷津失路,見岸上有城郭人家,遂泊舟近前詢問。得遇織女,方知此乃天河。張騫大喜,不願再回人世,祈求織女收留。織女認爲張騫奉旨出使,若留天上,乃是欺君,勸其仍舊尋源歸去。臨行,將支機石相贈。張騫打聽此石名目來歷,織女告訴他往蜀地訪賣卜嚴先生,便可知究竟。使事已畢,張騫遂往蜀郡訪問嚴君平,方知自己游歷天河之日正是君平夜觀星象,見有客星犯牛、女之時。瞭解支機石來歷後,張騫回到京城,并將奇石進獻武帝。武帝令衆卿上殿同觀,東方朔識得此石,當即說出其來歷。武帝大喜,封張騫爲會仙王,世襲罔替。

生扮張騫、董仲舒,小旦扮織女,貼旦扮錦紅,中净扮嚴君平、東方朔,末扮黃門官,丑扮桂楫,外扮西域王、漢武帝。

本事出自晋張華《博物志》、宋陳元靚《歲時廣記》卷二十七。元王伯成(生卒年不詳)《張騫泛浮槎》雜劇、清舒位(1765—1815)《博望訪星》雜劇、近人唐咏裳(1867—1939)《七襄機》雜劇與此題材同。據蔡榮蓮《〈支機石〉自序》,知是劇完成於道光七年(1827)。

著錄、版本與收藏情況

《清代雜劇全目》《莊一拂〈古典戲曲存目彙考〉補正》著錄。現存光緒十七年（1891）蔡希邠刻本，藏國家圖書館、北京大學圖書館，《傅惜華藏古典戲曲珍本叢刊》第104冊據之影印。

● 序跋、題詞與評語

蔡榮蓮《〈支機石〉自序》（《傅惜華藏古典戲曲珍本叢刊》所收本《支機石》卷首）：

客有笑蔡子者曰："神仙之事幻矣，漢武帝求之無益，迨後'輪臺'一詔，尚知悔悟。子何作此《支機石傳奇》？毋乃涉於神仙一流耶？"蔡子曰："唯唯，否否。彼世上之有神仙與否？吾不知。張騫之泛天河與否？吾亦不知。第史載，武帝元狩元年夏五月，遣博望侯張騫使西域。是時張騫自月氏還，武帝聞西域諸國多奇物，乃有是使。由是尋河源，得支機石。史雖未詳，其軼乃時時見於他說。事雖莫須有，然可以云奇，則傳之而已。且世之傳奇者，每捏爲兒女苟合之事，以污惑世人，余此編不猶愈於污惑者乎？"

客曰："信如子言，將什襲而藏之可也。"蔡子曰："不然。彼宋人之藏石則然，余雖愚，不宋人若也。宋人得燕石，自以爲玉，藏之固，遇周客而笑之，曰：'石也。'宋人怒，藏之愈固。余方試筆填詞，節奏未嫺，如燕石之無用耳。有周客直言其非，余且因而就正，又何藏也？他日倘蒙大手筆品題之，俾優人演習之，則歌筵酒客，且樂觀之而不厭焉。吾知當場設法，作如是觀，子且目炫神迷，又安知泛天河者，非即張騫耶？又安知填詞傳奇者，非即張騫後身耶？"

客唯唯而退，以爲個中解人也。余亦許其有悟機，遂走筆而記其問答於簡端，且以自序。

丁亥閏五月下浣，金炬甫并書

蔡希邠《〈支機石〉跋》(《傅惜華藏古典戲曲珍本叢刊》所收本《支機石》卷末)：

此先大夫二十三歲在西昌書院時，長夏無事，相傳一晝夜脫稿而成者也。先大夫素不嫻音律，偶閱史至漢武帝元狩元年夏五月，遣博望侯張騫使西域。客適有談其泛天河者，并新得舒白香《詞譜》，兼取諸家院本，填製成曲，雜以科諢，實屬一時游戲之筆。然稿尚在，因刻《詩草》，特寄尹彥孫太守為正，而附刊之。

光緒辛卯孟秋，男希邠并跋

杜湘《〈支機石〉題辭》(《傅惜華藏古典戲曲珍本叢刊》所收本《支機石》卷首)：

幾人能到仙源者，羨煞張騫奇遇。出使西方，浮槎斜漢，親見天孫織女。支機付與，喜載下塵寰，卜翁驚異。耿耿明河，問誰曾泛扁舟去？　壯游已傳千載，看填成妙曲，清新如許。貫月凌雲，乘風破浪，脈脈此情遙寄。引商刻羽，會按拍他年，當場歌舞。酒綠燈紅，令人都羨汝。(《齊天樂》)

新建杜湘秋舫

尹恭保《〈支機石〉題辭》(《傅惜華藏古典戲曲珍本叢刊》所收本《支機石》卷首)：

秋墳鬼唱換塵沙，萬劫難摧筆底花。好為鈞天增院本，宵深猶燦九光霞。

奇志應封萬里侯，星河長似漢時秋。人間天上皆怊悵，攜石歸來不復游。

清門世德遠貽芳，昨歲芝生繡節旁（廉訪署中去年生芝三本）。便與鉛山爭一席，檀槽漫譜《桂林霜》。

減字偷聲愧未工，銅弦猶自擬江東。平生虛負乘槎願，愁聽伊凉玉笛風。

丹徒尹恭保彥孫

黄燮清
（1805—1864）

  原名憲清，字韵珊，一作藴山，又字韵甫，自號吟香詩舫主人、蘭情生、兩園主人，海鹽（今浙江海鹽）人。少負奇才，以詞章之學騰聲里門，學使陳用光（1768—1835）譽之爲"國彦"。道光十五年（1835）中舉，後六上春闈，皆失利。其間曾於杭州任書院講席、充實録館謄録等。咸豐二年（1852）選爲湖北知縣，因病未到任。同治元年（1862）爲湖北鄉試同考官，九月任宜都知縣。同治二年（1863）秋代理松滋知縣；三年（1864）夏由松滋縣謝事居武昌，九月再任湖北鄉試同考官，因病足請假。不久即謝世。擅詩詞，沉雄蒼麗，不唯一格。有《倚晴樓詩集》十二卷、《倚晴樓詩續集》四卷，又有《倚晴樓詩餘》四卷、《倚晴樓詩餘補》一册、《拙宜園待政草》（稿本）。曾集十年之力編成《國朝詞綜續編》。著有戲曲九種，其中《茂陵弦》《帝女花》《脊令原》《鴛鴦鏡》《凌波影》《桃溪雪》《居官鑒》合稱爲《倚晴樓七種曲》，一名《倚晴樓樂府》，或《倚晴樓傳奇》，又名《韵珊外集》；又有《玉臺秋》《絳綃記》二種。其中，《鴛鴦鏡》《凌波影》《絳綃記》三種爲雜劇。

  傳記文獻：《清史列傳》卷七十三、《近代名人小傳·文苑》、（同治）《宜都縣志》、（光緒）《海鹽縣志》、（光緒）《松滋縣志》、陸萼庭《黄燮清年譜》（《清代戲曲家叢考》）。

《鴛鴦鏡》

◆ 劇情概要與本事

  劇首署"新城陳石士夫子鑒定，海昌查仲誥竹洲訂譜，海鹽黄燮清韵珊填詞原名憲清"。十齣,依次爲《綮逅》《豪游》《艷招》《夢警》《拒約》《懺情》《旅盟》《靈祐》《迎榜》《謁祠》。寫南昌閨秀謝玉清出身世家,父母俱已亡逝,兄嫂對之管束甚爲嚴格。時值清明,謝玉清與婢女青鸞至後園玩春,遇書生李閑,二人一見鍾情,互通名氏後匆匆分別。謝氏自此爲情所困,神思顛倒,遂命青鸞持祖傳鴛鴦鏡爲表記,約李閑在謝氏祠堂相會。李閑聞之,欣喜萬分,準備提前赴約。湖南書生王湘慕江右人杰地靈,買舟來游。遇雨暫栖謝氏祠堂,夢見已爲神祗的謝宗朓(即玉清之父)正懲戒李閑之父,怨其教子無方,致李閑勾引玉清將行苟合之事,李父表示願碎鏡以壞其好事。王湘醒來欲行,正撞見前來赴約的李閑,知其手中所持乃鴛鴦鏡,就着意購買,李閑不賣,這時李父鬼魂將鏡子擲碎。王湘說鏡子無端碎去,李閑所行必有失德之事。李閑據實以告,王湘亦將夢中所見告知。李閑甚是驚怖慚愧,表示願痛改前非,不再行輕浮之事,就告辭離開。王湘收拾了地上碎鏡。謝玉清按時赴約,等待良久,不見李閑影迹,遂遣青鸞詢問其爲何爽約。李閑將《池北偶談》一冊相贈,言其中《碎鏡》一則可以代其作答。謝玉清悉知原委,深悔前愆,從此力行善果,終登仙界。李閑亦斂情苦讀,當年即高中舉人。赴京應試途中,又遇王湘,二人結爲兄弟。謝宗朓感二生之德,奏明上帝,令二人同登蕊榜。李、王得第後,備下祭禮,同到謝氏祠堂致謝。王湘遣人打聽玉清是否婚配,欲成全其與李閑姻緣,得知玉清已成仙而去,遂將碎鏡歸還李閑。李閑帶回,以爲殷鑒。

生扮李閑,旦扮謝玉清,貼旦扮青鸞,净扮艄公、謝宗朓,副净扮僕夫、蒼頭,末扮王湘,丑扮墨奴,外扮李閑父魂,雜扮店小二、四神將、魁星。登場人物尚有二仙女,俱未分配脚色。

本事出自清王士禛(1634—1711)《池北偶談》卷二十三《鴛鴦鏡》。據陳用光(1768—1835)《〈鴛鴦鏡傳奇〉序》,是劇創作於道光十四年(1834)。

著録、版本與收藏情況

《清代雜劇全目》《古典戲曲存目彙考》《古本戲曲劇目提要》著録。現存道光十五年（1835）刻《倚晴樓詩集》所附《韵珊外集》本，藏南京圖書館；咸豐七年（1857）翻刻《倚晴樓詩集》所附《韵珊外集》本，藏北京師範大學圖書館、中山大學圖書館；同治四年（1865）宗景藩單刻本，藏復旦大學圖書館；光緒七年（1881）馮肇曾重刻《倚晴樓七種曲》本，藏國家圖書館、中國藝術研究院圖書館、北京師範大學圖書館、河南大學圖書館，2014年西泠印社出版社以及《傅惜華藏古典戲曲珍本叢刊》第93—94冊據之影印；光緒三十三年（1907）海鹽開通新書局重刻《倚晴樓七種曲》所收本，藏國家圖書館等。又有舊鈔本，藏國家圖書館，殷夢霞選編《鄭振鐸藏古吳蓮勺廬抄本戲曲百種》（國家圖書館出版社2009年版）第25冊據之影印。《古本戲曲叢刊十集》據國家圖書館藏道光刊本影印。

序跋、題詞與評語

陳用光《〈鴛鴦鏡傳奇〉序》（道光十五年原刻本《鴛鴦鏡》卷首）：

詞曲，古詩之流亞也。而世之作者，每多綺麗淫佚之語，雖曰體制類然，亦必合乎風人之旨爲佳。黃生韵珊，年少美詩文。出其餘技，間作元人樂府，尤工言情，一往而深，渺無邊際。予賞其艷而慮其流也，因采《池北偶談》《碎鏡》一則，命爲院本。稿竣來謁，覽其詞，華而不靡，新而不鑿，發乎情，止乎禮義，洵足懲創逸志而感發善心者。則是編之作，曲而進於詩矣。吾得以一言蔽之曰："思無邪。"

甲午立秋前一日，新城陳用光序於浙江學署之定香亭中黄燮清《〈鴛鴦鏡〉跋》（道光十五年原刻本《鴛鴦鏡》卷末）：

《鴛鴦鏡》者，吾師陳石士宗伯命憲清作也。師視學浙江，憲清初以文字受知，進謁時，出所撰《帝女花》樂府，質之師，師益擊賞。因命構是劇，意蓋爲維風俗、正人心發也。稿出，師擊賞如前，謂："好色不淫，合乎詩人之旨，詞至此可以風矣。"稍加點定，促付剞劂。乃灾木未竟，而師已歸道山。嗚呼，悲夫！古之人碎琴冢上，挂劍墳頭，徒以爲知己故。今師之神明方嬉游於青冥碧落間，聆《鈞天》之奏，觀《霓裳羽衣》之舞，區區俗藻凡響，曾何足以問世？而師所以維風俗、正人心之苦衷，又懼其泯而弗彰也。爰畢梓事，以存師意於不忘云。

時道光乙未小春中浣，韵珊黄憲清識於吳興舟次

麟光《〈鴛鴦鏡〉跋》（同治四年《倚晴樓七種曲》所收本《鴛鴦鏡》卷末）：

按新城王文簡公所著《池北偶談》第二十三卷《談异》，載《夗央鏡》云：楚人王蘭士者，嘗游江西。一日遇風雨，投宿古祠，遂假寐。門忽洞開，見翁媼二人入祠，直據上座，僕從十數人旁列。復有二翁媼，扶腋入跪其前。坐者怒數其罪，顧從者，鞭之數百。跪者哀號乞憐，且曰："業生此不孝子，不敢辭罪。祈見釋，當碎其夗央鏡，事猶可及也。"坐者沉吟釋之。王忽嗽發聲，遂無所睹。晨起雨霽，將行，忽有年少持一鏡入拜祠下。王怪而問之，曰："此夗央鏡，漢物也。"視之，背作夗央二頭，益异之，謂少年曰："肯見售乎？"少年不可，展轉間，鏡忽墜地而碎。少年方驚惋，王告之曰："汝必有失德壞人閨門事，不實相告，且有陰譴。"少年懼，吐實，乃與里中謝氏女約私奔，期會祠中，鏡即女所遺也。因語以夜來所見，少年大悔恨，再拜而去。王視其額，乃謝氏宗祠也。

同治十三年祀竈前一夕，漢軍麟光石甫氏燈下呵凍，摘錄於卷尾

陸機《〈鴛鴦鏡〉題辭》(道光十五年原刻本《鴛鴦鏡》卷末)：

五十三參參未真，痴魂易墮障中塵。情場全靠仙才筆，喚醒鴛鴦鏡裏人。富貴單身識已遲，神仙無偶也憐伊。算來還是情天缺，再譜來生合鏡詞。

次山弟陸機拜題

吳梅《〈鴛鴦鏡〉評語》(《吳梅全集·理論卷·中國戲曲概論》，河北教育出版社 2002 年版)：

黃韵珊《鴛鴦鏡》，余最愛其【金絡索】數支。其第二支云："情無半點真，情有千般恨，怨女痴兒，拉扯無安頓。蠶絲理愈棼，沒來因，越是聰明越是昏。那壁厢、梨花泣盡闌前粉，這壁厢、蝴蝶飛來夢裏裙。堪嗟憫，憐才慕色太紛紛。活牽連一種痴人，死纏綿一種痴魂，參不透風流陣。"可爲情場棒喝。《凌波影》空靈縹緲，較《洛水悲》爲佳。

《凌波影》

● 劇情概要與本事

劇首署"海鹽黃燮清韵珊填詞*原名憲清*"。四齣，依次爲《夢訂》《仙懷》《達誠》《艷賦》。寫三國時期，雍丘王曹植才可斗量，信步成章，文名冠於鄴中。某日，曹植朝覲禮畢，奉命歸藩，夜宿洛川，見冷驛蕭條，春光撩草，情懷煩惱，枯坐無聊，便將皇帝所賜玉縷金帶枕取出，在燈下撫玩。後不覺伏枕睡去。洛川神女雖離凡劫，未斬情根，因素慕曹植才華，且與之有未盡之緣，故入其夢中，以通情愫，言來日待曹植於洛水之上。曹植見神女水佩風裳，姿容絕世，醒後猶懷想不已。次日，曹植獨往洛水赴約，但見烟水茫茫，不睹神女踪迹。突然神光離合，神女降臨。曹植一見，即魂銷魄蕩，欲與仙子親近一番，又因禮法所限不敢自訂良緣。二人互訴衷情，神女恐涉魔障，匆匆離去。曹植亦斂神定性，盡力把持，覓徑而歸。曹植歸藩後仍不能相忘，得知神女爲洛川之神，名曰宓妃，據此成賦文一篇，遣人送往洛川，以表真情。

生扮曹植，旦扮洛川神女，貼、小旦扮侍女，净扮恨水浪仙，副净扮巫可名、泪泉童子，末扮痴聾散人，丑扮僕夫，外扮愁湖總管，雜扮巡川使者。登場人物尚有六童子，俱未分配脚色。

是劇據三國時曹植《洛神賦》敷演而成。明汪道昆（1525—1593）《陳思王悲生洛水》雜劇與此題材同。關於是劇創作時間，陸萼庭《黄燮清年譜》定爲道光十四年（1834）："是年作劇三種。……燮清後又據《洛神賦》事譜《凌波影》雜劇四齣。"

著録、版本與收藏情況

《清代雜劇全目》《古典戲曲存目彙考》《古本戲曲劇目提要》著録。現存道光十五年（1835）刻《倚晴樓詩集》所附《韵珊外集》本，藏南京圖書館；咸豐七年（1857）翻刻《倚晴樓詩集》所附《韵珊外集》本，藏北京師範大學圖書館、中山大學圖書館；同治四年（1865）宗景藩單刻本，藏復旦大學圖書館；光緒七年（1881）馮肇曾重刻《倚晴樓七種曲》本，藏國家圖書館、中國藝術研究院圖書館、北京師範大學圖書館、河南大學圖書館，2014年西泠印社出版社以及《傅惜華藏古典戲曲珍本叢刊》第93—94冊據之影印；光緒三十三年（1907）海鹽開通新書局重刻《倚晴樓七種曲》所收本，藏國家圖書館等。又有舊鈔本，藏國家圖書館，殷夢霞選編《鄭振鐸藏古吴蓮勺廬抄本戲曲百種》（國家圖書館出版社2009年版）第25冊據之影印。《古本戲曲叢刊十集》據國家圖書館藏道光刊本影印。又有姚燮《今樂府選》稿本第39冊所收本，藏浙江圖書館。另，此劇曾在光緒三十二年（1906）《游戲世界》半月刊第十一至十三期連載。

序跋、題詞與評語

陳其泰《〈凌波影傳奇〉序》（道光十五年原刻本《凌波影》卷首）：

善乎，惲子居先生之説《詩》也！其説《桑中》曰："吾於《桑中》，見所謂'發乎情，止乎禮義'者焉。'云誰之思'，思也。'期我乎桑中'，思乎期焉。'要我乎上宫'，思乎要焉。'送我乎淇之上矣'，思乎送焉。古人之爲《詩》也，以思言之，若曰：'若是其越也，抑之可也。'後人之言《詩》也，以事言之，若曰：'若是其亂也，絶之可也。'以思者比乎情，以事者比乎欲。比乎情，禮義之所能制也；比乎欲，非禮義之所能制也。《國風》言情之書，非紀欲之書也。"其説《蝃蝀》曰："淫者，人之所能知也；懷者，人之所不能知也。《詩》之言曰：'大無信也，不知命也。'爲女子之懷昏姻者戒之，辭止於此而已。言《詩》者曰淫，又重之曰淫奔，豈詩人意耶？雖然，懷昏姻者不必淫，而可以至於淫。是故刑禁之於已然，禮制之於將然，《詩》防之於未然。"得是説而通之，而後可與讀一切言情之作矣。夫思之越也，其溺在人心；事之亂也，其壞在人品。君子欲正人品，先正人心。顧心不能盡出於正，於是即思之越者正之，所謂"防之於未然"也。心正則品自正，言情之書，雖謂之防淫之書可矣。且騷人文士，動言"情之所鍾，正在吾輩"。今且正容莊論，敷陳禮義，曰"吾將以防淫也"，其不以爲老生常談而惟恐卧者幾希。善於立説者，通乎《詩》之教以言禮，而後桑間濮上之篇，可合乎《關雎》《卷耳》之義焉。故曰：情欲之界，人禽判焉。非服習乎風人之旨者，不知制情以遏欲也。

吾友黄子韵珊，詩人也。《凌波影樂府》之作，其諸風人之風乎？囊者韵珊嘗譜《鴛鴦鏡樂府》矣，狀幽冥之鑒察，明悔過之獲佑，豈不足以針砭情痴，激揚人品歟？不知中人以下欲勝情，動於鬼神禍福，而後知所返；中人以上情勝欲，明於嫌疑是非，而自知所止。故《鴛鴦鏡》所以警愚蒙，防淫之書也，禮之制於將然也；《凌波影》所以牖賢智，言情之書也，詩之防於未然也。弼直主敬近乎《頌》，規諷主和近乎《風》，詩人之義，固有并行而不悖者。昭明太子商榷古今，自附於立言不朽，而言情之作，顧亦存之。"好色不淫"，必有當於聖人刪《詩》，存《鄭》《衛》之微意也。不然，陳思一《賦》，不幾爲越禮者所藉口，縱恣於欲而假托於情，以文過而遂孽哉？然則鍾情者，可以知所止矣。

琴齋陳其泰撰

《絳綃記》

劇情概要與本事

劇首署"海鹽黃燮清韵珊填詞"。八折，依次爲《龍游》《蛟變》《遇獵》《題巾》《玩巾》《尚主》《探營》《蕩寇》。寫燕臺書生陳弼教雖才華蓋世，然勳業不成，乃弃筆從戎，隨將軍賈縉征討楚南楊蛟，入參帷幄，襄贊軍機，深受賈縉信任。一日，洞庭湖君王妃與侍女素書往湖上游玩，被軍士射傷捕獲，化作猪婆龍。陳生見其似有求救之意，請賈縉將之放回湖中。賈縉率衆與楊蛟大戰，楊蛟化爲蛟龍，興風作浪，賈縉大敗。陳生落水後抱竹籠隨波漂走。月下老人知他與西湖公主有姻緣之分，引之到公主花園。恰好公主射獵歸來，陳生聞聲祇得躲在假山石後，窺見公主，驚爲天人。後撿得公主所遺絳綃巾一方，即興題詩一首，以抒仰慕之意。婢女阿念來尋絳綃巾，見已被沾染，警告陳生性命將不保。公主見帕上詩句，展玩再四，心生愛慕，遣阿念送來酒食，令陳生往園中安歇。公主主僕收留陳生事爲人告發，王妃大怒，派素書取走絳綃巾。公主擔心陳生安危，立即令阿念通知陳生趕快逃走。陳生不願牽連二人，情願面見王妃，説明情由，生死任之。危機關頭，素書認出陳生爲救命之人，王妃亦爲報恩將公主許配其爲妻。後在公主幫助下，陳生剿滅了楊蛟，解了賈綰之圍。

　　生扮陳弼教，旦扮西湖公主，老旦扮王妃，小旦扮素書，貼旦扮阿念，淨扮楊蛟，副淨扮醜丫頭，末扮月下老人，丑扮儐相，外扮賈綰，雜扮豬婆龍、鯉魚、狐、兔、虎、蛟龍、青龍、賊兵，末、副淨、淨、丑扮水府衆將，外、副淨、淨、丑扮首山獵户。登場人物尚有院子、四小軍、四女兵、四侍女等，俱未分配脚色。

　　本事見於清蒲松齡（1640—1715）《聊齋志異》之《西湖主》篇。據關德棟、車錫倫編《聊齋志異戲曲集》考證，是劇當作於黃燮清赴京謁選期間，即咸豐二年（1852）底或咸豐三年（1853）初。

◆ 著録、版本與收藏情况

　　《清代雜劇全目》《古典戲曲存目彙考》《古本戲曲劇目提要》著録。現存咸豐四年（1854）紅格抄本，藏中國藝術研究院圖書館，《古本戲曲叢刊十集》據之影印，關德棟、車錫倫編《聊齋志異戲曲集》（上海古籍出版社 1983 年版）據之整理。

何兆瀛
(1809—1890)

　　字通甫，號青士、青耜，又號心盦，晚號澂叟，別署棠梨館主，江寧（今江蘇南京）人。禮部尚書何汝霖（1781—1852）之子。自幼隨宦京師，能詩詞，享有時名。曾兩應京兆試不售。道光二十四年（1844），報允順天捐輸，議敘郎中，分兵部，後調户部，任廣東司行走。道光二十六年（1846）中舉。咸豐四年（1854），由户部郎中賞加知府銜，選任郎署臺諫。同治六年（1867），出爲浙江杭嘉湖道。光緒二年（1876），引覲北上；四年（1878），移任兩廣鹽運使。三年後解組，卜居杭州。博涉多通，尤嫺習朝章國故，時以文章詩酒自娛。居京日，與梅曾亮（1786—1856）、張際亮（1799—1843）、朱琦（1803—1861）等交游密切，常宴集酬唱。著有《心盦詩存》《老學後盦自訂詩》《老學後盦自訂詞集》《泥雪録》《老學後盦憶語》《有棠梨館筆記》《水仙花唱和詩》《心盦詩外》《心盦詞存》《戲寄》《何兆瀛家書彙存》《何兆瀛日記》《説詩珠璣》等，并編纂《兩廣鹽法志》。又有雜劇《仙合》一種。

　　傳記文獻：陶湘《昭代名人尺牘續集小傳》卷十八、李放《皇清書史》卷十三、孫書磊《稀見戲曲〈仙合曲譜〉考述》（《中國典籍與文化》2011年第1期）。

《仙合》

劇情概要與本事

　　一名《仙合曲譜》。一折。寫白下何郎前世爲天印山僧，蓉城舊史曾爲何郎前室蔡眉修，蔡已回仙班十四年，雖重居天上，然時憶人間。菊宫仙史偶謫塵寰，托生爲管有華，已爲何郎繼室十二載，現亦劫滿歸山。二仙遂爲瑤宮姊妹，以回憶的方式述説何郎塵世家庭生活之種種，希望何郎餐眠自愛，早歸仙籍。

旦扮菊宮仙史（管有華），老旦扮蓉城舊史（蔡眉修）。

未見本事，當緣於作者家庭生活故事之敷演。按，劇首吳寶鈞《〈仙合曲譜〉序》云："白門何青耛先生《仙合曲譜》，殆爲元配蔡眉修、繼配管有華兩賢媛作也。"據孫書磊《稀見戲曲〈仙合曲譜〉考述》，何兆瀛原配名蔡耆（1808—1852），字眉修，道光十二年（1832）歸何氏，咸豐二年（1852）去世；咸豐五年（1855），何兆瀛娶管氏，管氏名鞠，字有華，同治五年（1866）離世。是劇或撰於管氏去世後不久。

◆ 著録、版本與收藏情況

現存同治七年（1868）序刻本，藏南京圖書館、上海圖書館。

◆ 序跋、題詞與評語

吳寶鈞《〈仙合曲譜〉序》（同治七年序刻本《仙合》卷首）：

蓋聞泡夢一霎，大徹因緣；鏡花半生，小參煩惱。游清虛境而若離合兮，翳鸞鶴以徘徊；幻前後身而將翱翔也，揚珮環以摇曳。紀往事於鳳城，赤棒淒涼，屏怨春嬌；按清音於鴛帳，瑶琴淒惋，弦悲人遠矣。

白門何青耛先生《仙合曲譜》，殆爲元配蔡眉修、繼配管有華兩賢媛作也。蓋兩夫人者，駕羽輪降，搴彩斾升，固神仙解脱，菩提游戲也。始則蓉城舊史，繫綬先駐塵寰，佩觿於歸日下。庭生寶樹，吹芳薇垣；奩映瓊葩，詠絮柳院。卅載黽勉，彩妙秋毫；一瞬繁華，艷留春色。伊可懷也，良足悲已。繼則菊宮仙史，續蔡女之縷，隨何郎之輪。筆垂露香，風姿媚於赤杮；釜掩塵冷，冰心韻於焦桐。何妨過艤舟亭，三千里訪春浮西竺；不期返閬風苑，十二年覺秋水南華。如斯夫逝者，胡爲乎來哉？噫嘻！隱萬重之蓬島，莫寄鈿釵；消百感於藍橋，徒貽衾枕。知齒女桑枯，鄭蘭蓀萎，能不凄愴，更增涕泗。至於溯世澤於荀龍薛鳳，名儒著於杏林；緬家風於巢鵲鳴鷄，季女歌於蘋澗。固無勞於焚炷香，呈禱辭也。

獨念鬥嬋娟於紫府，衣飄雲縴；掩靈香於碧城，欄倚花瘦。應恨已燒殘炬，蠟凝泪紅；未斷柔情，蠶縛絲白。即蘭言絮語，足慰幽歡於丹房；而茶鐺經床，難寫相思於玉瑄。奚必吟《長恨歌》，傳隔世之詞；作《悼亡詩》，爲來生之約也。所願玉皇案側，命侍吏填朱字詞；金母屏邊，敕侍女翻羽衣曲。除貪嗔痴愛，盡削情根；凡幽閑貞静，俱封香國。藉島佛題句之韵，演明妝縞袂於蓉城；乞坡仙染翰之靈，摹輕霜淡月於菊時。斯亦足以盡一時色相之離，披千種聲情之綿邈矣。而況朝霞绿波，曹子建曾賦洛神；金支翠旗，杜少陵亦吟湘女。始信雪泥鴻爪，有迹皆真；天空鳶飛，無形非實。托鼠毫以寫照，咏黃絹幼婦之辭；隨蝶板以傳神，現青女素娥之態。君本結緣宦海，向白蓮品薝蔔之香；我疑尋夢情天，倚金菊對芙蓉之譜。

同治七年歲在戊辰十月朔三日，毗陵吳寶鈞謹序

何兆瀛《泥雪録》（徐雁平主編《清代家集叢刊續編》第17册，國家圖書館出版社2018年版）：

身世妻宫注短星，鼓盆再賦鬢猶青。記曾《仙合》翻新譜，玉笛吹殘不忍聽。（余舊有《仙合》曲，用【北新水令】一折譜之，爲蔡、管兩淑人作也。老伶工陳永齡請演之，旋以分巡出都，此事遂已。今陳已物化，而顧曲之曹給事嵐樵先生亦仙去久矣。）